Das Theater des Herrn Diderot

AUS DEM FRANZÖSISCHEN ÜBERSETZT
VON GOTTHOLD EPHRAIM LESSING

ANMERKUNGEN UND NACHWORT
VON KLAUS-DETLEF MÜLLER

PHILIPP RECLAM JUN. STUTTGART

Universal-Bibliothek Nr. 8283 [6]

Gesamtherstellung: Reclam, Ditzingen. Printed in Germany 1986
ISBN 3-15-008283-8

Inhalt

Vorrede des Übersetzers

[zur ersten Ausgabe von 1760]

Dieses »Theater« des Herrn Diderot, eines von den vornehmsten Verfassern der berufenen »Enzyklopädie«, bestehet aus zwei Stücken, die er als Beispiele einer neuen Gattung ausgearbeitet und mit seinen Gedanken sowohl über diese neue Gattung als über andere wichtige Punkte der dramatischen Poesie und aller ihr untergeordneten Künste, der Deklamation, der Pantomime, des Tanzes, begleitet hat.

Kenner werden in jenen weder Genie noch Geschmack vermissen; und in diesen überall den denkenden Kopf spüren, der die alten Wege weiter bahnet und neue Pfade durch unbekannte Gegenden zeichnet.

Ich möchte wohl sagen, daß sich, nach dem Aristoteles, kein philosophischerer Geist mit dem Theater abgegeben hat, als *er.*

Daher sieht er auch die Bühne seiner Nation bei weitem auf der Stufe der Vollkommenheit nicht, auf welcher sie unter uns die schalen Köpfe erblicken, an deren Spitze der Prof. Gottsched ist. Er gestehet, daß ihre Dichter und Schauspieler noch weit von der Natur und Wahrheit entfernet sind; daß beider ihre Talente gutenteils auf kleine Anständigkeiten, auf handwerksmäßigen Zwang, auf kalte Etikette hinauslaufen etc.

Selten genesen wir eher von der verächtlichen Nachahmung gewisser französischer Muster, als bis der Franzose selbst diese Muster zu verwerfen anfängt. Aber oft auch dann noch nicht.

Es wird also darauf ankommen, ob der Mann, dem nichts angelegener ist, als das Genie in seine alte Rechte wieder einzusetzen, aus welchen es die mißverstandene Kunst verdränget; ob der Mann, der es zugestehet, daß das Theater weit stärkerer Eindrücke fähig ist, als man von den berühmtesten Meisterstücken eines Corneille und Racine rühmen kann: ob dieser Mann bei uns mehr Gehör findet, als er bei seinen Landsleuten gefunden hat.

Wenigstens muß es geschehen, wenn auch wir einst zu den gesitteten Völkern gehören wollen, deren jedes *seine* Bühne hatte.

Und ich will nicht bergen, daß ich mich einzig in solcher Hoffnung der Übersetzung dieses Werks unterzogen habe.

Vorrede des Übersetzers

[zur zweiten Ausgabe von 1781]

Ich bin ersucht worden, dieser Übersetzung öffentlich meinen Namen zu geben.

Da es nun vorlängst unbekannt zu sein aufgehöret hat, daß ich wirklich der Verfasser derselben bin; da ich mich des Fleißes, den ich darauf gewandt habe, und des Nutzens, den ich daraus gezogen, noch immer mit Vergnügen erinnere: so sehe ich nicht, warum ich mich einer Anforderung weigern sollte, die mir Gelegenheit gibt, meine Dankbarkeit einem Mann zu bezeugen, der an der Bildung meines Geschmacks so großen Anteil hat.

Denn es mag mit diesem auch beschaffen sein, wie es will: so bin ich mir doch zu wohl bewußt, daß er, ohne Diderots Muster und Lehren, eine ganz andere Richtung würde bekommen haben. Vielleicht eine eigenere: aber doch schwerlich eine, mit der am Ende mein Verstand zufriedener gewesen wäre.

Diderot scheint überhaupt auf das deutsche Theater weit mehr Einfluß gehabt zu haben als auf das Theater seines eigenen Volks. Auch war die Veränderung, die er auf diesem hervorbringen wollte, in der Tat weit schwerer zu bewirken als das Gute, welches er jenem nebenher verschaffte. Die französischen Stücke, welche auf unserm Theater gespielt wurden, stellten doch nur lauter fremde Sitten vor: und fremde Sitten, in welchen wir weder die allgemeine menschliche Natur, noch unsere besondere Volksnatur erkennen, sind bald verdrängt. Aber je mehr die Franzosen in ihren Stücken wirklich finden, was wir uns nur zu finden einbilden: desto hartnäckiger muß der Widerstand sein, den ihre alten Eindrücke jeder, wie sie dafür halten, unnötigen Bemühung, sie zu verwischen oder zu überstempeln, entgegensetzen.

Wir hingegen hatten es längst satt, nichts als einen alten Laffen im kurzen Mantel und einen jungen Geck in bebänderten Hosen unter ein Halbdutzend alltäglichen Personen auf der Bühne herumtoben zu sehen; wir sehnten uns längst nach etwas Bessern, ohne zu wissen, wo dieses Bessere herkommen sollte: als der »Hausvater« erschien. In ihm erkannte sogleich der rechtschaffne Mann, was ihm das Theater noch eins so teuer machen müsse. Sei immerhin wahr, daß es seitdem von dem Geräusche eines nichts bedeutenden Gelächters weniger ertönte! Das wahre Lächerliche ist nicht, was am lautesten lachen macht; und Ungereimtheiten sollen nicht bloß unsere Lunge in Bewegung setzen.

Selbst unsere Schauspieler fingen an dem »Hausvater« zuerst an, sich selbst zu übertreffen. Denn der »Hausvater« war weder französisch noch deutsch: er war bloß menschlich. Er hatte nichts auszudrücken, als was jeder ausdrücken konnte, der es verstand und fühlte.

Und daß jeder seine Rolle verstand und fühlte, dafür hatte nun freilich Diderot vornehmlich gesorgt. Wenn ich aber doch gleichwohl auch meiner Übersetzung ein kleines Verdienst in diesem Punkte zuschreibe: so habe ich, wenigstens bis itzt, von den Kunstrichtern noch keinen besondern Widerspruch zu erfahren gehabt.

Nicht als ob ich meine Übersetzung frei von allen Mängeln halten wollte; nicht als ob ich mir schmeichelte, überall, auch da den wahren Sinn des Verfassers getroffen zu haben, wo er selbst in seiner Sprache sich nicht bestimmt genug ausgedrückt hat! Ein Freund zeigt mir nur erst itzt eine dergleichen Stelle, und ich bedaure, daß ich in dem Texte von diesem Winke nicht Gebrauch machen können. Sie ist in dem »Natürlichen Sohne« in dem dritten Auftritte des ersten Aufzuges, wo Theresia ihrer Sorgfalt um Rosaliens Erziehung gedenkt. »Ich ließ mir es angelegen sein«, sagt sie, »den Geist und besonders den Charakter dieses Kindes zu bilden, von welchem einst das Schicksal meines Bruders abhangen sollte. Es war unbesonnen, ich machte es bedächtig. Es war heftig, ich suchte dem Sanften seiner Natur aufzuhelfen.« Das *es* ist in allen vier Stellen im Französischen durch *il* ausgedruckt, welches ebenso wohl auf das vorhergehende *enfant*, auf Rosalien, als auf den Bruder gehen kann. Ich habe es jedesmal auf Rosalien gezogen: aber es kann leicht sein, daß es die beiden ersten Male auf den Bruder gehen und sonach heißen soll: »Er war unbesonnen, ich machte sie bedächtig. Er war heftig, ich suchte dem Sanften ihrer Natur aufzuhelfen.« Ja dieser Sinn ist unstreitig der feinere.

Es kann jemand keinen einzigen solchen Fehler sich zuschulden kommen lassen und doch noch eine sehr mittelmäßige Übersetzung gemacht haben!

Der natürliche Sohn
oder
Die Probe der Tugend

Ein Schauspiel in fünf Aufzügen

Nebst der wahren Geschichte des Stücks

Interdum speciosa locis morataque recte
Fabula, nullius veneris, sine pondere et arte
Valdius oblectat populum meliusque moratur,
Quam versus inopes rerum nugaeque canorae.
Horatius de Arte Poet.

Der sechste Band der »Enzyklopädie« war ans Licht getreten, und ich hatte mich auf das Land begeben, Ruhe und Gesundheit da zu suchen, als eine Begebenheit von ebenso merkwürdigen Umständen, als merkwürdig die Personen derselben waren, die Verwunderung und das Gespräch der ganzen Gegend ward. Man unterhielt sich von nichts als von dem seltnen Manne, der das Glück, sein Leben für seinen Freund zu wagen, und den Mut, ihm seine Neigung, seine Freiheit und sein Vermögen aufzuopfern, an *einem* Tage gehabt habe.

Ich wollte diesen Mann kennen lernen. Ich lernte ihn kennen und fand ihn so, wie man mir ihn abgemalet hatte, finster und melancholisch. Verdruß und Schmerz hatten aus einer Seele, in welcher sie allzulange gewohnet, nicht anders als mit Zurücklassung der Traurigkeit scheiden können. Er war, sowohl in seinen Unterredungen als in seinem äußerlichen Betragen, traurig; ausgenommen, wenn er von der Tugend sprach oder die Entzückungen fühlte, die sie in ihren eifrigsten Verehrern hervorbringt. Alsdann war er wie ganz verwandelt. Die Heiterkeit entwickelte sich auf seinem Gesichte. Seine Augen bekamen Glanz und Freundlichkeit. Seine Rede ward pathetisch. Es war eine Kette von strengen Ideen und rührenden Bildern, wodurch die Aufmerksamkeit in einem beständigen Feuer erhalten und die Seele außer sich selbst gesetzet ward. Aber so wie an einem neblichten und umzogenen Herbsttage die Strahlen der Sonne aus einer Wolke hervorbrechen, einen Augenblick glänzen und sich wieder in den dunkeln Himmel verlieren: so verlor sich auch gar bald seine Munterkeit wieder, und plötzlich fiel er in sein melancholisches Stillschweigen zurück.

So war Dorval. Es sei nun, daß man ihn für mich eingenommen hatte, oder daß es wirklich, wie man sagt, Menschen gibt, die dazu gemacht sind, einander, sobald sie sich erblikken, zu lieben: gnug, er empfing mich mit einer so offenen Art, die sonst jedermann, nur mich nicht befremdete; und sobald ich ihn zum zweitenmale sahe, glaubte ich mit ihm, ohne Unbescheidenheit, von seiner Familie und von dem, was sich kürzlich darin zugetragen hatte, sprechen zu dürfen. Er tat meinen Fragen ein Gnüge. Er erzählte mir seine Geschichte. Ich zitterte mit ihm wegen der Proben, auf die ein ehrlicher Mann oft gestellet wird; und sagte zu ihm, daß ein Schauspiel, zu dessen Inhalte man diese Proben wählte, auf alle, die Empfindlichkeit und Tugend und irgend einen Begriff von der menschlichen Schwachheit haben, einen großen Eindruck machen müßte.

»Ach!« antwortete er mir seufzend, »mein Vater hat mit Ihnen einerlei Gedanken gehabt. Einige Zeit nach seiner Ankunft, als eine ruhigere und sanftere Freude auf unsere Entzückungen zu folgen anfing und wir das Vergnügen, einer an des andern Seite zu sitzen, genossen, sagte er zu mir:

„Dorval, täglich spreche ich mit dem Himmel von Rosalien und von dir. Ich danke ihm, daß er euch bis zu meiner Zurückkunft erhalten hat; aber vornehmlich, daß er euch unschuldig erhalten hat. Ach, mein Sohn, ich werfe nie meinen Blick auf Rosalien, ohne mich über die Gefahr, die du gelaufen bist, zu entsetzen. Je mehr ich sie sehe, je rechtschaffner und schöner ich sie finde, desto größer erscheinet mir diese Gefahr. Aber der Himmel, der heut über uns wacht, kann uns morgen verlassen. Keiner von uns kennet sein Schicksal. Alles, was wir wissen, ist dieses: daß wir den Nachstellungen des Lasters immer mehr und mehr entkommen, je weiter das Leben fortrückt. Diese Betrachtungen mache ich, so oft ich mich deiner Geschichte erinnere. Sie trösten mich wegen der wenigen Zeit, die ich noch zu leben habe, und wenn du wolltest, so könnten sie die Moral eines Stückes sein, dessen Inhalt ein Teil unseres Lebens wäre, und das wir unter uns aufführen wollten."

„Ein Stück, mein Vater!" – –

„Ja, mein Sohn. Wir brauchten dazu keine Bühne aufzubauen; wir wollten bloß das Andenken einer uns rührenden Begebenheit erhalten und sie so vorstellen, wie sie sich wirklich zugetragen hat. – – Wir wollten sie jährlich in diesem Hause, in diesem Saale erneuern. Was wir damals gesagt haben, wollten wir wieder sagen. Deine Kinder täten ein Gleiches, und deiner Kinder Kinder, und deren Nachkommen. Auf diese Weise überlebte ich mich selbst und könnte des Umgangs meiner Enkel von einem Alter zum andern genießen. – Glaubtest du nicht, Dorval, daß ein Werk, welches ihnen unsere eigenen Ideen, unsere wahren Empfindungen, die eigentlichen Reden überlieferte, die wir bei einem von den allerwichtigsten Umständen unsers Lebens gehalten haben, daß so ein Werk nicht besser und nützlicher wäre als alle Familiengemälde, die nur eine augenblickliche Verfassung unseres Antlitzes zeigen?"

„Und also verlangten Sie von mir, Ihre Seele, meine Seele, die Seele der Theresia, des Clairville und der Rosalia zu schildern? Ach, mein Vater, Sie verlangen etwas, das meine Kräfte übersteiget, und Sie wissen es wohl!"

„Höre! Ich möchte meine Rolle noch gern selbst einmal, ehe ich sterbe, spielen; und in dieser Absicht habe ich Arnolden gesagt, er soll die Kleider, die wir aus dem Gefängnisse gebracht haben, in einen Koffer schließen."

„Mein Vater –"

„Noch habe ich von meinen Kindern nie eine abschlägliche Antwort erhalten; sie werden so spät nicht anfangen wollen –"«

Bei dieser Stelle verwandte Dorval sein Gesicht, um seine Tränen zu verbergen, und sagte zu mir, in dem Tone eines Menschen, der sich seinen Schmerz nicht will merken lassen: – »Das Stück ist gemacht. – Aber *er*, der es bestellte, *er* ist dahin!« – Nach einem kurzen Stillschweigen setzte er hinzu: »Ich hatte es liegen lassen, das Stück, und hatte es beinahe vergessen; aber man gab mir es so oft zu hören, ich lebte hierin dem Willen meines Vaters nicht nach, daß ich mich endlich überreden ließ. Künftigen Sonntag werden wir uns das erstemal unserer Schuldigkeit – denn als eine Schuldigkeit betrachten wir es einmütig – damit entladen.«

»Ach, Dorval«, rief ich, »wenn ich dürfte –« – »Ich verstehe Sie«, war seine Antwort. »Aber glauben Sie, daß man Theresien, Clairvillen, Rosalien so einen Antrag tun dürfe? Der Inhalt des Stücks ist Ihnen bekannt; und Sie können sich leicht einbilden, daß verschiedne Auftritte darin vorkommen, bei welchen die Gegenwart eines Fremden in Verlegenheit setzen könnte. Unterdessen, da man die Anstalten im Saale mir überlassen hat – ich verspreche Ihnen nichts; ich schlage es Ihnen auch nicht ab; ich will sehen.«

Hierauf gingen wir voneinander. Es war Montag. Er ließ mir die ganze Woche nichts sagen. Aber des Sonntags früh schrieb er mir: »Heut, mit dem Schlage drei, an der Gartentüre.« – Ich fand mich ein. Ich stieg durch das Fenster in den Saal, und Dorval, der jedermann auf die Seite geschafft hatte, stellte mich in einen Winkel, wo ich, ohne gesehen zu werden, das, was nun folget, sehen und hören konnte. Den einzigen letzten Auftritt konnte ich nicht hören, und warum ich diesen nicht hören konnte, werde ich an seinem Orte sagen.

Namen der wirklichen Personen des Stücks und derjenigen Schauspieler, die ihre Stelle (auf der französischen Bühne zu Paris) bekleiden könnten.

LYSIMOND, Vater des Dorval und der Rosalia	Hr. SARRAZIN
DORVAL, des Lysimond natürlicher Sohn und Freund des Clairville	Hr. GRANDVALL
ROSALIA, Tochter des Lysimond	Madem. GAUSSIN
JUSTINE, der Rosalia Mädchen	Madem. DANGEVILLE
ARNOLD, in Diensten des Lysimond	Hr. LE GRAND
KARL, Bedienter des Dorval	Hr. ARMAND
CLAIRVILLE, Dorvals Freund und Liebhaber der Rosalia	Hr. LEQUIN
THERESIA, eine junge Witwe, des Clairville Schwester	Madem. CLAIRON
SYLVESTER, Bedienter des Clairville	– –

Einige andere Bediente aus dem Hause des Clairville.

Die Szene ist zu Saint-Germain en Laye.

Die Handlung fängt sich mit dem Tage an und gehet in einem Saale, in dem Hause des Clairville, vor.

Der natürliche Sohn,
oder Die Proben der Tugend
Ein Schauspiel

Erster Aufzug

Erster Auftritt

Die Bühne ist ein Saal, in welchem ein Klavier, Stühle, Spieltische, auf einem von diesen Tischen ein Damenbrett, auf einem andern einige geheftete Bücher, auf der Seite ein Nährahm und zuhinterst ein Kanapee zu sehen sind.

DORVAL *allein.*

Er sitzt in einem Landanzuge, mit unordentlichen Haaren, in einem Lehnstuhle neben dem Tische, auf welchem geheftete Bücher liegen. Er scheinet unruhig. Nach einigen heftigen Bewegungen stützt er sich auf die eine Lehne seines Stuhls, als ob er schlafen wolle. Er setzt sich bald wieder anders. Er ziehet seine Uhr heraus und sagt:

DORVAL. Es ist kaum sechs Uhr. *(Er wirft sich auf die andere Lehne seines Stuhls, richtet sich aber sogleich wieder auf und sagt:)* Ich kann nicht schlafen. *(Er nimmt ein Buch, schlägt es auf und macht es fast in eben dem Augenblicke wieder zu und sagt:)* Ich lese ohne Verstand. *(Er steht auf, gehet hin und her und sagt:)* Ich kann mir nicht entfliehen. – Ich muß fort von hier. – Von hier fort! Und ich bin hier angefesselt! Ich liebe! – – *(Als ob er erschrecke.)* Und wen liebe ich? – Ich darf es mir gestehen, ich Unglücklicher, und bleibe hier? – *(Er ruft heftig.)* Karl! Karl!

Zweiter Auftritt

(Dieser Auftritt geht geschwind.)

DORVAL. KARL.

(Karl glaubt, daß sein Herr Hut und Degen verlange; er bringt beides, legt es auf einen Stuhl und sagt:)

KARL. Befehlen Sie sonst nichts, mein Herr?

DORVAL. Meinen Wagen! Laß anspannen!

KARL. Wie? Reisen wir fort?

DORVAL. Diesen Augenblick! *(Er sitzt in dem Lehnstuhle und rafft unter dem Reden, Bücher und Schriften und alles auf dem Tische zusammen, als ob er einpacken wolle).*

KARL. Mein Herr, das ganze Haus schläft noch.

DORVAL. Ich will auch niemand sehen.

KARL. Ist es möglich?

DORVAL. Nicht anders.

KARL. Mein Herr –

DORVAL *(sich gegen Karlen mit einem traurigen und niedergeschlagenen Wesen wendend).* Nun, Karl!

KARL. In diesem Hause so wohl aufgenommen zu sein, von allen darin geliebt zu werden, alle mögliche Gefälligkeiten genossen zu haben, und fortzureisen, ohne jemanden ein Wort zu sagen: erlauben Sie mir, mein Herr, das –

DORVAL. Ich verstehe dich gar wohl. Du hast recht. Aber, ich reise –

KARL. Was wird Ihr Freund, Clairville, dazu sagen? Und seine Schwester Theresia, die es sich so angelegen sein lassen, Ihnen diesen Aufenthalt angenehm zu machen? – *(In einem leisern Tone.)* Und Rosalia? – Sie wollen keinen von ihnen sehen?

DORVAL *(seufzet tief, läßt seinen Kopf auf seine Hände sinken, und Karl fährt fort).*

KARL. Clairville und Rosalia schmeichelten sich, daß Sie ein Zeuge ihrer Verbindung sein würden. Rosalia freute sich,

Sie ihrem Vater vorzustellen. Sie hätten sie alle zum Altar begleiten sollen.

DORVAL *(seufzet, ist in Bewegung etc.).*

KARL. Der alte Vater kömmt, und Sie reisen fort. Hören Sie, liebster Herr, ich bin so frei, es Ihnen zu sagen, eine seltsame Aufführung ist selten vernünftig. – Clairville! Theresia! Rosalia!

DORVAL *(anfahrend, indem er aufspringt).* Meinen Wagen! Laß anspannen, sag ich.

KARL. Itzt, da Rosaliens Vater von einer Reise von mehr als tausend Meilen anlangt! Den Tag vor der Vermählung Ihres Freundes!

DORVAL *(zornig, zu Karlen).* Unglücklicher! – *(Zu sich selbst, indem er sich in die Lippe beißet und vor die Brust schlägt.)* Ich bin der Unglückliche! – – Du verlierest die Zeit, und ich verweile –

KARL. Ich gehe.

DORVAL. Mach geschwind!

Dritter Auftritt

DORVAL *allein.*

DORVAL. Fortzureisen ohne Abschied zu nehmen! Er hat recht: das würde so seltsam, so ungereimt lassen! – – Ungereimt! lassen! Nichtsbedeutende Worte! Kömmt es itzt darauf an, was andere davon denken werden, oder darauf, was Ehre und Rechtschaffenheit von mir verlangen? – Aber bei dem allen, warum sollte ich Clairvillen, warum sollte ich seine Schwester nicht sprechen? Kann ich sie nicht verlassen, und ihnen die Ursache, warum ich sie verlasse, verschweigen? – Und Rosalia? Sie soll ich nicht sehen? – Nein – Liebe und Freundschaft gebieten hier nicht einerlei; besonders eine unsinnige Liebe, die noch unbekannt ist, und die ich ersticken muß. – Aber was wird sie sagen?

Was wird sie denken? O Liebe, gefährlicher Sophist, ich verstehe dich.

*(*THERESIA *tritt in einer Morgenkleidung herein; sie wird von einer Leidenschaft gefoltert, die ihr keine Ruhe gönnet. Einen Augenblick darauf kommen* BEDIENTE, *welche den Saal aufräumen und die Sachen, welche Dorvaln gehören, zusammennehmen.* KARL, *der nach Pferden auf die Post geschickt hat, kömmt gleichfalls wieder.)*

Vierter Auftritt

DORVAL. THERESIA. BEDIENTE.

DORVAL. Wie, Madame, so früh?

THERESIA. Ich habe allen Schlaf verloren. – Aber Sie selbst, warum schon angekleidet?

DORVAL *(geschwind).* Den Augenblick bekomme ich Briefe. Eine dringende Angelegenheit ruft mich nach Paris. Sie erfordert meine Gegenwart daselbst. Ich trinke nur noch Tee. Karl, Tee! Ich umarme alsdann Clairvillen. Ich danke Ihnen beiden für die Güte, die Sie gegen mich gehabt haben. Ich werfe mich in meinen Wagen, und reise ab.

THERESIA. Sie reisen! Ist es möglich?

DORVAL. Leider ist nichts notwendiger.

(Die Bedienten, welche den Saal aufgeräumet und Dorvals Sachen zusammengesucht haben, entfernen sich. Karl läßt den Tee auf einem von den Tischen. Dorval trinkt. Theresia stützet einen Ellebogen auf den Tisch, läßt den Kopf auf die Hand sinken, und bleibet in dieser gedankenvollen Stellung.)

DORVAL. Sie sind in tiefen Gedanken, Theresia.

THERESIA *(bewegt oder vielmehr mit einem etwas gezwungenen kalten Blute).* Ja, ich bin in Gedanken – Aber ich habe unrecht – Die einförmige Lebensart, die wir hier führen, wird Ihnen zur Last. Sie haben Langeweile. – Ich mache diese Anmerkung heute nicht zum erstenmale.

DORVAL. Zur Last! Langeweile! Nein, Madame, das ist es nicht.

THERESIA. Was fehlt Ihnen sonst? – Ein so finstres Wesen, das ich an Ihnen wahrnehme –

DORVAL. Unglücksfälle lassen Eindrücke zurück. – Sie wissen – Madame – Ich schwöre es Ihnen, die Vergnügen, die ich hier genossen, sind die einzigen, deren ich mich seit langer Zeit erinnern kann.

THERESIA. Wenn das ist, so kommen Sie ohne Zweifel wieder.

DORVAL. Ich weiß nicht. – Habe ich jemals gewußt, wie es mit mir werden wird?

THERESIA *(nachdem sie einen Augenblick auf und ab gegangen).* Dieser Augenblick ist mir also einzig und allein übrig. Ich muß reden. *(Eine Pause.)*

Dorval, hören Sie mich. Sie haben mich hier, vor sechs Monaten, ruhig und glücklich angetroffen. Ich hatte alles Unglück einer übel getroffenen Verbindung erfahren. Nachdem ich von dieser Verbindung wieder frei geworden, hatte ich mir eine ewige Unabhängigkeit versprochen, und hatte mein Glück auf den Abscheu vor allem und jedem Bande, und auf die Sicherheit eines eingezogenen Lebens gegründet.

Nach langen Verdrießlichkeiten ist die Einsamkeit so reizend! Man atmet in ihr freier. Ich genoß meiner selbst. Ich genoß meines vergangnen Elendes. Es schien mir meinen Verstand geläutert zu haben. Lesen, spazieren, mit meinem Bruder mich unterhalten, das waren die Beschäftigungen meiner immer unschuldigen und manchmal recht süßen Tage. Clairville sprach mit mir ohne Unterlaß von seinem strengen und erhabnen Freunde. Mit welchem Vergnügen hörte ich ihm zu! Wie begierig ward ich, einen Mann kennen zu lernen, den mein Bruder liebte, den er so viel Ursache zu verehren hatte, und der in seinem Herzen die ersten Keime der Tugend entwickeln helfen!

Ich muß Ihnen noch mehr sagen. Fern von Ihnen, trat ich bereits in Ihre Fußtapfen; und diese junge Rosalia, die Sie hier gefunden, war der Gegenstand aller meiner Sorge, so wie Clairville der Gegenstand der Ihrigen gewesen war.

DORVAL *(bewegt und erweicht).* Rosalia!

THERESIA. Ich bemerkte, daß Clairville anfing, Geschmack an ihr zu finden, und ließ es mir angelegen sein, den Geist und besonders den Charakter dieses Kindes zu bilden, von welchem einst das Schicksal meines Bruders abhangen sollte. Es war unbesonnen, ich machte es bedächtig. Es war heftig, ich suchte dem Sanften seiner Natur aufzuhelfen. Ich unterhielt mich mit der schmeichelhaften Gedanke, daß ich, mit Ihnen zugleich, den Grund zu der glücklichsten Verbindung legte, die vielleicht jemals auf der Welt gewesen. Indem kamen Sie hier an. Ach! – *(Theresens Stimme wird gefühlvoller, aber schwächer.)*

Ihre Gegenwart, die mich erleuchten und aufmuntern sollte, hatte diese gehofften Wirkungen nicht. Nach und nach zog sich meine Sorge von Rosalien ab. Ich unterrichtete sie nicht mehr, wie man gefallen müsse; – und die Ursache hiervon blieb mir nicht lange verborgen.

Dorval, ich wußte die völlige Herrschaft, welche die Tugend über Sie hat, und es schien mir, als liebte ich die Tugend darum noch mehr. Ich nahm mir vor, durch sie in Ihre Seele einzudringen, und glaubte, niemals einen Anschlag gefaßt zu haben, der so sehr nach meinem Sinne gewesen wäre. Wie glücklich ist ein Frauenzimmer, sagte ich bei mir selbst, wenn sie denjenigen, dem sie den Vorzug erteilet hat, durch kein ander Mittel an sich ziehen kann, als dadurch, daß sie in der Achtung, die sie sich selbst schuldig ist, immer weiter und weiter gehet und sich in ihren eigenen Augen ohne Unterlaß erhöhet.

Ein anderes Mittel habe ich nicht angewandt. Daß ich die Wirkung davon aber nicht abwarte, daß ich mich itzt erkläre: daran hat der Mangel der Zeit, nicht der Mangel meiner Zuversicht Schuld. Ich habe nie daran gezweifelt, daß die Tugend nicht die Liebe erzeugen sollte, wenn der Augenblick nur erst gekommen ist. *(Eine kleine Pause; das Folgende muß einem Frauenzimmer, wie Theresia, nicht leicht fallen zu sagen.)*

Soll ich Ihnen gestehen, was mir das meiste gekostet hat? Dieses: jene zärtlichen und so wenig willkürlichen Bewegungen vor Ihnen zu verbergen, die fast immer ein Frauenzimmer, welches liebet, verraten. Die Vernunft läßt sich dann und wann hören. Das ungestüme Herz spricht ohne Unterlaß. Hundertmal, Dorval, hat das meinem Anschlage so nachteilige Wort auf meiner Zunge geschwebt. Sogar ist es mir einigemal entfahren; aber Sie haben es nicht gehöret, worüber ich allezeit sehr froh gewesen bin.
So ist Theresia. Wenn Sie sie fliehen, so hat sie wenigstens keine Ursache, sich ihrer selbst zu schämen. Von Ihnen entfernt, wird sie sich in dem Schoße der Tugend wiederfinden. Und anstatt daß so manches Frauenzimmer den Augenblick verwünschen muß, in welchem der Gegenstand einer strafbaren Zärtlichkeit ihrem Herze den ersten Seufzer entriß, wird sich Theresia Dorvals niemals erinnern, ohne sich des Glücks, ihn gekannt zu haben, zu freuen. Wenn sich ja einige Bitterkeit in ihre Erinnerung mischen sollte: so wird sie doch immer, selbst in den Empfindungen, die er in ihr erweckt hat, einen sanften und wirksamen Trost finden.

Fünfter Auftritt

DORVAL. THERESIA. CLAIRVILLE.

DORVAL. Madame, Ihr Bruder –

THERESIA *(sagt niedergeschlagen:)* Mein Bruder, Dorval verläßt uns. *(Und gehet ab.)*

CLAIRVILLE. Eben habe ich es erfahren.

Sechster Auftritt

DORVAL. CLAIRVILLE.

DORVAL *(zerstreut, verwirrt, und tut einige Schritte hin und her).* Briefe von Paris – – Eine dringende Angelegenheit – Ein Wechsler, der auf der Kippe steht.

CLAIRVILLE. Liebster Freund, Sie dürfen nicht fortreisen, ohne mir noch eine kurze Unterredung zu verstatten. Ich bin Ihres Beistandes nie benötigter gewesen.

DORVAL. Sie haben zu befehlen; aber wenn Sie mir Gerechtigkeit wollen widerfahren lassen, so werden Sie im geringsten nicht zweifeln, daß ich nicht die allerstärksten Gründe haben sollte –

CLAIRVILLE *(betrübt).* Ich hatte einen Freund, und dieser Freund verläßt mich. Ich ward von Rosalien geliebt, und nun liebt mich Rosalia nicht mehr. Ich bin voll Verzweiflung – Dorval, wollen Sie mich verlassen?

DORVAL. Was kann ich für Sie tun?

CLAIRVILLE. Sie wissen, ob ich Rosalien liebe! – Doch nein, Sie wissen hiervon nichts. Gegen andere ist die Liebe meine erste Tugend; vor Ihnen erröte ich fast darüber. – Nun gut, Dorval, ich will erröten, wenn ich muß; aber ich bete sie an. – Wenn ich Ihnen alles sagen könnte, was ich erlitten habe! Mit welcher Behutsamkeit, mit welcher zärtlichen Gewissenhaftigkeit ich der allerstärksten Leidenschaft Stillschweigen auferlegt habe! – Rosalia lebte hier in der Nähe, eingezogen, in der Gesellschaft einer Muhme. Es war eine sehr betagte Amerikanerin, eine Freundin von Theresen. Ich sahe Rosalien alle Tage, und alle Tage sahe ich ihre Reize sich vermehren; mit ihnen vermehrte sich zugleich meine Unruhe. Ihre Muhme stirbt. In ihren letzten Augenblicken ruft sie meine Schwester, strecket ihre schwache Hand gegen sie aus, weiset auf Rosalien, die neben ihrem Bette trostlos jammert, und siehet sie starr an, ohne ein Wort zu reden; darauf heftet sie ihre Augen auf Theresen; Tränen stürzen aus ihren Augen; sie seufzet; und meine Schwester verstehet alles. Rosalia ward ihre Gespielin, ihr Mündel, ihre Schülerin; und ich, ich ward der glücklichste unter allen Menschen. Theresia bemerkte meine Leidenschaft; Rosalia schien davon gerührt zu sein, und meinem Glücke war weiter nichts im Wege als der Wille einer bekümmerten Mutter, die ihre Tochter wiederforderte. Schon machte ich mich gefaßt, in die entfernte Gegend zu ziehen, wo Rosalia das Licht erblicket; aber ihre Mutter stirbt; und ihr Vater fasset, seines hohen Alters ungeachtet, den Entschluß, zu uns zurückzukehren.

Ich erwartete ihn, diesen Vater, um mein Glück zu vollenden; er kömmt; und er wird mich untröstlich finden.

DORVAL. Noch sehe ich die Ursache nicht, warum Sie es sein könnten.

CLAIRVILLE. Diese habe ich Ihnen gleich anfangs entdeckt. Rosalia liebt mich nicht mehr. Je weniger der Hindernissen wurden, die sich meinem Glücke widersetzten, desto zurückhaltender, kälter, gleichgültiger ward sie selbst. Jene zärtlichen Empfindungen, die ihrem Munde mit einer so reizenden, so entzückenden Einfalt entfuhren, haben einer Höflichkeit Platz gemacht, die mich noch töten wird. Alles ist ihr unschmackhaft. Nichts beschäftiget sie. Nichts vergnügt sie. Sieht sie mich, sogleich ist ihre erste Bewegung, sich zu entfernen. Ihr Vater langt an; und man sollte sagen, daß diese so gewünschte, so lange erwartete Ankunft sie im geringsten nicht mehr rühre. Sie hat weiter nichts mehr als einen finstern Geschmack an der Einsamkeit. Theresen wird nicht besser von ihr begegnet als mir. Und wenn uns Rosalia ja noch sucht, so geschieht es bloß, um, vermittelst des einen von uns, den andern zu vermeiden. Endlich, was mein Unglück vollkommen macht – selbst meine Schwester scheinet sich meiner nicht mehr anzunehmen.

DORVAL. Ich erkenne Clairvillen! Er beunruhiget sich, er grämet sich, und ist dem Augenblicke seines Glückes am nächsten.

CLAIRVILLE. Ach, liebster Dorval, Sie glauben es nicht. Sehen Sie nur –

DORVAL. Ich sehe in Rosaliens ganzer Aufführung weiter nichts als etwas von dem ungleichen Wesen, welchem die wohlerzogensten Frauenzimmer am meisten unterworfen sind, und das, wenn wir es ihnen zu vergeben haben, für uns selbst oft eine Quelle des Vergnügens wird. Es hat ein so auserlesenes Gefühl; seine Seele ist so empfindlich; seine sinnlichen Werkzeuge sind so fein, daß ein Verdacht, ein Wort, ein Gedanke imstande ist, es zu beunruhigen. Ihre Seelen, liebster Freund, gleichen dem Kristalle eines reinen und durchsichtigen Wassers, in welchem sich die ruhige Szene der Natur malet. Nur ein Blatt darf fallen, und die Fläche noch so leicht bewegen, sogleich schwanken alle Gegenstände.

CLAIRVILLE *(betrübt)*. Sie trösten mich; Dorval – ich bin verloren! Ich fühle es nur allzusehr, – daß ich ohne Rosalien nicht leben kann; aber was für ein Schicksal auch immer auf mich warten mag, ich muß, noch vor Ankunft ihres Vaters, wissen, woran ich bin.

DORVAL. Worin kann ich Ihnen dienen?

CLAIRVILLE. Sie müssen mit Rosalien sprechen.

DORVAL. Ich mit ihr sprechen!

CLAIRVILLE. Ja, liebster Freund. Sie sind der einzige auf der Welt, der sie mir wieder zuführen kann. Die Hochachtung, welche sie für Sie hegt, läßt mich alles hoffen.

DORVAL. Clairville, was verlangen Sie von mir? Rosalia kennt mich kaum, und ich bin, dergleichen Dinge auszumachen, so wenig geschickt –

CLAIRVILLE. Sie vermögen alles, und Sie müssen mir es nicht abschlagen. Rosalia verehret Sie. Ihre Gegenwart erfüllet sie mit Ehrerbietung; das hat sie selbst gestanden. Sie wird es nimmermehr wagen, vor Ihren Augen ungerecht, unbeständig, undankbar zu sein. Das ist das große Vorrecht der Tugend: sie herrschet über alles, was sich ihr nahet. Dorval, zeigen Sie sich Rosalien, und sie wird bald wieder das für mich sein, was sie sein soll, was sie war.

DORVAL *(indem er Clairvillen die Hand auf die Schulter legt).* Ach, Unglücklicher!

CLAIRVILLE. Liebster Freund, wenn ich es bin!

DORVAL. Sie fordern –

CLAIRVILLE. Ich fordere –

DORVAL. Sie sollen befriediget werden.

Siebenter Auftritt

DORVAL *allein.*

DORVAL. Welche neue Verwirrung! – Der Bruder – – die Schwester – – Grausamer Freund, blinder Liebhaber, was verlangest du von mir! – »Zeigen Sie sich Rosalien!« Ich, ich mich Rosalien zeigen? und ich wollte, daß ich mich vor mir selbst verbergen könnte. – Wie dann, wenn mich Rosalia errät? und wie werde ich meinen Augen, meiner Stimme, meinem Herzen gebieten können? – Wer steht mir für mich? – Die Tugend? – Habe ich noch Tugend? –

Ende des ersten Aufzugs.

Zweiter Aufzug

Erster Auftritt

ROSALIA. JUSTINE.

ROSALIA. Justine, gib mir meine Arbeit!

(Justine rückt den Nährahmen zu ihr. Rosalia stützet sich traurig auf den Rahmen. Justine sitzet auf der andern Seite. Sie arbeiten. Rosalia unterbricht ihre Arbeit, um sich die Tränen, die ihr aus den Augen fallen, abzutrocknen. Alsdenn arbeitet sie weiter. Das Stillschweigen dauert einen Augenblick, indem läßt Justine ihre Arbeit sinken und betrachtet ihr Fräulein.)

JUSTINE. Ist das die Freude, mit welcher Sie Ihren Herrn Vater erwarten? Sind das die Entzückungen, die Sie ihm bereiten? Seit einiger Zeit weiß ich mich in Ihre Seele gar nicht zu finden. Es muß etwas Unrechtes darin vorgehen; denn Sie verbergen mir es, und Sie tun sehr wohl daran.

ROSALIA *(antwortet mit nichts als mit Seufzern und Tränen).*

JUSTINE. Verläßt Sie denn ganz Ihr Verstand, Mademoiselle? Itzt, da wir alle Augenblicke einem Vater entgegensehen! Itzt, den Tag vor Ihrer Vermählung! Ich wiederhole es: verläßt Sie denn ganz Ihr Verstand?

ROSALIA. Nein, Justine.

JUSTINE *(nach einer Pause).* Ist etwa Ihrem Herrn Vater ein Unglück begegnet?

ROSALIA. Nein, Justine.

(Zwischen allen diesen Fragen verstreichet eine kurze Zeit, in der Justine ihre Arbeit sinken läßt und wieder vornimmt.)

JUSTINE *(nach einer etwas längern Pause).* Sollte wohl gar – lieben Sie vielleicht gar Clairvillen nicht mehr?

ROSALIA. Nein, Justine.

JUSTINE *(bleibet ein wenig erstaunt und sagt hierauf).* Ist das also die Ursache dieser Seufzer, dieses Stillschweigens, dieser Tränen? – O nunmehr, nunmehr mögen die Mannspersonen nur immer sagen, daß wir nicht wohl gescheit sind, daß wir uns heut in einen Gegenstand vernarren, den wir mor-

gen tausend Meilen von uns zu sein wünschen. Mögen sie doch nun von uns sagen, was sie wollen; ich will des Todes sein, wenn ich ein Wort darwider einwende. – Sie haben doch wohl nicht gehofft, Mademoiselle, daß ich diesen Eigensinn billigen würde? – Clairville liebt Sie außer Maßen; über alles. Sie haben keine Ursache, sich über ihn zu beklagen. Hat sich jemals ein Frauenzimmer schmeicheln können, eines zärtlichen, getreuen, rechtschaffnen Liebhabers gewiß zu sein, sich einem Manne von Verstande, von Bildung, von Sitten ergeben zu haben: so sind Sie es. Einem Manne von Sitten, Mademoiselle, von Sitten! – Es hat mir nie in den Kopf gewollt, daß man aufhören könne zu lieben; noch weniger, daß man ohne Ursache aufhören könne. Dahinter muß etwas stecken, was über meine Begriffe geht. *(Justine hält einen Augenblick inne. Rosalia fähret fort zu arbeiten und zu weinen. Justine fängt in einem heuchlerischen und besänftigtern Tone wieder an, arbeitet aber dabei und sagt, ohne die Augen von ihrer Arbeit aufzuschlagen:)*
Bei dem allen: wenn Sie Clairvillen nicht mehr lieben, freilich ist es ärgerlich. – – Aber deswegen doch auch so untröstlich zu sein als Sie – Wie? Außer ihm wäre in der Welt keine Person zu finden, die Sie lieben könnten?

ROSALIA. Nein, Justine.

JUSTINE. Ha, der! Dessen waren wir uns nicht vermutend.

*(*DORVAL *tritt herein;* JUSTINE *geht ab. Rosalia steht von ihrem Rahmen auf, sucht sich geschwind die Augen abzutrocknen und ein ruhiges Gesicht anzunehmen. Vorher hat sie gesagt:)*

ROSALIA. Himmel! Es ist Dorval.

Zweiter Auftritt

ROSALIA. DORVAL.

DORVAL. *(Sein Ton verrät einigermaßen seine innere Bewegung.)* Erlauben Sie, Mademoiselle, daß ich vor meiner Abreise *(Rosalia scheinet bei diesen Worten bestürzt)* noch einem Freunde gehorche und ihm bei Ihnen einen Dienst zu leisten suche, den er für sehr wichtig hält. Niemand in der Welt kann an Ihrem Glücke und an dem seinigen mehr Anteil nehmen als ich; Sie wissen es. Vergönnen Sie mir also zu fragen, worin Ihnen Clairville hat mißfallen können, und warum Sie ihm, wie er sagt, so außerordentlich kaltsinnig begegnen?

ROSALIA. Darum, – weil ich ihn nicht mehr liebe.

DORVAL. Sie lieben ihn nicht mehr?

ROSALIA. Nein, Dorval.

DORVAL. Und wodurch hat er sich dieses schreckliche Unglück zugezogen?

ROSALIA. Durch nichts. Ich liebte ihn. Ich habe aufgehört. Ich war ohne Zweifel leichtsinnig, ohne daß ich es gedacht hätte.

DORVAL. Haben Sie es vergessen, daß Clairville der Liebhaber ist, den Ihr Herz gewählet hat? – Bedenken Sie auch, daß seine Tage höchst unglücklich sein würden, wenn ihm die Hoffnung, Ihre Zärtlichkeit wiederzuerlangen, benommen würde? – – Glauben Sie, Mademoiselle, daß es einem rechtschaffenen Frauenzimmer erlaubt ist, mit dem Glükke eines rechtschaffnen Mannes ihren Scherz zu treiben? –

ROSALIA. Ich weiß alles, was man mir hierüber sagen kann. Ich überhäufe mich ohne Unterlaß mit Vorwürfen. Ich bin untröstlich. Ich wollte lieber tot sein!

DORVAL. Sie sind nicht ungerecht.

ROSALIA. Ich weiß nicht mehr, was ich bin. Ich achte meiner nicht mehr.

DORVAL. Aber warum lieben Sie Clairvillen nicht mehr? Es muß doch alles seine Ursache haben.

ROSALIA. Weil ich einen andern liebe.

DORVAL. Rosalia! Sie! *(In einem mit Vorwürfen vermischten Erstaunen.)*

ROSALIA. Ja, Dorval. – Clairville wird sattsam gerochen werden.

DORVAL. Rosalia! – Wenn es das Unglück wollte – daß Ihr

überraschtes Herz – von einer Neigung hingerissen wäre, – die Ihnen Ihre Vernunft als ein Verbrechen anrechnen müßte – Ich habe diesen grausamen Zustand kennen lernen! – Wie würde ich Sie bedauern.

ROSALIA. Bedauern Sie mich also.

DORVAL *(antwortet ihr bloß mit einer mitleidigen Gebärde.)*

ROSALIA. Ich liebte Clairvillen. Ich bildete mir nicht ein, daß ich einen andern lieben könnte, als ich auf die Klippe stieß, an welcher meine Beständigkeit und unser Glücke scheiterte – Die Züge, der Geist, der Blick, der Ton der Stimme, alles schien mir in diesem angenehmen und schrecklichen Gegenstande, ich weiß selbst nicht welchem Bilde zu entsprechen, das die Natur in mein Herz gepräget hat. Ich sah ihn. Ich glaubte in ihm die Wirklichkeit aller der Einbildungen, die ich mir von der Vollkommenheit gemacht hatte, zu erblicken, und sogleich erhielt er mein Vertrauen – Wenn ich es hätte vorhersehen können, daß ich mich gegen Clairvillen ändern würde! – Aber ach! ich schöpfte deswegen noch kaum den ersten Verdacht, als es mir schon ganz zur Gewohnheit geworden war, seinen Nebenbuhler zu lieben. – – Und wie wäre es möglich gewesen, ihn nicht zu lieben? – Alles, was er sagte, war so, wie ich es dachte. Er verwarf unfehlbar alles, was mir mißfiel. Ich lobte nicht selten im voraus, was er im Begriff war zu billigen. Wenn er eine Empfindung ausdrückte, so glaubte ich, er habe die meinige erraten. – Kurz, was soll ich Ihnen sagen? In andern erblickte ich kaum einige Ähnlichkeiten von mir: *(sie schlägt die Augen nieder und setzt mit einer leisern Stimme hinzu)* in ihm fand ich mich ohne Unterlaß ganz und gar.

DORVAL. Und weiß dieser selige Sterbliche sein Glück?

ROSALIA. Wenn es ein Glück ist, so muß er es wissen.

DORVAL. Wenn Sie lieben, so werden Sie ohne Zweifel wieder geliebt?

ROSALIA. Dorval, das wissen Sie!

DORVAL *(lebhaft)*. Ja, ich weiß es, und mein Herz fühlt es –

Was habe ich gehört? – Was habe ich gesagt? – Wer wird mich vor mir selber retten? –

(Dorval und Rosalia sehen einander einen Augenblick stillschweigend an. Rosalia weinet bitterlich. Clairville wird angemeldet.)

SYLVESTER *(zu Dorval).* Mein Herr, Clairville verlangt Sie zu sprechen.

DORVAL. Rosalia! – – Aber er kömmt – Bedenken Sie doch! – Es ist Clairville. Es ist mein Freund. Es ist Ihr Liebhaber.

ROSALIA. Leben Sie wohl, Dorval. *(Sie reichet ihm die Hand. Dorval nimmt sie und läßt seinen Mund traurig auf die Hand fallen, und Rosalia setzt hinzu:)* Leben Sie wohl! – Welch ein Wort!

Dritter Auftritt

DORVAL *allein.*

DORVAL. Wie schön schien sie mir in ihrem Schmerze! Wie rührend waren ihre Reize! Ich hätte mein Leben darum gegeben, wenn ich eine von den Tränen, die aus ihren Augen flossen, hätte aufsammeln können. – »Dorval, das wissen Sie.« – Diese Worte ertönen noch in dem Innersten meines Herzens. – – Sie werden mir so bald nicht aus dem Gedächtnisse kommen.

Vierter Auftritt

DORVAL. CLAIRVILLE.

CLAIRVILLE. Verzeihen Sie meiner Ungeduld. Nun, Dorval! –

DORVAL *(verrät Unruhe. Er will sich fassen; es gelingt ihm aber übel. Clairville, der in seinen Augen zu lesen sucht, bemerkt es; allein er irret sich damit und sagt:)*

CLAIRVILLE. Sie sind in Verwirrung! Sie sagen mir nichts! Ihre Augen schwimmen in Tränen! Ich verstehe Sie, ich bin verloren! *(Indem Clairville dieses sagt, wirft er sich seinem Freunde in die Arme. Er verbleibt darin einen Augenblick, ohne zu reden.*

Dorval vergießt einige Tränen über ihm, und Clairville, ohne sich aus seiner Stellung zu bewegen, sagt mit schwacher und stammelnder Stimme:) Was hat sie gesagt? Worin besteht mein Verbrechen? Ich flehe, liebster Freund, machen Sie mir mein Ende!

DORVAL. Ich ihm sein Ende machen!

CLAIRVILLE. Sie stößt mir den Dolch in die Brust; und Sie, der einzige, der ihn vielleicht herausreißen könnte, Sie entfernen sich! Sie überlassen mich meiner Verzweiflung! Von meiner Geliebten verraten! Von meinem Freunde verlassen! Was soll aus mir werden! Dorval, Sie sagen mir nichts?

DORVAL. Was soll ich Ihnen sagen? – – Ich fürchte mich, zu reden.

CLAIRVILLE. Ich fürchte mich weit mehr, Sie zu hören. Demohngeachtet reden Sie; wenigstens wird meine Marter mit einer andern abwechslen. – Ihr Stillschweigen dünket mich, in diesem Augenblicke, die grausamste von allen.

DORVAL *(sich besinnend).* Rosalia –

CLAIRVILLE *(in eben dem Tone).* Rosalia –

DORVAL. Sie haben mir es wohl gesagt – scheinet wenig mehr von der zärtlichen Ungeduld zu haben, die Ihnen ein so nahes Glück versprach.

CLAIRVILLE. Sie hat sich geändert! – Was wirft sie mir vor?

DORVAL. Sie hat sich nicht geändert, wenn Sie es so nehmen wollen – Sie wirft Ihnen nichts vor, – aber ihr Vater –

CLAIRVILLE. Hat ihr Vater seine Einwilligung widerrufen?

DORVAL. Nein. Aber sie erwartet seine Zurückkunft. Sie fürchtet – Sie wissen es ja besser als ich, daß ein wohlerzogenes Frauenzimmer nie ohne Furcht ist.

CLAIRVILLE. Was für Furcht kann hier noch Statt finden? Alle Hindernisse sind gehoben. Es war ja einzig ihre Mutter, die sich unsern Wünschen widersetzte; sie ist nicht mehr, und ihr Vater langet bloß darum an, unsere Verbindung zu vollziehen, sich unter uns niederzulassen und seine Tage in seinem Vaterlande, in dem Schoße seiner Familie, mitten unter seinen Freunden, ruhig zu beschließen. Nach seinen

Briefen zu urteilen, wird sich der alte, verehrungswürdige Mann nicht viel weniger kränken als ich. Bedenken Sie nur, Dorval: nichts hat ihn aufhalten können; er hat seine liegenden Gründe verkauft; er hat sich in einem Alter von – achtzig Jahren, glaube ich – mit allen Habseligkeiten eingeschifft, obgleich die Meere von feindlichen Schiffen bedeckt sind.

DORVAL. Clairville, Sie müssen ihn erwarten. Sie können sich von der Gütigkeit des Vaters, von der rechtschaffnen Denkungsart der Tochter, von ihrer Liebe, von meiner Freundschaft, alles versprechen. Der Himmel wird es nicht zugeben, daß Wesen, die er zum Trost und zur Aufmunterung der Tugend ausdrücklich gebildet zu haben scheinet, alle insgesamt, ohne ihr Verschulden, unglücklich sein sollen.

CLAIRVILLE. Sie wollen also, ich soll noch leben?

DORVAL. Ob ich es will! – Wenn Clairville in dem Innersten meiner Seele lesen könnte! – – Allein ich habe Ihrem Verlangen ein Gnüge geleistet.

CLAIRVILLE. Wie ungern höre ich das! Reisen Sie nur, liebster Freund! Da Sie mich in den traurigen Umständen, in welchen ich mich befinde, verlassen können, so müssen die Ursachen, welche Ihre Abreise verlangen, wohl sehr wichtig sein. Nur um einen einzigen Augenblick muß ich Sie noch bitten. Meine Schwester ist, auf verschiedene nachteilige Gerüchte, die sich von Rosaliens Glücksumständen und von der Zurückkunft ihres Vaters verbreitet haben, wider ihren Willen ausgegangen. Ich habe ihr versprechen müssen, Sie so lange aufzuhalten, bis sie wieder nach Hause gekommen. Sie werden mir die Gefälligkeit erzeigen und sie erwarten.

DORVAL. Was ist in der Welt, das Theresia nicht von mir erhalten könnte!

CLAIRVILLE. Theresia! Ach! ich schmeichelte mir zuweilen – Aber lassen Sie uns diese Anschläge auf eine glücklichere Zeit versparen! – Ich weiß, wo sie ist; ich will ihre Rückkunft beschleunigen.

Fünfter Auftritt

DORVAL *allein.*

DORVAL. Bin ich wohl der Unglückselige! – Ich flöße der Schwester meines Freundes eine geheime Leidenschaft ein – ich lasse mich von einer sinnlosen Leidenschaft gegen seine Geliebte überraschen; sie desgleichen gegen mich. – Was tue ich noch in einem Hause, das ich mit Verwirrungen erfülle? Wo ist die Rechtschaffenheit? Ist eine Spur von ihr in meinem Betragen? *(Er ruft, wie rasend.)* Karl! Karl! – Es kömmt niemand. – Alles verläßt mich. *(Er wirft sich in einen Lehnstuhl. Er vertieft sich in Gedanken. Er bricht von Zeit zu Zeit in folgende Worte aus.)* – Wenn das noch die ersten wären, an deren Unglücke ich schuld bin! – Aber nein, ich schleppe überall das Unglück nach mir – Traurige Sterbliche, bejammernswürdiges Spiel des Zufalles! – – Trotzet nur recht auf euer Glück, auf eure Tugend! – Ich komme hierher, ich bringe ein reines Herz mit – ja; denn es ist noch rein. – Ich finde drei vom Himmel beglückte Wesen: eine tugendhafte und ruhige Frau, einen feurigen und beglückten Liebhaber, eine junge vernünftige und empfindliche Geliebte. – Die tugendhafte Frau hat ihre Ruhe verloren. Sie nähret eine Leidenschaft in ihrem Herzen, die sie peiniget. Der Liebhaber ist voller Verzweiflung. Seine Geliebte wird unbeständig und wird dadurch nur unglücklicher. – Hätte ein Bösewicht mehr Unheil stiften können! – O du, der du alles lenkest, der du mich hierher geführet, wirst du geruhen, deine Wege zu rechtfertigen? – Ich weiß nicht, wo ich bin. *(Er schreiet nochmals.)* Karl! Karl!

Sechster Auftritt

DORVAL. KARL. SYLVESTER.

KARL. Mein Herr, es ist angespannt. Es ist alles fertig. *(Hiermit geht er gleich wieder ab.)*

SYLVESTER *(tritt herein).* Madame ist eben wieder nach Hause gekommen. Sie wird gleich herunterkommen.

DORVAL. Theresia?

SYLVESTER. Ja, mein Herr. *(Hiemit geht er ab.)*

KARL *(kommt wieder herein und sagt zu seinem Herrn, der ihn mit übereinandergeschlagenen Armen anhört und betrachtet).* Mein Herr, – *(indem er in seinen Taschen sucht)* ich werde über Ihre Ungeduld selbst ganz verwirrt. – Es scheinet, die gesunde Vernunft hat dieses Haus ganz und gar verlassen. – Gott gebe, daß wir sie unterwegens wiederfinden! – Ich dachte gar nicht mehr daran, daß ich einen Brief habe; und nun, da ich wieder daran denke, kann ich ihn nicht finden. *(Nach vielem Suchen findet er endlich den Brief und gibt ihn Dorvaln.)*

DORVAL. So gib doch!
(Karl tritt ab.)

Siebenter Auftritt

DORVAL *allein. Er lieset.*

DORVAL. »Scham und Gewissensbisse verfolgen mich. – Dorval, Sie kennen die Gesetze der Unschuld. – – Bin ich strafbar? – Retten Sie mich! – Ach, ist hierzu noch Zeit? Wie beklage ich meinen Vater! – meinen Vater! – Und Clairville? ich wollte mein Leben für ihn lassen – Leben Sie wohl, Dorval; für Sie wollte ich tausend Leben lassen – – Leben Sie wohl! – Sie fliehen, und ich werde für Schmerz sterben.« *(Nachdem er dieses mit einer oft unterbrochnen Stimme und in der äußersten Unruhe gelesen, wirft er sich in den Lehnstuhl. Er schweigt einen Augenblick still. Hierauf blickt er mit verkehrten und zerstreuten Augen auf den Brief, den er mit zitternder Hand hält, wiederholt verschiedene Worte daraus und sagt:)*

»Scham und Gewissensbisse verfolgen mich« – Ich, ich sollte erröten; mich, mich sollten sie nagen. – »Sie kennen die Gesetze der Unschuld« – Sonst kannte ich sie! – »Bin ich strafbar?« – Nein, ich, ich bin es. – »Sie fliehen, und ich werde sterben« – O Himmel! das ist mehr, als ich ertragen kann! *(Indem er aufspringt.)* Fort, den Augenblick fort von hier! – Ich will – ich kann nicht – Es wird finster in meinem Verstande – Welche Nacht ist um mich her! – O Rosalia! o Tugend! o Marter! *(Nachdem er einen Augenblick geschwiegen, richtet er sich nicht ohne Mühe auf. Er nähert sich langsam dem Tische. Er schreibet mit Not einige Zeilen; mitten unter seinem Schreiben aber stürzet* KARL *herein und schreiet:)*

Achter Auftritt

DORVAL. KARL.

KARL. Mein Herr, zu Hilfe! – Mörder! – Clairville! *(Dorval springt von dem Tische, an welchem er geschrieben, auf, läßt seinen Brief halb fertig liegen, rennet nach seinem Degen, den er auf einem Lehnstuhl findet, und eilet seinem Freunde zu Hilfe. Unter diesen Bewegungen kömmt* THERESIA *dazu und ist nicht wenig betroffen, da sie sich sowohl von dem Herrn als von dem Bedienten allein gelassen siehet.)*

Neunter Auftritt

THERESIA *allein.*

THERESIA. Was soll diese Flucht bedeuten? – Er hat mich sollen erwarten. Ich komme; er verschwindet. – Dorval, Sie kennen mich schlecht. – Ich kann von der Schwachheit genesen. – *(Sie nähert sich dem Tische und wird den halbfertigen Brief gewahr.)* Ein Brief! *(Sie nimmt ihn und lieset.)*
»Ich liebe Sie, und ich fliehe – ach, viel zu spät! – Ich bin

Clairvillens Freund. – Die Pflichten der Freundschaft, die heiligen Gesetze der Gastfreiheit« – Himmel! wie groß ist mein Glück! – Er liebt mich! – Dorval, Sie lieben mich – *(Sie gehet in einer freudigen Unruhe auf und ab.)* Nein, Sie dürfen nicht abreisen. – Ihre Furcht ist eine eitele Furcht; – Ihre Gewissenhaftigkeit ist nichtig. – Sie haben meine ganze Zärtlichkeit. – Sie kennen weder Theresien noch Ihren Freund! – Nein, Sie kennen ihn nicht – Aber vielleicht entfernt er sich schon, vielleicht flieht er den Augenblick, da ich hier rede. – *(Sie verläßt die Szene nicht ohne Eilfertigkeit.)*

Ende des zweiten Aufzugs

Dritter Aufzug

Erster Auftritt

CLAIRVILLE. DORVAL.

Sie treten mit dem Hute auf dem Kopfe herein. Dorval legt seinen Hut und Degen wieder auf den Lehnstuhl.

CLAIRVILLE. Glauben Sie mir, was ich getan habe, würde jeder andrer an meiner Stelle getan haben.

DORVAL. Ich glaube es. Aber ich kenne Clairvillen. Er ist hitzig.

CLAIRVILLE. Ich war allzubetrübt, als daß ich leicht zu beleidigen gewesen wäre. – Aber was denken Sie von dem Gerüchte, das Theresien auszugehen veranlaßte?

DORVAL. Hiervon ist itzt nicht die Rede.

CLAIRVILLE. Verzeihen Sie mir. Die Namen kommen überein; man spricht von einem weggenommenen Schiffe, von einem Alten, namens Merian –

DORVAL. Ich bitte Sie, lassen Sie uns einen Augenblick dieses Schiffs, dieses Alten vergessen, um zu Ihrer Sache zu kommen. Warum wollen Sie mir etwas verschweigen, wovon bereits jedermann spricht, und das ich also doch erfahren muß?

CLAIRVILLE. Ich wollte lieber, daß es Ihnen ein andrer sagte.

DORVAL. Aber ich will keinem andern glauben als Ihnen.

CLAIRVILLE. Weil Sie mich denn durchaus zu reden nötigen; es betraf Sie.

DORVAL. Mich?

CLAIRVILLE. Sie. Es sind zwei der boshaftesten und feigsten Seelen, gegen welche Sie mir zu Hilfe kamen. Dem einen hat Theresia, wegen der schändlichsten Streiche, das Haus verbieten müssen; und der andere hatte eine Zeitlang Absichten auf Rosalien. Ich finde sie bei der Freundin, von welcher sich meine Schwester eben wieder wegbegeben hatte. Sie sprachen von Ihrer Abreise; denn hier weiß man alles. Sie zweifelten, ob sie mir dazu Glück wünschen oder mich deswegen beklagen sollten. Sie waren beide gleich erstaunt.

DORVAL. Warum erstaunt?

CLAIRVILLE. Weil, wie der eine sagte, meine Schwester in Sie verliebt wäre.

DORVAL. Viel Ehre für mich!

CLAIRVILLE. Und der andere, weil Sie es selbst in die Geliebte Ihres Freundes wären.

DORVAL. Ich?

CLAIRVILLE. Sie.

DORVAL. In Rosalien?

CLAIRVILLE. In Rosalien.

DORVAL. Clairville, Sie sollten denken –

CLAIRVILLE. Ich denke, daß Sie keiner Verräterei fähig sind. *(Dorval verrät Unruhe.)* Noch nie hat sich in Dorvals Seele eine niederträchtige Gesinnung, noch in Clairvilles Seele ein schimpflicher Verdacht geschlichen.

DORVAL. Verschonen Sie mich, Clairville.

CLAIRVILLE. Ich lasse Ihnen Gerechtigkeit widerfahren. – Dafür warf ich auch Blicke des Unmuts und der Verachtung auf sie. *(Clairville betrachtet Dorvaln mit solchen Blicken, und Dorval kann sie nicht aushalten. Er wendet den Kopf weg, und bedeckt sich das Gesicht mit den Händen.)* Ich gab ihnen zu verstehen, daß man den Samen der Niederträchtigkeit in sich selber hegen müsse, derenwegen man einen andern so leicht in Verdacht haben könne; daß ich von meiner Geliebten, von meiner Schwester, von meinem Freunde, überall wo ich mich befände, nicht anders als mit Achtung wollte gesprochen wissen – Sie billigen doch wohl mein Betragen?

DORVAL. Ich kann es nicht mißbilligen – Nein – Aber –

CLAIRVILLE. Ein Wort gab hierauf das andere. Sie gehen fort. Ich folge. Sie fallen mich an –

DORVAL. Und es wäre um Sie geschehen gewesen, wenn ich nicht zu Hilfe gekommen wäre! –

CLAIRVILLE. Gewiß, ich habe Ihnen mein Leben zu danken.

DORVAL. Das will so viel sagen: einen Augenblick später, so wäre ich selbst Ihr Mörder geworden.

CLAIRVILLE. Wie können Sie so reden? Sie hätten Ihren Freund verloren, aber Sie wären doch geblieben, wer Sie sind. Konnten Sie selbst einem so unwürdigen Verdachte vorbeugen?

DORVAL. Vielleicht.

CLAIRVILLE. So schimpfliche Nachreden verhinderen?

DORVAL. Vielleicht.

CLAIRVILLE. Wie ungerecht sind Sie gegen sich selbst!

DORVAL. Wie groß sind Unschuld und Tugend, und wie dunkel und klein ist dargegen das Laster!

Zweiter Auftritt

DORVAL. CLAIRVILLE. THERESIA.

THERESIA. Dorval – mein Bruder – in welche Unruhe stürzen Sie uns. – Ich zittere noch über und über, und Rosalia ist halb tot.

DORVAL *und* CLAIRVILLE. Rosalia!

(Dorval hält plötzlich wieder an sich.)

CLAIRVILLE. Ich gehe, ich fliehe –

THERESIA *(die ihn bei dem Arme zurückhält).* Justine ist bei ihr. Ich habe sie gesehen. Ich komme eben von ihr. Sei unbesorgt!

CLAIRVILLE. Ich bin um sie – ich bin um Dorvaln äußerst besorgt. – Er ist so finster, so unbegreiflich finster! – In dem Augenblicke, da er seinem Freunde das Leben rettet! – Liebster Freund, wenn Sie irgend einen Kummer haben, warum wollen Sie ihn nicht in den Schoß eines Menschen ausschütten, der alle Empfindungen mit Ihnen teilet; der, wenn er glücklich wäre, nur für seinen Dorval, nur für Rosalien leben wollte?

THERESIA *(indem sie einen Brief aus dem Busen ziehet und ihn ihrem Bruder gibt).* Da, mein Bruder, lies sein Geheimnis, lies das meinige, und allem Ansehen nach die Ursache seiner Melancholie!

(Clairville nimmt den Brief und lieset ihn. Dorval siehet, daß es der Brief ist, den er an Rosalien geschrieben hat, und ruft:)

DORVAL. Gerechter Himmel! Es ist mein Brief!

THERESIA. Ja, Dorval. Sie dürfen nicht abreisen. Ich weiß alles. Es ist alles besorgt. – Welche Bedenklichkeiten machten Sie zu einem Feinde unsers Glückes? – Sie liebten mich! – Sie schrieben es mir! – Sie fliehen!

(Bei jedem dieser Worte erschüttert und quälet sich Dorval.)

DORVAL. Das mußte ich. Das muß ich noch. Ein grausames Schicksal verfolgt mich. Madame, dieser Brief – *(leise)* Himmel, was wollte ich sagen!

CLAIRVILLE. Was habe ich gelesen? Mein Freund, mein Erretter wird mein Bruder! Wie sehr wird dadurch mein Glück, wie sehr meine Erkenntlichkeit wachsen!

THERESIA. O so erkennen Sie doch aus diesen seinen freudigen Entzückungen die Aufrichtigkeit seiner Gesinnungen und die Ungerechtigkeit Ihrer Besorgnis! Aber welche geheime Ursache vermag noch Ihre Freude zurückzuhalten?

Dorval, wenn ich Ihre Zärtlichkeit besitze, warum besitze ich nicht auch Ihr Vertrauen?

DORVAL *(in einem traurigen Tone und mit niedergeschlagenen Gebärden).* Clairville.

CLAIRVILLE. Liebster Freund, Sie sind traurig.

DORVAL. Das bin ich.

THERESIA. Reden Sie, zwingen Sie sich nicht länger! – Dorval, setzen Sie doch einiges Vertrauen auf Ihren Freund. *(Dorval schweigt noch immer, und Theresia fügt hinzu:)* Aber ich sehe, daß Ihnen meine Gegenwart zur Last ist. Ich lasse Sie mit ihm allein.

Dritter Auftritt

DORVAL. CLAIRVILLE.

CLAIRVILLE. Dorval, wir sind allein. – Haben Sie einen Augenblick zweifeln können, ob ich Ihre Verbindung mit Theresien billigen würde? – Warum haben Sie mir ein Geheimnis aus Ihrer Neigung gemacht? Theresien halte ich es zugute; sie ist ein Frauenzimmer – aber Sie! – Sie antworten mir nicht. *(Dorval höret mit niederhangendem Haupte und übereinandergeschlagenen Armen zu.)*

Sollten Sie wohl befürchtet haben, daß meine Schwester, wenn sie die Umstände Ihrer Geburt erführe –

DORVAL *(ohne sich aus seiner Stellung zu rühren, den Kopf bloß gegen Clairvillen gekehret).* Clairville, Sie beleidigen mich. Ich habe einen zu stolzen Geist, dergleichen Besorgnissen Raum zu geben. Wenn Theresia dieses Vorurteils fähig wäre, so würde sie, ich unterstehe mich, es zu sagen, – meiner nicht würdig sein.

CLAIRVILLE. Verzeihen Sie mir, liebster Dorval; die hartnäckige Traurigkeit, in die ich Sie versenkt sehe, da alles Ihre Wünsche zu begünstigen scheinet –

DORVAL *(leise und mit Bitterkeit).* Ja, ja, es gelingt mir alles ausnehmend schön.

CLAIRVILLE. Diese Traurigkeit beunruhiget, verwirret mich,

und macht, daß ich mit meinen Gedanken auf allerlei Dinge verfalle. Ihrerseits ein wenig mehr Vertrauen, würde mir eine Menge falsche Vermutungen ersparen. – Liebster Freund, Sie haben sich mir nie eröffnet – Dorval weiß von den süßen Ausschüttungen des Herzens nichts; – seine in sich verschlossene Seele – Aber sollte ich Ihre Meinung endlich erraten haben? Sollten Sie wohl befürchtet haben, daß, wenn mich Theresens zweite Heirat der Hälfte eines Vermögens beraubte, das in der Tat gar nicht ansehnlich ist, das mir aber nicht entgehen zu können schien, – daß ich alsdann nicht reich genug sein möchte, Rosalien zu heiraten?

DORVAL *(traurig)*. Da kömmt sie, diese Rosalia! – Clairville, bemühen Sie sich, den Eindruck zu unterhalten, den die Gefahr, in der Sie sich befunden, bei ihr machen müssen.

Vierter Auftritt

DORVAL. CLAIRVILLE. ROSALIA. JUSTINE.

CLAIRVILLE *(indem er Rosalien entgegenzugehen eilet)*. Ist es wirklich wahr, daß mich Rosalia zu verlieren befürchtet hat? Daß sie für mein Leben gezittert hat? Wie teuer würde mir der Augenblick, welcher meinen Untergang drohte, wie teuer würde er mir sein, wenn er den geringsten Funken der Zuneigung in ihr wieder angefacht hätte!

ROSALIA. Es ist wahr, Ihre Unvorsichtigkeit hat mich in die schrecklichste Angst gesetzet.

CLAIRVILLE. Wie glücklich bin ich! *(Er will Rosalien die Hand küssen, die sie zurückzieht.)*

ROSALIA. Halten Sie, mein Herr. Ich sehe es ein, wie sehr wir Dorvaln verbunden sind. Aber ich weiß auch, daß dergleichen Vorfälle, sie mögen sich auf seiten der Mannspersonen endigen, wie sie wollen, für ein Frauenzimmer doch immer verdrießliche Folgen haben.

DORVAL. Mademoiselle, wir haben den Handel nicht gesucht,

wir sind so dazu gekommen, und die Ehre hat ihre Gesetze.

CLAIRVILLE. Ich bin voll Verzweiflung, Rosalia, daß ich Ihnen mißfallen habe. Aber schlagen Sie den ergebensten, den zärtlichsten Liebhaber nicht ganz nieder. Oder wenn Sie es beschlossen haben, so betrüben Sie wenigstens einen Freund nicht länger, der ohne Ihre Ungerechtigkeit glücklich sein würde. Dorval liebt Theresien. Er wird wieder geliebt. Er wollte abreisen. Ein aufgegriffener Brief hat alles entdeckt. – Sprechen Sie ein Wort, Rosalia; und sogleich vereinet uns alle ein ewiges Band: Dorvaln mit Theresien, Clairvillen mit Rosalien; ein einziges Wort, und der Himmel wird mit Segen auf diesen Tag herabsehen.

ROSALIA *(indem sie in den Lehnstuhl zurückfällt).* Ich vergehe!

DORVAL *und* CLAIRVILLE. O Himmel! sie stirbt!

CLAIRVILLE *(fällt Rosalien zu Füßen).*

DORVAL *(ruft die Bedienten).* Karl! Sylvester! Justine!

JUSTINE *(um ihr Fräulein beschäftiget).* Da sehen Sie es nun, Mademoiselle – Sie wollten sich durchaus nicht innehalten – Ich habe es wohl vorhergesagt –

ROSALIA *(kömmt wieder zu sich, stehet auf und sagt:)* Komm, Justine!

CLAIRVILLE *(will ihr den Arm reichen und sie führen).* Rosalia!

ROSALIA. Lassen Sie mich – Sie sind mir verhaßt – Lassen Sie mich, sage ich.

Fünfter Auftritt

DORVAL. CLAIRVILLE.

Clairville läßt Rosalien gehen. Er ist wie unsinnig. Er geht, er kömmt, er bleibt stehen. Er seufzet vor Schmerz und Wut. Er stützet sich mit dem Ellebogen auf die Rücklehne eines Stuhls, die Hände so vor dem Gesichte, daß die Ballen in den Augen liegen. Er schweigt einen Augenblick. Endlich bricht er aus:

CLAIRVILLE. Ist das so genug? – Das war also der Dank für meine Bekümmernis? Das war der Lohn meiner Zärtlichkeit? »Lassen Sie mich! Sie sind mir verhaßt!« Ach! *(Er bricht in unartikulierte Töne der Verzweiflung aus; er geht in äußerster Bewegung auf und nieder, und wiederholt mit verschiedenen, aber allezeit heftigen Veränderungen der Deklamation die Worte:* »Lassen Sie mich! Sie sind mir verhaßt!« *(Er wirft sich in einen Lehnstuhl. Er bleibt darin einen Augenblick, ohne zu reden, worauf er in einem hohlen und leisen Tone sagt:)* Sie haßt mich. Und warum hasset sie mich? Was habe ich verbrochen? Ich habe sie zu sehr geliebt. *(Er schweigt abermals einen Augenblick. Er steht auf. Er gehet hin und wieder. Er scheinet sich ein wenig beruhiget zu haben und sagt:)* Ja, ich bin ihr verhaßt. Ich sehe es. Ich fühl es. Dorval, Sie sind mein Freund. Soll ich mich ihrer entschlagen – und sterben? Reden Sie. Entscheiden Sie mein Schicksal. (KARL *kömmt herein. Clairville geht auf und ab.*)

Sechster Auftritt

DORVAL. CLAIRVILLE. KARL.

KARL *(zitternd zu Clairvillen, den er in solcher Bewegung erblickt).* Mein Herr –

CLAIRVILLE *(sieht ihn über die Achsel an).* Was gibt's?

KARL. Es ist unten im Hause ein Unbekannter, der mit jemand zu sprechen verlangt.

CLAIRVILLE *(anfahrend).* Laß ihn warten!

KARL *(noch immer zitternd und sagt).* Es ist ein Unglücklicher, und er hat schon lange gewartet.

CLAIRVILLE *(ungeduldig).* Laß ihn hereinkommen!

Siebenter Auftritt

DORVAL. CLAIRVILLE. JUSTINE. SYLVESTER. ARNOLD *und andere* BEDIENTE *aus dem Hause, die aus Neugierde dazukommen und auf der Bühne verschiedentlich zerstreut sind. Justine kömmt etwas später als die andern.*

CLAIRVILLE *(ein wenig anfahrend).* Wer seid Ihr? was wollt Ihr?

ARNOLD. Mein Herr, ich heiße Arnold. Ich diene bei einem rechtschaffnen alten Manne. Ich bin der Mitgenosse seines Unglücks gewesen, und ich komme, seiner Tochter seine Zurückkunft zu melden.

CLAIRVILLE. Rosalien?

ARNOLD. Ja, mein Herr.

CLAIRVILLE. Neues Unglück! Wo ist Euer Herr? Wo habt Ihr ihn gelassen?

ARNOLD. Beruhigen Sie sich, mein Herr. Er lebt. Er wird bald hier sein. Ich will Ihnen alles erzählen, wenn ich anders so viel Kräfte habe, und Sie mir gütigst zuhören wollen.

CLAIRVILLE. Redet.

ARNOLD. Wir gingen, mein Herr und ich, auf dem Schiffe »L'Apparent«, von der Reede vor Fort-royal, den sechsten des Monats Julius, ab. Nie war mein Herr gesünder gewesen; nie habe ich ihn freudiger gesehen. Bald wandte er seine Augen nach der Gegend, der uns die Winde zuzuführen schienen, hob seine Hände gen Himmel und bat um eine geschwinde Reise. Bald sahe er mich mit hoffnungsvollen Augen an, und sagte: »Noch vierzehn Tage, Arnold, so sehe ich meine Kinder wieder, so umarme ich sie wieder, und bin wenigstens einmal glücklich, ehe ich sterbe.«

CLAIRVILLE *(gerührt gegen Dorvaln).* Hören Sie? Er gab mir bereits den süßen Namen: Sohn. – Nun weiter, Arnold?

ARNOLD. Was soll ich Ihnen sagen, mein Herr? Wir hatten die glücklichste Fahrt von der Welt. Schon hatten wir die Küsten von Frankreich im Gesichte. Den Gefahren des Meeres so glücklich entgangen, begrüßten wir das feste Land mit tausend freudigen Ausrufungen und umarmten uns alle untereinander, Befehlshaber, Offiziere, Reisende, Matrosen, und wer wir alle waren, als uns plötzlich verschiedene Schiffe unter dem beständigen Zurufe: »Freunde! Freunde!« näher kamen, sich unserer, unter Begünstigung dieses Geschreis, bemächtigten und uns gefangen nahmen.

DORVAL *und* CLAIRVILLE *(indem sie ihre Bestürzung und ihren Schmerz, jeder durch die seinem Charakter zukommende Gebärden, zu erkennen geben).* Gefangen!

ARNOLD. Wie ward es nun mit meinem Herrn? Tränen flossen ihm aus den Augen. Er brach in tiefe Seufzer aus. Er wandte seine Augen gegen das Ufer, von welchem man uns nun entfernte, er streckte seine Arme darnach aus, und seine ganze Seele schien ihren Flug dahin nehmen zu wollen. Kaum aber hatten wir es aus dem Gesichte verloren, als seine Augen wieder trocken wurden. Sein Herz verschloß sich. Sein Blick heftete sich auf die Fläche des Wassers, und er verfiel in eine finstere Traurigkeit, bei der ich für sein Leben zitterte. Ich reichte ihm verschiednemal Brot und Wasser, aber er wollte nichts annehmen. *(Arnold hält hier einen Augenblick inne, um zu weinen.)*
Unterdessen langten wir in dem feindlichen Hafen an. – Schenken Sie mir die übrige Erzählung. – Nein, es ist mir nicht möglich.

CLAIRVILLE. O fahret fort –

ARNOLD. Man ziehet mich aus. Man legt meinen Herrn in Fesseln. Nun konnte ich mich des Schreiens nicht länger enthalten. Ich rufte ihn zu verschiednen Malen: »Mein Herr, mein liebster Herr.« Er hörte mich, er blickte mich an, er ließ seine Arme traurig sinken, er wandte sich um, er folgte den Leuten, die ihn umringten, ohne ein Wort zu reden. – Unterdessen wirft man mich halb nacket in den allertiefsten Raum eines Schiffes, wo ich, unter einer Menge von Unglücklichen, ohne Barmherzigkeit, allen Martern des Hungers und des Durstes und der Krankheiten preisgegeben wurde. Und Ihnen mit einem Worte alle Schrecken dieses Orts zu schildern, muß ich Ihnen sagen, daß ich in einem einzigen Augenblicke alle Töne des Schmerzes, alle Stimmen der Verzweiflung auf einmal hörte, und daß ich auf allen Seiten, wo ich meine Augen nur hinwarf, Raube des jämmerlichsten Todes erblickte.

CLAIRVILLE. Das ist nun das Volk, dessen Weisheit man uns so rühmet, das man uns ohne Unterlaß zum Muster vorstellet! So geht man bei ihm mit Menschen um!

DORVAL. Wie sehr hat sich der Geist dieser großmütigen Nation geändert!

ARNOLD. Drei Tage war ich in diesem Gedränge von Toten und Sterbenden, lauter Landesleuten, lauter Opfern der Verräterei, als ich herausgezogen ward. Man bedeckte mich mit zerrissenen Lumpen und führte mich, nebst noch einigen von meinen unglücklichen Gefährten, in die Stadt, mitten durch den ausgelassensten Pöbel, der die Straßen erfüllte und uns mit Schimpfworten und Verwünschungen überhäufte, da unterdessen eine ganz andere Art von Menschen, welche der Lärm an die Fenster gelocket hatte, Geld und Hilfe gleichsam auf uns regnen ließ.

DORVAL. Welche unglaubliche Vermischung von Menschlichkeit, Milde und Barbarei!

ARNOLD. Ich wußte nicht, ob man uns unserer Freiheit entgegenführte oder uns zu unsrer Hinrichtung schleppte.

CLAIRVILLE. Und Euer Herr, Arnold?

ARNOLD. Ich ward zu ihm geführt; es war dieses der erste Dienst eines alten Korrespondenten, dem er unser Unglück hatte wissen lassen. Ich langte bei einem von den Gefängnissen der Stadt an. Man öffnete die Türen eines dunkeln Kerkers, und ich stieg herab. Ohne zu wissen, wohin ich mich wenden sollte, blieb ich in dieser Finsternis unbeweglich stehen, als ich von einer sterbenden Stimme durchdrungen ward, die noch kaum die Worte hervorbringen konnte: »Bist du es, Arnold? Ich warte schon lange auf dich.« Ich lief auf diese Stimme zu, und traf auf nackte Arme, die in der Dunkelheit herumtappten. Ich ergriff sie. Ich

küßte sie. Ich benetzte sie mit Tränen. Es waren die Arme meines Herrn. *(Eine kleine Pause.)*
Er war nacket. Er lag auf der feuchten Erde ausgestreckt. – »Die Unglücklichen, die hier um mich sind«, sagte er mit leiser Stimme, »haben mein Alter und meine Schwachheit gemißbraucht, mir das Brot aus der Hand zu reißen und mein Stroh mir wegzunehmen.«
(Hier brechen alle Bediente in verschiedne Laute des Schmerzes aus. Clairville ist seines Schmerzes nicht länger Meister. Dorval gibt Arnolden ein Zeichen, einen Augenblick innezuhalten. Hierauf fährt er schluchzend fort.)
Unterdessen ziehe ich meine Lumpen ab, und lege sie meinem Herrn unter, der mit sterbender Stimme die Güte des Himmels pries –

DORVAL *(leise, seitab, und mit Bitterkeit).* Der ihn in dem Innersten eines Kerkers, auf den Lumpen seines Bedienten sterben ließ!

ARNOLD. Ich erinnerte mich zu rechter Zeit des Almosens, das ich bekommen hatte. Ich rief um Hilfe, und ich brachte meinen alten, ehrwürdigen Herrn wieder zu sich. Als er ein wenig zu Kräften gekommen war, sagte er: »Arnold, sei gutes Muts! Du wirst hier nicht bleiben. Ich aber, ich merke es an meiner Schwachheit, werde wohl hier sterben müssen.« Hier schlang er seine Arme um meinen Hals, sein Gesicht näherte sich dem meinigen, und seine Tränen flossen auf meine Wangen herab. »Freund«, sprach er, und diesen Namen gab er mir sehr oft, »bald werde ich dir meine letzten Seufzer vertrauen und dir meine letzten Worte überliefern, die du meinen Kindern wiedersagen sollst. Ach, sie hätten sie von mir selbst hören sollen!«

CLAIRVILLE *(gegen Dorvaln, weinend).* Seinen Kindern!

ARNOLD. Er hatte mir auf der Reise entdeckt, daß er ein geborner Franzose sei, daß er nicht Merian heiße; daß er, als er sein Vaterland verlassen, seinen Geschlechtsnamen, gewisser Ursache wegen, die ich einmal erfahren würde, vertauscht habe. Ach, er glaubte nicht, daß dieses Einmal so nahe sei! Er seufzte und wollte mir eben mehr sagen, als wir den Kerker sich öffnen hörten. Man rufte uns; es war der alte Korrespondent, der uns wieder zusammengebracht und nun in Freiheit gesetzt hatte. Wie groß war sein Schmerz, als er seine Blicke auf einen alten Mann warf, der ihm weiter nichts als ein atmend Kadaver zu sein schien. Die Tränen stürzten ihm aus den Augen. Er riß sich seine Kleider ab. Er bedeckte ihn damit und nahm uns mit sich in sein Haus, wo uns alle mögliche Liebe und Gefälligkeit erwiesen ward. Man hätte sagen sollen, daß diese rechtschaffene Familie sich heimlich der Grausamkeit und Ungerechtigkeit ihres Volkes schämte.

DORVAL. Nichts also erniedriget so sehr als die Ungerechtigkeit.

ARNOLD *(trocknet sich die Augen und nimmt wieder eine ruhigere Miene an).* Es währte nicht lange, so kam mein Herr wieder zu Gesundheit und Kräften. Man bot ihm Hilfe an, und ich vermute, daß er sie angenommen hat; denn als wir den Kerker verließen, hatten wir nicht so viel, uns ein Stück Brot zu kaufen.

Es war zu unsrer Reise schon alles fertig, und wir wollten eben abfahren, als mich mein Herr beiseite nahm, – nein, ich werde es Zeit meines Lebens nicht vergessen! – und zu mir sagte: »Arnold, hast du nichts mehr hier zu tun?« – »Nein, mein Herr«; antwortete ich ihm – »Und an unsere Landesleute, die wir in dem Elende, aus welchem uns der Himmel gerissen, zurückgelassen haben, an diese denkest du nicht mehr? Da, nimm das und geh und nimm von ihnen Abschied!« – Ich lief! Ach! von so viel Unglücklichen war nur noch eine kleine Anzahl übrig, die so ausgemergelt, ihrem Ende so nahe waren, daß die meisten kaum noch ihre Hand nach der Gabe ausstrecken konnten.

Das, mein Herr, ist die umständliche Erzählung von unsrer unglücklichen Reise.

(Man beobachtet hier ein etwas längeres Stillschweigen, worauf

Arnold noch folgendes hinzusetzt. Dorval gehet unterdessen, zuhinterst in dem Saale, in Gedanken auf und ab.)
Ich habe meinen Herrn zu Paris gelassen, um ein wenig auszuruhen. Er hatte gehofft, einen Freund daselbst wiederzufinden:
(Hier wendet sich Dorval gegen Arnolden und ist aufmerksam.)
Allein dieser Freund ist seit verschiedenen Monaten abwesend; und mein Herr wollte mir daher sogleich nachfolgen.
(Dorval gehet noch in Gedanken auf und nieder.)

CLAIRVILLE. Habt Ihr Rosalien gesehen?

ARNOLD. Nein, mein Herr; ich bringe ihr nichts als Leid, und habe es nicht wagen wollen, vor ihr zu erscheinen.

CLAIRVILLE. Gehet und ruhet aus, Arnold. Sylvester, ich empfehle dir ihn – Laß es ihm an nichts fehlen.
(Die Bedienten alle sind um Arnolden her und führen ihn ab.)

Achter Auftritt

DORVAL. CLAIRVILLE.

Nach einigem Stillschweigen, während welchem Dorval mit gesenktem Haupte, mit tiefsinniger Miene und mit übereinandergeschlagenen Armen, welches beinahe seine gewöhnliche Stellung ist, unbeweglich dagestanden, und Clairville unruhig auf und nieder gegangen, sagt Clairville:

CLAIRVILLE. Wie nun, liebster Freund? Ist dieser Tag nun so der Redlichkeit fatal genug? Glauben Sie wohl, daß itzt, in dem Augenblicke, da ich mit Ihnen rede, ein einziger ehrlicher Mann auf der ganzen Welt glücklich ist?

DORVAL. Sie wollen sagen: ein einziger Bösewicht. Aber, Clairville, lassen Sie uns die Moral beiseitesetzen! Man urteilet in Dingen, die sie betreffen, ganz verkehrt, wenn man Ursache zu haben glaubt, sich über die Vorsicht zu beschweren. – Was ist nunmehr Ihr Entschluß?

CLAIRVILLE. Sie sehen den ganzen Umfang meines Unglücks.

Ich habe Rosaliens Herz verloren. Ach, es ist das einzige Gut, dessen Verlust ich bedaure!
Ich kann sie unmöglich in dem Verdachte haben, daß meine mittelmäßigen Glücksumstände die heimliche Ursache ihrer Unbeständigkeit sind. Wenn sie es aber sind, wie viel weniger kann ich itzt auf sie rechnen, itzt, da sich ihre eigenen Glücksumstände so sehr verringert haben? Wird sie sich wohl für einen Mann, den sie nicht mehr liebt, allen den Folgen eines nur kümmerlichen Auskommens unterwerfen wollen? Ich selbst, werde ich sie darum ansprechen können, und dürfen? Ihr Vater wird ihr zu einer beschwerlichen Überlast werden. Es ist ungewiß, ob er mir seine Tochter noch geben wird. Es ist fast augenscheinlich, wenn ich sie annähme, daß ich sie vollends zugrunde richten würde. Überlegen Sie nun, und entscheiden Sie!

DORVAL. Dieser Arnold hat meine Seele in die äußerste Verwirrung gesetzt. Wenn Sie wüßten, was für Gedanken mir bei seiner Erzählung eingefallen sind! – Dieser Alte – diese seine Reden – sein Charakter – diese Vertauschung seines Namens – Aber lassen Sie mich einen Argwohn, der mir nicht aus dem Kopfe will, zerstreuen und über Ihre Angelegenheit nachdenken.

CLAIRVILLE. Bedenken Sie, Dorval, daß Clairvilles Schicksal in Ihren Händen ist.

Neunter Auftritt

DORVAL *allein.*

DORVAL. Welch ein Tag der Unruhe und der Trübsal! Welch eine Mannigfaltigkeit von Martern! Es scheinet, als ob dichte Finsternisse sich rund um mich zusammenzögen und dieses mit tausend schmerzlichen Empfindungen überhäufte Herz bedeckten! – Himmel! so soll ich nie eines ruhigen Augenblicks genießen! – Lügen und Verstellung sind mir ein Abscheu; und doch hintergehe ich in einem und ebendemselben Nu meinen Freund, seine Schwester und Rosalien. – Was wird sie von mir denken? – Was soll ich ihres Liebhabers wegen beschließen? – Wie soll ich mich gegen Theresien bezeigen? – Dorval, willst du aufhören, oder willst du fortfahren, ein ehrlicher Mann zu sein? – Ein unvermuteter Zufall hat Rosalien zugrunde gerichtet. Sie ist arm. Ich bin reich. Ich liebe sie. Ich werde von ihr wieder geliebt. Clairville kann sie nicht erhalten – Fort aus meiner Seele, entfernet euch aus meinem Herzen, schimpfliche Vorstellungen! Ich kann der allerunglücklichste unter den Menschen sein; aber nie will ich mich zu dem niederträchtigsten machen. – Tugend, süße und grausame Idee! Teuere und barbarische Pflichten! Und du, Freundschaft, die mich fesselt und mich zerfleischt, euch soll allen gnug geschehen! Was wärest du, o Tugend, wenn du kein Opfer begehrtest? Du bist nichts als ein eitler Schall, o Freundschaft, wann du uns keinen Gesetzen unterwirfst! – – Clairville muß Rosalien, er muß sie haben! *(Er fällt, wie ohne Empfindung, in einen Lehnstuhl, richtet sich bald wieder auf und sagt:)*

Nein, ich will meinem Freunde seine Geliebte nicht rauben. So tief will ich mich nicht erniedrigen. Mein Herz stehet mir dafür. Wehe dem, der der Stimme seines Herzens nicht gehorcht! – Aber Clairville hat kein Vermögen. Rosalien fehlt es gleichfalls. – Diese Hindernisse müssen aus dem Wege geräumet werden. Ich kann es. Ich will es. – Was kann uns so schwer, so schmerzlich fallen, wofür uns das Vergnügen einer großmütigen Handlung nicht schadlos hielte? Ach, ich erhole mich wieder! – –

Wozu brauche ich Vermögen, wenn ich Rosalien nicht heirate? Wie kann ich es würdiger gebrauchen, als wenn ich es zum Besten zweier Wesen, die mir so wert sind, verwende? Ach, wenn ich es recht bedenke, dieses seltene Opfer ist nichts. – Clairville wird mir sein Glück zu danken haben! Rosalia wird mir ihr Glück zu danken haben! Rosaliens Vater wird mir sein Glück zu danken haben! – Und

Theresia? – Sie soll die Wahrheit von mir hören. Sie soll mich ganz kennen lernen. Sie soll für das Frauenzimmer zittern, die es wagen dürfte, ihr Schicksal mit dem meinigen zu verbinden. – Indem ich so allem, was mich umgibt, die Ruhe wiederschenke, so wird auch mich hoffentlich die Ruhe nicht länger fliehen. – *(Er seufzet.)* Dorval, was peiniget dich also noch? Warum wird mein Innerstes noch zerrissen? O Tugend, habe ich noch nicht genug für dich getan!

Aber Rosalia wird sich weigern, ihr Glück von meiner Hand anzunehmen. Sie kennet denWert dieser Gütigkeit zu wohl, als daß sie einen Mann, den sie hassen, den sie verachten muß, derselben fähig machen sollte. – Ich muß sie also betrügen! – Und wenn ich mich dazu entschließe, wie muß ich es anfangen? – Der Ankunft ihres Vaters zuvorkommen? – Durch die öffentlichen Blätter verbreiten lassen, daß das Schiff, auf welchem sie ihre Reichtümer gehabt, assekuriert gewesen? – Ihr durch einen Unbekannten so viel wieder zustellen lassen, als sie verloren hat? Warum nicht? – Dieses Mittel ist das natürlichste. Es gefällt mir. Nur wird Beschleunigung dazu nötig sein. *(Er ruft Karln.)* Karl! *(Er setzet sich an den Tisch und schreibt.)*

Zehnter Auftritt

DORVAL. KARL.

DORVAL *(gibt ihm einen Zettel und sagt:)* Nach Paris, zu meinem Bankier.

Ende des dritten Aufzugs

Vierter Aufzug

Erster Auftritt

ROSALIA. JUSTINE.

JUSTINE. Nun, Mademoiselle? Sie haben Arnolden sehen wollen. Sie haben ihn gesehen. Ihr Herr Vater langt an. Aber wie steht es um Ihr Vermögen?

ROSALIA *(mit einem Schnupftuche in der Hand).* Was vermag ich wider das Schicksal? Mein Vater lebt noch. Wenn der Verlust seines Vermögens nur seiner Gesundheit nicht nachteilig gewesen, so ist das übrige nichts.

JUSTINE. Wie, das übrige ist nichts?

ROSALIA. Nein, Justine. Ich werde den Mangel kennen lernen. Aber es gibt noch weit größere Übel.

JUSTINE. Betrügen Sie sich nicht selbst, Mademoiselle. Keines, als der Mangel, wird uns geschwinder unerträglich.

ROSALIA. Würde ich bei dem größten Reichtume weniger zu beklagen sein? – Die Glückseligkeit wohnet nur in einer unschuldigen und ruhigen Seele; und diese, Justine, diese hatte ich!

JUSTINE. Als Clairville noch darin herrschte.

ROSALIA *(sitzend und weinend).* Geliebter, der mir damals so teuer war! Clairville, den ich hochschätze und zur Verzweiflung bringe! O du, dem ein viel minder Würdiger alle meine Zärtlichkeit geraubet hat, wie wohl bist du gerochen! Ich weine, und man lacht über meine Tränen. Justine, was denkst du von diesem Dorval? – Diesem so zärtlichen Freunde, diesem so aufrichtigen Manne, diesem so tugendhaften Sterblichen? Er ist nichts besser als andere; er ist ein Nichtswürdiger, der des Allerheiligsten, der Liebe, der Freundschaft, der Tugend, der Wahrheit spottet! – Wie sehr beklage ich Theresien! Er hat mich betrogen. Er kann sie leicht auch betrügen. – *(Indem sie aufspringt.)* Aber ich höre jemanden. – Justine, wenn er es wäre.

JUSTINE. Mademoiselle, es ist niemand.

ROSALIA *(setzet sich wieder nieder und sagt:)* Wie boshaft sind diese Mannsbilder! und wie einfältig sind wir! – Sieh nur, Justine, wie nahe in ihren Herzen die Wahrheit mit dem Meineide grenzet; das Erhabene mit dem Niederträchtigen! – Dieser Dorval, der sein Leben für seinen Freund wagt, ist eben derselbe, der ihn betrügt, der seine Schwester betrügt und gegen mich Zärtlichkeit hegen darf. Aber warum werfe ich ihm Zärtlichkeit vor? Zärtlichkeit ist mein Verbrechen. Seine Zärtlichkeit war eine Falschheit, die nie ihresgleichen gehabt hat.

Zweiter Auftritt

ROSALIA. THERESIA.

ROSALIA *(gehet Theresen entgegen).* Ach, Madame, in welchem Zustande überraschen Sie mich!

THERESIA. Ich komme, an Ihrem Schmerze meinen Anteil zu nehmen.

ROSALIA. Der Himmel lasse Sie immer glücklich sein!

THERESIA *(setzet sich nieder, läßt Rosalien neben sich niedersetzen und faßt sie bei den Händen).* Rosalia, ich verlange weiter nichts als die Freiheit, mich mit Ihnen betrüben zu dürfen. Ich habe die Unbeständigkeit der Dinge dieses Lebens viele Jahre lang erfahren, und Sie wissen, ob ich Sie liebe.

ROSALIA. Alles hat sich verändert. Alles hat ein Augenblick vernichtet.

THERESIA. Theresia bleibt Ihnen – und Clairville.

ROSALIA. Ich kann mich nicht geschwind genug von einem Aufenthalte entfernen, wo meine Betrübnis überlästig sein muß.

THERESIA. Mein Kind, bedenken Sie sich wohl! Das Unglück macht Sie ungerecht und grausam. Doch Ihnen, Ihnen muß ich diesen Vorwurf nicht machen. Ich vergaß im Schoße des Glücks, Sie auf Unfälle vorzubereiten. Ich Glückliche hatte das Unglück ganz aus den Augen verloren. Ich bin dafür gestraft; Sie müssen mir Vorwürfe deswegen machen – Aber Ihr Vater?

ROSALIA. Ich habe ihm schon manche Träne gekostet! – Madame, wenn Sie einst Mutter werden – Wie sehr beklage ich Sie!

THERESIA. Rosalia, erinnern Sie sich des Willens Ihrer Muhme. Ihre letzten Worte vertrauten mir die Sorge für Rosaliens Wohl. – Doch ich will itzt nicht von meinem Rechte sprechen; ich erwarte einen Beweis, ob Sie mich wert halten: urteilen Sie also, wie sehr mich eine abschlägliche Antwort beleidigen würde! – Rosalia, o trennen Sie ja nicht Ihr Schicksal von dem meinigen! Sie kennen Dorvaln. Er liebt Sie. Ich will mir Rosalien von ihm ausbitten. Ich werde sie erhalten, und dieses Pfand wird das erste und süßeste Pfand seiner Zärtlichkeit sein.

ROSALIA *(windet nicht ohne Gewalt ihre Hände aus Theresens Händen los, stehet mit einer Art von Unwillen auf und sagt:)* Dorval!

THERESIA. Sie haben seine völlige Hochachtung.

ROSALIA. Ein Fremder! – Ein Unbekannter! – Ein Mensch, der sich kaum einige Augenblicke unter uns gezeiget hat! – Dessen Eltern man nie zu nennen gewußt hat! – Dessen Tugend vielleicht Verstellung ist! – Verzeihen Sie, Madame – Ich vergaß – Sie kennen ihn ohne Zweifel besser? –

THERESIA. Ich muß es Ihnen vergeben. Um Sie ist Nacht. Aber erlauben Sie, daß ich Ihnen einen Strahl von Hoffnung darf leuchten lassen.

ROSALIA. Ich habe gehofft. Ich bin betrogen worden. Ich will nicht mehr hoffen.

THERESIA *(lächelt traurig).*

ROSALIA. Ja, wenn Theresia allein geblieben wäre, in der ehemaligen Eingezogenheit; vielleicht – Und auch das ist weiter nichts als ein eitler Gedanke, der uns beide würde betrogen haben. Unsre Freundin wird unglücklich. Man fürchtet, zu wenig für sie zu tun. Die erste Hitze der Großmut bemeistert sich unsrer. Aber die Zeit! die Zeit! – – Madame, die Unglücklichen sind stolz, überlästig, argwöhnisch. Nach und nach gewöhnet man sich an den Anblick ihrer Betrübnis. Bald drauf wird man ihrer überdrüssig. Wir wollen uns lieber der Gefahr nicht aussetzen, gegeneinander ungerecht zu werden. Ich habe alles verloren; lassen Sie uns wenigstens unsere Freundschaft von dem Schiffbruche retten. – Es scheinet, als ob ich dem Unglücke schon etwas zu danken hätte. – Noch hat Rosalia, von Theresiens Rate nur immer unterstützt, nichts getan, worauf sie in ihren eigenen Augen stolz sein könnte. Es ist Zeit, daß sie es erfahre, wessen sie Theresiens und des Unglücks Lehren fähig gemacht haben. Wollen Sie ihr das einzige Glück, das ihr noch übrig ist, das Glück, sich selbst kennen zu lernen, beneiden?

THERESIA. Rosalia, Sie sind in einem Stande von Entzückung; trauen Sie diesem Stande nicht zu viel. Die erste Wirkung des Unglücks ist diese, daß es die Seele verhärtet; und die letzte, daß es sie bricht. – Sie, die Sie für sich und für mich alles von der Zeit besorgen, besorgen Sie denn nichts von derselben für sich allein? – Bedenken Sie, Rosalia, daß das Unglück Sie heiliget. Wenn es mir jemals begegnen sollte, daß ich der schuldigen Achtung gegen das Unglück vergäße; so erinnern Sie mich meiner selbst, reden Sie, machen Sie, daß ich mich meiner zum erstenmale schäme. – Mein Kind, ich habe gelebt. Ich habe ausgestanden. Ich glaube das Recht erlangt zu haben, mir etwas zutrauen zu dürfen; gleichwohl ersuche ich Sie nur, sich auf meine Freundschaft ebenso sehr als auf Ihren Mut zu verlassen. – Wenn Sie sich alles von sich selbst versprechen, und wenn Sie nichts von Theresien erwarten, sind Sie alsdann nicht ungerecht? – Oder sollten Sie wohl vor den Begriffen von Wohltat und Dankbarkeit erschrecken? Schenken Sie meinem Bruder Ihre Zärtlichkeit wieder, und Sie werden mir nichts, ich werde Ihnen alles zu danken haben.

ROSALIA. Madame, hier ist Dorval – Erlauben Sie: daß ich mich entferne! – Ich würde seinen Triumph nur um ein sehr weniges verherrlichen können. (DORVAL *tritt herein.)*

Dritter Auftritt

THERESIA. DORVAL.

DORVAL. Wir wollen ihr immer, Madame, das traurige Vergnügen lassen, ihrer Betrübnis ohne Zeugen nachhängen zu können.

THERESIA. Sie werden Rosaliens Schicksal ändern können. Dorval, der Tag meines Glücks kann der Anfang ihrer Ruhe werden.

DORVAL. Erlauben Sie, Madame, daß ich frei mit Ihnen reden darf. Dorval will Ihnen seine geheimsten Gedanken anvertrauen, um sich dadurch, womöglich, dessen, was Sie für ihn getan haben, wert zu machen, oder wenigstens von Ihnen beklagt und bedauert zu werden.

THERESIA. Wie, Dorval? Aber reden Sie.

DORVAL. Ich will reden. Ich bin es Ihnen schuldig. Ich bin es Ihrem Bruder schuldig. Ich bin es mir selbst schuldig. – Sie wollen Dorvals Glück; aber kennen Sie ihn denn auch recht, diesen Dorval? – Geringe Dienste, deren Wert ein junger wohlerzogener Mensch übertrieben hat; seine Entzückungen bei dem Anscheine einiger Tugenden; seine Empfindlichkeit für einige von meinen Unglücksfällen: alles dieses hat in Ihnen gewisse Vorurteile veranlasset, welche mir die Wahrheit zu vernichten gebietet. Clairvillens Geist ist noch sehr jung; Theresia muß ein reiferes Urteil von mir fällen. *(Eine Pause.)*

Ich habe von dem Himmel ein aufrichtiges Herz erhalten; der einzige Vorzug, den es ihm gefallen hat, mir zu erteilen. – Aber dieses Herz ist entstaltet, und ich bin, wie Sie sehen – finster und melancholisch. Ich habe – Tugend, aber es ist eine verdrießliche Tugend; ich habe Sitten, aber nur gute rohe Sitten; – eine zärtliche Seele, die aber durch anhaltende Unglücksfälle erbittert worden. Ich kann noch Tränen vergießen, aber sie sind selten, und es sind grausame Tränen. – Nein, ein Mann von diesem Charakter ist kein Gemahl für Theresien.

THERESIA. Dorval, beruhigen Sie sich. Als mein Herz den Eindrücken Ihrer Tugenden nachgab, sahe ich Sie nicht anders, als Sie sich selbst malen. Ich erkannte das Unglück und seine schrecklichen Wirkungen. Ich bedauerte Sie, und mit eben dieser Empfindung fing vielleicht meine Zärtlichkeit an.

DORVAL. Das Unglück hat aufgehöret, Sie zu verfolgen; aber mich drückt es immer schwerer und schwerer. – Wie unglücklich bin ich, und wie lange bin ich es! Gleich nach meiner Geburt ward ich an einen Ort verschleudert, der die Grenze zwischen Einöde und Gesellschaft heißen kann; und als ich die Augen auftat, mich nach den Banden umzusehen, die mich mit den Menschen verknüpften, konnte ich kaum einige Trümmer davon erblicken. Dreißig Jahre lang, Madame, irrete ich unter ihnen einsam, unbekannt und verabsäumet umher, ohne die Zärtlichkeit irgend eines Menschen empfunden, noch irgend einen Menschen angetroffen zu haben, der die meinige gesucht hätte; als das Glück mir Ihren Bruder zuführte. Meine Seele erwartete die seinige. In seinen Schoß goß ich nun endlich einen Strom von Empfindungen aus, der schon so lange sich auszubreiten gesucht hatte; und ich bildete mir nicht ein, daß ich in meinem ganzen Leben einen süßern Augenblick haben könnte als diesen, da ich mich des langen Verdrusses, allein zu existieren, entladete. – Wie teuer ist mir dieser glückliche Augenblick zu stehen gekommen! – Wenn Sie wüßten –

THERESIA. Sie sind unglücklich gewesen; aber alles hat sein Ziel; und ich darf glauben, daß Sie dem Augenblicke einer glücklichen und dauerhaften Veränderung nahe sind.

DORVAL. Wir haben einander so ziemlich auf die Probe gestellt, das Schicksal und ich. Von Glückseligkeit ist gar nicht mehr die Frage. – Ich hasse den Umgang mit Menschen und fühle es, daß mich die Ruhe fern von ihnen, und fern sogar von denjenigen, die mir so wert sind, erwartet. – Wollte doch der Himmel auf Sie, Madame, alle den Segen legen, den er mir verweigert, und Theresien zu der Glücklichsten ihres Geschlechts machen! – *(Ein wenig gerührt.)* Vielleicht höre ich es einst in meiner Einsamkeit, und freue mich darüber.

THERESIA. Dorval, Sie irren sich. Um ruhig zu sein, muß man den Beifall seines Herzens und vielleicht auch den Beifall der Menschen haben. Diesen werden Sie nicht erhalten, und jenen werden Sie schwerlich mit wegbringen, wenn Sie den Posten, der Ihnen angewiesen ist, verlassen. Sie haben die allerseltensten Talente erhalten, und Sie sind der Gesellschaft dafür Rechenschaft schuldig. Mag sich doch jene Menge unnützer Wesen, die ohne Endzweck in ihr herumirren, und die ihr nur hinderlich sind, daraus entfernen, wenn sie will. Aber Sie, und das getraue ich mir zu behaupten, Sie können es ohne Verbrechen nicht tun. Einer Frau, die Sie liebet, kömmt es zu, Sie unter den Menschen zurückzuhalten. Theresien kömmt es zu, der unterdrückten Tugend eine Stütze; dem übermütigen Laster eine Geißel; allen Rechtschaffnen einen Bruder; so viel Unglücklichen einen Vater, den sie in Ihnen erwarten; dem menschlichen Geschlechte seinen Freund; und tausend rühmlichen, nützlichen und großen Unternehmungen diesen von Vorurteilen freien Geist und diese starke Seele zu erhalten, die dazu nötig ist und die Sie besitzen. – Sie, Sie sollten die Gesellschaft verlassen! Ich berufe mich auf Ihr eigenes Herz; fragen Sie es, und es wird Ihnen sagen, daß der rechtschaffne Mann in der Gesellschaft lebt, und daß nur der Bösewicht sich ihr zu entziehen sucht.

DORVAL. Aber das Unglück verfolgt mich und verbreitet sich auf alles, was um mir ist. Wenn der Himmel schon will, daß ich in Unmut leben soll, will er darum auch, daß ich andere darein stürzen soll? Vor meiner Ankunft war man hier glücklich.

THERESIA. Der Himmel verdunkelt sich dann und wann; und wenn wir unter der Wolke sind, so kann sie ein Augenblick ebenso wohl wieder zerstreuen, als sie ein Augenblick zusammengezogen hat. Es komme aber wie es will, der Weise bleibet allezeit auf seiner Stelle, und auf dieser erwartet er das Ende seines Ungemachs.

DORVAL. Aber muß er nicht befürchten, dieses Ende zu entfernen, wenn er die Gegenstände seiner Zuneigung vermehret? – Theresia, der so allgemeine und so süße Hang, der alle Wesen mit sich fortreißt und sie zur Verewigung ihres Geschlechts antreibet, ist mir nicht fremd. Ich habe es in meinem Herzen wohl empfunden, daß ohne eine Gehilfin, die Glück und Unglück mit mir teile, diese ganze Welt für mich nichts als eine weite Einöde sein würde. – In meinen Anfällen der Melancholie habe ich sie oft gerufen, diese Gehilfin –

THERESIA. Und der Himmel sendet sie Ihnen.

DORVAL. Zu meinem Unglücke, viel zu spät. Er hat die gute einfältige Seele, die sich bei seinen geringsten Gunstbezeugungen würde glücklich geschätzt haben, scheu und wild gemacht. Er hat sie mit Furcht und Schauder und einem geheimen Schrecken erfüllet. – Dorval sollte es wagen, sich noch mit dem Schicksale einer Gattin zu beladen! – Vater zu werden! – Kinder zu bekommen! – Kinder! – Wenn ich bedenke, in welches Chaos von Vorurteilen, von Ausschweifungen, von Laster und Elend wir gleich mit unsrer Geburt versenkt werden, so macht mir der bloße Gedanke davon Entsetzen.

THERESIA. Sie sind von Gespenstern umringet, und ich bin darüber gar nicht erstaunt. Die Geschichte des Lebens ist so wenig bekannt; die Geschichte des Todes ist so dunkel; und der Anschein des Übels in der Welt ist so klar – Dorval, Ihre Kinder sind nicht dazu bestimmt, in das Chaos, welches Sie für sie fürchten, zu versinken. Sie werden die ersten Jahre ihres Lebens unter Ihren Augen leben, und das kann Ihnen für die folgenden hinlängliche Gewähr leisten. Sie werden von Ihnen lernen denken, und denken wie Sie. Ihres Vaters Neigungen, Leidenschaften und Vorstellungen werden in sie übergehen. Von ihm werden sie die richtigen Begriffe bekommen, die er von der wahren Größe und Niedrigkeit, von dem wahren Glücke und dem anscheinenden Elende hat. Es wird nur auf ihn ankommen, daß sie vollkommen eben dasselbe Gewissen haben als *er*. Ihn werden sie handeln sehen. Mich werden sie dann und wann reden hören. – *(Mit einem anständigen Lächeln setzet sie hinzu:)* Dorval, Ihre Töchter werden tugendhaft und sittsam sein. Ihre Söhne werden edel und groß sein. Ihre Kinder insgesamt werden liebenswert sein.

DORVAL *(nimmt Theresien bei der Hand, die er zwischen seinen beiden Händen drücket, lächelt sie mit einer gerührten Miene an und sagt:)* Wenn, zum Unglücke, sich Theresia betröge – Wenn ich Kinder hätte, dergleichen ich so viele sehe, elende, lasterhafte Kinder. Ich kenne mich. Ich würde für Schmerz sterben.

THERESIA *(in einem pathetischen Tone, ganz durchdrungen).* Aber würden Sie diese Furcht haben, wenn Sie bedächten, daß die Wirkung der Tugend auf unsere Seele nicht minder notwendig und mächtig ist als die Wirkung der Schönheit auf unsere Sinne? Wenn Sie bedächten, daß sich in dem menschlichen Herze ein Geschmack an Ordnung findet, der weit älter als alle Überlegung ist; daß wir durch diesen Geschmack zur Scham empfindlich werden, zur Scham, die uns die Verachtung sogar jenseit des Todes zu fürchten gewöhnet; daß die Nachahmung uns angeboren ist, und daß unter allen Beispielen das Beispiel der Tugend am stärksten fesselt, weit stärker als selbst das Beispiel des Lasters? – Ach, Dorval, wie viele Mittel hat man nicht, die Menschen gut zu machen!

DORVAL. Ja, wenn wir sie zu brauchen wüßten! – Und gesetzt auch, daß wir bei glücklichen Naturellen durch unsere unabläßliche Sorgfalt sie wirklich vor dem Laster bewahren können, werden sie darum viel weniger zu beklagen sein? Wie wollen Sie das Schrecken und die Vorurteile von ihnen abhalten, die gleich bei dem Eintritte in die Welt auf sie warten und ihnen bis in das Grab folgen? Die Torheit und das Elend des Menschen machen mir Grauen. Welche Menge ungeheurer Meinungen, deren Urheber und Opfer er wechselsweise ist! Ach Theresia! wer sollte nicht zittern, die Zahl der Unglücklichen zu vermehren, die man mit Übeltäter verglichen hat,* welche in ihrem traurigen Kerker, anstatt einander beizuspringen, gegeneinander ergrimmen und mit den Ketten um sich schlagen, die sie gefesselt halten.

THERESIA. Ich weiß wohl, wie viel Unglück der Fanatismus gestiftet hat, und wie sehr er noch zu fürchten ist. – Aber wenn itzt – unter uns – ein Ungeheuer aufstünde, dergleichen die Zeiten der Finsternis hervorbrachten, da durch seine Wut und durch seine Verblendung dieses Land mit Blut getränket ward, – wenn man dieses Ungeheuer auf das allergrößte Verbrechen, unter Anrufung des Beistandes vom Himmel, loseilen sähe, – wie es in der einen Hand das Gesetz seines Gottes und in der andern den Dolch hielte, den Völkern eine lange schreckliche Reue zu bereiten: – glauben Sie mir, Dorval, es würde ebenso viel Erstaunen als Abscheu erwecken. – Es gibt freilich wohl noch Barbaren, und wann wird es dergleichen nicht mehr geben? Aber die Zeiten der Barbarei sind vorbei. Das Jahrhundert hat sich aufgeklärt. Die Vernunft hat sich geläutert. Die Werke der Nation sind voll von ihren Geboten; und diejenigen Werke, in welchen man den Menschen die allgemeine Liebe einzuflößen sucht, sind fast die einzigen, welche gelesen werden. Diese allgemeine Liebe betreffen die Lehren, von welchen unsere Bühnen ertönen, und von welchen sie nicht oft genug ertönen können. Der Weltweise selbst, dessen Vergleichung Sie erwähnet haben, danket den erhaltenen Beifall vornehmlich den menschlichen Gesinnungen, die in seinen Schriften herrschen, und der Gewalt, die sie auf unsere Seelen haben. Nein, Dorval, ein Volk, das täglich hingehet, sich durch die unglückliche Tugend rühren zu

* Voltaire.

lassen, kann weder boshaft noch wild sein. Sie, Sie sind es; Männer von Ihrer Art, welche die Nation ehret, und welche die Regierung itzt mehr als jemals schützen sollte; diese Männer sind es, die unsere Kinder von den schrecklichen Ketten befreien können, mit welchen Ihre Melancholie ihre unschuldigen Hände gefesselt siehet.

Und was wird meine Pflicht, was wird Ihre Pflicht anders sein, als sie in dem Urheber aller Dinge selbst nur diejenigen Eigenschaften bewundern zu lehren, die sie in *uns* lieben werden? Wir wollen Ihnen ohne Unterlaß vorstellen, daß die Gesetze der Menschlichkeit unveränderlich sind, daß uns nichts von ihnen lossprechen kann; und so werden wir in ihren Seelen jene Empfindung des allgemeinen Wohlwollens, das sich auf die ganze Natur erstrecket, aufkeimen sehen. – Sie haben mir hundertmal gesagt, daß eine zärtliche Seele sich das große System der empfindlichen Wesen nicht vorstellen könne, ohne das Glück derselben eifrigst zu wollen, ohne daran teilzunehmen; und ich fürchte nicht, daß unter meinem Herzen und von Ihrem Blute eine grausame Seele gebildet werden könnte.

DORVAL. Theresia, eine Familie verlangt beträchtliche Glücksgüter, und ich darf Ihnen nicht bergen, daß mein Vermögen seit kurzem bis auf die Hälfte geschmolzen ist.

THERESIA. Die wirklichen Bedürfnisse haben ihre Grenzen; die eingebildeten sind unendlich. Sie mögen noch so ein großes Vermögen zusammenbringen, Dorval; Ihre Kinder werden doch immer arm sein, wenn ihnen die Tugend fehlt.

DORVAL. Die Tugend? Man spricht viel davon.

THERESIA. Die Tugend ist das, was auf der ganzen Welt am besten gekannt und am meisten verehret wird. Aber Dorval, sie wird uns durch die Opfer, die wir ihr bringen, weit werter als durch alle die Reize, die wir an ihr zu finden glauben. Und wehe dem, der ihr nicht genug aufgeopfert hat, sie allem andern vorzuziehen, nur für sie zu leben und zu atmen, ihrer Süßigkeiten voll zu werden und in dieser Trunkenheit das Ende seiner Tage zu finden.

DORVAL. Welch eine Frau! *(Er ist erstaunt. Er schweigt einen Augenblick still und sagt hierauf:)*
Anbetungswürdige und grausame Frau, wozu bringen Sie mich! Sie entreißen mir das Geheimnis meiner Geburt. Wissen Sie dann, daß ich kaum meine Mutter gekannt habe. Eine junge unglückliche, allzuzärtliche, allzuempfindliche Person gab mir das Leben und starb kurz darauf. Ihre erbitterten und mächtigen Freunde hatten meinen Vater gezwungen, nach Amerika zu fliehen. Daselbst erfuhr er den Tod meiner Mutter, eben da er sich nun schmeicheln durfte, ihr Gemahl werden zu können. Dieser Hoffnung also beraubt, ließ er sich in Amerika nieder; doch vergaß er des Kindes nicht, das er von einer so teuren Gattin hatte. Theresia, ich bin dieses Kind. – Mein Vater hat verschiedene Reisen nach Frankreich getan. Ich habe ihn gesehen. Ich hoffte ihn noch einst zu sehen, aber ich hoffe es nicht mehr. Sie sehen: meine Geburt ist in den Augen der Menschen verworfen, und mein Glück ist dahin.

THERESIA. Die Geburt wird uns gegeben; aber unsere Tugenden sind unser eigen. Und was die immer beschwerlichen und oft schädlichen Reichtümer anbelangt, so hat der Himmel, indem er sie auf die Fläche der Erde verstreuet und sie ohne Unterschied sowohl dem Guten als dem Bösen zufallen lassen, das Urteil, welches wir von ihnen fällen sollen, uns vorgesprochen. Geburt, Würden, Hoheit, Reichtümer, alles kann der Lasterhafte haben, nur die Gnade des Himmels nicht.
Dieses, Dorval, hatte mich ein wenig Vernunft lange Zeit vorher gelehret, ehe man mir Ihr Geheimnis vertraute; und es war mir weiter nichts übrig zu erfahren als den Tag meines Glücks und meiner Ehre.

DORVAL. Rosalia ist unglücklich. Clairville ist voller Verzweiflung.

THERESIA. Dieser Vorwurf macht mich erröten. Dorval, sprechen Sie meinen Bruder. Ich will Rosalien sprechen; uns kömmt es zu, diese zwei Wesen, die es so sehr verdienen, vereiniget zu werden, einander wieder näher zu bringen. Wenn es uns damit gelingt, so hoffe ich, wird der Erfüllung unsrer Wünsche weiter nichts fehlen.

Vierter Auftritt

DORVAL *allein.*

DORVAL. Das ist die Frau, von der Rosalia erzogen worden! Das sind die Grundsätze, die sie ihr beigebracht hat!

Fünfter Auftritt

DORVAL. CLAIRVILLE.

CLAIRVILLE. Dorval, was soll aus mir werden? Was haben Sie mit mir beschlossen?

DORVAL. Daß Sie sich Rosalien mehr als jemals ergeben sollen.

CLAIRVILLE. Das raten Sie mir?

DORVAL. Das rate ich Ihnen.

CLAIRVILLE *(der ihm um den Hals fällt).* Ach, liebster Freund, Sie schenken mir das Leben. Ich habe es Ihnen zweimal in einem Tage zu danken. Ich kam zitternd her, mein Schicksal zu hören. Wie viel habe ich ausgestanden, seit ich Sie verlassen! Nie habe ich es stärker empfunden, daß ich bestimmt bin, Rosalien zu lieben, so ungerecht sie auch immer ist. In dem Augenblicke der Verzweiflung faßt man einen gewaltsamen Vorsatz; aber der Augenblick gehet vorüber, der Vorsatz verfliegt, und die Leidenschaft bleibt.

DORVAL *(lächelnd).* Ich wußte das alles. Aber Ihr weniges Vermögen? und Rosaliens mäßige Umstände?

CLAIRVILLE. Der elendeste Zustand ist in meinen Augen der, ohne Rosalien zu leben. Ich habe es bedacht, und mein

Entschluß ist gefaßt. Wenn es jemanden erlaubt ist, den Mangel ungern zu ertragen, so ist es den Verliebten, den Hausvätern und allen wohltätigen Menschen erlaubt; auch gibt es immer Mittel, sich daraus zu reißen.

DORVAL. Was wollen Sie in dieser Absicht tun?

CLAIRVILLE. Ich will handeln.

DORVAL. Ohngeachtet Ihres Namens? Hätten Sie wohl den Mut?

CLAIRVILLE. Was nennen Sie Mut? Ich finde nicht, daß dazu Mut gehöret. Bei der stolzen Seele, bei dem unbiegsamen Charakter, den ich habe, ist es sehr ungewiß, ob ich von der Gnade des Hofes das Glück erhalten dürfte, das ich nötig habe. Das Glück, das man durch Ränke macht, ist geschwind, aber schimpflich; das man durch die Waffen macht, rühmlich, aber langsam; das man durch seine Talente macht, allezeit schwer und mittelmäßig. Es gibt andere Stände, welche geschwind zu Reichtümern führen; die Handelschaft aber ist fast der einzige, wo die großen Glücksgüter der Arbeit, der Emsigkeit und den Gefahren gleichkommen, die uns den Besitz derselben rühmlich machen. Ich will handeln, sage ich Ihnen; es fehlet mir bloß an Einsicht und Anschlägen, und diese hoffe ich in Ihnen zu finden.

DORVAL. Sie denken richtig. Ich sehe, die Liebe ist ohne Vorurteile. Aber denken Sie nur darauf, Rosalien zu bewegen, und Sie sollen Ihren Stand nicht ändern dürfen. Wenn das Schiff, auf welchem ihr Vermögen war, auch schon dem Feinde in die Hände gefallen ist, so war es doch assekuriert, und der Verlust will nichts sagen. Die Nachricht davon stehet in den öffentlichen Blättern, und ich rate Ihnen, sie Rosalien zu hinterbringen.

CLAIRVILLE. Ich fliehe.

Sechster Auftritt

DORVAL. KARL, *noch gestiefelt.*

DORVAL *(geht auf und ab).* Er wird sie nicht bewegen. – Nein. – Wenn ich aber doch wollte? – Ein Beispiel der Rechtschaffenheit, des Muts – die Anwendung meiner äußersten Gewalt über mich selbst – über sie –

KARL *(tritt herein und bleibt, ohne ein Wort zu sagen, stehen, bis ihn sein Herr gewahr wird. Alsdenn sagt er:)* Mein Herr, ich habe das Rosalien einhändigen lassen, –

DORVAL. Ich verstehe wohl.

KARL. Hier ist der Schein darüber. *(Er gibt seinem Herrn Rosaliens Quittung.)*

DORVAL. Gut, gut.

(Karl geht ab. Dorval geht noch auf und nieder, und nach einer kurzen Pause sagt er:)

Siebenter Auftritt

DORVAL *allein.*

DORVAL. So hätte ich denn alles aufgeopfert? Mein Vermögen? *(Er wiederholt mit Verachtung das Wort.)* Vermögen! Meine Liebe! Meine Freiheit! – Aber diese Aufopferung meiner Freiheit, ist denn diese schon beschlossen? – O Vernunft, wer kann dir widerstehen, wenn du die bezaubernde Stimme des reizenden Weibes annimmst! – Kleiner und kurzsichtiger Mensch, der du einfältig gnug bist, dir einzubilden, daß deine Irrtümer und dein Unglück in dem Ganzen von einiger Wichtigkeit sind; daß eine Verbindung unendlicher Zufälle dir dein Unglück von Ewigkeit her zubereitet hat; daß deine Verknüpfung mit einem andern Wesen die Ketten seines Schicksals lenket: komm, höre Theresien, und erkenne die Eitelkeit deiner Gedanken! – Ach, wenn ich diese Gewalt der Vernunft, diese Überlegenheit an Einsichten, mit welcher sich diese Frau meiner ganzen Seele bemeisterte und sie beherrschte, auch in mir finden könnte: so wollte ich Rosalien sprechen, sie sollte mich hören, und Clairville würde glücklich sein. – Aber warum sollte ich über diese zärtliche und biegsame Seele nicht eben die Macht gewinnen können, welche Theresia über mich zu gewinnen wußte? Seit wenn hat die Tugend ihre Herrschaft verloren? – So will ich sie denn sehen, und sprechen, und alles von ihrer aufrichtigen Gemütsart und von den Empfindungen, die mich beleben, hoffen. Ich bin es, der ihre unschuldigen Schritte irre geführet hat; ich bin es, der sie in Schmerz und Traurigkeit gestürzet; mir also kömmt es zu, ihr die Hand zu reichen und sie wieder auf die Pfade des Glücks zu führen.

Ende des vierten Aufzuges

Fünfter Aufzug

Erster Auftritt

ROSALIA. JUSTINE.

Rosalia ist niedergeschlagen und gehet hin und her oder bleibt unbeweglich stehen, ohne auf Justinens Reden achtzugeben.

JUSTINE. Ihr Vater entgehet tausend Gefahren! Ihr Glück ist wiederhergestellt! Sie werden aufs neue Meister Ihres Schicksals! Und nichts rühret Sie. Wahrhaftig, Mademoiselle, Sie verdienen so viel Gutes nicht, als Ihnen begegnet.

ROSALIA. – Ein ewiges Band wird sie vereinigen! – Justine, ist Arnold unterrichtet? Ist er fort? Kömmt er bald wieder?

JUSTINE. Mademoiselle, was wollen Sie tun?

ROSALIA. Meinen Willen. – Nein, mein Vater soll in dieses unglückliche Haus nicht kommen! – Ich will der Zeuge ihrer Freude nicht sein. – Wenigstens entgehe ich ihren mich tötenden Freundschaftsbezeugungen.

Zweiter Auftritt

ROSALIA. JUSTINE. CLAIRVILLE.

CLAIRVILLE *(tritt eilig herein und wirft sich Rosalien sogleich, als er ihr näher kömmt, zu Füßen und sagt:)* Nun wohl, Grausame, so nehmen Sie mir nur das Leben! Ich weiß alles. Arnold hat mir alles gesagt. Sie wollen Ihren Vater von hier entfernen. Und von wem wollen Sie ihn entfernen? Von einem Manne, der Sie anbetet, der ohne Reue sein Vaterland, seine Familie, seine Freunde verließ, sich dem Meere anvertraute, um sich Ihren unerbittlichen Eltern zu Füßen zu werfen, und da entweder zu sterben, oder Sie zu erhalten. – Damals nahm die zärtliche, empfindliche, treue Rosalia an allem meinem Kummer teil; itzt ist sie es allein, die ihn verursacht.

ROSALIA *(bewegt und ein wenig betroffen).* Dieser Arnold hat nicht die geringste Überlegung. Sie sollten meinen Anschlag nicht wissen.

CLAIRVILLE. Sie wollten mich also hintergehen!

ROSALIA *(lebhaft).* Ich habe noch niemanden hintergangen.

CLAIRVILLE. So sagen Sie mir denn, warum Sie mich nicht mehr lieben? Mir Ihr Herz entziehen, heißt, mich zum Tode verurteilen. Sie wollen meinen Tod. Sie wollen ihn. Ich sehe es.

ROSALIA. Nein, Clairville. Ich wollte Sie sehr gern glücklich wissen.

CLAIRVILLE. Und Sie verlassen mich!

ROSALIA. Aber könnten Sie denn nicht ohne mich glücklich sein?

CLAIRVILLE. Sie durchbohren mir das Herz. *(Er liegt noch immer Rosalien zu Füßen, und indem er die letzten Worte sagt, sinkt er mit dem Kopf auf ihren Schoß und schweigt einen Augenblick still.)* Sie hätten sich nie ändern müssen! Sie schworen es mir! – Ich Sinnloser, ich glaubte Ihnen. Ach, Rosalia, wo ist sie hin, diese jeden neuen Morgen mit neuen Entzückungen gegebene und empfangene Treue? Wo sind sie hin,

Ihre Eidschwüre? – Mein Herz, das dazu erschaffen ward, den Eindruck Ihrer Tugenden und Ihrer Reize ewig zu bewahren, hat von seinen Empfindungen nichts verloren; von den Ihrigen ist keine Spur mehr vorhanden – Was habe ich verbrochen, daß sie so ganz erloschen?

ROSALIA. Nichts.

CLAIRVILLE. Und doch sind sie erloschen; und doch sind die süßen Augenblicke nicht mehr, da ich meine Empfindungen in Ihren Augen las, da diese Hände *(er ergreift eine)* meine Tränen abzutrocknen würdigten, meine bald bittern bald süßen Tränen, die mir Furcht und Zärtlichkeit wechselsweise auspreßten. – Rosalia, bringen Sie mich nicht zur Verzweiflung – Haben Sie Mitleiden mit sich selbst. Sie kennen Ihr Herz nicht. Nein, Sie kennen es nicht. Sie wissen es nicht, wie viel Gram Sie sich selbst zubereiten.

ROSALIA. Ich habe des Grams schon zu viel gehabt.

CLAIRVILLE. Ich werde in dem Innersten Ihrer Seele ein schreckliches Bild hinterlassen, das alle Ruhe und Freude daraus verbannen wird. Ihre Ungerechtigkeit wird Sie verfolgen.

ROSALIA. Clairville, erschrecken Sie mich nicht! *(Indem sie ihn steif ansieht.)* Was wollen Sie von mir?

CLAIRVILLE. Sie erweichen, oder sterben.

ROSALIA *(nach einer Pause).* Ist Dorval Ihr Freund?

CLAIRVILLE. Er weiß meinen Schmerz. Er nimmt teil daran.

ROSALIA. Er betrügt Sie.

CLAIRVILLE. Ihre Grausamkeit hätte mir das Leben gekostet. Sein Rat hat mich erhalten. Ohne Dorvaln wäre ich nicht mehr.

ROSALIA. Er betrügt Sie, sage ich. Es ist ein Nichtswürdiger!

CLAIRVILLE. Dorval, ein Nichtswürdiger? Rosalia, bedenken Sie es auch? Es sind zwei Wesen in der Welt, die ich in dem Innersten meines Herzens trage: Dorvaln und Rosalien. In diesem geheiligten Schutzorte sie angreifen, heißt mir den tödlichsten Schmerz verursachen. Dorval ein Nichtswürdiger! Und das sagt Rosalia! Sie! – Was war ihr auch sonst noch übrig, um mich ganz zu Boden zu schlagen, als diese Beschuldigung meines Freundes!

(DORVAL *tritt herein.*)

Dritter Auftritt

ROSALIA. JUSTINE. CLAIRVILLE. DORVAL.

CLAIRVILLE. Kommen Sie, liebster Freund, kommen Sie. Diese Rosalia, diese sonst so fühlende, itzt so grausame Rosalia verklagt Sie ohne Grund, und verdammet mich zu einer ewigen Verzweiflung; mich, der ich lieber sterben als ihr den allergeringsten Verdruß verursachen wollte. *(Nachdem er das gesagt, verbirgt er seine Tränen; er entfernt sich und wirft sich auf das Kanapee, das zuhinterst in dem Saale stehet, in der Stellung eines völlig niedergeschlagenen Menschen.)*

DORVAL *(weiset ihr Clairvillen und sagt:)* Betrachten Sie da, Mademoiselle, Ihr Werk und das meinige! Ist das das Schicksal, das er von uns zu erwarten hatte? Eine schreckliche Verzweiflung ist also die bittere Frucht meiner Freundschaft und Ihrer Zärtlichkeit? Und so wollen wir ihn umkommen lassen? *(Clairville springt auf und gehet als ein verrückter Mensch ab. Rosalia sieht ihm nach, und Dorval, nachdem er ein wenig nachgedacht, fähret in einem leisen Tone fort, ohne Rosalien anzusehen.)*
Wenn er sich betrübet, so kann er es doch wenigstens ohne Zwang tun. Seine rechtschaffene Seele kann allen ihren Schmerz zeigen. – Aber wir, die wir uns unserer Empfindungen schämen müssen, dürfen sie keiner lebendigen Seele vertrauen; wir verbergen sie vor uns selber. – Vielleicht ist es Dorvaln und Rosalien genug, dem Verdachte entgangen zu sein; vielleicht sind sie klein genug, sich heimlich darüber zu freuen. – *(Hier wendet er sich plötzlich gegen Rosalien.)* Ah, Mademoiselle, sind wir dazu gemacht, uns so weit zu erniedrigen? Wollen wir ein so verworfenes

Leben länger zu führen begehren? Ich für mein Teil könnte unmöglich mich unter den Menschen dulden, wenn auf der ganzen Fläche, die sie bewohnen, ein einziger Ort wäre, wo ich mich verachtungswürdig gemacht hätte.

Ich bin der Gefahr entronnen und komme Ihnen nun zu Hilfe. Ich muß Sie wieder auf die Stufe erheben, auf welcher ich Sie gefunden habe, oder für Reue sterben. *(Er hält ein wenig inne und sagt hierauf:)*

Antworten Sie mir, Rosalia. Hat die Tugend bei Ihnen einigen Wert? Lieben Sie die Tugend noch?

ROSALIA. Sie ist mir werter als das Leben.

DORVAL. Ich will mich also über das einzige Mittel erklären, wie sich Rosalia mit sich selbst versöhnen und der Gesellschaft, darin sie lebt, würdig werden kann; wie sie würdig werden kann, Theresiens Schülerin und Freundin zu heißen und der Gegenstand aller Verehrung und Zärtlichkeit ihres Clairville zu sein.

ROSALIA. Reden Sie. Ich höre. *(Rosalia stützet sich auf die Rücklehne eines Stuhls und läßt den Kopf auf die Hand sinken. Dorval fährt fort:)*

DORVAL. Bedenken Sie, Mademoiselle, daß eine einzige verdrießliche Idee, die uns verfolgt, unser ganzes Glück zu vernichten vermögend ist; und daß das Bewußtsein einer bösen Handlung die allerverdrießlichste von allen Ideen ist. *(Lebhaft und sehr geschwind.)* Das Böse, wenn wir es einmal begangen haben, verläßt uns nie wieder; es setzt sich in dem Innersten unserer Seele zugleich mit der Scham und der Reue fest; wir tragen es mit uns herum, und es peiniget uns unaufhörlich.

Wenn Sie einer unbilligen Neigung nachhängen wollen, so müssen wir uns gewissen Augen auf ewig entziehen: den Augen derjenigen zwei Personen, die wir auf Erden am meisten verehren. Wir müssen uns entfernen, vor ihnen fliehen und mit hängendem Haupte in der Welt umherschleichen. *(Rosalia seufzet.)*

Und wenn wir uns von Clairvillen und von Theresien

entfernen müßten, wohin wollten wir uns wenden? Was sollte aus uns werden? Welchen Umgang würden wir haben? – Wer böse ist, verdammet sich, mit den Bösen zu leben und es sich mit ihnen gefallen zu lassen; muß willens sein, sich unter einer Menge von Wesen ohne Grundsätze, ohne Sitten, ohne Charakter zu verlieren; in einer ununterbrochenen Lügen ein ungewisses und unruhiges Leben zu leben, die Tugend, die er verlassen hat, nicht ohne Erröten loben zu können; aus anderer Munde seine Handlungen tadeln zu hören; die Ruhe in Lehrgebäuden zu suchen, die der rechtschaffene Mann mit einem einzigen Hauche umstürzet; sich auf ewig die Quelle aller wahren Freuden, nämlich aller ehrbaren, strengen und erhabenen Freuden zu verschließen; und um sich selber zu entfliehen, sich dem Überdrusse aller der nichtigen Zeitverkürzungen zu überlassen, unter welchen ein Tag nach dem andern, in der Vergessenheit seiner selbst, verstreicht und das Leben verschwindet. – Ich übertreibe nichts, Rosalia. Wenn der Faden des Labyrinths reißet, so ist man seines Schicksals nicht mehr Meister; man weiß nicht, wie weit und tief man sich verirren kann.

Sie sind bestürzt, und Sie kennen nur kaum ein Teil Ihrer Gefahr.

Rosalia, Sie sind auf dem Punkte gewesen, das allergrößte Gut, das ein Frauenzimmer auf Erden besitzen kann, ein Gut zu verlieren, das es ohne Unterlaß von dem Himmel, der sehr sparsam damit ist, erbitten sollte: einen tugendhaften Gatten! Sie waren in Gefahr, den feierlichsten Tag Ihres Lebens mit einer Ungerechtigkeit zu bemerken, so daß Sie in Zukunft an den Augenblick nie ohne Erröten hätten denken können, dessen man sich nicht anders als mit der süßesten Empfindung erinnern sollte. – Bedenken Sie, daß Sie bis an den Fuß des Altars, an welchem Sie meinen Schwur würden übernommen und ich den Ihrigen würde gefordert haben, daß Sie bis dahin die Idee des verratenen und in Verzweiflung gestürzten Clairville würde verfolgt haben. Sie würden gesehen haben, welchen ernsten Blick Theresia auf Sie geheftet hätte. Dieses würden die schrecklichen Zeugen unsrer Vereinigung gewesen sein! – Und dieses Wort, das so süß auszusprechen und so süß zu vernehmen ist, wenn es das Glück zweier Wesen versichert und vollendet, die durch Unschuld und Tugend ihre Begierden heiligen, dieses fatale Wort hätte auf immer unsere Ungerechtigkeit und unser Unglück versiegelt – Ja, Mademoiselle, auf immer. Die Trunkenheit gehet vorüber. Man erblickt sich, wie man ist. Man verachtet sich. Man verklaget sich selber, und das Elend fängt an. *(Hier entschießen Rosalien einige Tränen, die sie unbemerkt abzutrocknen sucht.)*

Und in der Tat, wie kann man sich auf ein Frauenzimmer verlassen, das ihren Liebhaber verraten können? Wie auf einen Mann, der seinen Freund hintergehen können? – Mademoiselle, wer es wagen darf, sich mit unauflöslichen Banden binden zu lassen, der muß in seiner Gattin die größte von allen Weibern zu erkennen glauben; und in mir würde Rosalia, wider ihren Willen, den niedrigsten von allen Mannspersonen erkennen müssen. – Das kann so nicht sein. – Ich würde die Mutter meiner Kinder nicht gnug verehren können; und ich müßte von ihr nicht gnug geachtet werden können.

Sie erröten. Sie schlagen die Augen nieder. – Wie? Sollten Sie sich dadurch beleidiget glauben, daß in der Natur für mich noch etwas Heiligeres sei als Sie? Würden Sie mich wohl noch in den erniedrigenden und grausamen Augenblicken sehen wollen, wenn Sie mich ohne Zweifel verachteten, wenn ich mich haßte, wenn ich Sie anzutreffen fürchtete, wenn Sie mich zu hören zitterten, und unsere zwischen dem Laster und der Tugend schwimmende Seelen zerrissen würden? –

Wie unglücklich sind wir gewesen, Mademoiselle! Aber mein Unglück hörte auf, sobald ich gerecht zu sein anfing. Ich habe den allerschwersten, aber auch den allervollkommensten Sieg über mich davongetragen. Ich habe meinen

Charakter wieder angenommen. Rosalia ist mir nicht mehr fürchterlich, und ich könnte ihr ohne Bedenken den wilden Tumult bekennen, den sie in meiner Seele erregte, als ich in der äußersten Verwirrung aller meiner Empfindungen und Begriffe ihr antwortete – – Aber ein unerwarteter Zufall, Theresiens Irrtum, Rosaliens Irrtum, meine äußerste Anstrengung haben mich wieder in Freiheit gesetzt. – Ich bin frei – *(Bei diesem Worte scheinet Rosalia gänzlich niedergeschlagen. Dorval wird es gewahr, wendet sich gegen sie, betrachtet sie mit einem sanftern Blicke und fähret fort:)*

Aber was habe ich getan, das Rosalia nicht noch tausendmal leichter tun könnte! Ihr Herz ist zum Empfinden, ihr Geist ist zum Denken erschaffen; und ihr Mund, alles, was rechtschaffen und edel ist, auszudrücken. Wenn ich noch einen Augenblick verweilet hätte, so würde ich von Rosalien alles das gehört haben, was sie itzt von mir höret. Ich würde sie vernommen haben. Ich würde sie als eine wohltätige Gottheit betrachtet haben, die mir die Hand reiche, meine wankenden Schritte zu leiten. Auf ihre Stimme hätte sich die Tugend in meinem Herzen wieder entflammet. –

ROSALIA *(mit zitternder Stimme).* Dorval –

DORVAL *(freundlich).* Rosalia –

ROSALIA. Was muß ich tun?

DORVAL. Wir haben der Hochachtung unsrer selbst einen teuern Preis gesetzet.

ROSALIA. Wollen Sie, daß ich verzweifle?

DORVAL. Nein. Aber es gibt Gelegenheiten, wo wir uns einzig und allein durch eine tapfre Tat wieder aufrichten können.

ROSALIA. Ich verstehe Sie. Sie sind mein Freund – Ja, ich werde das Herz haben – Ich brenne, Theresien zu sprechen – Ich weiß es endlich, wo das Glück meiner wartet.

DORVAL. Ah, Rosalia, nun erkenne ich Sie. Sie sind es, aber weit schöner, weit rührender in meinen Augen als jemals! Nun sind Sie Theresiens Freundschaft, Clairvillens Zärtlichkeit und aller meiner Hochachtung würdig; denn nun darf ich es wagen, mich zu nennen.

Vierter Auftritt

ROSALIA. JUSTINE. DORVAL. THERESIA.

ROSALIA *(läuft Theresen entgegen).* Kommen Sie, Theresia. Kommen Sie, von der Hand Ihres Mündels den einzigen Sterblichen zu empfangen, der Ihrer würdig ist.

THERESIA. Und Sie, Mademoiselle, eilen Sie, Ihren Vater zu empfangen. Da ist er.

Fünfter und letzter Auftritt

ROSALIA. JUSTINE. DORVAL. THERESIA. DER ALTE LYSIMOND, *von* CLAIRVILLEN *und* ARNOLDEN *bei den Armen geführet.* KARL. SYLVESTER *und das ganze Haus.*

ROSALIA. Mein Vater!

DORVAL. Himmel, wen sehe ich! Es ist Lysimond! Es ist mein Vater!

LYSIMOND. Ja, mein Sohn. Ja, ich bin es. *(Zu Dorvaln und zu Rosalien.)* Kommt, meine Kinder, kommt in meine Arme! – Ach, meine Tochter! Ach, mein Sohn! – *(Er betrachtet sie.)* Wenigstens habe ich sie gesehen. – *(Dorval und Rosalia sind erstaunt. Lysimond merkt es.)* Mein Sohn, das ist deine Schwester. – Meine Tochter, das ist dein Bruder. –

ROSALIA. Mein Bruder!
DORVAL. Meine Schwester!
ROSALIA. Dorval!
DORVAL. Rosalia!

(Diese Worte werden mit aller Geschwindigkeit des Erstaunens gesagt und beinahe zugleich in einem Augenblicke gehöret.)

LYSIMOND. *(Sie setzen ihn nieder.)* Ja, meine Kinder, ihr sollt alles erfahren. – Kommt, lasset euch noch einmal umarmen. – *(Er hebet seine Hände gen Himmel.)* Der Himmel, der mich euch wiederschenkt, der euch mir wiederschenkt, der Himmel segne euch – segne euch alle. *(Zu Clairvillen.)* Clairville. *(Zu Theresien.)* Madame, verzeihen Sie einem Vater, der seine Kinder wiederfindet. Ich glaubte sie für mich verloren. – Ich habe hundertmal zu mir selbst gesagt: Nein, ich werde sie niemals wiedersehen. Sie werden mich niemals wiedersehen. Und ach! vielleicht werden sie einander niemals kennen lernen! – Als ich abreisete, meine liebe Rosalia, war meine süßeste Hoffnung diese, dir einen Sohn, der meiner würdig ist, dir einen Bruder zu zeigen, der aller deiner Zärtlichkeit würdig ist, der dir zur Stütze diene, wenn ich nun nicht mehr sein werde – und, mein Kind, die Zeit wird bald da sein. – Aber, meine Kinder, warum erblicke ich auf euern Gesichtern die Entzückungen noch nicht, die ich mir versprochen hatte? – Mein Alter, meine Schwachheit, mein naher Tod betrübet euch. – Ach, meine Kinder, ich habe so viel gearbeitet, so viel erlitten! – Dorval, Rosalia –

(Mit diesen Worten strecket der Alte seine Hände gegen seine Kinder aus, die er eines um das andere ansiehet und einander zu erkennen aufmuntern will. Dorval und Rosalia sehen sich an, fallen einander in die Arme und werfen sich beide zugleich ihrem Vater zu Füßen mit den Worten:)

DORVAL *und* ROSALIA. Ach, mein Vater!

LYSIMOND *(legt seine Hände auf sie und sagt mit gen Himmel gewandten Augen:)* O Himmel! ich danke dir! Meine Kinder haben sich gesehen; sie werden sich lieben, hoffe ich, und ich werde vergnügt sterben. – Clairville, Sie hielten Rosalien wert. – Rosalia, du liebtest Clairvillen. Du liebst ihn noch immer. Tretet näher, ich will euch vereinigen.

(Clairville will es nicht wagen, näher zu treten, sondern strecket bloß gegen Rosalien, mit aller Bewegung des Verlangens und der Liebe, die Arme aus. Er wartet. Rosalia betrachtet ihn einen Augenblick und tritt näher. Clairville wirft sich nieder, und Lysimond vereiniget sie.)

ROSALIA *(in einem fragenden Tone).* Mein Vater? –

LYSIMOND. Mein Kind?

ROSALIA. Theresia – Dorval – sie sind einer des andern so würdig.

LYSIMOND *(zu Theresien und Dorvaln).* Ich verstehe dich.

Kommt, meine geliebten Kinder. Kommt. Ihr verdoppelt mein Glück.

(Theresia und Dorval nahen sich gesetzt dem Lysimond. Der gute Alte nimmt Theresiens Hand, küßt sie und reichet ihr die Hand seines Sohnes, die sie annimmt.)

LYSIMOND *(sagt weinend, mit der Hand sich die Tränen abtrocknend).* Das sind Tränen der Freude, und es werden die letzten sein. – Ich lasse euch große Glücksgüter. Genießet ihrer, wie ich sie erworben habe. Mein Reichtum hat meiner Redlichkeit nie das geringste gekostet. Meine Kinder, ihr könnt ihn ohne Gewissensbisse besitzen. – Rosalia, du betrachtest deinen Bruder, und nun wendest du deine nassen Augen wieder auf mich. – Mein Kind, du sollst alles erfahren; ich habe dir schon gesagt – Aber erspare immer dieses Geständnis deinem Vater, erspare es einem zärtlichen und empfindlichen Bruder. – Der Himmel, der mein ganzes Leben mit Bitterkeit vermischte, hat mir allein den reinen Genuß dieser letzten Augenblicke aufbehalten. Liebstes Kind, gönne mir ihn. – Ich habe alles zwischen euch zur Richtigkeit gebracht. – Hier, meine Tochter, ist das Verzeichnis meines Vermögens –

ROSALIA. Mein Vater –

LYSIMOND. Nimm, mein Kind. Ich habe gelebt. Es ist Zeit, daß ihr auch lebt; wie es Zeit ist, daß ich zu leben aufhöre; morgen, wenn es der Himmel will, ohne Murren – Da nimm, mein Sohn; es ist der Inhalt meines letzten Willens. Du wirst ihn befolgen. Besonders vergeßt Arnolden nicht. Ihm muß ich es danken, daß ich mitten unter euch sterben kann. Rosalia, ich werde mich Arnolds noch erinnern, wenn du mir die Augen zudrücken wirst. – Ihr werdet sehen, meine Kinder, daß ich bloß meine Zärtlichkeit zu Rate gezogen habe, und daß ich euch beide gleich stark liebte. Der Verlust, den ich erlitten habe, will wenig sagen. Ihr mögt ihn gemeinschaftlich tragen.

ROSALIA. Was höre ich, mein Vater? – Dieses hat man mir

gleichwohl eingehändiget – *(Sie überreicht ihrem Vater die Brieftasche, die ihr Dorval geschickt.)*

LYSIMOND. Dir eingehändiget? Laß sehen. – *(Er öffnet die Brieftasche und untersucht die darin befindlichen Papiere.)* – Dorval, du allein kannst dieses Geheimnis aufklären. Diese Verschreibungen und Zettel haben dir zugehöret. Rede doch, sage uns doch, wie sie in die Hände deiner Schwester kommen?

CLAIRVILLE *(lebhaft).* Ich begreife alles. Er wagte sein Leben für mich; er opferte mir sein Glück auf.

ROSALIA *(zu Clairvillen).* Und seine Liebe!

THERESIA *(zu Clairvillen).* Und seine Freiheit!

(Diese Worte werden sehr geschwind gesagt und fast zu gleicher Zeit gehört.)

CLAIRVILLE. Ach, mein Freund – *(Er umarmet ihn.)*

ROSALIA *(die sich ihrem Bruder in die Arme wirft und die Augen niederschlägt).* Mein Bruder! –

DORVAL *(lächelnd).* Ich war nicht bei Sinnen. Und du warest ein Kind.

LYSIMOND. Was wollen sie von dir, mein Sohn? Du mußt ihnen irgend einen großen Anlaß zur Bewunderung und Freude gegeben haben, wovon ich nichts begreife, und woran dein Vater nicht teilnehmen kann.

DORVAL. Mein Vater, die Freude, Sie wiederzusehen, hat uns alle außer uns gebracht.

LYSIMOND. Wolle doch der Himmel, der die Kinder durch die Eltern, und die Eltern durch die Kinder segnet, euch Kinder schenken, die euch ähnlich sind, und die eure Zärtlichkeit gegen mich mit gleicher Zärtlichkeit belohnen!

Ende des fünften Aufzugs und des Stücks

Unterredungen über den »Natürlichen Sohn«

Inhaltsverzeichnis

I. Unterredung

II. Unterredung

Dritte Unterredung

Ich habe die Ursache zu sagen versprochen, warum ich den letzten Auftritt nicht hören können; sie war diese: Lysimond war nicht mehr. Man hatte einen von seinen Freunden, der ohngefähr von seinem Alter war, und der seine Gestalt, seine Stimme und seine weißen Haare hatte, seine Stelle in dem Stücke zu vertreten vermocht.

Dieser Alte trat in den Saal, so wie Lysimond das erstemal hineingetreten war, von Clairvillen und Arnolden bei den Armen geführet, und in den Kleidern, die sein Freund mit aus dem Gefängnisse gebracht hatte. Aber kaum erschien er, kaum brachte dieser Schritt der Handlung der ganzen Familie einen Mann wieder vor die Augen, den sie erst kürzlich verloren hatte, und der ihr so teuer und verehrungswürdig gewesen war, als sich kein einziger von ihnen der Tränen enthalten konnte. Dorval weinte. Theresia und Clairville weinten. Rosalia erstickte ihr Schluchzen und wandte ihre Augen weg. Der Alte, der den Lysimond vorstellte, ward aus seiner Fassung gebracht und fing auch an zu weinen. Der Schmerz verbreitete sich von den Herren auf die Bedienten und ward allgemein, und das Stück kam nicht zu Ende.

Als sie nun alle wieder aus dem Saale waren, kam ich aus meinem Winkel hervor und ging den Weg wieder heim, den ich gekommen war. Unterwegens trocknete ich mir die Augen und sagte zu mir selbst, um mich zu trösten, denn meine ganze Seele war traurig: »Ich muß wohl sehr gutherzig sein, daß ich mich so betrüben kann. Es war ja weiter nichts als eine Komödie. Dorval hat den Inhalt aus seinem Kopfe genommen. Er hat ihn nach seiner Phantasie in Gespräche gebracht, und heute machte man sich das Vergnügen, es aufzuführen.«

Gleichwohl setzten mich einige Umstände in Verlegenheit. Die Geschichte des Dorvals war in dem Lande bekannt. Man hatte alles mit so vieler Wahrheit vorgestellt, daß ich bei verschiednen Stellen es fast vergessen hätte, wie ich weiter nichts als ein Zuschauer, und noch dazu ein unbewußter Zuschauer sei, und beinahe im Begriffe gewesen war, meinen Platz zu verlassen und die Bühne mit einer wirklichen Person durch mich zu vermehren. Und wie sollte ich den letzten Zufall mit meinen Gedanken vergleichen? Wenn dieses Stück weiter nichts als eine Komödie war, warum konnten sie die Schlußszene nicht spielen? Woher entstand die tiefe Betrübnis, von der sie, bei Erblickung des Alten, der den Lysimond vorstellte, sämtlich durchdrungen wurden?

Einige Tage darauf kam ich zu Dorvaln, ihm für den süßen und grausamen Abend, den mir seine Gefälligkeit verschafft hatte, zu danken.

»Sie sind also damit zufrieden gewesen?«

Ich sage gern die Wahrheit. Dieser Mann hört sie gern sagen, und ich antwortete ihm, daß mich das Spiel der Akteurs so eingenommen gehabt, daß ich von dem übrigen unmöglich urteilen können; übrigens wüßte ich auch nichts von der Auflösung, weil ich die letzte Szene nicht hören können; wenn er mir aber sein Werk geschrieben mitteilen wollte, so wollte ich ihm meine Meinung davon sagen.

»Ihre Meinung? Weiß ich denn nicht schon so viel davon, als ich wissen will? Ein Schauspiel ist nicht sowohl gemacht, gelesen, als vielmehr vorgestellt zu werden; und die Vorstellung von diesem hat Ihnen gefallen. Mehr brauche ich nicht. Unterdessen hier ist es. Lesen Sie es, und wir wollen davon sprechen.«

Ich nahm das Werk. Ich las es mit ruhigen Gedanken; und den Tag darauf, und die zwei folgenden Tage unterhielten wir uns davon.

Hier sind unsere Unterredungen. Aber welcher Unterschied zwischen dem, was mir Dorval sagte, und dem, was ich schreibe! – Es sind vielleicht noch eben dieselben Gedanken, aber das *Genie* des Mannes ist nicht mehr darin. – Vergebens suche ich in mir selbst den Eindruck wieder, den der Anblick der Natur und Dorvals Gegenwart auf mich machten. Ich finde ihn nicht. Ich sehe Dorvaln nicht mehr. Ich höre ihn nicht mehr. Ich bin allein, unter staubigten Büchern, in einem düstern Studierzimmer. – Was ich schreibe, ist schwach, traurig und kalt.

Dorval und Ich

Erste Unterredung

Dorval hatte an diesem Tage vergebens versucht, einen Rechtshandel gütlich beizulegen, der schon lange zwei benachbarte Familien trennte und gar leicht beide zugrunde richten konnte. Er war darüber verdrießlich, und ich sahe, daß die Verfassung seiner Seele einen dunkeln Schatten über unsere Unterredung verbreiten würde. Demohngeachtet sagte ich zu ihm:

»Ich habe Sie gelesen. Allein ich irre mich sehr, oder Sie haben es sich eben nicht angelegen sein lassen, den Absichten Ihres Herrn Vaters allzu gewissenhaft zu folgen. Er hatte Ihnen, so viel ich mich erinnere, empfohlen, alles so vorzustellen, wie es sich wirklich zugetragen habe; und gleichwohl habe ich verschiednes bemerkt, was das Zeichen der Erdichtung an der Stirne trägt, und das uns nur auf der Bühne zu täuschen vermag, wo es, wie man sagen könnte, eine gewisse Täuschung und einen gewissen Beifall gibt, über die man vorher einig geworden ist.

Vors erste haben Sie sich dem Gesetze der Einheiten unterworfen. Gleichwohl ist es unglaublich, daß sich so viele Begebenheiten an *einem* Orte zugetragen; daß sie nur einen Zeitraum von vierundzwanzig Stunden eingenommen; und daß sie in Ihrer Geschichte so aufeinander gefolgt, wie sie in Ihrem Werke miteinander verbunden sind.«

Sie haben recht. Aber wenn die Geschichte vierzehn Tage gedauert hat, glauben Sie, daß man auch der Vorstellung diese Dauer geben müßte? Daß, wenn die Begebenheiten durch andere Begebenheiten getrennet werden, man auch diese Verwirrung mit Nutzen beibehalten könne? Und daß, wenn sie sich an verschiednen Orten des Hauses zugetragen haben, ich sie auch wieder an diese verschiedene Orte hätte verstreuen sollen?

Die Gesetze der Einheiten sind schwer zu beobachten, aber sie sind vernünftig.

In dem menschlichen Leben ist die Dauer einer Begebenheit mit einer Menge kleiner Zwischenfälle durchwebt, die zwar einen Roman wahrscheinlich machen, die aber einem dramatischen Werke alles Unterhaltende nehmen würden. Dort teilet sich unsere Aufmerksamkeit unter unendlich viel verschiedene Gegenstände; auf dem Theater hingegen, wo man nur besondere Augenblicke des wirklichen Lebens vorstellet, muß uns nur eine einzige Sache ganz beschäftigen.

Ich will lieber ein einfaches als ein mit Zwischenfällen überhäuftes Stück. Unterdessen sehe ich doch mehr auf ihre Verbindung als auf ihre Vielheit. Ich bin weniger geneigt, zwei Begebenheiten zu glauben, die sich durch einen bloßen Zufall nebeneinander oder aufeinander zutragen, als eine ganze Menge von Begebenheiten, die aber, wenn man sie mit der täglichen Erfahrung, der unwandelbaren Regel aller dramatischen Wahrscheinlichkeiten, vergleicht, so genau miteinander verknüpft sind, daß es scheinet, die eine habe die andere notwendig veranlassen müssen.

Die Kunst zu verwickeln bestehet darin, daß man die Begebenheiten so miteinander verbindet, daß ein vernünftiger Zuschauer beständig einen Grund dabei gewahr wird, der ihn befriedigen kann. Dieser Grund muß um so viel stärker sein, je sonderbarer die Begebenheiten sind. Man muß ihn aber nicht bloß in Absicht auf sich beurteilen. Die handelnde Person und die zuschauende sind zwei ganz verschiedene Wesen.

Es sollte mir sehr leid sein, wenn ich mir einige Freiheiten genommen hätte, die mit diesen allgemeinen Grundsätzen von der Einheit der Zeit und der Einheit der Handlung stritten. Und in Ansehung der Einheit des Orts, glaube ich, kann man nicht strenge gnug sein. Ohne diese Einheit ist der Verfolg des Stücks fast immer verwirrt und zweideutig. Ja, wenn wir Bühnen hätten, wo sich die Verzierung ebenso oft änderte, als sich der Ort der Szene verändern soll!

»Und was für große Vorteile würden dabei sein?«

Der Zuschauer würde die ganze Bewegung eines Stücks ohne Mühe verfolgen können. Die Vorstellung würde dadurch weit mannigfaltiger, weit einnehmender und weit deutlicher werden. Die Verzierung kann sich nicht verändern, ohne daß die Szene leer bleibt. Die Szene aber darf nur bei dem Schlusse eines Aufzuges leer bleiben. So oft also zwei Zwischenfälle eine andere Verzierung erforderten, würden sie in zwei verschiednen Aufzügen vorgehen. Man würde keine Versammlung des Senats eine Versammlung von Verschwornen ablösen sehen; die Szene müßte denn groß gnug sein, um ganz verschiedene Orte darauf unterscheiden zu können. Was soll aber bei kleinen Theatern, so wie die unsrigen sind, ein vernünftiger Mensch denken, wenn er Hofleute, die es doch so wohl wissen, daß die Mauern Ohren haben, an eben demselben Orte sich wider ihren Monarchen verschwören höret, wo dieser sich den Augenblick zuvor mit ihnen über eine sehr wichtige Sache, über die Niederlegung seines Regiments, beratschlaget hat? Weil die Personen nicht weggehen, so muß er allem Ansehen nach annehmen, daß der Ort weggehet.

Was ich übrigens von allen diesen angenommenen theatralischen Regeln halte, läuft dahin aus. Wer die poetische Ursache davon nicht weiß, wer also den Grund der Regel nicht weiß, der wird sie weder zur rechten Zeit zu befolgen noch zu verlassen wissen. Er wird entweder zu viel Ergebenheit oder zu viel Verachtung gegen sie haben; zwei einander entgegengesetzte Klippen, die aber beide gleich gefährlich sind. Der eine setzet die Bemerkungen und die Erfahrungen aller vergangenen Jahrhunderte auf nichts herab und führet die Kunst zu ihrer Kindheit zurück. Der andere hält sie auf der Stufe, auf welcher sie sich befindet, schlechterdings auf und verhindert sie, sich weiter zu erheben.

Es war in Rosaliens Zimmer, wo ich mich mit ihr unterhielt, als ich die ungerechte Neigung, die sie gegen mich gefaßt hatte, in ihrem Herzen zerstörte und ihre Zärtlichkeit gegen Clairvillen wieder erweckte. Ich ging mit Theresien in der großen Allee unter den alten Maulbeerbäumen, die Sie dort sehen, spazieren, als ich mich überzeugen ließ, daß sie in der ganzen Welt die einzige Frau für mich sei. Für mich! der ich mir zu eben der Zeit vorgenommen hatte, ihr zu beweisen, daß ich kein Gatte für sie sei. Auf die erste Nachricht von der Ankunft meines Vaters kamen alle herunter, liefen wir alle herzu, und der letzte Auftritt ging an ebenso viel verschiednen Orten vor, als Pausen dieser ehrliche Alte von der Haustüre an bis in den Saal machte. Ich sehe sie noch, diese verschiednen Orte! – – Wenn ich die Handlung in einem einzigen Ort eingeschlossen habe, so tat ich es deswegen, weil es, ohne dem Verlaufe des Stücks Gewalt anzutun, und ohne den Begebenheiten ihre Wahrscheinlichkeit zu nehmen, geschehen konnte.

»Das ist alles recht gut. Aber wenn Sie auch schon die Zeit, den Ort und die Folge der Begebenheiten nach den dramatischen Bedürfnissen behandelt hätten, so hätten Sie doch wenigstens zu den letztern nichts hinzudichten sollen, was weder mit unsern Sitten noch mit ihrem Charakter übereinkömmt.«

Ich glaube das auch nicht getan zu haben.

»Sie wollten mich wohl also bereden, daß Sie die zweite Szene des ersten Aufzuges mit Ihrem Bedienten wirklich gehabt hätten? Wie? er wäre nicht gleich gegangen, als Sie ihm sagten: „Meinen Wagen! Laß anspannen!" Er hätte Ihnen nicht gehorcht? Er hätte Ihnen Vorstellungen gemacht, die Sie ruhig angehöret? Der ernste Dorval, dieser selbst gegen seinen Freund Clairville so zurückhaltende Mann, hätte sich gegen seinen Bedienten Karl so weit herabgelassen? Das ist weder wahrscheinlich noch wahr.«

Ich muß es zugestehen. Ich sagte mir das ohngefähr selbst, was ich Karlen in den Mund gelegt habe. Aber dieser Karl ist ein guter Mensch, der mir sehr ergeben ist. Er würde im Fall der Not eben das für mich tun, was Arnold für meinen Vater getan hat. Er hatte es doch einmal mit angesehen. Übrigens konnte es ja nichts schaden, ihn einen Augenblick in dem

Stücke mit einzuführen; und er hat so viel Freude darüber gehabt! – Weil sie unsere Bediente sind, sind sie deswegen keine Menschen mehr? – Sie dienen uns, und wir dienen einem andern.

»Allein, wenn Sie für das Theater arbeiteten« –

So würde ich meine Moral beiseite setzen und mich wohl in acht nehmen, Wesen auf der Bühne wichtig zu machen, die im gemeinen Leben für nichts geachtet werden. Die Davi waren die Stützen der alten Komödie, weil sie wirklich die Triebräder aller häuslichen Unruhen waren. Soll man die Sitten, die man vor zweitausend Jahren hatte, oder soll man unsre Sitten nachahmen? Unsere Bediente in der Komödie sind allezeit lustig; ein deutlicher Beweis, daß sie frostig sind. Wenn sie der Dichter in dem Vorzimmer läßt, wohin sie gehören, so wird die Handlung, indem sie nunmehr nur unter den Hauptpersonen vorgehet, desto interessanter und stärker sein. Molière, der sie so wohl zu nutzen wußte, hat sie aus seinem »Tartüffe« und aus seinem »Menschenfeinde« ausgeschlossen. Die Intrigen der Bedienten und Mädchen, mit welchen man die Haupthandlung unterbricht, sind das sicherste Mittel, das Interesse des Stücks zu schwächen. Die theatralische Handlung muß nirgends stille stehen; und zwei Intrigen miteinander vermengen, heißt beide wechselsweise aufhalten.

»Wenn ich dürfte, würde ich für die Mädchen um Gnade bitten. Es scheinet, als könnten junge Frauenzimmer bei dem Zwange, dem sie in ihrer Aufführung und in ihren Reden unterworfen sind, ihr Herz nur gegen diese Personen ausschütten und nur ihnen die Empfindungen vertrauen, die sie aus Gewohnheit, aus Anständigkeit, aus Furcht, aus Vorurteilen in ihrer Seele verschlossen halten müssen.«

Sie mögen also so lange auf der Bühne bleiben, bis unsere Erziehung besser wird und die Väter und Mütter die Vertrauten ihrer Kinder werden. – Was haben Sie sonst noch angemerkt?

»Theresiens Erklärung?« –

Nun?

»Die Frauenzimmer tun dergleichen selten.« –

Ich leugne es nicht. Aber setzen Sie, daß ein Frauenzimmer Theresiens Seele, Erhabenheit und Charakter hat, daß es sich einen rechtschaffenen Mann zu wählen gewußt, und Sie werden sehen, daß sie ihre Empfindungen ohne Bedenken bekennen wird. Theresia setzte mich in Verlegenheit; – und das recht sehr. Ich bedauerte sie, und verehrte sie um so viel mehr.

»Das ist nicht wenig zu bewundern! Sie waren auf einer andern Seite eingenommen –«

Und war kein eitler Geck; setzen Sie hinzu.

»Man wird in dieser Erklärung verschiedene Stellen finden, die nicht behutsam gnug behandelt worden. – Die Frauenzimmer werden es sich angelegen sein lassen, diesen Charakter lächerlich zu machen –«

Was für Frauenzimmer, wenn ich bitten darf? Die ehrlosen, die eine schändliche Neigung gestehen, so oft sie sagen: „Ich liebe Sie." Aber hier haben wir Theresien vor uns, und die menschliche Gesellschaft würde sehr zu beklagen sein, wenn Theresia die einzige ihrer Art wäre.

»Aber dieser Ton ist auf der Bühne sehr außerordentlich!« –

Lassen Sie doch die Bühne. Kommen Sie wieder in den Saal, und bekennen Sie, daß Ihnen Theresiens Rede nicht anstößig gewesen, als Sie sie da hörten.

»Nein.«

Das ist gnug. Ich muß Ihnen aber doch alles sagen. Als das Werk fertig war, gab ich es allen teilhabenden Personen zu lesen, damit jede zu ihrer Rolle, was sie nötig glaubte, entweder hinzusetzen oder daraus weglassen könne, um sich noch mehr nach dem Leben zu schildern. Allein es ereignete sich etwas, worauf ich nicht gedacht hatte, und was gleichwohl sehr natürlich war. Sie sahen nämlich mehr auf ihren gegenwärtigen Zustand als auf ihre vergangene Stellung. Hier machten sie den Ausdruck sanfter; da bemäntelten sie eine Empfindung; dort bereiteten sie einen Zwischenfall mehr vor. Rosalia wollte in Clairvillens Augen weniger sträflich erscheinen. Clairville wollte sich vor Rosalien noch verliebter zeigen. Theresia wollte einem Manne, der itzt ihr Gemahl ist, ein wenig mehr Zärtlichkeit merken lassen, und die Wahrheit der Charaktere hat dadurch an verschiednen Stellen gelitten. Theresiens Erklärung ist eine von diesen Stellen. Ich sehe wohl, die übrigen werden Ihrem feinen Geschmack auch nicht entgehen.

Diese Worte des Dorval waren mir um so viel schmeichelhafter, je weniger es sonst seine Sache ist, zu loben. Um etwas darauf zu versetzen, mutzte ich eine Kleinigkeit auf, die ich sonst würde übergangen haben.

»Und der Tee in eben diesem Auftritte?« sagte ich zu ihm.

Ich verstehe Sie. Das ist hierzulande nicht üblich. Ich räume es ein. Aber ich habe mich lange Zeit in Holland aufgehalten. Ich bin viel mit Fremden umgegangen. Ich habe diesen Gebrauch von ihnen angenommen, und ich habe mich selbst schildern wollen.

»Aber auf dem Theater!«

Nicht auf dem Theater, in dem Saale müssen Sie mein Stück beurteilen. – Übergehen Sie unterdessen keine einzige von den Stellen, wo Sie glauben, daß ich wider den Gebrauch des Theaters gesündiget habe. – Ich möchte doch gern sehen, ob ich unrecht habe oder der Gebrauch.

Indem Dorval dieses sagte, suchte ich die Striche, die ich an dem Rande seines Manuskripts mit dem Bleistifte überall gemacht hatte, wo mir etwas anstößig vorgekommen war. Ich ward eines von diesen Zeichen zu Anfange des zweiten Auftritts im zweiten Aufzuge gewahr und sagte zu ihm:

»Als Sie Rosalien sprachen, so wie Sie es Ihrem Freunde versprochen hatten, so wußte sie es entweder, daß Sie abreisen wollten, oder sie wußte es nicht. Wußte sie es, warum sagt sie gegen Justinen nichts davon? Ist es natürlich, daß ihr nicht das geringste Wort über einen Zufall entfähret, der ihr nichts weniger als gleichgültig sein konnte? Sie weinet; aber sie weinet über sich selbst. Ihre Betrübnis ist die Betrübnis einer zärtlichen Seele über gewisse Empfindungen, die wider ihren

Willen entstanden sind, und die sie auf keine Weise billigen kann. „Nein“, werden Sie sagen, „sie wußte von meiner Abreise nichts. Sie schien darüber bestürzt. Ich habe es geschrieben, und Sie müssen es gelesen haben.“ Das ist wahr. Aber wie konnte ihr etwas unbekannt geblieben sein, das man in dem ganzen Hause wußte?«

Es war früh. Ich glaubte einen Aufenthalt, den ich mit Unruhe erfüllte, nicht eilig gnug verlassen und mich nicht geschwind gnug des allerunerwartetsten und grausamsten Auftrags entladen zu können. Ich ging also zu Rosalien, sobald es bei ihr Tag war. Der Auftritt hat den Ort verändert, aber ohne etwas von seiner Wahrheit zu verlieren. Rosalia lebte eingezogen. Sie glaubte ihre geheimen Gedanken vor Theresiens durchdringendem Blicke und vor Clairvillens Liebe nicht anders verbergen zu können als durch beider Vermeidung. Sie kam nur erst aus ihrem Zimmer herunter und hatte noch niemanden gesprochen, als sie in den Saal hineintrat.

»Aber warum meldet man, während Ihrer Unterredung mit Rosalien, Clairvillen an? Es ist nicht Brauch, sich in seinem Hause anmelden zu lassen; und dieses Anmelden siehet einem vorbereiteten Theaterstreiche vollkommen gleich.«

Nein, es ist wirklich so geschehen; und es konnte nicht anders geschehen. Wenn Sie einen Theaterstreich darin wahrnehmen; meinetwegen. Er ist von sich selber gekommen.

Clairville weiß, daß ich mit seiner Gebieterin spreche. Es ist nicht natürlich, daß er so geradezu eine Unterredung unterbricht, die er selbst verlangt hat. Gleichwohl kann er seiner Ungeduld, das Resultat derselben zu erfahren, nicht widerstehen. Er läßt mich rufen. Würden Sie es anders gemacht haben?

Hier hielt Dorval einen Augenblick inne; und fuhr darauf fort: Ich wollte weit lieber Gemälde auf der Bühne wissen, wo es so wenig Gemälde gibt, und wo sie doch eine so angenehme und so sichere Wirkung haben würden, als diese Theaterstreiche, die man auf eine so gezwungene Art vorbereitet, und die sich auf so viel sonderbare Voraussetzungen gründen, daß für eine von diesen Verknüpfungen zufälliger Begebenheiten, die glücklich und natürlich ist, sich immer tausend finden, die einem Manne von Geschmack mißfallen müssen.

»Aber welchen Unterschied machen Sie zwischen einem Theaterstreiche und einem Gemälde?«

Ich werde Ihnen geschwinder Beispiele als Erklärungen davon geben können. Der zweite Aufzug öffnet sich mit einem Gemälde und schließt mit einem Theaterstreiche.

»Ich verstehe Sie. Ein unvermuteter Zufall, der sich durch Handlung äußert und die Umstände der Personen plötzlich verändert, ist ein Theaterstreich. Eine Stellung dieser Personen auf der Bühne, die so natürlich und so wahr ist, daß sie mir in einer getreuen Nachahmung des Malers auf der Leinwand gefallen würde, ist ein Gemälde.«

Ohngefähr.

»Ich wollte fast wetten, daß in dem vierten Auftritte des zweiten Aufzuges kein Wort ist, das nicht wahr wäre. Er hat mich in dem Saale aufs äußerste gerührt, und ich habe ihn mit unendlichem Vergnügen gelesen. Welch ein schönes Gemälde! Denn ein Gemälde ist es doch wohl, wenn der unglückliche Clairville in den Armen seines Freundes als dem einzigen Schutzorte liegt, der ihm noch übrig ist.«

Sie denken wohl an seinen Schmerz, aber Sie vergessen den meinigen. Wie grausam war dieser Augenblick für mich!

»Ich weiß es. Ich weiß es. Ich erinnere mich gar wohl, daß Sie unter seinen traurigen Klagen Tränen über ihn vergossen. Das sind keine Umstände, die sich leicht vergessen lassen.«

Gestehen Sie nur, daß dieses Gemälde auf der Bühne nicht würde stattgefunden haben, daß es die zwei Freunde nicht würden haben wagen dürfen, einander ins Gesicht zu sehen, dem Zuschauer den Rücken zu kehren, sich zu gruppieren, sich zu trennen und sich wieder zu vereinigen; daß ihre ganze Aktion sehr abgemessen, sehr zierlich und sehr frostig würde gewesen sein.

»Ich glaube es.«

Wird man es denn nicht einmal empfinden, daß das Unglück die Menschen einander näher bringt, und daß es besonders in den tumultuösen Augenblicken, wenn die Leidenschaften aufs höchste gestiegen sind und die Aktion am heftigsten wird, lächerlich ist, sich in einem halben Zirkel zu halten und in einer gewissen Entfernung nach einer symmetrischen Ordnung voneinander abzustehen?

Die theatralische Aktion muß noch sehr unvollkommen sein, weil man auf der Bühne fast keine einzige Stellung siehet, aus welcher sich eine erträgliche Komposition für die Malerei machen ließe. Ist denn die Wahrheit hier weniger unentbehrlich als auf der Leinewand? Sollte es ein Grundsatz sein, daß man sich von der Sache selbst um so viel weiter entfernen müsse, je näher ihr die Kunst ist, und daß man in einen lebenden Auftritt, wo man wirkliche Menschen handeln siehet, weniger Wahrscheinlichkeit legen müsse, als in einen gemalten Auftritt, wo man, so zu reden, nur die Schatten von ihnen erblickt?

Ich meinesteils glaube, die Bühne müßte dem Zuschauer, wenn ein dramatisches Werk gut gemacht und gut aufgeführet würde, ebenso viel wirkliche Gemälde darstellen, als brauchbare Augenblicke für den Maler in der Handlung vorkommen.

»Aber die Wohlanständigkeit! Die Wohlanständigkeit!«

Ich höre nur immer dieses Wort wiederholen. Barnwells Geliebte kömmt mit zerstreuten Haaren in das Gefängnis ihres Geliebten. Die zwei Freunde umarmen sich und werfen sich zur Erde. Philoktet wälzte sich ehemals vor dem Eingange seiner Höhle. Sein Schmerz brach in ein unartikuliertes Geschrei aus. Dieses Geschrei machte einen eben nicht wohlklingenden Vers. Aber die Zuschauer fühlten ihr Innerstes zerrissen. Haben wir mehr Feinheit, haben wir mehr Genie als die Athenienser? – Wie? die Aktion einer Mutter, deren Tochter man opfern will, sollte heftig gnug sein können? Sie laufe immer auf der Bühne als ein verrücktes und rasendes Weib umher; sie lasse den Palast von ihrem Geschrei ertönen; sogar in ihrer Kleidung zeige sich ihre Verwirrung: das alles kömmt der Verzweiflung zu. Iphigeniens Mutter dürfte sich nur einen Augenblick als Königin von Argos, als Gemahlin des obersten Anführers der Griechen zeigen, und sie würde mich das allernichtswürdigste Geschöpf dünken. Die wahre Würde, die mich einzig und allein rühret, die mich niederschlägt, ist das Gemälde der mütterlichen Liebe in aller ihrer Wahrheit.

Ich blätterte in dem Manuskripte und fand einen kleinen Strich mit dem Bleistifte, den ich übergangen hatte. Er war an der Stelle des zweiten Auftritts in dem zweiten Aufzuge, wo Rosalia von dem Gegenstande, der sie verführet, sagt: sie habe in ihm die Wirklichkeit aller der Einbildungen, die sie sich von der Vollkommenheit gemacht, erblickt. Diese Betrachtung war mir für ein Kind ein wenig zu stark vorgekommen, und diese „Einbildungen von Vollkommenheit" hatten mir mit ihrer ungekünstelten Sprache zu streiten geschienen. Ich teilte Dorvaln meine Anmerkung mit. Statt aller Antwort verwies er mich auf das Manuskript. Ich betrachtete es genauer, ich fand, daß diese Worte erst nachher von Rosaliens eigner Hand dazugesetzt worden, und wendete mich zu andern Dingen.

»Sie sind kein Liebhaber von Theaterstreichen?« fragte ich ihn.

Nein.

»Hier ist gleichwohl einer, und einer von den ausgesuchtesten.«

Ich weiß es; und ich habe seiner schon gegen Sie gedacht.

»Es ist der Grund von Ihrer ganzen Verwicklung.«

Ich räume es ein.

»Und ist das schlecht?« –

Ohne Zweifel.

»Warum haben Sie es gleichwohl gebraucht?«

Weil es keine Erdichtung, sondern eine wahre Begebenheit ist. Es wäre freilich zum Besten des Stücks zu wünschen, daß sich die Sache anders zugetragen hätte.

»Rosalia entdeckt Ihnen ihre Liebe. Sie erfährt, daß sie geliebt wird. Sie hoffet nicht mehr, sie wagt es nicht, Sie noch einmal zu sehen, sie schreibt Ihnen –«

Das ist ganz natürlich.

»Sie antworten ihr.«

Ich mußte ja wohl.

»Clairville hat seiner Schwester versprochen, Sie vor derselben Zurückkunft nicht abreisen zu lassen. Theresia liebte Sie. Sie hat es Ihnen gestanden. Sie kennen ihre Gesinnungen.«

Sie muß begierig sein, die meinigen genauer zu kennen.

»Ihr Bruder geht, sie bei einer Freundin abzuholen, zu der sie auf die nachteiligen Gerüchte, die sich von Rosaliens Glücksumständen und von der Zurückkunft ihres Vaters ausgebreitet hatten, gegangen war. Man wußte daselbst Ihre Abreise. Man ist darüber erstaunt. Man gibt Ihnen schuld, seiner Schwester Zärtlichkeit eingeflößt zu haben und dergleichen selbst gegen seine Geliebte zu empfinden.«

Die Sache ist wahr.

»Aber Clairville glaubt nichts davon. Er verteidiget Sie lebhaft. Er ziehet sich einen Handel zu. Man ruft Sie ihm zu Hilfe, indem Sie eben begriffen sind, auf Rosaliens Brief zu antworten. Sie lassen Ihre Antwort auf dem Tische liegen –«

Sie würden es nicht anders gemacht haben, glaube ich.

»Sie eilen Ihrem Freunde zu Hilfe. Theresia kömmt dazu. Sie glaubt, daß sie von Ihnen erwartet werde. Sie sieht sich allein gelassen. Diese Aufführung ist ihr unbegreiflich. Sie wird den Brief gewahr, den Sie an Rosalien zu schreiben angefangen. Sie lieset ihn und deutet ihn auf sich selbst.«

Es würde jede andere ebenso gut betrogen haben.

»Ohne Zweifel. Sie hat nicht den geringsten Argwohn wegen Ihrer Liebe gegen Rosalien, noch wegen Rosaliens Liebe gegen Sie; der Brief beantwortet eine Erklärung, und sie hatte dergleichen getan.«

Setzen Sie noch hinzu, daß Theresia von ihrem Bruder das Geheimnis meiner Geburt erfahren hatte, und daß der Brief in der Denkungsart eines Mannes geschrieben ist, der Clairvillen zu beleidigen glaubt, wenn er nach dem Besitze des geliebten Gegenstandes trachte. Theresia glaubte es also, und muß es glauben, daß sie geliebt werde; und daher entstehen denn notwendig alle die Verwirrungen, in welchen Sie mich gesehen haben.

»Was finden Sie denn also hieran auszusetzen? Es ist gar nichts falsch –«

Aber auch nichts wahrscheinlich gnug. Sehen Sie denn nicht, wie viel Zeit man braucht, eine solche Menge von Umständen zu verbinden? Die Künstler mögen sich wegen ihrer Gabe, dergleichen Zufälle zu bereiten, immerhin glücklich schätzen. Ich werde ihnen Erfindung zugestehen, aber keinen wahren Geschmack. Je einfacher der Verlauf eines Stücks ist, desto schöner ist es. Ein Dichter, der diesen Theaterstreich und die Stellung in dem fünften Aufzuge erdacht hätte, wo ich zu Rosalien trete und ihr Clairvillen zuhinterst in dem Saale, auf einem Kanapee, in der Fassung eines verzweifelnden Menschen zeige, würde wenig Verstand beweisen, wenn er den Theaterstreich dem Gemälde vorzöge. Jenes ist beinahe ein Kinderspiel. Dieses ist ein Zug des Genies. Ich rede ohne Parteilichkeit davon. Ich habe beides nicht erfunden. Der Theaterstreich ist eine wahre Begebenheit. Das Gemälde ist ein glücklicher Umstand, der sich von ohngefähr ereignete, und den ich zu nutzen wußte.

»Da Sie aber Theresiens Mißverständnis wußten, warum ließen Sie Rosalien nichts davon wissen? Das Mittel war natürlich, und es half allem ab.«

Ja, wenn Sie so fragen wollen! Wie weit verlieren Sie auf einmal das Theater aus den Augen! Sie untersuchen mein Werk mit einer Strenge, die, so viel ich weiß, kein Stück in der Welt aushalten kann. Ich will es Ihnen danken, wenn Sie ein einziges anführen können, das bis auf den dritten Aufzug kommen würde, wenn ein jeder darin dasjenige täte, was er nach der Schärfe tun sollte. Aber diese Antwort, die für einen Künstler hinlänglich gut wäre, taugt für mich nichts. Es ist hier die Rede von einer Begebenheit, und nicht von einer Erdichtung. Sie wollen nicht von einem Verfasser die Ursache eines Zwischenfalls wissen, sondern Sie wollen hören, wie Dorval sein Betragen rechtfertigen kann.

Ich entdeckte Rosalien darum weder Theresiens noch ihren eigenen Irrtum, weil dieser Irrtum meinen Absichten bequem war. Da ich den Entschluß gefaßt hatte, der Rechtschaffenheit alles aufzuopfern, so betrachtete ich dieses Mißverständnis, das mich von Rosalien trennte, als eine Begebenheit, die mich von der Gefahr entfernte. Ich wollte freilich nicht gern, daß sich Rosalia eine falsche Vorstellung von meinem Charakter machte; aber daran mußte mir noch weit mehr gelegen sein, daß ich dem, was ich mir selbst und was ich meinem Freunde schuldig war, nachzukommen suchte. Es ging mir nahe, daß ich sie betrügen mußte, daß ich Theresien betrügen mußte; aber ich mußte.

»Ich fühle es. An wen hätten Sie sonst geschrieben, wenn Sie nicht an Theresien geschrieben hätten?«

Übrigens verstrich, zwischen diesem Augenblicke und der Ankunft meines Vaters, eine so kurze Zeit, und Rosalia lebte so eingeschlossen. Ihr zu schreiben, war gar nicht Rat. Es ist sehr ungewiß, ob sie meinen Brief hätte annehmen wollen, und es ist ganz gewiß, daß ein Brief, der sie von meiner Unschuld überzeugt hätte, ohne ihr wegen der Unbilligkeit unserer Empfindungen die Augen zu öffnen, das Übel nur würde vergrößert haben.

»Unterdessen mußten Sie, aus Clairvillens Munde, tausend marternde Reden hören. Theresia gibt ihm Ihren Brief. Nicht genug, daß Sie Ihre wirkliche Neigung verbergen müssen, Sie müssen sich stellen, eine ganz andere zu haben. Man bringt Ihre Verbindung mit Theresien zur Richtigkeit, ohne daß Sie sich widersetzen können. Man hinterbringt Rosalien diese angenehme Neuigkeit, ohne daß Sie sie leugnen dürfen. Sie will vor Ihren Augen vergehen. Und ihr Liebhaber, den sie mit der unglaublichsten Härte mißhandelt, fällt in einen Zustand, der der Verzweiflung sehr nahe ist.«

Alles das ist wahr; aber was konnte ich machen?

»Gut, daß wir auf diese Verzweiflungsszene kommen. Sie ist sonderbar. Sie rührte mich in dem Saale ungemein. Nun denken Sie, wie betroffen ich bei dem Lesen war, als ich weiter nichts als Gebärden und keine Reden darin fand.«

Lassen Sie sich hiebei eine Anekdote erzählen, die ich Ihnen gewiß nicht erzählen würde, wenn ich diesem meinem Werke einigen Wert beilegte oder mir sehr viel darauf einbildete, es gemacht zu haben. Als ich nämlich auf diese Stelle unserer Geschichte und des Stücks kam, und in mir weiter nichts als einen tiefen Eindruck ohne der geringsten Idee von den dabei geführten Reden fand, so besann ich mich auf verschiedene Reden in dieser und jener Komödie, nach welchen ich aus Clairvillen einen sehr beredten Verzweifelten machte. Indem er aber seine Rolle flüchtig durchlief, sagte er zu mir: „Das, Bruder, taugt gar nichts. In dieser ganzen Rhetorik ist kein einziges wahres Wort." – „Ich weiß wohl. Aber sehen Sie, ob Sie es besser machen können." – „Das wird nicht schwer sein. Ich muß mich nur wieder in die Stellung setzen und mir selber zuhören." Dieses muß er ohne Zweifel getan haben. Den Tag darauf brachte er mir die bewußte Szene, so wie sie ist, Wort vor Wort. Ich las sie, und las sie mehr als einmal. Ich erkannte den Ton der Natur darin, und wenn Sie wollen, so will ich Ihnen morgen verschiedne Anmerkungen mitteilen, die sie über die Leidenschaften, über den Akzent, über die Deklamation, über die Pantomime bei mir veranlaßt hat. Ich will Sie diesen Abend bis an den Fuß des Hügels begleiten, der zwischen unsern Wohnungen mitten inne liegt, und wir wollen den Ort ausmachen, wo wir uns wieder treffen wollen.

Unterwegens bemerkte Dorval die natürlichen Erscheinungen, die auf den Untergang der Sonne folgen, und sagte: Sehen Sie doch, wie die besondern Schatten immer schwächer werden, so wie der allgemeine Schatten stärker und stärker wird. – Diese breiten Striche von Purpur versprechen uns einen schönen Morgen. – Sehen Sie, welch Violett sich über den Himmel, der untergehenden Sonne gegenüber, verbreitet. – Man höret in dem Gebüsche nur noch einige Vögel, deren später Gesang die Dämmerung belebet. – Das Geräusche der fließenden Wasser sondert sich allmählich aus dem allgemeinen Geräusche, und verkündiget uns, daß man an den meisten Orten mit der Arbeit aufgehöret habe, und daß es spät ist.

Indem gelangten wir an den Fuß des Hügels. Wir machten den Ort aus, wo wir uns treffen wollten, und begaben uns voneinander.

Zweite Unterredung

Des Tages darauf fand ich mich an dem Fuße des Hügels ein. Der Ort war einsam und wild. Vor sich sahe man einige Dörfer, die in der Ebene zerstreut lagen; hinter ihnen eine Kette von ungleichen und zerrissenen Bergen, welche den Horizont zum Teil umschlossen. Hohe Eichen warfen ihre Schatten umher; und von einem unterirdischen Wasser, welches in der umliegenden Gegend floß, vernahm man das dumpfe Geräusch. Es war die Jahreszeit, da die Erde mit den Gütern bedeckt ist, die sie der Arbeit und dem Schweiße der Menschen gewähret. Dorval war schon hier. Ich nahte mich ihm, ohne von ihm wahrgenommen zu werden. Er hatte sich dem Anschauen der Natur ganz überlassen. Seine Brust flog hoch. Er atmete mit Macht. Seine aufmerksamen Augen gingen alle Gegenstände durch. Ich folgte auf seinem Gesichte den verschiednen Eindrücken, die sie auf ihn machten, und ich fing an, an seiner Entzückung teilzunehmen, als ich, fast wider Willen, ausrief: »Er ist bezaubert!«

Er hörte mich und antwortete mir mit einer heisern Stimme: Es ist wahr. Hier, hier läßt sich die Natur sehen. Hier ist der heilige Aufenthalt der Begeisterung. Hat ein Mensch Genie erhalten: so verläßt er die Stadt und ihre Einwohner. Ihn freuet, so wie sein Herz ihn reizet, bald seine Tränen mit dem Kristalle einer Quelle zu mischen; bald Blumen auf ein Grab zu tragen; bald mit leichten Füßen das zarte Gras der Wiesen niederzutreten; bald mit langsamen Schritten fruchtbare Felder durchzuwandern; bald die Arbeit des Landmannes mit anzusehen; bald in das Innerste der Wälder zu fliehen. Er liebt ihre geheime Schauder. Er irret umher. Er sucht eine Höhle, die ihn begeistre. Wer sonst als er läßt seine Stimme zu dem Rauschen des Stromes, der von dem Berge stürzet, ertönen? Wer sonst als er empfindet das Erhabene eines einsamen Ortes? Wer sonst als er höret sich in der Stille der Einöde? Niemand als er. Unser Dichter wohnet an dem Ufer einer See. Er wirft seine Blicke über die Fläche der Wasser, und sein Genie erweitert sich. Hier ist es, wo er von dem bald ruhigen, bald heftigen Geiste ergriffen wird, der seine Seele nach Willkür itzt empöret, itzt beruhiget. – O Natur, alles was gut ist, ist in deinem Schoße verschlossen! Du bist die reiche Quelle aller Wahrheiten. – Nichts als Tugend und Wahrheit ist in diesem Augenblicke würdig, mich zu beschäftigen. – Die Begeisterung entspringet aus einem Gegenstande der Natur. Hat ihn die Seele von mehrern und von den hellesten Seiten gesehen, so bemeistert er sich ihrer und setzt sie in Bewegung und Aufruhr. Die Einbildungskraft wird hitziger. Die Leidenschaften werden rege. Man ist eines ums andere erstaunt, gerührt, geärgert, erzürnt. Ohne die Begeisterung findet sich der wahre Gedanke entweder gar nicht ein; oder wenigstens, wenn man ihn ja von ohngefähr trifft, kann man ihn doch nicht verfolgen. – Der Dichter empfindet den Augenblick der Begeisterung. Er folget auf sein Nachdenken. Er kündiget sich bei ihm durch eine Erschütterung an, die in seiner Brust den Anfang nimmt und sich, auf die süßeste und schnelleste Weise, bis in die äußersten Teile des Körpers fortpflanzet. Bald aber ist es keine Erschütterung mehr. Es ist eine starke und anhaltende Hitze, die ihn entzündet, die ihn verzehret, die ihn tötet; die aber allem, womit er sich abgibt, Seele und Leben erteilet. Wenn diese Hitze noch steiget, so werden auch der Erscheinungen vor ihm mehr. Seine Leidenschaft würde bis zur Staffel der Wut steigen. Er würde von keiner andern Erleichterung wissen, als einen Strom von Ideen, die sich drängen, sich stoßen und sich jagen, auszuschütten.

Dorval befand sich diesen Augenblick selbst in dem Zustande, den er schilderte. Ich antwortete ihm nicht. Es entstand unter uns eine Stille, während welcher er sich, wie ich sahe, beruhigte. Bald darauf fragte er mich, wie ein Mensch, der aus einem tiefen Schlafe erwacht: Was habe ich gesagt? Was hatte ich Ihnen zu sagen? Ich habe es ganz vergessen.

»Einige Gedanken, die die Szene des verzweifelnden Clairvilles bei Ihnen über die Leidenschaften, über den Akzent, über die Deklamation, über die Pantomime veranlaßt hatte.«

Der erste ist dieser: daß man seinen Personen keinen Witz geben, sondern sie in solche Umstände zu setzen wissen muß, die ihnen welchen geben. –

Dorval merkte aus der Geschwindigkeit, mit welcher er diese Worte vorbrachte, daß sich der Aufruhr in seiner Seele noch nicht ganz gelegt habe; er hielt inne; und um sich Zeit zu lassen, wieder ruhig zu werden, oder vielmehr um seiner Unruhe eine noch heftigere, aber geschwinder überhingehende Bewegung entgegenzusetzen, erzählte er mir folgendes:

Eine Bäuerin aus dem Flecken, den Sie da zwischen den beiden Bergen liegen sehen, und dessen Häuser ihre Giebel über die Bäume erheben, schickte ihren Mann zu ihren Eltern, die in einem benachbarten Dorfe wohnen. Und da ward dieser Unglückliche von einem seiner Schwäger erschlagen. Des Tages darauf ging ich in das Haus, wo sich der Fall zugetragen hatte. Ich erblickte ein Bild und hörte eine Rede, die ich noch nicht vergessen habe. Der Tote lag auf einem Bette. Die nackten Beine hingen aus dem Bette heraus. Seine Frau lag, mit zerstreuten Haaren, auf der Erde. Sie hielt die Füße ihres Mannes und sagte unter Vergießung von Tränen, und mit einer Aktion, die allen Anwesenden Tränen auspreßte: „Ach, als ich dich hieher schickte, hätte ich wohl geglaubt, daß diese Füße dich zum Tode trügen?" – Glauben Sie, daß sich eine Frau von anderm Stande würde pathetischer ausgedrückt haben? Nein. Einerlei Umstände würden ihr einerlei Rede einflößen. Ihre Seele würde ganz von dem Augenblicke abgehangen haben; und was der Künstler finden muß, ist eben das, was alle Welt in dergleichen Falle sagen würde; was niemand anhören würde, ohne es sogleich in sich selbst wahrzunehmen.

Große Anliegen: große Leidenschaften. Das ist die Quelle aller großen und aller wahren Reden. Fast alle Menschen reden, wenn sie nun sterben sollen, gut.

Was mir an Clairvillens Szene vornehmlich gefällt, ist dieses, daß sie durchaus weiter nichts enthält als das, was die Leidenschaft, wenn sie aufs äußerste gestiegen ist, eingibt. Die Leidenschaft heftet sich an eine Hauptidee. Sie schweigt; und sie kömmt auf diese Hauptidee fast immer durch Ausrufungen wieder zurück.

Die Pantomime, die von uns so vernachlässiget wird, ist in dieser Szene angebracht; und wie glücklich, das haben Sie selbst erfahren!

Wir reden in unsern Schauspielen zu viel, und folglich spielen unsere Akteurs nicht genug. Wir haben die Kunst, welche die Alten so vortrefflich zu nutzen wußten, ganz verloren. Der Pantomime spielte ehemals alle Stände, Könige, Helden, Reiche, Arme, Städter und Landleute; und wählte aus jedem Stande das, was ihm eigentümlich war, und aus jeder Aktion das, was am meisten in die Augen fiel. Der Philosoph Timokrates, der diesem Schauspiele, von welchem ihn sein strenger Charakter sonst entfernt hatte, endlich einmal mit beiwohnte, sagte: „Quali spectaculo me philosophiae verecundia privavit." Timokrates schämte sich ganz zur Unzeit. Und seine unzeitige Scham hat den Philosophen eines großen Vergnügens beraubt. Der Zyniker Demetrius schrieb alle Wirkung davon den Instrumenten, den Stimmen, der Verzierung, in Gegenwart eines Pantomimen, zu, der ihm aber antwortete: „Sieh mich erst ganz allein spielen, und alsdenn sage von meiner Kunst, was du willst!" Die Flöten schweigen. Der Pantomime spielt, und der entzückte Philosoph ruft aus: „Ich sehe dich nicht bloß. Ich höre dich. Du sprichst mir mit den Händen."

Welche Wirkung müßte diese Kunst vollends haben, wenn sie mit der Rede verbunden würde? Warum haben wir Dinge getrennt, welche die Natur verbunden hatte? Begleitet nicht die Gebärde die Rede alle Augenblicke? Ich habe es nie so deutlich empfunden als bei Verfertigung dieses Werks. Ich suchte das, was ich gesagt hatte, das, was man mir geantwortet hatte, und weil ich nichts als Bewegungen fand, so schrieb ich die Namen der Personen hin, und ihre Aktion darunter. Ich sagte zu Rosalien (im zweiten Auftritte des zweiten Aufzuges): „Wenn es das Unglück wollte – daß Ihr überraschtes Herz – von einer Neigung hingerissen wäre – die Ihnen Ihre Vernunft als ein Verbrechen anrechnen müßte – Ich habe diesen grausamen Zustand kennen lernen! – Wie sehr würde ich Sie bedauern!" – Sie antwortet mir: – „Bedauern Sie mich also." – Ich bedauere sie, aber bloß mit einer mitleidigen Gebärde; und ich glaube nicht, daß ein Mensch von Empfindung es anders würde gemacht haben. – Und wie viel andere Umstände gibt es, wo das Stillschweigen unvermeidlich ist? Es fragt Sie jemand um Ihren Rat, und Ihr Rat ist von der Beschaffenheit, daß der, dem er erteilet wird, wenn er ihm folget, das Leben, und wenn er ihm nicht folget, die Ehre zu verlieren waget. Sie sind weder grausam noch niederträchtig. Sie geben Ihre Verlegenheit durch eine Gebärde zu verstehen, und lassen Ihren Mann greifen, wozu er will.

Was ich bei dieser Szene sonst noch anmerkte, war dieses, daß es Stellen gibt, die man fast ganz und gar dem Schauspieler überlassen sollte. Ihm käme es zu, sich die geschriebene Szene bequem zu machen, gewisse Worte zu wiederholen, auf gewisse Ideen wieder zurückzukommen, einige wegzulassen und andere hinzuzusetzen. In der *Singstimme* lässet der Musikus einem großen Sänger die freie Anwendung seines Geschmacks und seiner Fähigkeit. Er begnügt sich, ihm die vornehmsten Intervalle eines schönen Gesanges vorgeschrieben zu haben. Der Dichter sollte es ebenso machen, wenn er seinen Schauspieler hinlänglich kennet. Was rührt uns bei dem Anblicke eines Menschen, der von gewaltigen Leidenschaften bestürmet wird, am meisten? Sind es seine Reden? Zuweilen. Aber das, was allezeit rühret, sind Schreie, unartikulierte Töne, abgebrochene Worte, einzelne Silben, die ihm dann und wann entfahren, und ich weiß selbst nicht, was für ein Murmeln in der Kehle und zwischen den Zähnen. Indem die Heftigkeit der Empfindung das Atemholen unterbricht und den Geist in Aufruhr setzet, trennen sich die Silben der Wörter, und der Mensch fällt von einer Idee auf die andere. Er fängt eine Menge Reden an. Er endiget keine; und außer einigen Empfindungen, die er bei dem ersten Anfalle ausläßt, und auf die er ohne Unterlaß wieder zurückkömmt, ist alles übrige weiter nichts als ein schwaches und verwirrtes Getöse, eine Folge sterbender Töne und erstickter Akzente, welche der Schauspieler besser versteht als der Dichter. Die Stimme, der Ton, die Gebärde, die Aktion, alles das gehört dem Schauspieler zu; und das ist es eben, was uns an heftigen Leidenschaften am meisten rühret. Der Schauspieler allein kann der Rede allen ihren Nachdruck erteilen. Denn *er* macht dem Gehöre die Stärke und die Wahrheit des Akzents empfindlich.

»Ich habe oft gedacht, daß die Reden feuriger Liebhaber nicht sowohl Dinge zum Lesen als Dinge zum Hören sind. Denn, sagte ich bei mir selbst, nicht der Ausdruck: „Ich liebe Sie" ist es, was über die Strenge einer Spröden, über die Anschläge einer Buhlerin, über die Tugend eines empfindlichen Frauenzimmers triumphiert. Es ist vielmehr das Zittern der Stimme, mit welchem es ausgesprochen ward, es sind die Tränen, es sind die Blicke, womit es begleitet ward. Diese Idee kömmt auf die Ihrige heraus.«

Es ist eben dieselbe. Ein Strom von schallenden Worten, der diesen wahren Tönen der Leidenschaft ganz entgegengesetzt ist, sind unsere sogenannten *Tiraden*. Nichts erhält mehr Beifall, und nichts verrät einen schlechtern Geschmack. Bei einer dramatischen Vorstellung muß man sich ebenso wenig um den Zuschauer bekümmern, als ob ganz und gar keiner da wäre. Richtet sich das Geringste an ihn: so hat der Verfasser seinen Vorwurf verlassen, so ist der Schauspieler aus seiner Rolle gesetzt, und sie steigen beide von der Bühne herab. Ich sehe sie im Parterre; und so lange die Tirade dauert, ist die Handlung für mich unterbrochen, und die Bühne bleibt leer.

Es gibt bei Verfertigung eines dramatischen Stücks eine Einheit der Rede, welche einer Einheit des Akzents in der Deklamation entspricht. Beide Systeme ändern sich nicht bloß von Komödie zu Tragödie, sondern von einer Komödie und von einer Tragödie zu der andern. Verhielte es sich anders, so müßte entweder in dem Gedichte oder in der Vorstellung ein Fehler liegen. Die Personen müßten die gehörige Verbindung untereinander nicht haben; es müßte ihnen die Übereinstimmung fehlen, die sie, auch sogar in den Kontrasten, haben sollen. In der Deklamation würde man die widerlichsten Dissonanzen bemerken. Man würde in dem Gedichte ein Wesen wahrnehmen, das für die Gesellschaft, in die man es einführen wollen, ganz und gar nicht gemacht sei.

Diese Einheit des Akzents zu empfinden, ist des Schauspielers Werk. Das ist die Arbeit seines ganzen Lebens. Fehlt ihm dieses Gefühl, so wird sein Spiel bald schwach, bald übertrieben, selten richtig, stellenweise gut, und im ganzen zusammen schlecht sein.

Wenn sich die Sucht, beklatscht zu werden, eines Schauspielers bemeistert, so übertreibt er. Das Fehlerhafte seiner Aktion stecket die Aktion der andern an. Es ist keine Einheit mehr in der Deklamation seiner Rolle. Es ist keine mehr in der Deklamation des Stücks. Und bald erblicke ich auf der Szene weiter nichts als eine lärmende Versammlung, in der jeder den Ton hält, der ihm beliebt; ich fange an, Langeweile zu haben; meine Hände fassen von selbst nach den Ohren, und ich mache mich davon.

»Ich wollte Ihnen gern etwas von dem Akzente sagen, der jeder Leidenschaft eigentümlich zukömmt. Aber dieser Akzent ändert sich auf so verschiedene Weise ab; es ist ein so feiner und flüchtiger Gegenstand, daß ich keinen einzigen wüßte, bei welchem sich der Mangel aller itzigen und aller ehemals vorhandenen Sprachen deutlicher spüren ließe. Von der Sache hat man den richtigsten Begriff; sie ist dem Gedächtnisse gegenwärtig. Aber sucht man den Ausdruck, so findet man ihn nicht. Man verbindet die Worte: hoch und tief; geschwind und langsam; sanft und stark. Allein das Netze ist zu weit, und es bleibt nichts hangen. Wer ist imstande, die Deklamation dieser zwei Verse zu beschreiben:

„Hat man sie oft vertraulich sprechen? oft sich suchen?
Sich oft ins Innerste des Hains verlieren sehen?"

Es ist eine Vermischung von Neugierde, von Unruhe, von Schmerz, von Liebe und von Scham, die mir das allerschlechteste Gemälde weit besser schildern würde als die ausgesuchteste Rede.

»Wir haben also um so viel mehr Ursache, die Pantomime zu schreiben.«

Unstreitig. Der Ton und die Gebärde bestimmen einander wechselsweise.

»Aber der Ton läßt sich nicht in Noten setzen, und die Gebärden kann man so leicht aufschreiben.«

Dorval machte bei dieser Stelle eine Pause. Hierauf sagte er:

Zum Glück wird eine Schauspielerin, wenn auch ihre Beurteilungskraft ganz eingeschränkt und ihre Einsicht ganz gemein ist, wenn sie nur eine große Empfindlichkeit besitzt, gar leicht die Stellung einer Seele fassen, und ohne daran zu denken, den Akzent finden, der den verschiednen Empfindungen gemäß ist, welche hier zusammentreffen und die Stellung eben ausmachen, die der Philosoph mit aller seiner Scharfsinnigkeit wohl unzergliedert lassen muß.

Die Dichter, die Schauspieler, die Musiker, die Maler, die Sänger von der ersten Klasse, die großen Tänzer, die zärtlichen Liebhaber, die wahren Andächtigen, alles dieses feurige und enthusiastische Volk empfindet sehr lebhaft und überlegt sehr wenig.

Sie werden nicht durch Regeln, sondern durch etwas ganz anders, das weit unmittelbarer, weit inniger, weit dunkler und weit gewisser ist, geführet und erleuchtet. Ich kann Ihnen nicht sagen, wie viel ich aus einem großen Schauspieler, aus einer großen Schauspielerin mache! Wie stolz ich auf dieses Talent sein würde, wenn ich es besäße. Als ich vor diesem auf der ganzen Welt noch niemanden etwas anging, Herr von meinem Geschicke und frei von allen Vorurteilen war, wollte ich einst Komödiant werden; und man gebe mir nur die Versicherung, daß ich es so weit damit bringe als Quinault Dufresne, und ich werde es noch morgen. Nur das Mittelmäßige verekelt uns das Theater; und nur die schlechten Sitten sind es, die uns in diesem, so wie in jedem andern Stande, Schande bringen. Gleich unter Racinen und unter Corneillen stehet bei mir ein Baron, eine Desmares, eine de Seine, und gleich unter Regnard und Molièren der ältere Quinault und seine Schwester.

Ich ward ärgerlich, so oft ich in den Schauplatz ging und die Nützlichkeit des Theaters gegen die wenige Sorgfalt hielt, die man auf die Einrichtung der Schauspielergesellschaften wendet. Und da rief ich denn: „Ach, meine Freunde, wenn wir jemals nach Lampedouse* ziehen und da, fern von dem festen

* Lampedouse ist eine kleine wüste Insel auf dem afrikanischen Meere, von der Küste von Tunis und der Insel Malta ohngefähr gleich weit ab. Der Fischfang daselbst ist vortrefflich. Sie ist mit wilden Ölbäumen bedeckt. Der Boden würde sehr fruchtbar sein. Korn und Wein würden da ungemein geraten. Und gleichwohl ist sie noch von niemanden bewohnet worden als von einem Marabou und von einem elenden Priester. Der Marabou hatte die Tochter des Bey von Algier entführet und war mit seiner Geliebten dahin geflüchtet, an dem gemeinschaftlichen Werk ihres Heils zu arbeiten. Der Priester, mit Namen Bruder Clement, hat zehn Jahr auf Lampedouse zugebracht, und er war vor kurzer Zeit noch am Leben. Er hatte Vieh. Er baute das Land. Er verbarg seinen Vorrat in einen

Lande, mitten in den Wellen des Meeres, ein kleines glückliches Volk stiften, so sollen das unsere Prediger sein, und wir wollen sie gewiß, der Wichtigkeit ihres Amtes gemäß, aussuchen! Alle Völker haben ihre Sabbate, und wir würden dergleichen auch haben. An diesen feierlichen Tagen wollten wir ein gutes Trauerspiel vorstellen lassen, woraus die Menschen sich vor den Leidenschaften hüten lernten; ein gutes Lustspiel, das sie in ihren Pflichten unterrichtete und ihnen Geschmack daran einflößte."

»Wird es Ihnen da auch gleich viel sein, Dorval, daß die Rolle der Schönheit von der Häßlichkeit gespielet wird?«

Ich glaube nicht. Denn gibt es in einem dramatischen Werke nicht schon sonderbare Voraussetzungen gnug, nach welchen ich mich bequemen muß? Soll die Illusion auch durch Voraussetzungen, die meinen Sinnen widersprechen und ihnen unangenehm fallen, noch mehr verhindert werden?

»Ihnen die Wahrheit zu gestehen, ich habe es manchmal bedauert, daß die Masken der Alten nicht mehr im Gebrauche sind; und es würde mir, glaube ich, weit erträglicher gewesen sein, eine schöne Maske, als ein häßliches Gesicht loben zu hören.«

Und der Widerspruch zwischen den Sitten des Stücks und den Sitten der wirklichen Person, ist der Ihnen weniger anstößig gewesen?

»Nicht selten hat sich der Zuschauer des Lachens dabei unmöglich enthalten können; und die Schauspielerin selbst ist darüber rot geworden.«

Keller unter der Erde, und den Rest verkaufte er auf den nächsten Küsten, wo er sich so lange lustig machte, als sein Geld währte. Auf der Insel ist eine in zwei Kapellen geteilte Kirche, welche die Mahometaner als den Begräbnisort des heiligen Marabou und seiner Geliebten verehren. Bruder Clement hatte die eine Kapelle dem Mahomet und die andere der heiligen Mutter Gottes geweihet. Sahe er ein christliches Schiff kommen, so steckte er die Lampe der heiligen Mutter Gottes an. War es aber ein mahometanisches Schiff, geschwind blies er die Lampe der heil. Mutter Gottes aus und steckte für den Mahomet an.

Nein, ich wüßte keinen Stand, der ausgesuchtere Gestalten und ehrbarere Sitten verlangte als das Theater.

»Unsere törichten Vorurteile aber verhindern es allein, daß wir nicht ernstlicher darauf dringen können.«

Doch wir sind sehr weit von meinem Stücke abgekommen. Wo waren wir?

»Bei dem Auftritte mit Arnolden.«

Ich bitte für diesen Auftritt um Gnade. Denn ich liebe ihn, weil die alleraufrichtigste und zugleich die allergrausamste Unparteilichkeit darin herrschet.

»Allein er unterbricht den Fortgang des Stücks und schwächt das Interesse.«

Ich werde ihn nie ohne Vergnügen lesen. Möchten ihn doch unsre Feinde zu sehen bekommen, und schätzen lernen! Möchten sie ihn doch nie ohne Scham lesen können! Wie glücklich wäre ich, wenn ich bei der Gelegenheit, einen unglücklichen Bedienten zu schildern, zugleich die Schmähungen eines eifersüchtigen Volks auf eine Art hätte ablehnen können, an der sich meine Nation erkennte, und die der feindlichen Nation auch nicht einmal die Freiheit ließe, darüber ungehalten zu werden.

»Die Szene ist pathetisch, aber lang.«

Sie würde noch pathetischer und noch länger geworden sein, wenn ich hätte Arnolden folgen wollen. „Mein Herr", sagte er zu mir, als er sie gelesen hatte, „das ist alles recht gut; aber nur ist ein kleiner Fehler darin; dieser nämlich, daß nicht alles der Wahrheit vollkommen gemäß ist. Sie sagen, zum Exempel, als wir in dem feindlichen Hafen angekommen wären, und man mich von meinem Herrn getrennt hätte, habe ich ihm zu verschiednen Malen zugerufen: ‚Mein Herr, mein liebster Herr!' Er habe mich steif angesehen, seine Arme sinken lassen und sich umgekehret; und sei den Leuten, die ihn umringet gehabt, ohne ein Wort zu reden, nachgefolgt.

So war es nicht ganz. Sie hätten sagen sollen, als ich ihm zugerufen: ‚Mein Herr, mein liebster Herr!' habe er mich vernommen, sich umgekehret und mich steif angesehen; seine

Hände hätten von selbst in die Taschen gegriffen; und als er nichts darin gefunden (denn der gierige Engländer hatte sie ihm rein ausgeleeret), habe er seine Arme traurig sinken lassen, habe mir mit einem Kopfnicken ein kaltes Mitleid zu verstehen gegeben; habe sich wieder umgewandt, und sei denen, die ihn umringt gehalten, ohne ein Wort zu reden, nachgefolgt. Denn sehen Sie, so war es eigentlich.

Nächst dem übergehen Sie etwas, was von dem guten Herze Ihres verstorbenen Herrn Vaters am meisten zeiget. Und daran haben Sie sehr übel getan. Als er in dem Gefängnisse seine nackten Arme von meinen Tränen benetzt fühlte, sagte er zu mir: ‚Du weinest, Arnold! Verzeihe, mein Freund. Ich bin es, der dich hierher gebracht hat. Ich weiß wohl. Das Unglück hat dich betroffen, weil du mir zugehörest.' – Da sehen Sie, Sie weinen selbst. Das hätten Sie also doch setzen sollen.

An einer andern Stelle machen Sie es noch schlimmer. Als er zu mir gesagt hatte: ‚Sei gutes Muts, mein Sohn; du wirst hier nicht bleiben. Ich aber, ich merke es an meiner Schwachheit, werde wohl hier sterben müssen': überließ ich mich ganz meinem Schmerze, daß das Gefängnis von meinem Geschrei widerhallte. Und da sagte Ihr Vater zu mir: ‚Arnold, höre auf zu klagen. Verehre den Willen des Himmels und das Unglück derer, die um und neben uns sind und in der Stille leiden.' – Wo haben Sie denn das gelassen?

Und die Stelle mit dem Korrespondenten? Sie haben sie so vortrefflich verwirrt, daß ich gar nichts mehr davon verstehe. Ihr Vater sagte mir, – und das haben Sie zwar angebracht, – daß dieser Mann sich seiner angenommen habe, und daß meine Gegenwart ohne Zweifel die erste Wirkung seines Diensteifers sei. Aber er setzte noch hinzu: ‚O mein Sohn, wenn mir auch Gott nur diesen einzigen Trost gewähret hätte, dich in diesen grausamen Augenblicken um mich zu haben, wie sehr würde ich ihm nicht schon zu danken schuldig sein!' – Davon finde ich in Ihrem Papiere auch nichts. Mein Herr, ist es etwa verboten, den Namen Gottes auf der

Bühne auszusprechen; diesen heiligen Namen, den Ihr Vater so oft im Munde führte?" – Ich glaube nicht, Arnold. – – „Oder wollen Sie es etwa nicht gern wissen lassen, daß Ihr Vater ein guter Christ gewesen ist?" – Nichts weniger, Arnold. Die christliche Moral ist so schön! Aber wozu diese Frage? – „Unter uns, man sagt –" Nun? – „Sie wären – ein wenig – ein Freigeist; und nach den Stellen zu urteilen, die Sie weggelassen haben, könnte wohl was daran sein." – Arnold, wenn das wäre, so würde ich verbunden sein, mich als einen desto bessern Bürger und desto rechtschaffnern Mann zu zeigen. – „Mein Herr, Sie sind gut; bilden Sie sich aber ja nicht ein, daß Sie so gut sind als Ihr Herr Vater war. Es wird vielleicht mit der Zeit werden." – Arnold, ist das alles? – „Ich hätte wohl noch ein Wort zu erinnern, aber ich darf mich's nicht wohl unterstehen." – Redet immer, Arnold! – „Weil Sie mir es denn erlauben, so muß ich Ihnen sagen, daß Sie bei den guten Diensten des Engländers, der uns zu Hilfe kam, ein wenig gar zu kurz sind. Mein Herr, es gibt überall ehrliche Leute. – Aber Sie müssen sich sehr geändert haben, wenn es anders wahr ist, was man sonst noch von Ihnen sagt." – – Und was sagt man noch sonsten von mir? – „Daß Sie ehemals in das Volk vernarrt gewesen;" – Arnold! – „daß Sie sein Land als den Schutzort der Freiheit, als das Vaterland der Tugend, der Erfindung, der Ursprünglichkeit betrachtet –" – Arnold! – „Itzt wollen Sie nichts mehr davon hören. Nun gut, wir wollen auch nicht mehr davon reden. Sie haben gesagt, der Korrespondent, als er Ihren Herrn Vater ganz nacket gesehen, habe sich ausgezogen und ihn mit seinen Kleidern bedeckt. Das ist recht gut. Aber Sie hätten nicht vergessen sollen, daß einer von seinen Leuten für mich ein Gleiches tat. Dieses Stillschweigen, mein Herr, dürfte man mir zur Last legen: man sollte mich wohl gar einer Undankbarkeit beschuldigen; und das will ich nicht, durchaus nicht."

Sie sehen, daß Arnold nicht völlig Ihrer Meinung war. Er wollte die Szene so haben, wie sie wirklich vorgefallen war.

Und Sie wollen sie so, wie sie sich in das Werk schickt. Ich allein habe also unrecht, weil ich es Ihnen beiden nicht recht gemacht habe.

»„Der ihn in dem Innersten eines Kerkers, auf den Lumpen seines Bedienten sterben ließ!" Das ist hart.«

Wie die Laune sich ausdrückt! Es entfährt einem Schwermütigen, der Zeit seines Lebens die Tugend ausgeübet, der noch keinen einzigen glücklichen Augenblick gehabt, und dem man die Unglücksfälle eines rechtschaffnen Mannes erzählt.

»Setzen Sie noch hinzu, daß dieser rechtschaffne Mann vielleicht sein Vater ist, und daß diese Unglücksfälle die Hoffnung seines Freundes vernichten, seine Geliebte ins Elend stürzen und ihm selbst zu einem neuen bittern Verdrusse gereichen. Das wird alles wahr sein. Aber Ihre Feinde?«

Wenn sie jemals mein Werk zu sehen bekommen, so wird das Publikum zwischen ihnen und mir Richter sein. Man wird ihnen hundert Stellen aus dem Corneille, dem Racine, dem Voltaire, dem Crébillon anführen, die dem Charakter und der Stellung zufolge noch weit härtere Dinge enthalten, und doch niemanden geärgert haben. Sie werden hierauf nichts zu antworten wissen, und man wird es deutlich sehen, was sie selbst so wenig zu verbergen suchen, daß sie nicht von der Liebe des Besten belebt, sondern von dem Hasse gegen die Person verzehret werden.

»Aber wer ist denn dieser Arnold? Ich finde, daß er für einen Bedienten allzugut spricht; und ich muß Ihnen gestehen, daß in seiner Erzählung Stellen sind, die Ihrer nicht unwürdig wären.«

Ich habe es Ihnen schon gesagt. Nichts macht so beredt als das Unglück. Arnold ist ein Mensch, der Erziehung gehabt hat, der aber in seiner Jugend, wie ich glaube, ein wenig locker mag gewesen sein. Man schickte ihn nach Amerika, wo ihn mein Vater, der sich auf Menschen verstand, zu sich nahm, ihn seinen Angelegenheiten vorsetzte und recht gut mit ihm fuhr. Aber lassen Sie uns in unseren Anmerkungen fortfahren. Ich glaube bei der Monologe, welche den Aufzug beschließt, einen kleinen Strich wahrzunehmen.

»Sie haben recht!«

Was bedeutet er?

»Daß die Monologe schön, aber unausstehlich lang ist.«

Gut, wir wollen sie kürzer machen. Lassen Sie sehen. Was wollen Sie daraus weglassen?

»Ich wüßte nicht, was.«

Gleichwohl ist sie zu lang.

»Setzen Sie mich, einer Antwort wegen, so sehr in Verlegenheit, als Sie wollen. Sie werden mir mein Gefühl doch nicht ausreden.«

Vielleicht.

»Es sollte mir sehr lieb sein.«

Ich will Sie bloß fragen, wie Ihnen die Monologe in dem Saale vorgekommen ist.

»Gut. Aber nun will auch ich Sie etwas fragen. Wie kömmt es, daß mir das, was mir bei der Vorstellung kurz geschienen hat, bei dem Lesen lang vorkömmt?«

Dieses kömmt daher, weil ich die Pantomime nicht dazu geschrieben habe und sie Ihnen nicht wieder beigefallen ist. Wir wissen es noch gar nicht, wie viel Einfluß die Pantomime auf die Verfertigung und auf die Vorstellung eines dramatischen Werks haben kann.

»Das kann wohl sein.«

Und dazu wollte ich wohl wetten, daß Sie mich abermal in Gedanken auf der französischen Bühne, auf dem Theater sehen.

»Sie glauben also, daß Ihr Werk auf dem Theater nicht zum besten ausfallen würde?«

Schwerlich. Man müßte entweder das Gespräch an verschiednen Stellen lichter machen oder die theatralische Handlung und die Bühne verändern.

»Was nennen Sie die Bühne verändern?«

Alles wegschaffen, was einen ohnedem schon engen Ort noch enger macht. Verzierungen anbringen. Imstande sein, andere Gemälde auszuführen, als die man seit hundert Jahren gewohnt ist; mit einem Worte, Clairvillens ganzen Saal, so wie er ist, auf das Theater zu bringen.

»Es ist also wohl sehr wichtig, eine eigentliche Bühne zu haben?«

Ohne Zweifel. Überlegen Sie nur, daß das Schauspiel ebenso vieler Verzierungen fähig ist als die lyrische Bühne; und daß es noch weit angenehmere an die Hand geben würde, weil die bezauberte Welt zwar Kinder vergnügen, der Vernunft aber nur die wirkliche Welt gefallen kann. – So lange uns noch eine Bühne fehlt, werden wir nichts Neues erfinden. Leuten von Genie wird dafür ekeln; und mittelmäßige Verfasser werden, durch eine knechtische Nachahmung, Beifall erhalten. Man wird sich je mehr und mehr an kleine Anständigkeiten binden, und der Nationalgeschmack wird vertrocknen. – – Haben Sie den Saal zu Lyon gesehen? Man stifte nur ein ähnliches Denkmal in der Hauptstadt, und es werden eine Menge Gedichte ans Licht kommen, unter welchen sich leicht auch einige neue Gattungen finden dürften.

»Ich verstehe Sie nicht. Sie werden mir den Gefallen erweisen, sich näher zu erklären.«

Das will ich.

Schade, daß ich nicht alles, was mir Dorval sagte, und daß ich es nicht so, wie er mir es sagte, werde wieder vorbringen können! Er fing gesetzt an. Er ward nach und nach feurig. Seine Gedanken drängten sich; und endlich ging er mit solcher Schnelligkeit immer weiter und weiter, daß ich ihm kaum folgen konnte. Folgendes habe ich behalten.

Ich möchte gar zu gern (sagte er gleich anfangs) diese furchtsamen Geister, die sich außer dem, was sie wirklich vor sich haben, nichts einbilden können, überreden, daß, wenn die Sachen ganz anders wären, sie doch nichts weniger damit zufrieden sein würden; daß sie alsdenn, da das Ansehen der Vernunft bei ihnen nichts gilt, dasjenige billigen würden, was sie itzt tadeln, so wie sie oft gnug das getadelt haben, was sie vorher billigten. – In den schönen Künsten richtig zu urteilen, muß man verschiedne seltene Eigenschaften verbinden – Ein großer Geschmack setzet einen großen Verstand voraus, eine lange Erfahrung, eine rechtschaffne und empfindliche Seele, einen erhabnen Geist, ein etwas melancholisches Temperament und feine sinnliche Werkzeuge. –

Nach einem kurzen Stillschweigen setzte er hinzu: Der dramatischen Dichtungsart eine neue Gestalt zu geben, brauchte ich bloß ein recht großes Theater, auf dem man, wenn es der Inhalt des Stücks erforderte, einen großen Platz mit den anliegenden Gebäuden, als dem Vorhofe eines Palasts, der Halle eines Tempels und verschiedene Orte zeigen könnte, die so verteilt wären, daß zwar der Zuschauer die ganze Handlung sehen könnte, vor den spielenden Personen aber ein Teil davon verborgen bliebe.

So war, oder so konnte ehemals die Szene der »Eumeniden« des Aeschylus sein. Auf der einen Seite war ein Platz, wo die wütenden Furien den Orest suchten, der sich ihren Verfolgungen, während daß sie geschlummert, entzogen hatte. Auf der andern Seite sahe man den Schuldigen mit umbundener Stirne die Füße einer Bildsäule der Minerva umfassen und sie um Hilfe anflehen. Hier wendet sich Orest mit seinen Klagen an die Göttin. Dort toben die Furien; sie gehen, sie kommen, sie laufen. Endlich ruft eine von ihnen: „Hier, hier ist die Spur des Blutes, das der Mörder in seinen Fußtapfen gelassen! – Ich spür es. – Ich spür es." – Sie gehet. Ihre unerbittlichen Schwestern folgen ihr. Sie gelangen von dem Platze, auf welchem sie sich befanden, in den Schutzort des Orest. Sie umringen ihn und schreien und knirschen vor Wut und schütteln ihre Fackeln. Welcher Augenblick des Schreckens und Mitleids, die Bitten und das Winseln des Unglückseligen zugleich mit dem Geschrei und dem fürchterlichsten Toben grausamer Wesen, die ihn aufsuchen, zu vernehmen! Wenn werden wir jemals auf unsern Theatern so etwas ausführen können? Wir können niemals mehr als eine Handlung darauf zeigen, da es in der Natur doch fast beständig begleitende Handlungen gibt, die, wenn sie nebeneinander vorgestellet würden, einander wechselsweise unterstützen könnten und so die schrecklichsten Wirkungen hervorbringen müßten. Alsdenn würde man in den Schauplatz zu gehen zittern, und doch gleichwohl so schwer daraus wegbleiben können; alsdenn würde der Dichter, statt der kleinen überhingehenden Rührungen, statt der frostigen Beifallsbezeugungen und der wenigen und seltenen Tränen, womit er sich itzt begnügen muß, die Seelen ganz erschüttern und mit Aufruhr und Schrecken erfüllen können; alsdenn würden wir jene Erscheinungen der alten Tragödie, die so sehr möglich sind und doch so wenig geglaubt werden, sich wieder ereignen sehen. Sie erwarten hierzu bloß einen Mann von Genie, der die Pantomime mit der Rede zu verbinden, eine redende Szene mit einer stummen abzuwechseln, und aus der Verbindung dieser beiden Szenen, besonders aber aus der schrecklichen oder komischen Annäherung, die vor dieser Verbindung beständig vorhergehen würde, den rechten Nutzen zu ziehen weiß. Nachdem die Eumeniden auf der Szene herumgewütet, gelangen sie in das Heiligtum, wohin der Schuldige seine Zuflucht genommen, und nun machen beide Szenen nur eine.

»Zwei wechselsweise redende und stumme Szenen. Ich verstehe Sie. Aber die Verwirrung« –

Eine stumme Szene ist ein Gemälde, eine belebte Verzierung. Streitet denn auf dem lyrischen Theater das Vergnügen zu sehen mit dem Vergnügen zu hören?

»Nein – Aber meinen Sie, daß es so zu verstehen sei, was man uns von jenen alten Schauspielen erzählet, wo die Musik, die Deklamation, die Pantomime bald verbunden und bald getrennt waren?«

Zuweilen. Allein diese Untersuchung würde uns zu weit abführen. Wir wollen bei unserer Sache bleiben. Lassen Sie einmal sehen, was noch itzt möglich wäre, und lassen Sie uns ein häusliches und gemeines Exempel dazu wählen.

Ein Vater hat seinen Sohn in einem Zweikampfe verloren. Es ist Nacht. Ein Bedienter, der diesen Zweikampf mit angesehen hat, langt mit dieser Nachricht an. Er tritt in das Zimmer des unglücklichen Vaters; und dieser schläft. Er gehet hin und her. Das Geräusche eines gehenden Menschen weckt den Vater auf. Er fragt: „Wer ist da?" – „Ich bin es, mein Herr", antwortet ihm der Bediente mit einer heisern Stimme. – „Nun, was gibt es?" – „Nichts." – „Wie, nichts?" – „Nein, mein Herr." – „Das kann nicht sein. Du zitterst. Du wendest das Gesicht weg. Du suchst meinen Blick zu vermeiden. Sage, was gibt es? Ich will es wissen. Rede. Ich befehle es dir." – „Ich sage es Ihnen ja, mein Herr, daß es nichts ist", antwortet ihm der Bediente nochmals und vergießt Tränen. – „Ach, Unglückseliger!" ruft der Vater und springt von seinem Bette auf. „Du betrügst mich. Es muß sich ein großes Unglück ereignet haben. – Ist meine Frau tot?" – „Nein, mein Herr." – „Meine Tochter?" – „Nein, mein Herr." – „So ist es mein Sohn?" – Der Bediente schweigt. Der Vater versteht sein Schweigen und wirft sich zur Erde. Sein Schmerz und sein Geschrei erfüllen das Zimmer. Er tut, er sagt alles, was die Verzweiflung einem Vater eingibt, der seinen Sohn, die einzige Hoffnung seines Hauses, verlieret.

Der nämliche Bediente läuft zur Mutter. Sie schlief auch. Er reißt die Vorhänge mit Gewalt auf, und sie erwacht. „Was ist's?" fragt sie. – „Madame, das allergrößte Unglück. Itzt wird es sich zeigen, ob Sie eine wahre Christin sind. Ihr Sohn ist dahin!" – „Ach Gott!" ruft die gebeugte Mutter. Sie faßt ein Kruzifix, das neben ihrem Kopfkissen stand, und drückt es an ihre Brust. Sie heftet ihren Mund darauf. Ihre Augen ergießen sich. Und ihre Tränen benetzen ihren gekreuzigten Heiland.

Das ist das Gemälde der frommen Frau. Bald wollen wir auch das Gemälde der zärtlichen Gattin und der jammernden Mutter sehen. Eine Seele, in welcher die Religion die Regungen der Natur beherrscht, bedarf einer stärkeren Erschütterung, um ihr die wahre Stimme auszupressen.

Unterdessen hatte man den Leichnam des Sohnes in das Zimmer des Vaters gebracht, wobei eine Szene der Verzweiflung vorgefallen war, indem bei der Mutter eine Pantomime von Gottesfurcht vorging.

Sie sehen, wie die Pantomime und die Deklamation wechselsweise den Ort verändern. Und das ist es, was man anstatt unserer *Seitab* einführen sollte. Doch der Augenblick der Vereinigung beider Szenen erscheinet. Die Mutter, von dem Bedienten geführet, nahet sich dem Zimmer ihres Gemahls. – Ich frage Sie, wie wird es während dieser Annäherung mit dem Zuschauer aussehen? – Es ist ihr Gemahl, es ist der Vater, der auf dem Leichnam seines Sohnes liegt, der der Mutter auf einmal in die Augen fallen wird! – Nun hat sie den Raum, der beide Szenen trennet, zurückgelegt. Ein klägliches Geschrei ist in ihren Ohren erschollen. Sie hat gesehen. Sie wirft sich zurück. Die Kraft verläßt sie, und sie fällt ohne Empfindung ihrem Begleiter in die Arme. Bald wird ihr Mund sich mit Ächzen und Schluchzen erfüllen. Tum verae voces.

Es fallen bei dieser Handlung wenig Reden vor; ein Mann von Genie aber, der die leeren Zwischenräume ausfüllen sollte, würde bloß einige Monosyllaba einstreuen. Hier wird er eine Ausrufung und da eine angefangene Redensart hinwerfen. Selten wird er sich eine zusammenhangende Rede erlauben, wenn sie auch noch so kurz wäre.

Das heißt Tragödie! Allein zu dieser Gattung gehören Verfasser, gehören Schauspieler, gehöret ein Theater, und vielleicht auch ein Volk.

»Wie? Sie wollten in einer Tragödie ein Ruhebette haben; einen schlafenden Vater, eine schlafende Mutter; ein Kruzifix; einen Leichnam; zwei abwechselnd stumme und redende Szenen! Und die Wohlanständigkeit!« –

Ah, grausame Wohlanständigkeit, wie geziemend machst du unsere dramatische Werke, und wie klein! – Aber, setzte Dorval mit einem kalten Blute hinzu, das mich ganz stutzig machte, so läßt sich das, was ich vorschlage, itzt nicht mehr tun?

»Ich glaube nicht, daß wir es jemals dahin bringen werden.«

Nun wohl, so ist alles verloren! Corneille, Racine, Crébillon, Voltaire haben den allerhöchsten Beifall erhalten, auf welchen ein Mann von Genie Anspruch machen kann; und die Tragödie ist unter uns zu den höchsten Stufen der Vollkommenheit gelangt.

Indem Dorval dieses sagte, machte ich eine sehr sonderbare Anmerkung; darüber nämlich, daß er bei Gelegenheit eines häuslichen Zufalls, den er in eine Komödie verwandelt, zwar Regeln festgesetzet, die allen dramatischen Gattungen gemein sind, von seiner Melancholie aber dahingerissen, sie bloß auf das Trauerspiel angewendet habe.

Nachdem er einen Augenblick innegehalten, fuhr er weiter fort:

Eine Hoffnung ist unterdessen noch übrig. Vielleicht nämlich, daß ein Mann von Genie einmal die Unmöglichkeit fühlet, seine Vorgänger auf dem gebahnten Wege zu übertreffen, und aus Verdruß darüber einen andern Weg einschlägt. Das ist der einzige Zufall, der uns von verschiedenen Vorurteilen befreien könnte, welche die Philosophie vergebens bestritten hat. Wir brauchen keine Gründe mehr; wir brauchen ein Muster.

»Wir haben eines.«

Und das wäre –?

»»Sylvia«, ein prosaisches Trauerspiel in einem Aufzuge.«

Ich kenne es. Es ist der »Eifersüchtige«, tragisch bearbeitet. Es ist das Werk eines Mannes, welcher denkt und empfindet.

»Die Szene öffnet sich mit einem vortrefflichen Gemälde. Es ist das Innerste eines Zimmers, von welchem man weiter nichts als die Mauern sieht. Zuhinterst des Zimmers stehet auf einem Tische ein Licht, ein Krug mit Wasser und ein Brot. Das ist der Aufenthalt, das ist die Nahrung, die ein eifersüchtiger Ehemann seiner unschuldigen Frau, deren Tugend er in Verdacht hat, auf ihre ganze übrige Lebenszeit bestimmet.

Nun stellen Sie sich diese Frau in Tränen, vor diesem Tische vor – stellen Sie sich Mademoiselle Gaussin vor –«

Und Sie, schließen Sie nun von diesem Gemälde auf die Wirkung der Gemälde überhaupt. Das Stück hat noch andere dergleichen Züge, die mir gefallen haben. Es ist hinreichend, einen Menschen von Genie zu erwecken; allein das Volk zu bekehren, dazu bedürfte es noch eines andern Werks.

Bei dieser Stelle rief Dorval aus: O du, der du noch alle Hitze des Genies in einem Alter besitzest, in welchem andern kaum eine frostige Vernunft mehr übrig ist, warum kann ich nicht an deiner Seiten, warum kann ich nicht deine Eumenide sein? Ich wollte dir ohne Unterlaß zusetzen; du müßtest dieses Werk machen; ich wollte dich an die Tränen erinnern, die uns die Szene des verschwendrischen Sohnes mit seinem Bedienten ausgepreßt hat; und wenn du uns dann verließest, so würdest du uns wenigstens nicht das ungestillte Verlangen nach einer Gattung hinterlassen, deren Urheber du sein könntest.

»Und diese Gattung, wie würde sie heißen?«

Das häusliche oder bürgerliche Trauerspiel. Die Engländer haben den »Kaufmann von London« und den »Spieler«, beides prosaische Trauerspiele. Die Tragödien des Shakespeare sind halb in Versen, halb in Prosa. Der erste Dichter, der uns in Prosa zu lachen machte, führte die Prosa in der Komödie ein. Der erste Dichter, der uns in Prosa wird zu weinen machen, wird die Prosa in die Tragödie einführen.

In der Kunst aber hängt alles, so wie in der Natur, zusammen; sobald man sich dem Wahren auf einer Seite nähert, nähert man sich ihm zugleich auf verschiednen andern. Alsdenn werden wir auf der Szene eine Menge natürlicher Stellungen erblicken, welche die Wohlanständigkeit, diese Feindin des Genies und aller großen Wirkungen, davon verbannt hat. Ich will unsern Franzosen unablässig zurufen: die Wahrheit! die Natur! die Alten! Sophokles! Philoktet! Der Dichter hat ihn vor dem Eingange seiner Höhle liegend und mit zerrissenen Lumpen bedeckt auf der Bühne gezeigt. Er läßt ihn sich herumwälzen. Er läßt ihn einen Anfall seiner Schmerzen bekommen. Er läßt ihn schreien. Er läßt ihn unartikulierte Töne von sich geben. Die Verzierung war wild; keine von den artigen Ausstaffierungen in dem ganzen Stücke. Wahre Kleider; wahre Reden; eine einfache und natürliche Verwicklung. Unser Geschmack müßte sehr verderbt sein, wenn uns dieser Anblick nicht weit mehr rührte, als der Anblick einer reichgekleideten, ausgeschmückten Person –

»Die nur eben von ihrem Putztische zu kommen scheinet –«

Und mit gemessenen Schritten auf der Bühne hin und her spazieret und mit nichts, als was Horaz „ampullas et sesquipedalia verba" nennet, mit nichts als Sentenzen, Blasen und ellenlangen Worten um sich wirft.

Wir haben es an nichts fehlen lassen, das Drama aus dem Grunde zu verderben. Wir haben von den Alten die volle prächtige Versifikation beibehalten, die sich doch nur für Sprachen von sehr abgemessenen Quantitäten und sehr merklichen Akzenten, nur für weitläufige Bühnen, nur für eine in Noten gesetzte und mit Instrumenten begleitete Deklamation so wohl schicket; ihre Einfalt aber in der Verwicklung und dem Gespräche und die Wahrheit ihrer Gemälde haben wir fahren lassen.

Die großen Socken, die hohen Halbstiefel, die riesenmäßigen Kleider, die Masken, die Sprachröhre will ich zwar nicht wieder auf die Bühne bringen, obgleich alle diese Dinge nichts als notwendige Teile eines gewissen theatralischen Systems waren. Aber sollte denn dieses System keine andere schätzbare Seiten haben? Und hielten Sie es wohl für dienlich, daß man einem Genie itzt noch Fesseln anlegte, da ihm ohnedem schon eine von den größten Aufmunterungen fehlet?

»Was für eine Aufmunterung?«

Der Zulauf von unzähligen Zuschauern.

Eigentlich zu reden, haben wir ganz und gar keine öffentlichen Schauspiele mehr. Welche Vergleichung zwischen unsern Versammlungen in dem Schauplatze, auch wenn sie am allerzahlreichsten sind, und den Versammlungen des Volks zu Athen und zu Rom? Die alten Theater faßten an die vierundzwanzigtausend Bürger. Die Bühne des Scaurus war mit dreihundertundsechzig Säulen und mit dreitausend Statuen ausgezieret. Man brachte bei Aufführung dieser Gebäude alle mögliche Hilfsmittel an, daß sich die Instrumente und die Stimmen mehr ausnehmen sollten. Man hatte die Idee dazu von einem großen Instrumente genommen. „Uti enim organa in aeneis laminis aut corneis echeis ad chordarum sonituum claritatem perficiuntur: Sic theatrorum per harmonicen, ad augendam vocem, ratiocinationes ab antiquis sunt constitutae."

Hier unterbrach ich Dorvaln und sagte zu ihm: »Ich hätte Ihnen ein kleines Abenteuer, unsere Schauplätze betreffend, zu erzählen.«

Ich will Sie daran erinnern, antwortete er mir und fuhr fort:

Schließen Sie die Gewalt einer großen Menge Zuschauer aus dem, was Sie von der wechselseitigen Wirkung eines Menschen auf den andern und von der Mitteilung der Leidenschaften bei einem Aufruhre des Pöbels von selbst wissen werden. Vierzig- bis funfzigtausend Menschen halten sich nicht aus Anständigkeit in Schranken. Und wenn es geschähe, daß einer von den größten Männern des Staats eine Träne fallen ließe, was meinen Sie wohl, welche Wirkung sein Schmerz auf die übrigen Zuschauer haben würde? Kann in der Welt etwas Pathetischeres sein als der Schmerz eines ehrwürdigen Mannes?

Der Mensch, dessen Empfindung durch die große Anzahl derjenigen, die daran teilnehmen, nicht steiget, muß irgend ein heimliches Laster haben; es findet sich in seinem Charakter etwas, ich weiß selbst nicht, wie ich es nennen soll, etwas Einsiedlerisches, das mir nicht gefällt.

Wenn aber der Zulauf einer großen Menge Menschen schon die Rührung des Zuschauers vermehret, welchen Einfluß sollte er nicht vollends auf die Verfasser, auf die Schauspieler haben? Welcher Unterschied, zwischen heut oder morgen einmal ein paar Stunden einige hundert Personen an einem finstern Orte zu unterhalten; und die Aufmerksamkeit eines ganzen Volks, an seinen feierlichsten Tagen, zu beschäftigen, in Besitz seiner prächtigsten Gebäude zu sein und diese Gebäude mit einer unzählbaren Menge umringt und erfüllt zu sehen, deren Vergnügen oder Langeweile von unsern Talenten abhangen soll?

»Sie schreiben bloßen Umständen des Orts sehr viel Wirkung zu.«

Nicht mehr, als sie auf *mich* haben würden, und ich glaube, meine Empfindung ist richtig.

»Ihre Reden aber sollten einen fast auf die Gedanken bringen, diesen Umständen eben müsse man es zuschreiben, daß sich die Poesie und das Emphatische auf dem Theater erhalten haben, wo sie ihnen nicht gar ihre Einführung auf demselben schuldig sind.«

Ich verlange nicht, daß man diese Mutmaßung einräumen soll. Ich wollte nur, daß man sie untersuchte. Ist es nicht wahrscheinlich, daß die große Menge Zuschauer, die alle hören sollten, ohngeachtet des verwirrten Getöses, das sie beständig, auch wenn sie am aufmerksamsten sind, machen, daß dieses, sage ich, vornehmlich Anlaß gegeben, die Stimmen zu erheben, die Silben abzusetzen, die Aussprache zu unterstützen, und die Nützlichkeit der Versifikation zu merken? Horaz sagt von dem dramatischen Verse: „Vincentem strepitus et natum rebus agendis." – „Er schickt sich sehr wohl zur Hitze der Handlung, und man kann ihn trotz allem Geräusche deutlich hören." Mußte sich aber die Übertreibung nicht notwendig zu gleicher Zeit, und aus der nämlichen Ursache, auf den Gang, auf die Gebärden und auf die übrigen Teile der Handlung erstrecken? Und daher entstand denn die Kunst, die man die Deklamation hieß.

Dem sei nun, wie ihm wolle; die Poesie mag die theatralische Deklamation veranlaßt haben; oder die Notwendigkeit dieser Deklamation mag die Poesie und das Emphatische auf der Bühne eingeführet haben; oder das ganze System mag nach und nach entstanden sein und sich durch die Ersprießlichkeit seiner Teile erhalten haben: so ist doch so viel gewiß, daß alles, was die dramatische Aktion Ungeheueres hat, zugleich miteinander entstehet und zugleich miteinander verschwindet. Der Schauspieler muß auf der Szene entweder nichts, oder er muß alles übertreiben.

Es gibt eine Art von Einheit, die man suchet, ohne es selbst zu wissen, und bei der man festhält, wenn man sie einmal gefunden hat. Diese Einheit beobachtet man in der Kleidung, in dem Tone, in den Gebärden, in dem ganzen Betragen, von der Kanzel an bis auf die Gauklerbuden. Betrachten Sie einmal einen Zahnarzt auf dem Dauphinenplatze; er hat alle mögliche Farben um und an sich; seine Finger strotzen von Ringen; eine große rote Feder wallet um seinen Hut; er führet einen Affen oder einen Bär mit sich herum; er stehet in seinen Steigbügeln; er schreiet aus vollem Halse; er gestikuliert auf die allerübertriebenste Art: und das alles ist dem Orte, dem Redner und seinen Zuhörern angemessen. Ich habe das dramatische System der Alten ein wenig studieret. Ich denke Sie einmal davon zu unterhalten, Ihnen ohne Parteilichkeit sein Wesen, seine Mängel und seine Vorteile vor Augen zu legen; und Ihnen zu zeigen, daß seine Bestreiter es nicht hinlänglich genug erwogen haben. – Aber das Abenteuer, das Sie mir, unsere Schauplätze betreffend, erzählen wollten?

»Es war dieses. Ich hatte einen Freund, der ein wenig ein Wildfang war. Er zog sich in der Provinz einen ernstlichen Handel zu; er mußte sich vor den Folgen, die er nach sich ziehen konnte, in acht nehmen und nahm seine Zuflucht in die Hauptstadt, wo er sich bei mir aufhielt. Eines Tages, da gespielet ward, schlug ich meinem Gefangenen, um ihn ein wenig aufzuheitern, vor, den Schauplatz zu besuchen. Ich weiß nicht mehr, welchen von den dreien. Es tut zu meiner Geschichte nichts. Mein Freund ließ sich den Vorschlag gefallen. Ich führe ihn. Wir langen an: bei Erblickung aber der hin und wieder gestellten Wachen, der kleinen dunkeln

Pförtchen, die statt des Einganges dienen, und des mit einem eisernen Gatter verwahrten Loches, aus welchem die Billets gegeben werden, bildete sich der junge Mensch ein, er sei bei einem Zuchthause, und man habe den Befehl, ihn da einschließen zu lassen, ausgewirkt. Da es ihm nicht an Herz fehlt, so blieb er festen Fußes stehen; griff mit der Hand nach seinem Degen; warf einen zornigen Blick auf mich, und rief mit einem Tone, der Wut und Verachtung verriet: „Ah, mein Freund!" Ich verstand ihn. Ich besänftigte ihn wieder, und Sie müssen bekennen, daß sein Irrtum nicht übel angebracht war.« –

Aber wie weit sind wir in unserer Untersuchung? Da Sie mich beständig abbringen, so werden Sie mich hoffentlich auch wieder ins Gleis lenken.

»Wir sind in dem vierten Aufzuge, bei Ihrer Szene mit Theresien. – Ich erblicke nur einen einzigen Strich mit dem Bleistifte, er geht aber von Anfange bis zu Ende.« –

Was hat Ihnen daran mißfallen?

»Vors erste der Ton. Er scheinet mir für ein Frauenzimmer zu hoch.«

Für ein gemeines Frauenzimmer; ich glaube es. Aber Sie werden Theresien kennen lernen, und vielleicht werden Sie die nämliche Szene alsdenn noch unter ihr finden.

»Es kommen Ausdrücke und Gedanken darin vor, die sich mehr von Ihnen als von ihr herschreiben.«

Das kann nicht anders sein. Wir entlehnen unsere Ausdrücke, unsere Ideen von denjenigen Personen, mit welchen wir umgehen und leben. Nachdem wir sie mehr oder weniger hochachten (Theresiens Hochachtung aber besaß ich ganz), nimmt unsere Seele auch mehr oder weniger von der ihrigen an. Mein Charakter hat sich freilich in ihrem Charakter spiegeln müssen; so wie ihrer sich in Rosaliens.

»Und die Länge?«

Mit einmal sind Sie wieder auf der Bühne! Das ist Ihnen lange nicht begegnet. Sie sehen uns, mich und Theresien, in Gedanken auf dem hölzern Gerüste, wo wir fein gerade nebeneinander stehen, uns von der Seite anschielen, und Frage und Antwort wechselsweise hersagen. Ging es denn aber so in dem Saale zu? Bald saßen wir; bald standen wir. Manchmal gingen wir auch herum. Nicht selten hielten wir inne, und eilten mit einem Auftritte, der uns beide gleich sehr interessierte, nichts weniger als zu Ende. Was sagte sie mir nicht alles? Was antwortete ich ihr nicht alles? Wenn Sie wüßten, was sie alles für Wendungen genommen, diese widerspenstige Seele, die sich vor der Vernunft verschloß, zu überreden und zu beruhigen!

„Dorval, Ihre Töchter werden tugendhaft und sittsam sein. Ihre Kinder insgesamt werden liebenswert sein." – Ich kann es Ihnen unmöglich beschreiben, welche Zauberkraft in diesen Worten und in diesem damit verknüpften Lächeln lag, das so voller Zärtlichkeit, so voller Würde war!

»Ich verstehe Sie. Ich höre diese Worte aus dem Munde der Mademoiselle Clairon; ich sehe sie.«

Nein, niemand als das Frauenzimmer besitzet diese geheime Kunst. Wir sind nichts als harte und trockene Vernünftler.

„Ist es nicht besser", sagte sie unter andern, „Undank zu veranlassen, als gar nicht wohl zu tun?

Manche Eltern tragen zu ihren Kindern eine unruhige und kleinmütige Liebe, durch die sie verdorben werden. Es gibt aber eine andere aufmerksame und ruhige Liebe, die sie zu rechtschaffnen Leuten macht; und das ist die wahre väterliche Liebe.

Der Ekel an allem, woran die Menge ihr Vergnügen findet, ist eine Folge des wirklichen Geschmacks an der Tugend.

Es gibt ein moralisches Gefühl, das sich auf alles erstreckt, und das der Lasterhafte nicht hat.

Der glücklichste Mensch ist derjenige, der die mehresten glücklich macht.

Ich wollte, daß ich tot wäre, ist ein gewöhnlicher Wunsch, der es wenigstens manchmal beweiset, es müsse sich noch etwas Kostbarers als das Leben finden.

Ein ehrlicher Mann wird selbst von denen, die es nicht sind, verehret, und wenn er schon in einem andern Planeten wäre.

Die Leidenschaften zernichten mehr Vorurteile als die Weltweisheit. Und wie könnte ihnen die Unwahrheit auch widerstehen? Sie erschüttern ja wohl manchmal die Wahrheit selbst."

Sie sagte mir noch einen andern Gedanken, der in der Tat zwar ganz simpel, meiner gegenwärtigen Verfassung aber so angemessen war, daß ich darüber erschrak.

Daß es nämlich keinen Menschen in der Welt gäbe, er möge so rechtschaffen sein, als er wolle, der bei dem gewaltsamen Anfalle einer Leidenschaft nicht in dem Innersten seines Herzens die Ehre der Tugend und die Vorteile des Lasters begehre.

Ich erinnerte mich dieser Gedanken sehr wohl; allein auf ihre Verbindung konnte ich mich nicht besinnen, und so mußte ich sie aus dem Auftritte weglassen. Was sich unterdessen noch darin findet, und was ich Ihnen itzt davon gesagt habe, wird hoffentlich gnugsam zeigen können, daß Theresia zu denken gewohnt ist. Sie fesselte mich auch ganz, indem ihre Vernunft alles, was ich ihr in meiner Laune entgegensetzte, wie Staub zerstreute.

»Ich sehe in dieser Szene eine Stelle, die ich unterstrichen habe; ich weiß aber nicht mehr, weswegen.«

Lesen Sie doch die Stelle!

Ich las: „Unter allen Beispielen fesselt das Beispiel der Tugend am stärksten, weit stärker als das Beispiel des Lasters."

Ich merke wohl. Die Maxime hat Ihnen falsch geschienen.

»So ist es.«

Ich übe die Tugend nur wenig aus, sagte mir Dorval, aber niemand wird sich leicht eine höhere Vorstellung davon machen. Ich betrachte die Wahrheit und die Tugend als zwei große auf der Fläche der Erden errichtete Bildsäulen, die, mitten unter den Verwüstungen und den Trümmern aller

Dinge um sie her, unerschüttert stehengeblieben. Diese großen Figuren sind oft in Wolken verhüllet. Und dann tappen die Menschen in der Finsternis herum. Es sind dieses die Zeiten der Unwissenheit, des Lasters, des Fanatismus und der Eroberungen. Allein der Augenblick kömmt, da sich das Gewölke zerteilet, und dann fallen die Menschen nieder, erkennen die Wahrheit und beten die Tugend an. Alles vergehet; nur Tugend und Wahrheit bleiben.

Ich erkläre die Tugend durch den Geschmack an Ordnung in sittlichen Dingen. Der Geschmack an Ordnung überhaupt beherrschet uns von unserer zartesten Kindheit an. Er ist weit älter in unserer Seele, sagte Theresia zu mir, als alle Überlegung: und so setzte sie mich mir selbst entgegen. Er wirket in uns, ohne daß wir es merken. Er ist der Keim der Rechtschaffenheit, und des guten Geschmacks. Er führet uns zum Guten an, so lange ihn keine Leidenschaft im Zwange hält. Er folgt uns bis in unsere Ausschweifungen nach; denn auch da richtet er die Mittel nach ihrem Zwecke ein, nur daß dieser Zweck ein Übel ist. Wenn er jemals erstickt werden könnte, so würde es Menschen geben, welchen die Tugend Gewissensbisse machte, dergleichen bei andern das Laster verursachet. So oft ich einen Bösewicht sehe, der einer heroischen Tat fähig ist, so oft werde ich aufs neue überzeugt, daß die Bösen bei weitem nicht wirklich so böse sind, als die Guten wirklich gut sind; daß die Güte unzertrennlicher mit uns verbunden ist als die Bosheit; und daß, überhaupt zu reden, mehr Güte in der Seele eines Bösewichts als Bosheit in der Seele eines Guten übrig bleibt.

»Übrigens merke ich wohl, daß man die Moral eines Frauenzimmers nicht so untersuchen muß als die Maximen eines Philosophen.« –

Ah, wenn Theresia das hörte!

»Aber ist diese Moral für die dramatische Dichtungsart nicht ein wenig zu stark?«

Horaz verlangte, ein Poet solle seine Wissenschaft aus den Werken des Sokrates schöpfen: „Rem tibi Socraticae poterunt ostendere chartae." Nun glaube ich, daß man in jedem Werke, es mag von einer Art sein von welcher es will, den Geist des Jahrhunderts müsse wahrnehmen können. Wenn die Moral sich reiniget; wenn die Vorurteile abnehmen; wenn die Geister einen Hang zum allgemeinen Wohlwollen bekommen; wenn der Geschmack an nützlichen Dingen sich ausbreitet; wenn das Volk sich um die Angelegenheiten des Staats bekümmert: so muß man Spuren davon, auch sogar in einer Komödie, finden.

»Dem allen, was Sie mir hier sagen, ohngeachtet, bestehe ich auf meinem Sinne. Ich finde den Auftritt sehr schön und sehr lang. Ich verehre Theresien darum nichts weniger. Ich bin entzückt, daß es in der Welt eine Frau gibt wie sie, und daß diese Frau die Ihrige ist. –

Die Striche mit dem Bleistifte verschwinden nach und nach. Hier sehe ich gleichwohl noch einen.

Clairville hat sein Schicksal in Ihre Hände gegeben. Er hat Ihren Entschluß nunmehr erfahren. Die Aufopferung Ihrer Leidenschaft ist geschehen. Die Aufopferung Ihres Vermögens ist beschlossen. Clairville und Rosalia werden durch Ihre Großmut wieder reich. Verhehlen Sie diesen Umstand vor Ihrem Freunde, ich bin es zufrieden; aber warum peinigen Sie ihn noch durch Ihre Vorstellung von Hindernissen, die keine Hindernisse mehr sind? Ich weiß wohl, das bringt Sie auf das Lob der Handelschaft. Dieses Lob ist sehr vernünftig. Es erweitert den Unterricht und die Nützlichkeit des Werks. Allein es verlängert auch, und ich würde es daher unterdrücken. Ambitiosa recidet ornamenta.«

Ich sehe, antwortete mir Dorval, daß Sie sehr glücklich geboren sind. Es gibt nach einer heftigen Anstrengung eine Art von Erholung, die man sich unmöglich verweigern kann, und die auch Ihnen gewiß nicht unbekannt sein würde, wenn Ihnen die Ausübung der Tugend jemals schwer geworden wäre. Sie haben niemals nötig gehabt, wieder zu Atem zu kommen. – Ich genoß meines Sieges. Ich lockte aus dem Herzen meines Freundes die allerrechtschaffensten Gesinnungen hervor. Er erschien mir dessen, was ich für ihn getan hatte, immer würdiger. Und gleichwohl kömmt Ihnen mein Betragen dabei nicht natürlich vor! Erkennen Sie an diesen Merkmalen vielmehr den Unterschied zwischen einer erdichteten und einer wirklich geschehenen Begebenheit.

»Sie können recht haben. Aber sagen Sie mir, sollte Rosalia diese Stelle in dem ersten Auftritte des vierten Aufzuges nicht erst nach der Hand hinzugesetzt haben? „Geliebter, der mir ehemals so teuer war! Clairville, den ich noch immer hochschätze“ etc.«

Sie haben es erraten.

»Fast ist mir nun nichts mehr übrig als Ihr Lob. Ich kann Ihnen nicht beschreiben, wie zufrieden ich mit der dritten Szene des fünften Aufzuges bin. Ehe ich sie las, sagte ich zu mir selbst: Er nimmt sich vor, Rosalien anderes Sinnes zu machen. Der Vorsatz könnte nicht toller sein; aber er ist ihm mit Theresien nicht gelungen, und wird ihm mit der andern noch weniger gelingen. Was kann er ihr sagen, wodurch ihre Hochachtung und ihre Zärtlichkeit nicht noch zunehmen müßte? Ich will unterdessen doch sehen. Ich las; und ich blieb überzeugt, daß jedes andere Frauenzimmer, in der noch einige Spuren der Rechtschaffenheit übrig gewesen wären, ebenso gut als Rosalia ihren Sinn hätte ändern und ihren ersten Geliebten wieder annehmen müssen. Und so begriff ich, daß man das menschliche Herz durch Wahrheit, durch Rechtschaffenheit und durch Beredsamkeit zu allem in der Welt bringen könne.

Aber wie kömmt es, da der Inhalt Ihres Stückes nicht erdichtet ist, daß gleichwohl die allerkleinsten Zufälle darin vorbereitet sind?«

Die dramatische Dichtkunst bereitet die Zufälle bloß vor, um sie miteinander zu verbinden; und sie verbindet sie bloß darum in ihren Werken, weil sie in der Natur verbunden sind. Die Kunst erstreckt sich mit ihrer Nachahmung sogar bis auf die Feinheit, mit welcher die Natur die Verbindung ihrer Wirkungen vor unsern Augen verbirgt.

»Die Pantomime, wie mich dünkt, würde manchmal auf eine sehr natürliche und ungezwungene Weise vorbereiten.«

Ohne Zweifel; und es findet sich ein Beispiel hiervon in dem Stücke. Indem uns Arnold die Unglücksfälle seines Herrn erzählte, fiel mir mehr als hundertmal der Gedanke ein, er müsse von meinem Vater reden; und ich verriet diese Unruhe durch Bewegungen, aus welchen ein aufmerksamer Zuschauer leicht den nämlichen Verdacht hätte schöpfen können.

»Dorval, ich muß Ihnen nichts verschweigen. Ich habe von Zeit zu Zeit Ausdrücke bemerkt, die auf dem Theater nicht gebräuchlich sind.«

Die sich aber niemand aufzumutzen unterstehen würde, wenn sie ein angesehener Schriftsteller gebraucht hätte.

»Andere führet zwar die ganze Welt im Munde, sie kommen in den Werken unsrer besten Verfasser vor, und würden sich unmöglich verändern lassen, ohne den Gedanken zu verderben; aber Sie wissen wohl, daß die Sprache des Schauspiels sich immer mehr und mehr reiniget, je mehr sich die Sitten eines Volks verschlimmern, und daß sich das Laster eine eigene Mundart macht, die sich nach und nach ausbreitet, und die man wissen muß, weil man die Ausdrücke, deren es sich einmal bemächtiget hat, nicht ohne Gefahr gebrauchen kann.«

Was Sie da sagen, ist sehr wohl angemerkt. Nur möchte ich noch gern wissen, wie weit sich diese Gefälligkeit gegen das Laster erstrecken soll. Wenn die Sprache der Tugend immer ärmer wird, je weiter sich die Sprache des Lasters ausbreitet, so wird man bald kein Wort mehr reden können, ohne etwas Anstößiges zu sagen. Ich meinesteils glaube, daß es tausend Gelegenheiten gibt, bei welchen die Verachtung dieser Art von Eingriffen, deren sich das Laster unterfängt, dem Geschmacke und den Sitten eines Mannes Ehren machen würde.

Ich merke schon in dem gemeinen Leben, daß, wenn es sich jemand einkommen läßt, ein gar zu zärtliches Ohr zu zeigen, man statt seiner rot wird. Soll die französische Bühne diesem Exempel nicht eher folgen, als bis ihr Wörterbuch ebenso eingeschränkt ist als das Wörterbuch des lyrischen Theaters, und die Anzahl der anständigen Ausdrücke ebenso klein geworden ist als die Anzahl der musikalischen?

»Und das sind die Anmerkungen alle, die ich Ihnen über die stückweise Ausführung Ihres Werkes zu machen hatte. In Ansehung des Planes aber finde ich einen Fehler. Vielleicht ist er von dem Inhalte nicht zu trennen. Sie mögen darüber urteilen. Es herrschet ein doppeltes, ganz verschiedenes Interesse darin. Vom ersten Aufzuge bis zu Ende des dritten herrschet das Interesse der unglücklichen Tugend; und in den beiden letzten das Interesse der siegenden Tugend. Von Rechts wegen, wie es sich denn auch ganz leicht würde haben tun lassen, hätte der Tumult unterhalten und die Probe und das Ungemach der Tugend verlängert werden müssen.

Zum Exempel. Vom Anfange des Stücks bis zum vierten Auftritte des dritten Aufzuges bliebe alles, wie es ist. Itzt erfährt Rosalia, daß Sie Theresien heiraten; sie fällt für Schrecken in Ohnmacht, und sagt in ihrem Verdrusse zu Clairvillen: „Lassen Sie mich – Sie sind mir verhaßt!" – Und nun müßte Clairville Verdacht schöpfen; Sie müßten gegen einen ungestümen Freund, der Ihnen, ohne es zu wissen, das Herz durchbohret, unwillig werden; und so müßte sich der dritte Aufzug schließen.

Hören Sie nunmehr, wie ich den vierten Aufzug einrichten würde. Den ersten Auftritt lasse ich ohngefähr, so wie er ist. Nur hinterbringt Justine Rosalien, daß ein Bote von ihrem Vater angekommen sei, der mit Theresien insgeheim gesprochen habe, und daß er allem Ansehen nach schlimme Nachrichten bringen müsse. Nach diesem Auftritte schalte ich den zweiten Auftritt des dritten Aufzuges ein, wo sich Clairville Rosalien zu Füßen wirft, und sie zu erweichen sucht. Theresia kömmt dazu. Sie bringt Arnolden mit. Man fragt ihn. Rosalia erfährt das ihrem Vater zugestoßene Unglück. Sie sehen leicht, wie das übrige ohngefähr laufen würde. Indem

Clairvillens und Rosaliens Leidenschaft immer mehr und mehr gereizet und aufgebracht würde, würden auch Sie immer in größere und größere Verwirrungen geraten. Sie würden von Zeit zu Zeit versucht werden, alles zu gestehen. Und vielleicht hätten Sie es auch endlich gestanden.«

Ich verstehe Sie. Aber das ist unsere Geschichte nicht mehr. Und was würde mein Vater dazu gesagt haben? Sind Sie es denn übrigens auch ganz gewiß überzeugt, daß das Stück dadurch gewonnen hätte? Indem Sie mich so zu den schrecklichsten Extremitäten gebracht hätten, würden Sie aus einer ganz einfachen Begebenheit ein sehr verwickeltes Stück gemacht haben. Ich würde theatralischer geworden sein –

»Und mehr nach dem gemeinen Schlage; es ist wahr. Aber das Stück würde sich einen gewissen Beifall haben versprechen können –«

Von so einem kleinen Geschmacke es auch gezeigt hätte; ich glaube wohl. Es wäre ganz gewiß viel leichter gewesen, hätte aber auch, wie ich glaube, weniger Wahrheit und wirkliche Schönheit gehabt, die Verwirrung fortzusetzen, als sich in der Ruhe zu erhalten. Bedenken Sie, daß alsdenn erst die Opfer der Tugend anfangen und eines das andere nach sich ziehet. Betrachten Sie, wie gut die erhabenen Reden und die starken Szenen auf die pathetischen Stellungen folgen. Unterdessen bleibet, mitten in dieser Ruhe, Theresiens, Clairvillens, Rosaliens Schicksal und mein Schicksal noch immer ungewiß. Man weiß, was ich mir vornehme. Es hat aber gar nicht das Ansehen, daß es mir gelingen werde. Mit Theresien gelingt es mir auch wirklich nicht; und es ist noch weit unwahrscheinlicher, daß ich mit Rosalien glücklicher sein sollte. Welche wichtige Begebenheit würde in dem Plane, den Sie mir vorschlagen, diese zwei Szenen ersetzt haben? Ich wüßte keine.

»Noch eine einzige Frage habe ich an Ihnen zu tun. Sie betrifft die Gattung, unter welche Ihr Stück gehöret. Es ist keine Tragödie. Es ist keine Komödie. Was ist es denn also? Und was für einen Namen soll man ihm beilegen?«

Was Sie für einen wollen. Doch, wenn es Ihnen nicht zuwider ist, so können wir es morgen untersuchen, welcher sich dazu am besten schicken würde.

»Und warum nicht heute?«

Ich muß Sie verlassen. Ich habe zwei Pächter aus der Nachbarschaft rufen lassen, die vielleicht schon seit einer Stunde auf mich zu Hause warten.

»Gibt es wieder einen Prozeß beizulegen?«

Nein. Es betrifft dasmal etwas anders. Der eine von diesen Pächtern hat eine Tochter. Der andere hat einen Sohn. Diese Kinder lieben sich. Allein das Mädchen ist reich; und der junge Mensch hat nichts.

»Und Sie? Sie wollen die Eltern vergleichen und die Kinder zufrieden stellen? Leben Sie wohl, Dorval. Morgen an dem nämlichen Orte.«

Dritte Unterredung

Des Tages drauf umzog sich der Himmel. Eine Wolke, die das Wetter heranführte und den Donner in ihrem Schoße trug, blieb über dem Hügel stehen, und deckte ihn mit Dunkel. Aus dem Gesichtspunkte, in welchem ich mich befand, schienen die Blitze in diesem Dunkel zu entstehen, und sich wieder darein zu verlieren. Die Wipfel der Eichen waren in Bewegung. Das Getöse der Winde mischte sich in das Geräusche der Wasser. Der zürnende Donner wandelte zwischen den Bäumen. Meine Einbildungskraft, die durch geheime Ähnlichkeiten gelenket ward, zeigte mir, mitten in dieser dunkeln Szene, Dorvaln, so wie ich ihn, den Abend vorher, in den Entzückungen seines Enthusiasmus gesehen hatte; und ich glaubte seine harmonische Stimme sich über Winde und Donner erheben zu hören.

Unterdessen verzog sich das Ungewitter. Die Luft ward um so viel reiner, der Himmel um so viel heiterer; und ich würde Dorvaln unter den Eichen aufgesucht haben, wenn ich nicht bedacht hätte, daß die Erde daselbst allzuweich und der Rasen allzufeucht sein müßte. Der Regen hatte zwar nicht angehalten, aber er war stark gewesen. Ich begab mich nach seinem Hause. Er erwartete mich; denn es war ihm seinerseits gleichfalls beigefallen, daß ich mich wohl schwerlich nach dem Orte, wo wir des Abends vorher beisammen gewesen waren, verfügen würde. Es war also in seinem Garten, auf dem sandigten Ufer eines breiten Kanals, an welchem er zu spazieren gewohnt war, wo er mir vollends seine Gedanken entwickelte. Nach einigen allgemeinen Betrachtungen über die Handlungen des Lebens, und über die Art, wie man sie auf dem Theater nachahmet, erklärte er sich folgendergestalt:

Man unterscheidet in jedem sittlichen Gegenstande ein Mittel und die zwei äußersten Enden. Es scheinet daher, da jede dramatische Handlung ein sittlicher Gegenstand ist, daß es auch hier eine mittlere und zwei äußere Gattungen geben müsse. Die beiden letztern haben wir; das Lustspiel nämlich und das Trauerspiel. Der Mensch aber ist nicht immer betrübt oder immer fröhlich. Es muß also eine Grenze geben, welche die komische Gattung von der tragischen scheidet.

Terenz hat ein Stück gemacht, dessen Inhalt dieser ist. Ein junger Mensch verheiratet sich. Kaum ist er verheiratet, so rufen ihn Angelegenheiten in die Ferne. Er ist abwesend. Er kömmt wieder heim. Er glaubet an seiner Gattin die gewissesten Merkmale der Untreue zu bemerken. Er gerät darüber in Verzweiflung. Er will sie zu ihren Eltern zurückschicken. Man urteile, in welcher Verfassung sich Vater und Mutter und Tochter befinden müssen. Unterdessen ist doch ein Davus dabei, eine schon für sich selbst lustige Person. Was macht der Dichter damit? Er entfernt ihn während den vier ersten Aufzügen von der Bühne und ruft ihn nur am Ende wieder zurück, um die Aufwickelung ein wenig munterer zu machen.

Nun frage ich: von welcher Gattung ist dieses Stück? Von der komischen Gattung? Es gibt nichts zu lachen darin. Von der tragischen Gattung? Schrecken und Mitleid und die übrigen großen Leidenschaften bleiben darin unerweckt. Gleichwohl fehlt es ihm nicht an Interesse; und es wird überhaupt keinem dramatischen Stücke, wenn es gleich nichts Lächerliches, nichts Schreckliches enthält, daran fehlen, wenn nur sonst der Inhalt wichtig ist; wenn nur der Dichter den Ton zu treffen weiß, den wir bei ernsthaften Angelegenheiten halten; wenn nur die Handlung durch neue Verwickelungen und Verwirrungen immer wächst. Da nun, wie mich dünkt, dergleichen Handlungen am allerhäufigsten in dem gemeinen Leben vorkommen, so müßte die Gattung, deren Gegenstand sie wären, auch wohl die nützlichste und weitläuftigste sein. Ich will diese Gattung die *ernsthafte Gattung* nennen.

Und wenn diese Gattung festgesetzt ist, so wird sich weiter kein Stand in der menschlichen Gesellschaft, keine wichtige Handlung in dem menschlichen Leben finden, die man nicht zu irgend einem Teile des dramatischen Systems rechnen könnte.

Wollen Sie diesem Systeme allen möglichen Umfang geben, wollen Sie Wahrheit und Schimäre, die eingebildete und wirkliche Welt mit einschließen: so fügen Sie noch das Burleske und das Wunderbare hinzu; jenes unter die komische, und dieses über die tragische Gattung.

»Ich verstehe Sie. *Das Burleske – die komische Gattung – die ernsthafte Gattung – die tragische Gattung – das Wunderbare.*«

Ein Stück bleibt niemals, aufs strengste, in den Grenzen einer einzigen Gattung. Es gibt kein einziges Werk in den komischen und tragischen Gattungen, in dem man nicht Stellen finden sollte, die sich vollkommen für die ernsthafte Gattung schickten; und wiederum wird es in dieser an andern Stellen nicht fehlen, die in einer von den beiden andern Gattungen stehen könnten.

Und das ist eben der Vorteil bei der ernsthaften Gattung, daß, da sie zwischen den beiden andern inne liegt, es ihr an Zufluß nicht fehlen kann, sie mag sich erheben oder herablassen wollen. In der komischen und tragischen Gattung ist

Vergleich Malerei-Nacktheit

es so nicht. Alle Abänderungen des Komischen sind in dieser und der ernsthaften Gattung enthalten, so wie alle Abänderungen des Tragischen in der ernsthaften Gattung und der Tragödie. Das Burleske und das Wunderbare sind beide gleich außer der Natur, und es läßt sich nichts Gesundes daraus entlehnen. Die Maler und die Dichter haben das Recht, alles wagen zu dürfen; allein dieses Recht erstreckt sich nicht bis auf die Freiheit, verschiedene Arten in ein und ebendasselbe Individuum zu schmelzen. Ein Mann von Geschmacke findet es gleich ungereimt, ob Kastor unter die Götter versetzt, oder der bürgerliche Edelmann zum Mamamouchi gemacht wird.

Die komische und die tragische Gattung sind die wirklichen Grenzen des Drama. Wenn aber die komische Gattung unmöglich das Burleske zu Hilfe nehmen kann, ohne sich zu erniedrigen; und wenn die tragische Gattung unmöglich auf die Stelzen des Wunderbaren steigen kann, ohne von ihrer Wahrheit zu verlieren; so folgt daraus, daß diese beiden Gattungen, die auf den beiden äußersten Grenzen stehen, am meisten in die Augen fallen, zugleich aber die schwersten sein müssen.

Die ernsthafte Gattung ist es, in welcher sich jeder Gelehrter, der sich einiges Talents für die Bühne bewußt zu sein glaubt, vorher üben muß. Einen jungen Menschen, den man zur Malerei aufziehen will, lehret man vor allen Dingen das Nackte zeichnen. Hat er es in dieser Grundlage der Kunst zu einer Fertigkeit gebracht, so kann er sich einen Gegenstand aussuchen. Er kann ihn aus den gemeinen Ständen oder aus einer höhern Ordnung nehmen. Er kann seine Figuren kleiden wie er will, nur daß man das Nackte niemals unter dem Gewande ganz verliere. So mag auch der, der den Menschen in den Übungen der ernsthaften Gattung lange gnug studieret hat, nach seinem Genie, entweder den Kothurn oder die Sokken anlegen; er mag seinen Personen einen königlichen Mantel oder den Rock einer Gerichtsperson umwerfen: nur daß der Mensch niemals unter der Kleidung verschwindet!

Dichtung > ernste Gattung

Wenn die ernsthafte Gattung die leichteste von allen ist, so ist sie auch dafür den Veränderungen der Zeit und des Orts am wenigsten unterworfen. Man bringe das Nackte an einen Ort der Welt, an welchen man will; es wird überall die Aufmerksamkeit an sich ziehen, wenn es gut gezeichnet ist. Wer in der ernsthaften Gattung vortrefflich ist, der wird zu allen Zeiten und bei allen Völkern gefallen. Die kleinen Schattierungen, die er aus einer von den benachbarten Gattungen entlehnet, werden viel zu schwach sein, ihn zu verstellen. Es sind bloße Zipfel von einem Gewande, die nur einige Örter bedecken und die größeren Teile nacket lassen.

Sie sehen, daß die Tragikomödie notwendig eine schlechte Gattung sein muß, weil man zwei entfernte und durch einen von der Natur selbst festgesetzten Rain getrennte Gattungen darin vermengt. Man gehet da nicht durch unmerkliche Schattierungen fort. Man verfällt bei jedem Schritte in Kontraste, und die Einheit verschwindet.

Auch sehen Sie, daß diese Gattung des Drama, wo die allerlustigsten Züge der komischen Gattung neben den allerrührendsten Zügen der ernsthaften Gattung stehen, und wo man wechselsweise aus einer Gattung in die andere springt, in den Augen eines strengen Kunstrichters nicht ohne Fehl sein kann.

Wollen Sie aber vollkommen überzeugt sein, wie gefährlich es ist, die Grenzscheidung, welche die Natur zwischen den Gattungen gemacht hat, zu überschreiten: so treiben Sie nur die Sache so weit als möglich und bringen zwei ganz entfernte Gattungen zusammen, als etwa die Tragödie und das Burleske; und bald werden Sie einen ernsthaften Senator zu den Füßen einer Buhlerin die Rolle des liederlichsten Wollüstlings spielen, bald Verschworene auf den Untergang einer Republik denken sehen.*

Das Possenspiel, die Parade und die Parodie sind keine

* Man sehe Otways »Befreites Venedig«, Shakespeares »Hamlet« und die meisten dramatischen Stücke der Engländer.

Gattungen, sondern Arten des Komischen und des Burlesken, die ihre besondere Gegenstände haben.

Die Dichtkunst der komischen und der tragischen Gattung ist mehr als hundertmal vorgetragen worden. Die ernsthafte Gattung hat auch ihre Dichtkunst, die gleichfalls ziemlich weitläuftig sein würde. Ich will Ihnen aber itzt nur so viel davon sagen, als mir während der Zeit, da ich an meinem Stücke arbeitete, eingefallen ist.

Da es dieser Gattung an der lebhaften Kolorite der beiden äußern Gattungen, zwischen welchen sie inne liegt, fehlet, so muß man es an nichts mangeln lassen, wodurch sie mehr und mehr Stärke erhalten kann.

Der Inhalt muß wichtig, und die Verwicklung muß einfach und häuslich sein, und dem gemeinen Leben so nahe als möglich kommen.

Ich will keine Bediente darin haben. Denn ehrbare Leute halten ihre Angelegenheiten vor ihnen verborgen, und wenn alle Auftritte nur unter der Herrschaft vorgehen, so werden sie um so viel interessanter sein. Spricht ein Bedienter auf der Bühne so, wie er wirklich im gemeinen Leben spricht, so ist er plump; spricht er anders, so ist er falsch.

Sind die aus der komischen Gattung entlehnte Schattierungen allzustark: so wird das Stück zu lachen und zu weinen machen; es wird weder Einheit des Interesse noch Einheit der Kolorite haben.

Die ernsthafte Gattung erlaubet die Monologen. Und daher schließe ich, daß sie mehr den Hang nach der Tragödie, als nach der Komödie hat; in welcher letztern Gattung sie sehr selten und kurz sind.

Es würde gefährlich sein, in eben demselben Stücke sowohl Schattierungen aus der komischen als aus der tragischen Gattung zu entlehnen. Man muß wissen, wohin der Inhalt und die Charaktere des Stücks ihren Hang haben, und diesem muß man folgen.

Die Moral muß allgemein und stark sein.

Keine episodische Person! Oder wenn die Verwicklung ja

eine erfordert, so sei ihr Charakter sonderbar, damit sie sich dadurch hebe.

Der Pantomime befleißige man sich mit Ernst. Mit den Theaterstreichen gebe man sich nicht ab, denn ihre Wirkung dauert nur einen Augenblick; sondern dafür denke man auf Gemälde. Je mehr man ein schönes Gemälde betrachtet, je mehr gefällt es.

Die Bewegung ist der Würde fast immer nachteilig. Die vornehmste Person sei also selten die Triebfeder des Stücks.

Und vor allen Dingen vergesse man nicht, daß es keinen allgemeinen Grundsatz gibt. Von allen den Grundsätzen, die ich itzt angeführt habe, wüßte ich keinen einzigen, den ein Mann von Genie nicht glücklich übertreten könnte.

»Sie sind meinem Einwurfe zuvorgekommen.«

Die komische Gattung hat Arten, und die tragische Individua. Ich will mich erklären. Der Held einer Tragödie ist der und der Mensch. Es ist Regulus, oder Brutus, oder Cato, und sonst kein anderer. Die vornehmste Person einer Komödie hingegen muß eine große Anzahl von Menschen vorstellen. Gäbe man ihr von ohngefähr eine so eigene Physiognomie, daß ihr nur ein einziges Individuum in der Welt ähnlich wäre, so würde die Komödie wieder in ihre Kindheit zurücktreten und in Satire ausarten.

Terenz scheinet mir einmal in diesen Fehler gefallen zu sein. Sein »Heautontimorumenos« ist ein Vater, der sich über den gewaltsamen Entschluß grämet, zu welchem er seinen Sohn durch übermäßige Strenge gebracht hat, und der sich deswegen nun selbst bestraft, indem er sich in Kleidung und Speise kümmerlich hält, allen Umgang fliehet, sein Gesinde abschafft und das Feld mit eigenen Händen bauet. Man kann gar wohl sagen, daß es so einen Vater nicht gibt. Die größte Stadt würde kaum in einem ganzen Jahrhunderte *ein* Beispiel einer so seltsamen Betrübnis aufzuweisen haben.

»Horaz, der einen ganz besonders zärtlichen Geschmack hatte, scheinet mir diesen Fehler eingesehen und im Vorbeigehen, aber fast unmerklich, getadelt zu haben.«

Ich kann mich auf die Stelle nicht besinnen.

»Sie ist in der ersten oder zweiten Satire des ersten Buchs, wo er zeigen will, daß die Narren aus einer Übertreibung in die andere entgegengesetzte zu fallen pflegen. „Fufidius", sagt er, „fürchtet für einen Verschwender gehalten zu werden. Wißt ihr, was er tut? Er leihet monatlich für fünf Prozent und macht sich im voraus bezahlt. Je nötiger der andre das Geld braucht, desto mehr fordert er. Er weiß die Namen aller jungen Leute auswendig, die von gutem Hause sind und itzt in die Welt treten, dabei aber über harte Väter zu klagen haben. Vielleicht aber glaubt ihr, daß dieser Mensch wieder einen Aufwand mache, der seinen Einkünften gemäß ist. Weit gefehlt. Er ist sein grausamster Feind, und der Vater in der Komödie, der sich wegen der Entweichung seines Sohnes bestraft, kann sich nicht schlechter quälen: non se pejus cruciaverit."«

Ja. Es ist dem Charakter dieses Dichters vollkommen gemäß, einen doppelten Sinn mit diesem *schlechter* zu verbinden, so daß es einmal auf den Terenz und einmal auf den Fufidius gehet.

In der ernsthaften Gattung werden die Charaktere oft ebenso allgemein sein als in der komischen Gattung; sie werden aber allezeit weniger individuell sein als in der tragischen.

Man sagt manchmal, es hat sich bei Hofe ein sehr lustiges Abenteuer, es hat sich in der Stadt eine sehr tragische Begebenheit ereignet. Hieraus folgt also, daß die Komödie und Tragödie für alle Stände gehöret; nur mit diesem Unterschiede, daß Schmerz und Tränen weit öfter unter den Dächern der Untertanen als Munterkeit und Freude in den Palästen der Könige wohnen. Was ein Stück komisch, ernsthaft oder tragisch macht, ist nicht sowohl der Inhalt als der Ton, als die Leidenschaften, die Charaktere, das Interesse. Die Wirkungen der Liebe, der Eifersucht, des Spiels, des unordentlichen Lebens, des Ehrgeizes, des Hasses, des Neides können ebenso wohl Lachen, als Nachdenken, als Erschrecken verursachen. Ein Eifersüchtiger, der Maßregeln nimmt, wie er sich am besten von seiner Schande überzeugen kann, ist lächerlich; ein rechtschaffner Mann, der sie argwohnet und dabei doch liebt, ist niedergeschlagen; ein Rasender, der davon überzeugt ist, wird leicht ein Verbrechen begehen. Der eine Spieler wird das Bildnis seiner Geliebten bei einem Wuchrer versetzen; der andere wird sich um sein Vermögen bringen, wird sein Weib und seine Kinder ins Elend stürzen, und wird verzweifeln. Was soll ich hiervon viel sagen? Das Stück, über welches wir reden, ist beinahe nach allen drei Gattungen bearbeitet worden.

»Wie das?«

Ja.

»Das wäre besonders.«

Clairville ist von einem rechtschaffnen, aber ungestümen und leichtsinnigen Charakter. Kaum hatte er seine Wünsche erreicht und war in dem ruhigen Besitze seiner Geliebten: so dachte er an seinc vergangene Trübsale nicht mehr. Er sahe in unserer Geschichte weiter nichts als eine ganz gemeine Begebenheit. Er scherzte darüber. Er ging gar so weit, daß er den dritten Aufzug des Stücks parodierte. Sein Werk war vortrefflich. Er hatte meine Verwirrung in ein sehr komisches Licht gesetzt. Ich lachte darüber; heimlich aber verdroß es mich doch, daß Clairville eine von den wichtigsten Handlungen unsers Lebens lächerlich gemacht hatte; denn wie viel fehlte, so hätte es ihm sein Glück und seine Geliebte, so hätte es Rosalien ihre Unschuld und ihre Aufrichtigkeit, so hätte es Theresien ihre Ruhe, so hätte es mir meine Redlichkeit, und vielleicht mein Leben gekostet. Ich rächte mich also an Clairvillen und verwandelte die drei letzten Aufzüge des Stücks in Tragödie; und ich versichere Ihnen, daß ich ihn länger zu weinen machte, als er mich zu lachen gemacht hatte.

»Und könnte ich es wohl zu sehen bekommen?«

Nein. Es ist keine bloße Verweigerung; sondern Clairville hat seinen Aufzug verbrannt, und von meinem habe ich nur bloß noch den Entwurf.

»Und dieser Entwurf?«

Sie sollen ihn zu sehen bekommen, wenn Sie es verlangen. Aber bedenken Sie sich. Sie haben eine zärtliche Seele. Sie lieben mich; was Sie lesen würden, könnte Eindrücke in Ihnen zurücklassen, die Sie so leicht nicht wieder los werden dürften.

»Geben Sie mir ihn nur, den tragischen Entwurf; Dorval, geben Sie mir ihn nur.«

Dorval zog einige fliegende Blätter aus der Tasche, die er mir mit abgewandtem Gesichte, als ob er die Augen nicht darauf werfen dürfte, überreichte. Sie enthielten folgendes.

Nachdem Rosalia im dritten Aufzuge Dorvals und Theresiens Heirat erfahren hat und ganz gewiß glaubt, daß Dorval ein treuloser Freund, ein Mann ohne Glauben ist: so greift sie zu einem gewaltsamen Entschlusse. Nämlich, alles zu entdecken. Sie spricht Dorvaln, und begegnet ihm mit der äußersten Verachtung.

„DORVAL. Ich bin kein treuloser Freund, kein Mann ohne Glauben. Ich bin Dorval. Ich bin ein Unglücklicher.

ROSALIA. Sage, ein Nichtswürdiger. – Ließ er mich nicht glauben, er liebe mich?

DORVAL. Ich liebte Sie, und ich liebe Sie noch.

ROSALIA. Er liebte mich! Er liebt mich noch! Er heiratet Theresien! Er hat ihrem Bruder sein Wort gegeben! Und diese Verbindung wird heute vollzogen! – Gehen Sie, verkehrte Seele! Weg von mir! Bestehen Sie nicht länger darauf, die Unschuld aus diesen Wohnungen zu verbannen. Ruhe und Tugend werden wieder einziehen, sobald sie weg sind. Fliehen Sie. Scham und Gewissensbisse, die das gewisse Teil des Boshaften sind, erwarten Sie an der Türe.

DORVAL. Man drückt mich zu Boden! Man jagt mich fort! Ich bin ein Bösewicht! O Tugend! Ist das deine letzte Belohnung!

ROSALIA. Er hatte ohne Zweifel geglaubt, ich würde schweigen. – Nein, nein. – Man soll alles erfahren. – Theresia wird mit meiner Unerfahrenheit, mit meiner Jugend Mitleiden haben. – In ihrem eigenen Herze wird sie meine Entschuldigung und meine Verzeihung finden. – O Clairville! wie sehr werde ich Sie lieben müssen, meine Ungerechtigkeit und die Pein, die ich Ihnen verursache, wieder gut zu machen! – Aber bald, bald soll man den Nichtswürdigen kennen.

DORVAL. Halten Sie, junge Unvorsichtige; oder Sie werden sich des einzigen Verbrechens schuldig machen, das ich in meinem Leben begangen habe; wenn es anders ein Verbrechen ist, eine unerträgliche Last von sich abzuwerfen. – Noch ein Wort, und ich glaube, daß die Tugend weiter nichts als ein Schatten ist; daß das Leben weiter nichts ist als ein unseliges Geschenk des Schicksals; daß die Zufriedenheit nirgends zu finden ist; daß die Ruhe jenseits dem Grabe wohnet; und ich habe gelebt.“

Rosalia ist fortgegangen. Sie hört ihn nicht mehr. Dorval sieht sich von dem einzigen Frauenzimmer verachtet, das er liebet und jemals geliebt hat; er sieht sich Theresiens Hasse und Clairvillens Erbitterung ausgesetzt; er sieht sich auf dem Punkte, die einzigen Wesen, die ihn mit der Welt verknüpfen, zu verlieren, und wieder in seine alte Einsamkeit zu versinken. Wohin soll er gehen? – An wen soll er sich wenden? – Wen soll er lieben? – Von wem soll er geliebt werden? – Die Verzweiflung bemeistert sich seiner Seele. Das Leben wird ihm zuwider. Er bekömmt Neigung zum Tode. Und das ist der Inhalt einer Monologe, welche den dritten Aufzug schließt. Von dem Ende dieses Aufzuges an redet er mit seinen Bedienten nicht weiter. Er befiehlt ihnen mit der Hand, und sie gehorchen.

Rosalia vollziehet, zu Anfange des vierten Aufzuges, ihren Vorsatz. Wie sehr erstaunen Theresia und ihr Bruder! Sie wagen es nicht, Dorvaln zu sehen; Dorval wagt es nicht, einen von ihnen zu sehen. Alle vermeiden, alle fliehen einander; und Dorval befindet sich auf einmal, ganz natürlicherweise, in der allgemeinen Verlassenheit, die er so sehr fürchtete. Sein Schicksal eilet zu Ende. Er merkt es und entschließt sich plötzlich, dem Tode entgegenzugehen. Sein Bedienter Karl ist das einzige Wesen in der ganzen Welt, das ihm übrig bleibt. Karl errät den erschrecklichen Entschluß seines Herrn. Er verbreitet seine Bestürzung durch das ganze Haus. Er läuft zu Clairvillen, zu Theresien, zu Rosalien. Er redet. Sie erschrecken. Sogleich verlieret jeder sein besonderes Interesse aus den Augen. Man sucht sich Dorvaln wieder zu nähern. Aber es ist zu spät. Dorval liebt niemand mehr und haßt niemand mehr; er spricht nicht, er sieht nicht, er hört nicht. Seine betäubte Seele ist keiner einzigen Empfindung mehr fähig. Er kämpfet zwar noch ein wenig mit dieser traurigen Verfassung, aber ganz schwach, und nur durch kurze Rucke, ohne Nachdruck und Wirkung. Und so ist er zu Anfange des fünften Aufzuges.

Diesen Aufzug eröffnet Dorval. Er ist allein und gehet auf und nieder, ohne ein Wort zu reden. Der Vorsatz, das Leben zu verlassen, zeigt sich in seiner Kleidung, in seinen Gebärden, in seinem Stillschweigen. Clairville tritt herein; er beschwört ihn, zu leben; er wirft sich ihm zu Füßen; er umfaßt sie; er setzt ihm mit den besten und zärtlichsten Gründen zu, Rosalien anzunehmen. Dorval wird immer grausamer, und diese Szene bringt ihn seinem Schicksale näher. Clairville kann nichts als einzelne Silben aus ihm bringen. Dorvals übrige Aktion ist stumm.

Theresia kömmt dazu. Sie vereiniget sich mit ihrem Bruder. Sie sagt Dorvaln alles, was ihr von der Ergebung in sein Schicksal, von der Macht des höchsten Wesens, der sich entziehen zu wollen das größte Verbrechen ist, von Clairvillens Anerbieten usw. nur Pathetisches einfallen will. Indem Theresia spricht, hat sie einen von Dorvals Armen in den ihrigen; und sein Freund hat ihn mitten um den Leib gefaßt, als ob er fürchte, er möchte ihm entwischen. Doch Dorval, ganz in sich versenkt, fühlt seinen Freund nicht, der ihn umfaßt hält, hört Theresien nicht, die mit ihm spricht. Dann und wann nur neigt er sich über sie, um zu weinen. Aber die Tränen versagen sich ihm. Nun geht er zurück; seufzet tief; macht verschiedene langsame und schreckliche Gestus; auf seinen Lippen zeigt sich die Bewegung eines flüchtigen Lachens, das weit schrecklicher als seine Seufzer und seine Gebärden ist.

Rosalia kömmt. Theresia und Clairville treten ab. In dieser Szene herrschen Furchtsamkeit, Naivität, Tränen, Schmerz, Reu. Rosalia siehet nun alle das Übel, das sie angerichtet hat. Sie ist untröstlich. Bei der Liebe, die sie empfindet, bei dem Mitleiden, das sie mit Dorvaln hat, bei der Hochachtung, die sie Theresien schuldig ist, bei der Zuneigung, die sie Clairvillen nicht verweigern kann: wie viel Rührendes hat sie nicht zu sagen! Dorval scheinet sie anfangs weder zu sehen noch zu hören. Rosalia schreiet, ergreift seine Hände, hält ihn; und endlich kömmt ein Augenblick, da Dorval seine starren Augen auf sie heftet. Seine Blicke sind die Blicke eines Menschen, der aus einem Totenschlafe erwacht. Diese Anstrengung kostet ihm den Rest seiner Kräfte. Er fällt, als vom Blitze gerühret, in den Lehnstuhl. Rosalia geht ab, ächzet laut, ist untröstlich, reißet sich die Haare aus.

In diesem Stande des Todes bleibt Dorval einige Augenblicke. Karl stehet vor ihm, ohne ein Wort zu sagen. – Seine Augen sind halb geschlossen. Seine langen Haare hängen zuhinterst über den Stuhl. Der Mund stehet offen; er holet tief Atem; die Brust fliegt. Nach und nach gehet dieser Todeskampf vorüber. Er kömmt mit einem langen und schmerzlichen Seufzer, mit einer kläglichen Stimme wieder zu sich. Er stützet den Kopf auf die Hände und die Ellbogen auf die Kniee. Er hat Mühe, aufzustehen. Er irret mit langsamen Schritten umher. Er stößt auf Karlen. Er ergreift ihn bei dem Arme, betrachtet ihn einen Augenblick, zieht seinen Beutel und seine Uhr heraus, gibt sie ihm nebst einem versiegelten Papiere ohne Aufschrift und gibt ihm mit einem Zeichen zu verstehen, daß er fortgehen soll. Karl wirft sich ihm zu Füßen und liegt mit dem Gesichte auf den Boden. Dorval läßt ihn liegen und irret noch immer umher. Indem trifft er mit seinen Füßen auf Karln, der noch nicht aufgestanden ist. Er wendet sich weg. – Und nun springt Karl plötzlich auf, läßt Beutel und Uhr auf der Erde liegen und läuft, Hilfe zu rufen.

Dorval folgt ihm langsam. – Er lehnet sich ohne Absicht gegen die Türe. – Er wird einen Riegel gewahr. – Er betrachtet ihn, – er stößt ihn zu, – zieht seinen Degen, – setzet den Knopf gegen die Erde, – richtet die Spitze gegen seine Brust, – neiget sich seitwärts mit dem Körper darüber, – richtet die Augen gen Himmel, – schlägt sie wieder auf sich selbst nieder, – bleibt einige Augenblicke so, – erseufzet tief und – stürzt.

Karl kömmt. Er findet die Türe verschlossen. Er ruft. Man kömmt dazu. Man bricht die Türe auf. Man findet Dorvaln in seinem Blute und tot. Karl tritt unter dem schmerzlichsten Geschrei herein. Die übrigen Bedienten bleiben um den Leichnam stehen. Theresia kömmt. Dieser Anblick rühret sie gleich einem Blitze; sie schreiet; sie läuft wild auf der Bühne umher ohne recht zu wissen, was sie sagt, was sie tut, wohin sie will. Man hebt Dorvals Leichnam auf. Theresia, die sich gegen den blutigen Ort der Szene gekehrt hat, sitzet ohne Bewegung in einem Lehnstuhle und hat ihr Gesicht mit den Händen bedeckt.

Clairville und Rosalia kommen. Sie finden Theresien in dieser Stellung. Sie fragen sie. Sie schweigt. Sie fragen sie aufs neue. Statt aller Antwort nimmt sie die Hände vom Gesichte, wendet den Kopf weg und zeiget ihnen mit der Hand die mit Dorvals Blut befleckte Stelle.

Sie schreien und weinen; sie schweigen und schreien wieder.

Karl gibt Theresien das versiegelte Papier. Es ist Dorvals Leben und letzter Wille. Kaum aber hat sie die ersten Zeilen gelesen, so läuft Clairville als rasend ab; Theresia folgt ihm. Justine und die Bedienten tragen Rosalien weg, die sich nicht wohl befindet, und das Stück schließt.

»Ah«, rief ich aus, »das, das ist Tragödie, oder ich verstehe gar nichts davon. Es ist in der Tat zwar nicht mehr die Probe der Tugend, sondern ihre Verzweiflung. Vielleicht ist es sogar gefährlich, den ehrlichen Mann zu diesem schrecklichen Entschlusse gebracht zu zeigen; deswegen aber merkt man doch gar wohl die Stärke der Pantomime, sowohl allein, als mit der Rede verbunden. Und das sind die Schönheiten, deren wir aus Mangel einer Bühne und aus Mangel der Kühnheit entbehren müssen, indem wir nur immer unsere Vorgänger knechtisch nachahmen und Natur und Wahrheit beiseite setzen. – Aber Dorval spricht nicht? – Aber wo kann eine Rede so stark rühren, als seine Aktion und sein Stillschweigen rühren? – Man lasse ihn dann und wann ein Wort sagen. Das geht gar wohl an. Nur muß man nicht vergessen, daß sich ein Mensch, der viel spricht, selten ermordet.«

Ich stand auf. Ich ging zu Dorvaln. Er irrte unter den Bäumen und schien mir in seine Gedanken ganz vertieft. Ich hielt für gut, sein Papier zu behalten, und er forderte mir es auch nicht ab.

Wenn Sie also überzeugt sind, sagte er zu mir, daß das Tragödie ist, und daß es eine Mittelgattung zwischen der Komödie und der Tragödie gibt: so haben wir zwei Äste der dramatischen Dichtkunst, die ganz und gar nicht bearbeitet sind und nur Köpfe erwarten. Machen Sie Lustspiele in der ernsthaften Gattung. Machen Sie bürgerliche Tragödien, und sein Sie versichert, daß es einen Beifall und eine Ewigkeit gibt, die Ihnen vorbehalten sind. Vor allen Dingen geben Sie sich mit den Theaterstreichen nicht ab. Suchen Sie Gemälde. Nähern Sie sich dem wirklichen Leben, und wählen Sie gleich anfangs ein Feld, wo sich die Pantomime in ihrem ganzen Umfange zeigen kann. – Man sagt, es gebe keine große tragische Leidenschaften mehr zu erregen; man könne die erhabenen Gesinnungen unmöglich auf eine neue und rührende Art vortragen. Das kann in der Tragödie wahr sein, so wie sie die Griechen, die Römer, die Franzosen, die Italiener, die Engländer und alle Völker auf der Welt gemacht haben. Die bürgerliche Tragödie aber wird eine andere Handlung, einen andern Ton und ein Erhabenes haben, das ihr eigentümlich zugehöret. Ich empfinde es, dieses Erhabene. Es findet sich in den Worten eines Vaters, der zu seinem Sohne, welcher ihn im Alter ernährte, sagte: „Mein Sohn, wir rechnen ab. Ich habe dir das Leben gegeben, und du gibst mir es wieder." Es findet sich in der Rede eines andern Vaters, der gleichfalls zu seinem Sohne sagte: „Rede allezeit die Wahrheit. Versprich nichts, was du nicht halten wolltest. Ich beschwöre dich bei diesen Füßen, die ich mit meinen Händen erwärmte, als du noch in der Wiege lagest."

»Aber wird uns diese Tragödie interessieren?«

Das frage ich Sie. Sie ist uns näher; sie ist das Gemälde der Unglücksfälle, die uns umgeben. Wie? Sie begreifen nicht, wie stark eine wirkliche Szene, wie stark wahre Kleidungen, einfache Handlungen und diesen Handlungen angemessene Reden, wie stark Gefahren auf Sie wirken würden, ob welchen Sie notwendig zittern müßten, wenn Ihre Anverwandte, Ihre Freunde oder Sie selbst ihnen ausgesetzt wären? Eine gänzliche Glücksveränderung, die Furcht vor der Schande, die Folgen des Elends, eine Leidenschaft, die den Menschen ins Verderben, von dem Verderben zur Verzweiflung, von der Verzweiflung zu einem gewaltsamen Tode bringt, sind keine seltene Begebenheiten: und doch glauben Sie, daß Sie weniger dabei fühlen würden, als bei dem fabelhaften Tode eines Tyrannen, bei der Opferung eines Kindes? – Aber Sie sind zerstreut. – Sie sind in Gedanken. – Sie hören mich nicht. –

»Ihr tragischer Entwurf will mir nicht aus dem Sinne. – Ich sehe Sie auf der Bühne umherirren, – Ihren Fuß von Ihrem auf dem Boden liegenden Bedienten zurückziehen, – den Riegel zuschieben, – Ihren Degen blößen. – Die Idee dieser Pantomime erweckt mir Schauder. – Ich glaube nimmermehr, daß man den Anblick aushalten könnte; und diese ganze Handlung gehöret vielleicht zu denen, die man erzählen muß. Sehen Sie!«

Ein unwahrscheinliches Faktum, glaube ich, muß man dem Zuschauer weder erzählen noch zeigen; und unter den wahrscheinlichen Handlungen lassen sich diejenigen leicht unterscheiden, die man den Augen vorstellen, und die man hinter die Szene verweisen muß. Ich muß meine Gedanken auf die bekannte Tragödie anwenden; denn wie kann ich meine Exempel aus einer Gattung nehmen, die unter uns noch nicht vorhanden ist?

Wenn eine Handlung einfach ist, so muß man sie, glaube ich, lieber vorstellen als erzählen. Der Anblick des Mahomets, der den Dolch auf Irenen gezogen hat, ungewiß, ob er dem Ehrgeize, der ihm den Stoß befiehlt, oder der Liebe gehorchen soll, die seinen Arm zurückhält, ist ein rührendes Gemälde. Das Mitleid, das uns allezeit an die Stelle des Unglücklichen und nie an die Stelle des Bösewichts setzt, wird meine ganze Seele erschüttern. Nicht gegen Irenens, sondern gegen meine eigene Brust werde ich den drohenden Stahl ausgestreckt glauben. – Diese Handlung ist allzueinfach, als daß sie übel nachgeahmet werden könnte. Wenn sich aber die Handlung verwickelt, wenn der Zwischenfälle zu viel werden: so kann es gar leicht einige darunter geben, die mich daran erinnern, daß ich im Parterr bin, daß alle diese Personen Komödianten sind, und daß es keine sich wirklich ereignende Begebenheit ist. Die Erzählung hingegen bringt mich aus dem Schauplatze heraus. Ich verfolge alle Umstände. Meine Einbildung bringt jeden, so wie ich ihn in der Natur gesehen habe, zur Wirklichkeit. Nichts verrät sich. Sagt der Dichter: „Indem nahet sich Kalchas,

> Die Miene finster, wild der Blick, das Haar getürmt,
> Voll Wut, voll von dem Gott, der ihm im Busen stürmt;“

oder:

> „ – – – – an allen Dornen klebt
> Sein blutig Haupthaar – –“

wo ist der Schauspieler, der mir den Kalchas so zeigen kann, wie er in diesen Versen ist? Grandval tritt mit einem edeln und stolzen Schritte einher. Seine Miene ist finster; sein Blick vielleicht auch wild. Sein Betragen, seine Gestus zeugen von der innern Gegenwart des Gottes, der ihn begeistert. Aber er sei noch so schrecklich, so wird sich doch nicht das Haar auf seinem Kopfe türmen. So weit kann die dramatische Nachahmung nicht gehen.

Ebenso ist es mit den meisten übrigen Bildern, welche diese Erzählung beleben. Ein von Pfeilen verdunkelter Himmel. Ein Kriegesheer im Aufruhr. Die Erde mit Blut getränkt. Eine junge Prinzessin, den Stahl in der Brust. Die entfesselten Winde. Der hoch in den Wolken brüllende Donner. Der von Blitzen erleuchtete Himmel. Das schäumende und brausende Meer. Alle diese Dinge hat der Dichter gemalt. Die Einbildungskraft sieht sie. Aber die Kunst vermag sie nicht nachzuahmen.

Und noch mehr: der herrschende Geschmack an der Ordnung, von welchem ich Sie bereits unterhalten habe, zwingt uns, Verhältnisse unter den Wesen anzunehmen. Wird ein Umstand gegeben, der über die gewöhnliche Natur ist, so vergrößert er in unsern Gedanken alle übrige. Der Dichter hat von der Statur des Kalchas nichts gesagt. Aber ich sehe sie. Ich denke mir sie seiner Aktion gemäß. Die Übertreibung seiner geistigen Eigenschaften greift weiter um sich, und verbreitet sich auf alles, was diesen Gegenstand angehet. Die wirkliche Szene würde klein, schwach, armselig, falsch, verfehlt gewesen sein. In der Erzählung wird sie groß, stark, wahr und sogar ungeheuer. Auf der Bühne würde sie weit unter der Natur gewesen sein; so aber denke ich mir sie noch über die Natur. Auf gleiche Weise werden in der Epopee die poetischen Menschen immer etwas größer als die wirklichen sind.

Das wären die Grundsätze. Nun wenden Sie sie auf die Handlung meines tragischen Entwurfs an. Ist die Handlung nicht einfach?

»Das ist sie.«

Findet sich ein einziger Umstand dabei, den man auf der Bühne nicht nachahmen könnte?

»Kein einziger.«

Wird die Wirkung nicht schrecklich sein?

»Vielleicht nur allzuschrecklich. Wer weiß, ob man in dem Schauplatze dergleichen starke Eindrücke lieben würde? Man will gerührt, bewegt, in Schrecken gesetzt sein; aber nur bis auf einen gewissen Grad.«

Um richtig urteilen zu können, müssen wir uns näher erklären. Was ist die Absicht eines dramatischen Stücks?

»Den Menschen, glaube ich, Liebe zur Tugend und Abscheu vor dem Laster einzuflößen –«

Folglich sagen, daß man sie nur bis auf einen gewissen Grad rühren müsse, heißt verlangen, daß sie aus einem Schauspiele nicht allzueingenommen für die Tugend, nicht allzuaufgebracht gegen das Laster kommen sollen. Für ein Volk, das so kleinmütig wäre, würde es ganz und gar keine Dichtkunst geben. Was würde der Geschmack sein? Was würde aus der Kunst werden, wenn man ihrer Energie ausweichen, wenn man ihren Wirkungen willkürliche Schranken setzen wollte?

»Ich hätte Ihnen noch einige Fragen über das Wesen des häuslichen und bürgerlichen Tragischen, wie Sie es nennen, zu tun; aber ich sehe Ihre Antwort voraus. Wenn ich Sie z. E. fragte, warum sich in dem Beispiele, das Sie mir davon gegeben haben, keine wechselsweise stumme und redende Szenen befinden, so würden Sie mir ohne Zweifel antworten, daß nicht alle Stoffe dieser Art von Schönheiten fähig sind.«

Das ist wahr.

»Welches aber werden die Stoffe zu dem ernsthaften Komischen sein, das Sie für einen neuen Zweig der dramatischen Gattung halten? Es gibt in der menschlichen Natur aufs höchste nur ein Dutzend wirklich komische Charaktere, die große Züge haben.«

Das denke ich.

»Die kleinen Verschiedenheiten, die man unter den menschlichen Charakteren wahrnimmt, können so glücklich nicht bearbeitet werden als die reinen unvermischten Charaktere.«

Das denke ich. Aber wissen Sie, was daraus folgt? – Daß man, eigentlich zu reden, nicht mehr die Charaktere, sondern die Stände auf die Bühne bringen muß. Bisher ist in der Komödie der Charakter das Hauptwerk gewesen; und der Stand war nur etwas Zufälliges: nun aber muß der Stand das Hauptwerk, und der Charakter das Zufällige werden. Aus dem Charakter zog man die ganze Intrige. Man suchte durchgängig die Umstände, in welchen er sich am besten äußert, und verband diese Umstände untereinander. Künftig muß der Stand, müssen die Pflichten, die Vorteile, die Unbequemlichkeiten desselben zur Grundlage des Werks dienen. Diese Quelle scheinet mir weit ergiebiger, von weit größerm Umfange, von weit größerm Nutzen, als die Quelle der Charaktere. War der Charakter nur ein wenig übertrieben, so konnte der Zuschauer zu sich selbst sagen: das bin ich nicht. Das aber kann er unmöglich leugnen, daß der Stand, den man spielt, sein Stand ist; seine Pflichten kann er unmöglich verkennen. Er muß das, was er hört, notwendig auf sich anwenden.

»Mich dünkt, man hat schon verschiedene von diesen Stoffen bearbeitet.«

Nicht doch. Sie irren sich.

»Haben wir keine Rentmeister in unsern Stücken?«

Ohne Zweifel haben wir welche. Und doch ist der »Rentmeister« noch nicht gemacht.

»Schwerlich wird man ein Stück anführen können, in welchem nicht ein Hausvater wäre.«

Ich gebe es zu; und doch ist der »Hausvater« noch nicht gemacht. Mit einem Worte: sagen Sie mir, sind die Pflichten der Stände, ihre Vorteile, ihre Unbequemlichkeiten, ihre Gefahren auf die Bühne gebracht worden? Ist das die Grundlage zu der Intrige, zu der Moral unserer Stücke? Oder zeigen uns vielleicht diese Pflichten, diese Vorteile, diese Unbequemlichkeiten, diese Gefahren die Menschen nicht täglich in den größten Verlegenheiten?

»Sie wollten also, daß man den Gelehrten, den Philosophen, den Kaufmann, den Richter, den Sachwalter, den Staatsmann, den Bürger, den großen Herren, den Statthalter spiele?«

Setzen Sie hierzu noch alle Verwandtschaften: den Hausvater, den Ehemann, die Schwester, die Brüder. Den Hausvater! Welch ein Stoff zu unsern itzigen Zeiten, wo man kaum die geringste Idee mehr hat, was ein Hausvater ist!

Bedenken Sie, daß täglich neue Stände entstehen. Bedenken Sie, daß uns vielleicht nichts unbekannter ist als die Stände, und daß nichts stärker interessieren sollte als sie. Jeder hat seinen gewissen Stand in der bürgerlichen Gesellschaft, jeder hat mit Menschen aus allerlei Ständen zu tun. Die Stände! Wie viel wichtige Ausführungen, wie viel öffentliche und häusliche Verrichtungen, wie viel unbekannte Wahrheiten, wie viel neue Situationen sind aus dieser Quelle zu schöpfen. Und gibt es unter den Ständen nicht ebenso wohl einen Kontrast als unter den Charakteren? Kann sie der Dichter einander nicht ebenso wohl entgegensetzen?

Aber diese Stoffe gehören der ernsthaften Gattung nicht einzig und allein. Sie können komisch oder tragisch werden, nachdem das Genie ist, das sich damit abgibt.

Übrigens ist die Abwechslung der Lächerlichkeiten und Laster so groß, daß man, glaube ich, alle funfzig Jahre einen neuen »Misanthropen« machen könnte. Und ist es mit viel andern Charaktern anders?

»Diese Gedanken mißfallen mir gar nicht. Ich bin bereit, die erste Komödie in der ernsthaften Gattung oder die erste bürgerliche Tragödie, die man aufführen wird, mit anzuhören. Ich sehe es gern, daß man die Sphäre unsers Vergnügens erweitert. Ich lasse mir die neuen Quellen, die Sie uns anweisen, gefallen; nur nehmen Sie uns die nicht gar, die wir bereits haben. Ich gestehe Ihnen, daß mir die wunderbare Gattung am Herzen liegt. Es geht mir nahe, sie mit der burlesken Gattung vermischt und aus dem Systeme der Natur und des Drama verwiesen zu sehen. Den Quinault mit dem Scarron und Dassouci in eine Reihe stellen; ah, Dorval, den Quinault!« –

Niemand kann den Quinault mit mehr Vergnügen lesen als ich. Es ist der Poet der Grazien, der immer leicht und zärtlich und oft erhaben ist. Ich hoffe Ihnen ein andermal zu zeigen, wie wohl ich die Talente dieses einzigen Mannes kenne, und wie hoch ich sie schätze, und welchen Gebrauch man von seinen Tragödien, so wie sie sind, hätte machen können. Allein hier ist die Frage von seiner Gattung, und diese finde ich schlecht. Sie überlassen mir willig die burleske Welt; und ist Ihnen denn die bezauberte Welt besser bekannt? Womit vergleichen Sie die Gemälde aus derselben, wenn sie kein festes Muster in der Natur haben?

Die burleske Gattung und die wunderbare Gattung haben keine Dichtkunst, und können keine haben. Wenn man auf der lyrischen Bühne etwas Neues wagt, so ist es eine Ungereimtheit, die sich nur durch mehr oder weniger entfernte Verbindungen mit einer alten Ungereimtheit behaupten kann. Der Name und die Talente des Verfassers tun dabei auch etwas. Molière zündet Lichter rings um den Kopf des bürgerlichen Edelmanns an; es ist der lautere Unsinn; man gibt es zu, und doch lacht man darüber. Ein andrer erdichtet Menschen, die immer kleiner werden, nachdem sie mehr und mehr Torheiten begehen; es liegt in dieser Erdichtung eine vernünftige Allegorie, und doch wird er ausgepfiffen. Angelika macht sich vor ihrem Liebhaber unsichtbar, kraft eines Ringes, der sie vor keinem einzigen Zuschauer verbirgt, und niemanden ist diese lächerliche Maschine anstößig. Man gebe einem Boshaften einen Dolch in die Hand, mit dem er nach seinen Feinden stößt, allezeit aber nur sich selbst damit verwundet, so wie es der Bosheit gemeiniglich ergeht, und nichts ist ungewisser, als daß dieser wunderbare Dolch Beifall finden wird.

Alle diese dramatische Erfindungen kommen mir wie die Märchen vor, mit welchen man die Kinder einwieget. Können diese wohl so verschönert werden, daß sie Wahrscheinlichkeit gnug erhalten, vernünftigen Leuten zu gefallen? Die Heldin des »Blaubarts« stehet oben auf dem Turme. Unten am Turme vernimmt sie die schreckliche Stimme ihres Tyrannen. Es ist um sie geschehen, wenn ihr Befreier nicht bald kömmt. Neben ihr stehet ihre Schwester. Ihre Blicke suchen diesen Befreier von weitem. Ist diese Situation nicht ebenso schön, als nur eine auf der lyrischen Bühne sein kann? Und ist die Frage: „Liebe Schwester, siehst du noch nichts kommen?" nicht pathetisch? Warum rührt sie gleichwohl keinen vernünftigen Menschen, so wie sie kleinen Kindern Tränen auspreßt? Das macht, weil ein Blaubart dabei ist, der ihre Wirkung vereitelt.

»Und Sie meinen, es gäbe kein einziges Werk, weder in der burlesken noch in der wunderbaren Gattung, worin sich nicht einige Haare von diesem Blaubarte fänden?«

Das meine ich; aber Ihr Ausdruck mißfällt mir. Er ist burlesk, und das Burleske kann ich nirgends leiden.

»Ich will diesen Fehler durch eine ernsthafte Anmerkung gut zu machen suchen. Sind die Götter der lyrischen Bühne nicht eben die Götter, die in der Epopee vorkommen? Warum sollte sich Venus nicht auf der Bühne über den Tod des Adonis betrüben dürfen? Darf sie doch in der »Iliade« über den kleinen Ritz, den ihr die Lanze des Diomedes beigebracht hat, jammern, und bei Erblickung des Flecks in ihrer schönen weißen Hand, wo die verwundete Haut schwarz zu werden anfängt, seufzen. Ist es in dem Gedichte des Homers nicht ein sehr reizendes Gemälde, diese weinende Göttin, an dem Busen ihrer Mutter Dione? Warum sollte dieses Gemälde in einem lyrischen Werke weniger gefallen?«

Wer strenger wäre als ich, würde Ihnen antworten, daß die Auszierungen der Epopee, wie sie sich für die Griechen, für die Römer, für die Italiener des funfzehnten und sechzehnten Jahrhunderts schickten, heutzutage völlig verbannt sind; daß die Götter der Fabel, die Orakel, die unverwundbaren Helden, die romanenhaften Abenteuer ganz aus der Mode sind.

Ich aber will bloß anmerken, daß es ein großer Unterschied ist, meiner Einbildung etwas vorschildern, und es vor meinen Augen zur Wirklichkeit bringen. Meine Einbildungskraft läßt sich alles, was man will, gefallen; man darf sie nur einzunehmen wissen. Mit meinen Sinnen hingegen ist es ganz anders. Erinnern Sie sich nur dessen, was ich den Augenblick sogar von den wahrscheinlichen Dingen sagte, die man bald zeigen, bald den Augen des Zuschauers entziehen müsse. Der nämliche Unterschied, den ich da machte, läßt sich noch weit strenger auf die wunderbare Gattung anwenden. Mit einem Worte, wenn diesem System die Wahrheit fehlt, die der Epopee zukömmt, wie kann es uns auf der Szene interessieren?

Die erhabenen Stände pathetisch zu machen, muß man den Situationen so viel Stärke als möglich geben. Nur durch dieses Mittel kann man diesen kalten und gezwungenen Seelen die Stimme der Natur auspressen, ohne die sich keine große Wirkungen hervorbringen lassen. Diese Stimme wird immer schwächer, je höher diese Stände sind. Man höre nur den Agamemnon:

„Wie glücklich, wenn mein Stand mir diesen Trost vergönnte,
Daß ich bei meinem Gram in Freiheit weinen könnte!
Wir armen Könige! Des falschen Glückes Ball
Und Sklaven des Gerüchts! belagert überall
Mit Zeugen! sind wir nicht, wenn wir am meisten leiden,
Gezwungen, auch sogar die Tränen zu vermeiden?"

Müssen die Götter auf ihre Würde weniger achten als die Könige? Wenn Agamemnon, dessen Tochter geopfert werden soll, seinem Range etwas Unanständiges zu begehen sich scheuet; wie stark wird die Situation sein müssen, die den Jupiter zwingen kann, seiner Würde das geringste zu vergeben?

»Aber die alte Tragödie ist gleichwohl voller Götter, und Herkules ist es, der die Auflösung in der berühmten Tragödie

»Philoktet« macht, in der, wie Sie sagen, kein Wort weder zu viel noch zu wenig ist.«

Die ersten, die sich dem Studio der menschlichen Natur widmeten, bemühten sich vor allen Dingen, die Leidenschaften zu unterscheiden, zu kennen und zu charakterisieren. Der eine machte sich abstrakte Begriffe davon, und das war der Philosoph. Ein anderer gab seiner Idee Körper und Bewegung, und das war der Dichter. Ein dritter hauete einen Marmor aus, bis er dieser Idee ähnlich ward, und das war der Bildhauer. Ein vierter machte, daß der Bildhauer vor sein Werk niederkniete, und das war der Priester. Die Götter des Heidentums sind nach dem Bilde des Menschen gemacht. Was sind die Götter des Homers, des Aeschylus, des Euripides, des Sophokles? Laster und Tugenden der Menschen, große Erscheinungen der Natur in Personen verwandelt. Das ist die wahre Theogonie. Das ist der Gesichtspunkt, aus welchem man den Saturnus, Jupiter, Mars, Apollo, die Venus, die Parzen, den Amor und die Furien betrachten muß.

Wenn ein Heide Gewissensbisse fühlte, so glaubte er wirklich, daß eine Furie ihn innerlich peinige; und welches Schrecken mußte ihn nicht überfallen, wenn er dieses Phantom, mit einer Fackel in der Hand und mit Schlangenhaaren, auf der Bühne hin und her rennen und den Augen des Schuldigen mit Blut befleckte Hände vorhalten sahe! Aber wir, die wir von der Eitelkeit dieses Aberglaubens überzeugt sind; wir!

»Nun wohl, so dürfen wir nur unsere Teufel an die Stelle der Eumeniden setzen.«

Der Glaube ist auf der Welt gar zu selten. – Und übrigens haben unsere Teufel eine so gotische Figur, – sind von so schlechtem Geschmacke – Ist es zu verwundern, daß Herkules in dem »Philoktet« des Sophokles die Auflösung macht? Die ganze Verwicklung des Stücks beruhet auf seinen Pfeilen; und dieser Herkules hatte Bildsäulen in seinen Tempeln, vor welchen das Volk täglich niederfiel.

Wissen Sie aber, was aus dieser Vereinigung des Nationalaberglaubens mit der Poesie folgte? Der Dichter konnte seinen Helden keinen reinen, unvermischten Charakter beilegen. Denn so würde er die Wesen verdoppelt haben. Er würde einerlei Leidenschaft unter der Gestalt eines Gottes, und unter der Gestalt eines Menschen gezeigt haben.

Und das ist die Ursache, warum die Helden des Homers fast nichts als historische Personen sind.

Als aber die christliche Religion den Glauben an die heidnischen Götter aus den Gemütern der Menschen vertrieb und den Künstler zwang, andere Quellen der Illusion zu suchen, so änderte sich das poetische System. Die Menschen traten an die Stelle der Götter, und man gab ihnen einen entschiednen Charakter.

»Aber ist die Einheit des Charakters, wenn man sie ein wenig strenge nimmt, nicht eine Grille?«

Ohne Zweifel.

»Man weicht also von der Wahrheit ab?«

Ganz und gar nicht. Bedenken Sie nur, daß es auf der Bühne nur eine einzige Handlung betrifft; nur einen einzigen Umstand des Lebens; nur eine sehr kurze Zeit, während der ein Mensch gar wohl seinen Charakter behaupten kann.

»Und in der Epopee, die einen großen Teil des Lebens, eine wunderbare Menge verschiedner Begebenheiten, Situationen von allerlei Art enthält, wie wird man da die Menschen malen müssen?«

Mich dünkt, es ist immer vorteilhaft, die Menschen so zu schildern, wie sie sind. Das, was sie sein sollten, ist ein allzusystematisches, ein allzuschwankendes Ding, als daß es einer nachahmenden Kunst zum Grunde dienen könne. Nichts ist seltener als ein vollkommen boshafter Mensch, es wäre denn ein vollkommen guter. Als Thetis ihren Sohn in den Styx tauchte, so kam er doch dem Thersites an dem Knöchel ähnlich wieder heraus. Thetis ist das Bild der Natur.

Hier hielt Dorval inne. Hernach fuhr er fort: Es gibt keine dauerhafte Schönheiten, als die sich auf Verhältnisse mit den

Wesen der Natur gründen. Wenn man sich die Wesen in einer beständigen schnellen Abwechselung dächte und jedes Gemälde nur einen flüchtigen Augenblick vorstellte, so würde alle Nachahmung überflüssig sein. Die Schönheiten haben in den Künsten den nämlichen Grund, den die Wahrheiten in der Philosophie haben. Was ist die Wahrheit? Die Übereinstimmung unserer Urteile mit den Dingen. Was ist die Schönheit der Nachahmung? Die Übereinstimmung des Bildes mit der Sache.

Ich fürchte, daß bisher weder die Dichter, noch die Tonkünstler, noch die Verzierer, noch die Tänzer einen richtigen Begriff von ihrem gemeinschaftlichen Theater gehabt haben. Ist die lyrische Gattung schlecht, so ist sie die schlechteste von allen Gattungen. Ist sie gut, so ist sie die beste von allen. Aber wie kann sie gut sein, wenn man sich nicht die Nachahmung der Natur, und zwar der allerstärksten Natur, darin vorsetzt? Wozu dient es, etwas in Poesie zu bringen, das nicht wert war, gedacht zu werden? Etwas singbar zu machen, was nicht wert war, in Mund genommen zu werden? Je mehr man Unkosten auf etwas verwendet, desto besser muß es notwendig sein. Heißt das nicht die Philosophie, die Poesie, die Musik, die Malerei, die Tanzkunst schänden, wenn man sie mit einer Ungereimtheit beschäftiget? Jede von diesen Künsten insbesondere hat die Nachahmung der Natur zur Absicht; und wenn man sich ihrer vereinten Zauberkräfte bedienen will, so wählt man eine Fabel! Ist die Illusion etwa noch nicht entfernt genug? Was hat die allgemeine Ordnung der Dinge, auf die sich die poetischen Erdichtungen gründen müssen, mit der Verwandlung, mit der Hexerei zu tun? Männer von Genie haben in unsern Tagen die Philosophie aus der geistigen Welt in die wirkliche Welt herübergeholt. Will sich niemand finden, der der lyrischen Poesie den nämlichen Dienst erzeige, und sie aus den bezauberten Gegenden auf die Erde, die wir bewohnen, herabbringe?

Alsdenn wird man von einem lyrischen Gedichte nicht mehr sagen, daß es ein ekles, sinnloses Werk sei; in Ansehung seines Stoffs, der außer der Natur ist; in Ansehung seiner vornehmsten Personen, die eingebildete Wesen sind; in Ansehung seines Verlaufs, der öfters weder Einheit der Zeit, noch Einheit des Orts, noch Einheit der Handlung beobachtet, und wobei alle Künste der Nachahmung nur deswegen verbunden zu sein scheinen, damit der Ausdruck der einen durch den Ausdruck der andern geschwächt werde.

Der Weise war ehedem Philosoph, Poet und Musikus. Diese Talente sind nach ihrer Trennung aus der Art geschlagen. Die Sphäre der Philosophie ist enger geworden. Der Poesie haben Gedanken gefehlt. Dem Gesange haben Stärke und Nachdruck gemangelt; und die Weisheit, die dieser ihrer Organen beraubt ward, konnte sich den Völkern nicht mehr so reizend hören lassen. Ein großer Musikus und ein großer lyrischer Dichter könnten diesem Übel abhelfen.

Und das wäre wieder eine neue Bahn. Er erscheine nur, dieser Mann von Genie, der die wahre Tragödie, die wahre Komödie auf das lyrische Theater bringen soll; er rufe nur, wie der Prophet des hebräischen Volks in seiner Begeisterung rief: „Adducite mihi psaltem" – „Man gebe mir einen Tonkünstler": und er wird ihn erwecken, diesen Tonkünstler.

Die lyrische Gattung unserer Nachbaren hat ohne Zweifel Mängel, aber weit wenigere, als man denkt. Wenn sich der Sänger das Gesetz machte, in den Arien, wo Gefühl herrscht, nur den unartikulierten Akzent des Affekts, und in den Arien, die Gemälde enthalten, nur die vornehmsten Erscheinungen der Natur auszudrücken; und der Dichter wüßte nur, daß seine Arie die Schlußrede seiner Szene sein soll: so würde es mit der Verbesserung schon weit gekommen sein.

»Und was würde aus unsern Tänzen werden?«

Der Tanz? Auch der Tanz erwartet noch einen Mann von Genie. Er taugt überall nichts, weil man es sich kaum träumen läßt, daß er eine Art der Nachahmung sei. Der Tanz verhält sich zur Pantomime wie die Poesie zur Prosa, oder vielmehr wie die natürliche Deklamation zum Gesange. Er ist eine abgemessene Pantomime.

Ich möchte wohl wissen, was alle die Tänze sagen sollten, wobei man nur immer einerlei Linien hält, als die Menuet, das Passepied, der Rigaudon, die Allemande, die Sarabande. Dieser Mensch braucht seine Glieder mit unendlicher Anmut. Er macht keine einzige Bewegung, die nicht leicht und sanft und edel wäre; aber was ahmt er denn nach? Das heißt nicht singen, das heißt trillern.

Ein Tanz ist ein Gedicht. Dieses Gedicht sollte also seine besondere Vorstellung haben. Es ist eine Nachahmung durch Bewegungen, welche die vereinigte Hilfe des Dichters, des Malers, des Musikus und des Pantomimen erfordert. Es hat seinen Stoff. Dieser Stoff kann in Aufzüge und Auftritte eingeteilet werden. Der Auftritt hat sein Rezitativ, sein Arioso und seine Arie.

»Ich muß Ihnen bekennen, daß ich Sie nur halb verstehe, und daß ich Sie vielleicht gar nicht verstehen würde, wenn ich nicht zum Glücke ein fliegendes Blatt gelesen hätte, das vor einigen Jahren herauskam. Der Verfasser war mit dem Ballette, das eine gewisse komische Oper beschloß, unzufrieden und schlug ein anderes vor. Ich müßte mich sehr irren, wenn seine Gedanken von Ihren sehr unterschieden wären.«

Das kann wohl sein.

»Ein Beispiel würde mir die Sache vollends ins Licht setzen.«

Ein Beispiel? Ja. Man kann eines erfinden, und ich will darauf denken.

Wir gingen die Allee einigemal stillschweigend auf und nieder. Dorval sann auf ein Beispiel des Tanzes, und ich wiederholte in Gedanken einige von seinen Ideen. Das Beispiel, das er mir gab, war ohngefähr dieses. Es ist ganz gemein, sagte er; aber es lassen sich meine Gedanken ebensowohl darauf anwenden, als wenn es ausgesuchter und neuer wäre.

Entwurf

Ein junger Bauer und eine junge Bäuerin kommen gegen Abend vom Felde. Sie treffen einander in einem Busche, der nicht weit von ihrem Dorfe ist, und nehmen sich vor, einen Tanz zu probieren, den sie künftigen Sonntag, unter der großen Ulme, miteinander tanzen sollen.

Erster Aufzug

Erster Auftritt. Ihre erste Bewegung ist eine angenehme Überraschung. Sie bezeigen einander diese angenehme Überraschung durch eine *Pantomime.*

Sie kommen näher. Sie grüßen sich. Der junge Bauer schlägt der jungen Bäuerin vor, ihre Lektion zu probieren. Sie antwortet ihm, daß es schon spät ist, daß sie ausgescholten zu werden fürchtet. Er dringt in sie. Sie williget ein. Sie legen die Werkzeuge ihrer Arbeit auf die Erde. Das wäre das *Rezitativ.* Die gegangenen Schritte und die unabgemessene Pantomime sind das Rezitativ des Tanzes. Sie probieren den Tanz. Sie besinnen sich auf die Bewegung und auf die Schritte; sie tadeln sich; sie fangen von vorne an; es geht besser; sie loben sich; sie kommen heraus; sie werden verdrießlich darüber. Das wäre ein Rezitativ, das mit einer *Arie* voll Unwillen unterbrochen werden könnte; was dabei zu reden wäre, müßte das Orchester reden; dieses müßte das Gespräch führen und die Handlung nachahmen. Der Dichter hat dem Orchester diktiert, was es sagen soll; der Musikus hat es aufgeschrieben; der Maler hat die Gemälde erfunden; und der Pantomime muß die Schritte und Bewegungen dazu machen. Hieraus können Sie leicht einsehen, daß, wenn der Tanz nicht wie ein Gedicht niedergeschrieben ist, wenn der Dichter die Reden übel abgefaßt hat, wenn er keine angenehme Gemälde finden können, wenn der Tänzer nicht das Spiel versteht, wenn das Orchester nicht zu reden weiß: daß alsdenn alles verloren ist.

Zweiter Auftritt. Indem sie sich so üben, läßt sich ein Geräusch vernehmen. Unsere Kinder erschrecken darüber. Sie halten inne. Sie horchen. Das Geräusch ist vorüber. Sie fassen sich wieder. Sie fahren fort. Plötzlich werden sie durch das nämliche Geräusch aufs neue unterbrochen und erschreckt. Das ist ein *Rezitativ*, das mit ein wenig *Gesang* vermischt ist. Darauf folgt eine Pantomime von der jungen Bäuerin, die davonlaufen will, und von dem jungen Bauer, der sie zurückhält. Er sagt ihr seine Gründe. Sie will ihn nicht hören, und es fällt unter ihnen ein sehr lebhaftes *Duett* vor.

Vor diesem Duette ging ein Stückchen Rezitativ her, das aus kleinen Gesichtszügen, aus kleinen Bewegungen der Körper und Hände dieser Kinder bestand, womit sie sich einander den Ort wiesen, wo das Geräusch hergekommen war.

Die junge Bäuerin hat sich endlich überreden lassen, und sie sind mit dem Versuche ihres Tanzes aufs neue beschäftiget, indem zwei ältere Bauern, auf eine seltsame und schreckliche Weise verkleidet, mit langsamen Schritten ihnen näher kommen.

Dritter Auftritt. Diese verkleidete Bauern machen, unter dem Schalle einer gedämpften Symphonie, alle mögliche Bewegungen und Grimassen, die die Kinder erschrecken können. Ihre Annäherung ist ein *Rezitativ*. Ihr Gespräch ist ein *Duett*. Die Kinder fürchten sich. Sie zittern an allen ihren Gliedern. Je näher die Gespenster kommen, je größer wird ihre Angst. Endlich wollen sie aus allen Kräften davonfliehen. Aber sie werden verfolgt und zurückgehalten, und die verkleideten Bauern und die erschrockenen Kinder machen ein sehr lebhaftes *Quatuor* zusammen, das sich mit der Flucht der Kinder schließt.

Vierter Auftritt. Nunmehr nehmen die Gespenster ihre Masken ab. Sie fangen an zu lachen. Sie machen alle die Pantomime, die sich für schadenfrohe Bösewichter schickt, wünschen sich zu ihrem so wohlgelungenen Streich in einem *Duette* Glück, und gehen ab.

Zweiter Aufzug

Erster Auftritt. Der junge Bauer und die junge Bäuerin hatten ihre Taschen und Stäbe auf der Bühne gelassen; sie kommen und wollen sie holen. Der junge Bauer zuerst. Anfangs steckt er nur kaum die Nase hervor. Dann einen Schritt weiter. Und diesen geschwind wieder zurück. Er horcht. Er sieht sich um. Er kömmt näher. Er kehrt wieder um. Endlich wird er nach und nach kühner. Er geht zur Rechten, zur Linken. Seine Furcht ist vorüber. Diese Monologe ist ein *Arioso*.

Zweiter Auftritt. Die junge Bäuerin kömmt dazu; sie bleibt aber von weitem stehen. Vergebens winkt ihr der Kleine; sie will sich nicht näher wagen. Er wirft sich ihr zu Füßen. Er will ihr die Hand küssen. „Und die Gespenster?" fragt sie ihn. „Sind fort. – Sind fort." Auch das ist ein *Rezitativ*. Es folgt aber ein *Duett* darauf, worin ihr der junge Bauer sein Verlangen auf die feurigste Art zu verstehen gibt. Nach und nach läßt sich die junge Bäuerin überreden und kömmt wieder vor auf die Bühne, um ihren Tanz aufs neue vorzunehmen. Dieses Duett wird durch schreckhafte Bewegungen unterbrochen. In der Tat zwar hören sie kein Geräusch, aber sie glauben es zu hören. Sie halten inne. Sie horchen. Sie beruhigen sich wieder, und setzen ihr Duett fort.

Aber diesmal ist es kein blinder Schrecken. Der fürchterliche Lärm hat wieder angefangen; die junge Bäuerin ist nach ihrer Tasche und nach ihrem Stabe gelaufen, der junge Bauer desgleichen.

Sie wollen fliehen.

Dritter Auftritt. Allein ein Schwarm Gespenster umringt sie und schneidet ihnen überall den Weg ab. Sie laufen unter diesen Gespenstern hin und her. Sie suchen ein Schlupfloch. Sie finden keines. Und das, wie Sie sich leicht vorstellen können, macht ein *Chor*.

Endlich, nachdem ihre Bestürzung aufs höchste gekommen ist, nehmen die Gespenster ihre Larven ab und lassen den jungen Leuten lauter bekannte und freundschaftliche Gesichter sehen. Die Naivität ihres Erstaunens macht ein sehr angenehmes Gemälde. Jedes von ihnen nimmt eine Larve. Sie betrachten sie. Sie vergleichen sie mit dem Gesichte. Die junge Bäuerin hat eine häßliche Mannslarve, und der junge Bauer eine häßliche Weibslarve. Sie machen sich diese Larven vor. Sie besehen sich darin. Sie machen sich einander Grimassen, und auf dieses Rezitativ folgt ein allgemeines *Chor*. Der junge Bauer und die junge Bäuerin erweisen sich unter diesem Chore tausend kleine Neckereien, und das ganze Stück schließt mit diesem Chore.

»Ich habe von einem dergleichen Schauspiele reden hören, das so vollkommen sein soll, als man es sich nur immer vorstellen kann.«

Sie meinen gewiß die Bande des Nicolini?

»Eben die.«

Ich habe sie nicht gesehen. Und nun? Meinen Sie noch, daß das Altertum unsern Zeiten nichts weiter zu tun übrig gelassen habe?

Die häusliche und bürgerliche Tragödie zu schaffen.

Die ernsthafte Gattung mehr zu bearbeiten.

Die Stände der Menschen an die Stelle ihrer Charaktere zu setzen, und dieses vielleicht in allen Gattungen.

Die Pantomime mit der dramatischen Handlung genauer zu verknüpfen.

Die Szene zu verändern und die Gemälde anstatt der Theaterstreiche einzuführen; als welches eine neue Quelle der Erfindung für den Dichter und Gelegenheit zu einer ernstlichern Befleißigung für den Schauspieler sein würde. Denn nur vergebens wird der Dichter Gemälde erfinden, wenn der Schauspieler nur immer bei seinen symmetrischen Verteilungen, bei seiner abgemessenen Aktion bleiben will.

Ferner, die wirkliche Tragödie auf das lyrische Theater zu bringen.

Endlich, dem Tanze die Form eines wirklichen Gedichts zu geben, ihn niederzuschreiben und von allen übrigen Künsten der Nachahmung abzusondern.

»Aber welche Tragödie wollten Sie auf der lyrischen Bühne einführen?«

Die alte.

»Und warum nicht die bürgerliche.«

Weil die Tragödie, und überhaupt jedes für die lyrische Szene bestimmte Werk, abgemessen sein muß; das bürgerliche Trauerspiel aber, wie mich dünkt, die Versifikation nicht vertragen will.

»Glauben Sie aber auch, daß diese Gattung für die Tonkunst fruchtbar genug ist? Jede Kunst hat ihre Vorteile. Es scheinet, es ist mit ihnen wie mit den Sinnen. Die Sinne alle sind nur ein Gefühl; die Künste alle sind nur eine Nachahmung. Aber jeder Sinn hat seine besondere Art des Gefühls, jede Kunst ihre besondere Art der Nachahmung.«

Es gibt in der Musik zweierlei Stile, den simpeln und den figürlichen. Was würden Sie sagen, wenn ich Ihnen in unsern tragischen Dichtern Stellen zeigte, bei welchen der Musikus, nach seinem Gutbefinden, entweder alle die Energie des einen oder allen den Reichtum des andern anbringen kann? Wenn ich sage der *Musikus*, so verstehe ich einen Mann, der das Genie seiner Kunst hat; einen ganz andern Mann als den, der weiter nichts als Modulationen einfädeln und Noten zusammensetzen kann.

»Eine von diesen Stellen, Dorval, wenn ich bitten dürfte?«

Sehr gern. Man sagt, Lulli selbst habe die, die ich Ihnen anführen will, bemerkt. Und daraus würde sich vielleicht schließen lassen, daß es diesem Künstler nur an Gedichten von einer andern Gattung gefehlt, und er sich ein Genie zugetrauet hat, das zu weit größeren Dingen fähig gewesen.

Man hat der Klytämnestra ihre Tochter entrissen; sie soll geopfert werden; schon glaubt die Mutter das heilige Messer in ihrer Brust zu sehen, ihr Blut fließen zu sehen, den Priester zu sehen, der den Willen der Götter in ihrem schlagenden Herzen zu lesen sucht. In dieser kläglichen Verwirrung ruft sie:

„– – – – Ich Unglückselige!
Wie? meine Tochter, als ein Opfer ausgeschmücket,
Beut ihre Brust dem Stahl, den selbst ihr Vater zücket?
Der Priester eilt, ihr Blut – Laßt ab, Barbaren! Wißt,
Daß es das reinste Blut des Donnergottes ist!
Hört, wie sein Donner rollt! Wie Meer und Erde zittern!
Ein Gott der Rache zürnt aus diesen Ungewittern!"

Ich wüßte keine lyrischen Verse, keine Situation, die zur musikalischen Nachahmung so geschickt wären, weder bei dem Quinault noch bei sonsten einem Dichter zu finden. Der Umstand, in welchem sich Klytämnestra befindet, muß ihr die wahre Stimme der Natur aus ihrem Innersten auspressen; und der Musikus hat überflüssige Gelegenheit, mir sie nach allen ihren Abänderungen vernehmlich zu machen.

Komponiert er diese Stelle in dem simpeln Stile, so wird er sich von dem Schmerze und der Verzweiflung der Klytämnestra ganz zu erfüllen suchen, und wird nicht eher anfangen zu arbeiten, als bis ihn die schrecklichen Bilder, welche die Klytämnestra belagerten, gleichsam dazu zwingen. Wie vortrefflich schicken sich die ersten Zeilen zu einem Arioso! Wie wohl lassen sich die verschiednen Glieder derselben durch ein klägliches Ritornell unterbrechen. – „Himmel, ah! Ich Unglückselige!" – erster Abschnitt für das Ritornell. – „Wie? meine Tochter, als ein Opfer ausgeschmücket", – zweiter Abschnitt. – „Beut ihre Brust dem Stahl, den selbst ihr Vater zücket?" – dritter Abschnitt. – „Selbst ihr Vater!" – vierter Abschnitt. – „Der Priester eilt, ihr Blut" – fünfter Abschnitt. Welcher Charaktere wäre diese Symphonie nicht fähig? – Mich dünkt, ich höre sie. – Sie malet mir den Jammer, – den Schmerz, – den Schreck, – das Entsetzen, – die Wut. –

Die Arie fängt an mit „Laßt ab, Barbaren!" Dieses *Barbaren*, dieses *Laßt ab* deklamiere mir der Musikus auf so vielerlei Weise, als er nur will; er muß erstaunlich unfruchtbar sein, wenn diese Worte für ihn nicht eine unerschöpfliche Quelle von Melodien sind.

Lebhaft: „Laßt ab! Laßt ab! Barbaren! Barbaren! – Wißt, daß es das reinste Blut des Donnergottes ist! – Es ist das Blut – es ist das reinste Blut des Donnergottes! Der Gott hört euch – hört euch; – er droht euch, Barbaren – Laßt ab! – Hört, wie sein Donner rollt! – Wie Meer und Erde zittern! – Laßt ab! – Ein Gott, ein Gott der Rache zürnt aus diesen Ungewittern. – Laßt ab, Barbaren! Sie lassen nicht ab! – Ah, meine Tochter! – Ich unglückselige Mutter! – Ah, Barbaren!" – Welche mannigfaltige Empfindungen und Gemälde!

Man gebe diese Zeilen der Mademoiselle Dumenil; und das wird, wenn ich mich nicht sehr irre, die feurige Unordnung sein, die sie hineinlegt; so werden die Empfindungen in ihrer Seele aufeinanderfolgen. Das wird sie ihr eigenes Genie lehren; und diese ihre Deklamation darf der Musikus sich nur denken und zu Papiere bringen. Man mache nur die Erfahrung, und man wird sicherlich sehen, daß die Natur diese Schauspielerin und den Musikus auf einerlei Gedanken bringt.

Wählt aber der Musikus den figürlichen Stil: so entstehet eine andere Deklamation; so kommen andere Ideen; eine andere Melodie. Er wird das durch die Stimme ausführen lassen, was der andere für die Instrumente bestimmt hatte. Er wird den Donner rollen lassen. Er wird die Blitze schmetternd umherschleudern. Er wird mir die Mutter zeigen, wie sie die Mörder ihrer Tochter mit dem Bilde des Gottes schreckt, dessen Blut sie vergießen wollen. Und dieses Bild wird er meiner Einbildungskraft, die durch das Pathetische der Poesie und Situation ohnedem schon erschüttert worden, mit aller Wahrheit und Stärke, der er nur immer fähig ist, einprägen. Jener hatte sich gänzlich mit den Tönen der Klytämnestra beschäftiget; dieser beschäftiget sich mehr mit ihrem Ausdrucke. Es ist nicht mehr Iphigeniens Mutter, die ich höre; es ist der rollende Donner; es ist die zitternde Erde; der weit ertönende Himmel.

Ein dritter wird vielleicht die Vorteile beider Stile zu verbinden suchen. Er wird die gewaltsame, unartikulierte

Stimme der Natur zu treffen suchen und diese zur Grundlage seiner Melodie machen. Auf den Saiten dieser Melodie wird er den Donner brüllen, den Blitz schießen lassen. Vielleicht wagt er es, den rächenden Gott selbst zu zeigen; doch wird er mitten durch die verschiedenen Züge dieses Gemäldes das Geschrei einer jammernden Mutter dringen lassen.

Wenn dieser Künstler aber auch ein noch so wunderbares Genie hätte, so würde er doch nie den einen dieser Zwecke erreichen können, ohne sich von dem andern zu entfernen. So viel er auf die Gemälde verwendet, so viel wird dem Pathetischen abgehen. Das Ganze wird stärker auf das Gehör, aber schwächer auf die Seele wirken. Diesen Komponisten werden mehr die Künstler, als Leute von Geschmack bewundern.

Und glauben Sie ja nicht, daß es die Lieblingswörter des lyrischen Stils, *rollen – zittern – zürnen* – sind, die das Pathetische dieser Stelle ausmachen. Der Affekt ist es, der sie belebt. Und wenn der Musikus die Stimme des Affekts verabsäumte und seine Töne bloß nach Maßgebung dieser Wörter kombinierte, so würde ihm der Dichter eine grausame Schlinge gelegt haben. Wird die wahre Deklamation mehr Nachdruck auf die Wörter *rollen*, *zittern*, *zürnen* oder auf die Wörter *Barbaren – laßt ab – es ist das Blut – das reinste Blut des Gottes – des Donnergottes*, legen?

Aber hier ist noch eine andere Stelle, an welcher es der Musikus nicht weniger zeigen kann, ob er Genie hat; und worin weder *rollen*, noch *zürnen*, noch *Donner*, noch sonst ein einziges von den Lieblingswörtern vorkömmt, die ewig die Marter des Dichters sein werden, so lange sie die einzige, armselige Hilfe des Musikus sind.

Arioso

„Ein Priester, rund umringt von einem Henkerschwarm,
Legt an mein teures Kind den Vatermörderarm?
Zerfleischet ihre Brust? forscht, was die Götter sagen?
Und läßt ihr blutend Herz in seinen Händen schlagen?

Und ich, die ich mit ihr, als im Triumphe kam,
Ich kehre jetzt zurück, verlassen und voll Gram?
Und seh die Blumen noch, der Täter junge Beute,
Mit welchen vor ihr her das Volk den Weg bestreute?"

Arie

„Nein, nein, ich führte sie nicht her zum Mordaltar!
Du bringst den Griechen sonst ein doppelt Opfer dar.
Nicht Menschen halten mich, nicht Götter! Du mußt wissen,
Sie wird aus diesem Arm nicht ohne Blut gerissen.
Barbar und nicht Gemahl! nicht Vater, Tigertier!
Komm, wag es, wenn du darfst, nimm meine Tochter mir!"

Nein, ich führte sie nicht her zum Mordaltar. – Nein, nein – Barbar und nicht Gemahl! – Nicht Vater, Tigertier! – Nein, nein! – Komm, wag es, nimm meine Tochter mir! meine Tochter mir! – Komm, wag es, wenn du darfst! Wenn du darfst, nimm meine Tochter mir! – Das sind die vornehmsten Ideen, mit welchen die Seele der Klytämnestra ganz erfüllt war, mit welchen der Musikus ganz erfüllt sein muß.

Und so hätte ich Ihnen meine Gedanken willig mitgeteilt. Sind sie nicht nützlich, so können sie doch auch nicht schädlich sein, wenn es wahr ist, was einer von den größten Männern unsrer Nation behauptet, daß fast alle Gattungen der Literatur erschöpft sind, und auch einem Manne von Genie nichts Großes mehr auszuführen übrig gelassen ist.

Es mögen andere urteilen, ob diese Art von Dichtkunst, die Sie mir gleichsam entrissen haben, viel Gründliches enthält, oder ob es nichts als Grillen sind. Ich wollte mich willig der Meinung des Herrn von Voltaire unterwerfen, aber mit dem Bedinge, daß er sein Urteil mit einigen Gründen unterstützte, welche die Sache in ein besseres Licht setzten. Wenn ich jemanden auf der Welt in dergleichen Dingen für unfehlbar hielte, so würde *er* es sein.

»Wenn Sie wollen, so kann man ihm Ihre Gedanken mitteilen.«

Ich bin es zufrieden. Das Lob eines geschickten und aufrichtigen Mannes ist mir schmeichelhaft; nie aber wird mich sein Tadel, so bitter er auch ausfällt, kränken. Ich habe schon längst angefangen, meine Glückseligkeit in gründlichern Dingen zu suchen, die mehr in meiner Gewalt stehen als der gelehrte Ruhm. Dorval wird sehr zufrieden sterben, wenn er hoffen kann, nach seinem Tode den Lobspruch zu verdienen: „So ein rechtschaffner Mann auch sein Vater war, so war er doch nicht rechtschaffner als er."

»Wenn Sie aber die gute oder schlechte Aufnahme eines Werks mit so gleichgültigen Augen betrachten, welche Bedenklichkeit können Sie noch haben, es ans Licht treten zu lassen?«

Keine. Es ist auch schon so manche Abschrift davon gemacht worden. Theresia verweigert sie niemanden. Doch wollte ich nicht, daß man mein Stück den Komödianten anböte.

»Warum nicht?«

Es ist ungewiß, ob sie es annehmen würden. Es ist noch ungewisser, ob es Beifall finden würde. Man lieset nicht gern ein Stück, das auf der Bühne gescheitert hat. Und so könnte es leicht kommen, daß dieses Stück ganz ohne Nutzen bliebe, weil man seinen Nutzen gar zu groß hätte machen wollen.

»Was denken Sie gleichwohl? – Wir haben einen Prinzen*, der die Wichtigkeit der dramatischen Poesie einsiehet und sich die Beförderung des Nationalgeschmacks angelegen sein läßt – Wie, wenn man diesen ersuchte und von diesem erhielte –«

Ich glaube wohl, aber lassen Sie uns lieber seinen Schutz auf den »Hausvater« versparen. Er wird ihn uns nicht weigern, er, der es so frei gewagt hat – – Dieser Stoff liegt mir beständig in Gedanken; ich werde mich schon, über lang oder über

* Der Herzog von Orleans.

kurz, dieser Grille entledigen müssen; denn eine Grille ist es, so wie alle Menschen in der Einsamkeit ihre Grillen haben. – Welch ein vortrefflicher Stoff, der Hausvater! – Es ist der allgemeine Beruf der Menschen. – Unsere Kinder sind die Quelle unserer größten Freude, unsers größten Kummers. – Ich werde bei diesem Stoffe beständig meinen Vater vor Augen haben können. – Meinen Vater! – Ich werde ihn vollends schildern, den guten Lysimond. – Ich werde dabei manche Lehre für mich selbst finden. – Und wenn ich einmal Kinder bekomme, so kann es nicht schaden, wenn man siehet, wozu ich mich im voraus anheischig gemacht habe.

»Und von welcher Gattung wird der »Hausvater« sein?«

Ich habe es überlegt, und mich dünkt, daß dieser Stoff mit dem »Natürlichen Sohne« nicht völlig nach einer Seite hängt. Der »Natürliche Sohn« hat tragische Schattierungen; der »Hausvater« dürfte vielleicht komische bekommen.

»Sind Sie schon so weit, daß Sie das wissen können?«

Ja! Kehren Sie nur wieder nach Paris. – Stellen Sie den siebenten Band der »Enzyklopädie« ans Licht. – Kommen Sie alsdenn wieder, und ruhen hier aus. – Und sei'n Sie versichert, der »Hausvater« wird entweder gar nicht gemacht, oder er ist fertig, ehe Ihre Ferien zu Ende gehen. – Aber, habe ich recht gehört? Sie wollen bald fort?

»Übermorgen.«

Wie? Übermorgen?

»Ja!«

Das kömmt ein wenig sehr geschwind. – Machen Sie es unterdessen, wie Sie wollen, – notwendig müssen Sie doch noch vorher Theresien, Clairvillen und Rosalien kennen lernen. – Hätten Sie wohl Lust, sich heute abend bei Clairvillen zu Gaste zu bieten?

Dorval sahe, daß ich es zufrieden war, und sogleich machten wir uns auf den Weg nach seinem Hause. Konnte ein Mensch, den Dorval einführte, anders als sehr wohl aufgenommen werden? Es war den Augenblick, als ob ich in die Familie gehörte. Man sprach vor und nach dem Abendessen von Neuigkeiten, von Staatssachen, von Religion, von schönen Wissenschaften, von Philosophie; es mochte aber die Rede sein, wovon es wollte, so erkannte ich immer den Charakter, den Dorval jeder von seinen Personen beigelegt hatte. Er hatte den Ton der Melancholie; Theresia den Ton der Vernunft; Rosalia den Ton der Freimütigkeit; Clairville den Ton des Affekts, und ich den Ton des guten ehrlichen Mannes.

Ende des ersten Teils

Der Hausvater

Ein Schauspiel in fünf Aufzügen

Aetatis cujusque notandi sunt tibi mores.
Mobilibusque decor naturis dandus et annis.
Horat. De arte poet.

Personen

Herr D'ORBESSON, der Hausvater
Herr D'AULNOY, Komtur, und Schwager des Hausvaters
SAINT-ALBIN, Sohn des Hausvaters
CÄCILIA, des Hausvaters Tochter
SOPHIA, eine junge Unbekannte
GERMEUIL, Sohn des verstorbenen Herrn von ***, ein Freund des Hausvaters
LE BON, Haushofmeister
Jungfer CLAIRET, Kammerfrau der Cäcilia
LA BRIE und PHILIPP, Bediente des Hausvaters
DESCHAMP, Bedienter des Germeuil
Fr. HEBERT, Sophiens Wirtin
Fr. PAPILLON, Putzhändlerin
Eine von den Arbeitsmädchen der Fr. Papillon
M***, ein verschämter Arme
Ein Bauer. Ein Gefreiter. Nebst andern Bedienten aus dem Hause.

Die Szene ist zu Paris, in dem Hause des Herrn d'Orbesson.

Der Hausvater

Ein Schauspiel

Das Theater stellt einen Gesellschaftssaal vor, der mit Tapeten, Spiegeln, Gemälden, Uhren etc. ausgezieret ist. Es ist der Saal des Hausvaters.

Es ist tief in der Nacht; zwischen fünf und sechs Uhr des Morgens.

Erster Aufzug

Erster Auftritt

DER HAUSVATER. DER KOMTUR. CÄCILIA. GERMEUIL.

Zuvörderst des Saales erblickt man den Hausvater, der mit langsamen Schritten auf und nieder gehet. Er läßt den Kopf hängen, hat die Arme ineinandergeschlagen und scheinet in sehr tiefen Gedanken zu sein.

Tiefer hinein, neben dem Kamine, der an einer andern Seite des Saales ist, sitzen der Komtur und seine Nichte und spielen im Brette.

Hinter dem Komtur, dem Feuer ein wenig näher, sitzet Germeuil ganz nachlässig in einem Lehnstuhle und hat ein Buch in der Hand. Er unterbricht sein Lesen von Zeit zu Zeit und wirft zärtliche Blicke auf Cäcilien, wenn sie eben mit ihrem Spiele beschäftiget ist und auf ihn nicht achthaben kann.

Der Komtur merkt, was hinter ihm vorgehet; und dieser Argwohn hält ihn in einer beständigen Unruhe, die sich aus seinen Bewegungen wahrnehmen läßt.

CÄCILIA. Was ist Ihnen, Herr Komtur? Sie scheinen mir unruhig.

DER KOMTUR. Nichts, Mühmchen, nichts. *(Die Lichter wollen eben ausbrennen, der Komtur sagt daher zu Germeuil:)* Mein Herr, wollten Sie wohl klingeln?

(Germeuil gehet klingeln. Der Komtur bedienet sich dieses Augenblicks, den Lehnstuhl des Germeuil anders zu rücken und ihn mehr gegen das Brett zu kehren. Germeuil kömmt wieder, rückt seinen

Lehnstuhl wieder an die alte Stelle, und der Komtur sagt zu dem hereintretenden Bedienten:) Lichter!

(Das Spiel geht unterdessen seinen Gang. Der Komtur und seine Nichte werfen eines ums andere und nennen ihre Würfe.)

DER KOMTUR. Sechse, fünfe.

GERMEUIL. Das ist nicht schlimm.

DER KOMTUR. Mit diesem binde ich. Und diesen muß ich verlaufen.

CÄCILIA. Und ich, lieber Vetter, strafe Sie um drei. Denn sechse, und fünfe sechse –

DER KOMTUR *(zu Germeuilen).* O mein Herr, müssen Sie denn auch immer ins Spiel reden?

CÄCILIA. Das sind drei! –

DER KOMTUR. So was zerstreuet mich; und daß man mir da über die Achseln guckt, das kann ich auch nicht wohl leiden.

CÄCILIA *(wirft).* Viere, drei. Ist zu. Zwei fürs Zumachen; und vorhin drei, macht fünfe.

DER KOMTUR *(noch immer zu Germeuilen).* Haben Sie doch die Güte, mein Herr, und setzen Sie sich anders. Sie werden mir einen großen Gefallen erweisen.

Zweiter Auftritt

DER HAUSVATER. DER KOMTUR. CÄCILIA. GERMEUIL. LA BRIE.

DER HAUSVATER. Sind sie zu unserm, sind sie zu ihrem Glücke geboren? – Ach, vielleicht zu keinem von beiden.

(La Brie bringt frische Lichter und stellt sie hin, wo sie fehlen. Indem er wieder herausgehen will, ruft ihn der Hausvater:) La Brie!

LA BRIE. Mein Herr?

DER HAUSVATER *(nach einer kleinen Pause, während welcher er noch nachgesonnen und auf und nieder gegangen).* Wo ist mein Sohn?

LA BRIE. Er ist ausgegangen.

DER HAUSVATER. Wenn?

LA BRIE. Ich weiß nicht, mein Herr.

DER HAUSVATER *(abermals eine Pause)*. Und Ihr wißt auch nicht, wo er hingegangen ist?

LA BRIE. Nein, mein Herr.

DER KOMTUR. Der Schurke weiß sein' Tage nichts. Alle Dreien.

CÄCILIA. Lieber Herr Vetter, Sie geben auf Ihr Spiel nicht acht.

DER KOMTUR *(spöttisch und auffahrend)*. Mühmchen, geben Sie doch nur auf Ihres acht.

DER HAUSVATER *(zum La Brie, noch immer nachsinnend und auf und nieder gehend)*. Hatte er euch verboten, ihm nachzufolgen?

LA BRIE *(tut, als ob er es nicht verstanden hätte)*. Mein Herr?

DER KOMTUR. Darauf will er nichts antworten. Alle As.

DER HAUSVATER. Dauert das schon lange so?

LA BRIE *(der nochmals tut, als ob er es nicht verstanden hätte)*. Mein Herr?

DER KOMTUR. Auch darauf antwortet er nichts. Wieder alle As. Nichts als verdammte kleine Dubletten!

DER HAUSVATER. Wie lang wird mir diese Nacht!

DER KOMTUR. Noch einen solchen Wurf, und ich bin weg. Da ist er! *(Zu Germeuilen.)* Lachen Sie immer, mein Herr. Zwingen Sie sich nicht.

(La Brie ist fortgegangen. Das Spiel ist aus. Der Komtur, Cäcilia und Germeuil treten näher zu dem Hausvater.)

Dritter Auftritt

DER HAUSVATER. DER KOMTUR. CÄCILIA. GERMEUIL.

DER HAUSVATER. In welche Unruhe setzt er mich! Wo ist er? Was mag ihm begegnet sein?

DER KOMTUR. Und wer weiß das? – Aber für diesen Abend

haben Sie sich nun gequält genug. Wenn Sie mir folgen, so gehen Sie zur Ruhe.

DER HAUSVATER. Mit der Ruhe ist es für mich getan.

DER KOMTUR. Wenn es für Sie damit getan ist, so ist es ein wenig Ihre Schuld, mehr aber noch die Schuld meiner Schwester. So eine vortreffliche Frau, die Kinder zu verderben, Gott habe sie selig! war auf der Welt nicht.

CÄCILIA *(peinlich)*. Lieber Herr Vetter. –

DER KOMTUR. Ich mochte euch beiden so oft zurufen, als ich wollte: Nehmt euch in acht, ihr verzieht sie –

CÄCILIA. Herr Vetter –

DER KOMTUR. Itzt seid ihr in sie vernarrt, da sie noch klein sind. Laßt sie nur groß werden, und ihr werdet schon dafür leiden müssen.

CÄCILIA. Herr Komtur –

DER KOMTUR. Ja! Ja! Hört ein Mensch hier auf mich?

DER HAUSVATER. Er kömmt noch nicht.

DER KOMTUR. Was hilft das Seufzen, das Ächzen? Itzt müssen Sie zeigen, wer Sie sind. Die Zeit des Verdrusses ist gekommen. Haben Sie ihm nicht vorbauen können, so lassen Sie wenigstens sehen, ob Sie ihn zu ertragen wissen – Unter uns gesagt, ich zweifele noch sehr daran – *(Die Uhr schlägt sechs.)* Aber das schlägt schon sechs? – O ich bin müde. – Es reißt mich in den Füßen, als ob ich mein Podagra wieder bekommen sollte. Ich kann Ihnen nichts helfen. Ich will mich in meinen Schlafpelz einwickeln und mich so in einen Lehnstuhl werfen. Guten Morgen, Herr Bruder – Hören Sie nicht?

DER HAUSVATER. Guten Morgen, Herr Komtur.

DER KOMTUR *(im Abgehen)*. La Brie!

LA BRIE *(von innen)*. Mein Herr.

DER KOMTUR. Leuchte mir! Und wenn mein Vetter endlich zu Hause ist, so komm und melde mir's.

Vierter Auftritt

DER HAUSVATER. CÄCILIA. GERMEUIL.

DER HAUSVATER *(nachdem er noch einigemal traurig auf und nieder gegangen).* Meine Tochter, es ist wider meinen Willen geschehen, daß du die ganze Nacht aufgeblieben bist.

CÄCILIA. Ich habe meine Schuldigkeit getan, mein Vater.

DER HAUSVATER. Ich danke dir für diese Aufmerksamkeit; aber ich fürchte, sie wird dir übel bekommen. Geh, lege dich nieder.

CÄCILIA. Es ist sehr spät, mein Vater. Wenn Sie mir erlauben wollten, für Ihre Gesundheit ebenso besorgt zu sein, als Sie für die meinige zu sein die Gütigkeit haben –

DER HAUSVATER. Ich will aufbleiben. Ich muß ihn durchaus sprechen.

CÄCILIA. Mein Bruder ist ja kein Kind mehr.

DER HAUSVATER. Wer weiß, wie viel Unglück sich in einer Nacht kann zugetragen haben?

CÄCILIA. Mein Vater –

DER HAUSVATER. Ich will ihn erwarten. Er soll mich sehen. *(Indem er seine Hände zärtlich auf die Schultern seiner Tochter legt.)* Geh, meine Tochter, geh. Ich weiß, daß du mich liebst.

(Cäcilia geht ab. Germeuil macht sich gefaßt, ihr zu folgen, der Hausvater aber hält ihn zurück und sagt:) Verzeihen Sie, Germeuil!

Fünfter Auftritt

DER HAUSVATER. GERMEUIL.

(Diese Szene gehet langsam.)

DER HAUSVATER *(als ob er allein wäre, indem er Cäcilien nachsiehet).* Ihr Charakter hat sich ganz geändert. Alle ihre Munterkeit, ihre Lebhaftigkeit ist weg – Ihre Reize verschwinden. – Sie leidet. – Ach, seitdem ich meine Frau verloren habe, und seitdem der Komtur bei mir eingezogen ist, hat sich alles Glück von mir entfernt! – Wie teuer läßt er meinen Kindern das Glück zu stehen kommen, das er ihnen verspricht! – Seine ehrgeizigen Absichten und das Ansehen, das er sich in meinem Hause genommen hat, werden mir von Tag zu Tag unerträglicher. – Wir lebten in Friede und Einigkeit. Die unruhige und tyrannische Gemütsart dieses Mannes hat uns alle entzweiet. Man fürchtet sich voreinander; man vermeidet einander; man verläßt mich, und mitten in dem Schoße meiner Familie möchte ich vor Einsamkeit umkommen – Aber eben wird der Tag anbrechen, und mein Sohn kömmt noch nicht. – Germeuil, meine Seele ist voll der bittersten Leiden. Ich kann meinen Stand nicht länger ertragen.

GERMEUIL. Sie, mein Herr?

DER HAUSVATER. Ja, Germeuil.

GERMEUIL. Wenn Sie nicht glücklich sind, welcher Vater ist es jemals gewesen?

DER HAUSVATER. Keiner. – O mein Freund, die Tränen eines Vaters fließen oft in geheim. – *(Er seufzet; er weinet.)* Du siehest die meinigen. – Ich zeige dir meinen Schmerz.

GERMEUIL. Mein Herr, was soll ich tun?

DER HAUSVATER. Ich glaube, du wirst ihn lindern können.

GERMEUIL. Befehlen Sie.

DER HAUSVATER. Ich will nicht befehlen. Ich will bitten. Ich will sagen: Germeuil, wenn ich mich deiner einigermaßen angenommen habe; wenn ich dir, von deiner zartesten Kindheit an, einige Zärtlichkeit bewiesen habe, und wenn du dich dessen erinnerst; wenn ich zwischen dir und meinem Sohne nie einen Unterschied gemacht habe; wenn ich das Andenken eines Freundes in dir verehret habe, der mir immer gegenwärtig ist und mir es immer sein wird – Ich betrübe dich, verzeihe, es ist das erstemal in meinem Leben, und es soll das letztemal sein. – Wenn ich es an nichts fehlen lassen, dich von dem Elende zu retten und die Stelle eines Vaters bei dir zu vertreten; wenn ich dich auch wider

Willen des Komturs, dem du mißfällst, bei mir behalten habe; wenn ich dir itzt mein ganzes Herz eröffne: so erkenne meine Wohltaten und erwidere mein Vertrauen.

GERMEUIL. Befehlen Sie, mein Herr, befehlen Sie.

DER HAUSVATER. Weißt du nichts von meinem Sohne? – Du bist sein Freund; aber du mußt auch der meinige sein. – Rede! – Schenke mir meine Ruhe wieder, oder nimm mir sie ganz. Weißt du nichts von meinem Sohne?

GERMEUIL. Nein, mein Herr.

DER HAUSVATER. Du bist ein wahrheitliebender Mann, und ich glaube dir. Aber nun bedenke, wie sehr deine Unwissenheit meine Unruhe vermehren muß. Wie muß die Aufführung meines Sohnes sein, wenn er sie vor einem Vater verbirgt, dessen Nachsicht er so oft erfahren hat; und wenn er dem einzigen Menschen, den er liebet, ein Geheimnis daraus macht? – Germeuil, ich zittere; das Kind wird mir –

GERMEUIL. Sie sind Vater; ein Vater macht sich leicht schlimme Gedanken –

DER HAUSVATER. Du weißt nicht, aber du sollst es gleich erfahren und selbst urteilen, ob meine Furcht übereilt ist. – Sage mir, hast du nicht bemerkt, wie sehr er sich seit einiger Zeit verändert hat?

GERMEUIL. Ja; aber zu seinem Besten. Er macht sich weniger mit seinen Pferden, mit seinen Leuten, mit seiner Equipage zu tun; er denket weniger auf seinen Putz. Er hat keine von den Grillen mehr, die Sie ihm nicht selten vorwarfen. Er hat an allen Zerstreuungen seines Alters einen Ekel bekommen. Er fliehet seine gefälligen, kleinen Freunde. Er bleibt gern ganze Tage in seinem Kabinet. Er lieset; er schreibt; er denket. Desto besser. Er hat das von selbst angefangen, was Sie doch einmal, über lang oder über kurz, von ihm würden gefordert haben.

DER HAUSVATER. Was du mir da sagst, das sagte ich mir selbst; aber ich wußte noch nicht, was du eben erfahren sollst. – Höre nur. – Diese Veränderung, zu der ich mir, deiner

Meinung nach, Glück wünschen müßte, und dieses nächtliche Außenbleiben, das mir so viel Angst macht –

GERMEUIL. Nun? Dieses Außenbleiben und diese Veränderung?

DER HAUSVATER. Haben zu gleicher Zeit angefangen. *(Germeuil scheinet bestürzt.)* Ja, mein Freund, zu gleicher Zeit.

GERMEUIL. Das ist sonderbar.

DER HAUSVATER. Jawohl. Und leider habe ich diese Unordnung nur erst kürzlich erfahren. Aber sie hat schon lange gedauert. – Zu gleicher Zeit sich zwei ganz verschiedne Plane zu machen und beiden zu folgen; des Tages über einem blendenden Plane der Ordnung, und des Nachts einem Plane der Ausschweifung: das, das schlägt mich nieder. – Daß er sich, seines natürlichen Stolzes ungeachtet, bis zur Bestechung der Bedienten erniedriget hat; daß er sich von den Türen meines Hauses Meister gemacht hat; daß er wartet, bis ich zur Ruhe bin; daß er sich insgeheim darnach erkundiget; daß er ganz allein zu Fuße alle Nächte, das Wetter mag sein, wie es will, zu dieser oder jener Stunde aus dem Hause entwischt: das ist ohne Zweifel mehr, als irgend ein Vater leiden kann; und mehr, als irgend ein Kind von seinem Alter sich unterstehen muß. – Aber bei so einer Aufführung gleichwohl sich auf die geringste seiner Pflichten aufmerksam stellen, strenge Grundsätze zu haben scheinen, sich zur Rückhaltung im Reden, zum Geschmacke an der Eingezogenheit, zur Verachtung aller Zerstreuungen zwingen – Ah, mein Freund! – Was kann man von einem jungen Menschen erwarten, der sich auf einmal so verstellen, sich auf einmal so viel Gewalt antun kann? – Ich sehe in die Zukunft, und was ich darin erblicke, macht mich vor Schrecken erstarren. – Wenn er weiter nichts als lasterhaft wäre, so würde ich noch nicht verzweifeln. Aber spielt er zugleich den Gesitteten und Tugendhaften! –

GERMEUIL. In der Tat, ich verstehe von dieser Aufführung nichts; aber ich kenne Ihren Sohn. Die Falschheit ist unter allen Lastern gleich dasjenige, das mit seinem Charakter am allermeisten streitet.

DER HAUSVATER. Welches ist das Laster, das man nicht durch den Umgang mit Bösen endlich an sich nimmt? Und mit wem glaubst du, daß er itzt umgeht? – Alle ehrliche Leute schlafen, wenn er wacht. – Ah, Germeuil! – Aber mich däucht, ich höre jemanden. – Er ist es vielleicht. – Entferne dich.

Sechster Auftritt

DER HAUSVATER *allein.*

Er gehet nach dem Orte, wo er gehen gehöret. Er horcht und sagt traurig:

DER HAUSVATER. Ich höre nichts weiter. *(Er gehet ein wenig auf und nieder und sagt hierauf:)* Ich will mich nur setzen. *(Er suchet zu ruhen und kann nicht; und sagt:)* Ich kann nicht – Welche Ahndungen erheben sich, eine nach der andern, in dem Innersten meiner Seele! Wie stürmen sie! – O allzuzärtliches Vaterherz, kannst du keinen Augenblick ruhen! – Itzt am frühen Morgen, – vielleicht geht es über seine Gesundheit, – über sein Vermögen, – über seine Tugend. – Was weiß ich? Sein Leben, seine Ehre, – meine Ehre – *(Er steht eiligst auf und sagt.)* Welche Gedanken verfolgen mich!

Siebenter Auftritt

DER HAUSVATER. EIN UNBEKANNTER.

Indem der Hausvater in der tiefsten Traurigkeit umhergehet, tritt ein Unbekannter herein, der als ein gemeiner Mensch gekleidet ist, in Weste und Rockelor. Er hat die Arme unter den Rockelor versteckt und den niedergekrämpten Hut in die Augen gedrückt. Er gehet mit langsamen Schritten. Er scheinet sehr betrübt und nachsinnend. Er gehet durch den Saal, ohne jemand gewahr zu werden.

DER HAUSVATER *(sieht ihn kommen, erwartet ihn, hält ihn bei dem Arme und sagt:)* Wer seid Ihr? Wohin wollt Ihr?

DER UNBEKANNTE *(antwortet nichts).*

DER HAUSVATER. Wer seid Ihr? Wohin wollt Ihr?

DER UNBEKANNTE *(antwortet noch nicht).*

DER HAUSVATER *(rückt dem Unbekannten den Hut aus der Stirne, erkennt seinen Sohn und ruft).* Himmel! – Er ist es! – Er ist's! – So sind sie denn erfüllt, meine traurigen Ahndungen! – Ah! – *(Er bricht in klägliche Töne aus; er entfernt sich, er kömmt wieder, und sagt:)* Ich will mit ihm sprechen. – Ich zittere, ihn zu hören. – Was werde ich erfahren! – Ich habe zu lange, zu lange gelebt!

ST. ALBIN *(indem er sich von seinem Vater entfernt und traurig seufzet).* Ah!

DER HAUSVATER *(indem er ihm nachgeht).* Wer bist du? Wo kommst du her? – Sollte ich wohl das Unglück haben? –

ST. ALBIN *(der sich noch weiter entfernt).* Ich bin voll Verzweiflung.

DER HAUSVATER. Großer Gott, was muß ich hören!

ST. ALBIN *(kömmt wieder zurück und wendet sich an seinen Vater).* Sie weinet. Sie seufzet. Sie will sich entfernen; und wenn sie sich entfernet, so bin ich verloren.

DER HAUSVATER. Wer? Sie?

ST. ALBIN. Sophia. – Nein, Sophia, nein. – Ich will eher umkommen –

DER HAUSVATER. Wer ist diese Sophia? – Was hat diese Sophia

mit den Umständen, in welchen ich dich sehe, und mit der Angst, die du mir machst, zu tun?

ST. ALBIN *(indem er sich seinem Vater zu Füßen wirft).* Sie sehen mich zu Ihren Füßen, mein Vater. Ihr Sohn ist Ihrer nicht unwürdig. Aber er ist seinem Verderben nahe; er soll die verlieren, die er mehr als sein Leben liebt. Sie allein können sie ihm erhalten. Hören Sie mich; verzeihen Sie mir; helfen Sie mir.

DER HAUSVATER. Rede, grausames Kind; und habe Mitleiden mit der Marter, die du mich ausstehen lässest.

ST. ALBIN *(noch immer auf den Knieen).* Habe ich jemals Ihre Gütigkeit erfahren; habe ich Sie von meiner Kindheit an als meinen zärtlichsten Freund betrachten können; sind Sie immer der Vertraute aller meiner Freuden, aller meiner Schmerzen gewesen: so verlassen Sie mich itzt nicht. Erhalten Sie mir Sophien; lassen Sie mich Ihnen das Kostbarste auf der Welt zu danken haben. Beschützen Sie sie. – Sie will uns verlassen; nichts kann gewisser sein. – Sprechen Sie mit ihr; reden Sie ihr dieses Vorhaben aus – Das Leben Ihres Sohnes hängt davon ab. – Ja, sprechen Sie sie; und ich werde der Glücklichste unter allen Kindern, Sie werden der Glücklichste unter allen Vätern sein!

DER HAUSVATER. Welche Wahnsinnigkeit hat ihn befallen? – Wer ist sie denn, diese Sophia, wer ist sie denn?

ST. ALBIN *(stehet auf, gehet hin und her und sagt voller Begeisterung:)* Sie ist arm; sie ist unbekannt; sie wohnet in einem finstern elenden Winkel: aber es ist ein Engel, es ist ein Engel, und dieser Winkel ist der Himmel. Ich habe ihn nie verlassen, ohne besser geworden zu sein. Ich finde in meinem zerstreuten und unruhigen Leben nichts, was sich mit den unschuldigen Stunden, die ich daselbst zugebracht habe, vergleichen ließe. Ich wollte da leben und sterben, wenn ich schon von der ganzen übrigen Welt verkannt, verachtet sein müßte. – Ich glaubte geliebt zu haben. Ich betrog mich. – Itzt erst liebe ich – *(Indem er die Hand seines Vaters ergreift.)* – Ja. Ich liebe zum erstenmale.

DER HAUSVATER. Du spottest meiner Nachsicht und meiner Marter. Höre auf mit deinen Ausschweifungen, Unglücklicher! Betrachte dich, und antworte! Was soll diese unwürdige Verkleidung? Was will sie sagen?

ST. ALBIN. Ah, mein Vater! Dieser Kleidung habe ich mein Glück, meine Sophia, mein Leben zu danken.

DER HAUSVATER. Wie das? Rede.

ST. ALBIN. Ich mußte mich zu ihrem Stande herablassen; ich mußte meinen Rang vor ihr verbergen und ihresgleichen werden. Hören Sie nur. Hören Sie nur.

DER HAUSVATER. Ich höre, ich warte –

ST. ALBIN. Neben dieser abgelegenen Wohnung, die sie vor den Augen der Welt verbirgt – es war mein letztes äußerstes Mittel –

DER HAUSVATER. Nun?

ST. ALBIN. Gleich neben diesem armseligen Behältnisse – stand noch eines leer.

DER HAUSVATER. So rede doch fort.

ST. ALBIN. Das miete ich. Ich lasse Möbeln hinbringen, wie sie sich für einen geringen Menschen schicken. Ich ziehe ein und werde unter dem Namen Sergi, und in dieser Kleidung, ihr Nachbar.

DER HAUSVATER. Ah! Ich komme wieder zu mir! – Gott sei Dank, ich sehe weiter nichts als einen Unsinnigen in ihm.

ST. ALBIN. Urteilen Sie selbst, ob ich liebte! – Oh, wie teuer wird es mir zu stehen kommen! – Ah!

DER HAUSVATER. Komm wieder zu dir, und suche durch das aufrichtigste Geständnis die Verzeihung deiner Aufführung zu verdienen.

ST. ALBIN. Sie sollen alles erfahren, mein Vater. Denn ach, ich habe nur dieses einzige Mittel, Sie zu bewegen! – Ich sahe sie zum erstenmale in der Kirche. Sie kniete an dem Fuße eines Altars, neben einer betagten Frau, die ich anfangs für ihre Mutter hielt. Sie zog aller Blicke auf sich. – Ah, mein Vater, welche Bescheidenheit! Welche Reize! – Nein, ich kann Ihnen den Eindruck nicht beschreiben, den sie auf mich machte! Welche Unruhe ich empfand! Wie heftig mein Herz schlug! Was ich alles fühlte! Was auf einmal aus mir ward! – Seit diesem Augenblicke dachte ich nur an sie, träumte ich nur von ihr. Ihr Bild folgte mir des Tages, belagerte mich des Nachts und ließ mir nirgends Ruhe. Ich verlor meine Munterkeit, meine Gesundheit darüber. Ich konnte nicht leben, ohne sie wieder aufzusuchen. Ich begab mich überall hin, wo ich sie ansichtig zu werden hoffen konnte. Ich ward schwach; ich verfiel; Sie wissen selbst, wie sehr. Endlich entdeckte ich, daß die betagte Frau, die sie begleitet hatte, Frau Hebert heiße; daß Sophia sie »Meine Liebe« nenne, und daß sie beide in einem vierten Stocke wohnten, wo sie ein sehr armseliges Leben führten. – Darf ich Ihnen gestehen, was für Hoffnung ich mir damals machte, was für Anträge ich tun ließ, auf was für Anschläge ich alles fiel? Wie viel Ursache fand ich, darüber zu erröten, als mir der Himmel eingab, mich neben ihr einzumieten! – Ah, mein Vater, alles, was sich ihr nahet, muß rechtschaffen werden oder sich entfernen. – Sie wissen nicht, wie viel ich Sophien zu danken habe; Sie wissen es nicht. – Sie hat mich ganz verändert. Ich bin der nicht mehr, der ich war. – Von dem ersten Augenblicke an fühlte ich alle schändliche Begierden in meiner Seele verlöschen, und Hochachtung und Bewunderung an ihre Stelle treten. Ohne mich abgewiesen, ohne mich zurückgehalten zu haben, vielleicht gar ohne noch ein Auge auf mich gerichtet zu haben, machte sie mich furchtsam; ich ward es von Tag zu Tag immer mehr; und nicht lange, so war es mir ebenso unmöglich, nach ihrer Tugend als nach ihrem Leben zu stehen.

DER HAUSVATER. Und wer sind diese Weibspersonen? Wovon leben sie?

ST. ALBIN. Ah, wenn Sie wüßten, wie diese Unglücklichen leben! Denken Sie nur, ihre Arbeit fängt noch vor Tage an, und oft bringen sie ganze Nächte dabei zu. Die gute Alte sitzt am Spinnrade; und Sophia hat eine grobe harte Leinwand unter ihren zarten Händen. Bei dem Scheine einer Lampe verdirbt sie sich ihre Augen, die schönsten Augen von der Welt. Sie wohnet unter dem Dache, zwischen vier leeren Wänden. Ein hölzerner Tisch, zwei Strohstühle, ein schlechtes Bette; das sind ihre Möbeln. – O Himmel, als du sie bildetest, war das das Schicksal, das du ihr bestimmtest?

DER HAUSVATER. Und wie erhieltest du Zutritt? Gestehe die Wahrheit.

ST. ALBIN. Es ist unerhört, was sich alles für Hindernisse zeigten, was ich alles tat. Als ich neben ihnen eingezogen war, suchte ich sie nicht sogleich zu sehen; aber wenn ich sie im Heraufkommen oder im Heruntergehen antraf, grüßte ich sie ehrerbietig. Wenn ich des Abends heimkam (denn des Tags über, glaubte sie, wäre ich auf meiner Arbeit), pochte ich ganz leise an ihre Türe und bat sie um diese oder jene kleine Gefälligkeit, die sich Nachbaren einander erweisen, als um Wasser, um Feuer, um Licht. Nach und nach wurden sie mich gewohnt. Sie fingen an, Vertrauen in mich zu setzen. Ich erbot mich, ihnen in Kleinigkeiten zu dienen. Sie gingen, zum Exempel, des Abends nicht gern aus, ich tat also die nötigen Gänge für sie.

Eines Tages hörte ich an meine Türe klopfen. Es war die gute Alte. Ich mache auf. Sie tritt herein, ohne ein Wort zu reden, setzt sich nieder, und fängt an zu weinen. Ich frage sie, was ihr fehlt. »Um mich, Sergi«, sagte sie, »um mich weine ich nicht. Ich bin im Elende geboren und also dazu gewöhnt; aber dieses Kind macht mir das Herz schwer.« – »Was fehlt ihr? Was ist ihr widerfahren?« »Ach«, versetzte die Alte, »wir haben seit acht Tagen keine Arbeit mehr, und bald werden wir keinen Bissen Brot haben.« »Himmel!« rief ich. »Hier nehme Sie, gehe Sie, laufe Sie!« – Und hierauf – verschloß ich mich und ließ mich nicht mehr sehen.

DER HAUSVATER. Ich höre wohl. Das ist die Frucht von den Empfindungen, die man ihnen beibringt! Wozu taugen sie, als ihre Gefahr zu vergrößern?

ST. ALBIN. Man merkte mein Innebleiben, und das eben erwartete ich. Die gute Frau Hebert machte mir deswegen Vorwürfe. Ich faßte Herz. Ich fragte sie nach ihren Umständen. Ich beschrieb ihr meine Umstände, wie ich es für gut fand. Ich tat ihr den Vorschlag, unsere Armut zusammenzubringen und zu beiderseitiger Erleichterung gemeinschaftlich zu leben. Man machte Schwierigkeiten. Ich bestand darauf, und endlich war man es zufrieden. Urteilen Sie von meiner Freude. Ach, sie hat leider nur sehr kurz gedauert, und wer weiß, wie lange meine Marter dauern wird!

Gestern kam ich zu meiner gewöhnlichen Zeit nach Hause. Sophia war allein; den Arm auf den Tisch gestützt und den Kopf in der Hand. Ihre Arbeit war neben ihr zur Erde gefallen. Ich trat herein, ohne daß sie mich wahrnahm. Sie seufzte. Tränen liefen ihr durch die Finger und rollten den Arm herab. Ich hatte sie, schon seit einiger Zeit, immer traurig gefunden. – Warum weinte sie? Was betrübte sie? Der Mangel war es nicht mehr. Ihre Arbeit und meine Aufmerksamkeit ließen es an nichts fehlen. – Da ich mich nur für ein einziges Unglück zu fürchten hatte, so stand ich nicht länger an. Ich warf mich zu ihren Füßen. Wie bestürzt ward sie! »Sophia«, sagte ich zu ihr, »Sie weinen! Was fehlt Ihnen? Verbergen Sie mir Ihren Kummer nicht. Reden Sie doch; ich bitte, reden Sie doch.« Sie schwieg. Ihre Tränen rollten noch immer. Ihre Augen, in welchen keine Heiterkeit mehr war, die in Zähren schwammen, suchten mich, wandten sich von mir ab, suchten mich wieder. Sie sagte weiter nichts als: »Armer Sergi! unglückliche Sophia!« Unterdessen hatte ich mein Gesicht auf ihre Kniee sinken lassen und weinte. Da kam die Alte herein. Ich springe auf. Ich laufe auf sie zu. Ich frage sie. Ich wende mich wieder zu Sophien. Ich beschwöre sie. Sie beharrt bei ihrem Stillschweigen. Die Verzweiflung bemeistert sich meiner. Ich gehe in der Stube auf und nieder, ohne zu wissen, was ich tue. Ich rufe schmerzlich:

»Es ist um mich geschehen! Sophia, Sie wollen uns verlassen; es ist um mich geschehen!« Bei diesen Worten verdoppeln sich ihre Tränen, und sie fällt wieder in die nämliche Stellung, in der ich sie gefunden hatte. Der blasse und dunkle Schimmer einer kleinen Lampe erhellte diese betrübte Szene, die die ganze Nacht hindurch gedauert hat. Als es endlich Zeit war, daß ich mich an meine Arbeit zu gehen stellen mußte, ging ich fort und kam unter der empfindlichsten Marter hier an –

DER HAUSVATER. Aber an meine Marter dachtest du nicht.

ST. ALBIN. Mein Vater.

DER HAUSVATER. Und was willst du nun? Was für Hoffnung machst du dir?

ST. ALBIN. Die Hoffnung, daß Sie dem, was ich Ihnen seit meinem Dasein zu danken habe, noch diese größte aller Wohltaten beifügen und Sophien sehen und sie sprechen werden; daß Sie –

DER HAUSVATER. Unbesonnener Jüngling! – Und weißt du denn, wer sie ist?

ST. ALBIN. Das ist ihr Geheimnis. Aber ihre Sitten, ihre Gesinnungen, ihre Reden haben durchaus nichts, was ihrem gegenwärtigen Stande gemäß wäre. Es leuchtet ein ganz andrer Stand durch ihre armselige Kleidung durch. Alles verrät sie; sogar der edle Stolz, den man ihr beigebracht hat, und der sie, in Ansehung ihres Standes, so verschwiegen macht. – Wenn Sie ihre offne Unschuld, ihre Holdseligkeit, ihre Bescheidenheit sehen werden – Sie erinnern sich noch wohl Mamas? – Sie seufzen! Nun da; es ist ihr vollkommenes Ebenbild. – O Papa, sprechen Sie sie immer; und wenn Ihnen Ihr Sohn ein einziges Wort gesagt hat, das nicht –

DER HAUSVATER. Und auch von der Frau, die bei ihr ist, hast du nichts erfahren können?

ST. ALBIN. Auch sie, leider, ist ebenso zurückhaltend als Sophia! Alles, was ich aus ihr habe bringen können, ist, daß das Kind aus der Provinz hierher gekommen, um bei einem ihrer Anverwandten Hilfe zu suchen, der sie aber weder sehen, noch ihr beispringen wollen. Diese Nachricht war mir dazu gut, daß ich ihr Elend erleichtern könnte, ohne ihre zärtliche Denkungsart zu beleidigen. Ich habe dem Gegenstande meiner Liebe Gutes erzeigt, und niemand weiß davon als ich.

DER HAUSVATER. Hast du ihr deine Liebe entdeckt?

ST. ALBIN *(lebhaft)*. Ich, mein Vater? – Ich konnte den Augenblick, da ich es endlich wagen dürfte, noch gar nicht absehen.

DER HAUSVATER. Du glaubst also wohl nicht, daß du wieder geliebt wirst?

ST. ALBIN. Verzeihen Sie mir – Ach, dann und wann habe ich es geglaubt! –

DER HAUSVATER. Und aus welchem Grunde?

ST. ALBIN. Ich schloß es aus Kleinigkeiten, die sich besser empfinden als sagen lassen. Zum Exempel, sie nimmt an allem, was mich betrifft, Anteil. So oft ich ehedem kam, heiterte sich ihr Gesicht auf; ihr Blick ward lebhafter; ihre Munterkeit stieg. Es schien mir, als hätte sie mich erwartet. Oft hat sie mich wegen meiner Arbeit, die mir den ganzen Tag wegnehme, beklagt. Oft hat sie die ihrige bis spät in die Nacht verzögert, um mich desto länger aufzuhalten. –

DER HAUSVATER. Du hast mir doch alles gesagt?

ST. ALBIN. Alles.

DER HAUSVATER *(nach einer Pause)*. Geh zur Ruhe. – Ich will sie sehen.

ST. ALBIN. Sie wollen sie sehen? – Ach, mein Vater, Sie wollen sie sehen? – Aber bedenken Sie, daß es keinen Verzug leidet.

DER HAUSVATER. Gehe, und erröte, daß du dich um die Unruhe, die mir deine Aufführung gemacht hat und noch machen kann, so wenig bekümmerst.

ST. ALBIN. Ich werde Ihnen keine mehr machen.

Achter Auftritt

DER HAUSVATER *allein.*

DER HAUSVATER. Ehrlich, tugendhaft, arm, jung, reizend – alles, was wohlerzogene Seelen zu fesseln vermag. – Kaum bin ich von einer Unruhe befreit, so falle ich in eine andere. – Welch Schicksal! – – Doch vielleicht beunruhige ich mich zu früh. – Ein hitziger, eingenommener junger Mensch vergrößert, übertreibt alles. – Ich muß sehen. – Ich muß das Mädchen holen lassen; ich muß sie hören, und mit ihr sprechen. – Ist sie so, wie er sie abmalt, so kann ich sie vielleicht auf meine Seite bringen, es ihr so nahe legen – Was weiß ich?

Neunter Auftritt

DER HAUSVATER. DER KOMTUR, *im Schlafrocke und in der Nachtmütze.*

DER KOMTUR. Nun, Herr d'Orbesson, Sie haben Ihren Sohn gesprochen? Wie ist's mit ihm?

DER HAUSVATER. Sie sollen alles erfahren, Herr Komtur. Kommen Sie herein.

DER KOMTUR. Noch ein Wort, wenn Sie so gut sein wollen. – Was gilt's, Ihr Sohn hat sich in ein Abenteuer eingelassen, das Ihnen Verdruß über Verdruß machen wird? Nicht wahr?

DER HAUSVATER. Herr Bruder –

DER KOMTUR. Und damit Sie sich künftig einmal nicht mit der Unwissenheit entschuldigen können, so melde ich Ihnen fein, daß Ihre liebe Tochter und der Germeuil, den Sie wider meinen Willen im Hause behalten, es bald auch nicht werden fehlen lassen, Ihnen, wenn Gott will, so viel Ärgernis zu machen, als nur immer –

DER HAUSVATER. Herr Bruder, wollen Sie mir denn keinen Augenblick Ruhe gönnen?

DER KOMTUR. Sie lieben sich; das sage ich Ihnen nur.

DER HAUSVATER *(ungeduldig).* Je nun, das wollte ich. –

DER KOMTUR. So wünsche ich Glück! Sie können sich beide weder leiden noch meiden. Sie zanken sich ohne Unterlaß und stehen doch immer gut zusammen. Sie wollen sich oft über ein Nichts die Augen auskratzen, und haben sich doch zum Schutze und zum Trutze wider alle und jede miteinander verbunden. Wage es einer einmal und tadele an einem von ihnen die Fehler, die sie sich unzähligmal selbst vorwerfen: er wird ankommen. – Machen Sie ja, daß die Leutchen voneinander kommen; ich sage es Ihnen. –

DER HAUSVATER. Kommen Sie, Herr Komtur, kommen Sie! Kommen Sie herein, Herr Komtur!

Ende des ersten Aufzuges

Zweiter Aufzug

Erster Auftritt

DER HAUSVATER. CÄCILIA. JUNGFER CLAIRET. HERR LE BON. EIN BAUER. FRAU PAPILLON, *eine Putzhändlerin, mit einer von ihren Arbeiterinnen.* LA BRIE. PHILIPP, *Bediente, die zur Aufwartung hereintreten.* EIN MANN IN SCHWARZEM KLEIDE, *der das Ansehen eines verschämten Armen hat und es wirklich ist.*

Alle diese Personen kommen eine nach der andern herein. Der Bauer steht und hat sich vorwärts auf seinen Stock gelehnt. Frau Papillon sitzt in einem Lehnstuhle und wischt sich das Gesichte; ihr Ladenmädchen steht neben ihr und hält eine kleine Pappenschachtel unter dem Arme. Herr Le Bon hat sich nachlässig aufs Kanapee geworfen. Der schwarz gekleidete Mann hat sich beiseite gemacht und steht in einem Winkel neben dem Fenster. La Brie ist in der Weste und in Haarwikkeln. Philipp ist angekleidet. La Brie geht um ihn herum und sieht ihn ein wenig spöttisch an, da unterdessen Herr Le Bon das Ladenmädchen der Frau Papillon mit seinem Fernglase untersucht.

Der Hausvater tritt herein, und alle stehen auf.

Ihm folgt seine Tochter, und vor seiner Tochter geht ihre Kammerfrau her, die das Frühstück ihrer Gebieterin trägt. Jungfer Clairet nickt im Vorbeigehen gegen die Frau Papillon auf eine gnädige Art. Sie setzt das Frühstück auf einem kleinen Tische auf. Cäcilia läßt sich auf der einen Seite dieses Tisches nieder. Der Hausvater sitzet an der andern Seite desselben. Jungfer Clairet stehet hinter dem Lehnstuhle ihrer Gebieterin.

Diese Szene bestehet aus zwei zugleich miteinander laufenden Szenen. Cäciliens Szene wird mit leiser Stimme gesprochen.

DER HAUSVATER *(zum Bauer).* Ah, seid Ihr der, der meinen Pachter zu Limeuil überbietet? Ich bin mit ihm zufrieden. Er ist ein ordentlicher Mann. Er hat Kinder. Es ist mir gar nicht unangenehm, daß man bei mir etwas vor sich bringt. Ihr könnt nur wieder gehen.

(Jungfer Clairet winkt der Frau Papillon, näher zu kommen.)

CÄCILIA *(zur Frau Papillon leise).* Bringt Sie mir was Hübsches?

DER HAUSVATER *(zu seinem Haushofmeister).* Nun, Herr Le Bon, was ist vorgefallen?

FRAU PAPILLON *(leise zu Cäcilien).* Sie sollen gleich sehen, Mademoiselle.

LE BON. Der Schuldner, dessen Verschreibung schon seit einem Monate gefällig ist, bittet noch um eine kurze Nachsicht.

DER HAUSVATER. Die Zeiten sind schwer; sehe Er ihm immer noch nach. Wir wollen lieber eine kleine Summe zu verlieren wagen, als ihn zugrunde richten.

(Während dem Verfolge dieser Szene legen Frau Papillon und ihr Mädchen die fremden Stoffe und Zeuge auf den Stühlen aus. Cäcilia trinkt ihren Kaffee, betrachtet, billiget, verwirft, läßt beiseite legen etc.)

LE BON. Die Handwerksleute, die an Ihrem Hause zu Orsigny arbeiten, sind da.

DER HAUSVATER. Mache Er ihre Rechnung.

LE BON. Ich glaube nicht, daß so viel in Kasse ist.

DER HAUSVATER. Demohngeachtet; ihre Bedürfnisse sind dringender als meine, und es ist besser, daß ich mich behelfe, als sie. *(Zu Cäcilien.)* Cäcilia, vergiß meine Mündel nicht. Vielleicht ist unter diesen Waren etwas für sie. *(Hier wird er des verschämten Armen gewahr. Er stehet eilfertig auf, gehet ihm entgegen und sagt leise zu ihm:)*

Verzeihen Sie, mein Herr; ich habe Sie nicht gesehen. – Häusliche Angelegenheiten haben mich verhindert. – Ich habe Sie ganz vergessen. –

(Indem er das sagt, zieht er einen Beutel heraus, den er ihm heimlich zusteckt; und unterdessen, daß er ihn begleitet und wiederkömmt, ruckt die andre Szene weiter.)

JUNGFER CLAIRET. Das Muster ist allerliebst.

CÄCILIA. Wie teuer das Stück?

FRAU PAPILLON. Zehn Louisdor, aufs genauste.

JUNGFER CLAIRET. Das lass ich gelten. *(Cäcilia bezahlt.)*

DER HAUSVATER *(indem er wiederkömmt, leise und in einem mitleidigen Tone).* Eine Familie zu erziehen, seinem Stande sich gemäß zu halten, – und nichts dazu zu haben!

CÄCILIA. Was ist in der Schachtel?

DAS LADENMÄDCHEN. Es sind Spitzen drin. *(Sie macht die Schachtel auf.)*

CÄCILIA *(lebhaft).* Nein, nein, ich will sie nicht sehen. Adieu, Frau Papillon.

(Jungfer Clairet, Frau Papillon und das Ladenmädchen gehen ab.)

LE BON. Der Nachbar, der auf das Stücke Landes die Ansprüche wider Sie macht, würde vielleicht abstehen, wenn –

DER HAUSVATER. Ich will mich nicht berauben lassen. Ich will meinen Kindern, einem geizigen und ungerechten Manne zu Gefallen, nichts vergeben. Alles, was ich tun kann, ist, daß ich ihm, wenn er will, so viel abtrete, als mich der Prozeß ohngefähr kosten könnte. Sehe Er zu.

(Herr Le Bon geht ab. Der Hausvater ruft ihn wieder zurück und sagt:) Weil ich daran denke, Herr Le Bon. Er vergißt doch nicht die Leute aus der Provinz? Ich höre, daß sie eines von ihren Kindern hierher geschickt haben. Suche Er doch zu erfahren, wo es ist.

(Zu La Brie, der in dem Saale aufräumt.) Ihr könnt nicht länger in meinen Diensten sein. Ihr habt von dem unordentlichen Leben meines Sohnes gewußt. Ihr habt mich belogen. In meinem Hause muß man nicht lügen.

CÄCILIA *(die für ihn bitten will).* Mein Vater –

DER HAUSVATER. Es ist freilich sonderbar. Wir verschlimmern sie selbst. Wir machen sie selbst zu schlechten Leuten; und wenn wir sie als solche finden, sind wir noch ungerecht genug, uns darüber zu beklagen. *(Zu La Brie.)* Ich lasse Euch Eure Kleidung und gebe Euch noch einen Monat Lohn. Geht. *(Zu Philippen.)* Seid Ihr es, von dem man mir gesprochen hat?

PHILIPP. Ja, mein Herr.

DER HAUSVATER. Ihr habt es gehört, warum dieser seinen Abschied erhalten hat. Denkt daran. Geht, und laßt niemanden herein.

Zweiter Auftritt

DER HAUSVATER. CÄCILIA.

DER HAUSVATER. Nun, meine Tochter, hast du dich bedacht?

CÄCILIA. Ja, mein Vater.

DER HAUSVATER. Und was hast du beschlossen?

CÄCILIA. Mich in allem nach Ihrem Willen zu richten.

DER HAUSVATER. Diese Antwort versprach ich mir.

CÄCILIA. Wenn ich mir gleichwohl einen Stand wählen dürfte –

DER HAUSVATER. Welchen würdest du vorziehen? – Du stehst bei dir an. – Rede, meine Tochter.

CÄCILIA. Ich würde den einsamen Stand vorziehen.

DER HAUSVATER. Was meinest du? Ein Kloster?

CÄCILIA. Ja, mein Vater. Wo könnte ich eine bessere Zuflucht gegen den Verdruß und Kummer, der mir vielleicht bevorstehet, finden?

DER HAUSVATER. Du sprichst von Verdruß und Kummer, und denkest an den Kummer und Verdruß nicht, den du mir machen würdest? So wolltest du mich verlassen? So wolltest du das Haus deines Vaters mit einem Kloster vertauschen? Die Gesellschaft deines Oheims, deines Bruders, meine Gesellschaft, mit der Knechtschaft? Nein, meine Tochter, das muß nicht geschehen! Ich verehre den Beruf zum geistlichen Leben; aber es ist nicht dein Beruf. Die Natur hat dir gesellige Eigenschaften gegeben, und sie kann sie dir nicht umsonst gegeben haben. – Cäcilia, du seufzest. – Ah, wenn dieser Vorsatz aus irgend einer geheimen Ursache entspränge, – welch Schicksal würdest du dir zubereitet haben! Du hast das Winseln der Unglücklichen nie gehöret, deren Anzahl du zu vermehren kämest. Es dringet durch die nächtliche Stille ihrer Kerker. Dann, dann, mein Kind, fließen bittere Tränen, an denen niemand Anteil nimmt, und netzen das einsame Lager. – Cäcilia, nicht ein Wort mehr vom Kloster. – Ich will keinem Kinde das Leben gegeben haben, ich will kein Kind erzogen und ohn Unterlaß an der Befestigung seines Glücks gearbeitet haben, um es lebendig in das Grab herabsteigen zu lassen und so meine Hoffnung und die Hoffnung der Gesellschaft betrogen zu sehen. – Und wer soll der Welt tugendhafte Bürger liefern, wenn sich gleich diejenigen Frauenzimmer, die es am meisten verdienten, Hausmütter zu sein, dieser Sorge entziehen wollen?

CÄCILIA. Ich habe Ihnen gesagt, mein Vater, daß ich mich in allem nach Ihrem Willen richten will.

DER HAUSVATER. So rede mir denn nichts weiter vom Kloster.

CÄCILIA. Ich darf aber doch hoffen, daß Sie Ihre Tochter zu keiner Veränderung des Standes zwingen werden; daß Sie ihr erlauben werden, ihre Tage ruhig und frei an der Seite ihres Vaters zu verleben?

DER HAUSVATER. Wenn ich bloß auf mich sehen wollte, so könnte ich mit diesem Vorsatze gar wohl zufrieden sein.

Aber ich muß dir die Zeit zu Gemüte führen, da ich nicht mehr sein werde. – Cäcilia, die Natur hat ihre Absichten, und wenn du Achtung geben willst, so wirst du finden, daß sie sich an allen rächet, die ihr diese Absichten fehlschlagen lassen: die Mannspersonen strafet sie wegen des ehelosen Standes durch das Laster, und das Frauenzimmer durch Verachtung und Langeweile. – Du kennest die verschiedenen Stände; sage mir, gibt es einen traurigern, einen ungeachtetern Stand als den Stand einer betagten Jungfer? Mein Kind, man vermutet, ein Mädchen müsse entweder Gebrechen des Körpers oder der Seele haben, wenn sie dreißig Jahr alt geworden ist, ohne eine Person gefunden zu haben, die mit ihr die Mühseligkeiten des Lebens zu ertragen geneigt gewesen wäre. Dem aber sei wie ihm wolle: das Alter kömmt heran; die Reize verschwinden; die Mannspersonen entfernen sich; die üble Laune nimmt überhand; man verlieret seine Eltern, seine Bekannte, seine Freunde. Eine alte Jungfer hat niemanden um sich als Gleichgültige, die sie verabsäumen, oder Eigennützige, die ihre Tage zählen. Sie empfindet es; sie betrübt sich darüber; sie lebt, ohne daß sie jemand tröstet, und stirbt, ohne daß sie jemand beweinet.

CÄCILIA. Das ist wahr. Aber welcher Stand ist ohne Beschwerden; und hat der eheliche Stand nicht auch die seinigen?

DER HAUSVATER. Wer weiß das besser als ich? Ihr lehret es mich alle Tage. Allein es ist ein Stand, den die Natur uns aufleget. Es ist der Beruf aller lebenden Wesen. – Meine Tochter, wer sich auf eine unvermischte Glückseligkeit Rechnung macht, der kennet weder das Leben des Menschen, noch die Absichten, welche der Himmel mit ihm hat. – Setzet der Ehestand uns grausamen Schmerzen aus, so ist er doch auch die Quelle der süßesten Freuden. Wo findet man Beispiele des reinsten und aufrichtigsten Anteils, der wirklichen Zärtlichkeit, der innigsten Vertraulichkeit, des ununterbrochenen Beistandes, der wechselseitigen Zufriedenheit, des geteilten Kummers, der vernommenen Seufzer, der vermischten Tränen; wo findet man sie sonst als in der Ehe? Gibt es etwas, was ein rechtschaffner Mann seiner Frau vorzöge? Findet sich etwas in der Welt, das ein Vater mehr liebte, als seine Kinder? – O heilige Bande der Ehe, wenn ich an euch denke, entbrennet meine Seele und erhebt sich! – O zärtliche Namen des Sohnes und der Tochter, euch sprach ich nie aus, ohne daß mein Herz nicht innigst gerühret ward, ohne daß es vor Freuden nicht hüpfte; nichts ist süßer in meinen Ohren; an nichts nimmt meine ganze Seele mehr Anteil. – Cäcilia, denke an das Leben deiner Mutter. Kann ein süßeres Leben sein, als das Leben einer Frau, die ihre Tage in Erfüllung der Pflichten einer aufmerksamen Gattin, einer zärtlichen Mutter, einer mitleidigen Gebieterin zubringet? – Welchen Stoff zu den süßesten Betrachtungen trägt sie in ihrem Herzen mit weg, wenn sie sich des Abends zur Ruhe begibt!

CÄCILIA. Jawohl, mein Vater. Aber wo sind die Frauen, die ihr, wo sind die Männer, die Ihnen gleichen?

DER HAUSVATER. Es gibt deren noch, mein Kind; und es wird nur von dir abhangen, eben das Schicksal zu haben, das sie hatte.

CÄCILIA. Wenn es auf weiter nichts ankäme, als um sich zu sehen, seine Vernunft, sein Herz zu hören –

DER HAUSVATER. Cäcilia, du schlägst die Augen nieder. Du zitterst. Du fürchtest dich, zu reden. – Mein Kind, laß mich in deiner Seele lesen. Du kannst kein Geheimnis vor deinem Vater haben; und wenn ich dein Vertrauen verloren hätte, so müßte es meine eigene Schuld sein. – Du weinest –

CÄCILIA. Ihre Gütigkeit betrübt mich. Wenn Sie strenger gegen mich sein könnten?

DER HAUSVATER. Solltest du es wohl verdient haben? Sollte dir dein Herz wohl Vorwürfe machen?

CÄCILIA. Nein, mein Vater.

DER HAUSVATER. Was fehlt dir denn also?

CÄCILIA. Nichts.

DER HAUSVATER. Du betrügst mich, meine Tochter.

CÄCILIA. Ihre Zärtlichkeit schlägt mich darnieder. Ich wollte sie gern erwidern können.

DER HAUSVATER. Sollte dein Herz wohl jemand gewählt haben? Sollte es wohl lieben?

CÄCILIA. Wie sehr würde ich zu beklagen sein!

DER HAUSVATER. Rede. – *(Vertraulicher und zärtlicher.)* Rede doch, mein Kind. Wenn du nicht mehr Strenge bei mir vermutest, als ich mir jemals bewußt gewesen bin, so laß dieses unzeitige Zurückhalten. Du bist kein Kind mehr. Warum sollte ich dich wegen einer Empfindung tadeln, die ich einst in dem Herzen deiner Mutter erweckte? – O du, die du itzt in meinem Hause ihre Stelle vertrittst, die du mir sie vorstellest, ahme ihr in der Freimütigkeit nach, die sie gegen den bezeugte, der ihr das Leben gegeben hatte, der sie und mich glücklich zu sehen wünschte. – Du antwortest mir nicht, Cäcilia?

CÄCILIA. Das Schicksal meines Bruders macht mich zittern.

DER HAUSVATER. Dein Bruder ist ein Narr.

CÄCILIA. Vielleicht würden Sie mich nicht klüger finden als ihn.

DER HAUSVATER. Nein, solchen Verdruß wird mir Cäcilia nicht machen. Ihre Klugheit ist mir bekannt; und ich erwarte bloß das Bekenntnis ihrer Wahl, um sie zu billigen. *(Cäcilia schweigt. Der Hausvater wartet einen Augenblick; darauf fährt er in einem ernsthaften und gar ein wenig ärgerlichen Tone fort:)* Es würde mir angenehm gewesen sein, deine Gesinnungen von dir selbst zu vernehmen; doch auf was Art du mir sie auch sonst eröffnen willst, es soll mir gleich viel sein. Es geschehe durch den Mund deines Oheims oder deines Bruders oder durch Germeuilen; wie gesagt, es soll mir gleich angenehm sein. – Germeuil ist unser gemeinschaftlicher Freund. – Es ist ein gesetzter und verständiger Mann. – Er hat mein Vertrauen. – Mich dünkt, er verdiene auch dein Vertrauen zu haben –

CÄCILIA. Ich habe die nämlichen Gedanken von ihm.

DER HAUSVATER. Ich bin ihm viel schuldig. Es ist Zeit, daß ich mich mit ihm abfinde.

CÄCILIA. Ihre Kinder werden weder Ihrer Gewalt noch Ihrer Erkenntlichkeit jemals einige Grenzen setzen. – Bisher hat er Sie als einen Vater verehret, und Sie haben ihn als eines Ihrer Kinder gehalten.

DER HAUSVATER. Wüßtest du nicht etwa, was ich wohl für ihn tun könnte?

CÄCILIA. Hierin, glaube ich, muß man ihn wohl selbst zu Rate ziehen. – Vielleicht hat er Gedanken. – Vielleicht – Bin ich imstande, Ihnen zu raten?

DER HAUSVATER. Der Komtur hat mir etwas gesagt. –

CÄCILIA *(lebhaft)*. Ich weiß nicht, was es ist; aber Sie kennen ja unsern Vetter. – Ach, glauben Sie es ja nicht, mein Vater. –

DER HAUSVATER. Ich werde wohl also sterben müssen, ohne eines von meinen Kindern glücklich zu sehen. – Cäcilia – Grausame Kinder, was habe ich euch getan, daß ihr mich so kränket? – Ich habe das Vertrauen meiner Tochter verloren. Mein Sohn hat sich in ein Band verstricket, das ich unmöglich billigen kann, und das ich zerreißen muß – –

Dritter Auftritt

DER HAUSVATER. CÄCILIA. PHILIPP.

PHILIPP. Mein Herr, zwei Frauenzimmer verlangen Sie zu sprechen.

DER HAUSVATER. Laßt sie hereinkommen!
(Cäcilia geht ab. Ihr Vater ruft sie zurück und sagt traurig:) Cäcilia!

CÄCILIA. Mein Vater!

DER HAUSVATER. So liebst du mich nicht mehr?
(Die angemeldeten Frauenzimmer treten herein, und Cäcilia geht ab, mit dem Tuche vor den Augen.)

Vierter Auftritt

DER HAUSVATER. SOPHIA. FRAU HEBERT.

DER HAUSVATER *(erblickt Sophien und sagt in einem Tone und mit einer Art von Erstaunen:)* Er hat mich nicht betrogen. Welche Reize! Welche Bescheidenheit! Welche Holdseligkeit! – Ach! –

FR. HEBERT. Mein Herr, wir kommen auf Ihren Befehl –

DER HAUSVATER. Sind Sie es, Mademoiselle, die sich Sophia nennen?

SOPHIA *(zitternd und verstört).* Ja, mein Herr.

DER HAUSVATER. Meine liebe Frau, ich hätte der Mademoiselle ein Wort zu sagen. Ich habe von ihr reden hören; ich will ihr Bestes.

(Fr. Hebert tritt beiseite.)

SOPHIA *(zittert noch immer und hält sie bei dem Arme zurück).* Meine Liebe –

DER HAUSVATER. Mein Kind, fassen Sie sich. Ich werde Ihnen nichts Unangenehmes sagen.

SOPHIA. Ach!

(Fr. Hebert setzet sich zuhinterst im Saale nieder und ziehet ihre Arbeit hervor, um nicht müßig zu sein.)

DER HAUSVATER *(führet Sophien zu einem Stuhle und läßt sie neben sich niedersetzen).* Wo sind Sie her, Mademoiselle?

SOPHIA. Ich bin aus einer kleinen Stadt in der Provinz.

DER HAUSVATER. Sind Sie schon lange in Paris?

SOPHIA. Nicht lange; und wollte Gott, daß ich niemals hergekommen wäre!

DER HAUSVATER. Was machen Sie hier?

SOPHIA. Ich nähre mich von meiner Arbeit.

DER HAUSVATER. Sie sind sehr jung.

SOPHIA. Desto länger werde ich zu leiden haben.

DER HAUSVATER. Haben Sie Ihren Herrn Vater noch?

SOPHIA. Nein, mein Herr.

DER HAUSVATER. Und Ihre Frau Mutter?

SOPHIA. Die hat mir der Himmel erhalten. Aber sie hat so viel Kreuz; ihre Gesundheit ist so hinfällig, und ihr Elend so groß!

DER HAUSVATER. Ihre Frau Mutter ist also wohl sehr arm?

SOPHIA. Sehr arm! Und doch ist niemand in der Welt, deren Tochter ich lieber sein wollte.

DER HAUSVATER. Ich lobe Sie, dieser Gesinnung wegen. Sie scheinen das beste Herz zu haben. – Und wer war Ihr Herr Vater?

SOPHIA. Mein Vater war ein rechtschaffner Mann. Er hörte keinen Unglücklichen, ohne Mitleiden mit ihm zu haben. Er verließ seine Freunde in ihrem Elende nicht, und ward arm. Er hatte viel Kinder mit meiner Mutter; und als er starb, ließ er uns alle ohne Hilfe. – Ich war damals noch sehr jung – Ich kann mich kaum erinnern, ihn gesehn zu haben. – Meine Mutter mußte mich auffassen und an sein Bette heben, daß ich ihn umarmen und seinen Segen erhalten konnte. – Ich weinte. Ach, ich wußte nicht, wie viel ich alles verlor!

DER HAUSVATER. Sie rühret mich. – Und aus was Ursache haben Sie das Haus Ihrer Eltern und Ihre Provinz verlassen?

SOPHIA. Ich kam mit einem meiner Brüder hierher, einen Anverwandten um Beistand zu bitten, der aber sehr hart gegen uns gewesen ist. Er hatte mich ehedem in der Provinz gesehen. Es hatte geschienen, als habe er mich lieb gewonnen, und meine Mutter glaubte, daß er sich dessen wieder erinnern würde. Allein er verschloß seine Türe vor meinem Bruder, und mir ließ er sagen, daß ich ihm nicht unter die Augen kommen sollte.

DER HAUSVATER. Und was ist aus Ihrem Bruder geworden?

SOPHIA. Er hat königliche Dienste genommen. Ich aber bin mit der guten Frau allein geblieben, die Sie da sehen, und die die Liebe hat, mich als ihr Kind zu achten.

DER HAUSVATER. Sie scheinet nicht in den besten Umständen zu sein.

SOPHIA. Sie teilet mit mir, was sie hat.

DER HAUSVATER. Und von Ihrem Anverwandten haben Sie weiter nichts gehört?

SOPHIA. Verzeihen Sie mir, mein Herr. Ich habe einigen Beistand von ihm erhalten. Aber was hilft das meiner Mutter?

DER HAUSVATER. Ihre Frau Mutter hat Sie also wohl vergessen?

SOPHIA. Meine Mutter tat ihr Äußerstes, uns nach Paris zu schicken. Ach, sie hoffte, diese Reise würde glücklichere Folgen haben. Würde sie sich wohl sonst haben entschließen können, mich von sich zu lassen? Seitdem hat sie nicht gewußt, wie sie mich wieder nach Hause bekommen soll. Doch schreibt sie mir nun, daß man mich in kurzem abholen und wieder zu ihr bringen werde. Sie muß eine mitleidige Seele gefunden haben. – O wir sind wohl recht sehr zu beklagen!

DER HAUSVATER. Und Sie kennen hier keinen Menschen, der Ihnen beistehen könnte?

SOPHIA. Keinen Menschen.

DER HAUSVATER. Und Sie leben von Ihrer Hände Arbeit?

SOPHIA. Ja, mein Herr.

DER HAUSVATER. Und leben ganz allein?

SOPHIA. Ganz allein.

DER HAUSVATER. Aber was ist denn das für ein junger Mensch, von dem man mir gesagt hat, namens Sergi, der neben Ihnen an wohnen soll?

FR. HEBERT *(lebhaft, indem sie ihre Arbeit sinken läßt).* Ach, mein Herr, es ist der ehrlichste Mensch –

SOPHIA. Es ist ein Unglücklicher, der sein Brot verdienen muß, wie wir, und der sein Elend zu dem unsrigen gebracht hat.

DER HAUSVATER. Weiter wissen Sie von ihm nichts?

SOPHIA. Nein, mein Herr.

DER HAUSVATER. Nun wohl, Mademoiselle, dieser Unglückliche –

SOPHIA. Kennen Sie ihn?

DER HAUSVATER. Ob ich ihn kenne! – Es ist mein Sohn.
SOPHIA. Ihr Sohn!
FR. HEBERT *(zu gleicher Zeit).* Sergi!
DER HAUSVATER. Ja, Mademoiselle.
SOPHIA. Ach, Sergi, so haben Sie mich betrogen!
DER HAUSVATER. Tugendhaftes, schönstes Kind, erkennen Sie die Gefahr, in der Sie gewesen sind.
SOPHIA. Sergi ist Ihr Sohn!
DER HAUSVATER. Er verehret Sie, er liebt Sie; aber seine Leidenschaft, wenn Sie ihr Raum gäben, würde Sie und ihn unglücklich machen.
SOPHIA. Warum bin ich doch in diese Stadt gekommen? Warum bin ich nicht wieder fortgereiset, sobald mir mein Herz es sagte!
DER HAUSVATER. Es ist noch Zeit. Sie müssen nicht länger von einer Mutter bleiben, die sich nach Ihnen sehnet, und der Ihr hiesiger Aufenthalt große Unruhe machen muß. Wollen Sie das, Mademoiselle?
SOPHIA. Ah, meine Mutter, was werde ich Ihnen sagen können!
DER HAUSVATER *(zur Fr. Hebert).* Sie, meine gute Frau, sollen das Kind nach Hause bringen, und ich will Sorge tragen, daß Sie Ihre Mühe nicht bereuen sollen.
(Fr. Hebert macht eine Verbeugung.)
DER HAUSVATER *(fährt gegen Sophien fort:)* Aber, Mademoiselle, wenn ich Sie Ihrer Mutter wiederschenke, so müssen Sie mir auch meinen Sohn wiedergeben. Sie müssen ihn lehren, was man seinen Eltern schuldig ist, Sie wissen das ja so wohl.
SOPHIA. Ah, Sergi, warum –
DER HAUSVATER. Sie müssen machen, daß er über seine Absichten errötet, so ehrlich sie auch immer mögen gewesen sein. Sie müssen ihm Ihre Abreise ankündigen. Sie müssen ihm befehlen, meinem Schmerze und der Unruhe seiner Familie ein Ende zu machen.
SOPHIA *(zur Hebert).* Meine Liebe –

FR. HEBERT. Mein Kind.

SOPHIA *(die sich an sie anlehnet).* Ich vergehe –

FR. HEBERT. Wir wollen abtreten, mein Herr, und Ihre Befehle erwarten.

SOPHIA. Armer Sergi! Unglückliche Sophia! *(Sie gehet, an die Frau Hebert gelehnet, ab.)*

Fünfter Auftritt

DER HAUSVATER *allein.*

DER HAUSVATER. O Gesetze der Welt! O grausame Vorurteile! – Es gibt so schon wenig Frauenzimmer gnug für einen Mann, der denket und empfindet. Warum muß die Wahl derselben noch so eingeschränkt sein! – Aber mein Sohn wird bald da sein. – Ich muß mich des Eindrucks entschlagen, den dieses Kind auf meine Seele gemacht hat. – Wie kann ich ihm, meiner Pflicht gemäß, vorstellen, was er mir schuldig ist, was er sich selbst schuldig ist, wenn mein Herz mit dem seinigen eins ist? –

Sechster Auftritt

DER HAUSVATER. ST. ALBIN.

ST. ALBIN *(im Hereintreten, und lebhaft).* Mein Vater.
(Der Hausvater gehet auf und nieder und schweigt.)

ST. ALBIN *(gehet seinem Vater nach, und sagt in einem bittenden Tone:)* Mein Vater.

DER HAUSVATER *(bleibt auf einmal stehen und sagt in einem ernsthaften Tone:)* Mein Sohn, wenn du noch nicht in dich gekehret bist, wenn die Vernunft ihre Macht über dich noch nicht wiedererlangt hat: so wage es nur nicht, dein Unrecht und meinen Verdruß zu vergrößern.

ST. ALBIN. Sie sehen mich davon durchdrungen! Ich nahe mich Ihnen mit Zittern. – Ich will ruhig und vernünftig sein. – Ja, ich will es gewiß sein. – Ich habe mir es vorgenommen.

(Der Hausvater gehet noch auf und nieder.)

ST. ALBIN *(nahet sich ihm furchtsam und sagt mit leiser und zitternder Stimme:)* Sie haben sie nun gesehen?

DER HAUSVATER. Ja, ich habe sie gesehen. Sie ist schön, und ich halte sie für tugendhaft. Aber was denkst du aus ihr zu machen? Einen Zeitvertreib? Das werde ich nicht zugeben. Deine Frau? Sie schickt sich nicht für dich.

ST. ALBIN *(der an sich hält).* Sie ist schön, sie ist tugendhaft, und sie schickt sich nicht für mich! Was schickt sich denn also für eine Frau für mich?

DER HAUSVATER. Eine solche, die durch ihre Erziehung, durch ihre Geburt, durch ihren Stand, durch ihr Vermögen dein Glück befestigen und meinen Hoffnungen ein Genüge leisten kann.

ST. ALBIN. Aus meiner Heirat soll also ein Band des Eigennutzes und des Ehrgeizes werden? Mein Vater, Sie haben nur *einen* Sohn; opfern Sie ihn nicht Absichten auf, welche die Welt mit unglücklichen Ehemännern erfüllen. Ich brauche eine rechtschaffene, empfindliche Gattin, die mich die Mühseligkeiten des Lebens ertragen lehre; und keine reiche, betitelte Frau, die sie vermehre. Ah, wünschen Sie mir eher den Tod, und der Himmel gewähre mir ihn eher, als eine Frau, so wie ich sie sehe –

DER HAUSVATER. Ich schlage dir keine vor; aber ich werde es auch niemals zugeben, daß du derjenigen zuteil werdest, an die du dich so närrischerweise gehangen hast. Ich könnte mich meiner Gewalt bedienen und zu dir sagen: St. Albin, das mißfällt mir; daraus kann nichts werden; denke weiter nicht daran. Allein ich habe nie etwas von dir verlangt, ohne dir den Grund davon zu zeigen. Ich habe deinen bloßen Gehorsam, ohne deinen Beifall zu haben, niemals begehrt; und ich will bei dieser Herablassung auch noch itzt bleiben. Mäßige dich, und höre mich.

Mein Sohn, es sind nunmehr bald zwanzig Jahr, als ich die ersten Tränen, die du mir auspreßtest, über dich weinte. Mein Herz zerschmolz, als ich in dir einen Freund erblickte, den mir die Natur schenkte. Ich nahm dich aus dem Schoße deiner Mutter in meine Arme; ich hob dich gen Himmel, mischte meine Stimme in dein Schreien und sprach zu Gott: »O GOtt, der du mir dieses Kind gegeben, wenn ich die Sorge versäumen sollte, die du mir an diesem Tage auflegest, oder wenn dieses Kind meiner Sorge nicht würdig werden sollte, so siehe nicht auf die Freude seiner Mutter; nimm es zurück!«
Das war das Gelübde, welches ich für dich und für mich tat. Es ist mir nie aus den Gedanken gekommen. Ich habe dich nicht der Sorge eines Mietlings übergeben. Ich habe dich selbst gelehret reden, denken und empfinden. So wie du an Jahren zunahmest, habe ich deine Neigungen ausgeforscht; diesen gemäß habe ich den Plan deiner Erziehung entworfen, und ihn ohn Unterlaß befolgt. Wie viel Mühe habe ich mir gegeben, um dir Mühe zu ersparen? Ich habe dein künftiges Schicksal, deinen Fähigkeiten und deinem Geschmacke zufolge, festgesetzt. Ich habe nichts versäumet, dich mit so vielen Vorzügen, als möglich, in die Welt einzuführen. Und da ich mich endlich dem Augenblick, die Früchte meiner Sorgfalt einzusammeln, nähere; da ich mir schon Glück wünsche, einen Sohn zu haben, der seiner Geburt, die ihn zu den besten Verbindungen bestimmt, der seinen persönlichen Eigenschaften, die ihn zu wichtigen Ämtern rufen, entspricht: soll eine unsinnige Leidenschaft, soll eine plötzliche, schwärmrische Entzückung alles zunichte gemacht haben? Ich soll sehen, daß seine schönsten Jahre verloren gehen, daß er seines Glückes verfehlt, daß meine Erwartung betrogen wird; das soll ich sehen und es zugeben? Wie hast du dir so etwas einbilden können?

ST. ALBIN. Wie unglücklich bin ich!

DER HAUSVATER. Du hast einen Vetter, der dich liebt und dir ein ansehnliches Vermögen zugedacht hat; du hast einen Vater, der dir sein Leben aufgeopfert hat und dir in allem seine Zärtlichkeit zu beweisen sucht; du hast einen Namen, du hast Anverwandte, Freunde, die schmeichelhaftesten und gegründetsten Ansprüche: und du bist unglücklich? Was fehlt dir denn noch?

ST. ALBIN. Sophia, Sophiens Herz, und die Einwilligung meines Vaters.

DER HAUSVATER. Was unterstehest du dich, mir vorzuschlagen? Ich sollte an deiner Torheit, an dem allgemeinen Tadel, den sie dir zuziehen muß, teilnehmen? Vätern und Kindern ein solches Exempel geben? Ich sollte, durch eine schimpfliche Schwachheit, die Verwirrung der Gesellschaft, die Vermischung des Bluts und der Stände, die Erniedrigung der Familien gut heißen?

ST. ALBIN. Wie unglücklich bin ich! Wenn ich diejenige nicht haben kann, die ich liebe, so werde ich einmal diejenige nehmen müssen, die ich nicht liebe. Denn ich werde in meinem Leben keine als Sophien lieben. Ich werde ohne Unterlaß jede andere mit ihr vergleichen. Und diese andere wird unglücklich sein; ich werde es gleichfalls sein; Sie werden es sehen, und werden für Gram sterben.

DER HAUSVATER. Ich werde meine Schuldigkeit getan haben, und wehe dir, wenn du deine nicht tuest!

ST. ALBIN. Mein Vater, entziehen Sie mir Sophien nicht!

DER HAUSVATER. Höre auf, sie von mir zu verlangen.

ST. ALBIN. Sie haben mir hundertmal gesagt, daß eine rechtschaffne Frau das größte Geschenk sei, welches der Himmel geben könne. Ich habe sie gefunden, und Sie, Sie wollen mich ihrer berauben! Entziehen Sie mir sie nicht, mein Vater! Da sie nun weiß, wer ich bin, was muß sie itzt nicht von mir erwarten? Soll St. Albin weniger großmütig sein, als Sergi? Entziehen Sie mir sie nicht! Sie ist es, die die Tugend in mein Herz zurückgerufen hat. Sie allein kann sie darin erhalten.

DER HAUSVATER. Das ist: was mein Beispiel nicht vermögend gewesen, wird das ihrige ausrichten.

ST. ALBIN. Sie sind mein Vater, und Sie befehlen. Sie wird meine Frau sein, und das ist eine andere Herrschaft.

DER HAUSVATER. Welcher Unterschied zwischen einem Liebhaber und einem Ehemanne! Zwischen einer Frau, und einer Geliebten! Unerfahrner Mensch, du weißt das nicht.

ST. ALBIN. Ich hoffe es auch nie zu erfahren.

DER HAUSVATER. Wo ist der Liebhaber, der seine Geliebte mit andern Augen ansähe? Der anders spräche?

ST. ALBIN. Sie haben Sophien gesehen! – Wenn ich sie für Hoheit, für Würden, für Hoffnungen, für Vorurteile verlasse, so verdiente ich sie nicht zu kennen. Mein Vater, verachten Sie wohl Ihren Sohn so sehr, daß Sie das glauben sollten?

DER HAUSVATER. Sie hat sich nicht so weggeworfen und deiner Leidenschaft Raum gegeben. Ahme ihr nach.

ST. ALBIN. Ich würfe mich weg, wenn ich ihr Gemahl würde?

DER HAUSVATER. Frage nur die Welt.

ST. ALBIN. In gleichgültigen Dingen will ich mir die Welt, so wie sie ist, gern gefallen lassen; aber wenn es das Glück oder Unglück meines Lebens betrifft, wenn es die Wahl einer Gattin betrifft –

DER HAUSVATER. Du wirst den Menschen keine andere Gedanken beibringen. Richte dich also darnach.

ST. ALBIN. Sie sollten alles verkehrt, alles verdorben haben; sie sollten die Natur ihren elenden Verabredungen unterworfen haben: und ich sollte es so zufrieden sein?

DER HAUSVATER. Oder sie werden dich verachten.

ST. ALBIN. So will ich sie fliehen.

DER HAUSVATER. Ihre Verachtung wird dir nachfolgen; und diese Frau, die dich darein gestürzt hätte, würde nicht weniger zu beklagen sein, als du. – Du liebst sie?

ST. ALBIN. Ob ich sie liebe!

DER HAUSVATER. So höre, und erschrick über das Schicksal, das du dir bereitest. Es kömmt ein Tag, da du den Wert alles dessen, was du ihr aufgeopfert hast, empfinden wirst. Du wirst dich mit ihr allein sehen, ohne Stand, ohne Vermögen, ohne Ansehen; Langeweile und Verdruß werden sich deiner bemeistern. Du wirst sie hassen; du wirst sie mit Vorwürfen überhäufen. Ihre Geduld, ihre Sanftmut wird dich vollends erbittern; du wirst sie nur desto mehr hassen; du wirst die Kinder hassen, die du von ihr bekömmst; und endlich wirst du sie vor Herzeleid in die Grube bringen.

ST. ALBIN. Ich!

DER HAUSVATER. Du!

ST. ALBIN. Nimmermehr, nimmermehr!

DER HAUSVATER. Der Leidenschaft dünket alles ewig; aber die Natur will, daß alles ein Ende nehme.

ST. ALBIN. Ich sollte jemals aufhören, Sophien zu lieben! Wenn ich dazu fähig wäre, so würde ich auch zweifeln müssen, ob ich meinen Vater liebte.

DER HAUSVATER. Willst du es gewiß wissen, ob du diesen liebst, und willst du mir es beweisen: so tue, was ich von dir verlange.

ST. ALBIN. Ich wollte gern; aber umsonst. Ich kann nicht. Es steht nicht in meiner Macht. Ich kann nicht, mein Vater.

DER HAUSVATER. Unsinniger, du willst Vater werden? Kennest du die Pflichten eines Vaters? Und wenn du sie kennest, sprich, würdest du deinem Sohne das zugestehen, was du von mir erwartest?

ST. ALBIN. Ah, wenn ich antworten dürfte!

DER HAUSVATER. Antworte.

ST. ALBIN. Sie erlauben es mir?

DER HAUSVATER. Ich befehle es dir.

ST. ALBIN. Als Sie auf meiner Mutter bestanden; als sich die ganze Familie wider Sie empörte; als mein Großvater Sie ein undankbares Kind nennte, und Sie ihn in dem Innersten Ihrer Seele einen grausamen Vater nennten: wer von Ihnen beiden hatte recht? Meine Mutter war tugendhaft und schön, wie Sophia; sie war ohne Vermögen, wie Sophia; Sie liebten sie, wie ich Sophien liebe. Litten Sie es, daß man sie

Ihnen raubte, mein Vater; und habe ich nicht auch ein Herz?

DER HAUSVATER. Ich wußte, wie ich mir helfen konnte, und deine Mutter war von Stande.

ST. ALBIN. Wer weiß, was Sophia ist?

DER HAUSVATER. Einbildungen!

ST. ALBIN. Sie wußten, wie Sie sich helfen konnten? Liebe und Mangel werden mir schon auch Mittel an die Hand geben, wie ich mir helfen soll.

DER HAUSVATER. Betrachte das Unglück, das deiner wartet, und zittere!

ST. ALBIN. Sie nicht besitzen, ist das einzige Unglück, wovor ich zittere.

DER HAUSVATER. Und der Verlust meiner Zärtlichkeit? –

ST. ALBIN. Ihre Zärtlichkeit werde ich wiedererlangen.

DER HAUSVATER. Wer hat dir das gesagt?

ST. ALBIN. Sie werden Sophien weinen sehen; ich werde Ihre Knie umfassen; meine Kinder werden ihre unschuldigen Hände gegen Sie ausstrecken: und Sie werden sie gewiß nicht von sich stoßen.

DER HAUSVATER. Er kennet mich nur allzuwohl! – *(Nach einer kleinen Pause sagt er in dem strengsten Tone und mit der härtesten Art:)* Mein Sohn, ich sehe, daß ich dir umsonst zurede; daß die Vernunft nichts mehr bei dir gilt; und daß mir einzig das Mittel übrig bleibt, dessen ich mich nie gern bedienen wollte. Nun muß ich es brauchen; denn du zwingst mich dazu. Gib dein Vorhaben auf. Ich will es, und ich befehle es dir bei aller der Gewalt, die ein Vater über seine Kinder hat.

ST. ALBIN *(mit einer verbissenen Heftigkeit).* Gewalt, Gewalt; weiter wissen Sie auch nichts.

DER HAUSVATER. Hüte dich!

ST. ALBIN *(im Hin- und Hergehen).* So sind sie alle. Das ist ihre Liebe gegen uns. Was könnten sie mehr tun, wenn sie unsere Feinde wären?

DER HAUSVATER. Was sagst du? Was murmelst du?

ST. ALBIN *(noch immer so).* Sie dünken sich weise, weil sie andere Leidenschaften haben, als wir.

DER HAUSVATER. Schweig.

ST. ALBIN. Sie geben uns das Leben, um nach ihrem Gutbefinden damit zu schalten.

DER HAUSVATER. Schweig.

ST. ALBIN. Sie erfüllen es mit dem bittersten Verdrusse. Und wie sollten sie unsere Schmerzen rühren? Sie haben sich daran gewöhnt.

DER HAUSVATER. Du vergißt, wer ich bin, und mit wem du sprichst. Schweig, oder du wirst den schrecklichsten Zorn auf dich ziehen, dessen ein Vater fähig ist.

ST. ALBIN. Ein Vater! Ein Vater! Es gibt keine Väter. – Es gibt nichts als Tyrannen.

DER HAUSVATER. O Himmel!

ST. ALBIN. Ja, nichts als Tyrannen.

DER HAUSVATER. Gehe mir aus den Augen, undankbares, ungeratenes Kind! Ich gebe dir meinen Fluch. Fort! fliehe mich! *(Der Sohn gehet fort. Kaum aber hat er einige Schritte getan, als ihm sein Vater nachläuft und sagt:)* Wo willst du hin, Unglücklicher?

ST. ALBIN. Mein Vater.

DER HAUSVATER *(wirft sich in einen Lehnstuhl, und sein Sohn fällt ihm zu Füßen).* Ich, dein Vater? Du, mein Sohn? Du gehest mir nichts mehr an. Du bist mir niemals etwas angegangen. Du vergiftest mein Leben. Du wünschest meinen Tod. Ah, warum hat er so lange verweilet? Warum liege ich nicht schon längst an der Seite deiner Mutter? Sie ist dahin; und meine unglücklichen Tage wurden verlängert!

ST. ALBIN. Mein Vater.

DER HAUSVATER. Entferne dich. Verbirg mir deine Tränen. Du zerreißest mein Herz, und doch kann ich dich nicht daraus vertreiben.

Siebenter Auftritt

DER HAUSVATER. ST. ALBIN. DER KOMTUR.

Der Komtur tritt herein. St. Albin, der seinem Vater zu Füßen lag, stehet auf, und der Hausvater bleibt in seinem Lehnstuhle, den Kopf auf die Hand gestützet, in einer äußerst betrübten Stellung.

DER KOMTUR *(zeiget ihn dem St. Albin, der, ohne zu hören, auf und nieder geht).* Da! da siehe! Siehe, in welchen Zustand du ihn setzest. Ich habe es ihm prophezeit, daß du ihn für Leid in die Grube bringen würdest; und du machst meine Prophezeiung wahr.

(Indem der Komtur spricht, stehet der Hausvater auf und gehet fort. St. Albin macht sich gefaßt, ihm zu folgen.)

DER HAUSVATER *(indem er sich gegen seinen Sohn umkehret).* Wo willst du hin? Höre deinen Vetter. Ich befehle es dir.

Achter Auftritt

ST. ALBIN. DER KOMTUR.

ST. ALBIN. Reden Sie also nur, mein Herr; ich höre – Wenn es ein Unglück ist, zu lieben; nun, so ist das Unglück geschehen, und ich kann nicht helfen. – Wenn man mir sie verweigert, so lehre man mich sie erst vergessen. – Sie vergessen! Wen? Sie? Ich? Ich könnte, ich wollte sie vergessen? Der Fluch meines Vaters werde an mir erfüllt, wenn ich mir es jemals einkommen lasse!

DER KOMTUR. Was verlangt man denn nun von dir? Eine Kreatur fahren zu lassen, um die du dich kaum im Vorbeigehen hättest bekümmern sollen; die ohne Vermögen, ohne Eltern, ohne allen Anhang ist; eine Kreatur, die ich weiß nicht woher ist, ich weiß nicht wem angehört, und lebt, ich weiß nicht wie. Es gibt dergleichen Mädchen. Es gibt auch Narren, die sich ihretwegen ruinieren; aber sie heiraten! sie heiraten!

ST. ALBIN *(heftig).* Herr Komtur.

DER KOMTUR. Sie gefällt dir? Nun gut, so behalte sie. Ob's die ist oder eine andere, das gilt mir gleich viel. Nur laß uns zu seiner Zeit das Ende von diesem Handel hoffen. *(St. Albin will fortgehen.)* Wo willst du hin?

ST. ALBIN. Fort.

DER KOMTUR *(hält ihn).* Hast du vergessen, daß ich im Namen deines Vaters mit dir rede?

ST. ALBIN. Nun gut, mein Herr, reden Sie nur. Peinigen Sie mich immer, bringen Sie mich nur immer zur Verzweiflung. Ich habe weiter nichts zu antworten als das: Sophia soll doch meine Frau werden.

DER KOMTUR. Deine Frau?

ST. ALBIN. Ja, meine Frau.

DER KOMTUR. So ein nichtswürdiges Mädchen!

ST. ALBIN. Die mich alles verachten gelehret hat, was Sie zu Ihrer Schande fesselt.

DER KOMTUR. Hast du keine Scham?

ST. ALBIN. Scham?

DER KOMTUR. Du, der Sohn des Herrn d'Orbesson, der Neffe des Komturs d'Aulnoy!

ST. ALBIN. Ich, des Herrn d'Orbesson Sohn? Ich, Ihr Neffe?

DER KOMTUR. Das sind die Früchte der bewundernswürdigen Erziehung, auf die dein Vater so stolz war! Da sehe einer nun, das Muster aller jungen Leute bei Hofe und in der Stadt! – Aber du denkst vielleicht, du bist reich?

ST. ALBIN. Nein.

DER KOMTUR. Weißt du, wie viel du von deiner Mutter hast?

ST. ALBIN. Ich habe daran niemals gedacht, und ich mag es auch gar nicht wissen.

DER KOMTUR. Höre nur. Sie war von sechs Kindern, die wir zusammen waren, die jüngste, und das noch dazu in einer Provinz, wo man den Mädchen nichts mitgibt. Dein Vater, der nicht viel klüger war als du, vernarrte sich in sie und nahm sie. Tausend Taler Renten, wovon die Hälfte deiner Schwester gehört, das macht für jeden fünfhundert; und das ist alles, was du hast!

St. Albin. Wie? Ich habe jährlich fünfhundert Taler?

Der Komtur. So lange als es währet.

St. Albin. Ah Sophia, Sie sollen nicht mehr unter dem Dache wohnen dürfen! Das Elend soll Ihnen nichts mehr anhaben! Ich habe jährlich fünfhundert Taler.

Der Komtur. Aber du hast einmal von deinem Vater jährlich mehr als so viel Tausende, und von mir noch einmal so viel zu erwarten. St. Albin, man begeht wohl Torheiten, aber so teuere Torheiten zu begehen!

St. Albin. Was hilft mir der Reichtum, wenn ich die nicht besitze, mit der ich ihn zu teilen wünschte?

Der Komtur. Du bist rasend!

St. Albin. Ich weiß wohl. So nennt man die, welche eine junge, tugendhafte, schöne Frau allem vorziehen; und ich mache mir eine Ehre daraus, an der Spitze dieser Rasenden zu stehen.

Der Komtur. Du rennest in dein Unglück!

St. Albin. Ich aß Brot, und trank Wasser an ihrer Seite; und ich war glücklich.

Der Komtur. Du rennest in dein Unglück!

St. Albin. Und ich habe jährlich fünfhundert Taler?

Der Komtur. Was willst du denn damit machen?

St. Albin. Dafür will ich sie einmieten, kleiden, unterhalten; davon wollen wir leben.

Der Komtur. Wie Bettler.

St. Albin. Mag's doch.

Der Komtur. Da wird es noch Vater, Mutter, Brüder, Schwestern geben, und die willst du alle mit heiraten?

St. Albin. Ich bin es fest entschlossen.

Der Komtur. Und wenn endlich gar Kinder kommen?

St. Albin. Alsdenn will ich mich an mitleidige Seelen wenden. Man wird mich sehen. Man wird die Genossin meines Unglücks sehen. Ich werde meinen Namen sagen und werde Hilfe finden.

Der Komtur. Du kennest die Menschen gut.

St. Albin. Sie halten sie für böse.

DER KOMTUR. Und habe wohl groß Unrecht?

ST. ALBIN. Recht oder Unrecht, zwei Dinge werden mir noch immer übrig bleiben, mit welchen ich der ganzen Welt trotzen kann: die Liebe, die alles zu unternehmen, und der Stolz, der alles zu ertragen weiß. – Nur daher kömmt es, daß man so viele Klagen in der Welt höret, weil der Arme nicht Mut genug hat und der Reiche – keine Menschlichkeit kennet.

DER KOMTUR. Ich höre wohl. – Nun gut, nimm sie, deine Sophia. Tritt den Willen deines Vaters, tritt die Gesetze des Wohlstandes, tritt alles, was dein Stand von dir fordert, mit Füßen. Ruiniere dich; wirf dich weg; wälze dich im Kote: ich will mich nicht weiter widersetzen. Du wirst allen Kindern zum Beispiel dienen, die vor der Stimme der Vernunft ihre Ohren verstopfen, sich in schimpfliche Verbindungen einlassen, ihre Eltern betrüben und ihrem Namen einen Schandfleck anhängen. Du sollst sie haben, deine Sophia, weil du sie mit aller Gewalt haben willst; aber keinen Bissen Brot sollst du ihr zu geben haben, keinen Bissen Brot deinen Kindern, die alsdenn meine Türe belagern werden –

ST. ALBIN. Dafür fürchten Sie sich auch nur.

DER KOMTUR. Bin ich nicht recht zu beklagen? – Seit vierzig Jahren habe ich mir alles abgedarbt. Ich hätte mich verheiraten können, und ich habe mir es so gut nicht werden lassen. Ich habe die Meinigen hintangesetzt und habe mich einzig an diese Undankbaren gehalten. Das ist der Dank dafür! – Was wird die Welt nun sagen? – Oh, ich werde mich vor keinem Menschen dürfen sehen lassen. Oder wenn ich mich werde wo sehen lassen und jemand fragt: »Wer ist das alte Gnadenkreuz, das so verdrießlich aussieht?« so wird man ganz sachte antworten: »Es ist der Komtur d'Aulnoy, der Vetter von dem jungen Narren, der da die geheiratet hat.« – »So?« – Und denn wird man sich was ins Ohr sagen. Man wird mich ansehen. Scham und Verdruß werden sich meiner bemeistern. Ich werde aufstehen. Ich werde meinen Stock nehmen und mich davonmachen. – Nein, ich wollte mein ganzes Vermögen drum geben, wenn dir vor St. Philipp, als du da die Wälle herankrochst, ein braver Engländer das Bajonett in die Rippen gestoßen hätte, daß du in den Graben heruntergestürzt und da mit andern begraben worden wärest. So würde man doch wenigstens sagen: »Es ist schade; es war ein guter Mensch.« Und ich würde bei dem König, zur Ausstattung deiner Schwester, um eine Gnade ansuchen dürfen – Nein, eine solche Heirat ist in einer Familie nicht erhört.

ST. ALBIN. So wird es die erste sein.

DER KOMTUR. Und ich ließe es geschehen?

ST. ALBIN. Wenn Sie so gut sein wollen.

DER KOMTUR. Das glaubst du?

ST. ALBIN. Ganz gewiß.

DER KOMTUR. Nun gut, das wollen wir sehen.

ST. ALBIN. Es ist da nichts mehr zu sehen.

Neunter Auftritt

ST. ALBIN. SOPHIA. FR. HEBERT.

Indem St. Albin so fortfährt, als ob er allein wäre, treten Sophia und ihre Alte herein und reden zwischen den Intervallen, die St. Albin in seiner Monologe macht.

ST. ALBIN. Nein, es ist da nichts mehr zu sehen. – Sie haben sich wider mich verschworen. – Ich merke es –

SOPHIA *(in einem sanften und kläglichen Tone).* Man will es. – Komm' Sie, meine Liebe –

ST. ALBIN. Es ist das erstemal, daß mein Vater mit diesem grausamen Vetter einerlei Sinnes ist.

SOPHIA *(seufzend).* Ah, welcher Augenblick!

FR. HEBERT. Es ist wahr, mein Kind.

SOPHIA. Mein Herz ist voll Angst.

ST. ALBIN. Ich muß keine Zeit verlieren. Ich muß zu ihr hin.

SOPHIA. Da ist er, meine Liebe. Da ist er.

ST. ALBIN. Ja, Sophia, ja, ich bin es. Ich bin Sergi.

SOPHIA. Nein, Sie sind Sergi nicht. – *(Sie wendet sich gegen Frau Hebert.)* Wie unglücklich bin ich! Wer doch tot wäre! Ach, meine Liebe! Wozu habe ich mich verstanden! Was wird er von mir hören! Was wird aus ihm werden! – Habe Sie Mitleiden mit mir. Sage Sie ihm statt meiner –

ST. ALBIN. Fürchten Sie nichts, Sophia. Sergi liebte Sie; Saint Albin betet Sie an; und Sie sehen den aufrichtigsten Mann, den zärtlichsten Liebhaber in ihm.

SOPHIA *(seufzet tief)*. Ach!

ST. ALBIN. Glauben Sie, daß Sergi ohne Sie nicht leben kann; nicht leben kann ohne Sie.

SOPHIA. Ich glaube es; aber wozu hilft das?

ST. ALBIN. Sagen Sie ein Wort!

SOPHIA. Was für ein Wort?

ST. ALBIN. Daß Sie mich lieben. Lieben Sie mich, Sophia?

SOPHIA *(mit einem tiefen Seufzer)*. Ah, wenn ich Sie nicht liebte!

ST. ALBIN. So geben Sie mir Ihre Hand. So empfangen Sie die meinige und zugleich den Schwur, den ich hier vor den Augen des Himmels und vor dieser rechtschaffenen Frau tue, die uns an Mutter Statt gewesen ist, daß ich nie einer andern, daß ich der Ihrige sein will.

SOPHIA. Ah! Sie wissen wohl, daß ein tugendhaftes Mädchen dergleichen Schwur nur vor dem Altare tut und annimmt. – Und dahin werden Sie mich nicht führen. – Ach, Sergi! Itzt empfinde ich es, welche eine Kluft zwischen uns ist.

ST. ALBIN *(heftig)*. Sophia, und auch Sie?

SOPHIA. Überlassen Sie mich meinem Schicksale, und schenken Sie einem Vater, der Sie liebt, die Ruhe wieder.

ST. ALBIN. Sie sind es nicht, die das sagt. Das sagt *er*. Daran erkenne ich ihn, den harten und grausamen Mann.

SOPHIA. Das ist er nicht. Er liebt Sie.

ST. ALBIN. Er hat mich verflucht. Er hat mich von sich gejagt. Das fehlte nur noch, daß er sich auch Ihrer bediente, mir das Leben zu nehmen.

SOPHIA. Leben Sie, Sergi!

ST. ALBIN. So schwören Sie, daß Sie die Meinige, ihm zum Trotze, sein wollen.

SOPHIA. Ich, Sergi? Ich sollte einem Vater seinen Sohn rauben? – Ich sollte in eine Familie treten, die mich verwirft?

ST. ALBIN. Und was geht Ihnen mein Vater, mein Vetter, meine Schwester, was geht Ihnen meine ganze Familie an, wenn Sie mich lieben?

SOPHIA. Sie haben eine Schwester?

ST. ALBIN. Ja, Sophia.

SOPHIA. Wie glücklich ist sie!

ST. ALBIN. Sie bringen mich zur Verzweiflung.

SOPHIA. Ich gehorche Ihren Anverwandten. Der Himmel schenke Ihnen einst eine Gattin, die Ihrer würdig ist und Sie ebenso sehr liebt als Sophia.

ST. ALBIN. Und das wünschen Sie?

SOPHIA. Ich muß es.

ST. ALBIN. Wehe dem, der Sie gekannt hat und ohne Sie glücklich sein kann!

SOPHIA. Sie werden es sein. Sie werden alle des Segens teilhaft werden, welcher den Kindern versprochen ist, die den Willen ihrer Eltern verehren. Und ich, ich werde den Segen Ihres Vaters davontragen. Ich werde allein zu meinem Elende zurückkehren, und Sie werden an mich denken.

ST. ALBIN. Ich werde vor Gram sterben; und das werden Sie gewollt haben. – *(Indem er sie traurig ansieht.)* Sophia –

SOPHIA. Ich fühle es, wie viel Pein ich Ihnen verursache.

ST. ALBIN *(der sie noch immer ansieht).* Sophia – –

SOPHIA *(zur Fr. Hebert schluchzend).* O meine Liebe, wie weh tun mir seine Tränen! – Sergi, drücken Sie meine schwache Seele nicht so nieder. – Ich habe an meiner Marter gnug. – *(Sie bedeckt sich die Augen mit ihren Händen.)* Leben Sie wohl, Sergi.

ST. ALBIN. Sie verlassen mich?

SOPHIA. Ich werde es nicht vergessen, was Sie für mich getan haben. Sie haben mich wahrhaft geliebt. Und das haben Sie bewiesen, nicht dadurch, daß Sie sich von Ihrem Stande herabließen; sondern dadurch, daß Sie gegen mein Unglück und meine Dürftigkeit Achtung trugen. Ich werde oft an den Ort gedenken, wo ich Sie habe kennen lernen. – Ah, Sergi! –

ST. ALBIN. Sie wollen meinen Tod.

SOPHIA. Ich nur, ich bin zu beklagen.

ST. ALBIN. Sophia, wo wollen Sie hin?

SOPHIA. Mich meinem Schicksale unterziehen, Not und Trübsal mit meinen Schwestern teilen, und meinen Kummer vor meiner Mutter ausschütten. Ich bin die Jüngste von ihren Kindern. Sie liebt mich. Ich will ihr alles sagen, und sie wird mich trösten.

ST. ALBIN. Sie lieben mich, und wollen mich verlassen?

SOPHIA. Warum habe ich Sie kennen lernen! – Ah! – *(Sie entfernt sich.)*

ST. ALBIN. Nein, nein. – Ich kann nicht. – Halte Sie sie, Frau Hebert. – Habe Sie Mitleiden mit uns.

FR. HEBERT. Armer Sergi!

ST. ALBIN *(zu Sophien)*. Nein, Sie dürfen nicht fort. – Ich gehe – ich folge Ihnen. – Verzeihen Sie, Sophia. – Ich will Sie nicht bei mir, nicht bei Ihnen beschwören. – Sie haben mein und Ihr Unglück beschlossen. – Ich beschwöre Sie bei diesen grausamen Anverwandten. – Wenn ich Sie verliere, so werde ich jene weder sehen noch hören können; sie werden mir unerträglich sein. – Wollen Sie, daß ich sie hassen soll?

SOPHIA. Lieben Sie Ihre Anverwandten. Gehorchen Sie ihnen. Vergessen Sie mich.

ST. ALBIN *(hat sich ihr zu Füßen geworfen, ruft, und hält sie an den Kleidern zurück)*. Sophia, hören Sie. – Sie kennen den Saint Albin nicht.

SOPHIA *(zur Frau Hebert, welche weinet)*. Komm Sie, meine Liebe, komm Sie. Bringe Sie mich von hier weg.

ST. ALBIN *(indem er aufsteht)*. Er ist alles zu wagen imstande. – Sie führen ihn zu seinem Verderben. – Ja, dahin führen Sie ihn. *(Er geht. Er beklagt sich. Er verzweifelt. Er nennet dann und wann Sophiens Namen. Darauf stützt er sich auf die Rücklehne eines Stuhls und bedeckt sich die Augen mit seinen Händen.)*

Zehnter Auftritt

ST. ALBIN. CÄCILIA. GERMEUIL.

Indem er noch in dieser Stellung ist, treten Cäcilia und Germeuil herein.

GERMEUIL *(bleibt zuhinterst der Bühne stehen, betrachtet seinen Freund traurig und sagt zu Cäcilien).* Da ist er, der Unglückliche! Er ist ganz niedergeschlagen und weiß nicht, daß in diesem Augenblicke – Wie beklage ich ihn! – Mademoiselle, reden Sie doch mit ihm.

CÄCILIA. Saint Albin.

ST. ALBIN *(der sie nicht siehet, der sie aber kommen hört, ruft ihnen zu, ohne sich nach ihnen umzusehen).* Wer ihr das auch seid, geht nur wieder hin zu den Barbaren, die euch schicken! Fort von mir!

CÄCILIA. Ich bin es, mein Bruder; es ist Cäcilia, die deinen Kummer weiß und dir zu Hilfe kömmt.

ST. ALBIN *(noch immer in der nämlichen Stellung).* Fort von mir!

CÄCILIA. Wenn ich dich kränke, so will ich wieder gehen.

ST. ALBIN. Du kränkest mich.

(Cäcilia gehet fort; ihr Bruder aber ruft sie mit einer schwachen und schmerzlichen Stimme wieder zurück.) Cäcilia!

CÄCILIA *(die ihrem Bruder wieder näher tritt).* Mein Bruder!

ST. ALBIN *(nimmt sie bei der Hand, ohne sonst aus seiner Stellung zu kommen oder sie anzusehen).* Sie liebte mich. Man hat sie mir geraubt. Sie fliehet mich.

GERMEUIL *(vor sich selbst).* Das wolle der Himmel!

ST. ALBIN. Ich habe alles verloren. – Ah!

CÄCILIA. Doch bleibt dir noch eine Schwester, ein Freund.

ST. ALBIN *(richtet sich geschwind auf).* Wo ist Germeuil?

CÄCILIA. Da ist er.

ST. ALBIN *(er gehet einen Augenblick stillschweigend auf und nieder und sagt darauf:)* Liebe Schwester, laß uns –

Eilfter Auftritt

ST. ALBIN. GERMEUIL.

ST. ALBIN *(im Auf- und Niedergehen und ruckweise).* Ja. – Das einzige Mittel ist mir übrig; – und ich bin es entschlossen. – Germeuil, es hört uns doch niemand?

GERMEUIL. Was haben Sie mir zu sagen?

ST. ALBIN. Ich liebe Sophien, und sie liebet mich. Sie lieben Cäcilien, und Cäcilia liebet Sie.

GERMEUIL. Ich! Ihre Schwester!

ST. ALBIN. Sie, meine Schwester. Aber die nämliche Verfolgung, die ich itzt ausstehen muß, wartet auch auf Sie. Wenn Sie Mut haben, so lassen Sie uns zusammen davongehen; Sophia, Cäcilia, Sie und ich; lassen Sie uns alle die fliehen, die uns hier umringen und tyrannisieren.

GERMEUIL. Was habe ich gehört? – Dieser Antrag fehlte mir noch! – Was wollen Sie unternehmen? Und was raten Sie mir? Soll ich so die Wohltaten erwidern, mit welchen mich Ihr Vater seit meiner Geburt überhäufet hat? Für seine Zärtlichkeit soll ich seine Seele mit Schmerz und Angst erfüllen! Soll ihn, unter Verwünschung des Tages, an welchem er mich aufnahm, in die Grube bringen?

ST. ALBIN. Sie machen sich ein Gewissen; wir wollen nicht weiter davon sprechen.

GERMEUIL. Die Tat, die Sie mir vorschlagen, und die Tat, welche Sie selbst vorhaben, sind zwei Verbrechen. – – *(Lebhaft.)* Lassen Sie Ihr Vorhaben fahren, Saint Albin – Sie haben sich Ihres Vaters Ungnade zugezogen, und Sie sind auf dem Punkte, sie zu verdienen; den Tadel der ganzen Welt auf sich zu laden; sich der Verfolgung der Gesetze bloßzustellen; die, die Sie lieben, in Verzweiflung zu stürzen. – Wie viel Jammer bereiten Sie ihr! – In welche Verwirrung setzen Sie mich!

ST. ALBIN. Wenn ich auf Ihre Hilfe nicht rechnen darf, so ersparen Sie mir Ihren Rat.

GERMEUIL. Sie rennen in Ihr Verderben.

ST. ALBIN. Die Würfel liegen!

GERMEUIL. Sie machen auch mein Verderben; Sie machen auch meines. – Was soll ich Ihrem Vater sagen, wenn er mir seinen Schmerz klagen wird? – Was Ihrem Oheim? Grausamer Oheim! Noch grausamerer Neffe! – Warum mußtet ihr mir beide euern Anschlag entdecken? – Sie wissen nicht – Was hatte ich auch hier zu tun? – Warum habe ich Sie sehen wollen?

ST. ALBIN. Leben Sie wohl, Germeuil. Umarmen Sie mich. Ich verlasse mich auf Ihre Verschwiegenheit.

GERMEUIL. Wo laufen Sie hin?

ST. ALBIN. Mich des größten Gutes, das ich schätze, zu versichern, und mich auf ewig von hier zu entfernen.

Zwölfter Auftritt

GERMEUIL *allein.*

GERMEUIL. Kann mir es das Schicksal noch näher legen? Er ist entschlossen, seine Geliebte zu entführen, und weiß nicht, daß sein Oheim zu gleicher Zeit sich Mühe gibt, sie einsperren zu lassen. Ich werde, Schlag auf Schlag, beider Vertrauter und beider Mitschuldige. – In welcher Verlegenheit sehe ich mich! Ich darf weder reden noch schweigen, weder tun noch nicht tun. – Gerate ich in den Verdacht, dem Oheim behilflich gewesen zu sein, so bin ich in den Augen des Neffen ein Verräter, und mache mir Schimpf bei seinem Vater. – Wenn ich mich diesem noch vertrauen dürfte! – Aber sie verlassen sich beide auf meine Verschwiegenheit. – Ich kann, ich darf mein Wort nicht brechen. – Und das hat der Komtur wohl vorausgesehen, als er sich wegen Vollziehung des ungerechten Befehls, um den er anhält, an mich wandte, an mich, den er so sehr verabscheuet. – Indem er mir sein Vermögen und seine Nichte anbietet; zwei Lockspeisen, denen man, wie er glaubt, unmöglich widerstehen kann: ist seine eigentliche Absicht, mich in einen Handel zu verwickeln, der mir zum Verderben gereichen könne. – Er hält es auch schon für so gut als geschehen und wünschet sich Glück dazu. – – Kömmt ihm hingegen sein Neffe zuvor, so laufe ich auf einer andern Seite Gefahr. Er wird glauben, ich habe ihn zum besten gehabt; er wird rasend werden; er wird losbrechen. – Aber Cäcilia weiß alles; sie kennet meine Unschuld. – Und doch – was wird ihr Zeugnis gegen das Geschrei einer ganzen wider mich aufgebrachten Familie vermögen? – Man wird nur diese hören, und ich werde dennoch der Gehilfe einer Entführung heißen müssen. – In welche Verwirrung haben sie mich gestürzt, der Neffe aus Unbesonnenheit, und der Oheim aus Bosheit! – Und du, arme Unschuldige, deren sich niemand annehmen will, wer wird dich vor zwei der heftigsten Menschen retten, die deinen Untergang beide beschlossen haben? – Der eine wartet auf mich, die letzte Hand daran zu legen; der andere läuft darauf los; und ich habe nur einen Augenblick – Aber warum verliere ich ihn noch? – Vor allen Dingen muß ich mich des Befehls zur Haft bemächtigen. – Und denn – Ich muß sehen. –

Ende des zweiten Aufzuges

Dritter Aufzug

Erster Auftritt

GERMEUIL. CÄCILIA.

GERMEUIL *(in einem bittenden Tone).* Mademoiselle.

CÄCILIA. Lassen Sie mich!

GERMEUIL. Mademoiselle.

CÄCILIA. Was wagen Sie von mir zu verlangen? Ich sollte meines Bruders Liebste bei mir aufnehmen? Bei mir! In meinem Zimmer! In dem Hause meines Vaters! Lassen Sie mich, sage ich; ich mag Sie gar nicht hören.

GERMEUIL. Es ist der einzige Zufluchtsort, der ihr übrig ist; der einzige, der ihr nicht nachteilig sein kann.

CÄCILIA. Nein, nein, nein.

GERMEUIL. Ich verlange es nur auf einen Augenblick; damit ich mich wieder besinnen und sehen kann, wo ich bin.

CÄCILIA. Nein, nein. – Eine Unbekannte!

GERMEUIL. Eine Unglückliche, mit der Sie gewiß Mitleiden haben müßten, wenn Sie sie sehen sollten.

CÄCILIA. Was würde mein Vater sagen?

GERMEUIL. Verehre ich ihn weniger als Sie? Sollte ich mich weniger fürchten, ihn zu beleidigen?

CÄCILIA. Und der Komtur?

GERMEUIL. Das ist ein Mann ohne Grundsätze.

CÄCILIA. Er hat deren wohl, wie alle seinesgleichen, sobald es aufs Anklagen und aufs Verschwärzen ankömmt.

GERMEUIL. Er wird sagen, daß ich ihn zum besten gehabt habe; oder Ihr Bruder muß glauben, daß ich ihn verraten habe. Ich werde mich in Ewigkeit nicht rechtfertigen können. – Zwar, was ist Ihnen daran gelegen?

CÄCILIA. Sie sind an allem meinen Jammer schuld.

GERMEUIL. Es ist Ihr Bruder, es ist Ihr Oheim, die ich Sie, bei diesem schweren Vorfalle, zu betrachten bitte; ersparen Sie, dem einen sowohl als dem andern, eine schändliche Tat.

CÄCILIA. Meines Bruders Liebste! Eine Unbekannte! – Nein, mein Herr; mein Herz sagt mir, daß das Unrecht ist, und es hat mich noch nie betrogen. Reden Sie mir nicht mehr davon. Ich fürchte, man hört uns –

GERMEUIL. Fürchten Sie nichts. Ihr Vater hängt ganz seiner Betrübnis nach. Der Komtur und Ihr Bruder sind auf ihre Unternehmungen aus. Die Bedienten sind beiseite geschafft. Ich habe Ihre Weigerung vorhergesehen.

CÄCILIA. Was haben Sie getan?

GERMEUIL. Der Augenblick schien mir geneigt, und ich habe sie hergebracht. Sie ist da. Hier kömmt sie. Schicken Sie sie wieder fort, Mademoiselle.

CÄCILIA. Germeuil, was haben Sie getan?

Zweiter Auftritt

GERMEUIL. CÄCILIA. SOPHIA. JUNGFER CLAIRET.

Sophia tritt als eine Person auf, die nicht recht bei sich ist. Sie sieht nicht. Sie hört nicht. Sie weiß nicht, wo sie ist. Cäcilia ist ihrerseits in der äußersten Unruhe.

SOPHIA. Ich weiß nicht, wo ich bin; – wohin ich gehe. – Mich dünkt, ich tappe im Finstern. – Werde ich niemanden antreffen, der mich leite? – O Himmel, verlaß mich nicht!

GERMEUIL *(ruft sie)*. Mademoiselle, Mademoiselle.

SOPHIA. Wer ruft mich?

GERMEUIL. Ich bin es, Mademoiselle, ich bin es.

SOPHIA. Wer sind Sie? Wo sind Sie? Helfen Sie mir, wer Sie auch sind. Retten Sie mich –

GERMEUIL *(geht und nimmt sie bei der Hand und sagt zu ihr:)* Kommen Sie – mein Kind. – Hier durch. –

SOPHIA *(tut einige Schritte und sinkt auf ihre Kniee)*. Ich kann nicht. – Meine Kraft verläßt mich. – Ich sinke. –

CÄCILIA. O Himmel! *(Zu Germeuil.)* Rufen Sie doch um Hilfe! – Nein, rufen Sie nicht!

SOPHIA *(mit verschlossenen Augen und als in einer wahnsinnigen Ohnmacht)*. Die Grausamen! – Was habe ich ihnen getan? – *(Sie siehet sich schüchtern und erschrocken um.)*

GERMEUIL. Fassen Sie sich. Ich bin Saint Albins Freund, und Mademoiselle ist seine Schwester.

SOPHIA *(nachdem sie einen Augenblick stille geschwiegen)*. Mademoiselle, was soll ich Ihnen sagen? Sie sehen meinen Jammer. Er übersteigt meine Kräfte. – Ich liege zu Ihren Füßen; und ich muß da sterben, oder Ihnen alles zu danken haben. – Ich bin eine Unglückliche, die Zuflucht sucht. –

Vor Ihrem Oheim, vor Ihrem Bruder fliehe ich. – Vor Ihrem Oheime, den ich nicht kenne, den ich niemals beleidiget habe; vor Ihrem Bruder – Ah, von ihm hätte ich mein Leiden am wenigsten erwartet! Was wird aus mir werden, wenn Sie mich verlassen? – Sie werden ihre Anschläge gegen mich ausführen. Stehen Sie mir bei. Retten Sie mich – Retten Sie mich vor ihnen. Retten Sie mich vor mir selbst. – Sie wissen nicht, was so eine wagen kann, die sich vor der Schande fürchtet, und die man in die Notwendigkeit setzet, das Leben zu hassen. – Ich habe mein Unglück nicht gesucht; ich habe mir nichts vorzuwerfen. – Ich arbeitete; ich hatte Brot, und ich lebte ruhig. – Die Tage des Schmerzes sind gekommen. Es sind die Ihrigen, die sie über mich gebracht haben; und ich werde zeitlebens weinen müssen, weil sie mich gekannt haben.

CÄCILIA. Wie schmerzt sie mich! – O wie boshaft müssen die sein, die sie plagen können!

(Hier tritt in dem Herzen der Cäcilia das Mitleiden an die Stelle der Unruhe. Sie neigt sich, neben Sophien, über die Lehne eines Stuhls, und diese fährt fort.)

SOPHIA. Ich habe eine Mutter, die mich liebt. – Wie werde ich wieder vor ihr erscheinen? – Mademoiselle, erhalten Sie einer Mutter ihre Tochter; ich beschwöre Sie bei der Ihrigen, wenn Sie noch eine haben. – Als ich sie verließ, sagte sie: »Engel des Himmels, nehmt dieses Kind unter euern Schutz und begleitet es!« – Wenn Sie Ihr Herz vor dem Mitleiden verschließen, so hat der Himmel ihr Gebet nicht erhöret, und sie wird vor Gram sterben. – Reichen Sie einer Unterdrückten die Hand, und sie wird Sie Zeit ihres Lebens segnen. – Ich vermag nichts, aber es ist ein Wesen, welches alles vermag, und bei welchem die Werke der Erbarmung nicht verloren sind. – Mademoiselle.

(Cäcilia nähert sich ihr und reichet ihr die Hände.)

CÄCILIA. Stehen Sie auf – –

GERMEUIL *(zu Cäcilien).* Ihre Augen schwimmen in Tränen. Die Unglückliche hat Sie gerühret.

CÄCILIA *(zu Germeuil).* Was haben Sie getan!

SOPHIA. Gott sei gelobet, es sind nicht alle Herzen verhärtet!

CÄCILIA. Ich kannte mein Herz. Ich wollte Sie darum weder sehen noch hören – Liebenswürdiges und unglückliches Kind, wie heißen Sie?

SOPHIA. Sophia.

CÄCILIA *(umarmt sie).* Kommen Sie, Sophia.

(Germeuil wirft sich Cäcilien zu Füßen, ergreift ihre Hand und küsset sie, aber ohne etwas zu sagen.)

CÄCILIA. Was wollen Sie noch von mir? Tue ich nicht alles, was Sie verlangen?

(Cäcilia gehet mit Sophien zuhinterst des Saales und übergibt sie da ihrer Kammerfrau.)

GERMEUIL *(indem er aufstehet).* Ich Unbesonnener! – Was wollte ich ihr sagen! –

JGFR. CLAIRET. Ich verstehe schon, Mademoiselle. Verlassen Sie sich auf mich.

Dritter Auftritt

GERMEUIL. CÄCILIA.

CÄCILIA *(nachdem sie einen Augenblick stille geschwiegen, ärgerlich:)* Dank sei Ihnen, daß ich nunmehr der Gnade meiner Leute leben muß.

GERMEUIL. Ich habe Sie nur um einen Augenblick gebeten, um einen gemäßen Zufluchtsort für sie ausfindig zu machen. Was für ein Verdienst würde es sein, Gutes zu tun, wenn keine Ungemächlichkeiten dabei wären?

CÄCILIA. Wie gefährlich sind die Männer! Will man glücklich sein, so kann man sie nicht weit genug von sich abhalten! – Mann, weg von mir! – Ich glaube gar, Sie gehen?

GERMEUIL. Ich gehorche Ihnen.

CÄCILIA. Vortrefflich! Nachdem Sie mich in die grausamsten Umstände gesetzt haben, fehlt nur noch dieses, daß Sie mich auch darin lassen. Gehen Sie, mein Herr, gehen Sie.

GERMEUIL. Wie unglücklich bin ich!

CÄCILIA. Ich glaube gar, Sie beklagen sich?

GERMEUIL. Ich kann nichts tun, was Ihnen nicht mißfiele.

CÄCILIA. Sie machen mich ungeduldig – – Bedenken Sie, daß ich in einer Verwirrung bin, die mich an nichts wird denken lassen. Ich werde mir in nichts zu helfen wissen. – Wie werde ich es wagen können, meine Augen gegen meinen Vater aufzuschlagen? Wird er meine Unruhe gewahr, und er fragt mich: so kann ich unmöglich lügen. Wissen Sie wohl, daß einem Mann, wie der Komtur ist, ein einziges unbedächtiges Wort Licht geben kann? – Und mein Bruder? – Ich fürchte mich schon im voraus vor dem Anblicke seines Schmerzes. Was wird er anfangen, wenn er Sophien nicht findet? – Mein Herr, verlassen Sie mich ja keinen Augenblick, wenn Sie nicht alles entdeckt haben wollen. – Aber es kömmt jemand. Gehen Sie. – Bleiben Sie. – Nein, gehen Sie. – Himmel, in welchem Zustande befinde ich mich!

Vierter Auftritt

CÄCILIA. DER KOMTUR.

DER KOMTUR *(nach seiner Art).* Bist du so allein, Cäcilia?

CÄCILIA *(mit heiserer Stimme).* Ja, lieber Herr Vetter. Das ist so meine Art.

DER KOMTUR. Ich glaubte, der gute Freund wäre bei dir.

CÄCILIA. Wer? der gute Freund?

DER KOMTUR. Je nu, Germeuil.

CÄCILIA. Er ging eben fort.

DER KOMTUR. Was sprachst du mit ihm? Was sagte er dir?

CÄCILIA. Lauter unangenehme Dinge, wie seine Gewohnheit ist.

DER KOMTUR. Ich kann mich in euch nicht finden. Ihr könnt euch keinen Augenblick vertragen. Das verdrießt mich. Er hat Verstand und Einsicht und Fähigkeiten; er weiß zu leben, und ich mache recht sehr viel aus ihm. Arm ist er, das ist wahr; aber er ist doch von sehr guter Familie. Gewiß, ich schätze ihn recht hoch, und ich habe ihm geraten, auf dich zu denken.

CÄCILIA. Auf mich zu denken? Was heißt das?

DER KOMTUR. Das versteht sich ja wohl. Du hast doch nicht beschlossen, ewig Jungfer zu bleiben?

CÄCILIA. Verzeihen Sie mir, mein Herr. Das ist allerdings mein Wille.

DER KOMTUR. Cäcilia, soll ich offenherzig mit dir reden? Ich habe mich deines Bruders ganz und gar entschlagen. Es ist eine harte Seele, ein halsstarriger Kopf; und itzt den Augenblick hat er mir auf eine so unwürdige Art begegnet, daß ich es ihm Zeit meines Lebens nicht vergeben werde. – Er mag ihr nun nachlaufen, der Kreatur, die er sich in den Kopf gesetzt hat, so lange als er will; ich will mich im geringsten nicht mehr darum härmen. – Man wird es endlich überdrüssig, so gut zu sein. – Alle meine Zärtlichkeit schränket sich nunmehr auf dich ein, mein liebes Mühmchen. – Wenn du ein wenig auf dein Glück, auf das Glück deines Vaters, und auf mein Glück bedacht wärest –

CÄCILIA. Das sollten Sie voraussetzen.

DER KOMTUR. Aber du fragst mich ja nicht, was du alsdenn tun müßtest?

CÄCILIA. Das werden Sie mir doch wohl sagen.

DER KOMTUR. Du hast recht. Nun gut, ich meine, du solltest dich ein wenig mehr zu Germeuilen halten. Du kannst dir leicht vorstellen, daß das eine Heirat ist, die dein Vater nicht anders als mit dem äußersten Widerwillen billigen wird. Doch ich will mit ihm reden. Ich will die Hindernisse schon aus dem Wege räumen. Wenn du willst, so nehme ich es auf mich.

CÄCILIA. Sie raten mir also, an einen Mann zu denken, den sich mein Vater nicht gefallen lassen könnte?

DER KOMTUR. Er ist nicht reich. Das ist der ganze Knoten. Aber ich habe dir schon gesagt, dein Bruder geht mich nichts mehr an, und ich verspreche dir mein ganzes Vermögen. Das verdient doch noch wohl überlegt zu werden, Cäcilia?

Cäcilia. Wie? Ich sollte meinen Bruder berauben?

Der Komtur. Was nennst du berauben? Ich bin euch ja nichts schuldig. Mein Vermögen gehört mir; es ist mir sauer gnug geworden; und ich muß damit anfangen können, was ich will.

Cäcilia. Herr Vetter, ich will nicht untersuchen, wie weit Anverwandte Herren ihres Vermögens sind, und ob sie es, ohne Ungerechtigkeit, geben können, wem sie wollen. So viel aber weiß ich, daß ich mich schämen müßte, Ihr Vermögen anzunehmen; und das ist gnug für mich.

Der Komtur. Glaubst du, daß Saint Albin für seine Schwester eben das tun würde?

Cäcilia. Ich kenne meinen Bruder; und wenn er hier wäre, so würden wir ganz gewiß nur eine Sprache führen.

Der Komtur. Und was würdet ihr mir denn sagen?

Cäcilia. Dringen Sie nicht in mich, Herr Komtur. Ich bin offenherzig.

Der Komtur. Desto besser. Rede. Ich liebe die Offenherzigkeit. Du würdest also sagen?

Cäcilia. Daß es eine unerhörte Unmenschlichkeit ist, arme notleidende Anverwandte in der Provinz zu haben, denen mein Vater ohne Ihr Wissen unter die Arme greift, und denen Sie ein Vermögen entziehen wollen, das ihnen zukömmt, und das sie so höchst nötig brauchen; daß weder ich noch mein Bruder Güter zu haben verlangen, die wir doch denjenigen wieder herausgeben müßten, welchen sie die Gesetze der Natur und der Gesellschaft bestimmen.

Der Komtur. Nun gut, so soll sie keines von euch haben. Ich will euch alle verlassen. Ich will mich aus einem Hause fortmachen, wo nicht ein Funken gesunde Vernunft ist; aus einem Hause, wo nichts über die Unverschämtheit der Kinder geht, es wäre denn der Unverstand des Hausherren. Ich will mein Leben genießen, ich will mich nicht mehr für Undankbare plagen.

CÄCILIA. Sie werden recht wohl tun, lieber Herr Vetter.

DER KOMTUR. Ihr Beifall, Mademoiselle, ist überflüssig. Ich rate Ihnen nur, geben Sie auf sich selbst acht. Ich weiß gar wohl, was in Ihrer Seele vorgehet; ich lasse mich Ihre Uneigennützigkeit nicht blenden, und Ihre kleinen Geheimnisse sind nicht so verborgen, als Sie vielleicht glauben. Doch gnug; – ich weiß, was ich weiß.

Fünfter Auftritt

CÄCILIA. DER KOMTUR. DER HAUSVATER. ST. ALBIN.

Der Hausvater tritt zuerst herein. Sein Sohn folgt ihm.

ST. ALBIN *(heftig, äußerst bekümmert und außer sich, sowohl hier als in der ganzen Szene).* Sie sind nicht mehr da. – Man weiß nicht, wo sie hingekommen sind. – Sie sind verschwunden. –

DER KOMTUR *(beiseite).* Gut. Mein Befehl ist vollzogen.

ST. ALBIN. Mein Vater, hören Sie die Bitte eines verzweifelnden Sohnes. Schenken Sie ihm Sophien wieder. Er kann unmöglich ohne sie leben. Sie machen alles, was um Sie ist, glücklich. Soll Ihr Sohn der einzige sein, den Sie unglücklich gemacht hätten? – Sie ist nicht mehr da. – Sie sind verschwunden. – Was soll ich anfangen? – Was wird aus mir werden?

DER KOMTUR *(beiseite).* Er ist geschwind gewesen.

ST. ALBIN. Mein Vater.

DER HAUSVATER. Ich habe an ihrer Entfernung keinen Anteil. Ich habe dir es schon gesagt. Glaube mir.
(Nachdem er das gesagt, geht der Hausvater langsam auf und nieder, läßt den Kopf sinken und sieht ärgerlich aus. St. Albin kehret sich gegen die Vertiefung der Bühne und ruft:)

ST. ALBIN. Sophia, wo sind Sie? Wo sind Sie hingekommen? – Ah! –

CÄCILIA *(beiseite).* Das habe ich vorausgesehen.

DER KOMTUR *(beiseite).* Nun die letzte Hand angelegt! Frisch! *(Zu seinem Neffen in einem mitleidigen Tone.)* Saint Albin!

ST. ALBIN. Mein Herr, lassen Sie mich. Es reuet mich nur allzusehr, daß ich Sie angehöret habe. – Ich wollte ihr nachfolgen. – Ich hätte sie erweicht. – Und ich habe sie verloren.

DER KOMTUR. Saint Albin.

ST. ALBIN. Lassen Sie mich.

DER KOMTUR. Ich habe dir diesen Schmerz verursacht; und es tut mir leid.

ST. ALBIN. Wie unglücklich bin ich!

DER KOMTUR. Germeuil sagte mir es wohl. Aber wer konnte sich immer und ewig einbilden, daß dir ein Mädchen, dergleichen es unzählige gibt, so erschrecklich nahe gehen würde?

ST. ALBIN *(erschrocken).* Was sagen Sie von Germeuil?

DER KOMTUR. Ich sage – Nichts. –

ST. ALBIN. So sollte mir alles an *einem* Tage entstehen? So sollte mir das Unglück, das mich verfolgt, auch meinen Freund genommen haben? – Heraus damit, Herr Komtur!

DER KOMTUR. Germeuil und ich – Ich darf dir es wirklich nicht gestehen. – Du würdest es uns ewig nicht vergeben.

DER HAUSVATER. Was haben Sie getan? Sollte es möglich sein? – Herr Bruder, erklären Sie sich.

DER KOMTUR. Cäcilia – Germeuil wird dir es wohl vertrauet haben. – Sage es für mich. –

ST. ALBIN *(zum Komtur).* Sie töten mich.

DER HAUSVATER *(ernsthaft).* Cäcilia, du entfärbst dich?

ST. ALBIN. Schwester!

DER HAUSVATER *(noch immer in dem strengen Tone).* Cäcilia! – Doch nein, die Tat wäre gar zu schändlich. – Meine Tochter und Germeuil sind ihrer nicht fähig.

ST. ALBIN. Ich zittere. – Ich knirsche. – O Himmel, was drohet mir!

DER HAUSVATER *(mit allem möglichen Ernste).* Herr Komtur, sage ich, erklären Sie sich, und martern Sie mich nicht länger durch den Verdacht, den Sie über alles, was um mich ist, verbreiten.

(Der Hausvater gehet auf und nieder; er ist unwillig. Der heuchlerische Komtur scheinet beschämt und schweigt. Cäcilia ist niedergeschlagen. St. Albin hat die Augen auf den Komtur und erwartet seine fernere Erklärung mit Entsetzen.)

DER HAUSVATER *(zum Komtur).* Sind Sie entschlossen, dieses grausame Stillschweigen noch lange zu beobachten?

DER KOMTUR *(zu seiner Nichte).* Weil du nicht reden willst, so muß ich wohl reden. *(Zu St. Albin.)* Deine Liebste –

ST. ALBIN. Sophia –

DER KOMTUR. Ist eingesperrt.

ST. ALBIN. Großer Gott!

DER KOMTUR. Ich habe den Befehl zur Haft ausgewirkt. – Und Germeuil hat das übrige auf sich genommen.

DER HAUSVATER. Germeuil!

ST. ALBIN. Er!

CÄCILIA. Glaube es doch nicht, lieber Bruder.

ST. ALBIN. Sophia! – Und das tat Germeuil! *(Er wirft sich in einen Lehnstuhl, mit allen Merkmalen der Verzweiflung.)*

DER HAUSVATER *(zum Komtur).* Und was hat Ihnen diese Unglückliche getan, daß Sie ihr Elend noch mit dem Verluste ihrer Ehre und ihrer Freiheit vermehren müssen? Was hatten Sie für ein Recht über sie?

DER KOMTUR. Sie ist in keiner unehrlichen Verwahrung.

ST. ALBIN. Ich sehe sie. – Ich sehe ihre Tränen. Ich höre ihr Geschrei; und ich sterbe nicht. *(Zum Komtur.)* Barbar, rufen Sie Ihren nichtswürdigen Gehilfen. Kommen Sie beide; erbarmen Sie sich; töten Sie mich! – Sophia! – Helfen Sie mir, mein Vater! Lassen Sie mich nicht verzweifeln! *(Er wirft sich seinem Vater in die Arme.)*

DER HAUSVATER. Beruhige dich, Unglücklicher!

ST. ALBIN *(in den Armen seines Vaters, und in einem kläglichen und schmerzlichen Tone).* Germeuil! – Er! – Er!

DER KOMTUR. Er hat nichts getan, als was ein jeder an seiner Stelle würde getan haben.

ST. ALBIN *(noch immer an dem Busen seines Vaters, und in dem nämlichen Tone).* Er, der sich meinen Freund nannte! Der Treulose!

DER HAUSVATER. Auf wen soll man sich künftig verlassen!

DER KOMTUR. Er ging schwer daran; aber ich versprach ihm mein Vermögen und meine Nichte.

CÄCILIA. Mein Vater, Germeuil ist weder niederträchtig noch treulos.

DER HAUSVATER. Was ist er denn?

ST. ALBIN. Sie müssen ihn sprechen, und Sie werden es erfahren. – Ah, der Verräter! Gedrückt von Ihrem Zorne, durch diesen unmenschlichen Vetter erbittert, von Sophien verlassen, –

DER HAUSVATER. Nun?

ST. ALBIN. Ging ich voller Verzweiflung, mich ihrer zu versichern, und mit ihr an das äußerste Ende der Welt zu fliehen. – Nein, so niederträchtig ist nie einem Menschen mitgespielet worden. – Er kömmt zu mir. – Ich eröffne ihm mein Herz. – Ich vertraue ihm meinen Anschlag, als meinem Freunde. – Er tadelt mich. – Er rät mir es ab. – Er hält mich auf, und das alles, um mich zu verraten, mich zugrunde zu richten. – – Es soll ihm das Leben kosten.

Sechster Auftritt

DER HAUSVATER. DER KOMTUR. CÄCILIA. SAINT ALBIN. GERMEUIL.

CÄCILIA *(die ihn zuerst wahrnimmt, läuft ihm entgegen und ruft ihm zu).* Germeuil, wo wollen Sie hin?

ST. ALBIN *(gehet auf ihn los und schreiet wütend).* Verräter, wo ist sie? Gib mir sie wieder, und mache dich gefaßt, dein Leben zu verteidigen.

DER HAUSVATER *(läuft dem St. Albin nach).* Mein Sohn.

CÄCILIA. Mein Bruder – Halt! – Ich vergehe – – *(Sie fällt in einen Lehnstuhl.)*

DER KOMTUR *(zum Hausvater).* Geht es ihr nun nichts an? Was sagen Sie dazu?

DER HAUSVATER. Germeuil, gehen Sie fort.

GERMEUIL. Erlauben Sie, mein Herr, daß ich bleiben darf.

ST. ALBIN. Was hat dir Sophia getan? Was habe ich dir getan, mich so zu verraten?

DER HAUSVATER *(noch immer zu Germeuil).* Sie haben eine häßliche Tat begangen.

ST. ALBIN. Wenn dir meine Schwester wert ist; wenn du sie haben wolltest, war es nicht besser? – Ich schlug dir es ja vor. – Aber du wolltest sie nicht anders als durch einen niederträchtigen Streich besitzen. – Du hast dich betrogen, Nichtswürdiger. – Du kennst weder Cäcilien, noch meinen Vater, noch diesen Komtur, der dich erniedriget hat und sich nun an deiner Verwirrung weidet. – Du antwortest nicht. – Du schweigest.

GERMEUIL *(kalt und gesetzt).* Ich höre Ihnen zu; und ich sehe, daß man hier die Achtung in einem Augenblicke verlieren kann, die man zu verdienen sein ganzes Leben hindurch bemüht gewesen ist. Ich erwartete ganz etwas anders.

DER HAUSVATER. Vergrößern Sie die Schuld Ihrer Treulosigkeit nicht noch durch Falschheit. Gehen Sie.

GERMEUIL. Ich bin weder falsch noch treulos.

ST. ALBIN. Welche Frechheit!

DER KOMTUR. Guter Freund, es braucht's der Verstellung nicht mehr. Ich habe alles bekannt.

GERMEUIL. Ich verstehe Sie, mein Herr. Es sieht Ihnen ähnlich.

DER KOMTUR. Was willst du damit? Ich habe dir mein Vermögen und meine Nichte versprochen. Das ist unser Kontrakt; und es bleibt dabei.

ST. ALBIN *(zum Komtur).* Wenigstens habe ich Ihrer Bosheit so viel zu danken, daß sie nunmehr keinen andern Mann bekommen kann als mich.

GERMEUIL *(zum Komtur).* Ich achte den Reichtum so hoch nicht, daß ich meine Ehre dafür aufopfern sollte; und Ihre

Nichte braucht nicht der Lohn einer Treulosigkeit zu sein. – Da ist Ihr Befehl zur Verhaft.

DER KOMTUR *(nimmt ihn).* Der Befehl zur Verhaft? Laß sehen. Laß sehen.

GERMEUIL. Er müßte in andern Händen sein, wenn ich Gebrauch davon gemacht hätte.

ST. ALBIN. Was habe ich gehört? Sophia ist frei!

GERMEUIL. Saint Albin, der Schein betrügt. Lassen Sie künftig einem ehrlichen Mann Gerechtigkeit widerfahren. – Herr Komtur, ich bin Ihr Diener. *(Er geht ab.)*

DER HAUSVATER *(reuend).* Ich habe mich in meinem Urteile übereilet. Ich habe ihn beleidiget.

DER KOMTUR *(der wie versteinert den Befehl ansiehet).* Das ist er. – Er hat mich angeführt.

DER HAUSVATER. Sie verdienen diese Demütigung.

DER KOMTUR. Vortrefflich! Frischen Sie sie nur noch auf, ihre Schuldigkeit gegen mich aus den Augen zu setzen. Sie sind von selbst nicht geneigt genug dazu.

ST. ALBIN. Sie mag sein, wo sie will, ihre Alte muß wieder zurückgekommen sein. – Ich will gehen. Ich will ihre Alte sprechen. Ich will mich entschuldigen. Ich will ihre Kniee umfassen. Ich werde weinen; ich werde sie erweichen, und hinter dieses Geheimnis kommen. *(Er gehet ab.)*

CÄCILIA *(die ihm nachfolgt).* Mein Bruder!

ST. ALBIN. Laß mich. Dir liegen andere Dinge am Herzen, als mir.

Siebenter Auftritt

DER HAUSVATER. DER KOMTUR.

DER KOMTUR. Sie haben es doch gehört?

DER HAUSVATER. Ja, Herr Bruder.

DER KOMTUR. Wissen Sie, wo er hingeht?

DER HAUSVATER. Ich weiß es.

DER KOMTUR. Und Sie halten ihn nicht auf?

DER HAUSVATER. Nein.

DER KOMTUR. Und wenn er das Mädchen nun wiederfindet!

DER HAUSVATER. Ich verlasse mich auf sie. Sie ist ein Kind; aber sie hat das beste Herz; und in solchen Umständen kann sie mehr ausrichten als ich und Sie.

DER KOMTUR. Vortrefflich ausgedacht!

DER HAUSVATER. Mein Sohn ist itzt nicht in der Verfassung, daß die Vernunft etwas bei ihm vermöchte.

DER KOMTUR. Und also mag er nur in sein Verderben rennen? Ich möchte rasend werden. Sie sind ein Hausvater? Sie?

DER HAUSVATER. Wollten Sie mich wohl lehren, wie ich es sonst machen müßte?

DER KOMTUR. Wie Sie es sonst machen müßten? Sie müssen Herr in Ihrem Hause sein; als solchen müssen Sie sich vor allen Dingen zeigen; und dann als Vater, wenn sie es anders verdienen.

DER HAUSVATER. Und, wenn Sie erlauben wollen, wider wen soll ich denn verfahren?

DER KOMTUR. Wider wen! Eine schöne Frage! Wider alle. Wider den Germeuil, der Ihren Sohn in seiner Ausschweifung bestärkt, der gern so eine Kreatur in die Familie bringen möchte, damit er sich selbst den Eingang dazu eröffne, und den ich längst aus meinem Hause gejagt hätte: Wider eine Tochter, die von Tage zu Tage frecher wird, die alle schuldige Achtung gegen mich aus den Augen setzt, die bald auch auf Sie nichts mehr geben wird, und die ich in ein Kloster einsperren würde: Wider einen Sohn, der alle Empfindungen der Ehre verloren hat, der uns mit sich zugleich lächerlich und verächtlich machen wird, und dem ich das Leben so sauer machen wollte, daß es ihm gewiß nicht wieder einkommen sollte, mir ungehorsam zu sein: Wider die Alte, die ihn zu sich gelockt hat: Wider die Junge, in die er sich vernarrt hat, und mit denen ich bald hätte fertig werden wollen. Mit diesen würde ich den Anfang gemacht haben; und wenn ich an Ihrer Stelle wäre, so würde ich mich schämen, daß ein andrer diesen Einfall eher gehabt hätte, als ich. – Aber dazu braucht's Ernst, und der fehlt uns.

DER HAUSVATER. Ich verstehe Sie. Das ist: ich soll einen Menschen aus meinem Hause jagen, den ich aus seiner Wiege zu mir genommen habe, bei dem ich Vaterstelle vertreten habe; einen Menschen, der, so lange er sich zu erinnern weiß, an allem, was mich angegangen, teilgenommen hat, der seine besten Jahre bei mir verloren hätte, der nicht wüßte, was er anfangen sollte, wenn ich ihn verließ', dem meine Freundschaft notwendig höchst nachteilig sein muß, wenn sie ihm nicht nützlich wird: und das unter dem Vorwande, als gäbe er meinem Sohne böse Ratschläge, dessen Unternehmen er doch gemißbilliget hat; als hielt' er es mit einer Kreatur, die er vielleicht niemals mit Augen gesehen hat; in der Tat aber, weil er das Werkzeug zu ihrem Verderben nicht hat sein wollen.

Ich soll meine Tochter ins Kloster sperren; ich soll machen, daß man von ihrer Aufführung oder von ihrem Charakter Böses denken muß; ich selbst soll ihren guten Namen schänden: und das, weil sie dem Herrn Komtur manchmal Gleiches mit Gleichem vergolten hat; weil sie, durch seine verdrießliche Gemütsart aufgebracht, dann und wann, ihrem eignen Charakter zuwider, ein nicht gnugsam überlegtes Wort gegen ihn ausgestoßen hat.

Ich soll mich bei meinem Sohne verhaßt machen; ich soll alle kindliche Empfindungen in seiner Seele ersticken; ich soll das Feuer seines ungestümen Charakters vollends anschüren; ich soll ihn zu einem Schritte bringen, der ihn bei seinem ersten Eintritte in die Welt entehre: und das, weil er eine Unglückliche angetroffen hat, die schön und tugendhaft ist; weil seine jugendliche Empfindlichkeit, die bei dem allen doch von einem guten Herzen zeugt, sich mehr von ihr rühren lassen, als mir lieb ist.

Schämen Sie sich Ihres Rats nicht? Sie sollten meine Kinder bei mir vertreten, und Sie klagen sie an; Sie suchen ihre Fehler auf; Sie vergrößern die, die sie haben, und nichts würde Sie mehr verdrießen, als wenn Sie keine an ihnen fänden.

DER KOMTUR. Den Verdruß habe ich nun eben nicht oft.

DER HAUSVATER. Und diese Weibspersonen, wider die Sie den Befehl zur Haft ausgewirkt haben?

DER KOMTUR. Das fehlte Ihnen noch, daß Sie auch diese verteidigten. Gehen Sie doch, gehen Sie!

DER HAUSVATER. Ich habe unrecht. Es gibt Dinge, die es eine Torheit wäre, Ihnen beibringen zu wollen. Doch sollte ich meinen, die Sache wäre mich nahe gnug angegangen, daß Sie mir wohl ein Wort davon hätten sagen können.

DER KOMTUR. Nicht doch, ich habe unrecht; und Sie, Sie haben allezeit recht.

DER HAUSVATER. Nein, Herr Komtur, Sie sollen weder einen ungerechten und grausamen Vater, noch einen undankbaren und bösen Mann aus mir machen. Ich will keine Gewalttätigkeit begehen, weil sie mir vorteilhaft sein kann; ich will meine Hoffnungen darum nicht aufgeben, weil sich Hindernisse ereignen, die sie weiter hinaussetzen; ich will keine Einöde aus meinem Hause machen, weil Dinge darin vorgehen, die mir ebenso sehr mißfallen, als Ihnen.

DER KOMTUR. Darüber hätten wir uns also erklärt. Recht gut, behalten Sie Ihr liebes Töchterchen; lieben Sie Ihren teuern Sohn recht sehr; lassen Sie die Kreaturen, die ihn in ihren Stricken haben, unbeunruhiget: Sie handeln daran viel zu weislich, als daß man sich Ihnen widersetzen sollte. Was aber Ihren Germeuil anbelangt, so muß ich Ihnen nur sagen, daß ich und er nicht länger unter *einem* Dache wohnen können. – Entweder, oder. Entweder er muß noch heute fort, oder ich ziehe morgen aus.

DER HAUSVATER. Herr Komtur, es stehet bei Ihnen.

DER KOMTUR. Das dachte ich. Es sollte Ihnen wohl recht lieb sein, wenn ich meiner Wege ginge; nicht wahr? Aber ich bleibe; ja, ich bleibe; und wenn es auch nur geschähe, Ihnen Ihre Torheiten unter die Nase zu reiben und Sie darüber beschämt zu machen. Ich will doch gern sehen, wie das ablaufen wird!

Ende des dritten Aufzuges

Vierter Aufzug

Erster Auftritt

ST. ALBIN *allein.*

Er tritt wütend herein.

ST. ALBIN. Nun ist alles klar. Der Verräter ist entlarvt! Weh ihm! Weh ihm! Er ist es, der Sophien weggebracht hat. Von meinen Händen soll er sterben. *(Er ruft.)* Philipp!

Zweiter Auftritt

SAINT ALBIN. PHILIPP.

PHILIPP. Mein Herr?
ST. ALBIN *(indem er ihm einen Brief gibt).* Bringt das.
PHILIPP. An wen, mein Herr?
ST. ALBIN. An Germeuil. – Habe ich ihn nur aus dem Hause, so stoße ich ihm den Degen durch die Brust, dringe ihm das Bekenntnis seines Verbrechens und das Geheimnis ihres Aufenthalts ab und eile dahin, dorthin, überall hin, wo ich sie wiederzufinden hoffen kann. – *(Er wird Philippen gewahr, der stehen geblieben ist.)* Bist du nicht fort? Noch nicht wieder da?
PHILIPP. Mein Herr –
ST. ALBIN. Nun?
PHILIPP. Es steht doch nichts darin, worüber Ihr Herr Vater ungehalten werden könnte?
ST. ALBIN. Gleich geh!

Dritter Auftritt

SAINT ALBIN. CÄCILIA.

ST. ALBIN. Er, der mir alles zu danken hat? – Dessen ich mich hundertmal gegen den Komtur angenommen habe! Dem ich – *(Indem er seine Schwester gewahr wird.)* Unglückliche, was für einem Menschen hast du dich ergeben!

CÄCILIA. Was sagst du? Was willst du? Du erschreckst mich, mein Bruder.

ST. ALBIN. Der Treulose! der Verräter! – Sie ist mit ihm gegangen, in der Zuversicht, daß er sie hierher führe. – Er hat deinen Namen gemißbraucht –

CÄCILIA. Germeuil ist unschuldig.

ST. ALBIN. Er hat beide weinen sehen, beide schreien gehörct und sie doch trennen können! Der Barbar!

CÄCILIA. Er ist kein Barbar; er ist dein Freund.

ST. ALBIN. Mein Freund? – Ich wollte es. – Es kam nur auf ihn an, Glück und Unglück mit mir zu teilen; – so wäre er und ich, du und Sophia –

CÄCILIA. Was höre ich? – Du hättest ihm vorgeschlagen? – Er, du, ich, deine Schwester?

ST. ALBIN. Was sagte er mir nicht alles! Was stellte er mir nicht alles vor! Mit welcher Falschheit –

CÄCILIA. Germeuil ist ein ehrlicher Mann; ja, Saint Albin, und das, was du ihm zur Last legest, überzeugt mich davon vollends.

ST. ALBIN. Was unterstehest du dich zu sagen? – Zittere! Zittere! – Ihn verteidigen heißt meine Wut verdoppeln. – Geh! Flieh mich!

CÄCILIA. Nein, mein Bruder; du mußt mich hören. Du sollst Cäcilien zu deinen Füßen sehen. – Germeuil – Laß ihm Gerechtigkeit widerfahren. – Kennst du ihn nicht mehr? – Ein Augenblick sollte ihn so verändert haben? – Du beschuldigest ihn, – du! – Ungerechter Mensch!

ST. ALBIN. Wehe dir, wenn du noch einige Zärtlichkeit für ihn hegest! – Ich weine. – Bald wirst du auch weinen. –

CÄCILIA *(erschrocken und mit zitternder Stimme).* Welchen Vorsatz hast du!

ST. ALBIN. Habe Mitleiden mit dir selbst, und frage mich nicht.

CÄCILIA. Du hassest mich.

ST. ALBIN. Ich bedauere dich.

CÄCILIA. Du wirst doch unsern Vater erwarten?

ST. ALBIN. Ich fliehe ihn. Ich fliehe die ganze Welt.

CÄCILIA. Ich sehe es. Du willst Germeuilen ins Verderben stürzen. – Du willst mich ins Verderben stürzen. – Nun gut, schone keines von beiden. – Sage dem Vater, –

ST. ALBIN. Ich habe ihm nichts weiter zu sagen. – Er weiß alles.

CÄCILIA. Ah, Himmel!

Vierter Auftritt

ST. ALBIN. CÄCILIA. DER HAUSVATER.

Saint Albin bezeugt sich anfangs bei Annäherung seines Vaters ungeduldig; nachher bleibt er unbeweglich stehen.

DER HAUSVATER. Du fliehest mich, und ich kann dich nicht verlassen. – Ich habe keinen Sohn mehr, und du hast noch immer einen Vater! – Saint Albin, warum fliehest du mich? – Ich komme nicht, dich aufs neue zu kränken und mein Ansehen neuen Verachtungen auszusetzen. – Mein Sohn, mein Freund, du willst doch nicht, daß ich vor Gram sterben soll? – Wir sind allein. Hier stehet dein Vater! Hier deine Schwester! Sie weinet, und meine Tränen erwarten nur die deinigen, sich mit ihnen zu vermischen. – Wie süß kann dieser Augenblick sein, wenn du willst! – Du hast deine Geliebte verloren; du hast sie durch die Treulosigkeit eines Menschen verloren, der dir wert war –

ST. ALBIN *(indem er die Augen wütend gen Himmel kehret).* Ah!

DER HAUSVATER. Triumphiere über dich und ihn! Bezähme eine Leidenschaft, die dich erniedriget. Zeige dich meiner wert; – und schenke mir meinen Sohn wieder, Saint Albin. *(St. Albin entfernt sich. Man siehet es, daß er die Gesinnungen seines Vaters gern erwidern wollte, aber nicht kann. Sein Vater verstehet seine Gebärden unrecht, folgt ihm nach und sagt:)* Gott! Empfängt man einen Vater so! Er entfernet sich von mir. – Undankbares Kind, ungeratener Sohn! Und wohin wirst du gehen, dahin ich dir nicht nachfolgen sollte? – Ich werde dir überall nachfolgen. Überall werde ich meinen Sohn von dir fordern. –

(St. Albin entfernt sich noch mehr, und sein Vater folgt ihm und schreiet heftig:)

Gib mir meinen Sohn wieder! – Gib mir meinen Sohn wieder!

(St. Albin gehet und stützet sich gegen die Mauer, die Arme in die Höhe und den Kopf zwischen den Ellbogen. Der Vater fährt fort.)

Er antwortet mir nicht. Meine Stimme reichet nicht mehr an sein Herz. Eine unsinnige Leidenschaft hält es verschlossen. Sie hat alles verheeret. Sie hat ihn dumm und wild gemacht. *(Er wirft sich in einen Lehnstuhl und sagt:)*

O unglücklicher Vater! Die Hand des Höchsten hat mich geschlagen. Sie züchtiget mich in diesem Gegenstande meiner Schwachheit. – Es ist mein Tod! – Grausame Kinder, und ich wünsche es; – denn ihr wünschet es.

CÄCILIA *(die sich schluchzend ihrem Vater nähert).* Ah! – Ah! –

DER HAUSVATER. Tröstet euch. – Der Anblick meines Jammers soll euch nicht lange zur Last sein. – Ich will mich der Welt entziehen. – Ich will mich an einen unbekannten Ort verweisen, und da das Ende eines Lebens erwarten, das euch zu lange dauert.

CÄCILIA *(schmerzlich, indem sie die Hände ihres Vaters ergreift).* Was soll aus Ihren Kindern werden, wenn Sie sie verlassen?

DER HAUSVATER *(nach einem kleinen Stillschweigen).* Cäcilia, ich hatte meine Absichten mit dir. – Und mit Germeuilen. – So oft ich euch beide sahe, sagte ich zu mir selbst: »Das ist *er*, der das Glück meiner Tochter machen soll; – und *sie*, sie wird das Haus meines Freundes wieder emporbringen.«

CÄCILIA *(bestürzt).* Was habe ich gehört!

ST. ALBIN *(kehret sich wütend um).* Er sollte meine Schwester geheiratet haben? Ich sollte ihn meinen Bruder nennen! Ihn!

DER HAUSVATER. Alles schlägt mich nieder; alles auf einmal. – Es ist nicht weiter daran zu denken.

Fünfter Auftritt

ST. ALBIN. CÄCILIA. DER HAUSVATER. GERMEUIL.

ST. ALBIN. Da ist er; da ist er. Geht fort, geht alle fort.

CÄCILIA *(die Germeuilen entgegenläuft).* Halten Sie, Germeuil. Kommen Sie nicht näher. Halten Sie.

DER HAUSVATER *(fasset seinen Sohn mitten um den Leib und zieht ihn aus dem Saale).* Saint Albin, – mein Sohn.

(Unterdessen kömmt Germeuil mit festen und ruhigen Schritten näher. St. Albin wendet sich, ehe er abgeht, mit dem Kopf um und gibt dem Germeuil ein Zeichen.)

CÄCILIA. Könnte ich unglücklicher sein!

(Der Hausvater kömmt wieder herein und trifft zuhinterst im Saale auf den Komtur, der sich einen Augenblick sehen läßt.)

Sechster Auftritt

CÄCILIA. GERMEUIL. DER HAUSVATER. DER KOMTUR.

DER HAUSVATER. Herr Bruder, ich will den Augenblick bei Ihnen sein.

DER KOMTUR. Das heißt, Sie wollen mich itzt nicht haben. Ihr Diener.

Siebenter Auftritt

CÄCILIA. GERMEUIL. DER HAUSVATER.

DER HAUSVATER *(zu Germeuilen).* Trennung und Unruhe herrschen in meinem Hause, und die Ursache davon sind Sie. – Germeuil, ich bin unzufrieden. Ich werde Ihnen nicht vorwerfen, wie viel ich für Sie getan habe. Vielleicht wollten Sie es gern. Aber nach dem Vertrauen, das ich heute gegen Sie bezeigte – denn weiter will ich nicht hinausgehen – hätte ich mir von Ihrer Seite ganz etwas anders versehen. – Mein Sohn nimmt sich eine Entführung vor, er vertraut es Ihnen, und Sie sagen mir nichts davon. Der Komtur macht einen andern häßlichen Anschlag; er vertrauet es Ihnen, und auch davon sagen Sie mir nichts.

GERMEUIL. Sie hatten es beide ausdrücklich verlangt.

DER HAUSVATER. Hätten Sie es Ihnen versprechen sollen? – Unterdessen ist das Mädchen doch weggekommen, und Sie sind überführt, daß Sie sie fortgebracht haben. – Wo ist sie hin? – Was soll ich aus Ihrem Stillschweigen schließen? – Doch, ich mag Ihnen keine Antwort abdringen. Es herrschet eine Dunkelheit in diesem Betragen, die mir aufzuklären nicht geziemen möchte. Es sei aber wie ihm wolle; genug, ich nehme mich des Mädchens an und will, daß sie wieder zum Vorschein kommen soll.
Cäcilia, ich mache mir weiter keine Rechnung auf den Trost, den ich unter euch zu finden hoffte. Der Kummer ahnet mir, der auf mein Alter wartet, und ich will euch den Schmerz ersparen, die Zeugen davon zu sein. Ich habe, glaube ich, nichts versäumet, was zu euerm Glücke erforderlich wäre, und ich werde es mit Freuden hören, wenn es meinen Kindern wohl gehet.

Achter Auftritt

CÄCILIA. GERMEUIL.

Cäcilia wirft sich in einen Lehnstuhl und läßt den Kopf traurig in ihre Hand sinken.

GERMEUIL. Ich sehe Ihre Unruhe und erwarte Ihre Vorwürfe.

CÄCILIA. Ich bin in Verzweiflung. – Mein Bruder stehet Ihnen nach dem Leben.

GERMEUIL. Seine Ausforderung hat nichts zu sagen. Er hält sich für beleidiget, aber ich bin unschuldig und ruhig.

CÄCILIA. Warum habe ich Ihnen geglaubt? Warum bin ich meiner Ahnung nicht gefolgt? – Haben Sie ihn gehört, meinen Vater?

GERMEUIL. Ihr Vater ist ein gerechter Mann, und ich befürchte mir von ihm nichts.

CÄCILIA. Er liebte Sie. Er schätzte Sie hoch.

GERMEUIL. Wenn er diese Gesinnungen gegen mich gehabt hat, so werde ich sie wiedererlangen.

CÄCILIA. Sie sollten das Glück seiner Tochter machen. – Cäcilia hätte das Haus seines Freundes wieder emporbringen sollen.

GERMEUIL. Himmel! Ist es möglich!

CÄCILIA *(als zu sich selbst.)*. Ich getraute mir nicht, ihm mein Herz zu eröffnen. – Die Leidenschaft meines Bruders hatte ihn zu sehr niedergeschlagen, und ich befürchtete, seinen Kummer zu vermehren. – Konnte ich mir einbilden, daß er der Widersetzung und dem Hasse des Komturs ungeachtet? – Ah, Germeuil! Ihnen bestimmte er mich, Ihnen!

GERMEUIL. Und Sie liebten mich! – Ah – Aber ich habe meine Schuldigkeit getan. – Die Folgen mögen sein, wie sie wollen, ich werde mich den Entschluß, zu dem ich gegriffen, niemals reuen lassen. – Mademoiselle, Sie müssen alles wissen –

CÄCILIA. Was gibt es denn noch?

GERMEUIL. Die Frau –

CÄCILIA. Welche Frau?

GERMEUIL. Die gute alte Frau von Sophien.

CÄCILIA. Nun?

GERMEUIL. Sitzet an der Haustüre. Das ganze Gesinde ist um sie her. Sie verlangt eingelassen und gehöret zu werden.

CÄCILIA *(stehet eiligst auf und will fortgehen)*. O Gott! – Ich laufe –

GERMEUIL. Wohin?

CÄCILIA. Mich meinem Vater zu Füßen zu werfen.

GERMEUIL. Bleiben Sie. Bedenken Sie –

CÄCILIA. Nein, mein Herr.

GERMEUIL. Hören Sie mich.

CÄCILIA. Ich höre nicht mehr.

GERMEUIL. Cäcilia – Mademoiselle –

CÄCILIA. Was wollen Sie von mir?

GERMEUIL. Ich habe meine Maßregeln genommen. Man hält die Alte zurück. Sie wird nicht hineinkommen; und wenn man sie auch hineinläßt, nur aber sie nicht zu dem Komtur führet, was kann sie den andern sagen, was sie nicht schon wüßten?

CÄCILIA. Nein, mein Herr, ich will nicht länger in Furcht und Zittern leben. Mein Vater soll alles wissen. Mein Vater ist gut; er wird meine Unschuld erkennen; er wird den Bewegungsgrund Ihrer Aufführung einsehen, und ich werde meine und Ihre Verzeihung erhalten.

GERMEUIL. Und die Unglückliche, die Sie bei sich aufgenommen haben? – Sie haben sie einmal Ihres Schutzes gewähret, und dürfen nichts ohne ihre Einwilligung mit ihr vornehmen.

CÄCILIA. Mein Vater ist gut.

GERMEUIL. Da ist Ihr Bruder.

Neunter Auftritt

CÄCILIA. GERMEUIL. ST. ALBIN.

St. Albin tritt mit langsamen Schritten herein; er siehet finster und wild aus; den Kopf zur Erde; die Arme kreuzweis ineinandergeschlagen; und den Hut in die Augen gedrückt.

CÄCILIA *(wirft sich zwischen ihn und Germeuilen und schreiet).* Saint Albin! – Germeuil!

ST. ALBIN *(zu Germeuil).* Ich glaubte Sie allein zu finden.

CÄCILIA. Germeuil, es ist Ihr Freund; es ist mein Bruder.

GERMEUIL. Ich werde es nicht vergessen, Mademoiselle. *(Er setzet sich in einen Lehnstuhl.)*

ST. ALBIN *(wirft sich in einen andern).* Gehen Sie, oder bleiben Sie; von nun an verlasse ich Sie nicht wieder.

CÄCILIA *(zu St. Albin).* Unsinniger! – Undankbarer! – Was hast du beschlossen! – Du weißt nicht –

ST. ALBIN. Ich weiß nur allzuviel.

CÄCILIA. Du betrügst dich.

ST. ALBIN *(indem er aufsteht).* Geh, laß mich! Laß uns! *(Und sich gegen Germeuilen wendet und die Hand an den Degen legt.)* Germeuil –

GERMEUIL *(springt auf).*

CÄCILIA *(kehret sich mit dem Gesichte gegen ihren Bruder und ruft ihm zu:)* O Gott! – Halt! Vernimm – Sophia –

ST. ALBIN. Nun? Sophia?

CÄCILIA. Was soll ich ihm sagen?

ST. ALBIN. Was hat er mit ihr gemacht? Rede. Rede.

CÄCILIA. Was er mit ihr gemacht hat? – Er hat sie deiner Raserei entrückt. – Er hat sie vor den Verfolgungen des Komturs in Sicherheit gebracht. – Er hat sie hierher gebracht. – Ich habe sie aufnehmen müssen. – Sie ist hier, und sie ist wider meinen Willen hier – *(Schluchzend und weinend.)* Nun geh; und lauf, und stoß ihm den Degen durch die Brust.

ST. ALBIN. O Himmel! Darf ich es glauben! Sophia ist hier! – Und er ist es? – Du bist es? – Ah, meine Schwester! Ah, mein Freund! – Ich Unglücklicher! Ich Sinnloser!

GERMEUIL. Sie sind verliebt.

ST. ALBIN. Cäcilia, Germeuil, – euch habe ich alles zu danken. – Werdet ihr mir verzeihen? – Ja, ihr seid gerecht, ihr liebet auch; ihr werdet euch an meine Stelle setzen und mir gewiß verzeihen. – Aber sie hat von meinem Anschlage gewußt; sie weinet, sie will verzweifeln, sie verachtet mich, sie hasset mich. – Cäcilia, willst du dich rächen? Willst du mich unter der Last meines Unrechts erdrücken? Vollende deine Güte! – Laß mich sie sehen. – Laß mich sie einen Augenblick sehen.

CÄCILIA. Was wagst du von mir zu verlangen?

ST. ALBIN. Liebe Schwester, ich muß sie sehen. Ich muß –

CÄCILIA. Bedenke doch nur –

GERMEUIL. Wir bekommen ihn doch nicht anders vernünftig.

ST. ALBIN. Cäcilia.

CÄCILIA. Und mein Vater? Und der Komtur?

ST. ALBIN. Was liegt mir daran? – Ich muß sie sehen; ich laufe –

GERMEUIL. Bleiben Sie.

CÄCILIA. Germeuil.

GERMEUIL. Wir werden rufen müssen, Mademoiselle.

CÄCILIA. Welch ein grausames Leben!

(Germeuil gehet rufen und kömmt mit Jungfer Clairet wieder. Cäcilia geht zuhinterst der Bühne.)

ST. ALBIN *(ergreift im Vorbeigehen ihre Hand und küßt sie mit Entzückung. Er kehret sich hierauf gegen Germeuilen, umarmt ihn und sagt.)* Nun sehe ich sie wieder!

CÄCILIA *(nachdem sie mit Jungfer Clairet leise gesprochen, fährt sie laut und in einem verdrießlichen Tone fort:)* Bring Sie sie! Aber geb Sie ja wohl acht.

GERMEUIL. Hab Sie ja die Augen wohl auf den Komtur.

ST. ALBIN. Nun sehe ich Sophien wieder! *(Er gehet gegen die Seite, wo Sophia herkommen soll, horcht und sagt:)* Ich höre sie kommen. – Sie kömmt näher. – Ich zittere. – Mich schaudert. – Es ist mir, als wolle mein Herz davon, als fürchte es sich, ihr entgegenzugehen. – Ich werde die Augen nicht aufschlagen können. – Ich werde kein Wort mit ihr sprechen können.

Zehnter Auftritt

CÄCILIA. GERMEUIL. ST. ALBIN. SOPHIA. JUNGFER CLAIRET *in dem Vorzimmer, bei dem Eingange des Saales.*

SOPHIA *(sobald sie den St. Albin gewahr wird, läuft erschrocken auf Cäcilien zu, wirft sich in ihre Arme und schreiet:)* Mademoiselle.

ST. ALBIN *(folgt ihr nach).* Sophia.

(Cäcilia hält Sophien in ihren Armen und drückt sie zärtlich an sich.)

GERMEUIL *(ruft).* Jungfer Clairet.

JGFR. CLAIRET *(von innen).* Gleich!

CÄCILIA *(zu Sophien).* Fürchten Sie nichts. Fassen Sie sich. Setzen Sie sich.

(Sophia setzt sich. Cäcilia und Germeuil gehen zuhinterst der Bühne, wo sie von dem, was zwischen St. Albin und Sophien vorgehet, Zuschauer abgeben. Germeuil sieht ernsthaft und nachdenkend aus. Er blickt dann und wann traurig auf Cäcilien, die ihrerseits Verdruß und von Zeit zu Zeit Unruhe verrät.)

ST. ALBIN *(zu Sophien, die die Augen niedergeschlagen hat und sich ungehalten und strenge bezeigt).* Sie sind es. Sie sind es. – Ich habe Sie wieder, – Sophia! O Himmel! Welcher Ernst! Welches Stillschweigen! – Sophia, einen einzigen Blick! Versagen Sie mir ihn nicht! – Ich habe so viel ausgestanden! – Sagen Sie doch nur ein einziges Wort zu diesem Unglücklichen!

SOPHIA *(ohne ihn anzusehen).* Verdienen Sie es?

ST. ALBIN. Fragen Sie nur.

SOPHIA. Was kann man mir noch sagen? Weiß ich nicht schon gnug? Wo bin ich? Was mache ich hier? Wer hat mich hierher gebracht? – Was wollen Sie mit mir, mein Herr?

ST. ALBIN. Sie lieben; Sie besitzen; der Ihrige sein, trotz aller Welt, trotz Ihnen –

SOPHIA. Sie lassen mich die Verachtung nur allzusehr empfinden, die man gegen Unglückliche hat. Man hält sie für nichts. Man erlaubt sich gegen sie alles. Aber, mein Herr, ich habe auch Anverwandte.

ST. ALBIN. Ich werde sie kennen lernen. Ich will gehen. Ich will mich zu ihren Füßen werfen; von ihnen will ich Sophien erhalten.

SOPHIA. Hoffen Sie es nur nicht. Sie sind arm; aber sie halten auf Ehre. – Mein Herr, geben Sie mich meinen Anverwandten wieder. Geben Sie mich mir selbst wieder. Schikken Sie mich fort.

ST. ALBIN. Verlangen Sie eher mein Leben. Es ist Ihre.

SOPHIA. O Gott, was wird aus mir werden! *(Zu Germeuilen und Cäcilien, in einem traurigen und bittenden Tone.)* Mein Herr. Mademoiselle – *(Indem sie sich wieder gegen den St. Albin wendet.)* Schicken Sie mich fort, mein Herr. – Schicken Sie mich fort. – Grausamer Mensch, soll ich Ihnen zu Füßen fallen? Hier liege ich. *(Sie wirft sich dem St. Albin zu Füßen.)*

ST. ALBIN *(fällt zu den ihrigen und sagt:)* Sie zu meinen Füßen? Mir kömmt es zu, mich zu Ihren Füßen zu werfen und da zu sterben.

SOPHIA *(aufgestanden).* Sie sind ohne Mitleid. – Ja, Sie sind ohne Mitleid. – Schändlicher Entführer, was habe ich dir getan? Welch Recht hast du auf mich? – Ich will gehen. – Wer darf sich unterstehen, mich zu halten? – Sie lieben mich? – Sie haben mich geliebt? – Sie?

ST. ALBIN. Lassen Sie diese reden.

SOPHIA. Sie haben mein Verderben beschlossen. – Ja, Sie haben es beschlossen; Sie werden es vollenden. – Ah, Sergi! *(Indem sie diese letzten Worte nicht ohne Wehmut sagt, sinkt sie in einen Lehnstuhl, wendet ihr Gesicht von ihm ab und fängt an zu weinen.)*

ST. ALBIN. Sie wenden Ihre Augen von mir. – Sie weinen. – Ah, ich habe den Tod verdient. Ich Unglückseliger! Was habe ich gewollt? Was habe ich gesagt? Wes habe ich mich erkühnt? Was habe ich getan?

SOPHIA *(als zu sich selbst).* Arme Sophia, wozu hat dich der Himmel versparet! – Das Elend reißet mich aus den Armen meiner Mutter. – Ich komme nebst einem von meinen Brüdern hier an. – Wir kommen, hier Barmherzigkeit zu suchen, und finden nichts als Verachtung und Härte. – Weil wir arm sind, will man uns nicht kennen und stößt uns zurück. – Mein Bruder verläßt mich. – Ich bleibe allein. – Eine ehrliche Frau sieht meine Jugend und erbarmt sich der Verlassenen. – Aber mein Unglücksstern läßt diesen Menschen meiner gewahr werden, läßt ihn den Grund zu meinem Verderben legen. – Ich weine vergebens. – Sie wollen mich verderben, und sie werden mich verderben. – Ist *er* es nicht, so ist es sein Oheim. – *(Sie stehet auf.)* Und was will denn dieser Oheim von mir? – Warum verfolgt er mich so? – Kann er sagen, daß ich seinen Neffen gerufen habe? – Da steht er. – Er mag reden. – Er mag sich selbst anklagen – Betrüger, Feind meiner Ruhe, rede –

ST. ALBIN. Mein Herz ist unschuldig. Sophia, haben Sie Mitleiden mit mir. – Vergeben Sie mir. –

SOPHIA. Wer würde ihm nicht getrauet haben? – Er schien so zärtlich und so gut! – Ich hielt ihn für so sanftmütig! –

ST. ALBIN. Vergeben Sie mir, Sophia.

SOPHIA. Ich sollte Ihnen vergeben?

ST. ALBIN. Sophia! *(Er will ihre Hand ergreifen.)*

SOPHIA. Zurück! Ich liebe Sie nicht mehr. Ich achte Sie nicht mehr. Nein.

ST. ALBIN. O Gott, was wird aus mir werden! Liebe Schwester, Germeuil, sprecht, sprecht doch für mich. – Vergeben Sie mir, Sophia.

SOPHIA. Nein.

(Cäcilia und Germeuil treten näher.)

CÄCILIA. Mein Kind.

GERMEUIL. Es ist ein Mensch, der Sie anbetet.

SOPHIA. Nun gut, so beweise er es mir. Er verteidige mich gegen seinen Oheim; er gebe mich meinen Anverwandten wieder; er schicke mich fort, und ich verzeihe ihm.

Eilfter Auftritt

GERMEUIL. CÄCILIA. ST. ALBIN. SOPHIA.
JUNGFER CLAIRET.

JGFR. CLAIRET. Mademoiselle, es kömmt jemand; es kömmt jemand.

GERMEUIL. Geschwind alle fort!

(Cäcilia gibt Sophien wieder in die Hände der Jgfr. Clairet; und sie gehen alle von verschiedenen Seiten aus dem Saale.)

Zwölfter Auftritt

DER KOMTUR. FR. HEBERT. DESCHAMPS.

Der Komtur tritt hastig herein. Ihm folgen Fr. Hebert und Deschamps.

FR. HEBERT *(auf den Deschamps weisend).* Ja, mein Herr, das ist er. Er war bei dem bösen Manne, der mir sie geraubt hat. Ich habe ihn den Augenblick erkannt.

DER KOMTUR. Schurke! Was hält mich, daß ich nicht gleich die Wache holen lasse, um dich zu lehren, was es einbringt, wenn man sich zu solchen Bubenstücken brauchen läßt?

DESCHAMPS. Machen Sie mich nicht unglücklich, mein Herr. Sie haben mir es ja versprochen.

DER KOMTUR. Nu, nu. Und also ist sie hier?

DESCHAMPS. Ja, mein Herr.

DER KOMTUR *(beiseite).* Sie ist hier? Komtur, und das hast du nicht gerochen? *(Zu Deschamps.)* Und ohne Zweifel bei meiner Nichte im Zimmer?

DESCHAMPS. Ja, mein Herr.

DER KOMTUR. Und der Schurke, der dem Wagen nachfolgte, warst du?

DESCHAMPS. Ja, mein Herr.

DER KOMTUR. Und der andere, der drinnen saß, das war Germeuil?

DESCHAMPS. Ja, mein Herr.

DER KOMTUR. Germeuil?

FR. HEBERT. Er hat es Ihnen schon gesagt.

DER KOMTUR *(beiseite).* Gut! Nunmehr habe ich sie!

FR. HEBERT. Als sie mir sie wegnahmen, mein Herr, reichte sie mir noch die Hand und sagte: »Lebe Sie wohl, meine Liebe; ich werde Sie nicht wiedersehen; bete Sie für mich.« – Lassen Sie mich sie sehen, mein Herr; lassen Sie mich sie sprechen; ich will sie trösten.

DER KOMTUR. Das geht nicht an. – Welche Entdeckung!

FR. HEBERT. Ihre Mutter und ihr Bruder haben sie mir anvertrauet. Was soll ich ihnen antworten, wenn sie sie wiederfordern werden? Geben Sie mir sie wieder, mein Herr, oder lassen Sie mich mit ihr einschließen.

DER KOMTUR *(zu sich selbst).* Das soll geschehen, hoffe ich. *(Zur Fr. Hebert.)* Itzt geht nur, geht geschwind. Und vor allen Dingen, lasset Euch nicht wieder sehen. Wo man Euch wieder erblickt, so stehe ich für nichts.

FR. HEBERT. Ich werde sie aber doch wiederbekommen, und ich kann mich darauf verlassen?

DER KOMTUR. Ja doch, ja, verlaßt Euch darauf und geht.

DESCHAMPS *(indem er sie herausgehen sieht).* Verflucht sei die Alte, und verflucht der Türsteher, der sie hereingelassen hat!

DER KOMTUR *(zu Deschamps).* Und du, Schurke, geh – und begleite die Frau wieder heim. – Und das sage ich dir, kömmt es aus, daß sie mit mir gesprochen hat, oder sie läßt sich wieder hier sehen, so ist es dein Unglück.

Dreizehnter Auftritt

DER KOMTUR *allein.*

DER KOMTUR. Meines Neffen Liebste in dem Zimmer meiner Nichte! – Welche Entdeckung! – Ich dachte es wohl, daß die Bedienten darunter stecken müßten! – Sie gingen; sie kamen; sie machten sich Zeichen; sie redten leise; bald gingen sie mir nach; bald liefen sie vor mir. – Und da ist das Kammermädchen, das mich ebenso wenig verläßt als mein Schatten. – Das ist also die Ursache von allen den Bewegungen, die ich nicht begreifen konnte? – Komtur, das kann dich lehren, künftig fein auch auf das Allergeringste zu merken. Wo Lärmen ist, da gibt es immer was zu erfahren – Sie wollten die Alte nicht hereinlassen, und sie hatten hohe Ursache dazu. – Die Schurken! – Ich mußte, recht zu meinem Glücke, dazukommen. – Nun laß sehen, was wir weiter zu tun haben. – Vors erste, ganz leise zu gehen, um sie in ihrer Sicherheit nicht zu stören. – Und wie, wenn ich mich geradezu an den alten Narren wendte? – Nein. Was würde das helfen? – D'Aulnoy, itzt mußt du zeigen, was du kannst! – Aber ich habe ja meinen Befehl zur Haft! Sie haben mir ihn wiedergegeben! – Da ist er! – Ja. – Das ist er. Wie glücklich bin ich. – Dasmal soll er mir gewiß nutzen. Noch einen Augenblick Geduld, und ich bin ihnen über dem Halse. Ich bemächtige mich der Kreatur. Ich jage den Schurken, der alles das angesponnen hat, aus dem Hause. – Ich zerreiße auf einmal zwei Heiraten. – Mein Mühmchen, mein sprödes Mühmchen soll daran denken, hoffe ich. – Und du, guter alter Narre, nun kömmt die Reihe an mich. – Kurz, ich räche mich an dem Vater, an dem Sohne, an der Tochter, an dem guten Freunde. – O Komtur, welch ein Tag für dich!

Ende des vierten Aufzuges

Fünfter Aufzug

Erster Auftritt

CÄCILIA. JUNGFER CLAIRET.

CÄCILIA. Ich sterbe noch vor Unruhe und Furcht. – Ist Deschamps wieder zum Vorschein gekommen?

JGFR. CLAIRET. Nein, Mademoiselle.

CÄCILIA. Wo muß er hingegangen sein?

JGFR. CLAIRET. Ich habe es nicht erfahren können.

CÄCILIA. Und was ist denn vorgegangen?

JGFR. CLAIRET. Anfangs hörte ich ein großes Lärmen. Ich weiß nicht, wie viel ihrer waren. Sie gingen und kamen. Auf einmal hörte die Bewegung und das Lärmen auf. Geschwind schlich ich mich auf den Zehen herzu, und horchte aus allen Kräften; ich konnte aber weiter nichts als hier und da ein Wort vernehmen. Unter andern hörte ich den Komtur in einem drohenden Tone schreien: »Die Wache!«

CÄCILIA. Sollte sie wohl jemand gesehen haben?

JGFR. CLAIRET. Nimmermehr, Mademoiselle.

CÄCILIA. Oder sollte Deschamps geplaudert haben?

JGFR. CLAIRET. Das ist etwas anders. Er ist wie ein Blitz davongegangen.

CÄCILIA. Und mein Vetter?

JGFR. CLAIRET. Den sahe ich. Er machte Grimassen. Er sprach mit sich selbst. Die Schadenfreude sahe ihm aus den Augen.

CÄCILIA. Wo ist er?

JGFR. CLAIRET. Er ist ganz allein und zu Fuße ausgegangen.

CÄCILIA. Geh Sie, lauf Sie. – Erwarte Sie seine Zurückkunft; und verliere Sie ihn nicht einen Augenblick aus den Augen. – Auch müssen wir sehen, wo Deschamps steckt. Wir müssen wissen, was er gesagt hat.
(Jgfr. Clairet geht fort, Cäcilia ruft sie zurück und sagt ihr noch:) Sobald Germeuil wieder heimkömmt, so sage Sie ihm, daß ich hier bin.

Zweiter Auftritt

CÄCILIA. ST. ALBIN.

CÄCILIA. Wozu bin ich gebracht! – Ah, Germeuil! – Die Unruhe verfolgt mich. – Alles scheinet mir zu drohen. – Alles erschreckt mich.
(Saint Albin tritt herein, und Cäcilia gehet auf ihn zu.)
Bruder, Deschamps ist verschwunden. Der Himmel weiß, was er gesagt hat, und wo er hingekommen ist. Der Komtur ist in geheim und ganz allein ausgegangen. – Es zieht sich ein Wetter auf. Ich sehe es. Ich empfinde es. Und ich will es durchaus nicht abwarten.

ST. ALBIN. Nachdem du so vieles für mich getan hast, willst du mich nun verlassen?

CÄCILIA. Ich habe nicht recht getan. Ich habe nicht recht getan. – Das Kind will nicht länger bleiben; wir müssen sie gehen lassen. Mein Vater hat meine Unruhe gemerkt. Sein

Kummer ist so groß, und seine Kinder verlassen ihn. Was kann er anders denken, als daß sie aus Scham über irgend einer unbedachtsamen Handlung seine Gegenwart fliehen und ihn in seiner Betrübnis verabsäumen? – Wir müssen uns wieder näher zu ihm halten. Von Germeuilen hat er alle gute Meinung verloren; von Germeuilen, dem er beschlossen hatte – Du bist großmütig, mein Bruder, schlage nicht länger deinen Freund, deine Schwester, die Ruhe und das Leben deines Vaters in die Schanze.

ST. ALBIN. Nein, es ist einmal ausgemacht, ich soll keinen Augenblick Ruhe haben.

CÄCILIA. Wenn die Alte hereingekommen wäre! – Wenn der Komtur wüßte – Ich kann ohne Schauder nicht daran denken. – Mit wie vieler Wahrscheinlichkeit, mit wie vielem Vorteile würde er uns angreifen! Welchen Anstrich würde er unserer Aufführung geben können! Und das zu einer Zeit, da die Seele unsers Vaters allen Eindrücken frei und offen stehet.

ST. ALBIN. Wo ist Germeuil?

CÄCILIA. Er ist für dich, er ist für mich in Furcht. Er ist zu der Alten gegangen –

Dritter Auftritt

CÄCILIA. ST. ALBIN. JGFR. CLAIRET.

JGFR. CLAIRET *(läßt sich zuhinterst des Theaters einen Augenblick sehen und ruft:)* Der Komtur ist wieder zu Hause.

Vierter Auftritt

CÄCILIA. ST. ALBIN. GERMEUIL.

GERMEUIL. Der Komtur weiß alles.

CÄCILIA *und* ST. ALBIN *(erschrocken).* Der Komtur weiß alles?

GERMEUIL. Die Alte hat sich durchgedrungen. Sie hat den

Deschamps erkannt. Dieser hat sich durch die Drohungen des Komturs schrecken lassen, und hat alles gestanden.

CÄCILIA. Ah!

ST. ALBIN. Was wird aus mir werden?

CÄCILIA. Was wird mein Vater sagen?

GERMEUIL. Die Gefahr ist dringend. Unsere Klagen können hier nichts helfen. Wenn wir den Streich, der uns drohet, nicht haben abwenden, ihm nicht zuvorkommen können, so finde er uns wenigstens beisammen und gefaßt, ihn zu empfangen.

CÄCILIA. Ah, Germeuil, was haben Sie getan!

GERMEUIL. Bin ich noch nicht unglücklich genug?

Fünfter Auftritt

CÄCILIA. ST. ALBIN. GERMEUIL. JGFR. CLAIRET.

JGFR. CLAIRET *(zeiget sich wieder zuhinterst der Bühne und ruft ihnen zu:)* Da kömmt der Komtur.

GERMEUIL. Dem müssen wir aus dem Wege gehen.

CÄCILIA. Nein, ich muß meinen Vater erwarten.

ST. ALBIN. Um des Himmels willen, was willst du tun?

GERMEUIL. Kommen Sie, mein Freund.

ST. ALBIN. Kommen Sie, Sophien zu retten.

CÄCILIA. Ihr verlaßt mich?

Sechster Auftritt

CÄCILIA *allein.*

Sie läuft hin und her und ruft:

CÄCILIA. Ich weiß nicht, was ich anfangen soll. – *(Sie wendet sich gegen den hintersten Teil des Saales und ruft:)* Germeuil! – Saint Albin! – O mein Vater, was soll ich Ihnen antworten! – Und was soll ich meinem Vetter antworten? – Aber da ist er. – Ich will mich setzen – Ich will meine Arbeit vornehmen. – So werde ich ihn wenigstens nicht ansehen dürfen. –

(Der Komtur tritt herein. Cäcilia stehet auf und grüßt ihn mit niedergeschlagenen Augen.)

Siebenter Auftritt

CÄCILIA. DER KOMTUR.

DER KOMTUR *(drehet sich um, siehet gegen das Hinterteil der Bühne und sagt:)* Du hast da ein Kammermädchen, meine liebe Nichte, das ganz vortrefflich aufpaßt. – Man kann keinen Schritt ohne sie tun. – Aber wie bist du denn so ganz verlassen, und so vertieft? – Es scheinet doch, als ob alles wieder ruhig werden wollte.

CÄCILIA *(stotternd).* Ja – ich glaube – ich glaube es auch – Ah! –

DER KOMTUR *(stehet vor ihr und stützet sich auf seinen Stock).* Stimme und Hände zittern dir. – Ein unruhiges Herz ist ein grausames Ding. – Dein Bruder scheinet mir ein wenig gelassener. – Und siehst du, so sind sie alle. Anfangs wollen sie verzweifeln und drohen mit nichts Geringerm als mit Hängen und Ersäufen. Aber ehe man eine Hand umwendet, husch, so ist alles weg. – Du wirst so nicht sein, oder ich müßte mich sehr betrügen. Wenn dein Herz einmal Feuer fängt, das wird eine Weile brennen.

CÄCILIA *(die mit ihrer Arbeit spricht).* Daß dich!

DER KOMTUR *(spöttisch).* Es will mit deiner Arbeit nicht recht fort.

CÄCILIA. Gar nicht.

DER KOMTUR. Wie stehen denn itzt Germeuil und dein Bruder miteinander? – Mich dünkt, so ziemlich? – Das Ding hat sich ohne Zweifel aufgekläret. – Denn endlich kläret sich alles auf, und dann ist man wegen seiner schlechten Aufführung so beschämt, so beschämt! – Oh, du zwar weißt davon nichts; denn du, du bist beständig so behutsam, so versichtig gewesen.

CÄCILIA *(beiseite)*. Das kann ich nicht länger aushalten. *(Sie stehet auf.)* Ich glaube, ich höre meinen Vater.

DER KOMTUR. Nicht doch, du hörest nichts. – Es ist ein seltsamer Mann, dein Vater. Immer beschäftiget, ohne zu wissen, womit. Niemand in der Welt hat so eine Gabe, die Augen auf alles, auf alles zu haben, und doch nichts zu sehen. – Aber wieder auf unsern Freund Germeuil zu kommen. – Wenn du nicht um ihn sein kannst, ich weiß, so hörst du gern von ihm reden. – Es bleibt doch seinetwegen noch fest dabei? Bei mir wenigstens.

CÄCILIA. Herr Vetter, –

DER KOMTUR. O bei dir gewiß auch. Nicht wahr? Ich entdecke alle Tage neue Eigenschaften an ihm, und ich habe ihn noch nie so gut gekannt. – Es ist ein ganz unvergleichlicher Bursche. – *(Cäcilia stehet auf.)* Aber du bist ja so eilfertig?

CÄCILIA. Ich muß wohl.

DER KOMTUR. Was ruft dich denn?

CÄCILIA. Ich wollte auf meinen Vater warten. Aber er kömmt nicht, und ich bin so unruhig.

Achter Auftritt

DER KOMTUR *allein.*

DER KOMTUR. Unruhig? Das rate ich dir auch zu sein. Du weißt noch nicht, was deiner wartet. – Du magst weinen, wehklagen und ächzen, so viel du willst; es wird nichts helfen; Freund Germeuil muß fort. – Auf ein oder zwei Jahre ins Kloster – Ha, ich bin auch sehr albern gewesen. Der Name dieser Clairet hätte ja recht gut noch in meinem Befehle zur Verhaft stehen können; es hätte keinen Heller mehr gekostet. – Aber der alte Träumer kömmt nicht. – Ich habe nichts mehr zu tun, und die Zeit wird mir lang. – *(Er kehret sich um, siehet den Hausvater kommen und sagt zu ihm:)* Komm doch, guter Alter, komm doch!

Neunter Auftritt

DER KOMTUR. DER HAUSVATER.

DER HAUSVATER. Was haben Sie mir denn so Notwendiges zu sagen?

DER KOMTUR. Sie werden es gleich hören. – Aber noch einen Augenblick Geduld. *(Er gehet sachte zuhinterst in den Saal und sagt zu der Kammerfrau, die er auf der Lauer ertappt:)* Komm Sie näher, Jungfer. Mache Sie sich's so sauer nicht. Desto besser kann Sie hören.

DER HAUSVATER. Was gibt's denn? Mit wem sprechen Sie?

DER KOMTUR. Mit der Kammerfrau Ihrer Tochter, die uns behorcht.

DER HAUSVATER. Das ist die Wirkung von dem Mißtrauen, das Sie meinen Kindern gegen sich beigebracht haben. Sie haben sie von mir entfernt; Sie haben sie genötiget, sich mit ihrem Gesinde zu verstehen.

DER KOMTUR. Nein, Herr Bruder, ich bin es nicht, der sie von Ihnen entfernet hat; die Furcht, Sie möchten hinter ihre Streiche kommen, hat sie entfernt. Wenn sie sich mit ihrem Gesinde verstehen, so kömmt es daher, weil sie zu ihrer schlechten Aufführung Helfershelfer brauchen. Begreifen Sie das, Herr Bruder? – Was um und neben Ihnen vorgehet, davon wissen Sie nichts. Indes daß Sie in einer unbegreiflichen Sicherheit schlafen oder sich einer unnützen Betrübnis überlassen, nimmt die Unordnung in Ihrem Hause überhand. Sie steckt alles an, Bediente, Kinder, und was ihnen anhängt. – Gehorsam ist in diesem Hause niemals gewesen, und nun ist auch weder Zucht noch Tugend darin.

DER HAUSVATER. Noch Tugend?

DER KOMTUR. Noch Tugend.

DER HAUSVATER. Erklären Sie sich, Herr Komtur. – Doch nein, verschonen Sie mich. –

DER KOMTUR. Das ist mein Wille nun eben nicht.

DER HAUSVATER. Ich habe der Trübsale schon so viel, als ich ertragen kann.

DER KOMTUR. Von Ihrem weichherzigen Charakter darf ich freilich nicht hoffen, daß es Ihnen so empfindlich und ärgerlich sein wird, als es Ihnen als Vater wohl sein sollte. Aber es schadet nichts, ich werde wenigstens meine Schuldigkeit getan haben, und die Folgen mögen Sie sich selbst zuschreiben.

DER HAUSVATER. Sie erschrecken mich. Was haben sie denn getan?

DER KOMTUR. Was sie getan haben? Schöne Dinge. Hören Sie nur. Hören Sie nur.

DER HAUSVATER. Ich warte –

DER KOMTUR. Das kleine Mädchen, derenwegen Sie so in Sorgen sind –

DER HAUSVATER. Nun?

DER KOMTUR. Wo glauben Sie, daß die ist?

DER HAUSVATER. Ich weiß nicht.

DER KOMTUR. Sie wissen nicht? – So erfahren Sie es denn von mir: sie ist bei Ihnen.

DER HAUSVATER. Bei mir?

DER KOMTUR. Bei Ihnen. Ja, bei Ihnen. – Und was meinen Sie wohl, wer sie hergebracht hat?

DER HAUSVATER. Germeuil?

DER KOMTUR. Und wer sie aufgenommen hat?

DER HAUSVATER. Halten Sie, Herr Bruder. Cäcilia – meine Tochter –

DER KOMTUR. Ja, Cäcilia; ja, Ihre Tochter hat ihres Bruders Liebste bei sich aufgenommen. Ist das nicht löblich? Was sagen Sie dazu?

DER HAUSVATER. Ah!

DER KOMTUR. Der Germeuil dankt Ihnen für alle die Wohltaten, die Sie ihm erwiesen haben, unvergleichlich.

DER HAUSVATER. Ah, Cäcilia, Cäcilia! Was haben sie nun gefruchtet, die guten Lehren deiner Mutter?

DER KOMTUR. Ihres Sohnes Liebste, in Ihrem Hause, in dem Zimmer Ihrer Tochter! Bedenken Sie doch! Bedenken Sie doch!

DER HAUSVATER. Ah, Germeuil! – Ah, mein Sohn! – Wie unglücklich bin ich!

DER KOMTUR. Wenn Sie unglücklich sind, so ist es Ihre eigene Schuld. Lassen Sie sich Gerechtigkeit widerfahren.

DER HAUSVATER. Ich verliere alles auf einmal, meinen Sohn, meine Tochter, einen Freund.

DER KOMTUR. Es ist Ihre eigene Schuld.

DER HAUSVATER. Bloß ein grausamer Bruder bleibt mir übrig, der sich eine Lust daraus macht, mich die Last meines Jammers recht fühlen zu lassen. – Grausamer Mann, weg von mir. Lassen Sie meine Kinder kommen. Ich will meine Kinder sehen.

DER KOMTUR. Ihre Kinder? Ihre Kinder haben itzt bessere Dinge zu tun, als Ihre Klagelieder anzuhören. Ihres Sohnes Liebste, – an seiner Seite, – in dem Zimmer Ihrer Tochter – Glauben Sie, daß sie Langeweile haben?

DER HAUSVATER. Halten Sie inne, grausamer Bruder. – Doch nein; töten Sie mich nur vollends.

DER KOMTUR. Wollte ich doch allem diesem Verdrusse vorbauen. Aber ich durfte ja nicht. Nun mögen Sie es auch haben.

DER HAUSVATER. O meine verlorene Hoffnungen!

DER KOMTUR. Sie haben sie mit ihren Fehlern lassen aufwachsen, und wenn man sie Ihnen dann und wann zeigte, so machten Sie die Augen zu. Sie haben sie selbst gelehret, Ihr väterliches Ansehen verachten. Wes hätten sie sich nicht erkühnen sollen, da sie es ungestraft tun durften?

DER HAUSVATER. Wie wird es um den Rest meines Lebens stehen! Wer wird mir das Elend meiner letzten Jahre erleichtern? Wer wird mich trösten?

DER KOMTUR. Wenn ich zu Ihnen sagte: Geben Sie auf Ihre Tochter acht; Ihr Sohn schlägt um; Sie haben einen Schurken in Ihrem Hause: so war ich ein harter, böser, ungestümer Mann.

DER HAUSVATER. Es ist mein Tod. Es ist mein Tod. – Und dann, nach wem werde ich mich umsehen! – Ah! – Ah! *(Er weinet.)*

DER KOMTUR. Sie haben meinen Rat verachtet. Sie haben darüber gelacht. Weinen Sie nunmehr! Weinen Sie!

DER HAUSVATER. Ich werde Kinder gehabt haben. Ich werde unglücklich gelebt haben; und werde einsam sterben müssen. – Was wird mir es helfen, Vater gewesen zu sein? – Ah! –

DER KOMTUR. Weinen Sie nur!

DER HAUSVATER. Grausamer Mann, schonen Sie mich! Bei jedem Worte, das aus Ihrem Munde gehet, fühle ich eine Erschütterung durch meine ganze Seele; meine ganze Seele wird zerrissen. – Aber nein; nein, meine Kinder haben sich so nicht vergangen; sie haben das nicht getan, was Sie ihnen schuld geben. Sie sind unschuldig. Unmöglich können sie sich so sehr weggeworfen, meiner so sehr vergessen haben! – Saint Albin! – Cäcilia! – Germeuil! – Wo sind sie? – Wenn sie ohne mich schon leben können, so kann ich doch nicht ohne sie leben. – Ich habe sie verlassen wollen. – Ich, ich sollte sie verlassen? – Laßt sie kommen! – Laßt sie alle kommen, und sich mir zu Füßen werfen! –

DER KOMTUR. Kleinmütiger Mann. Schämen Sie sich nicht?

DER HAUSVATER. Laßt sie kommen. Und wenn sie sich selbst anklagen; wenn sie Reue bezeugen –

DER KOMTUR. Nun, so wollte ich nur, daß sie irgendwo versteckt wären und das mit anhörten.

DER HAUSVATER. Und was würden sie hören, was sie nicht schon wüßten?

DER KOMTUR. Und was sie nicht mißbrauchten?

DER HAUSVATER. Ich muß sie sehen, ich muß ihnen verzeihen; oder ich muß sie hassen –

DER KOMTUR. Nun gut, so sehen Sie sie. Verzeihen Sie ihnen. Lieben Sie sie; und lassen Sie sich zeitlebens von ihnen plagen und beschimpfen. Ich will gehen, so weit ich kann, damit ich weder von Ihnen noch von Ihren Kindern weiter etwas höre.

Zehnter Auftritt

DER KOMTUR. DER HAUSVATER. FR. HEBERT.
HERR LE BON. DESCHAMPS.

DER KOMTUR *(indem er die Fr. Hebert erblickt).* Verdammte Frau! *(Zu Deschamps.)* Und du, Schurke, was machst du hier?

FRAU HEBERT, HERR LE BON *und* DESCHAMPS *(zum Komtur, alle zugleich).* Mein Herr.

DER KOMTUR *(zur Fr. Hebert).* Was sucht Sie hier? Gleich geh Sie ihre Wege! Ich weiß, was ich ihr versprochen habe, und ich werde mein Wort halten.

FR. HEBERT. Mein Herr – Sie sehen meine Freude – Sophia –

DER KOMTUR. Geh Sie, sag ich ihr.

HERR LE BON. Mein Herr, mein Herr, hören Sie sie doch nur.

FR. HEBERT. Meine Sophia – mein Kind – ist nicht, was man denkt. – Herr Le Bon – reden Sie doch; – ich kann nicht.

DER KOMTUR *(zu Le Bon).* Wissen Sie denn nicht, wie solche Weiber sind, und was sie für Märchen zu erzählen wissen? – Herr Le Bon, Sie sind so alt und können solch Zeug glauben?

FR. HEBERT *(zum Hausvater).* Mein Herr, sie ist in Ihrem Hause.

DER HAUSVATER *(beiseite und schmerzlich).* So ist es doch wahr!

FR. HEBERT. Ich verlange nicht, daß man mir auf mein Wort glaube. – Lassen Sie sie herkommen.

DER KOMTUR. Es wird irgend eine Anverwandte von dem Germeuil sein, die keinen Strumpf anzuziehen hat.

(Hier vernimmt man ein Lärmen und ein verwirrtes Geschrei.)

DER HAUSVATER. Ich höre Lärmen.

DER KOMTUR. Es ist nichts.

CÄCILIA *(von innen).* Philipp, Philipp, ruft meinen Vater.

DER HAUSVATER. Es ist meiner Tochter Stimme.

FR. HEBERT *(zum Hausvater).* Ich bitte Sie, mein Herr, lassen Sie das Kind herkommen. –

ST. ALBIN *(von innen).* Nicht näher. Wenn euch euer Leben lieb ist, nicht näher.

FR. HEBERT *und* HERR LE BON *(zum Hausvater).* O gehen Sie doch! Sehen Sie doch!

DER KOMTUR *(zum Hausvater).* Es ist nichts, sage ich Ihnen.

Eilfter Auftritt

DER KOMTUR. DER HAUSVATER. FR. HEBERT. HERR LE BON. DESCHAMPS. JGFR. CLAIRET.

JGFR. CLAIRET *(erschrocken, zum Hausvater).* Bloße Degen, ein Gefreiter, Wache – Kommen Sie geschwind, mein Herr, wenn Sie nicht wollen, daß ein Unglück geschehen soll.

Zwölfter und letzter Auftritt

DER HAUSVATER. DER KOMTUR. FR. HEBERT. HERR LE BON. DESCHAMPS. JUNGFER CLAIRET. CÄCILIA. SOPHIA. ST. ALBIN. GERMEUIL. EIN GEFREITER. PHILIPP. *Bediente. Das ganze Haus.*

Cäcilia, Sophia, der Gefreite, Saint Albin, Germeuil und Philipp stürmen auf einmal herein. St. Albin hat den Degen gezogen, und Germeuil hält ihn zurück.

CÄCILIA *(kömmt schreiend herein).* Mein Vater.

SOPHIA *(läuft auf den Hausvater zu und schreiet:)* Mein Herr.

DER KOMTUR *(zum Gefreiten, schreiend).* Gefreiter, tue Er seine Pflicht.

SOPHIA *und* FR. HEBERT *(die sich beide an den Hausvater wenden, die erstere zu seinen Füßen).* Mein Herr.

ST. ALBIN *(den Germeuil noch immer hält).* Erst muß man mir das Leben nehmen. Germeuil, lassen Sie mich.

DER KOMTUR *(zum Gefreiten).* Tu Er seine Pflicht.

DER HAUSVATER, ST. ALBIN, FR. HEBERT *und* HR. LE BON *(alle zugleich zum Gefreiten).* Halt!

FR. HEBERT *und* HR. LE BON *(zum Komtur, indem sie Sophien, die noch immer auf den Knien liegt, nach ihm hinwenden).* Betrachten Sie sie doch nur, mein Herr.

DER KOMTUR *(ohne sie anzusehen).* Im Namen des Königs, Herr Gefreiter, tu Er seine Pflicht!

ST. ALBIN *(schreiet).* Halt!

FR. HEBERT *und* HR. LE BON *(schreien dem Komtur, zugleich mit St. Albinen, nochmals zu:)* Betrachten Sie sie doch.

SOPHIA *(die sich gegen den Komtur wendet).* Mein Herr.

DER KOMTUR *(kehret sich um, betrachtet sie und schreiet, wie vom Blitze gerührt).* Ah!

FR. HEBERT *und* HR. LE BON. Ja, mein Herr, das ist sie. Es ist Ihre Nichte.

ST. ALBIN, CÄCILIA, GERMEUIL, JGFR. CLAIRET. Sophia des Komturs Nichte!

SOPHIA *(noch immer auf ihren Knieen zum Komtur).* Lieber Herr Vetter.

DER KOMTUR *(anfahrend).* Was machen Sie hier?

SOPHIA *(zitternd).* Machen Sie mich nicht unglücklich.

DER KOMTUR. Warum konnten Sie nicht in Ihrer Provinz bleiben? Warum reiseten Sie nicht wieder heim, da ich es Ihnen sagen ließ?

SOPHIA. Ich will reisen, lieber Herr Vetter. Ich will wieder heimreisen. Machen Sie mich nicht unglücklich.

DER HAUSVATER. Kommen Sie, mein Kind. Stehen Sie auf.

FR. HEBERT. Ah, Sophia!

SOPHIA. Ah, meine Liebe!

FR. HEBERT. Ich umarme Sie wieder.

SOPHIA. Ich sehe Sie wieder.

CÄCILIA *(die sich ihrem Vater zu Füßen wirft).* Mein Vater, verdammen Sie Ihre Tochter nicht, ohne sie zu hören. Cäcilia ist, dem Anscheine ohngeachtet, nicht strafbar. Sie hat sich weder besinnen, noch Sie um Rat fragen können.

DER HAUSVATER *(mit einer ernsten, aber gerührten Miene).* Meine Tochter, du bist in eine große Unvorsichtigkeit gefallen.

CÄCILIA. Mein Vater.

DER HAUSVATER *(zärtlich).* Steh auf!

ST. ALBIN. Sie weinen, mein Vater.

DER HAUSVATER. Und das über dich, über deine Schwester. Worum flohet ihr mich, meine Kinder? Seht ihr, daß ihr euch von mir nicht entfernen könnet, ohne euch zu verirren?

ST. ALBIN *und* CÄCILIA *(indem sie ihm die Hände küssen).* Ah, mein Vater.

(Indes scheinet der Komtur ganz verwirrt.)

DER HAUSVATER *(nachdem er sich die Tränen abgetrocknet, gibt sich ein Ansehen, und sagt zum Komtur:)* Herr Komtur, Sie hatten vergessen, daß Sie in meinem Hause waren.

DER GEFREITE. Ist der Herr nicht Besitzer vom Hause?

DER HAUSVATER *(zum Gefreiten).* Darnach hätte Er sich erkundigen sollen, ehe Er hereinkam. Geh Er, ich stehe für alles.

(Der Gefreite geht ab.)

ST. ALBIN. Mein Vater.

DER HAUSVATER *(zärtlich).* Ich verstehe dich.

ST. ALBIN *(indem er Sophien dem Komtur vorstellet).* Herr Vetter.

SOPHIA *(zum Komtur, der sich von ihr wegkehret).* Verstoßen Sie doch das Kind Ihres Bruders nicht.

DER KOMTUR *(ohne sie anzusehen).* Ja, eines Mannes, der kein Wirt war, der sich nicht aufzuführen wußte, der mehr hatte als ich, der alles vertan hat, und der euch in diese armseligen Umstände gestürzt hat.

SOPHIA. Ich erinnere mich noch wohl, als ich ein Kind war; da hatten Sie die Güte, mich zu liebkosen. Ich hätte Ihre Gunst, sagten Sie. Wenn ich Sie itzt ärgere, so will ich gehen; ich will wieder heimreisen, ich will wieder zu meiner Mutter, zu meiner armen Mutter, die alle ihre Hoffnung auf Sie gesetzt hatte. –

ST. ALBIN. Herr Vetter.

DER KOMTUR. Ich will sie weder sehen noch hören.

DER HAUSVATER, ST. ALBIN, HR. LE BON *(indem sie um ihn herumtreten).* Herr Bruder. – Herr Komtur. – Herr Vetter.

DER HAUSVATER. Es ist Ihre Nichte.

DER KOMTUR. Was hat sie hier zu suchen gehabt?

DER HAUSVATER. Es ist Ihr Blut.

DER KOMTUR. Das ist mir verdrießlich gnug.

DER HAUSVATER. Sie führet Ihren Namen.

DER KOMTUR. Das ärgert mich eben.

DER HAUSVATER *(indem er ihm Sophien zeigt).* Betrachten Sie sie. Wo sind die Anverwandte, die nicht auf sie stolz sein würden?

DER KOMTUR. Sie hat nichts, das will ich Ihnen nur sagen.

ST. ALBIN. Sie hat alles.

DER HAUSVATER. Sie lieben sich.

DER KOMTUR *(zum Hausvater).* Sie wollen sie zu Ihrer Tochter?

DER HAUSVATER. Sie lieben sich.

DER KOMTUR *(zum St. Albin).* Du willst sie zu deiner Frau?

ST. ALBIN. Ob ich sie will!

DER KOMTUR. So nimm sie. Ich bin es zufrieden; denn wenn ich es auch nicht zufrieden wäre, so würde es doch gleich viel sein. –

Aber *(zum Hausvater)* mit einer Bedingung.

ST. ALBIN *(zu Sophien).* Ah, Sophia, nun wird uns niemand mehr trennen.

DER HAUSVATER. Herr Bruder, völlige Gnade! Keine Bedingung!

DER KOMTUR. Nein. Ich muß durchaus, Ihrer Tochter und dieses Menschen wegen, Gnugtuung haben.

ST. ALBIN. Gnugtuung! Und wofür? Was haben sie getan? Ich berufe mich auf Sie, mein Vater.

DER HAUSVATER. Cäcilia denkt und empfindet. Sie hat eine zärtliche Seele. Sie wird es sich schon selbst sagen, wie sie mir, vor einem Augenblicke, hat vorkommen müssen. Ich will ihren eigenen Vorwürfen nichts hinzufügen.

Germeuil, – Ihnen verzeih ich. – Meine Hochachtung und meine Freundschaft bleiben Ihnen unentzogen; meine Wohltaten sollen Ihnen überall nachfolgen; aber –
(Germeuil gehet traurig fort, und Cäcilia siehet ihm nach.)

DER KOMTUR. So laß ich's noch gelten.

JGFR. CLAIRET. Nun kömmt die Reihe an mich. Ich will immer gehen und mein Bündel zurecht machen. *(Sie geht ab.)*

ST. ALBIN *(zu seinem Vater.)* Hören Sie mich, mein Vater. – Germeuil, bleiben Sie. – Er ist es, der Ihnen Ihren Sohn erhalten hat. – Ohne ihm hätten Sie keinen Sohn mehr. Was würde aus mir geworden sein? – Er ist es, der mir Sophien erhalten hat. – Was ich ihr drohete, was ihr mein Vetter drohete, das hat Germeuil, das hat Cäcilia von ihr abgewandt. – Sie hatten, sich zu besinnen, nur einen Augenblick. – Es gab nur eine einzige Freistatt, die ihrer anständig war. – Sie haben sie meiner Gewalttätigkeit entrissen. – Und sie sollten für meinen Fehler gestraft werden? – Komm, Cäcilia. Wir müssen den besten Vater erweichen. *(Er führt seine Schwester zu den Füßen des Vaters und wirft sich mit ihr vor ihm nieder.)*

DER HAUSVATER. Ich habe dir verziehen, meine Tochter; was willst du noch von mir?

ST. ALBIN. Ihr Glück, mein Glück, unser aller Glück auf ewig zu befestigen. Cäcilia, – Germeuil, – Sie lieben sich, sie beten sich an. – Überlassen Sie sich ganz Ihrer Gütigkeit, mein Vater. Es werde dieser Tag der schönste unseres Lebens! *(Er läuft zu Germeuilen, und ruft Sophien.)*
Germeuil, Sophia, – kommen Sie, kommen Sie. – Kommen Sie, wir wollen uns ihm alle zu Füßen werfen.

SOPHIA *(die sich gleichfalls zu den Füßen des Hausvaters wirft, dessen Hände sie, so lange die Szene dauert, fast nicht wieder verläßt).* Mein Herr.

DER HAUSVATER *(der sich über sie neiget und sie aufhebt).* Meine Kinder – o meine Kinder! – Cäcilia, du liebest Germeuilen?

DER KOMTUR. Habe ich es Ihnen nicht vorhergesagt?

CÄCILIA. Verzeihen Sie mir, mein Vater.

DER HAUSVATER. Warum mußte mir das verborgen bleiben? – O meine Kinder, ihr kennet euern Vater nicht. – Treten Sie näher, Germeuil. Was Sie mir verhielten, hat mich gekränkt; aber ich habe Sie allezeit als meinen zweiten Sohn betrachtet. Ich hatte Ihnen immer meine Tochter bestimmt. So werde sie denn mit Ihnen die glücklichste der Weiber!

DER KOMTUR. Unvergleichlich! Das fehlte noch! Ich sahe es voraus, daß es zu dieser Narrheit kommen würde. Aber wenigstens war es beschlossen, daß sie wider meinen Willen geschehen sollte; und, Gott sei Dank, sie ist geschehen. Lustig! Seid alle lustig! Wir sehen uns itzt zum letztenmale.

DER HAUSVATER. Sie irren sich, Herr Komtur.

ST. ALBIN. Herr Vetter.

DER KOMTUR. Geh du! Ich gelobe deiner Schwester den vollkommensten Haß, der nur sein kann; und du sollst hundert Kinder kriegen, ich will bei keinem einzigen stehen! Lebt wohl. *(Er geht ab.)*

DER HAUSVATER. Kommt, meine Kinder. Laßt sehen, wer von uns den Kummer, den er verursacht hat, am besten gut machen wird.

ST. ALBIN. Liebster Vater, liebste Schwester, liebster Freund, ich habe Sie alle betrübt. Aber betrachten Sie sie; und dann verklagen Sie mich, wenn Sie können.

DER HAUSVATER. Kommt, meine Kinder. Herr Le Bon, hole Er meine Mündel. Frau Hebert, ich werde für Sie sorgen. Wir wollen alle glücklich sein.

(Zu Sophien.) Meine Tochter, Ihre Glückseligkeit wird von nun an die süßeste Beschäftigung meines Sohnes sein. Lehren Sie ihn die Stürme seines heftigen Charakters besänftigen. Er lerne, daß man unmöglich glücklich sein kann, wenn man sein Schicksal seinen Leidenschaften überläßt! Er nehme Ihre Unterwürfigkeit, Ihre Sanftmut, Ihre Ge-

duld, alle die Tugenden, die Sie an diesem Tage gezeigt haben, auf immer zum Muster seiner Aufführung, und zum Gegenstande seiner zärtlichsten Hochachtung!

ST. ALBIN *(lebhaft).* O ja, mein Vater; o ja!

DER HAUSVATER *(zu Germeuilen).* Mein Sohn, mein teurer Sohn! Kaum habe ich es erwarten können, Sie so zu nennen.

(Hier küßt Cäcilia ihrem Vater die Hand.)

Sie werden meiner Tochter glückliche Tage machen. – Und ich hoffe, Sie sollen keinen einzigen mit ihr zubringen, der es nicht auch für Sie sei. – Ich will, wenn ich kann, euch alle glücklich machen. – Sophia, Sie müssen Ihre Mutter, Ihre Brüder herkommen lassen. Wenn ihr vor dem Altare den Schwur, euch ewig zu lieben, ableget, könnt ihr nicht Zeugen genug dabei haben. – Kommt, meine Kinder, – kommen Sie, Germeuil, – kommen Sie, Sophia.

(Er gibt seine vier Kinder zusammen und sagt:) Eine schöne Frau, ein rechtschaffner Mann sind die zwei rührendsten Wesen der Schöpfung. Schaffet der Welt zweimal an *einem* Tage diesen Anblick. – Der Himmel segne euch, meine Kinder, wie ich euch segne!

(Er breitet seine Hände über sie, und sie beugen sich, seinen Segen zu empfangen.)

Der Tag, der euch vereinigen wird, wird der feierlichste Tag eures Lebens sein. Oh, möge er auch der glücklichste sein! – Kommt, meine Kinder! –

O wie grausam – wie süß ist es, Vater zu sein!

(Indem sie aus dem Saale gehen, führet der Hausvater seine zwei Töchter; Saint Albin hat die Arme um seinen Freund Germeuil geschlagen; Herr Le Bon gibt der Frau Hebert die Hand; die andern folgen, wie sie kommen, und alle sind vor Freuden außer sich.)

Ende des fünften Aufzuges und des Stücks

Von der
dramatischen Dichtkunst

An meinen Freund Herrn Grimm

Vice cotis, acutum
Reddere quae ferrum valet, exsors ipsa secandi.

Inhaltsverzeichnis

X. *Vom Plan zu einer Tragödie und vom Plan zu einer Komödie.* Welche ist am schwierigsten? Drei Stufen. Der komische Dichter als Erfinder in seiner Gattung. Sein Modell. Die Vergleichung der Dichtkunst mit der Geschichte ist nützlicher als die mit der Malerei. Das Wunderbare. Nachahmung der Natur bei der Verbindung außergewöhnlicher Begebenheiten. Gleichzeitigkeit der Begebenheiten. Der romanhafte Firnis. Von der Illusion. Die Illusion als unveränderliche Größe. Drama und Roman. Hinweis auf »Telemach«. Rein erfundene Tragödien. Die häusliche Tragödie. Ob man sie in Versen schreiben muß. Zusammenfassung. Vom Dichter und vom Versifikateur. Von der Einbildungskraft. Wahrheit und Erdichtung. Poet und Philosoph. Sie sind in der gleichen Weise zusammenhängend und nicht zusammenhängend. Lob der Einbildungskraft. Geordnete Einbildungskraft. Rechtfertigung des Wunderbaren durch gewöhnliche Umstände. Ausarbeitung des Dramas. Er fange mit dem ersten Auftritt an und höre mit dem letzten auf. Einfluß der Szenen ineinander. Einwand. Entgegnung. Vom »Hausvater«. Vom »Aufrichtigen Freund« GOLDONIS. Vom »Natürlichen Sohn«. Entgegnung auf Kritik am »Natürlichen Sohn«. Von der Einfalt. Das Lesen der Alten. Das Lesen des HOMER. Seine Nützlichkeit für den dramatischen Dichter, nachgewiesen durch einige beispielhafte Übersetzungen. S. 317.

XI. *Vom Interesse.* Den Zuschauer aus den Augen verlieren. Muß man ihn unterrichten oder ihm die Entwicklung verbergen? Untauglichkeit allgemeiner Regeln. Beispiele aus »Zaïre«, »Iphigenie bei den Taurern« und »Britannicus«. Der Stoff, bei dem die Verschweigungen notwendig sind, ist undankbar. Nachweise am »Hausvater« und an der »Hekyra« des TERENZ. Wirkung der Monologe. Von der Natur

Kleidung. Rede an eine berühmte Schauspielerin unserer Zeit. S. 378.

XXI. *Von der Pantomime.* Das Spiel der ITALIENISCHEN KOMÖDIANTEN. Einwand. Entgegnung. Vom Spiel der Hauptpersonen. Vom Spiel der untergeordneten Personen. Pedanterie im Theater. Die Pantomime als ein wichtiges Stück des Dramas. Natürlichkeit einiger pantomimischer Szenen. Beispiele. Notwendigkeit, die Pantomime aufzuschreiben. Wann wirkt sie und auf welche Weise? Hinweise auf TERENZ und MOLIÈRE. Man kann erkennen, ob der Dichter sie vernachlässigt oder in Betrachtung genommen hat. Wenn er sie vernachlässigt hat, kann man sie nicht in sein Drama einführen. MOLIÈRE hat sie aufgeschrieben. Sehr bescheidene Vorhaltung an unsere Kritiker. Dunkle Stellen bei den alten Dichtern und deren Ursache. Die Pantomime als wichtiger Bestandteil des Romans. Hinweis auf RICHARDSON. Szene zwischen OREST und PYLADES mit ihrer Pantomime. »Tod des Sokrates« mit Pantomime. Gemeinsame Regeln der Komposition für Malerei und dramatische Handlung. Schwierigkeit der Bühnenhandlung unter diesem Gesichtspunkt. Einwand. Entgegnung. Nützlichkeit der aufgeschriebenen Pantomime für uns. Was ist die Pantomime? Was sagt der Dichter, der sie aufschreibt, dem Publico? Was sagt er dem Komödianten? Es ist schwer, sie aufzuschreiben und leicht, über sie zu urteilen. S. 380.

XXII. *Von den Autoren und den Kunstrichtern.* Vergleich der Kunstrichter mit einer Art wilder Menschen; mit einem einfältigen Einsiedler. Eitelkeit des Autors. Eitelkeit der Kunstrichter. Klagen der einen über die anderen. Billigkeit des Publikums. Kritik der Lebendigen. Kritik der Toten. Der zweideutige Erfolg des »Misanthrop«, Trost für die unglücklichen

Wenn ein Volk nie eine andere als muntere und lustige Art von Schauspielen gehabt hätte, und man schlüge ihm eine ernsthafte und rührende Gattung vor, wissen Sie wohl, mein Freund, was es davon denken würde? Ich irre mich sehr, oder selbst Leute von Verstande würden, wenn sie auch die Möglichkeit davon eingesehen hätten, dennoch sagen: „Wozu diese Gattung? Hat das Leben nicht wirkliche Unlust genug, daß man uns noch mit erdichteten Übeln täuschen muß? Warum sollten wir die Traurigkeit sogar bis in unsere Ergetzungen dringen lassen?" – Kurz, sie würden als Leute reden, denen das Vergnügen, gerührt zu werden und Tränen zu vergießen, völlig fremd ist.

Gewohnheit fesselt. Stehet ein Mensch auf, der Funken von Genie zeigt und irgend ein Werk ans Licht bringt: so ist das die erste Wirkung, daß er die Gemüter in Erstaunen setzt und teilet. Nach und nach macht er sie wieder einig; nun folgen ihm eine Menge Nachahmer; der Muster werden mehr; man macht häufige Anmerkungen; man setzt Regeln fest; die Kunst entstehet; man gibt ihr Grenzen und tut den Ausspruch, daß alles, was nicht in dem engen Bezirke, den man gezeichnet hat, enthalten ist, widersinnig und schlecht sei: es sind die Säulen des Herkules, über die man sich nicht hinaus wagen kann, ohne sich zu verirren.

Doch wider die Wahrheit ist kein Vorurteil stark genug. Das Schlechte fällt trotz den Lobsprüchen, die es von der Einfalt erhalten hat; und das Gute bekleibt trotz der Unentschließigkeit der Unwissenden, trotz dem Geschrei des Neides. Das Verdrießlichste dabei ist dieses, daß den Menschen nicht eher Gerechtigkeit widerfährt, als bis sie nicht mehr sind. Erst muß man ihnen ihr Leben sauer gemacht haben, ehe man eine Handvoll geruchloser Blumen auf ihr Grab streuet. Was ist zu tun? Entweder die Hände in den Schoß zu legen, oder sich einem Gesetze zu unterwerfen, das sich Bessere als wir haben müssen gefallen lassen. Wehe jedem, der sich beschäftiget, wenn seine Arbeit nicht die Quelle seiner süßesten Augenblicke ist; wenn er sich nicht mit dem Beifalle weniger befriedigen kann! Die Anzahl guter Richter ist sehr klein. O Freund, lasse ich etwas ans Licht treten, es sei der Entwurf eines Schauspiels, oder eine philosophische Idee, oder ein Stück aus der Moral oder Literatur, denn mein Geist ruhet sich durch die Abwechslung aus: so komme ich zu Ihnen. Fällt Ihnen meine Gegenwart nicht zur Last; eilen Sie mir mit einer vergnügten Miene entgegen: so will ich geduldig warten, bis Zeit, bis Billigkeit, welche sich mit der Zeit beständig äußert, den Ausspruch über mein Werk tun.

Ist *eine* Gattung vorhanden: so ist es schwer, eine neue einzuführen. Ist diese eingeführt: so hat man ein ander Vorurteil zu bestreiten. Man bildet sich ein, daß die zwei angenommenen Gattungen miteinander grenzen.

Zeno leugnete die Wirklichkeit der Bewegung. Statt aller Antwort ging sein Gegner auf und nieder; und wenn er auch gehinkt hätte, er würde doch geantwortet haben.

Mit meinem »Natürlichen Sohne« habe ich den Versuch eines Schauspiels machen wollen, das zwischen der Komödie und der Tragödie stehe.

Der »Hausvater«, den ich damals versprach, und den beständige Zerstreuungen zurückgehalten haben, stehet zwischen der ernsthaften Gattung des »Natürlichen Sohnes« und der Komödie.

Und wenn ich einmal Zeit und Mut bekomme, so hoffe ich ein drittes Schauspiel zu verfertigen, das zwischen der ernsthaften Gattung und der Tragödie zu stehen kommen soll.

Nun mag man diesen Werken einiges Verdienst zugestehen, oder man mag ihnen keines zugestehen: so werden sie doch immer so viel beweisen, daß es mit dem Abstande, den ich zwischen den beiden angenommenen Gattungen bemerkt habe, seine Richtigkeit hat.

Das dramatische System nach seinem ganzen Umfange wäre also dieses: die lustige Komödie, welche das Laster und das Lächerliche zum Gegenstande hat; die ernsthafte Komödie, welche die Tugend und die Pflichten des Menschen zum Gegenstande hat; das Trauerspiel, das unser häusliches Unglück zum Gegenstande hätte; und die Tragödie, welche zu ihrem Gegenstande das Unglück der Großen und die Unfälle ganzer Staaten hat.

Aber wo ist *er*, der uns die Pflichten der Menschen mit Nachdruck male? Welches sind die Eigenschaften des Dichters, der sich dieses Werk vornehmen wollte?

Er sei Philosoph; er sei in sich selbst herabgestiegen; er habe die menschliche Natur kennen lernen; er sei von den gesellschaftlichen Ständen auf das genaueste unterrichtet; er kenne ihre Beschäftigungen und ihre Wichtigkeit, ihre Vorteile und Unbequemlichkeiten.

»Aber wie soll man alles, was zu dem Stande eines Menschen gehöret, in die engen Grenzen eines Schauspiels bringen? Wo ist die Verwicklung, die diesen ganzen Gegenstand fassen könnte? Man wird in dieser Gattung Stücke machen müssen, die aus lauter episodischen Auftritten bestehen, die unter sich keine Verbindung haben, oder nur aufs höchste vermöge einer kleinen Intrige, die sich durch sie schlinget, zusammenhangen:* aber da wird an keine Einheit, an keine Handlung, an kein Interesse zu denken sein. Jede Szene für sich wird vielleicht die zwei Punkte, die Horaz so sehr empfiehlt, verbinden; aber etwas zusammen werden sie nicht ausmachen, und das Ganze wird ohne Festigkeit und Kraft sein.«

Wenn uns die Stände der Menschen auch nur Stücke schaffen, so wie »Die Überlästigen« des Molière sind, so ist es doch schon etwas: ich glaube aber, daß man sie noch weit besser nutzen kann. Die Verbindlichkeiten und Ungemächlichkeiten eines Standes sind nicht alle gleich wichtig. Mich dünkt also, man könnte sich bloß an die vornehmsten halten, diese zu der Grundlage des Stückes machen und die übrigen in die

* Die Franzosen nennen dergleichen Stücke »des pièces à tiroir.«

Ausführung versparen. Und so habe ich es in dem »Hausvater« gemacht, wo die Versorgung eines Sohnes und einer Tochter meine zwei Hauptstützen sind. Vermögen, Geburt, Erziehung, was Eltern ihren Kindern, was Kinder ihren Eltern schuldig sind, Heirat, eheloses Leben, alles, was mit dem Stande eines Hausvaters in Verbindung stehet, davon wird gelegentlich, so wie es der Faden des Gesprächs erlaubet, gehandelt. Es betrete nur ein anderer, der die mir fehlenden Talente besitzet, diesen Pfad, und man wird bald sehen, was aus dieser Gattung von Schauspielen werden kann.

Was man wider sie einwirft, beweiset nur so viel: daß sie sehr schwer zu bearbeiten ist, daß sie nicht das Werk eines Kindes sein kann, und daß sie mehr Kunst, mehr Einsicht, mehr Ernst und Stärke des Geistes erfordert, als man in den Jahren gemeiniglich hat, in welchen man sich dem Theater widmet.

Um von einer Geburt des Geistes richtig zu urteilen, muß man sie nicht gegen eine andere halten. Das war der Fehltritt, den einer von unsern ersten Kunstrichtern tat. Er sagte: „Die Alten haben keine Opern gehabt, folglich ist die Oper eine Gattung, die nichts taugt." Wäre er vorsichtiger oder besser unterrichtet gewesen, so hätte er vielleicht gesagt: „Die Alten hatten bloß eine Oper, und folglich kann unsere Tragödie nicht gut sein." Hätte er hingegen eine richtigere Logik innegehabt, so würde er weder so noch so geschlossen haben. Es mögen Muster vorhanden sein oder nicht, daran ist nichts gelegen. Es gibt eine Regel, die älter als alles ist; und die poetischen Gründe waren, ehe noch Poeten waren: denn wie hätte man sonst von dem ersten Gedichte urteilen können? War es gut, weil es gefiel? Oder gefiel es, weil es gut war?

Die Pflichten des Menschen sind für den dramatischen Dichter eine ebenso reiche Grube als ihre Lächerlichkeiten und Laster; und die ehrbaren und ernsthaften Stücke werden überall Beifall finden, unfehlbarer aber bei einem verderbten Volke als sonstwo. Hier wird der rechtschaffne Mann in den

Schauplatz gehen, um sich der Gesellschaft der Bösen, mit welchen er umgeben ist, zu entschlagen; um diejenigen zu finden, mit welchen er zu leben wünschte; um das menschliche Geschlecht zu sehen, wie es ist, und sich mit ihm wieder auszusöhnen. Die rechtschaffnen Leute sind selten; aber es gibt deren doch. Wer anders denkt, klaget sich selbst an und verrät, wie unglücklich er mit seiner Frau, mit seinen Anverwandten, mit seinen Freunden, mit seinen Bekannten ist. Es sagte einst jemand, nachdem er so ein ehrbares Werk gelesen und sich auf das süßeste damit unterhalten hatte: „Mich dünkt, ich bin wieder allein." Das Werk verdiente diesen Lobspruch, aber seine Freunde verdienten diese Satire nicht.

Nur die Tugend und die Tugendhaften muß man zu seinem beständigen Augenmerke haben, wenn man schreibt. Sie, mein Freund, Sie rufe ich mir zu Sinne, wenn ich die Feder ergreife; Sie stelle ich mir vor Augen, wenn ich handele. Sophien, Sophien will ich gefallen. Haben Sie mir zugelächelt, hat sie eine Träne vergossen, lieben Sie mich beide darum so viel mehr: so bin ich belohnt genug.

Als ich die Szenen des Bauers in dem »Fälschlich Großmütigen« hörte, sagte ich: „Ganz gewiß, das muß in der ganzen Welt, das muß zu allen Zeiten gefallen; dabei wird man in Tränen zerfließen." Die Wirkung hat mein Urteil bestätiget. Diese Episode ist völlig aus der ehrbaren und ernsthaften Gattung.

»Das Beispiel einer glücklichen Episode«, wird man sagen, »kann nichts beweisen. Und wenn Sie das einförmige Gespräch von Tugend nicht durch einige lächerliche und wohl gar, wie es mehrere getan haben, durch ein wenig übertriebene Charaktere unterbrechen, so fürchte ich sehr, Ihre ehrbare und ernsthafte Gattung, Sie mögen davon sagen was Sie wollen, wird zu nichts als frostigen und unscheinbaren Szenen, zu einer langweiligen und traurigen Moral, zu einer Art von dialogischen Predigten verhelfen.«

Lassen Sie uns die verschiednen Stücke eines Drama durchgehen und zusehen. Ist es der Inhalt, nach welchem man es beurteilen muß? In der ehrbaren und ernsthaften Gattung ist der Inhalt nicht weniger wichtig als in der lustigen Komödie, und ist dabei mit mehr Wahrheit behandelt. Oder muß man es nach den Charakteren beurteilen? Sie können hier ebenso verschieden, ebenso original sein, und der Dichter ist noch dazu gezwungen, sie mit mehrerer Stärke zu zeichnen. Oder nach den Leidenschaften? Diese werden sich um so viel wirksamer zeigen, je größer das Interesse sein wird. Oder nach dem Stile? Dieser wird hier weit nachdrücklicher, weit ernsthafter, weit erhabener, weit gewaltiger, und dessen, was man Empfindung nennet (eine Eigenschaft, ohne welche kein Stil ans Herz redet), weit fähiger sein. Oder nach dem Mangel des Lächerlichen? Als ob törichte Handlungen und Reden, die durch ein übelverstandenes Interesse oder durch heftige Leidenschaften veranlaßt werden, nicht das wahre Lächerliche der Menschen und des Lebens wären.

Ich berufe mich auf die schönen Stellen im Terenz; und frage, nach welcher Gattung die Auftritte der Väter und Liebhaber abgefaßt sind.

Habe ich, in dem »Hausvater«, der Wichtigkeit meines Inhalts nicht gleichkommen können; ist der Verlauf frostig; sind die Leidenschaften geschwätzig und moralisierend; fehlet den Charakteren des Vaters, des Sohnes, des Komturs, Cäciliens, Sophiens, Germeuils das komische Leben: so ist es ganz sicher meine Schuld und nicht die Schuld der Gattung.

Es nehme sich nur ein guter Kopf vor, den Stand des Richters auf die Bühne zu bringen; er verwickele seinen Inhalt auf eine so interessante Weise, als er es nur immer leiden will und ich mir es ohngefähr vorstelle; die Person werde durch die Pflichten ihres Standes gezwungen, entweder der Würde und Heiligkeit ihres Amtes zu entstehen und sich in ihren und anderer Augen zu entehren oder ihre Leidenschaften, alles, was ihr am liebsten ist, Vermögen, Geburt, Weib und Kinder, dem Amte aufzuopfern: und dann tue man, wenn man will, den Ausspruch, ob die ernsthafte und ehrbare Gattung ohne Feuer, ohne Glanz, ohne Nachdruck ist.

So oft Gewohnheit oder Neuheit mich in meinem Urteile ungewiß machen (denn beide haben diese Wirkung), suche ich mich vermittelst folgender Art zu entschließen, mit der es mir meistenteils sehr wohl gelungen ist. Ich präge mir den Gegenstand wohl ein und bringe ihn in Gedanken von der Natur auf die Leinewand und untersuche ihn in dieser Entfernung, in welcher er mir weder zu nahe noch zu weit ist.

Lassen Sie uns dieses Hilfsmittel hier brauchen. Lassen Sie uns zwei Komödien nehmen, eine von der ernsthaften und eine von der lustigen Gattung; lassen Sie uns von beiden, Szene vor Szene, zwei Galerien von Gemälden aufstellen; und lassen Sie sehen, in welcher von beiden wir uns am längsten, am willigsten verweilen werden, wo wir die stärksten und angenehmsten Empfindungen haben werden, wo wir am liebsten wieder hingehen werden.

Ich wiederhole es also: zu der ehrbaren, zu der ehrbaren. Das Ehrbare rühret uns auf eine weit innigere, auf eine weit süßere Art als dasjenige, was unsere Verachtung und unser Lachen erweckt. Ihre Dichter, die ihr Gefühl und Zärtlichkeit habet, diese Saite berühret, und ihr werdet sie in aller Herzen wiedertönen hören.

»Die menschliche Natur ist also gut?«

Ja, mein Freund, und sehr gut. Wasser, Luft, Erde, Feuer, alles ist in der Natur gut: der Orkan, der sich zu Ende des Herbstes erhebt, die Wälder erschüttert, Bäume gegen Bäume schlägt und so die toten Äste bricht und absondert; der Sturm, der die Wasser des Meeres durchwühlet und sie säubert; der Ätna, der aus seiner offnen Seite brennende Ströme gießt und einen Dampf in die Luft sendet, durch den sie gereiniget wird: alles ist gut.

Die elenden willkürlichen Satzungen sind es, die den Menschen verderben; diese muß man anklagen und nicht die menschliche Natur. Und in der Tat, was rührt uns stärker als die Erzählung einer großmütigen Handlung? Wo ist der Unselige, der die Klagen eines rechtschaffnen Mannes mit Gleichgültigkeit anhören könnte?

Der Schauplatz ist der einzige Ort, wo sich die Tränen des Tugendhaften und des Bösen vermischen. Hier läßt sich der Böse wider Ungerechtigkeiten aufbringen, die er selbst begangen hätte; hier hat er bei Unglücksfällen Mitleiden, die er selbst veranlaßt hätte; hier ergrimmt er gegen Personen von seinem eigenen Charakter. Aber der Eindruck ist geschehen, und er bleibt, auch wider unsern Willen; der Böse gehet also aus dem Schauplatze weit weniger geneigt, Übels zu tun, als wenn ihm ein ernster und strenger Redner eine Strafpredigt gehalten hätte.

Der Dichter, der Romanenschreiber, der Schauspieler dringen verstohlnerweise ans Herz und treffen es um so viel gewisser und stärker, je weniger es den Streich vermutet, je mehr Blöße es folglich gibt. Die Unglücksfälle, durch die man mich rühret, sind erdichtet: was tut das? Sie rühren mich doch. Jede Zeile in dem »Ehrlichen Manne, der sich der Welt entzogen«, im »Dechant von Killerine«, im »Cleveland« erregt in mir ein zärtliches Teilnehmen an den Unglücksfällen der Tugend und kostet mich Tränen. Könnte es eine unseligere Kunst geben als die, die mich zum Mitschuldigen des Lasterhaften machte? Aber wo ist auch eine schätzbarere Kunst als die, die mich unvermerkt für das Schicksal des rechtschaffnen Mannes einnimmt, die mich aus der ruhigen und süßen Fassung, in der ich mich befand, reißet, um mich mit ihm umher zu treiben, mich in die Höhlen zu versetzen, in die er flüchten muß, mich zum Mitgenossen der Unfälle zu machen, durch die es dem Poeten beliebt, seine Beständigkeit auf die Probe zu stellen.

O wie sehr ersprießlich würde es für die Menschen sein, wenn sich alle Künste der Nachahmung einen gemeinschaftlichen Gegenstand wählten und sich einmal mit den Gesetzen dahin verbänden, uns die Tugend liebenswürdig und das Laster verhaßt zu machen! Des Philosophen Pflicht ist es, sie dazu einzuladen; er muß sich an den Dichter, an den Maler, an den Tonkünstler wenden und ihnen auf das nachdrücklichste zurufen: „O ihr von höhern Fähigkeiten, warum hat euch der Himmel begabt?“ Wird er gehört, so werden gar bald die Mauern unsrer Paläste nicht mehr von Gemälden der schändlichsten Wollust bedeckt sein; unsere Stimmen werden nicht länger die Verkündigerinnen des Lasters sein, und Geschmack und Tugend werden dabei gewinnen. Glaubt man denn wirklich, daß die Aktion zweier blinden Eheleute, die einander noch im hohen Alter suchten, die sich mit tränenden Augen zärtlich die Hände drückten, die sich, so zu reden, an dem Rande des Grabes noch liebkosten, nicht ebenso viel Geschicklichkeit erfordere, mich nicht weit mehr rühren würde, als der Anblick der heftigen Wollust, in der sich ihre noch ganz neuen Sinne in der Jugend betaumelten?

Ich habe manchmal gedacht, daß man gar wohl die wichtigsten Stücke der Moral auf dem Theater abhandeln könnte, ohne dadurch dem feurigen und reißenden Fortgange der dramatischen Handlung zu schaden.

Und worauf würde es ankommen? Das Gedicht so einzurichten, daß die Sachen, nach Art der Niederlegung des Regiments im »Cinna«, eingeflochten würden. Auf diese Weise könnte der Dichter die Frage von dem Selbstmorde, von der Ehre, vom Duell, vom Reichtume und hundert andere abhandeln. Unsere Gedichte würden dadurch eine Würde bekommen, die ihnen fehlt. Wenn eine solche Szene notwendig ist, wenn sie mit dem Stoffe zusammenhängt, wenn sie vorbereitet ist, wenn sie der Zuschauer erwartet: so wird er ihr seine ganze Aufmerksamkeit schenken und wird ganz anders davon gerührt werden als von den kleinen niedlichen Sentenzen, aus welchen unsere neuere Werke zusammengestoppelt sind.

Nicht Worte, sondern Eindrücke will ich aus dem Schauplatze mitnehmen. Wer von einem dramatischen Stücke, aus welchem man viele abgesonderte Gedanken anzuführen weiß, das Urteil fällt, es müsse ein mittelmäßiges Werk sein, der wird sich selten betrügen. Das vortrefflichste Gedicht ist dasjenige, dessen Wirkung am längsten in mir dauert.

O dramatische Dichter, der wahre Beifall, nach dem ihr streben müßt, ist nicht das Klatschen der Hände, das sich plötzlich nach einer schimmernden Zeile hören läßt, sondern der tiefe Seufzer, der nach dem Zwange eines langen Stillschweigens aus der Seele dringt und sie erleichtert. Ja es gibt einen noch heftigern Eindruck, den sich aber nur die vorstellen können, die für ihre Kunst geboren sind und es voraus-wissen, wie weit ihre Zauberei gehen kann: diesen nämlich, das Volk in einen Stand der Unbehaglichkeit zu setzen; so daß Ungewißheit, Bekümmernis, Verwirrung in aller Gemütern herrschen, und euere Zuschauer den Unglücklichen gleichen, die in einem Erdbeben die Mauern ihrer Häuser wanken sehen und die Erde ihnen einen festen Tritt verweigern fühlen.

Es gibt eine Art von Schauspielen, wo man die Moral geradezu und doch glücklich vortragen könnte. Hier ist ein Beispiel. Man gebe wohl darauf Achtung, was unsere Richter davon sagen werden, und wenn es ihnen frostig vorkömmt, so glaube man nur gewiß, daß es ihnen an Energie der Seele, an der Idee der wahren Beredsamkeit, an Gefühl und Empfindlichkeit fehlet. Ich wenigstens halte dafür, wenn sich ein Genie dieses Stoffes bemächtigte, es würde unsern Augen nicht Zeit lassen, trocken zu werden, und wir würden ihm das allerrührendste Schauspiel, die allerlehrreichste und angenehmste Schrift, die man nur lesen kann, zu danken haben. Ich meine den »Tod des Sokrates«.

Die Szene ist im Gefängnisse. Man erblickt den Philosophen in Ketten und auf Stroh liegend. Er schläft. Seine Freunde haben die Wache bestochen und kommen mit anbrechendem Tage, ihm seine Befreiung anzukündigen.

Ganz Athen ist in Aufruhr, aber der Gerechte schläft.

Von einem unschuldigen Leben. Wie süß es ist, wohl gelebt zu haben, wenn man nun sterben soll! *Erster Auftritt.*

Sokrates erwacht; er erblickt seine Freunde und wundert sich, sie so früh zu sehen.

Der Traum des Sokrates.

Sie hinterbringen ihm, was sie ausgerichtet haben. Er untersucht mit ihnen, was sich für ihn zu tun schicke.

Von der Achtung, die man sich selber schuldig ist, und von der Heiligkeit der Gesetze. *Zweiter Auftritt.*

Die Wache kömmt: man nimmt ihm seine Ketten ab.

Die Fabel von Schmerz und Lust.

Die Richter treten herein; mit ihnen zugleich die Ankläger des Sokrates und eine Menge Volks. Er wird angeklagt und verteidiget sich.

Die Schutzrede. *Dritter Auftritt.*

Man muß sich hier nach den griechischen Sitten richten; die Klagen müssen gelesen werden; Sokrates muß sich bald an seine Richter, bald an seine Ankläger, bald an das Volk wenden; er muß in sie dringen; er muß sie fragen; er muß ihnen antworten. Man muß die Sache zeigen, wie sie wirklich vorgefallen ist; und das Schauspiel wird um so viel wahrer, um so viel in die Augen fallender, um so viel schöner werden.

Die Richter treten ab; die Freunde des Sokrates bleiben; die Verdammung hat ihnen geahnet. Sokrates unterhält sie, und tröstet sie.

Von der Unsterblichkeit der Seele. *Vierter Auftritt.*

Er ist verurteilt. Man kündiget ihm den Tod an. Er spricht seine Frau und seine Kinder. Man bringt den Giftbecher. Er stirbt. *Fünfter Auftritt.*

Es ist ein einziger Aufzug, der aber, wenn er wohl ausgearbeitet würde, die Länge eines gewöhnlichen Stücks haben dürfte. Welche Beredsamkeit wird dazu erfordert! Welche tiefe Einsicht in die Weltweisheit! Welch Naturell! Welche Wahrheit! Man fasse den festen, einfältigen, ruhigen, heitern und erhabnen Charakter des Philosophen nur recht, und man wird bald merken, wie schwer er zu schildern ist. Alle Augenblicke werden sich die Lippen lächelnd verziehen und die Augen voll Tränen stehen! Ich würde vergnügt sterben, wenn ich dieses Werk so ausgeführet hätte, als ich mir es vorstelle. Und ich wiederhole es; wenn die Kunstrichter hier weiter nichts als eine Folge von philosophischen und frostigen Unterredungen erblicken: die armen Leute! Wie sehr bedauere ich sie!

Ich meinesteils mache weit mehr aus einem Affekte, aus einem Charakter, der sich nach und nach entwickelt und sich endlich in aller seiner Stärke zeiget, als aus allen den künstlichen Verwickelungen, aus denen man Stücke zusammensetzt, in welchen die Zuschauer ebenso sehr hin und her geworfen werden als die Personen. Mich dünkt, der gute Geschmack kann dergleichen Stücke nicht vertragen, und große Wirkungen können sie unmöglich haben. Und das ist es gleichwohl, was wir Leben und Bewegung nennen. Die Alten hatten einen ganz andern Begriff davon. Der einfältigste Verlauf; eine Handlung, mit der man kurz vor ihrem Ende anfängt, damit alles bereits aufs äußerste gebracht sei; eine Entwickelung, die alle Augenblicke ausbrechen will und doch immer durch einen ganz schlechten, aber wahren Umstand verschoben wird; nachdrückliche Reden; heftige Leidenschaften; Gemälde; ein oder zwei meisterhaft gezeichnete Charaktere: das war ihre ganze Kunst. Mehr brauchte Sophokles nicht, aller Gemüter unter sich zu bringen. Wer keinen Gefallen an den Alten gefunden hat, der wird nie erfahren, wie viel unser Racine dem alten Homer zu danken hat.

Sie werden es ebenso wohl als ich angemerkt haben, daß fast kein Zuschauer ist, der nicht von dem allerverwickeltsten Stücke, wenn er es schon nur zum erstenmale aufführen gesehen, Bescheid zu geben wüßte. Man kann sich weit leichter der Begebenheiten als der Reden erinnern; und wenn die Begebenheiten einmal bekannt sind, so hat das verwickelte Stück alle seine Wirkung verloren.

Wenn ein dramatisches Werk nur einmal aufgeführt und niemals gedruckt werden sollte, so wollte ich zu dem Dichter sagen: „Verwickele so sehr, als du willst, du wirst unfehlbar erregen und beschäftigen; aber sei einfach, wenn du gelesen zu werden, wenn du auf der Bühne zu bleiben wünschest.“

Eine schöne Szene enthält mehr Gedanken, als ein ganzes Drama Begebenheiten enthalten kann; und nur auf Gedanken kömmt man gern wieder zurück. Die wird man nie zu hören müde; die hören nie auf zu rühren. Die Szene des Rolands in der Höhle, wo er der treulosen Angelika vergebens wartet; Lusignans Rede mit seiner Tochter; die Rede der Klytämnestra an den Agamemnon, sind mir beständig neu.

Wenn ich erlaube, so sehr zu verwickeln, als man nur immer will, so verstehe ich es von einer und ebenderselben Handlung. Es ist fast unmöglich, zwei Intrigen so fortzuführen, daß nicht die eine zum Nachteil der andern interessieren sollte. Wie viel neuere Beispiele könnte ich hiervon anführen! Aber ich will niemanden beleidigen.

Was kann feiner sein als die Art, mit welcher Terenz die Liebeshändel des Pamphilus und des Charinus in seiner »Andria« durcheinander geschlungen hat? Hat er es demohngeachtet ohne Nachteil getan? Glaubt man nicht zu Anfange des zweiten Aufzuges ein neues Stück anzufangen? Und schließt sich der fünfte interessant genug?

Wer zwei Intrigen zugleich fortzuführen unternimmt, legt sich die Notwendigkeit auf, beide in einem Augenblick zu entwickeln. Wenn die Hauptintrige zuerst zu Ende kömmt, so wird die andere unerträglich. Wird hingegen die episodische Intrige eher aus, so äußert sich eine andere Unbequemlichkeit: diese und jene Personen verschwinden entweder auf einmal oder treten ohne Ursache auf; das ganze Werk wird entweder verstümmelt oder wird frostig.

Was würde aus dem Stücke werden, das Terenz »Heautontimorumenos« oder den »Selbstpeiniger« betitelt hat, wenn der Dichter nicht, durch einen glücklichen Fund seines Genies, die Intrige des Clinia, die sich im dritten Aufzuge schließt, wieder vorzunehmen und sie mit der Intrige des Clitophon aufs neue zu verbinden gewußt hätte?

Terenz verlegte die Intrige der »Perinthia« des Menanders in die »Andria« des nämlichen griechischen Dichters und machte aus zwei einfachen Stücken ein zusammengesetztes.

Ich tat in dem »Natürlichen Sohne« das Gegenteil. Goldoni hatte den »Geizigen« des Molière und die Charaktere des »Wahren Freundes« in ein Lustspiel von drei Aufzügen zusammengeschmolzen. Ich trennte diesen doppelten Stoff und machte ein Stück von fünf Aufzügen daraus. Dieses Stück mag nun gut oder schlecht geworden sein; genug, in diesem Punkte hatte ich recht.

Terenz behauptet, weil er den Inhalt des »Heautontimorumenos« verdoppelt habe, so sei sein Stück neu. Es mag sein; ob es darum aber auch besser ist, das wäre eine andere Frage.

Wenn ich mich in dem »Hausvater« einiger Geschicklichkeit schmeicheln dürfte, so würde ich sie darin setzen, daß ich Germeuilen und Cäcilien eine Leidenschaft gegeben habe, die sie einander in den ersten Aufzügen nicht entdecken können, und daß ich diese Leidenschaft der Liebe des Saint Albin gegen Sophien, durchs ganze Stück, so untergeordnet habe, daß sich Germeuil und Cäcilia, auch nach geschehener Erklärung, von ihrer Neigung nicht unterhalten können, ob sie gleich alle Augenblicke beieinander sind.

Hier gibt es keine Mittelstraße: so viel man auf der einen Seite gewinnt, so viel verlieret man auf der andern. Soll das Stück durch vielfältige Zwischenfälle interessant und feurig werden: so können keine Reden stattfinden; kaum daß die Personen Zeit haben, einander zu sprechen; sie handeln, anstatt sich zu entwickeln. Ich rede aus der Erfahrung.

Einem Possenspiele kann man nicht Handlung und Bewegung genug geben: denn was könnte man Erträgliches darin sagen? Weit weniger braucht man in der lustigen Komödie; noch weniger in der ernsthaften Komödie; und am allerwenigsten in dem Trauerspiele.

Je unwahrscheinlicher eine Gattung ist, desto leichter kann man gedrungen und feurig darin sein. Man schafft sich Feuer auf Unkosten der Wahrheit und des Wohlstandes. Das allerabgeschmackteste Ding ist eine frostige Burleske. In den ernsthaften Gattungen macht es die Wahl der Zwischenfälle schwer, beständig feurig zu bleiben.

Deswegen aber ist ein vortreffliches Possenspiel kein Werk eines gemeinen Kopfs. Es erfordert eine eigene Lustigkeit; seine Charaktere sind wie die Grotesken des Callot, in welchen noch immer die vornehmsten Züge der menschlichen Figur zu erkennen sind. Es ist nicht allen Leuten gegeben, so zu verstümmeln. Wenn man glaubt, daß es mehr Köpfe gebe, die einen Pourceaugnac, als die einen Menschenfeind machen könnten, so betrügt man sich.

Was ist Aristophanes? Ein originaler Possenreißer. Ein Schriftsteller von dieser Gattung muß der Regierung sehr schätzbar sein, wenn sie ihn zu brauchen weiß. Denn ihm darf man nur alle Enthusiasten übergeben, die von Zeit zu Zeit das gemeine Wesen stören. Wenn man sie in den Buden lächerlich macht, so braucht man die Gefängnisse nicht mit ihnen anzufüllen.

Ob nun gleich Bewegung und Leben nach den verschiedenen Gattungen, in welchen man arbeitet, verschieden ist, so gehet die Handlung doch darum immer fort. Sie muß nicht einmal in den Zwischenaufzügen stehen bleiben. Sie ist ein Bruchstück, das sich von dem Gipfel eines Felsen losreißet: je weiter es fällt, desto geschwinder fällt es, und die Hindernisse, auf die es von Zeit zu Zeit aufschlägt, vermehren seine Gewalt.

Wenn diese Vergleichung richtig ist; wenn es wahr ist, daß des Redens um so viel weniger werden muß, je mehr der Handlung wird: so muß man in den ersten Aufzügen mehr reden als handeln, und in den letzten mehr handeln als reden lassen.

Ist es schwerer, den Plan zu entwerfen, als das Gespräch auszuführen? Ich habe sehr oft über diese Frage streiten hören, und es ist mir immer vorgekommen, als ob jeder mehr seiner Fähigkeit als der Wahrheit der Sache gemäß antworte.

Ein Mann, der viel Umgang hat, der sich leicht ausdrückt, der die Menschen kennet, den sie gehöret und studieret hat, und der zu schreiben weiß, findet den Plan schwer.

Ein andrer, dessen Verstand ausgebreiteter ist, der über die Dichtkunst nachgedacht hat, der das Theater kennt, den Erfahrung und Geschmack die interessanten Stellungen kennen gelehrt, der Begebenheiten zu verbinden weiß, wird seinen Plan ohne viel Mühe machen. Dieser aber wird mit seiner Arbeit um so viel weniger zufrieden sein, je genauer er mit den besten Schriftstellern in seiner und den toten Sprachen bekannt ist; er wird sie ohne Unterlaß mit den Meisterstücken vergleichen, die er beständig vor Augen hat. Kömmt es auf eine Erzählung an, so wird ihm die Erzählung in der »Andria« beifallen. Kömmt es auf eine affektvolle Szene an, so wird ihm der »Eunuchus« statt einer zehne darbieten, die ihn zur Verzweiflung bringen werden.

Übrigens ist sowohl das eine als das andere ein Werk des Genies; aber das Genie ist nicht eben dasselbe. Durch den Plan muß sich ein verwickeltes Stück erhalten; bei einem einfachen Stücke kömmt es auf die Reden und das Gespräch an, wenn man es mit Vergnügen lesen soll.

Doch ist dabei anzumerken, daß es überhaupt mehr Stücke gibt, in welchen das Gespräch, als in welchen der Plan gut ist. Das Genie, welches die Zufälle zu ordnen vermag, scheinet weit rarer als das Genie, welches die gehörigen Reden zu finden weiß. Wie viel schöne Szenen hat Molière! Aber seine glücklichen Entwickelungen sind zu zählen.

Der Plan ist das Werk der Einbildungskraft; das Gespräch beruhet auf der Nachahmung der Natur.

Man kann von einerlei Stoffe, nach einerlei Charakteren, verschiedene Plane machen. Wenn aber die Charaktere einmal gegeben sind, so gibt es nur eine Art, sie reden zu lassen. Die Personen haben das oder das zu sagen, nach dem die Situationen sind, in welche man sie gesetzt hat: da es aber in allen diesen Situationen immer eben dieselben Menschen sind, so können sie sich niemals widersprechen.

Man sollte fast glauben, daß ein Drama das Werk zweier Menschen von Genie sein müßte, deren einer den Plan ordene und der andere die Personen reden lasse. Aber wer wird sie, nach dem Plane eines andern, können reden lassen? Das Genie, welches zum Gespräche erfordert wird, ist nicht allgemein; jeder greift in seinen Busen und fühlt, wozu er aufgelegt ist; und, ohne es selbst zu merken, sucht er bei Verfertigung des Planes nur immer solche Situationen, mit welchen er fertig zu werden denket. Man ändere diese Situationen, und sein Genie wird ihn verlassen zu haben scheinen. Der eine braucht muntere Situationen; der andere moralische und ernsthafte; ein Dritter rednerische und pathetische. Man gebe Corneillen einen Plan vom Racine, und dem Racine einen Plan vom Corneille, und sehe, was sie machen werden.

Bei dem empfindlichen und aufrichtigen Charakter, mit welchem ich geboren bin, habe ich mich nie, ich gestehe es Ihnen, mein Freund, vor einer Stelle gefürchtet, mit der ich durch Hilfe der Vernunft und Rechtschaffenheit zustande zu kommen hoffte. Das sind die Waffen, die mich meine Eltern bei guter Zeit zu führen gelehrt haben; und ich habe sie so oft gegen andere und gegen mich selbst gebraucht!

Sie wissen, daß ich mich, von langer Zeit her, an die Kunst des Selbstgesprächs gewöhnt habe. Wenn ich die Gesellschaft verlasse und traurig und verdrießlich nach Hause komme, so schließe ich mich in mein Kabinett ein, und da frage und verhöre ich mich: „Was fehlt dir? Bist du launisch?" – „Ja." – „Bist du etwa krank?" – „Nein." – So gehe ich weiter, bis ich mir selbst die Wahrheit auspresse. Und da dünke ich mich eine muntere, ruhige, rechtschaffene und heitere Seele zu haben, welche eine andere befragt, die sich einer begangenen Torheit schämt und sie nicht gern gestehen will. Das Geständnis kömmt aber doch. Ist es eine Torheit, die ich begangen habe, wie ich deren denn oft begehe, so schenke ich mir sie. Ist es eine, die man mir erwiesen hat, wie sich denn das gar leicht zuträgt, so oft ich unter Leute gerate, die meinen gutwilligen Charakter mißbrauchen, so verzeihe ich. Die Traurigkeit verfliegt; ich komme wieder zu meiner Familie als ein guter Ehemann, als ein guter Vater, als ein guter Herr; wenigstens bilde ich mir es ein, und niemand merkt den Verdruß, der sich vor einem Augenblicke über alles um mich herum zu verbreiten drohte.

Ich rate diese geheime Prüfung allen, welche schreiben wollen; sie werden unfehlbar rechtschaffnere Leute und bessere Schriftsteller dadurch werden.

Habe ich einen Plan zu machen, so werde ich, ohne es zu merken, Situationen suchen, die zu meinem Talente und zu meinem Charakter passen.

»Wird aber dieser Plan der beste sein?«

Ohne Zweifel wird er mir es scheinen.

»Und auch andern?«

Das ist eine andere Frage.

Die Menschen hören, und sich oft mit sich selbst unterhalten, das sind die Mittel, sich zum Gespräche geschickt zu machen.

Eine schöne Einbildungskraft haben; die Ordnung und Verbindung der Dinge zu Rate ziehen; weder die schweren Szenen, noch die lange Arbeit scheuen; sich sogleich in den Mittelpunkt seines Stoffs versetzen, den Augenblick wohl zu treffen wissen, da die Handlung angehen muß; sich darauf verstehen, was am besten wegbleiben kann; die rührenden Situationen kennen: darin bestehet das Talent, das zu Anlegung eines guten Planes erfordert wird.

Vor allen Dingen muß man sich das Gesetz machen, nicht das geringste von der Ausführung eher niederzuschreiben, als bis man mit dem Plane völlig zustande ist.

Da der Plan viel Mühe kostet, und er lange und wohl überlegt sein will, wie geht es denen, die sich der dramatischen Dichtkunst widmen, bloß weil sie viel Leichtigkeit, Charaktere zu schildern, bei sich verspüren? Sie übersehen ihren Stoff ungefähr im ganzen, sie wissen ungefähr die Situationen und haben die Charaktere festgesetzt; und wenn sie einmal bei sich ausgemacht haben, daß diese Mutter verbuhlt, dieser Vater hart, dieser Liebhaber freigebig, dieses junge Mädchen empfindlich und zärtlich sein soll: so überfällt sie die Wut, Szenen zu machen. Sie schreiben und schreiben; sie finden feine, artige, auch wohl starke Gedanken; sie haben vortreffliche Stellen schon ganz fertig. Wenn sie nun aber lange gearbeitet haben und endlich auf den Plan kommen, denn auf diesen muß man doch endlich kommen: so suchen sie die vortrefflichen Stellen anzubringen; sie können sich nicht entschließen, diesen und jenen feinen oder starken Gedanken zu verlieren; sie tun also von dem, was sie tun sollten, gerade das Gegenteil und machen den Plan nach den Szenen, anstatt daß sie die Szenen nach dem Plane machen sollten. Dadurch wird denn nicht allein der Verfolg, sondern auch das Gespräch gezwungen, viel Zeit und Mühe gehet verloren, und eine Menge Späne bleiben auf dem Holzhofe liegen. Wie verdrießlich ist das, besonders wenn das Stück in Versen ist!

Ich habe einen jungen Dichter gekannt, dem es nicht an Genie fehlte, und der mehr als drei- bis viertausend Verse zu einer Tragödie gemacht hatte, die er nicht zustande bringen konnte, auch niemals zustande bringen wird.

Man schreibe also in Versen, oder man schreibe in Prosa: vor allen Dingen mache man den Plan, und denke alsdenn auf die Szenen.

Allein wie soll man den Plan machen? Es findet sich in der »Dichtkunst« des Aristoteles hierüber eine sehr schöne Idee. Sie ist mir nützlich gewesen; sie kann auch andern nützlich sein, und sie ist folgende.

Unter den unzähligen Schriftstellern von der Dichtkunst sind vornehmlich dreie berühmt: Aristoteles, Horaz und Boileau. Aristoteles ist ein Philosoph, der methodisch verfährt, allgemeine Regeln festsetzt, und Folgerungen daraus ziehen und Anwendungen davon machen läßt. Horaz ist ein Mann von Genie, der sich der Unordnung recht zu befleißigen scheinet und mit den Dichtern als Dichter spricht. Boileau ist ein Meister, der seinen Schülern zugleich mit der Vorschrift das Exempel zu geben sucht.

Aristoteles sagt irgendwo in seiner »Dichtkunst«: Man mag einen bekannten Stoff bearbeiten, oder man mag einen ganz neuen erfinden, so muß man in beiden Fällen vor allen Dingen die Fabel entwerfen und alsdenn erst auf die Episoden oder Umstände, die sie erweitern können, denken. Ist es eine Tragödie, so sage man: Eine junge Prinzessin wird zu dem Altare geführet, um geopfert zu werden; plötzlich aber verschwindet sie vor den Augen der Zuschauer und wird in ein Land versetzt, wo man die Gewohnheit hat, alle Fremde einer daselbst verehrten Göttin zu opfern. Hier wird sie Priesterin. Einige Jahre nachher kömmt der Bruder der Prinzessin in dieses Land; er wird von den Einwohnern ergriffen und soll eben jetzt von den Händen seiner Schwester geopfert werden. Indem ruft er aus: „So war es nicht genug, daß meine Schwester geopfert wurde; ich muß es auch werden?“ Durch diese Worte wird er erkannt und gerettet.

Aber warum war die Prinzessin verurteilet worden, auf dem Altare zu sterben?

Warum opfert man die Fremden in dem barbarischen Lande, wo ihr Bruder sie antrifft?

Wie ist er ergriffen worden?

Er kömmt, einem Orakel zu gehorsamen. Und wozu dieses Orakel?

Er wird von seiner Schwester erkannt. Aber warum konnte diese Erkennung nicht auf eine andere Weise geschehen?

Alle diese Dinge sind außer dem Inhalte. In der Fabel muß man sie ergänzen.

Der Inhalt gehöret jedem. Mit dem übrigen aber verfähret der Dichter nach seinem Gutdünken; und derjenige, der sein Werk auf die einfachste und notwendigste Art zustande bringt, kann sagen, daß es ihm am besten gelungen ist.

Die Idee des Aristoteles schickt sich zu allen dramatischen Gattungen; und auf folgende Weise habe ich mir sie zunutze gemacht.

Ein Vater hat zwei Kinder, einen Sohn und eine Tochter. Die Tochter liebt insgeheim einen jungen Menschen, der in dem Hause wohnet. Der Sohn ist von einer Unbekannten eingenommen, die er in seiner Nachbarschaft gesehen hat. Er hat sie vergebens zu verführen gesucht. Er hat sich verkleidet und unter erborgtem Namen neben ihr eingemietet. Man hält ihn da für einen geringen Menschen, der irgend einem Handwerke nachgehet. Weil man glauben muß, daß er des Tages über bei seiner Arbeit ist, so kann er seine Geliebte nur des Abends sehen. Der Vater aber, der auf alles, was in seinem Hause vorgehet, aufmerksam ist, merkt, daß sein Sohn alle Nächte außer dem Hause bleibt. Diese Aufführung, die ein unordentliches Leben zu verraten scheinet, macht ihn unruhig. Er wartet auf seinen Sohn.

Hier fängt sich das Stück an.

Wie gehet es weiter? Es findet sich, daß das unbekannte Mädchen sich für seinen Sohn schickt; er entdecket zugleich, daß seine Tochter den jungen Menschen liebt, dem er sie bestimmt hatte; er gibt sie ihm also und schließet zwei Heiraten wider Willen seines Schwagers, der ganz andere Absichten hatte.

Aber warum hält die Tochter ihre Liebe geheim?

Warum ist der junge Mensch, den sie liebt, im Hause? Was macht er da? Wer ist er?

Wer ist die Unbekannte, in die sich der Sohn verliebt hat? Wie ist sie in die armseligen Umstände geraten, in welchen sie sich befindet?

Woher ist sie? Da sie aus der Provinz gebürtig ist, was hat sie nach Paris gebracht? Was hält sie da zurück?

Wer ist der Schwager?

Woher kömmt ihm das Ansehen, das er sich in dem Hause des Vaters gibt?

Warum widersetzt er sich den Verbindungen, die der Vater gut befindet?

Aber da die Szene nicht an zwei verschiedenen Orten sein kann, wie wird die junge Unbekannte in das Haus des Vaters zu bringen sein?

Wie entdeckt der Vater die Liebe seiner Tochter zu dem jungen Menschen, den er bei sich hat?

Was für Ursachen hat er, seine Absichten zu verbergen?

Wie kömmt es, daß die junge Unbekannte sich für seinen Sohn schickt?

Welches sind die Hindernisse, die der Schwager seinen Absichten in den Weg stellt?

Wie kömmt die doppelte Heirat, dieser Hindernisse ungeachtet, zustande?

Wie viel Dinge bleiben noch unbestimmt, nachdem der Dichter seinen Entwurf gemacht hat! Das ist unterdessen der Stoff und die Grundlage. Hieraus muß die Einteilung der Aufzüge, die Zahl der Personen, ihr Charakter und der Stoff zu jeder Szene gezogen werden.

Ich sehe, dieser Entwurf ist so, wie ich ihn brauche; denn der Vater, dessen Charakter ich mir zu schildern vornehme, wird sehr unglücklich sein. Er wird die Heirat, die sich sein Sohn in den Kopf gesetzt hat, nicht zugeben wollen; von der andern Heirat, die er gern vollzogen wüßte, wird ihm seine Tochter eine Abneigung zu haben scheinen, und beide werden feine Bedenklichkeiten haben, einander ihre wahre Gesinnung zu eröffnen.

Die Zahl meiner Personen ist also festgesetzt.

Ich bin wegen ihrer Charaktere nicht weiter ungewiß.

Der Vater wird den Charakter seines Standes haben. Er wird gut, wachsam, standhaft und zärtlich sein. Da ich ihn in die bedenklichsten Umstände seines Lebens setze, so wird seine Seele hinlängliche Gelegenheit haben, sich ganz zu entwickeln.

Sein Sohn muß heftig sein. Je unvernünftiger eine Leidenschaft ist, desto unwillkürlicher muß sie sein.

Seine Schöne wird nicht liebenswürdig genug sein können. Ich habe sie zu einem unschuldigen, ehrbaren und empfindlichen Kinde gemacht.

Der Schwager, der mein Triebrad ist, muß einen engen Kopf voller Vorurteile haben, muß hart, schwach, boshaft, ungestüm, verschlagen, zanksüchtig, die Unruhe des Hauses, die Geißel des Vaters und der Kinder, und der Abscheu der ganzen Welt sein.

Wer ist der Germeuil? Sein Vater war ein Freund des Hausvaters, geriet aber in schlechte Umstände und hinterließ seinem Sohne nichts. Der Hausvater hat ihn, nach dem Tode seines Freundes, zu sich genommen, und wie sein eigen Kind erziehen lassen.

Cäcilia, die sich nimmermehr vorstellen kann, daß der Vater ihr diesen Menschen zum Manne geben sollte, wird ihn in einer ziemlichen Entfernung von sich halten und ihm oft hart begegnen; und Germeuil, den dieses Betragen und die Furcht, sich gegen seinen Wohltäter, den Hausvater, zu vergehen, zurückhält, wird sich in die Grenzen der Ehrfurcht einschränken. Doch werden sie auf beiden Seiten nicht so sehr auf ihrer Hut sein, daß ihre Zuneigung nicht dann und wann aus ihren Reden und Handlungen, obgleich immer nur ganz schwach und ungewiß, hervorleuchten sollte.

Germeuil wird also von einem standhaften, ruhigen und ein wenig zurückhaltenden Charakter sein müssen.

Und Cäcilia wird eine Mischung von Stolz, Lebhaftigkeit, Eingezogenheit und Empfindlichkeit haben müssen.

Die Art von Verstellung, welche die Verliebten gegeneinander beobachten, wird auch den Hausvater betrügen. Diese verstellte Antipathie wird ihn von seinem Vorhaben abwendig machen, und er wird es nicht wagen wollen, seiner Tochter einen Mann vorzuschlagen, der ganz und gar keine Neigung zu ihr blicken läßt, und vor dem sie einen Abscheu zu haben scheinet.

Der Vater wird zu sich sagen: „Ist es nicht genug, daß ich meinen Sohn plage, indem ich ihm die Person, die er liebt, nehmen will; soll ich auch noch meine Tochter verfolgen und ihr einen Menschen zum Manne vorschlagen, den sie nicht liebt?"

Die Tochter wird zu sich sagen: „Ist es nicht genug, daß die Liebe meines Bruders dem Vater und dem Vetter so vielen Verdruß macht; soll ich sie durch ein Bekenntnis, das jedermann befremden müßte, noch mehr kränken?"

Auf diese Weise wird die Intrige der Tochter und des Germeuil verhohlen bleiben und der Intrige des Sohnes und seiner Liebste nicht schaden, sondern bloß dienen, die ärgerliche Laune des Vetters und den Gram des Vaters zu vermehren.

Kann ich es vollends dahin bringen, daß diese zwei Personen an der Liebe des Sohnes so viel Anteil nehmen, daß sie nicht Zeit haben, sich mit der ihrigen zu beschäftigen, so wird es mir außerordentlich gelungen sein. Ihre Neigung wird das Interesse alsdenn nicht teilen, sondern ihre Szenen nur desto schmackhafter machen.

Ich habe den Vater zu der Hauptperson machen wollen. Der Entwurf würde einerlei gewesen sein, aber die Episoden hätten ganz anders ausfallen müssen, wenn ich den Sohn oder den Freund oder den Vetter zu meinem Helden gemacht hätte.

Wenn es dem Dichter nicht an Einbildungskraft fehlet und er sich auf seinen Entwurf verlassen kann, so wird er ihn schon fruchtbar machen und so viele Zwischenfälle daraus entspringen sehen, daß ihm nichts als die Wahl dabei schwer sein wird.

Er muß aber in diesem Punkte strenge sein, wenn sein Inhalt ernsthaft ist. Daß ein Vater mit einer Mauleselschelle einen Pedanten verjagt, oder daß sich ein Mann unter den Tisch verkriecht, um es selbst mit anzuhören, was man seiner Frau sagen wird: solche Dinge gehören in das Possenspiel und sind heutzutage außer demselben nicht mehr zu dulden.

Wenn eine junge Prinzessin zum Altare geführet wird, um da geopfert zu werden, so wird man eine so große Begebenheit nicht gern auf den bloßen Irrtum eines Boten, der die Prinzessin mit ihrer Mutter auf dem Wege verfehlt hat, gegründet sehen.

»Aber läßt das Schicksal, das mit uns spielt, nicht wohl noch wichtigere Begebenheiten von geringern Ursachen abhängen?«

Es ist wahr. Allein dergleichen Fälle muß der Dichter nicht nachahmen. Wenn die Geschichte ihm einen solchen Zufall an die Hand gibt, so wird er ihn brauchen; aber erfinden wird er ihn nie. Ich werde seine Wege schärfer beurteilen als die Wege des Himmels.

Er sei in der Wahl der Zwischenfälle strenge, und mäßig in ihrem Gebrauche; er mache sie der Wichtigkeit seines Stoffs gemäß und suche sie in eine so viel möglich notwendige Verbindung zu bringen.

»Je dunkler und schwächer die Mittel sind, wodurch der Wille des Himmels über die Menschen vollzogen wird, desto bestürzter werde ich über ihr Schicksal sein.«

Ich gebe es zu. Aber ich muß dabei gewiß überzeugt sein, daß es der Himmel, und nicht bloß der Dichter so haben wollen.

Die Tragödie verlangt, daß ihre Mittel wichtig; die Komödie, daß sie fein sind.

Ist ein Liebhaber wegen der Gesinnungen seines Freundes ungewiß? Terenz wird einen Davus auf der Bühne lassen, der die Reden dieses Freundes hört und sie seinem Herrn hinterbringt. Itzo verlangt man, daß sich der Dichter feiner zu helfen wissen soll.

Ein eingebildeter alter Narr hat seinen bürgerlichen Namen Arnolph in den Namen Herr de la Souche verwandelt; und auf diesem sinnreichen Auswege kann die ganze Verwickelung beruhen, und die Auflösung kann so ungezwungen und unerwartet daraus herfließen, daß alle Zuschauer rufen werden: „Vortrefflich!" Und darin werden sie recht haben. Aber wenn man ihnen, ohne alle Wahrscheinlichkeit, fünf- bis sechsmal hintereinander diesen Arnolph als den Vertrauten seines Nebenbuhlers zeigt, wie ihn sein Mündel hinter das Licht führet, daß er in eins fort von Valeren zu Agnes und von Agnes zu Valeren gehen muß: so ist es kein Drama mehr; es ist eine Erzählung. Und wer nicht alle den Witz, alle die Lustigkeit, das ganze Genie des Molière hat, dem wird man ganz gewiß den Mangel an Erfindung vorwerfen, dem wird man mehr als einmal hören lassen: das ist ein Märchen, darüber man einschlafen möchte!

Hat man wenig Zwischenfälle, so braucht man wenig Personen. Man habe ja keine überflüssige Personen; und verbinde alle Zwischenfälle ebenso fein als genau.

Besonders spinne man keinen Faden vergebens an. Denn wenn man dem Zuschauer eine Verwirrung voraus zeigt, die sich nicht ereignet, so zerstreuet man seine Aufmerksamkeit.

Diese Wirkung, wenn ich mich nicht irre, hat die Rede der Euphrosyne in dem »Geizigen«. Sie macht sich anheischig, den Geizigen von dem Vorsatze, die Mariane zu heiraten, vermittelst einer Gräfin aus Niederbretagne abzubringen, von der sie sich Wunderdinge verspricht, und der Zuschauer mit ihr. Gleichwohl endet sich das Stück, ohne daß sich Euphrosyne wieder sehen läßt, ohne daß die Gräfin aus Niederbretagne, die man alle Augenblicke erwartet, im geringsten zum Vorschein kömmt.

Ein Plan, wider den man nichts einzuwenden hätte, welch ein Werk würde das sein! Gibt es wohl einen? Je verwickelter er ist, desto weniger wahr wird er sein. Allein es ist die Frage: ist der Plan zu einer Komödie, oder ist der Plan zu einer Tragödie schwerer?

Es finden sich hier drei Stufen: die Historie, wo das Faktum gegeben ist; die Tragödie, wo der Dichter zur Historie dasjenige hinzutut, wodurch er sie interessanter zu machen glaubt; die Komödie, wo der Dichter alles erfindet.

Hieraus kann man schließen, daß der komische Dichter vorzüglicherweise den Namen Dichter verdienet. Denn *er* ist es, der erdichtet. Er ist in seiner Sphäre das, was der Allmächtige in der Natur ist. Er schaffet, er ziehet aus dem Nichts hervor; und zwar mit diesem Unterschiede, daß wir in der Natur weiter nichts als eine beständige Kette von Wirkungen wahrnehmen, deren Ursachen uns unbekannt sind, dahingegen der Verlauf des Drama nirgends dunkel ist, und der Dichter, wenn er uns von seinen Triebfedern schon so viel verbirgt, als unsere Neubegierde zu reizen vermögend ist, uns doch immer so viel davon muß sehen lassen, als uns befriedigen kann.

»Da aber die Komödie in allen ihren Teilen eine Nachahmung der Natur ist, hat der Dichter denn kein Muster, nach welchem er sich auch bei Verfertigung des Planes richten könnte?«

Allerdings.

»Und welches ist dieses Muster?«

Ehe ich antworte, muß ich fragen: was ist ein Plan?

»Ein Plan ist eine wunderbare Geschichte, die nach den Regeln der dramatischen Dichtkunst verteilt ist; eine Geschichte, die der tragische Dichter zum Teil, und der komische Dichter ganz und gar erfindet.«

Recht wohl! Was ist also die Grundlage des Drama?

»Die Geschichte.«

Das ist unwidersprechlich. Man hat die Dichtkunst mit der Malerei verglichen, und man hat sehr wohl getan; aber eine noch weit nützlichere und an Wahrheiten fruchtbarere Vergleichung würde die Vergleichung der Geschichte mit der Dichtkunst gewesen sein. Auf diese Weise würde man sich richtige Begriffe von dem Wahren, dem Wahrscheinlichen und dem Möglichen gemacht und den Begriff von dem Wunderbaren festgesetzt haben, als welches allen Gattungen der Dichtkunst gemein ist, und das nur wenige Dichter wohl zu erklären imstande sind.

Nicht aus allen historischen Begebenheiten lassen sich Tragödien machen; auch können nicht alle häusliche Vorfälle Stoffe zu Komödien abgeben. Die Alten schränkten die tragische Gattung auf die Familien des Alkmäons, des Oedipus, des Orest, des Meleagers, des Telephus und des Herkules ein.

Horaz will nicht leiden, daß man eine Person auf die Bühne bringe, die einer Lamia ein lebendiges Kind aus dem Eingeweide reiße. So etwas, sagt er, könne er weder sehen noch für möglich halten. Welches ist denn also die Grenze, wo die Ungereimtheit einer Begebenheit aufhöret, und die Wahrscheinlichkeit anfängt? Wie kann es der Dichter fühlen, was und wie viel er wagen darf?

Es verbindet manchmal auch die natürliche Ordnung der Dinge ganz außerordentliche Zufälle. Und eben diese Ordnung ist es, die das Wunderbare von dem wirklichen Wunder unterscheidet. Seltene Fälle sind wunderbar. Natürlicherweise unmögliche Fälle sind Wunder. Die dramatische Dichtkunst verwirft die Wunder.

Wenn die Natur niemals auf eine außerordentliche Weise Begebenheiten verbände, so würde alles, was der Dichter über die bloße, frostige Einförmigkeit des gemeinen Laufes erdächte, unglaublich sein. Aber das ist nicht. Was tut der Dichter also? Entweder er macht sich diese außerordentlichen Verbindungen zunutze, oder er erdichtet ähnliche. Anstatt aber, daß sich in der Natur die Verknüpfung der Begebenheiten oft unsern Augen entziehet, und wir, weil wir die Dinge nicht im ganzen übersehen können, oft weiter nichts als eine ungefähre Zusammentreffung der Vorfälle wahrnehmen: will der Dichter, daß in dem ganzen Verfolge seines Werkes eine merkliche und in die Sinne fallende Verbindung herrsche; so daß er weniger Wahrheit, aber mehr Wahrscheinlichkeit hat als der Geschichtschreiber.

»Da aber die bloße Koexistenz der Begebenheiten hinreichend ist, das Wunderbare in der Historie hervorzubringen, warum soll sich nicht auch der Dichter damit begnügen?«

Er begnügt sich auch wirklich manchmal damit; besonders der tragische Dichter. Dem komischen Dichter hingegen ist die Voraussetzung sich zu gleicher Zeit ereignender Vorfälle nicht so wohl erlaubt.

»Und warum das?«

Weil der Teil, den der tragische Dichter aus der Geschichte entlehnet, macht, daß man das, was aus seiner Erfindung geflossen ist, gleichfalls für historisch annimmt. Die Dinge, die er erdichtet, werden durch die, die ihm gegeben sind, wahrscheinlich. Dem komischen Dichter aber wird durchaus nichts gegeben; und folglich ist es ihm weniger vergönnt, sich auf die Simultaneität der Begebenheiten zu gründen. Übrigens ist die Fatalität oder der Wille der Götter, ob welchem die Menschen so sehr erzittern, wenn sie ihr Schicksal in der Gewalt höherer Wesen sehen, denen sie nicht entgehen können, und deren Hand sie oft in dem Augenblicke, wenn sie am allersichersten sind, ergreift, in der Tragödie ungleich nötiger. Wenn irgend in der Welt etwas Rührendes ist, so ist es der Anblick eines Menschen, der wider seinen Willen strafbar und unglücklich geworden ist.

In der Komödie müssen die Menschen die Rolle spielen, welche in der Tragödie die Götter spielen. Hier ist die Fatalität, und dort die Bosheit die Grundlage des dramatischen Interesse.

»Worin besteht also das Romanenhafte, das man verschiedenen von unsern Stücken vorwirft?«

Das Stück ist romanenhaft, wenn das Wunderbare aus der Simultaneität der Begebenheiten entspringt; wenn die Götter oder Menschen entweder allzuböse oder allzugut darin erscheinen; wenn die Fälle und die Charaktere fast ganz und gar nicht so sind, als wir sie aus der Erfahrung und aus der Geschichte kennen; und vor allen Dingen, wenn die Verbindung der Begebenheiten allzuaußerordentlich und allzuverwickelt ist.

Hieraus läßt sich schließen, daß der Roman, aus welchem man ein gutes Drama machen kann, darum nicht schlecht ist; daß es aber kein gutes Drama gibt, aus welchem man einen vortrefflichen Roman machen könnte. Die Regeln sind es, durch die sich diese zwei Gattungen der Poesie unterscheiden.

Die Illusion ist ihr gemeinschaftlicher Zweck: wovon aber hängt die Illusion ab? Von den Umständen. Die Umstände sind es, die sie leichter oder schwerer zu erreichen machen.

Man erlaube mir einen Augenblick, die Sprache des Analysten zu führen. Man weiß, was eine Gleichung heißt. Auf der einen Seite ist die Illusion ganz allein. Sie ist eine unveränderliche Größe, die einer Summe von Gliedern gleich ist, deren einige positiv und andere negativ sind, deren Zahl und Verbindung unendlich verschieden sein kann, deren totale Geltung aber immer eben dieselbe ist. Die positiven Glieder sind die gemeinen Umstände; und die negativen sind die außerordentlichen. Beide müssen sich durcheinander aufheben können.

Die Illusion ist nicht freiwillig. Sagen: ich will mich täuschen lassen, ist ebenso viel als sagen: ich habe eine Erfahrung von dem, was in dem menschlichen Leben vorfällt, auf die ich nicht achten will.

Wenn ich sage, die Illusion sei eine unveränderliche Größe, so verstehe ich es von *einem* Menschen, der von verschiednen Werken urteilet, und nicht von verschiednen Menschen. Es sind vielleicht auf der ganzen Welt nicht zwei Individua, die einerlei Maß der Gewißheit hätten, und gleichwohl ist der Dichter gehalten, sie alle gleich sehr zu täuschen. Der Dichter bedient sich der Vernunft und der Erfahrung eines verständigen Menschen, so wie eine Wärterin sich der Einfalt eines Kindes bedienet. Ein gut Gedicht ist ein Märchen, das wert ist, vernünftigen Leuten erzählt zu werden.

Der Romanenschreiber hat die Zeit und den Raum, der dem dramatischen Dichter fehlet. Ich werde daher immer, wenn beide gleich gut sind, ein theatralisches Stück höher schätzen als einen Roman. Übrigens ist keine Schwierigkeit zu finden, der jener nicht ausweichen könnte. Er spricht z. E.: „Auf die schweren Augenlider, durch den ermatteten Körper des müden Wandrers fließt süßer nicht der Balsam des Schlafes, als die schmeichelnden Worte der Göttin flossen; doch immer widerstand ihr eine geheime Macht und vereitelte ihre Reize. – Aber Mentor, in seinen weisen Ratschlägen unveränderlich, ließ vergebens in sich dringen; manchmal zwar ließ er sie hoffen, als setzten ihn ihre Fragen in Verlegenheit; doch wenn sie nun eben ihre Neugierde zu befriedigen glaubte, verschwand ihre Hoffnung wieder auf einmal. Was sie festzuhalten glaubte, war ihr entwischt, und eine kurze Antwort stürzte sie in ihre erste Ungewißheit zurück.“ – Und damit hat sich der Romanschreiber glücklich aus dem Handel gezogen. So schwer aber ein dergleichen Gespräch auszuführen ist, so muß dennoch der dramatische Dichter entweder seinen ganzen Plan verändern oder die Schwierigkeit überwinden. Welch ein Unterschied zwischen, eine Wirkung beschreiben, und sie hervorbringen!

Die Alten hatten Tragödien, in welchen alles von der Erfindung des Dichters war. Die Geschichte hatte nicht einmal die Namen der Personen dazu geliehen. Und was liegt auch daran, wenn der Dichter das wahre Maß des Wunderbaren nur nicht überschreitet?

Wenige Personen wissen, wie viel in dem Drama aus der Geschichte entlehnt worden; wenn also das Gedicht nur sonst gut ist, so wird es alle und jede gleich stark interessieren, und vielleicht den unwissenden Zuschauer noch stärker als den unterrichteten. Denn für jenen hat alles einerlei Wahrheit, anstatt daß für diesen die Episoden nur wahrscheinlich, nur mit Wahrheiten so künstlich vermischte Lügen sind, daß er sie ohne Widerwillen annehmen kann.

Die häusliche Tragödie würde die Schwierigkeiten von beiden Gattungen haben; denn sie müßte eben dieselbe Wirkung hervorbringen, welche die heroische Tragödie hervorbringt, und der Plan müßte, wie in der Komödie, ganz und gar erfunden sein.

Ich habe mich manchmal gefragt, ob man die häusliche Tragödie in Versen schreiben könnte; und ohne eigentlich zu wissen, warum, habe ich mir allezeit mit Nein geantwortet. Gleichwohl wird die gewöhnliche Komödie, gleichwohl wird die heroische Tragödie in Versen geschrieben. Und was kann man sonst nicht in Versen schreiben! Sollte diese Gattung wohl einen eignen Stil verlangen, von dem ich noch selbst keinen Begriff habe? Sollte wohl die Wahrheit des Stoffs, sollte wohl das stärkere Interesse keine abgemessene Sprache leiden wollen? Oder ist vielleicht der Stand der Personen unserm Stande allzunahe, als daß er die höhere Harmonie des Verses verstatten könne?

Ich komme zurück. Wenn man die »Geschichte Karls des Zwölften« in Verse brächte, so würde sie darum nichts weniger eine Geschichte bleiben. Wenn man die »Henriade« in Prosa brächte, so würde es doch noch immer ein Gedicht sein. Allein der Geschichtschreiber hat die Begebenheiten bloß so, wie sie vorgefallen sind, aufgezeichnet: und daher nehmen sich die Charaktere nicht immer so aus, als sie sich wohl ausnehmen könnten; daher werde ich nicht so stark interessiert, nicht so stark bewegt, als ich wohl interessiert und bewegt werden könnte. Der Dichter hingegen würde alles so beschrieben haben, wie es am rührendsten ist. Er würde Fälle dazu erdichtet, er würde Reden dazu ersonnen, er würde die ganze Begebenheit fruchtbarer gemacht haben. Er würde überall auf das Wunderbare bedacht gewesen sein, ohne das Wahrscheinliche dabei aus den Augen zu setzen: und dieses würde ihm gelungen sein, wenn er sich genau nach der Natur gerichtet hätte, die, so oft sie außerordentliche Vorfälle zusammen verbindet, diese außerordentlichen Vorfälle von ganz gemeinen Umständen begleiten läßt.

Und dieses ist eigentlich das Geschäfte des Dichters. Welcher Unterschied ist zwischen ihm und dem Versifikateur! Glauben Sie unterdessen ja nicht, daß ich diesen verachte; sein Talent ist selten. Wenn Sie aber aus dem Versifikateur einen Apollo machen, so wird mir der Dichter ein Herkules sein. Nun geben Sie immerhin dem Herkules eine Leier in die Hand: er wird dadurch doch nicht zu einem Apollo werden. Stützen Sie desgleichen immerhin den Apollo auf eine Keule und werfen ihm die Löwenhaut über die Schulter: Sie werden doch keinen Herkules aus ihm machen.

Hieraus sieht man, daß eine Tragödie in Prosa ebenso wohl ein Gedicht ist als eine Tragödie in Versen; daß es mit der Komödie und mit dem Roman gleiche Bewandtnis hat; daß aber die Absicht der Dichtkunst weit allgemeiner ist als die Absicht der Geschichte. Man lieset in der Geschichte, was ein Mann von dem Charakter Heinrichs des Vierten getan und gelitten hat. Wie viel Umstände aber sind möglich, in welchen er auf eine seinem Charakter gemäße und weit wunderbarere Art hätte handeln können, als uns die Geschichte meldet; und diese wunderbarere Art eben ist es, welche die Poesie erdichtet.

Sie, die Einbildungskraft, ist die große Fähigkeit, ohne welche man weder Dichter noch Philosoph, weder ein witziger Kopf noch ein vernünftiges Wesen, noch ein Mensch ist.

»Was ist denn aber diese Einbildungskraft?« werden Sie mich fragen.

O mein Freund, welche Schlinge legen Sie mir itzt, da ich Sie von der dramatischen Dichtkunst unterhalten will. Komme ich einmal ins Philosophieren, so ist es um meine Materie getan.

Die Einbildungskraft ist das Vermögen, sich der gehabten Bilder zu erinnern. Ein Mensch, dem diese Eigenschaft gänzlich fehlte, würde ein Dummkopf sein, dessen gesamte Seelenkräfte sich auf das einzige Vermögen einschränkten, die Töne, die er in seiner Jugend hat verbinden lernen, wieder hervorzubringen und sie bei vorfallenden Gelegenheiten anzuwenden.

Das ist der elende Stand des gemeinen Volks, und manchmal auch des Weltweisen. Wenn diesen die Geschwindigkeit der Rede fortreißt und ihm nicht Zeit läßt, von den Worten auf die Bilder zu kommen, was tut er alsdenn anders, als daß er sich gelernter Töne erinnert und sie in einer gewissen Ordnung wieder vorbringt? O wie sehr ist auch der Mensch, der am meisten denket, noch Maschine!

Welches aber ist der Augenblick, da er sein Gedächtnis zu üben aufhört und seine Einbildungskraft zu brauchen anfängt? Dieses erfolgt alsdenn, wenn man ihn von Frage zu Frage, sich Bilder zu machen, das ist, von den abgezogenen und allgemeinen Tönen auf weniger abgezogene und allgemeine Töne zu kommen zwingt, bis er endlich auf eine sinnliche Vorstellung gelangt, welche das letzte Ziel und der Ruhepunkt seines Verstandes ist. Und was wird er alsdenn? Maler oder Dichter.

Man frage ihn zum Exempel: was ist die Gerechtigkeit? und man wird bald sehen, daß er sich selbst nicht eher versteht, als bis er seine Kenntnis auf eben dem Wege zu den Gegenständen wieder zurückführt, auf welchem sie in seine Seele gekommen ist, und sich etwa zwei Menschen vorstellet, welche der Hunger zu einem Baume voll Früchte führet; der eine steigt herauf und sammelt, und der andre bemächtiget sich dessen, was jener gesammelt hat, mit Gewalt. Nun erst wird er uns die Bewegungen, die sich in ihnen äußern, zeigen können: auf der einen Seite die Zeichen der Rache, auf der andern die Symptomata der Furcht; wie sich der eine für beleidiget hält und der andre sich selbst mit dem häßlichen Namen des Beleidigers belegen muß.

Legt man einem andern die nämliche Frage vor, so wird sich seine letzte Antwort in ein anderes Gemälde auflösen. So viel Köpfe, so viel verschiedene Gemälde vielleicht; alle aber werden zwei Menschen vorstellen, die zu gleicher Zeit ganz widrige Eindrücke empfinden, folglich auch sich auf eine ganz widrige Weise betragen, und unartikulierte und wilde Töne herausstoßen, die mit der Zeit in der Sprache des gesitteten Menschen Gerechtigkeit und Ungerechtigkeit bedeuten und ewig bedeuten werden.

Das Gefühl, das in der belebten Natur so unendlich vieler Grade und Abänderungen fähig ist und in dem Menschen bald sehen, bald hören, bald riechen, bald schmecken, bald empfinden heißt, das Gefühl ist es, durch welches er die Eindrücke empfängt, die sich in seinen Organen erhalten, die er hernach durch Worte ausdrückt, und deren er sich entweder durch diese Worte oder durch Bilder wieder erinnert.

Sich einer notwendigen Reihe von Bildern erinnern, so wie sie in der Natur aufeinanderfolgen, heißt nach gewissen Factis denken. Sich einer Reihe Bilder erinnern, so wie sie in der Natur notwendig aufeinanderfolgen müßten, wenn dieses oder jenes Phänomenon gegeben ist, heißt nach einer Hypothes denken, das ist, dichten; das heißt, Philosoph oder Poet sein, nachdem man sich diesen oder jenen Endzweck vorsetzt.

Und der Poet, welcher erdichtet, und der Philosoph, welcher schließt, sind beide auf gleiche Weise und in dem nämlichen Verstande zusammenhängend oder nicht zusammenhängend. Denn zusammenhängend sein, oder Erfahrung von der notwendigen Verknüpfung der Erscheinungen haben, ist einerlei.

Das, dünkt mich, kann genug sein, die Analogie der Wahrheit und der Erdichtung zu zeigen, den Poeten und den Philosophen zu charakterisieren, und das Verdienst des Poeten, besonders des epischen und dramatischen, außer Zweifel zu setzen. Er hat von der Natur die Eigenschaft in einem höhern Grade empfangen, durch die sich ein Mensch von Genie von einem gewöhnlichen Menschen, und dieser von einem Dummkopfe unterscheidet; die Einbildung meine ich, ohne die alle Rede weiter nichts als eine mechanische Fertigkeit ist, gewisse verbundene Töne bei gewissen Fällen anzubringen.

Allein der Dichter darf sich nicht der ganzen Hitze seiner Einbildungskraft überlassen; es sind ihm gewisse Grenzen vorgeschrieben. Sein Muster sind die seltnen Fälle, die sich in dem Laufe der Natur ereignen. Und folgendes ist seine Regel:

Je seltner und sonderbarer die Fälle sind, desto mehr Kunst, desto mehr Zeit und Raum und gewöhnliche Umstände braucht er, um das Wunderbare daraus zu schaffen und den Grund zur Illusion zu legen.

Wenn das historische Faktum nicht wunderbar genug ist, so wird er es durch außerordentliche Zwischenfälle verstärken; durch gemeine Zufälle hingegen wird er es schwächen, wenn es allzuwunderbar ist.

Nicht genug, komischer Dichter, daß du in deinem Entwurfe gesagt hast: „Dieser junge Mensch soll sich aus dieser Buhlerin nur wenig machen; er soll sie verlassen, er soll sich verheiraten; er soll an seiner Frau Geschmack finden; diese soll liebenswürdig sein, und er soll sich ein erträgliches Leben mit ihr zu führen versprechen; er soll ferner zwei Monate bei ihr liegen, ohne sie zu berühren, und gleichwohl soll sie sich schwanger befinden. Die Schwiegermutter soll in ihre Schnur ganz vernarrt sein. Desgleichen brauche ich eine Buhlerin von schönen Gesinnungen. Auch kann ich eine gewaltsame Schändung nicht wohl entbehren; und diese muß auf der Straße von einem jungen betrunkenen Menschen geschehen sein." Recht gut; nur fort! Häufe nur immer einen seltsamen Umstand auf den andern; ich bin es zufrieden. Deine Fabel wird ganz gewiß wunderbar sein. Nur vergiß nicht, daß du alles dieses Wunderbare mit einer Menge gemeiner Umstände versetzen und so zurichten mußt, daß es mich täuschen kann.

Folglich würde es mit der Dichtkunst viel besser aussehen, wenn das Werk von der historischen Gewißheit schon geschrieben wäre. Es würden sich die nämlichen Gründe auf das Märchen, auf den Roman, auf die Oper, auf das Possenspiel, auf alle Arten von Gedichten, nicht einmal die Fabel ausgenommen, anwenden lassen.

Wenn es bei irgend einem Volke ein Glaubensartikel wäre, daß die Tiere ehedem geredt hätten: so würde die Fabel unter ihm einen Grad der Wahrscheinlichkeit haben, den sie unter uns nicht haben kann.

Hat der Dichter seinen Plan gemacht, hat er seinem Entwurfe die erforderliche Ausführlichkeit gegeben, ist sein Drama in Aufzüge und Auftritte verteilet: so kann er anfangen zu arbeiten. Aber er fange bei dem ersten Auftritte an und höre mit dem letzten auf. Er betrügt sich, wenn er glaubt, daß er sich ungestraft seinem Eigensinne überlassen, von einer Stelle auf die andre springen und sich, so wie es seinem Genie einfällt, bald dahin, bald dorthin wenden könne. Er weiß nicht, wie viel Mühe er sich zubereitet, wenn sein Werk anders ein Ganzes ausmachen soll. Wie viel unrecht angebrachte Gedanken wird er von ihrer Stelle müssen wegnehmen und anderswohin versetzen! Umsonst wird er den Inhalt einer jeden Szene festgesetzt haben; er wird ihn doch verfehlen.

Die Szenen haben einen Einfluß ineinander, den er so nicht bemerken wird. Hier wird er zu weitläuftig, dort wird er zu kurz sein; bald wird er frostig, bald wird er allzufeurig sein. Die Unordnung, nach welcher er arbeitet, wird sich durch sein ganzes Werk verbreiten, und Spuren hinterlassen, die er mit aller seiner Mühe nicht auszulöschen vermag.

Ehe man von einer Szene auf die folgende fortschreitet, muß man sich alle vorhergehende ganz wieder ins Gedächtnis rufen.

»Das ist aber eine sehr mühsame Art zu arbeiten.«

Allerdings.

»Und was soll der Dichter tun, wenn ihn zu Anfange seines Gedichts das Ende am meisten begeistert?«

Er soll warten.

»Aber in dieser Stelle, wovon er itzt ganz voll ist, würde sich sein ganzes Genie gezeigt haben.«

Wenn er wirklich Genie hat, so sei ihm nur nicht bange. Die Gedanken, die er zu verlieren fürchtet, werden wiederkommen. Sie werden mit einer Verstärkung von verschiednen andern wiederkommen, die aus dem, was er bereits gemacht hat, entsprungen sind, und seiner Szene mehr Feuer, mehr Glanz und mehr Verbindung mit dem Ganzen geben werden. Er wird alles sagen, was er wird sagen können. Aber kann man sich das auch alsdenn von ihm versprechen, wenn er in seiner Arbeit lauter Sprünge macht?

So habe *ich* wenigstens nie arbeiten mögen; sondern meine Art zu arbeiten hat mir immer die sicherste und bequemste geschienen.

Der »Hausvater« hat dreiundfunfzig Auftritte. Den ersten habe ich zuerst, und den letzten zuletzt geschrieben; und ohne eine Reihe ganz besonderer Umstände, die mir das Leben verdrießlich und die Arbeit ekel machten, würde diese Beschäftigung nur ein Zeitvertreib auf wenig Wochen für mich gewesen sein. Aber wie kann man sich in verschiedene Charaktere verwandeln, wenn uns Widerwärtigkeiten nötigen, nur immer an uns selbst zu denken? Wie kann man sich vergessen, wenn ein beständiger Verdruß uns an unser Dasein erinnert? Wie kann man andere erleuchten und erhitzen, wenn die Lampe der Begeisterung verloschen ist und die Flamme des Genies nicht mehr auf der Stirne glänzet?

Wie viel Mühe hat man sich nicht gegeben, mich in der Geburt zu ersticken! Glauben Sie wohl, mein Freund, daß ich nach der Verfolgung, die der »Natürliche Sohn« erfahren müssen, viel Lust hätte haben können, mich mit dem »Hausvater« zu beschäftigen? Hier ist er gleichwohl. Sie verlangten es, daß ich ihn zustande bringen sollte, und ich habe Ihnen diese Befriedigung nicht versagen können. Erlauben Sie mir zur Vergeltung ein paar Worte von diesem »Natürlichen Sohne« zu sagen, den man so schändlich verfolgt hat.

Karl Goldoni hat im Italienischen eine Komödie oder viel mehr ein Possenspiel in drei Aufzügen geschrieben, das er den »Aufrichtigen Freund« nennet. Es ist ein Mischmasch von den Charakteren des »Wahren Freundes« und des »Geizigen« vom Molière. Die Kassette und der Diebstahl kommen darin vor; und die Hälfte der Szenen spielen in dem Hause eines geizigen Vaters.

Dieses ganze Teil der Intrige ließ ich weg; denn ich habe in dem »Natürlichen Sohne« weder Geizhals noch Vater noch Diebstahl noch Kassette.

Aus dem andern Teile, glaubte ich, ließe sich etwas Erträgliches machen; ich bemächtigte mich also seiner, als ob es das meinige wäre. Goldoni selbst war nicht gewissenhafter gewesen. Er hatte sich den »Geizigen« eigen gemacht, ohne daß jemand das geringste dawider einzuwenden gefunden; und noch war niemand auf den Einfall gekommen, Molièren oder Corneillen eines Diebstahls zu beschuldigen, weil sie die Idee zu diesem oder jenem Stücke von einem italienischen Verfasser oder von dem spanischen Theater entlehnet haben.

Aber dem sei, wie ihm wolle; genug, ich machte aus diesem Teile eines Possenspiels in drei Aufzügen das Lustspiel »Der natürliche Sohn« in fünf Aufzügen; und weil ich gar nicht gesonnen war, mein Stück auf das Theater zu bringen, so fügte ich einige Gedanken über die Dichtkunst, die Musik, die Deklamation und die Pantomime bei und machte aus allem zusammen eine Art von Roman, den ich den »Natürlichen Sohn oder Die Probe der Tugend, nebst der wahren Geschichte des Stücks« nennte.

Wie würde es ohne die Voraussetzung, daß sich die Begebenheit des »Natürlichen Sohnes« wirklich zugetragen habe, mit der Illusion dieses Romans und mit allen den Anmerkungen, die ich in den »Unterredungen« über den Unterschied zwischen einem wahren und erdichteten Facto, zwischen wirklichen und erdichteten Personen, zwischen in der Tat gehaltenen und nur in den Mund gelegten Reden eingestreuet habe; kurz, mit der ganzen Dichtkunst stehen, wo die Wahrheit mit der Erdichtung in eine beständige Parallel gesetzt wird?

Aber lassen Sie uns den »Wahren Freund« des italienischen Dichters mit dem »Natürlichen Sohne« ein wenig strenger vergleichen.

Welches sind die vornehmsten Teile eines Drama? Die Verwicklung, die Charaktere und die Ausführung.

Die uneheliche Geburt des Dorval ist die Grundlage des »Natürlichen Sohnes«. Ohne diesen Umstand bleibt die Flucht seines Vaters nach Amerika ohne hinlängliche Ursache. Ohne diesen Umstand kann es Dorvaln nicht unbekannt sein, daß er eine Schwester hat und an ihrer Seite lebt. Er würde also nicht in sie verliebt werden; er würde seines Freundes Nebenbuhler nicht werden. Dorval muß reich sein, und sein Vater würde weiter keine Ursache haben, ihn reich zu machen. Warum würde er Bedenken tragen, sich Theresien zu entdecken? Die Szene mit Arnolden müßte gleichfalls wegfallen. Da würde kein Vater, der aus Amerika zurückkömmt, der unterwegens gefangen genommen wird, der die ganze Auflösung macht, mehr stattfinden. Weg ist die Verwicklung! Weg ist das Stück!

Nun frage ich: kömmt von allen diesen Dingen, ohne welche der »Natürliche Sohn« nicht bestehen kann, in dem »Aufrichtigen Freunde« auch nur das geringste vor? Nicht das geringste. So steht es mit der Verwicklung.

Lassen Sie uns auf die Charaktere kommen. Kömmt ein stürmischer Liebhaber wie Clairville darin vor? Nein. Ein unverstelltes, naives Mädchen wie Rosalia? Nein. Eine Frau von solcher Gemütsart, von so erhabnen Gesinnungen als Theresia? Nein. Ein Mann von so düsterm und wildem Charakter, als Dorval? Nein. Also findet sich in dem »Aufrichtigen Freunde« kein einziger von meinen Charaktern? Kein einziger, auch nicht einmal Arnolden ausgenommen.

Endlich die Ausführung. Habe ich von dem fremden Dichter auch nur einen einzigen Gedanken, den man anführen könnte, entlehnet? Keinen einzigen.

Was ist sein Stück? Ein Possenspiel. Und der »Natürliche Sohn« wäre ein Possenspiel? Ich glaube nicht.

Folglich kann ich behaupten:

Wer da sagt, die Gattung, in welcher ich den »Natürlichen Sohn« geschrieben, sei eben die Gattung, in welcher Goldoni den »Aufrichtigen Freund« geschrieben, der sagt eine Lügen.

Wer da sagt, daß meine Charaktere mit den Charakteren des Goldoni die geringste Ähnlichkeit haben, der sagt eine Lügen.

Wer da sagt, daß sich in der Ausführung ein einziges wichtiges Wort befinde, das man von dem »Aufrichtigen Freunde« zu dem »Natürlichen Sohne« geborgt habe, der sagt eine Lügen.

Wer da sagt, daß die Einrichtung des »Natürlichen Sohnes« mit der Einrichtung des »Aufrichtigen Freundes« einerlei sei, der sagt eine Lügen.

Dieser Schriftsteller hat an die sechzig Stücke geschrieben. Wenn jemand zu einer ähnlichen Arbeit Lust hat, so ersuche ich ihn, sich eines von den übrigen auszulesen und zuzusehen, ob er etwas daraus machen kann, das uns gefallen wird.

Ich wünschte von Herzen, daß man mir ein Dutzend dergleichen Diebstähle vorzuwerfen hätte; und ich bin sehr ungewiß, ob der »Hausvater« dadurch viel gewonnen hat, daß er mir ganz und gar zugehöret.

Da man mich übrigens eben der Vorwürfe gewürdiget hat, die gewisse Leute ehemals dem Terenz machten, so verweise ich meine Tadler auf die Prologos dieses Dichters. Die mögen sie lesen, und ich will mich unterdessen in meinen Erholungsstunden mit Verfertigung eines neuen Stücks beschäftigen. Da meine Absichten gut und rein sind, so werde ich mich ihrer Bosheit wegen leicht trösten können, wenn es mir noch einmal gelingen sollte, rechtschaffene Leute zu rühren.

Die Natur hat mir Geschmack an der Einfalt gegeben, und ich bemühe mich, diesen Geschmack durch das Lesen der Alten vollkommner zu machen. Das ist mein Geheimnis. Wer den Homer mit ein wenig Genie lieset, wird bei ihm die Quelle, woraus ich schöpfe, mit mehr Zuverlässigkeit finden.

O mein Freund, wie schön ist die Einfalt! Wie übel haben wir getan, uns davon zu entfernen!

Wollen Sie hören, was der Schmerz einem Vater eingibt, der itzt seinen Sohn verloren hat? Hören Sie den Priamus.

„Entfernt euch, meine Freunde; laßt mich allein; euer Trost ist mir zur Last. – Ich will zu den Schiffen der Griechen gehen; ja, ich will gehen. Ich will den fürchterlichen Mann sehen; ich will ihn bitten. Vielleicht erbarmt er sich meiner Jahre und hat Achtung für mein Alter. – Er hat einen Vater, der alt ist wie ich. – Ah, dieser Vater hat ihn zur Schande und zum Unglücke unsrer Stadt erzeugt! – Wie viel Böses hat er uns allen zugefügt! Aber wem mehr als mir? Wie viele Kinder hat er mir nicht geraubt, und in der Blüte ihrer Jugend! – Sie waren mir alle lieb! – Ich habe sie alle beweint. Aber der Verlust dieses letztern schmerzet mich vor allen, und ich werde meinen Schmerz mit zur Hölle nehmen. – Ah! warum ist er nicht in meinen Armen gestorben! – So würden wir uns doch über ihn satt geweinet haben, ich und die unglückliche Mutter, die ihm das Leben gab."

Wollen Sie wissen, wie sich ein Vater ausdrückt, der dem Mörder seines Sohnes fußfällig flehet? Hören Sie eben den Priamus zu den Füßen des Achilles.

„Achill, erinnere dich deines Vaters; er ist von meinem Alter, und wir seufzen beide unter der Last der Jahre. – Ah, vielleicht fällt auch ihm itzt ein feindlicher Nachbar schwer, und er hat niemanden um sich, der die drohende Gefahr von ihm abwende. – Hat er aber vernommen, daß du noch lebst, so fließt Hoffnung und Freude in sein Herz, und seine Tage verlaufen in der süßen Erwartung, seinen Sohn bald wiederzusehen. – Wie verschieden ist sein Schicksal von dem meinigen! – Ich hatte Kinder, und ich bin, als ob ich sie alle verloren hätte! – Von funfzigen, die ich um mich her zählte, als die Griechen ankamen, war mir nur noch einer übrig, der uns verteidigen konnte, und dieser eine ist von deinen Händen, ist vor den Mauern dieser Stadt gefallen. – Gib mir seinen Leichnam wieder; nimm meine Geschenke an; scheue die Götter; erinnere dich deines Vaters, und habe mit mir Erbarmung! Sieh, wie weit ich gebracht bin! – Sah je ein Monarch sich so tief erniedriget? War je ein Mensch so sehr zu beklagen? Ich liege zu deinen Füßen, und küsse deine Hände, die von dem Blute meines Sohnes noch befleckt sind."

So sprach Priamus: und der Sohn des Peleus fühlte, bei der Erinnerung seines Vaters, in dem Innersten seines Herzens Erbarmung. Er hob den Alten auf und hielt ihn mit einem sanften Stoße von sich ab.

Was ist in diesen Reden? Kein Witz, aber so viel Wahrheit, daß man fast glauben sollte, man würde ebenso wohl als Homer darauf gefallen sein. Wir aber, die wir die Schwierigkeit und das Verdienst, so einfältig zu sein, ein wenig kennen, mögen diese Stellen nur lesen, mögen sie mit Bedacht lesen und hernach alle unsere Schreibereien nehmen und ins Feuer werfen. Das Genie läßt sich fühlen, aber nicht nachahmen.

In den verwickelten Stücken ist das Interesse mehr die Wirkung des Plans als der Reden; in den einfachen Stücken hingegen ist es mehr die Wirkung der Reden als des Plans. Allein worauf muß sich das Interesse beziehen? Auf die Personen? Oder auf die Zuschauer?

Die Zuschauer sind nichts als Zeugen, von welchen man nichts weiß.

»Folglich sind es die Personen, die man vor Augen haben muß.«

Ich glaube. Sie lasse man den Knoten schürzen, ohne daß sie es wissen; für sie sei alles undurchdringlich; sie bringe man, ohne daß sie es merken, der Auflösung immer näher und näher. Sind *sie* nur in Bewegung, so werde ich den nämlichen Bewegungen schon auch nachhängen, sie schon auch empfinden müssen.

Weit gefehlt, daß ich mit den meisten, die von der dramatischen Dichtkunst geschrieben haben, glauben sollte, man müsse die Entwicklung vor dem Zuschauer verbergen. Ich dächte viel mehr, es sollte meine Kräfte eben nicht übersteigen, wenn ich mir ein Werk zu machen vorsetzte, wo die Entwicklung gleich in der ersten Szene verraten würde und aus diesem Umstande selbst das allerstärkste Interesse entspränge.

Für den Zuschauer muß alles klar sein. Er ist der Vertraute einer jeden Person; er weiß alles was vorgeht, alles was vorgegangen ist; und es gibt hundert Augenblicke, wo man nichts Bessers tun kann, als daß man es ihm gerade voraussagt, was noch vorgehen soll.

O ihr Verfertiger allgemeiner Regeln, wie wenig verstehet ihr die Kunst, und wie wenig besitzt ihr von dem Genie, das die Muster hervorgebracht hat, auf welche ihr sie bauet, und das sie übertreten kann, so oft es ihm beliebt!

Meine Gedanken mögen so paradox scheinen als sie wollen: so viel weiß ich gewiß, daß es für *eine* Gelegenheit, wo es nützlich ist, dem Zuschauer einen wichtigen Vorfall so lange zu verhehlen, bis er sich ereignet, immer zehn und mehrere gibt, wo das Interesse gerade das Gegenteil erfordert.

Der Dichter bewerkstelliget durch sein Geheimnis eine kurze Überraschung; und in welche anhaltende Unruhe hätte er uns stürzen können, wenn er uns kein Geheimnis daraus gemacht hätte!

Wer in *einem* Augenblicke getroffen und niedergeschlagen wird, den kann ich auch nur *einen* Augenblick bedauern. Aber wie steht es alsdenn mit mir, wenn ich den Schlag erwarte, wenn ich sehe, wie sich das Ungewitter über meinem oder eines andern Haupte zusammenziehet und lange Zeit darüber verweilet?

Lusignan weiß nicht, daß er seine Kinder wiederfinden soll; der Zuschauer weiß es auch nicht. Zaire und Nerestan wissen nicht, daß sie Geschwister sind; der Zuschauer weiß es auch nicht. So pathetisch aber diese Erkennung ist, so weiß ich doch ganz gewiß, ihre Wirkung würde noch weit größer gewesen sein, wenn der Zuschauer vorher einen Wink bekommen hätte. Was würde ich bei der Zusammenkunft dieser vier Personen nicht alles zu mir selbst gesagt haben! Mit welcher Erwartung, mit welcher Unruhe würde ich nicht jedes ihrer Worte angehöret haben! In welche Unbehäglichkeit würde mich nicht der Dichter versetzt haben! Itzt fließen meine Tränen nur in dem Augenblicke der Erkennung; so würden sie schon lange vorher geflossen sein.

Wie verschieden ist das Interesse zwischen dieser Situation, wo ich von dem Geheimnisse nichts weiß, und jener, wo ich alles weiß, wo ich den Orosman, mit einem Dolche in der Hand, die Zaire erwarten, und diese Unglückliche dem Streiche entgegenkommen sehe? Welche Bewegungen würde der Zuschauer empfunden haben, wenn der Poet die Freiheit gehabt hätte, die völlige Wirkung, die dieser Augenblick haben konnte, zu nutzen? Wenn ihm unsere Bühne, die allen großen Wirkungen zuwider ist, erlaubt hätte, Zairens Stimme im Finstern hören zu lassen und sie nur ganz von weitem zu zeigen?

In der »Iphigenia zu Tauris« weiß der Zuschauer den Zustand der Personen. Man setze aber, daß er ihn nicht wüßte, und sehe, ob man das Interesse vermehrt oder vernichtet haben wird.

Wenn ich nicht weiß, daß Nero die Unterredung des Britannicus und der Junia mit anhört, so empfinde ich kein Schrecken mehr.

Wenn Lusignan und seine Kinder sich nun erkannt haben, werden sie darum weniger interessant? Ganz und gar nicht. Aber was unterstützt und befestiget hier das Interesse? Gleich das, was der Sultan nicht weiß, die Zuschauer aber gar wohl wissen.

Meinetwegen mögen die Personen alle einander nicht kennen; wenn sie nur der Zuschauer alle kennt.

Ja ich wollte fast behaupten, daß der Stoff, bei welchem die Verschweigungen notwendig sind, ein undankbarer Stoff ist; daß der Plan, in welchem man seine Zuflucht zu ihnen nimmt, nicht so gut ist als der, in welchem man sie hätte entübrigen können. Sie werden nie zu etwas Starkem Anlaß geben. Immer werden wir uns mit Vorbereitungen beschäftigen müssen, die entweder allzudunkel oder allzudeutlich sind. Das ganze Gedichte wird ein Zusammenhang von kleinen Kunstgriffen werden, durch die man weiter nichts als eine kurze Überraschung hervorzubringen vermag. Ist hingegen alles, was die Personen angehet, bekannt: so sehe ich in dieser Voraussetzung die Quelle der allerheftigsten Bewegungen. Der griechische Dichter, der die Erkennung des Orest und der Iphigenia bis in die letzte Szene verschob, war ein Mann von Genie. Orest ist gegen den Altar gelehnet. Seine Schwester hat das heilige Messer schon gegen seine Brust ausgestreckt. Itzt soll er umkommen; aber er ruft: „So war es nicht genug, daß die Schwester geopfert wurde? Muß es der Bruder auch werden?“ Und das ist der Augenblick, den mich der Dichter ganze fünf Aufzüge hindurch hat erwarten lassen.

»Das Drama mag sein wie es will, so ist der Knoten bekannt. Denn er wird in Gegenwart der Zuschauer geschürzt. Oft verrät auch schon der Titel einer Tragödie die Entwickelung. Es ist ein historisches Faktum: es ist der Tod des Cäsars; es ist die Opferung der Iphigenia. Allein mit der Komödie ist es anders.«

Und warum denn? Darf mir der Dichter von seinem Stoffe nicht so viel wissen lassen, als er für gut befindet? Ich wenigstens würde mir sehr viel darauf zugute getan haben, wenn ich in dem »Hausvater« (das aber alsdenn nicht mehr der »Hausvater«, sondern ein Stück mit einem andern Namen gewesen wäre) alle Verfolgungen des Komturs gegen Sophien hätte zusammenbringen können. Um wie viel würde das Interesse nicht gewachsen sein, wenn man gewußt hätte, daß das junge Mädchen, von der er so übel spricht, die er so hitzig verfolgt, die er will einschließen lassen, seine eigene Nichte ist? Mit welcher Ungeduld würde man nicht den Augenblick der Erkennung erwartet haben, der in meinem Stücke nichts als eine geschwind überhingehende Überraschung hervorbringt? Es würde der triumphierende Augenblick einer Unglücklichen sein, an deren Schicksale wir so viel Anteil genommen; es würde der beschämende Augenblick eines harten Mannes sein, der sich uns so verhaßt gemacht hat.

Warum ist die Ankunft des Pamphilus in der »Hekyra« weiter nichts als ein gemeiner Zufall? Darum, weil es der Zuschauer nicht weiß, daß seine Frau schwanger ist, daß sie es nicht von ihm ist, daß in dem nämlichen Augenblicke, da er zurückkömmt, seine Frau entbunden wird.

Warum haben gewisse Monologen eine so große Wirkung? Darum, weil sie mir die geheimen Anschläge einer Person vertrauen, und diese Vertraulichkeit mich den Augenblick mit Furcht oder Hoffnung erfüllet.

Wenn der Zustand der Personen unbekannt ist, so kann sich der Zuschauer für die Handlung nicht stärker interessieren als die Personen. Das Interesse aber wird sich für den Zuschauer verdoppeln, wenn er Licht genug hat und es fühlet, daß Handlungen und Reden ganz anders sein würden, wenn sich die Personen kennten. Alsdenn nur werde ich es kaum erwarten können, was aus ihnen werden wird, wenn ich das, was sie wirklich sind, mit dem, was sie tun oder tun wollen, vergleichen kann.

Der Zuschauer sei von allem unterrichtet, und die Personen mögen einander so unbekannt sein, als es tulich ist; man mache mich nur immer mit dem Gegenwärtigen zufrieden und auf das Folgende begierig; die eine Person erwecke in mir nur immer ein Verlangen nach der andern; ein Zufall bringe mich nur immer dem andern, der aus ihm entspringt, näher; eine Szene jage nur immer die andere; keine enthalte nichts, als was der Handlung wesentlich ist: und das Stück wird mich gewiß interessieren.

Je mehr ich übrigens über die dramatische Dichtkunst nachdenke, desto ungehaltener werde ich gegen die, die davon geschrieben haben. Es ist ein Zusammenfluß besonderer Regeln, die man zu allgemeinen Vorschriften gemacht hat. Man hat wahrgenommen, daß gewisse Zwischenfälle große Wirkungen hervorbringen, und sogleich hat man dem Dichter die Notwendigkeit aufgelegt, sich zur Erreichung eben derselben Wirkungen eben derselben Mittel zu bedienen. Hätte man dafür die Sache genauer untersucht, so würde man gefunden haben, daß man noch weit größere Wirkungen durch ganz entgegengesetzte Mittel hervorbringen könne. So aber ist die Kunst mit Regeln überhäuft worden, und die Verfasser, weil sie sich ihnen knechtisch unterworfen, haben sich nicht selten viel Mühe gegeben, es lange nicht so gut zu machen, als sie es sonst würden gemacht haben.

Wenn man eingesehen hätte, daß, ob das Drama schon in der Absicht, vorgestellt zu werden, gemacht wird, gleichwohl der Verfasser und der Schauspieler den Zuschauer vergessen müsse; daß alles Interesse sich auf die Personen beziehen müsse: so würde man nicht so oft in den Lehrbüchern der Dichtkunst lesen: „Wenn du das und das tust, so wird bei deinem Zuschauer diese und diese Bewegung erfolgen." Vielmehr würde man darin lesen: „Wenn du das und das tust, so wird es auf deine Personen diese und diese Wirkung haben."

Die von der dramatischen Dichtkunst geschrieben haben, gleichen einem Menschen, der, indem er auf Mittel sänne, wie er eine ganze Familie in Unruhe stürzen könne, diese Mittel nicht nach dieser Unruhe selbst, sondern nach dem abwägen wollte, was die Nachbarn davon sagen würden. O kümmert euch doch nicht um die Nachbarn; peiniget nur eure Personen recht, und seid versichert, daß diese keinen Verdruß haben werden, an dem jene nicht Anteil nehmen!

Wären andere Muster vorhanden gewesen, so würde man andere Regeln vorgeschrieben haben, und vielleicht hätte man geboten: die Entwickelung sei bekannt und sei es beizeiten; und der Zuschauer schwebe in der beständigen Erwartung des Strahls, der alle Personen in Ansehung ihrer Handlungen und ihrer Verhältnisse erleuchten wird.

Ist es notwendig, daß das Interesse gegen das Ende des Drama steiget: so scheinet mir dieses Mittel hierzu ebenso dienlich als das entgegengesetzte. Unwissenheit und Ungewißheit erregen und unterhalten die Neugierde des Zuschauers; hingegen müssen es bekannte und immer erwartete Dinge sein, die ihn rühren und bewegen sollen. Und in dieser Absicht ist es gut, wenn man die Katastrophe beständig in Gedanken hat.

Wenn der Dichter, anstatt einzig und allein unter seinen Personen zu bleiben, anstatt den Zuschauer so viel erraten zu lassen, als er kann, aus der Handlung herausspringt und sich zu dem Zuschauer in das Parterr begibt: so wird sein Plan leiden, so wird er den Malern gleich werden, die, anstatt sich einer strengen Nachahmung der Natur zu befleißigen, die Natur aus dem Gesichte verlieren und sie nicht so, wie sie ist, und wie sie sie selbst sehen, zu zeigen, sondern vielmehr ihren technischen Bedürfnissen gemäß einzurichten suchen.

Sind nicht alle Punkte des Raums verschiedentlich erleuchtet? Nimmt sich nicht einer vor dem andern aus? Stechen sie nicht alle ebenso wohl in der dürren und wüsten Ebene als in der mannigfaltigsten Landschaft hervor? Folget der Dichter dem Schlendrian des Malers, so wird es ihm mit seinem Drama nicht anders als diesem mit seinem Gemälde gehen. Hier werden einige schöne Stellen, und dort einige schöne

Augenblicke sein. Damit aber ist es nicht getan; das Gemälde soll nach seinem ganzen Umfange, das Drama soll nach seiner ganzen Dauer schön sein.

Und was wird aus dem Schauspieler, wenn sich der Dichter mit dem Zuschauer abgegeben hat? Wird es der Schauspieler nicht fühlen, daß das, was hier oder da stehet, nicht für ihn ersonnen worden? Der Dichter hat sich an den Zuschauer gewendet; er wird sich auch an ihn wenden. Der Dichter hat gewollt, daß man ihm klatschen soll; er wird auch wollen, daß man ihm klatschen soll, und wo endlich die Illusion bleiben wird, weiß ich nicht.

Ich habe bemerkt, daß die Schauspieler alles das schlecht vorstellen, was der Dichter für den Zuschauer geschrieben hat; und hätte dieser seine Rolle mitgespielt, so würde er zu der Person gesagt haben: „Mit wem sprichst du? Warum mit mir? Was gehen mich deine Händel an? Bleib für dich." Und hätte auch der Dichter seine Rolle mitgespielt, so würde er hinter der Szene hervorgekommen sein und dem Parterre geantwortet haben: „Verzeihen Sie, meine Herren, die Schuld ist meine: ein andermal wollen ich und er es besser machen."

Man denke also, sowohl während dem Schreiben als während dem Spielen, an den Zuschauer ebenso wenig, als ob gar keiner da wäre. Man stelle sich an dem äußersten Rande der Bühne eine große Mauer vor, durch die das Parterr abgesondert wird. Man spiele, als ob der Vorhang nicht aufgezogen würde.

»Aber der Geizige, der seine Kassette verloren hat, ruft gleichwohl den Zuschauern zu: „Ist mein Dieb etwa unter euch, meine Herren?"«

O man lasse doch diesen Verfasser in Ruhe! Die Ausschweifung eines Mannes von Genie beweiset gegen die gesunde Vernunft nichts. Man sage mir nur, ist es möglich, daß man sich einen Augenblick an den Zuschauer wenden kann, ohne die Handlung aufzuhalten? Und sind nicht alle die kleinen Stellen, wo man auf ihn gesehen hat, ebenso viel

Ruhepunkte, die den Verlauf des Drama langsamer machen und hemmen?

Ein verständiger Verfasser darf in seinem Werke gar wohl Züge anbringen, die der Zuschauer auf sich anwenden kann; er darf gar wohl im Schwange gehende Laster und Lächerlichkeiten anstechen; er darf gar wohl auf öffentliche Begebenheiten anspielen und ebenso wohl zu unterrichten als zu gefallen suchen: nur muß alles das im Vorbeigehen, ohne Vorsatz geschehen. Sobald er seinen Zweck merken läßt, verfehlt er ihn; seine Personen hören auf zu reden, und er prediget.

Das erste Stück des Plans, sagen die Kunstrichter, ist die Exposition.

In der Tragödie, wo das Faktum bekannt ist, geschiehet die Exposition mit einem Worte. Wenn meine Tochter den Fuß nach Aulis setzt, so muß sie sterben. In der Komödie geschiehet sie, dürfte ich fast sagen, durch den Anschlagzettel. Wo ist z. E. im »Tartüffe« eine Exposition? Meinem Bedünken nach könnte man ebenso wohl von dem Dichter verlangen, seine ersten Auftritte so einzurichten, daß sie einen kurzen Entwurf des ganzen Stückes enthielten.

Alles, was ich hiervon begreife, ist dieses, daß es einen gewissen Augenblick geben muß, da die dramatische Handlung anfängt; und hat der Dichter diesen Augenblick übel gewählt, so wird er der Katastrophe entweder zu nahe, oder zu weit von ihr entfernt sein. Ist er ihr zu nahe, so wird es ihm an Materie gebrechen, und vielleicht ist er gezwungen, seinen Stoff durch eine episodische Intrige zu erweitern. Ist er zu weit entfernt, so wird der Verfolg schläfrig sein, so werden seine Aufzüge lang und mit einer Menge Begebenheiten und Erzählungen überhäuft sein, die nicht im geringsten interessieren.

Die Deutlichkeit will, man soll alles sagen. Die Dichtungsart will, man soll forteilen. Wie aber kann man alles sagen und doch forteilen?

Der Augenblick, den man zu dem ersten erwählt hat, sei der Inhalt der ersten Szene. Diesem wird der zweite folgen, dem zweiten der dritte, und so wird der Aufzug fertig. Das wichtigste hierbei ist, daß die Handlung an Geschwindigkeit beständig wachsen und doch deutlich sein muß: nur in diesem einzigen Stücke muß man an den Zuschauer denken. Und hieraus sieht man, daß die Exposition nicht anders als während dem Verlaufe des Stückes und nach Maßgebung desselben geschehen kann, und daß der Zuschauer nicht eher alles weiß und alles gesehen hat, als bis der Vorhang fällt.

Je mehr Dinge bei dem ersten Augenblicke zu sagen übrig bleiben, desto mehr Materie hat man zu Ausführung der folgenden Aufzüge. Je schneller und reicher der Dichter ist, desto aufmerksamer wird er sein müssen. Er kann sich nur bis auf einen gewissen Punkt an die Stelle des Zuschauers setzen. Seine Intrige ist ihm so bekannt, daß er sich gar leicht für deutlich halten kann, wenn er sehr dunkel ist. Hiervon muß ihn sein Beurteiler unterrichten; denn einen Beurteiler muß der Dichter haben, wenn er auch noch so viel Genie besitzt. Glücklich ist er, mein Freund, wenn er einen findet, der aufrichtig ist, einen, der mehr Genie hat als er selbst. Von ihm kann er lernen, daß die geringste Vergeßlichkeit hinreichend ist, alle Illusion zu vernichten; daß der kleinste übergangene oder falsch vorgestellte Umstand die Lüge verrät; daß das Drama für das Volk gehöret, und daß man sich das Volk weder zu einfältig noch zu fein vorstellen muß.

Man muß ihm alles erklären, was es erklärt haben will; aber auch nichts mehr.

Es gibt Kleinigkeiten, die der Zuschauer gar nicht begierig ist zu hören, die er sich schon selbst erklären wird. Hat ein Zufall nur eine Ursache, und diese Ursache fällt nicht sogleich in die Augen, so ist es ein Rätsel, dessen Auflösung man verschweigt. Hat sich ein Zufall auf eine ganz einfältige, natürliche Art ereignen können, so würde ihn erklären so viel sein, als sich bei einem Umstande aufhalten, an dem unserer Neugierde nichts gelegen ist.

Nichts ist schön, was keine Einheit hat; und der erste Augenblick wird das Kolorit des ganzen Stücks bestimmen.

Fängt man mit einer starken Situation an, so wird alles übrige von der nämlichen Stärke sein müssen, oder es wird uns matt dünken. Wie viel Stücke gibt es, die durch ihren Anfang verunglückt sind! Der Dichter hat sich gefürchtet, kalt anzufangen, und hat daher so starke Situationen genommen, daß er die ersten Eindrücke, die er auf mich gemacht hat, nicht zu unterhalten imstande ist.

Wenn das Werk gut angelegt ist; wenn der Dichter seinen ersten Augenblick gut zu wählen gewußt hat; wenn er sogleich in die Mitte seiner Handlung eingedrungen ist; wenn er seine Charaktere gut gezeichnet hat: wie kann es ihm an Beifall fehlen? Die Bestimmung der Charaktere aber hängt von den Situationen ab.

Der Plan eines Drama kann gemacht und gut gemacht sein, ohne daß der Dichter noch im geringsten weiß, was für einen Charakter er seinen Personen geben will. Man siehet alle Tage, daß Leute von ganz verschiedenem Charakter einerlei Zufällen ausgesetzt sein können. Ein Vater, der seine Tochter opfert, kann ehrgeizig, kann schwach, kann wild sein. Einer, der sein Geld verloren hat, kann arm oder reich sein. Einer, der um seine Geliebte besorgt ist, kann ein Bürger oder ein Held, kann zärtlich oder eifersüchtig, kann ein Prinz oder ein Bedienter sein.

Alsdenn sind die Charaktere gut getroffen, wenn die Situationen dadurch verwirrter und schwieriger werden. Man stelle sich vor, daß die vierundzwanzig Stunden, welche die Personen itzt zubringen, die allerunruhigsten und grausamsten Stunden ihres Lebens sind. Und also mache man sie ihnen auch so sauer als möglich. Man lasse alle Situationen stark sein; man setze sie den Charaktern entgegen; man setze Interesse dem Interesse entgegen. Keine Person müsse zu ihrem Zweck gelangen können, ohne den Absichten einer andern hinderlich zu sein; eine einzige Begebenheit halte alle zugleich beschäftiget, aber jeder verlange diese Begebenheit anders als der andere.

Der wahre Kontrast ist der, den die Charaktere mit den Situationen machen; ist der, den das Interesse mit dem Interesse macht. Muß Alcest verliebt sein, so sei er es in eine Buhlerin; muß Harpagon verliebt sein, so sei er es in ein armes Mädchen.

»Aber warum sollte man diesen zwei Arten von Kontrast nicht auch den Kontrast der Charaktere beifügen dürfen? Er ist ein so vortreffliches Hilfsmittel für den Dichter.«

Und zugleich ein so abgenutztes, als nur immer der Gebrauch der Maler sein kann, einen starken Vorgrund zu machen, damit die übrigen Gegenstände des Gemäldes besser zurückweichen.

Ich verlange, daß die Charaktere verschieden sein sollen; an ihrem Kontraste aber, muß ich Ihnen gestehen, habe ich keinen Gefallen. Hören Sie meine Gründe, und urteilen Sie.

Vors erste bemerke ich, daß der Kontrast in dem Stile eine üble Wirkung tut. Wollen Sie, daß die größten, einfältigsten und edelsten Gedanken auf nichts hinauslaufen sollen, so dürfen Sie sie nur unter sich oder im Ausdrucke kontrastieren.

Soll ein musikalisches Stück ohne Ausdruck, ohne Genie sein, so dürfen Sie nur Kontrast hineinbringen, und Sie werden weiter nichts als eine abwechselnde Folge von starken und sanften, von hohen und tiefen Tönen haben.

Soll die Komposition eines Gemäldes widerwärtig und gezwungen sein, so verachte man nur die Klugheit des Raphaels und strapaziere und kontrastiere die Figuren.

Die Baukunst liebet die Größe und Einfalt. Ich will nicht sagen, daß sie den Kontrast verwirft. Sie verstattet ihn gar nicht.

Nun sagen Sie mir, warum der Kontrast in allen Gattungen der Nachahmung ein so armseliges Ding ist, nur in der dramatischen Poesie nicht?

Das sicherste Mittel aber, ein Drama zu verderben und es jedem Manne von Geschmack unerträglich zu machen, wäre dieses, daß man die Kontraste vervielfältigte.

Ich weiß nicht, was man von dem »Hausvater« urteilen wird; ist er aber weiter nichts als schlimm, so würde ich ihn gewiß abscheulich gemacht haben, wenn ich den Komtur mit dem Hausvater, Germeuilen mit Cäcilien, Saint Albinen mit Sophien und ihre Kammerfrau mit einem von den Bedienten in Kontrast gebracht hätte. Urteilen Sie, was aus diesen Antithesen kommen würde. Ich sage Antithesen; denn der Kontrast der Charaktere ist in dem Plane eines Drama nichts anders, als was diese Figur in der Rede ist. Es ist eine glückliche Figur, aber sie muß mit Mäßigung gebraucht werden; und wer nur im geringsten einen erhabnen Ton hat, wird sich ihrer allezeit enthalten.

Ist nicht eines von den wichtigsten und zugleich schwersten Stücken der dramatischen Kunst die Verbergung der Kunst? Was aber verrät mehr Kunst als der Kontrast? Was scheinet ausstudierter? Was ist abgenutzter? Wo ist die Komödie, in der er nicht gebraucht wäre? Und wenn eine ungeduldige und hastige Person auf der Bühne erscheinet, steckt wohl in einem Winkel des Parterr ein so unerfahrner Schulknabe, der nicht zu sich selbst sagte: „Die gelassene und sanftmütige Person wird nicht weit sein"?

Aber hat die dramatische Gattung nicht dadurch schon unglücklicherweise romanenhaften Anstrichs genug, daß sie den gemeinen Lauf der Dinge nur in solchen Fällen nachahmen darf, wo es der Natur gefallen hat, außerordentliche Begebenheiten zu kombinieren, und muß zu diesem der Illusion so hinderlichen Anstriche noch eine Wahl von Charakteren kommen, so wie sie sich fast niemals beisammen finden? Was kömmt in dem gemeinen Leben öftrer vor: Gesellschaften, wo die Charaktere verschieden, oder Gesellschaften, wo sie kontrastiert sind? Für eine, wo sich der Kontrast der Charaktere so abstechend zeigt, als ihn der komische Dichter verlangt, werden sich immer hunderttausend finden, wo sie weiter nichts als verschieden sind.

Der Kontrast der Charaktere hingegen mit ihren Situationen und der mancherleien Interesse unter sich kömmt alle Augenblicke vor.

Warum ist man darauf gefallen, einen Charakter mit dem andern zu kontrastieren? Ohne Zweifel, damit einer von beiden desto mehr hervorstechen soll. Allein diese Wirkung läßt sich nur alsdenn erhalten, wenn diese Charaktere zugleich erscheinen. Und welche Monotonie in dem Gespräche entspringt daraus! Wie gezwungen wird der ganze Verlauf des Stücks! Wie kann ich die Begebenheiten natürlich verknüpfen und die Auftritte in eine schickliche Folge bringen, wenn ich beständig mit der Notwendigkeit beschäftiget bin, diese oder jene Person mit dieser oder jenen zusammenzubringen? Wie oft wird es sich nicht ereignen, daß der Kontrast eine Szene verlangt, indem die Wahrheit der Fabel eine ganz andere erfordert?

Sind übrigens die zwei kontrastierten Personen mit gleicher Stärke gezeichnet, so werden sie den eigentlichen Gegenstand des Drama zweideutig machen.

Lassen Sie uns setzen, der »Misanthrop« wäre nicht angeschlagen worden, und man hätte ihn ohne Ankündigung gespielt: was würde daraus geworden sein, wenn Philint seinen Charakter ebenso behauptet hätte als Alcest? Würde der Zuschauer nicht haben fragen können (wenigstens in der ersten Szene, wo sich die Hauptperson noch durch nichts unterscheidet), welchen von beiden man eigentlich spiele, den »Philanthropen« oder den »Misanthropen«? Und wie vermeidet man diese Unbequemlichkeit? Man opfert einen von den beiden Charakteren auf: den einen läßt man alles sagen, was er für sich sagen kann, und den andern macht man zu einem ungeschickten, albern Geck. Aber merkt der Zuschauer etwa diesen Fehler nicht, besonders wenn der lasterhafte Charakter, so wie in dem angeführten Exempel, der Hauptcharakter ist?

»Die erste Szene des »Misanthropen« ist gleichwohl ein Meisterstück.«

Ja, allein es mache sich nur ein Mann von Genie darüber und gebe dem Philint so viel kaltes Blut, so viel Standhaftigkeit, Beredsamkeit, Rechtschaffenheit und Menschenliebe, so viel Nachsicht gegen die Fehler und so viel Mitleiden mit den Schwachheiten seines Nächsten, als ein wahrer Freund des menschlichen Geschlechts haben muß: und sogleich wird, ohne an den Reden des Alcest das geringste zu ändern, der Gegenstand des Stücks ungewiß werden. Warum aber ist er es nicht? Hat Alcest etwa recht? Und hat Philint etwa unrecht? O nein, sondern der eine verteidiget seine Sache gut, und der andere schlecht.

Wollen Sie sich, mein Freund, von der ganzen Stärke dieser Anmerkung überzeugen, so schlagen Sie die »Brüder« des Terenz auf. Sie werden da zwei kontrastierte Väter finden, die beide mit gleicher Stärke gezeichnet sind; und können kühnlich dem feinsten Kunstrichter Trotz bieten, Ihnen die Hauptperson zu nennen, ob es Micion oder ob es Demea ist? Fällt er sein Urteil vor dem letzten Auftritte, so dürfte er leicht mit Erstaunen wahrnehmen, daß der, den er ganzer fünf Aufzüge hindurch für einen verständigen Mann gehalten hat, nichts als ein Narr ist, und daß der, den er für einen Narren gehalten hat, wohl gar der verständige Mann sein könnte.

Man sollte zu Anfange des fünften Aufzuges dieses Drama fast sagen, der Verfasser sei durch den beschwerlichen Kontrast gezwungen worden, seinen Zweck fahren zu lassen und das ganze Interesse des Stücks umzukehren. Was ist aber daraus geworden? Dieses, daß man gar nicht mehr weiß, für wen man sich interessieren soll. Von Anfange her ist man für den Micion gegen den Demea gewesen, und am Ende ist man für keinen von beiden. Beinahe sollte man einen dritten Vater verlangen, der das Mittel zwischen diesen zwei Personen hielte und zeigte, worin sie beide fehlten.

Wenn man glaubt, daß ein Drama ohne kontrastierte Personen darum leichter ist, so betrügt man sich. Wenn der Dichter seine Rollen nur durch ihre Verschiedenheit kann geltend machen: so wird er sie desto stärker zeichnen, desto kräftiger kolorieren müssen; so wird er, um nicht ebenso frostig zu sein als ein Maler, der weiße Gegenstände auf einen weißen Grund leget, seine Augen beständig auf die Verschiedenheit der Stände, des Alters, der Situationen und des Interesse haben müssen; so wird er, anstatt in der Notwendigkeit zu sein, den einen Charakter zu schwächen, um dem andern desto mehr Stärke zu geben, sich bemühen müssen, sie alle stark und kräftig zu machen.

Je ernsthafter die Gattung ist, desto weniger scheinet sie mir den Kontrast erlauben zu wollen. In der Tragödie ist er sehr selten. Wenn man ihn ja braucht, so braucht man ihn nur unter den Personen vom zweiten Range. Der Held stehet allein. Es ist kein Kontrast im »Britannicus«; keiner in der »Andromacha«; keiner im »Cinna«; keiner in der »Iphigenia«; keiner in der »Zaire«; keiner im »Tartüff«.

In den Komödien mit Charakteren ist der Kontrast nicht nötig. In den andern ist er weniger überflüssig.

Corneille hat eine Tragödie gemacht, ich glaube, es ist »Nicomedes«, wo die Großmut die herrschende Eigenschaft aller Personen ist: und welch Verdienst hat man ihm nicht aus dieser Fruchtbarkeit, und zwar mit allem Rechte, gemacht!

Terenz kontrastiert wenig. Plautus kontrastiert noch weniger. Molière öftrer. Aber wenn bei Molièren der Kontrast oft das Hilfsmittel eines Mannes von Genie ist, muß man ihn deswegen auch andern Dichtern vorschreiben? Hätte man nicht vielmehr Ursache, eben deswegen sie davor zu warnen?

Aber was wird aus dem Gespräche zwischen kontrastierten Personen? Ein Zusammenfluß von kleinen Ideen und Antithesen; denn notwendig müssen die Reden einander ebenso entgegengesetzt sein als die Charaktere. Und nun frage ich Sie, mein Freund, und frage jeden Mann von Geschmack: ob Ihnen das einfältige und natürliche Gespräch zweier Personen, die ein verschiedenes Interesse, verschiedene Leidenschaften, ein verschiednes Alter haben, nicht weit besser gefallen würde?

Ich kann den Kontrast in der Epopee nicht leiden, er müßte denn unter Gesinnungen und Bildern sein. Er mißfällt mir in der Tragödie. In dem ernsthaften Komischen ist er überflüssig. In der lustigen Komödie kann man ihn entbehren. Ich werde ihn also dem Possenspieler überlassen. Dieser mag ihn in seinem Werke so sehr vervielfältigen, so sehr übertreiben, als er nur will: es ist da nichts zu verderben.

Fragt man mich aber, was jener Kontrast der Gesinnungen oder Bilder ist, den ich in der Epopee, in der Ode und einigen andern Gattungen der höhern Poesie liebe, so antworte ich: daß es eines von den deutlichsten Kennzeichen des Genies ist; daß es die Kunst ist, die Seele mit ganz verschiedenen und widrigen Gesinnungen zu erfüllen, sie von entgegengesetzten Seiten zugleich zu erschüttern und ein von Unlust und Vergnügen, von Widrigkeit und Anmut, von Behäglichkeit und Schrecken vermischtes Gefühl in ihnen hervorzubringen.

Diese Wirkung hat jene Stelle in der »Ilias«, wo mir der Dichter den Jupiter auf dem Ida zeiget; am Fuße des Berges würgen sich die Trojaner und Griechen, mitten in der Nacht, die er um sie verbreitet hat; doch sind die unachtsamen und heitern Blicke des Gottes gegen die unschuldigen Gefilde der Äthioper gewendet, die von Milch leben. Und so gewährt er mir auf einmal den Anblick der Glückseligkeit und des Elendes, des Friedens und der Unruhe, der Unschuld und des Lasters, des Schicksals der Menschen und der Größe der Götter. Ich sehe an dem Fuße des Ida nichts als einen Haufen Ameisen.

Setzet eben derselbe Dichter für seine Kämpfer Preise auf, so sind es Waffen, ein Stier, der mit den Hörnern drohet, schöne Weiber und Stahl.

Auch Lukrez hat es sehr wohl gewußt, wie kräftig das Schreckliche dem Wollüstigen entgegengesetzt werde, wenn er die zügellose Entzückung der Liebe, wie sie sich aller Sinne bemeistert, schildert und die Vorstellung eines Löwen bei mir rege macht, der, von einem tödlichen Pfeile getroffen, wütend auf den Jäger, der ihn verwundet hat, stürzet, ihn niederreißt, nicht anders als auf ihm sterben will, und ihn ganz mit seinem eigenen Blute bedeckt läßt.

In den vorzüglichsten Oden des Horaz und in den schönsten Liedern des Anakreon stehet das Bild des Todes neben dem Gemälde des Vergnügens.

Und konnte dem Katull die Zauberkraft dieses Kontrasts unbekannt sein, wenn er rief:

„Vivamus, mea Lesbia, atque amemus,
Rumoresque senum severiorum
Omnes unius aestimemus assis.
Soles occidere et redire possunt;
Nobis cum semel occidit brevis lux,
nox est perpetua una dormienda.
Da mihi basia mille –"

Und der Verfasser der »Natürlichen Geschichte«, wenn er nach der Schilderung eines jungen Tieres, das ruhig in den Wäldern wohnet und durch ein plötzliches noch nie vernommenes Geräusch in Schrecken gesetzt wird, folgenden Gegensatz des Sanften und Erhabenen hinzufügt: „Bleibt aber das Geräusch ohne Wirkung, so erkennet das Tier wieder die gewöhnliche Stille der Natur; es beruhiget sich, es hält ein und verfügt sich mit gleichen Schritten wieder zu seinem ruhigen Lager."

Und der Verfasser des Werks »Über den Geist«, wenn er sinnliche und wilde Ideen miteinander vermischt und durch den Mund eines sterbenden Schwärmers ausruft: „Ich sterbe, und ich fühle eine unglaubliche Süßigkeit im Sterben! Ich höre die Stimme des Odin, die mich ruft. Schon öffnen sich die Tore seines Palasts. Halbnackte Jungfrauen treten aus ihnen hervor. Eine azurene Schärpe umgürtet ihre Lenden und erhöhet die Weiße ihres Busens. Sie nahen sich und reichen mir ein liebliches Bier in dem blutigen Hirnschädel meiner Feinde."

Poussin hat eine Landschaft gemalt, wo man junge Schäferinnen nach dem Schalle einer Feldschalmei tanzen siehet, in einem Winkel aber ein Grabmal mit der Überschrift erblickt: „Auch ich lebte in dem glücklichen Arkadien." Diese Bezauberung des Stils, wovon hier die Rede ist, hängt manchmal von einem einzigen Worte ab, das meinen Blick von dem Hauptgegenstande ablenkt und mir seitwärts, wie in dem Gemälde des Poussin, den Raum, die Zeit, das Leben, den Tod oder eine andere große und melancholische Idee zeiget, die mitten unter die Bilder der Freude geworfen worden.

Das sind die einzigen Kontraste, die mir gefallen. Übrigens gibt es unter den Charakteren drei Arten des Kontrasts: einen Kontrast der Tugend und einen Kontrast des Lasters. Wenn eine Person geizig ist, so kann eine andere mit ihr, entweder vermittelst der Sparsamkeit oder vermittelst der Verschwendung kontrastieren; und sowohl der Kontrast der Tugend als der Kontrast des Lasters kann entweder wirklich oder nur verstellt sein. Von dieser letzten Art wüßte ich kein Exempel: ich muß aber auch gestehen, daß ich das Theater wenig kenne. Mich dünkt, daß er in der lustigen Komödie keine unangenehme Wirkung haben müßte; aber nur einmal. Ein dergleichen Charakter wäre mit dem ersten Stücke abgenutzt. Ich möchte wohl so einen Menschen sehen, der von einem ganz entgegengesetzten Charakter als ein anderer, nicht wirklich wäre, sondern sich nur zu sein stellte. Er würde ein Original sein, dieser Charakter; ob er aber neu sein würde, das weiß ich nicht.

Wir machen also den Schluß, daß es nur *eine* Ursache gibt, die Charaktere zu kontrastieren; und daß es weit mehr als eine gibt, sie bloß verschieden zu zeigen.

Man lese aber auch die Lehrbücher der Dichtkunst, und man wird kein Wort von diesen Kontrasten finden. Ich glaube also, es ist mit dieser Regel gegangen wie mit vielen andern: man hat sie dem Werke eines Genies zufolge gemacht, wo der Kontrast eine große Wirkung gehabt hat, und sogleich hat man geschlossen: Hier ist der Kontrast gut, folglich kann ohne Kontrast nichts gut sein. Das ist der meisten ihre Logik, die sich unterstanden haben, einer Kunst Schranken zu setzen, in der sie sich niemals geübt hatten. Das ist aller unerfahrnen Kunstrichter ihre Logik, die uns nach diesen Autoritäten beurteilen.

Ich weiß nicht, mein Freund, ob nicht das Studium der Philosophie mich wieder zu sich zurückrufen wird, und ob der »Hausvater« mein letztes Drama sein oder nicht sein wird. So viel aber weiß ich, daß ich den Kontrast der Charaktere gewiß in keinem brauchen würde.

Ist der Entwurf gemacht und gefüllt; sind die Charaktere festgesetzt: so schreitet man zur Abteilung der Aufzüge.

Die Aufzüge sind die Teile des Drama; die Auftritte sind die Teile der Aufzüge.

Der Aufzug ist ein Stück der totalen Handlung eines Drama und enthält einen oder mehrere Vorfälle.

Nachdem ich die einfachen Stücke den zusammengesetzten vorgezogen habe, würde es sehr seltsam sein, wenn ich einen mit mehrern Vorfällen erfüllten Aufzug einem Aufzuge, der nur einen enthielte, vorziehen wollte.

Man hat verlangt, die vornehmsten Personen sollen alle in dem ersten Aufzuge zum Vorschein kommen, oder doch genannt werden; die Ursache weiß ich so recht nicht. Es gibt dramatische Handlungen, wo man weder das eine noch das andere tun müßte.

Man hat verlangt, eben dieselbe Person soll in ebendem selben Aufzuge nicht mehr als einmal auf die Bühne kommen; und warum hat man das verlangt? Wenn er das, was er zu sagen kömmt, nicht damals sagen können, als er das erstemal auf der Bühne war; wenn das, was ihn zurückbringt, während seiner Abwesenheit vorgefallen ist; wenn er den, den er sucht, auf der Bühne zurückgelassen hat; wenn dieser wirklich da ist oder, wenn er nicht da ist, er ihn nirgend anders zu finden weiß; wenn ihn der Augenblick erheischt; wenn seine

Zurückkunft das Interesse verstärkt; kurz, wenn er in der Handlung ebenso natürlich wieder erscheinet, als es uns täglich im gemeinen Leben begegnet: so mag er nur immer wiederkommen, ich bin bereit ihn zum zweiten und dritten Male zu sehen und zu hören. Der Kunstrichter mag Autoritäten anführen, so viel als er will; genug, daß der Zuschauer meiner Meinung sein wird.

Man verlangt, daß die Aufzüge ungefähr von gleicher Länge sein sollen. Weit vernünftiger wäre es, wenn man verlangte, daß ihre Dauer allezeit dem Umfange der darin enthaltenen Handlung gemäß sei.

Jeder Aufzug wird zu lang sein, der leer an Handlung und überhäuft mit Reden ist; und jeder wird kurz genug sein, dem es weder an Reden noch an Vorfällen fehlt, die den Zuschauer auf seine Dauer achtzugeben verhindern. Sollte man nicht sagen, man höre ein Drama mit der Uhr in der Hand? Es kömmt aufs Empfinden an, und du zählest die Seiten und Zeilen.

Der erste Aufzug des »Eunuchus« hat nicht mehr als zwei Auftritte und eine kleine Monologe; und der letzte Aufzug hat deren zehne. Beide aber sind gleich kurz, weil dem Zuschauer weder in dem einen noch in dem andern die Zeit zu lang geworden ist.

Der erste Aufzug eines Drama ist vielleicht das schwerste Stück desselben. Er muß anspinnen; er muß fortrücken; oft muß er von diesem und jedem Licht geben; und immer muß er verbinden.

Wenn dieses Lichtgeben, diese Exposition nicht einem wichtigen Anlasse zufolge geschieht oder nicht etwas Wichtiges nach sich zieht, so wird der Aufzug frostig sein. Man sehe, welcher Unterschied zwischen den ersten Aufzügen der »Andria« oder des »Eunuchus« und dem ersten Aufzuge der »Hekyra« ist.

Man nennt Zwischenaufzug die Dauer, die einen Aufzug von dem folgenden trennet. Diese Dauer ist veränderlich; weil aber die Handlung nie still stehen darf, so muß die Bewegung, wenn sie auf der Bühne aufhört, hinter derselben fortdauern. Da muß keine Ruhe, kein Anhalten sein. Wenn die Personen wieder zum Vorschein kämen, und die Handlung wäre, die Zeit ihrer Abwesenheit über, nicht weitergerückt, so müßten sie alle geschlafen haben oder von andern Geschäften sein abgehalten worden; zwei Voraussetzungen, die, wo nicht der Wahrheit, doch dem Interesse entgegen sind.

Der Dichter hat das Seinige getan, wenn er mich in der Erwartung eines wichtigen Vorfalls läßt und die Handlung, welche seinen Zwischenaufzug anfüllen soll, meine Neugierde reizet und den vorläufigen Eindruck stärket. Denn es sollen nicht verschiedene Bewegungen in der Seele erregt werden, sondern die, welche einmal darin herrscht, soll erhalten werden und ohne Unterlaß wachsen. Es ist ein Pfeil, den man von der Spitze bis an das andere Ende eindrücken soll: und diese Wirkung darf man sich von einem verwickelten Stücke nicht versprechen, wenn sich nicht wenigstens alle Zufälle auf eine einzige Person beziehen, wenn sie nicht alle diese einzige Person bestürmen, zerschmettern, zermalmen. Alsdenn befindet sich diese Person in einer wirklich dramatischen Situation. Sie seufzet und ist leidend; sie nur spricht, und die übrigen alle handeln.

In den Zwischenaufzügen ereignen sich beständig, und während dem Verlaufe des Stücks selbst ereignen sich nicht selten Vorfälle, die der Dichter den Augen des Zuschauers entzieht, und die voraussetzen, daß sich seine Personen in dem Innern des Hauses darüber besprechen. Ich verlange eben nicht, daß er sich mit diesen Szenen so beschäftigen und sie so aufs reine bringen soll, als ob ich sie hören sollte. Wenn er sich aber gleichwohl einen Entwurf davon machte, so würde er desto voller von seinem Stoffe und seinen Charakteren werden: und wollte er diesen Entwurf auch dem Schauspieler mitteilen, so würde er ihn dadurch desto besser in dem Geiste seiner Rolle und in der Hitze seiner Handlung unterhalten. Es ist dieses ein neuer Zuwachs von Arbeit, dem ich mich manchmal unterzogen habe.

Zum Exempel wenn der verkehrte Komtur Germeuilen aufsucht, um ihn in seinen Anschlag, Sophien einschließen zu lassen, mit zu verwickeln und dadurch unglücklich zu machen: so dünkt mich, ich sehe ihn mit bedachtsamen Schritten, mit einem heuchlerisch freundlichen Gesichte daherkommen und höre ihn in einem einschmeichelnden und drolligten Tone folgendes sagen:

„DER KOMTUR. Germeuil, ich suchte dich.

GERMEUIL. Mich, Herr Komtur?

DER KOMTUR. Ja, dich, dich.

GERMEUIL. Das ist ja ganz was Seltenes.

DER KOMTUR. Wohl wahr; aber einen Mann wie Germeuil muß man über lang oder kurz endlich doch suchen. Ich habe über deinen Charakter nachgedacht; ich habe alle die guten Dienste, die du dem Hause erwiesen hast, überlegt; und weil ich, wenn ich allein bin, manchmal mit mir selber rede, so habe ich mich unter andern auch gefragt: woher kömmt es doch immer und ewig, daß wir beiden Leute so einen Abscheu voreinander haben? Wir sind ja beides brave, rechtschaffene Leute. Und sieh, da habe ich entdeckt, daß die Schuld an mir liegt. Ich habe unrecht, und eben itzt komm ich zu dir, dich zu bitten, das Vergangene zu vergessen. Ja, ja, dich zu bitten. Und wenn du willst, so wollen wir von nun an Freunde sein.

GERMEUIL. Wenn ich will, mein Herr? Können Sie daran zweifeln?

DER KOMTUR. Germeuil, wenn ich hasse, so hasse ich von Herzens Grunde.

GERMEUIL. Das weiß ich.

DER KOMTUR. Wenn ich aber auch liebe, so liebe ich auch nicht anders, und das sollst du sehn."

Hier gibt der Komtur Germeuilen zu verstehen, daß ihm das Absehen, das er auf seine Nichte haben könne, nicht verborgen sei. Er billiget es und bietet ihm seine Dienste an. – „Du suchst meine Nichte, das wirst du nicht leugnen, ich kenne dich. Doch dir bei ihr und bei ihrem Vater das Wort zu reden, was brauche ich dazu dein Geständnis? Du wirst mich schon zu finden wissen, wenn es Zeit ist."

Germeuil kennt den Komtur zu wohl, als daß er nicht wissen sollte, wie viel er von seinem Anerbieten zu halten hätte. Er merkt gleich, daß diese verbindliche Vorrede eine Tücke ankündigen müsse, und sagt zu dem Komtur:

„GERMEUIL. Und nun, Herr Komtur, was ist Ihr Begehren?

DER KOMTUR. Vor allen Dingen, daß du mich für aufrichtig halten sollst, so wie ich es bin.

GERMEUIL. Das kann wohl sein.

DER KOMTUR. Und hernach möchte ich auch gern überzeugt sein, daß dir unsere Aussöhnung und meine Freundschaft nicht gleichgültig ist.

GERMEUIL. Recht gern."

Nunmehr rückt der Komtur nach einem kurzen Stillschweigen so ganz, als ob ihm nichts darum wäre, mit der Frage heraus: „Du hast doch meinen Vetter gesehen?

GERMEUIL. Er ging eben aus.

DER KOMTUR. Du weißt nicht, was man spricht.

GERMEUIL. Und was spricht man denn?

DER KOMTUR. Daß du ihn in seiner Torheit bestärktest. Aber das ist falsch.

GERMEUIL. Gewiß falsch, mein Herr.

DER KOMTUR. Und du nimmst dich des kleinen Mädchens auch gar nicht an?

GERMEUIL. Gar nicht.

DER KOMTUR. Auf Ehre?

GERMEUIL. Wie ich sage.

DER KOMTUR. Und wenn ich dir den Antrag täte, daß du mir helfen solltest, der ganzen Verwirrung auf einmal ein Ende zu machen, würdest du dich wohl dazu verstehen?

GERMEUIL. Ganz gewiß.

DER KOMTUR. Und ich könnte mich dir vertrauen?

GERMEUIL. Wenn Sie es für gut befinden.
DER KOMTUR. Und du wolltest verschwiegen sein?
GERMEUIL. Wenn Sie es verlangen.
DER KOMTUR. Germeuil – was könnte uns also hindern? – Kannst du mich nicht erraten?
GERMEUIL. Als ob man Sie erraten könnte."

Der Komtur entdeckt ihm seinen Anschlag. Germeuil erkennet mit *einem* Blicke die ganze Gefahr dieser Vertraulichkeit; er wird darüber unruhig. Er sucht den Komtur vergebens auf andere Wege zu bringen. Er führt ihm zu Gemüte, wie unmenschlich es sein würde, eine Unschuldige so zu verfolgen. – „Wo bleibt das Mitleid? Wo bleibt die Gerechtigkeit?" – „Das Mitleid? Auf das kömmt's auch an. Die Gerechtigkeit aber, die verlangt es, daß man die Kreaturen in Verwahrung bringen soll, die weiter zu nichts in der Welt nütze sind, als die Kinder zu verführen und die Eltern zu betrüben." – – „Und Ihr Neffe?" – „Ha, anfangs wird es ihm ein wenig ärgern; aber wie lange wird es währen, so ist diese Grille von einer andern verdrängt? In zwei Tagen ist alles vorüber, und wir haben ihm einen wichtigen Dienst geleistet." – „Und die gerichtlichen Befehle, die man dazu nötig hat, glauben Sie, daß man die so leicht erhalten kann?" – „Meinen werde ich bald haben; und in einer oder zwei Stunden können wir anfangen." – „Herr Komtur, wozu verleiten Sie mich?" – „Er beißt an; ich habe ihn. Dich meinem Bruder gefällig und mich dir auf immer verbindlich zu machen." – „Saint Albin" – „Nun gut, Saint Albin; Saint Albin ist dein Freund, aber er ist doch nicht du. Sei du erst du, erst Germeuil; und hernach die andern wo möglich." – „Mein Herr" – „Adieu, ich will sehen, ob mein Verhaftbefehl schon gekommen ist. Ich bin gleich wieder bei dir." – „Nur noch ein Wort, wenn es Ihnen gefällig ist." – „Schon genug gehört. Schon genug gesagt. Mein Vermögen und meine Nichte."

Der Komtur, der voller Freuden ist und sie kaum verbergen kann, macht sich geschwind davon. Er glaubt Germeuilen verstrickt und ohne Hilfe verloren. Er fürchtet, ihm Zeit zur Reue zu lassen. Germeuil ruft ihn zurück, aber er geht immer seinen Gang und dreht sich nur noch einmal um, ihm von weitem zuzurufen: „Mein Vermögen und meine Nichte."

Ich müßte mich sehr irren, oder die Nützlichkeit solcher entworfnen Szenen wird den Verfasser wegen der geringen Mühe, die er damit gehabt hat, schadlos halten.

Wenn der Dichter seinen Stoff gut durchgedacht und seine Handlung wohl zerteilt hat, so wird er jedem von seinen Aufzügen einen besondern Namen geben können; und so wie man in dem epischen Gedichte sagt: die Herabsteigung zur Hölle, die Leichenspiele, die Zählung des Heeres, die Erscheinung des Geistes, so würde man auch in dem dramatischen Gedichte sagen können: der Aufzug des Argwohns, der Aufzug der Wut, der Aufzug der Erkennung oder des Opfers. Ich wundere mich sehr, daß die Alten nicht darauf gefallen sind; es würde vollkommen in ihrem Geschmacke gewesen sein. Wenn sie ihren Aufzügen Namen gegeben hätten, so würden sie den Neuern einen Dienst getan haben; denn diese würden ihnen hierin nachgeahmet haben, und wenn der Charakter des Aufzuges bestimmt gewesen wäre, so hätte sich der Dichter anstrengen müssen, ihm Genüge zu leisten.

Hat der Dichter seinen Personen die schicklichsten, das ist solche Charaktere gegeben, die mit ihren Situationen am meisten streiten, so wird er sich unfehlbar, wenn er nur ein wenig Einbildungskraft besitzt, gewisse Bilder davon machen. Es begegnet uns dieses alle Tage in Ansehung solcher Personen, von welchen wir viel reden hören. Ich kann nicht sagen, ob sich zwischen den Physiognomien und den Handlungen irgend eine Analogie findet; aber das weiß ich, sobald uns Leidenschaften, Reden und Handlungen bekannt werden, sogleich bilden wir uns ein Gesicht dabei ein, dem wir sie beilegen; und wenn es sich zuträgt, daß wir den Menschen, dem es angeht, wirklich zu sehen bekommen und er dem Bilde nicht ähnlich ist, das wir uns von ihm gemacht haben, so möchten wir lieber gar zu ihm sagen, daß wir ihn nicht dafür erkennen, ob wir ihn gleich niemals gesehn haben. Jeder Maler, jeder dramatische Dichter wird sich auf die Physiognomie verstehen.

Und diese Bilder, die man sich den Charakteren zufolge gemacht hat, werden auch auf die Reden und auf die Bewegung der Szene einen Einfluß haben, besonders wenn sie der Dichter sehr lebhaft denkt, beständig vor Augen behält und auf alle ihre Veränderungen achthat.

Ich wenigstens kann mir nicht vorstellen, wie der Dichter eine Szene anfangen kann, wenn er sich nicht die Aktion und Bewegung der Person, die er darin einführt, vorstellet; wenn ihm ihr Gang, ihre Tracht nicht vor Augen schwebt. Dieses Bildnis muß ihm das erste Wort eingeben; und das erste Wort gibt das übrige.

Wenn dem Dichter diese eingebildeten Physiognomien gleich zu Anfange nützlich sein können: wie viele Vorteile wird er nicht vollends aus den geschwinden und überhingehenden Eindrücken ziehen können, nach welchen sich diese Physiognomien in dem Verlaufe des ganzen Stückes, ja auch oft in dem Verlaufe einer einzigen Szene abändern? – Du entfärbst dich – du zitterst – du hintergehest mich. – Spricht man im gemeinen Leben mit jemand, so merkt man genau auf ihn und sucht aus seinen Augen, aus seinen Bewegungen, aus seinen Zügen, aus seiner Stimme, was in dem Innersten seines Herzens vorgehet, zu erraten. Aber selten geschieht das auf dem Theater. Und warum? Ohne Zweifel, weil wir noch weit von der Wahrheit entfernt sind.

Notwendig muß die Person feurig und pathetisch sein, die sich die gegenwärtige Situation ihrer Nebenpersonen zunutze machen kann.

Man gebe seinen Personen eine gewisse Physiognomie, aber nie die Physiognomie der Schauspieler. Der Schauspieler muß sich nach der Rolle, und nicht die Rolle nach dem Schauspieler bequemen. Man lasse ja nie von sich sagen, daß man, anstatt seine Charaktere in den Situationen zu suchen, seine

Situationen nach dem Charakter und der Fähigkeit des Schauspielers eingerichtet habe.

Müssen Sie nicht erstaunen, mein Freund, daß sich unsere Vorfahren manchmal zu dieser Schwachheit haben verleiten lassen? Nur dann krönte man den Dichter und den Komödianten. Und war ein Acteur bei der Bande, an dem das Publikum einen besondern Wohlgefallen hatte, so schaltete der gefällige Dichter seinem Drama eine Episode ein, die es zwar gemeiniglich verdarb, aber doch den geliebten Acteur auf die Bühne brachte.

Zusammengesetzte Auftritte heiße ich solche Auftritte, in welchen zu gleicher Zeit einige Personen mit dieser und andere entweder mit einer andern Sache, oder zwar auch mit ebender selben, aber doch vor sich insbesondere, beschäftiget sind.

In einem einfachen Auftritte läuft das Gespräch ohne Unterbrechung fort. Die zusammengesetzten Auftritte sind entweder ganz Gespräch, oder Pantomime und Gespräch, oder ganz Pantomime.

Sind sie Pantomime und Gespräch, so füllet die Rede die Intervallen der Pantomime, und es läuft alles ordentlich. Allein es gehöret Kunst dazu, sich diese Intervalle auszusparen.

Hiervon habe ich einen Versuch gemacht in dem ersten Auftritte des zweiten Aufzuges im »Hausvater«, und in dem vierten Auftritte des nämlichen Aufzuges hätte ich diesen Versuch abermals machen können. Frau Hebert, die da eine pantomimische und stumme Person ist, hätte von Zeit zu Zeit einige Worte können einfließen lassen, die der Wirkung gar nicht geschadet haben dürften; allein diese Worte zu finden, war nichts Leichtes. Eben so würde es mit der Szene im vierten Aufzuge gewesen sein, wo Saint Albin seine Geliebte, in Gegenwart des Germeuil und der Cäcilia, wiedersieht. Hier hätte ein Geschickterer als ich zwei zugleich fortlaufende Szenen angebracht; die eine vorne auf der Bühne zwischen Saint Albin und Sophien; die andere zuhinterst zwischen Cäcilien und Germeuil, die in diesem Augenblicke vielleicht schwerer zu schildern waren als jene: doch verständige Schauspieler werden diese Szene schon zu schaffen wissen.

Wie viel Gemälde wüßte ich noch aufzustellen, wenn ich nur dürfte, oder vielmehr wenn ich bei der Gabe, sie zu erfinden, auch die Geschicklichkeit, sie auszuführen, besäße!

Es ist dem Dichter schwer, diese miteinander laufenden Szenen zugleich auf einmal zu schreiben: da sie aber ganz verschiedene Gegenstände haben, so kann er sich anfangs mit der vornehmsten von ihnen beschäftigen. Ich nenne die vornehmste die, welche die Aufmerksamkeit des Zuschauers am meisten auf sich ziehen soll, sie mag Gespräch oder Pantomime sein.

Ich habe die zwei miteinander laufenden Szenen der Cäcilia und des Hausvaters, welche den zweiten Aufzug anfangen, so abzusondern gesucht, daß man sie auf zwei Seiten, einander gegenüber, drucken könnte, da man denn deutlich sehen würde, wie sich Gespräch und Pantomime wechselsweise aufeinander beziehen. Diese Teilung würde für die Leser sehr bequem sein, und besonders für solche, die der Vermischung der Reden und der Bewegungen nicht sonderlich gewohnt sind.

Es gibt eine Art episodischer Szenen, wovon wir wenig Beispiele bei unsern Dichtern finden, die mir aber sehr natürlich scheinen. Sie bestehen aus Personen, dergleichen es in der Welt und in den Familien sehr viele gibt, die sich überall ungerufen eindrängen und, es sei aus guter oder aus böser Meinung, aus Eigennutz oder aus Neugierde oder aus sonst einem Grunde, sich in unsere Händel mischen und sie, wider unsern Willen, entweder schlichten oder noch mehr verwirren. Solche Szenen, wohl angebracht, würden das Interesse gar nicht hemmen und die Handlung, anstatt aufzuhalten, vielmehr beschleunigen. Man könnte diesen episodischen Personen einen Charakter geben, welchen man wollte; es würde sogar nicht schaden, wenn man sie kontrastierte. Denn sie bleiben zu kurze Zeit, als daß sie ermüden könnten; und würden gleichwohl den Charakter, dem man sie entgegensetzte, heben helfen. Von der Art ist Frau Pernelle im »Tartüffe« und Antiphon im »Eunuchus«. Antiphon läuft dem Chärea nach, der die Besorgung eines Schmauses über sich genommen hatte; er trifft ihn als einen Verschnittenen verkleidet, da er eben aus dem Hause der Buhlerin herauskömmt und gar zu gern einen Freund antreffen möchte, gegen den er die bübische Freude, mit der seine ganze Seele erfüllt ist, auslassen könnte. Nichts kann also natürlicher, nichts ihm gelegener sein als diese Erscheinung des Antiphon. Nach dieser Szene bekömmt man ihn auch nicht wieder zu sehen.

Wir können unsere Zuflucht zu diesen Personen um so viel eher nehmen, da uns die Chöre mangeln, die in den alten Schauspielen das Volk vorstellten, und unsere Stücke meistenteils in dem Innersten unsrer Häuser spielen, wo ihnen, so zu reden, der Grund fehlt, auf welchen sie projektiert werden könnten.

Jeder Charakter hat, in dem Schauspiele sowohl als in der Welt, seinen eigenen Ton. Die Niederträchtigkeit, die boshafte Hetzerei, das gute ehrliche Herz haben gemeiniglich einen bürgerlichen und alltäglichen Ton.

Es ist ein großer Unterschied zwischen dem Spaße auf dem Theater und dem Spaße im gemeinen Leben. Dieser würde auf der Bühne viel zu schwach und ohne Wirkung sein. Jener würde im gemeinen Leben allzuhart sein und beleidigen. Die zynische Freimütigkeit, die im gemeinen Leben so verhaßt und unerträglich ist, ist auf der Bühne vortrefflich.

Ein anderes ist die Wahrheit in der Poesie, ein anderes in der Philosophie. Um wahr zu sein, muß der Philosoph seine Rede mit der Natur der Gegenstände übereinstimmend machen; der Dichter, mit der Natur seiner Charaktere.

Den Leidenschaften und dem Interesse gemäß schildern, muß seine vorzügliche Geschicklichkeit sein.

Daher ist er alle Augenblicke genötiget, die allerheiligsten Dinge mit Füßen zu treten und die abscheulichsten Handlungen herauszustreichen.

Für den Dichter ist nichts heilig; nicht einmal die Tugend; auch die wird er lächerlich machen, sobald es die Person und der Augenblick erfordern. Er ist weder gottlos, wenn er ergrimmte Blicke gen Himmel kehret und in seiner Wut wider die Götter redet; noch fromm, wenn er sich vor ihre Altäre niederwirft und ein demütiges Gebet an sie ergehen läßt.

Er hat einen Bösewicht eingeführt: aber dieser Bösewicht ist uns verhaßt; seine großen Eigenschaften, wenn er dergleichen hat, haben uns gegen seine Fehler nicht verblendet; wir haben ihn nie gesehen, wir haben ihn nie gehört, ohne ihn zu verabscheuen, ohne seines Schicksals wegen zu erzittern.

Warum will man den Verfasser in seinen Personen suchen? Was hat Racine mit der Athalie, was hat Molière mit dem Tartüff gemein? Es sind Männer von Genie, die die versteckœtesten Falten des menschlichen Herzens durchsucht und da alles das gefunden haben, was in ihren Werken wahr und rührend ist. Ihre Gedichte wollen wir beurteilen, und um ihre Personen uns unbekümmert lassen.

Weder ich noch Sie werden den lebenden, denkenden, handelnden und unter seinesgleichen sich umherbewegenden Menschen mit dem enthusiastischen Menschen verwechseln, der die Feder oder den Meißel oder den Pinsel ergreift oder die Bühne besteigt. So lang er außer sich ist, ist er alles, was ihn die Kunst, von der er begeistert wird, will sein lassen. Aber sind die Augenblicke der Begeisterung vorüber, so kehret er wieder in sich hinein, so wird er wieder, was er war, und nicht selten ein ganz gemeiner Mensch. Denn hierin unterscheidet sich der Witz von dem Genie: der Witz ist fast immer gegenwärtig; aber das Genie oft abwesend.

Man muß eine Szene nicht als ein Gespräch betrachten. Ein witziger Kopf wird sich leicht aus einem einzelnen Gespräche wickeln. Eine Szene hingegen ist allezeit das Werk des Genies. Jede Szene hat ihre Bewegung und ihre Dauer. Die wahre Bewegung läßt sich ohne Anstrengung der Einbildungskraft, und das eigentliche Maß der Dauer ohne Erfahrung und Geschmack nicht finden.

Diese so schwere Kunst des dramatischen Gesprächs hat vielleicht niemand in einem so hohen Grade besessen als Corneille. Seine Personen setzen einander rechtschaffen zu; sie parieren und stoßen zu gleicher Zeit; es sind wirkliche Ringer. Die Antwort bleibt nicht an dem letzten Worte der vorhergehenden Rede hangen; sondern gehet auf die Sache, auf den Grund der Sache. Man bleibe stehen, wo man will: derjenige, der zuletzt spricht, wird immer recht zu haben scheinen.

Als ich den schönen Wissenschaften noch gänzlich oblag und den Corneille las, machte ich oft mitten in einem Auftritte das Buch zu und dachte selbst auf die Antwort. Ich brauche es wohl nicht zu sagen, daß meistenteils alle meine Anstrengung zu weiter nichts diente, als mich über die Logik und über den Kopf des Dichters in Erstaunen zu setzen. Ich könnte tausend Beispiele davon anführen, unter andern aber erinnere ich mich itzt eines, das aus dem »Cinna« genommen ist. Aemilia hat den Cinna so weit gebracht, daß er den Augustus ermorden will. Cinna hat sich dazu anheischig gemacht; er geht. Allein mit eben dem Dolche, mit dem er sie wird gerächet haben, will er sich selbst durchstoßen. Aemilia bleibt mit ihrer Vertrauten zurück. In ihrer Verwirrung ruft sie: „Eile ihm nach, Fulvia –" – „Was soll ich ihm sagen?" – „Sage ihm – daß er sein Wort erfülle, und dann – was er wolle, mich oder den Tod wähle." Und so beobachtet er den Charakter; so weiß er der Hoheit einer römischen Seele, der Rache, dem Ehrgeize, der Liebe mit *einem* Worte Genüge zu tun. Alle Szenen des Cinna, des Maximus und des Augustus sind unbegreiflich.

Leute unterdessen, die sich eines feinern Geschmacks bestreben, behaupten, daß diese Art zu dialogieren zu schwerfällig sei; daß sie zu viel Deklamatorisches habe und mehr in Erstaunen setze als bewege. Sie wollen lieber Auftritte haben, wo man sich so scharf nicht unterhält; Auftritte, in welchen mehr Empfindung als Dialektik herrschet. Man kann sich leicht einbilden, daß diese Leute in den Racine vernarrt sind; und ich muß nur gestehen, daß ich es auch bin.

Ich wüßte nichts Schwerers als ein Gespräch, wo alles, was gesagt und geantwortet wird, durch so feine Empfindungen, durch so flüchtige Gedanken, durch so schnelle Bewegungen der Seele, durch so unmerkliche Beziehungen verbunden ist, daß es ganz ohne Verbindung und besonders für diejenigen ohne Verbindung zu sein scheinet, die nicht dazu gemacht sind, in den nämlichen Umständen das Nämliche zu empfinden. – „Sie werden sich nie wiedersehen. Sie werden sich ewig lieben" – „Du wirst dabeisein, meine Tochter."

Und die Rede der wahnwitzigen Klementine: „Meine Mutter war eine gute Mutter. Aber sie ist fortgegangen; oder ich bin fortgegangen. Ich weiß selbst nicht." –

Und der Abschied des Barnwell von seinem Freunde.

„BARNWELL. Du glaubst nicht, wie rasend ich für sie eingenommen war! – Wie sehr der Affekt alle gute Empfindung in mir erstickt hatte! – Glaub mir – wenn sie mir befohlen hätte, dich umzubringen, dich! – – ich weiß nicht, ob ich es nicht getan hätte.

DER FREUND. Liebster Freund, vergrößre deine Schwachheit doch nicht so sehr!

BARNWELL. Ja, ich glaube gewiß, – ich hätte dich umgebracht.

DER FREUND. Wir haben uns noch nicht umarmt. Komm –"

„Wir haben uns noch nicht umarmt": welch eine Antwort auf: „ich hätte dich umgebracht."

Wenn ich einen Sohn hätte, der hier die Verbindung nicht fühlte, so wollte ich lieber, daß er nicht geboren wäre. Ganz gewiß; ich würde ihn ärger verabscheuen als Barnwelln, wenn er seinen alten Vetter umbringt.

Und der ganze Auftritt der wahnwitzigen Phädra.

Und die ganze Episode der Klementine.

Unter den Leidenschaften sind diejenigen, die man sich am leichtesten zu haben stellen kann, auch die leichtesten zu schildern. Dahin gehöret die Großmut; die überall etwas Erlogenes und Übertriebenes verträgt. Wenn man seine Seele zu der Höhe der Seele eines Cato schraubet, so läßt sich ein erhabener Gedanke wohl noch finden. Aber der Dichter, bei dem Phädra sagt:

„O würf ich mich doch jetzt im Busch auf Rasen nieder! –
Ihr Götter! wann verfolgt mein Blick den Wagen wieder,
Der durch die Rennbahn fleucht, in edeln Staub gehüllt?“ –

dieser Dichter selbst hat sich diese Stelle nicht eher versprechen können, als bis er sie gefunden hatte; und ich bilde mir mehr darauf ein, daß ich ihre Schönheit einsehe, als ich mir zeitlebens auf irgend etwas von meiner eigenen Arbeit einbilden werde.

Wie man mit vieler Arbeit eine Szene machen kann, wie sie Corneille gemacht hat, ohne selbst ein Corneille zu sein, das kann ich begreifen: aber nie habe ich es begreifen können, wie man eine Racinische Szene machen kann, ohne selbst ein Racine zu sein.

Molière ist öfters unnachahmlich. Er hat Szenen von vier bis fünf Personen, die aus lauter einsilbigten Wörtern bestehen, und wo jede Person nur ein einziges solches Wort sagt; allein dieses Wort ist ihrem Charakter gemäß und schildert ihn. Es gibt in seinen »Gelehrten Frauenzimmern« Stellen, worüber einem die Feder aus der Hand fällt. Hat man ein wenig Genie, so verschwindet es da. Man bleibt ganze Tage, ohne das geringste zu machen. Man mißfällt sich selber. Der Mut kömmt nicht eher nach und nach wieder, als bis man das Gelesene nach und nach vergißt, bis sich der Eindruck, den es auf uns gemacht hat, nach und nach verlieret.

Auch sogar da, wo es diesem wunderbaren Mann nicht gelegen war, sein ganzes Genie zu zeigen, läßt es sich spüren. Elmire würde sich dem Tartüff auf die plumpste Art antragen, und Tartüff würde ein Dummkopf scheinen, der sich in die augenscheinlichste Falle locken ließe, wenn Molière dem nicht vorzubeugen gewußt hätte. Und man sehe nur, wie. Elmire hat die Erklärung des Tartüff ohne Unwillen angehört. Sie hat ihrem Sohne Stillschweigen auferlegt. Sie macht die Anmerkung, daß ein verliebter Mensch leicht zu verführen sei. Und auf diese Weise betrügt der Dichter den Zuschauer und bereitet sich eine Szene, die, ohne diese Vorsicht, weit mehr Kunst erfordert hätte, als er so dabei angewendet hat. Aber wenn Dorine in eben demselben Stücke mehr Witz, mehr Verstand, feinere Begriffe und sogar edlere Ausdrücke hat, als ihre Herrschaft insgesamt: wenn sie sagt:

„Sie mögen allzugern durch eines andern Tat,
Die gleichen Außenschein, die gleichen Anstrich hat,
Ihr Tun beschönigen, ihr Unternehmen schmücken;
Sie wollen, durch den Schein der Gleichheit, ihre Tücken
Zu Tugenden erhöhn; auch wollen sie der Welt
Gerechten Tadel, der gleich Pfeilen auf sie fällt,
Zum Teil von ihrem Haupt auf andre wälzen" – –

so werde ich nimmermehr eine Magd zu hören glauben.

Terenz ist besonders in seinen Erzählungen unvergleichlich. Es ist ein reines und helles Wasser, das immer einerlei fortrinnt, immer mit der nämlichen Geschwindigkeit, immer mit dem nämlichen Geräusche, als es sein Abschuß und sein Boden veranlassen. Kein Witz, keine ausgekramte Gesinnungen, keine epigrammatische Sentenz, keine von den Erklärungen, die sich eher in die moralischen Werke eines Nicole oder Rochefoucauld schicken. Wenn er einen allgemeinen Lehrsatz einfließen läßt, so geschicht es auf eine sehr einfältige und gemeine Art; man sollte glauben, er führe weiter nichts als ein bekanntes Sprichwort an; weiter nichts, als was sich unmittelbar aus seinem Stoffe ergebe. Heutzutage sind wir so lehrreiche Schwätzer geworden, daß uns eine Menge Szenen des Terenz nicht anders als leer vorkommen können.

Ich habe diesen Dichter mehr als einmal mit der größten Aufmerksamkeit gelesen und nie eine überflüssige Szene, nie das geringste Überflüssige in irgend einer Szene gefunden. Es wäre denn, daß man die erste Szene des zweiten Aufzuges im »Eunuchus« angreifen wollte. Thraso hat der Buhlerin Thais ein junges Mädchen geschenkt. Der Schmarutzer Gnatho soll sie ihr bringen. Indem er sie hinführt, hält er gegen die Zuschauer eine sehr angenehme Lobrede auf seine Profession. Aber schickte sich das itzt? Wenn noch Gnatho das junge Mädchen, das er führen soll, auf der Bühne erwartete, so möchte er mittlerweile plaudern, was er wollte; ich würde nichts dawider haben.

Terenz gibt sich eben nicht viel Mühe, die Szenen zu verbinden. Er läßt das Theater wohl dreimal hintereinander leer; und das mißfällt mir, besonders in den letzten Aufzügen, ganz und gar nicht.

Diese Personen, die einander ablösen und gleichsam nur im Vorbeigehen ein paar Worte fallen lassen, scheinen eine große Verwirrung anzuzeigen.

Kurze, schnelle, einzelne, teils gesprochene, teils pantomimische Szenen würden in der Tragödie, wie mich dünkt, von noch größrer Wirkung sein. Zu Anfange eines Stücks wäre nur zu befürchten, daß sie der Handlung gar zu viel Geschwindigkeit erteilen und dadurch Dunkelheiten veranlassen dürften.

Je verwickelter der Stoff ist, desto leichter ist das Gespräch. Die vielen Vorfälle geben jeder Szene ihren besondern und bestimmten Inhalt. Ist hingegen das Stück einfach, und muß ein einziger Vorfall verschiedene Szenen füllen, so bleibt für jede insbesondere der Inhalt unbestimmt. Einen gemeinen Verfasser setzt das in Verlegenheit; aber einem Manne von Genie schafft es desto mehr Anlaß, sich zu zeigen.

Je feiner die Faden sind, welche die Szene mit dem Stoffe verbinden, desto mehr Mühe hat der Dichter. Man gebe eine von solchen unbestimmten Szenen hundert Personen: jede wird sie auf eine andere Art ausführen; und doch kann nur *eine* die beste sein.

Gemeine Leser schätzen die Fähigkeit eines Dichters nach den Stellen, die sie am meisten rühren. Über die Rede eines

Rebellen an seine Mitverschworene, über eine Erkennung und dergleichen, schreien sie Wunder. Sie dürfen aber den Dichter wegen seines Werks nur selbst befragen, und sie werden bald hören, daß sie die Stelle, zu der er sich am meisten Glück wünscht, unbemerkt gelassen haben.

Die Szenen des »Natürlichen Sohnes« sind fast alle von dem Schlage derjenigen, deren unbestimmter Inhalt den Dichter in Verlegenheit setzen kann. Der mit sich selbst unzufriedene Dorval, der das Innerste seiner Seele gegen seinen Freund, gegen Rosalien, gegen Theresien verbirgt; Rosalia und Theresia, die fast in eben derselben Verfassung sind, konnten in der Ausführung fast nicht die geringste Stelle veranlassen, die nicht weit besser oder weit schlechter hätte behandelt werden können.

In dem »Hausvater« sind dergleichen Szenen seltner, weil ungleich mehr Bewegung darin ist.

Es gibt in der Dichtkunst wenig allgemeine Regeln. Von einer unterdessen wüßte ich doch nicht, daß sie eine Ausnahme litte. Von dieser nämlich, daß die Monologe für die Handlung ein Augenblick der Ruhe, und für die Person ein Augenblick der Unruhe ist. Das ist sogar auch von der Monologe wahr, die ein Stück anfängt. Ist sie eines gelassenen Inhalts, so ist sie wider die Wahrheit; denn der Mensch spricht nur in den Augenblicken der Verwirrung mit sich selbst. Ist sie lang, so sündiget sie wider die Natur der dramatischen Handlung, die sie allzusehr aufhält.

Ich kann weder die Karikaturen ins Schöne noch die Karikaturen ins Häßliche vertragen; denn das Gute und das Schlimme kann gleich sehr übertrieben werden; und wenn uns der eine von diesen Fehlern weniger mißfällt als der andere, so kömmt es von unserer Eitelkeit her.

Man will, daß auf der Bühne die Charaktere sich gleich bleiben sollen. Diese falsche Forderung läßt sich nur durch die kurze Dauer des Drama rechtfertigen; denn wie viele Umstände ereignen sich nicht in dem Leben, die einen Menschen von seinem Charakter abbringen!

Das Schwache ist der Gegensatz des Übertriebenen. Pamphilus in der »Andria« dünkt mich schwach. Davus hat ihn verleitet, in eine Heirat zu willigen, die er verabscheuet. Seine Geliebte kömmt nieder. Er hat hundert Ursachen, verdrießlich zu sein. Gleichwohl nimmt er alles ganz sanftmütig auf. So ist sein Freund Charinus nicht; so ist auch Clinia in dem »Heautontimorumenos« nicht. Dieser kömmt von ferne her, und indem er noch seine Reisekleider ablegt, befiehlt er schon dem Davus, seine Geliebte zu holen. Es ist wenig Galanterie in diesen Sitten; aber weit mehr Kraft ist darin als in unsern, und der Dichter kann einen weit bessern Gebrauch davon machen. Es ist die bloße Natur, die sich ihren ungezähmten Begierden überläßt. Unsere kleinen madrigalisierten Komplimente würden in dem Munde eines Clinia oder Chärea von besondrer Anmut sein. Wie frostig sind die Rollen unsrer Liebhaber!

Was mir auf der alten Bühne am meisten gefällt, das sind die Liebhaber und die Väter. Die Davi hingegen kann ich nicht leiden; und ich hoffe, daß wir uns ihrer nie mehr bedienen werden; es müßte denn der Stoff des Stücks die alten Sitten erfordern oder nach unsern Sitten ein schändlicher Stoff sein.

Ein jedes Volk hat Vorurteile zu bestreiten, Laster zu verfolgen, Lächerlichkeiten verächtlich zu machen. Ein jedes Volk muß also Schauspiele, aber seine eigenen Schauspiele haben. Welch ein vortreffliches Hilfsmittel könnten sie der Regierung sein, wenn es darauf ankäme, die Veränderung eines Gesetzes oder die Abschaffung eines Gebrauchs vorzubereiten!

Die Komödianten wegen ihrer persönlichen Sitten angreifen, heißt allen Ständen zu Leibe wollen.

Das Schauspiel wegen seiner Mißbräuche angreifen, heißt sich wider alle Arten des öffentlichen Unterrichts auflehnen; und alles, was man bisher darüber gesagt hat, ist so ungerecht als falsch, weil man nur immer die Dinge so, wie sie sind oder gewesen sind, und nicht so, wie sie sein könnten, in Betrachtung gezogen.

Ein Volk kann nicht in allen Gattungen des Drama gleich vortrefflich sein. Die Tragödie scheinet mir mehr nach dem Geiste der Republik und die Komödie, besonders die lustige, nach dem Charakter der Monarchie zu sein.

Unter Leuten, die einander keine Achtung schuldig sind, wird die Spötterei hart sein. Sie muß nach der Höhe zielen, wenn sie leicht werden soll; und das wird in einem Staate geschehen, in welchem die Menschen von verschiedenem Range sind, und den man mit einer hohen Pyramide vergleichen kann, wo diejenigen, die auf dem Grunde liegen, auf denen die ganze sie erdrückende Last ruhet, gezwungen sind, auch sogar in ihren Klagen bescheiden zu sein.

Eine sehr gewöhnliche Unbequemlichkeit ist diese, daß man aus einer lächerlichen Hochachtung für gewisse Stände endlich nur die Sitten dieser Stände allein schildert; daß auf diese Weise die Nützlichkeit der Schauspiele eingeschränkt wird, und sie wohl gar der Kanal werden, durch welche sich die Torheiten der Großen unter die Geringern ausbreiten.

Bei einem sklavischen Volke verlieret alles seine Würde. Man muß sich eines niedrigen Tones, niedriger Gebärden befleißigen, um der Wahrheit allen Nachdruck und alles Anstößige zu benehmen. Und da sind die Dichter nichts besser als die Hofnarren der Könige; nur weil man sie verachtet, läßt man sie reden, was sie wollen. Oder sie gleichen vielmehr gewissen Schuldigen, die vor Gerichte gezogen und schwerlich würden sein losgesprochen worden, wenn sie sich nicht unsinnig zu stellen gewußt hätten.

Wir haben Komödien. Die Engländer haben nichts als Satiren, die zwar in der Tat sehr stark und munter, aber ohne Sitten und Geschmack sind. Den Italienern kann man weiter nichts als das burleske Drama einräumen.

Überhaupt, je gesitteter und geschliffener ein Volk ist, desto unpoetischer sind seine Sitten. Alles, was feiner wird,

wird schwächer. Wenn hingegen bildet die Natur Muster für die Kunst? In denjenigen Zeiten ohne Zweifel, wenn sich die Kinder um dem Bette des sterbenden Vaters die Haare ausraufen; wenn eine Mutter ihren Busen entblößet und ihren Sohn bei den Brüsten, die er gesogen hat, beschwöret; wenn sich ein Freund das Haupthaar abschneidet und es auf den Leichnam seines Freundes streuet, oder ihn in seinen Armen auf den Holzstoß trägt und die Asche desselben in eine Urne sammelt, die er an gewissen Tagen mit seinen Tränen zu benetzen kömmt; wenn sich die Witwen, in fliegendem Haare, das Gesicht mit ihren Nägeln zerkratzen, weil ihnen der Tod einen geliebten Gatten geraubet; wenn die Häupter des Volks bei allgemeinen Landplagen ihre gedemütigte Stirne in den Staub legen, ihre Kleider zerreißen und jammernd sich an die Brust schlagen; wenn ein Vater seinen neugebornen Sohn in die Arme nimmt, ihn gen Himmel hält und die Götter über ihn anflehet; wenn das erste, was ein Kind, das seine Eltern nach einer langen Abwesenheit wiedersiehet, dieses ist, daß es ihre Knie umfasset und fußfällig um ihren Segen bittet; wenn die Gastmahle heilige Opfer sind, die sich mit Bechern voll Weins, auf die Erde gegossen, anfangen und enden; wenn das Volk mit seinen Gebietern spricht und die Gebieter es anhören und ihm antworten; wenn ein Mensch mit umwundener Stirne vor einem Altare liegt, und eine Priesterin mit aufgehobenen Händen über ihn betet und die heiligen Gebräuche der Versöhnung und Reinigung an ihm vollziehet; wenn eine schäumende Pythia, in deren Busen ein Gott stürmet, auf dem Dreifuße sitzet, die Augen verkehret und von ihrem prophetischen Geheule dunkle Höhlen ertönen läßt; wenn grausame Götter nicht anders als durch Menschenblut zu versöhnen sind; wenn mit dem Thyrsus gerüstete Bacchantinnen in den Wäldern herumschwärmen und den Unheiligen, der sich auf ihren Wegen treffen läßt, in Schrecken setzen; wenn andere Weiber sich ohne Scham entblößen, dem ersten dem besten die Arme öffnen und sich ihm preisgeben etc.

Ich sage nicht, daß diese Sitten gut, sondern daß sie poetisch sind.

Was braucht der Dichter? Eine rohe oder eine gebildete Natur? Eine ruhige oder eine wilde? Wird er die Schönheit eines klaren und heitern Tages dem Schrecken einer dunkeln Nacht vorziehen, wenn das unterbrochene Brausen der Winde ruckweise unter das hohle anhaltende Geräusche eines entfernten Donners stürmet, und er den Himmel sich über seinem Haupte entzünden siehet? Wird er den Anblick des ruhigen Meeres dem Anblicke der tobenden Wellen vorziehen? Die stumme und kalte Beschauung eines Palastes dem Wandeln unter Ruinen? Ein aufgeführtes Gebäude, eine von Menschenhänden bepflanzte Gegend der Dunkelheit eines alten Haines, der unbekannten Grotte in einem wüsten Felsen? Wasserbehältnisse, springende Brunnen dem Anblicke einer Katarakte, die über zerrissene Felsen daherstürzet, daß ihr Geräusche der auf dem fernen Gebirge weidende Hirte mit Grausen höret?

Die Poesie verlangt etwas Ungeheuers, Barbarisches und Wildes.

Alsdann, wenn die Wut des bürgerlichen Krieges oder des Fanatismus die Menschen mit Dolchen bewaffnet, und Blut in Strömen fließet, alsdann treibet und grünet der Lorbeer des Apollo. Mit Blut will er begossen sein. Er verwelkt in den Zeiten des Friedens und der Muße. Das güldene Weltalter hätte vielleicht ein Lied oder eine Elegie hervorgebracht. Die epische und dramatische Poesie verlangen andere Sitten.

Wenn wird man Dichter aufstehen sehen? Wenn sonst, als nach den Zeiten des Elendes und großer Unfälle, da die gezüchtigten Völker sich wieder zu erholen anfangen? Alsdenn wird die Einbildungskraft derer, die Zeugen von so viel schrecklichen Szenen gewesen sind, denen, die nichts davon gesehen haben, ganz unbekannte Dinge schildern. Haben wir nicht bei verschiednen Umständen eine Art von Schrecken empfunden, die uns ganz fremd war? Warum hat sie nichts gewirkt? Haben wir kein Genie mehr?

Genie findet sich zu allen Zeiten; aber die Menschen, in denen es liegt, bleiben tief unter dem Schutte vergraben, wenn diesen nicht außerordentliche Begebenheiten so erschüttern, daß sie ans Licht kommen können. Alsdenn häufen sich die Empfindungen in der Brust und schwellen sie auf und zwingen die, die einen Mund haben, daß sie ihn öffnen und sich erleichtern.

Was wird also der Dichter unter einem Volke tun, dessen Sitten schwach, klein und gekünstelt sind; wo die strenge Nachahmung des gewöhnlichen Umganges nichts als ein Zusammenhang falscher, sinnloser und niedriger Ausdrücke sein würde; wo weder Freimütigkeit noch Gutherzigkeit ist; wo der Vater seinen Sohn „Mein Herr" nennt und die Mutter ihre Tochter „Mademoiselle" ruft; wo die öffentlichen Zeremonien nichts Großes, das häusliche Leben nichts Rührendes und Ehrbares, die feierlichen Handlungen nichts Wahres haben? Er wird die Sitten dieses Volks verschönern; er wird die Umstände sorgfältig aufsuchen, die seiner Kunst am zuträglichsten sind, die andern wird er übergehen, und hier und da wird er einige erdichtete einzuschieben wagen.

Welch einen feinen Geschmack aber muß er haben, wenn er es fühlen soll, inwieweit sich sowohl die öffentlichen als besondern Sitten verschönern lassen! Wenn er das Maß im geringsten überschreitet, so wird er falsch und romanenhaft werden.

Wenn die Sitten, die er annimmt, vormals im Schwange gewesen sind, und diese Zeit eben nicht sehr lange verstrichen ist; wenn ein Gebrauch abgekommen, in der Sprache aber ein metaphorischer Ausdruck davon übrig geblieben ist; wenn dieser Ausdruck etwas Gutes und Rechtschaffenes bemerkt; wenn er von einer alten Frömmigkeit, von einer guten einfältigen Gewohnheit, von der zu wünschen wäre, daß sie noch bestünde, zeiget; wenn die Väter darin ehrwürdiger, die Mütter werter, die Könige gefälliger erscheinen: so mache er sich nur kein Bedenken; anstatt daß man ihm, wider die Wahrheit gesündiget zu haben, vorwerfen wird, wird man vielmehr annehmen, daß sich ohne Zweifel diese alten, guten Sitten in dieser Familie so lange erhalten haben. Nur vermeide er alles das, was nach dem gegenwärtigen Gebrauche irgend eines benachbarten Volkes sein würde.

Aber man denke nur, wie wunderlich die gesitteten Völker sind. Ihre Feinheit geht oft so weit, daß sie dem Dichter auch sogar den Gebrauch vieler in ihren Sitten gegründeter Umstände, die einfältig, schön und wahr sind, untersagt. Wer dürfte es unter uns wagen, auf der Bühne Stroh auszubreiten und ein neugebornes Kind auf demselben wegzusetzen? Wenn der Dichter eine Wiege anbrächte, würde sich nicht im Parterre mehr als ein Geck finden, der wie ein kleines Kind zu schreien anfänge? Logen und Amphitheater würden darüber lachen, und um das Stück wäre es getan. O possierliches und leichtsinniges Volk, wie sehr schränkest du die Kunst ein! Welchen Zwang legst du deinen Künstlern auf! Wie vieler Vergnügen beraubet dich dein verzärtelter Geschmack! Alle Augenblicke würdest du auf der Bühne Dinge auspfeifen, die dich im Gemälde rühren und bezaubern würden. Weh dem Genie, dem es einkommen dürfte, dir ein Schauspiel zu zeigen, das zwar mit der Natur, aber nicht mit deinen Vorurteilen bestehen könnte!

Terenz hat das neugeborne Kind auf der Bühne wegsetzen lassen. Er hat noch mehr getan. Er hat die Zuschauer das Geschrei der kreißenden Mutter, die es zur Welt brachte, aus dem Hause her vernehmen lassen. Das ist schön; aber wem würde es itzt gefallen?

Der Geschmack eines Volkes muß sehr ungewiß sein, wenn er in der Natur der Dinge etwas leiden kann, dessen Nachahmung er dem Künstler verbietet; oder wenn er gewisse Wirkungen der Kunst bewundert, die ihm in der Natur mißfallen. Wir würden von einem Frauenzimmer, das einer von den Bildsäulen gliche, die uns in den Tuileries bezaubern, sagen, daß sie einen ganz hübschen Kopf, aber plumpe Füße, und ganz und gar keine Taille habe. Das Frauenzimmer, das der Bildhauer auf einem Sofa schön findet, ist in seiner Werkstatt häßlich. Wir sind voll von dergleichen Widersprüchen.

Was es aber am meisten zeiget, daß wir von dem guten Geschmacke und von der Wahrheit noch weit entfernt sind, das sind unsere armseligen und falschen Verzierungen des Theaters, nebst der üppigen Kleiderpracht der spielenden Personen.

Man verlangt von dem Dichter, daß er sich der Einheit des Orts unterwerfen soll, und die Bühne überläßt man der Unwissenheit eines ungeschickten Verzierers.

Wollte man nun, daß sich unsere Dichter, sowohl in dem Verfolge ihrer Stücke als in dem Gespräche, mehr der Wahrheit nähern sollten; daß sich unsre Schauspieler eines natürlichern Spieles, einer wahrern Deklamation befleißigen sollten: so dürften die Zuschauer nur mit der Sprache herausgehen und den Ort der Szene so, wie er wirklich sein sollte, zu sehen verlangen.

Wenn Natur und Wahrheit auf unsern Bühnen nur einmal in dem allergeringsten Stücke die Oberhand gewännen, so würde sich gar bald Ungereimtheit und Ekel auf alles übrige, was ihnen zuwider wäre, verbreiten.

Das am übelsten verstandene dramatische System würde dasjenige sein, das halb wahr und halb falsch wäre. Es würde einer ungeschickten Lüge gleichen, wo uns gewisse Umstände die Unmöglichkeit des Übrigen verraten. Eher wollte ich die Vermischung ganz verschiedener Gattungen vertragen; denn wenigstens ist darin nichts Falsches. Der Fehler des Shakespeare ist nicht der größte, in welchen ein Dichter fallen kann. Er zeigt bloß von wenig Geschmack.

Der Dichter, dessen Werk man für würdig erkannt hat, öffentlich vorgestellt zu werden, schicke nach dem Verzierer. Er lese ihm sein Drama vor; und dieser suche den Ort der Szene aufs beste zu fassen, zeige ihn uns, wie er wirklich ist, und bedenke, daß die theatralische Malerei weit strenger, weit wahrer als irgend eine andere Gattung der Malerei sein muß.

Die theatralische Malerei wird sich vieler Dinge enthalten, die sich die gewöhnliche Malerei erlaubt. Wenn der Staffeletmaler eine Hütte vorstellen soll, so wird er sie vielleicht gegen eine zerbrochene Säule lehnen und ein umgestürztes korinthisches Gesimse zum Sitze an der Türe machen. In der Tat ist es auch nicht unmöglich, daß itzt da eine Hütte stehet, wo ehedem ein Palast gestanden hat. Dieser Umstand erregt in mir einen rührenden Nebenbegriff, indem er mich an die Hinfälligkeit der menschlichen Dinge erinnert. Bei der theatralischen Malerei aber kömmt es hierauf nicht an. Sie leidet keine Zerstreuung, keine Voraussetzung, die einen andern Eindruck in meiner Seele veranlassen könnte, als den sich der Dichter vorgesetzt hat.

Zwei Dichter können sich nicht beide auf einmal gleich vorteilhaft zeigen. Das untergeordnete Talent muß zum Teil dem herrschenden Talente aufgeopfert werden. Ginge jeder seinen Weg vor sich, so würde er vielleicht etwas Allgemeines vorstellen. Da ihn aber ein andrer führet, so muß er sich mit einem einzeln Falle befriedigen. Man sehe nur, wie verschieden die Seeaussichten, die Vernet aus seiner Idee, und die er nach der Natur gemalet hat, an Kraft und Leben sind. Der Theatermaler ist auf die Umstände eingeschränkt, die zur Illusion dienen. Alle zufällige Zieraten, die dieser zuwider sein könnten, sind ihm untersagt. Auch sogar derer muß er sich mit Mäßigkeit bedienen, die weiter nichts tun, als ohne Nachteil verschönern. Dann wenigstens zerstreuen sie doch.

Und das ist der Grund, warum die schönste Verzierung des Theaters doch weiter nichts als ein Gemälde von der zweiten Ordnung sein kann.

In der lyrischen Gattung ist das Gedicht für den Musikus gemacht, so wie die Verzierung für den Dichter. Das Gedicht wird daher so vollkommen nicht sein, als wenn der Dichter seine völlige Freiheit gehabt hätte.

Ist ein Saal vorzustellen: so sei es der Saal eines Mannes von Geschmack. Nichts Barockes; wenig Verguldung; die Möbeln schlecht und recht; es wäre denn, daß der Stoff ausdrücklich das Gegenteil verlange.

Der Stolz verdirbt alles. Der Anblick des Reichtums ist kein schöner Anblick. Der Reichtum hat zu viel Grillen; er kann das Auge blenden, aber die Seele nicht rühren. Unter einem kostbar verbrämten oder gestickten Kleide erblicke ich weiter nichts als einen Reichen; und ich suche einen Menschen. Wen die Edelgesteine, mit welchen eine schöne Frau geschmückt ist, bezaubern, der ist nicht wert, eine schöne Frau zu sehen.

Die Komödie will in häuslicher Kleidung gespielt sein. Man muß auf der Bühne weder geputzter noch nachlässiger erscheinen als bei sich zu Hause.

Wenn ihr der Zuschauer wegen so viel Geld an Kleider verschwendet: so habt ihr keinen Geschmack, ihr Schauspieler. Ihr vergeßt, daß euch der Zuschauer gar nichts angeht.

Je ernsthafter die Gattungen sind, desto gesetzter muß die Kleidung sein.

Mitten in einer verwirrten Handlung sollten die Menschen Zeit haben, sich wie an einem Feste oder Freudentage zu putzen? Ist das wahrscheinlich?

Wie viel haben nicht unsere Komödianten auf die Vorstellung der »Chinesischen Waise« verwandt! Wie viel haben sie sich es kosten lassen, dieses Stück um einen Teil seiner Wirkung zu bringen! Wahrhaftig, nur Kinder, dergleichen man auf den Gassen, wo bunte Tapeten ausgehangen sind, mit offenen Mäulern stehen siehet, nur solchen Kindern kann die üppige Pracht der theatralischen Kleidung gefallen. O Athenienser, ihr seid Kinder!

Ein simples Gewand von einer gesetzten Farbe hätte es sein müssen; und keine Stickerei, kein Flittergold. Man befrage nur auch hierüber die Malerei. Welcher Artist ist so gotisch, der euch in seinem Gemälde ebenso starr und steif, ebenso glänzend vorgestellet hätte, als wir euch auf der Bühne gesehen haben?

O Schauspieler, wenn ihr euch wollt kleiden lernen, wenn ihr den falschen Geschmack an Pracht ablegen wollt, wenn ihr euch der Einfalt nähern wollt, die den großen Eindrücken, die euern Glücksumständen, die euern Sitten so sehr zuträglich sein würde: so besucht unsere Galerien.

Wenn man einmal den Einfall bekommen sollte, den »Hausvater« auf dem Theater zu versuchen, so glaube ich, diese Person könnte nicht simpel genug gekleidet sein. Cäcilia brauchte weiter nichts als die Hauskleidung eines reichen Mädchens. Dem Komtur würde ich allenfalls ein Kleid mit einer glatten Tresse und einen Stock mit einem Schnabelkopfe geben. Wenn er zwischen dem ersten und zweiten Aufzuge ein andres Kleid anlegte, so würde es mich von einem so eigensinnigen Manne eben nicht sehr befremden. Vor allen Dingen aber müßte Sophia in Siamoise und Frau Hebert als eine gute Bürgersfrau am Sonntage gekleidet sein, oder es wäre alles verdorben. Saint Albin ist der einzige, dem sein Alter und sein Stand im zweiten Aufzuge Putz und Pracht erlauben könnte. Im ersten Aufzuge braucht er weiter nichts als einen Surtout, mit einer schlechten Weste, zu haben.

Das Publikum weiß nicht immer das Wahre zu verlangen. Wenn es einmal an dem Falschen hänget, so kann es ganze Jahrhunderte daran hangen bleiben. Es ist aber gegen das Natürliche empfindlich, und wenn es die Eindrücke desselben einmal angenommen hat, wird es sie nie gänzlich wieder verlieren.

Eine mutige Schauspielerin hat den Reifrock abgelegt; und niemand hat es gemißbilliget. Sie wird weiter gehen; ich stehe dafür. Ah, wenn sie es einmal wagte, sich völlig in der edeln und einfältigen Kleidung, die ihre Rollen verlangen, auf der Bühne zu zeigen; lassen Sie mich noch mehr sagen, wenn sie es einmal wagte, sich in aller der Unordnung zu zeigen, in die eine Frau bei einem so schrecklichen Zufalle, als der Tod eines Gemahls, oder der Verlust eines Sohnes, oder eine andere

Katastrophe der tragischen Bühne ist, notwendig geraten muß: wie würde es neben einer solchen Frau in zerstreuten Haaren mit allen den gepuderten, gekräuselten, geschniegelten Püppchen werden? Über lang oder über kurz würden sie sich nach ihr richten müssen. Denn die Natur, die Natur; wer kann ihr widerstehen? Man muß sie entweder verbannen, oder ihr gehorchen.

An Sie, o Clairon, wende ich mich wieder. Verstatten Sie nicht, daß Sie das Vorurteil und die Mode unterdrücke. Überlassen Sie sich Ihrem Geschmack und Ihrem Genie; zeigen Sie uns die Natur und die Wahrheit: denn das ist die Pflicht derer, die wir lieben, und deren Talente uns geneigt gemacht haben, alles, was sie wagen wollen, willig aufzunehmen.

Ein Paradoxon, dessen Wahrheit wenige einsehen werden, und das vielen anstößig sein wird (aber was liegt Ihnen und mir daran? Unser Wahlspruch ist: vor allen Dingen die Wahrheit zu sagen), ein solches Paradoxon, sage ich, ist dieses, daß unsere italienische Komödianten, in den italienischen Stükken, weit freier spielen als unsere französische Komödianten. Sie bekümmern sich weit weniger um den Zuschauer. Es gibt hundert Augenblicke, wo sie seiner gänzlich vergessen. Es findet sich in ihrer Aktion etwas Leichtes und Originales, das mir gefällt und der ganzen Welt gefallen würde, wenn es nicht durch die albern Reden, durch die abgeschmackte Intrige, entstellet würde. Mitten aus ihrer Narrheit leuchten Leute hervor, die sich zu erlustigen suchen, die sich allem Mutwillen ihrer Einbildungskraft überlassen; und diese Trunkenheit liebe ich weit mehr als das Starre, Steife, Schwerfällige.

»Allein sie extemporieren; die Rolle, die sie spielen, ist ihnen nicht vorgeschrieben.«

Das merke ich wohl.

»Und wenn Sie sie ebenso abgemessen, ebenso gezwungen und noch kälter als andere sehen wollen, so geben Sie ihnen nur ein geschriebenes Stück.«

Ich gestehe es, daß sie sich alsdenn nicht mehr ähnlich sind. Aber woher kömmt das? Ist ihnen das, was sie auswendig gelernt haben, bei der vierten Vorstellung nicht ebenso geläufig, als ob sie es selbst erfunden hätten?

»Nein. Was aus dem Stegreife gesagt wird, hat einen Charakter, den etwas, worauf man sich gefaßt gemacht hat, nimmermehr haben wird.«

Es sei. Gleichwohl werden sie vornehmlich nur alsdenn so steif und schwerfällig, wenn sie nachahmen wollen und eine andere Bühne, andere Schauspieler vor Augen haben. Was tun sie alsdenn? Sie setzen sich in Positur; treten mit gezählten und abgemessenen Schritten einher; suchen beklatscht zu werden; gehen aus der Handlung heraus; wenden sich an das Parterre; sprechen mit ihm, und werden gezwungen und falsch.

Auch habe ich die Anmerkung gemacht, daß unsere schalen, untergeordneten Personen weit eher in ihrer demütigen Rolle bleiben als die Hauptpersonen. Und das, dünkt mich, kömmt daher, weil sie durch die Gegenwart eines andern, der sie beherrscht, zurückgehalten werden; an diesen andern wenden sie sich; auf diesen andern lassen sie alle ihre Aktion sich beziehen. So würde auch alles gut gehen, wenn nur die vornehmsten Rollen ebenso viel Achtung gegen die Sache hätten, als die untergeordneten Rollen gegen ihre Abhängigkeit bezeugen.

Es gibt viel Pedanterie in unserer Dichtkunst; es gibt viel Pedanterie in unsern dramatischen Werken: wie sollte es keine in der Vorstellung derselben geben?

Diese Pedanterie, die sonst überall dem leichten Charakter der Nation so zuwider ist, wird den Fortgang der Pantomime, dieses so wichtigen Teiles der dramatischen Kunst, noch lange Zeit aufhalten.

Ich habe gesagt, die Pantomime sei ein Stück des Drama; der Verfasser müsse sich ihrer ernstlich befleißigen: er werde, wenn sie ihm nicht geläufig und immer gegenwärtig ist, keine Szene, so wie es die Wahrheit erfordert, weder anzufangen, noch fortzuführen, noch zu endigen wissen. Ich habe gesagt, der Gestus müsse oft anstatt der Rede hingeschrieben werden.

Ich füge noch hinzu, daß es ganze Szenen gibt, wo es unendlich natürlicher ist, daß sich die Personen bewegen, als daß sie reden; und ich will es beweisen.

Es gehet in der Welt nichts vor, was nicht auf der Bühne seinen Platz finden könnte. Nun nehme man zwei Personen, die nicht recht wissen, ob sie miteinander zufrieden oder unzufrieden sein sollen, und die einen Dritten erwarten, der ihnen Licht geben soll. Was werden die sich bis zu der Ankunft dieses Dritten sagen? Nichts. Sie werden gehen und kommen und sich ungeduldig erweisen, aber kein Wort reden. Sie werden sich wohl hüten, einander etwas zu sagen, was sie vielleicht hernach bereuen müßten. Das wäre der Fall einer ganz oder doch fast ganz pantomimischen Szene; und dergleichen Fälle gibt es mehr.

Pamphilus ist mit dem Chremes und Simo auf der Bühne. Chremes hält alles, was ihm sein Sohn sagt, für Unwahrheiten eines lockern Jünglings, der seine Torheiten gern entschuldigen möchte. Der Sohn bittet ihn, einen Zeugen stellen zu dürfen. Chremes läßt sich endlich von ihm und dem Simo bewegen, diesen Zeugen zu hören. Pamphilus geht ihn aufzusuchen; Simo und Chremes bleiben da. Nun frage ich, was machen sie mittlerweile, da Pamphilus bei der Glycerium ist, mit dem Crito spricht, ihm die Sache erklärt, ihm sagt, was er von ihm erwarte, und ihn bewegt, mitzugehen, um selbst mit seinem Vater, dem Chremes, zu sprechen? Entweder muß man glauben, sie sind unbeweglich und stumm; oder man muß annehmen, daß Simo den Chremes zu unterhalten fortfähret; daß Chremes, mit niedergeschlagenen Augen, das Kinn auf die Hand gestützet, ihn bald geduldig, bald zornig anhört, und daß eine völlig pantomimische Szene unter ihnen vorfällt.

Das ist aber nicht das einzige Exempel, das sich bei diesem Dichter hiervon findet. Als: was macht einer von den Alten auf der Bühne, mittlerweile der andere seinem Sohne sagt, daß sein Vater alles weiß, daß er ihn enterben und alle sein Vermögen seiner Tochter geben will?

Wenn sich Terenz die Mühe genommen hätte, die Pantomime aufzuschreiben, so würden wir aus aller Ungewißheit sein. Aber was liegt daran, ob er sie aufgeschrieben hat oder nicht; sie ergibt sich hier von selbst. Immer ist es aber nicht so. Wer würde sie zum Exempel im »Geizigen« erraten haben? Harpagon ist wechselsweise lustig und traurig, nach dem Euphrosyne bald von der Armut, bald von der Zärtlichkeit der Mariane mit ihm spricht. Das Gespräch ist hier zwischen der Rede und den Gebärden.

Man muß die Pantomime niederschreiben, so oft sie ein Gemälde macht; so oft die Rede dadurch nachdrücklicher oder deutlicher wird; so oft sie charakterisiert; so oft sie in einem feinen Spiele besteht, das sich nicht erraten läßt; so oft sie statt der Antwort dienet; und fast beständig zu Anfange des Auftritts.

Sie ist so wesentlich, daß zwei Stücke, wovon das eine mit Absicht auf die Pantomime, und das andere ohne Absicht auf sie gemacht worden, so verschieden ausfallen müssen, daß das, wobei die Pantomime als ein Stück des Drama in Betrachtung gekommen, nicht ohne Pantomime, und das, bei welchem die Pantomime vernachlässiget worden, nicht mit Pantomime wird gespielet werden können. Dem Gedichte, das damit versehen ist, wird man sie bei der Vorstellung nicht nehmen, und demjenigen, dem sie mangelt, nicht geben können. Sie ist es, die die Länge der Auftritte bestimmt und dem ganzen Drama seine Kolorite gibt.

Molière hat sie des Aufschreibens gewürdiget: was kann man Stärkeres für sie sagen?

Aber wenn sie Molière auch nicht aufgeschrieben hätte, würde deswegen ein anderer unrecht tun, wenn er darauf bedacht wäre? O ihr Kunstrichter, ihr engen, schalen Köpfe, wie lange wollt ihr noch nichts nach sich selbst beurteilen, sondern nur alles nach seinem gegenwärtigen Zustande billigen oder mißbilligen?

Wie viel Stellen gibt es, wo Plautus, Aristophanes und Terenz die geschicktesten Ausleger bloß dadurch in Verlegenheit gesetzt haben, weil sie die Bewegung der Szene anzuzeigen unterlassen. Terenz fängt seine »Brüder« folgendergestalt an: „Storax. So ist Aeschinus diese Nacht nicht nach Hause gekommen?" Was heißt das? Spricht Micio mit dem Storax? Nein. Es ist itzt kein Storax auf der Bühne. Es kömmt in dem ganzen Stücke keine solche Person vor. Was will er also? Dieses: Storax ist einer von den Bedienten des Aeschinus; Micio ruft ihn, und da Storax nicht antwortet, so schließt er daraus, daß Aeschinus nicht nach Hause gekommen. Ein einziges Wort, das hier die Pantomime bemerkt hätte, würde diese Stelle deutlich gemacht haben.

Besonders entzückt uns das Gemälde der Bewegungen in den häuslichen Romanen. Man sehe nur, wie gern der Verfasser der »Pamela«, des »Grandison« und der »Clarisse« dabei verweilt. Man sehe nur, wie stark, wie bedeutend, wie pathetisch seine Reden dadurch werden. Ich sehe die Person; ich sehe sie, sie mag reden oder mag schweigen; und ihre Aktion rührt mich mehr als ihre Reden.

Wenn ein Dichter den Orest und Pylades auf der Bühne zeigte, wie sie einander den Tod streitig machen, und er hätte die Annäherung der Eumeniden auf diesen Augenblick verspart, in welches Schrecken würde er mich nicht setzen, wenn den Orest, indem er mit seinem Freunde spricht, die Gedanken nach und nach verließen; wenn er seine Augen verkehrte, wild um sich schaute; innehielte; wieder fortführe; aufs neue innehielte; wenn die Verwirrung in seinen Bewegungen und Reden sich immer stärker und stärker äußerte; wenn die Furien sich seiner bemächtigten und ihn quälten; wenn er unter diesen grausamen Qualen erläge; wenn er zu Boden fiele; wenn Pylades ihn aufrichtete, ihn hielte, ihm mit der Hand das Gesicht und den Mund abtrocknete; wenn der unglückliche Sohn der Klytämnestra in diesem Stande der Todesangst einen Augenblick bliebe; wenn er dann die Augen wieder aufschlüge, wie ein Mensch, der aus einem tiefen Schlafe erwacht, und fühlte, daß er in den Armen seines Freundes wäre, und sein Haupt gegen ihn sinken ließe, und mit schwacher Stimme zu ihm sagte: „Und du, Pylades, solltest sterben?“ Welche Wirkung müßte diese Pantomime nicht haben! Könnte mich eine Rede in der Welt so rühren als die Aktion des Pylades, wenn er den Orest aufhebt und ihm mit der Hand das Gesicht und den Mund abtrocknet? Man trenne hier einmal die Pantomime von dem Gespräche, und man wird beide vernichtet haben. Der Dichter, der diese Szene erfände, würde sein Genie besonders dadurch zeigen, daß er die Raserei des Orest auf diesen Augenblick versparte. Der Grund, den Orest aus seiner Situation hernimmt, ist ohne Widerspruch.

Aber ich bekomme Lust, Ihnen die letzten Stunden des Sokrates zu entwerfen. Es ist eine Reihe von Gemälden, die zum Besten der Pantomime mehr beweisen werden als alles, was ich noch hinzufügen könnte. Ich werde fast ganz und gar bei der Geschichte bleiben. Welch ein Stoff für einen Dichter!

Seine Schüler fühlten den Schmerz nicht, den man sonst an dem Bette eines sterbenden Freundes empfindet. Der Mann schien ihnen glücklich. Alle ihre Rührung war eine außerordentliche Empfindung, die aus dem Vergnügen über seine Reden und aus dem Mißvergnügen über den Gedanken, daß sie ihn nun bald verlieren würden, zusammengesetzt war.

Sie treten zu ihm hinein, da man ihn eben losgebunden hatte. Xanthippe sitzt neben ihm und hat eines von ihren Kindern in den Armen.

Der Philosoph spricht wenig mit seiner Frau. Aber wie viel Zärtliches hatte nicht ein weiser Mann, dem das Leben gleichgültig war, über sein Kind zu sagen!

Die Philosophen treten herein. Kaum erblickt sie Xanthippe, als sie zu schreien und sich untröstlich zu stellen anfängt, so wie die Gewohnheit der Weiber in dergleichen Fällen ist. „Sokrates“, schreit sie, „heut sprechen dich deine Freunde zum letztenmale. Zum letztenmale umarmest du itzt deine Frau; zum letztenmale dein Kind.“

Sokrates kehret sich gegen den Krito und sagt: „Freund, laß diese Frau nach Hause bringen.“ Und das geschieht.

Man zieht Xanthippen fort; Xanthippe will mit Gewalt noch einmal auf den Sokrates zu, reicht ihm den Arm, ruft ihn, zerreißt sich das Gesicht mit ihren Händen und erfüllt das Gefängnis mit ihrem Geschrei.

Unterdessen sagt Sokrates noch ein Wort über das Kind; und man trägt es weg.

Nunmehr nimmt der Philosoph ein heiteres Gesicht an, setzet sich auf sein Bette, ziehet den Fuß an sich, von dem man ihm die Fessel abgenommen hatte, reibet ihn sanft und sagt:

„Wie nahe grenzen Schmerz und Vergnügen aneinander! Wenn Aesop daran gedacht hätte, welche schöne Fabel hätte er davon machen können! – Die Athenienser wollen, ich soll abgehen, und ich gehe ab. – Sagt dem Euenus, wenn er weise ist, soll er mir folgen.“

Dieses Wort gibt Gelegenheit zu der Szene über die Unsterblichkeit der Seele.

Wer will, versuche diese Szene. Ich eile zu meinem Zwecke. So wie ein Vater mitten unter seinen Kindern stirbt, so war das Ende des Sokrates mitten unter den Weltweisen, seinen Schülern.

Als er aufgehört hatte zu reden, blieb es einen Augenblick still, und Krito sagt zu ihm:

„KRITO. Was hast du uns noch zu befehlen?

SOKRATES. Daß ihr euch bestrebet, so viel als möglich den Göttern gleich zu werden, und alles andere ihrer Vorsorge überlasset.

KRITO. Wie soll man nach deinem Tode mit dir verfahren?
SOKRATES. Krito, wie ihr wollt; wenn ihr mich anders habt."

Hierauf blickt er lächelnd auf die Philosophen und setzt hinzu:

„Ich mag machen, was ich will, ich werde unsern Freund doch nie überreden, den Sokrates von seiner Hülle zu unterscheiden."

Indem tritt der Trabante der Eilfmänner herein und nahet sich ihm, ohne zu reden. Sokrates fragt ihn:

„SOKRATES. Was willst du?

DER TRABANTE. Dich auf Befehl der Obrigkeit erinnern – –

SOKRATES. Daß es Zeit ist, zu sterben. Mein Freund, wenn das Gift bereitet ist, so bring es her und sei mir willkommen.

DER TRABANTE *(indem er sich umkehret und weinet)*. Andere fluchen mir, und dieser segnet mich.

KRITO. Die Sonne glänzet noch auf den Bergen.

SOKRATES. Nur der würde zaudern, der mit dem Leben alles zu verlieren glaubte. Ich hoffe zu gewinnen."

Nunmehr tritt der Sklave mit dem Becher herein. Sokrates nimmt ihn und sagt:

„SOKRATES. Guter Mann, was muß ich tun? Du wirst das wissen.

DER SKLAVE. Trinken, und auf und nieder gehen, bis du fühlest, daß dir die Beine schwer werden.

SOKRATES. Dürfte ich nicht einige Tropfen, als ein Dankopfer für die Götter, vergießen?

DER SKLAVE. Es ist gleich so viel als nötig.

SOKRATES. So mag es bleiben. – Aber ein Gebet kann ich doch an sie richten."

Er hält den Becher in der einen Hand, richtet die Augen gen Himmel und sagt:

„Die ihr mich rufet, o Götter, verleihet mir eine glückliche Reise!"

Hierauf schwieg er, und trank.

Bis hieher waren seine Freunde stark genug gewesen, ihren Schmerz zu verbergen; aber indem er den Becher an den Mund setzet, können sie sich länger nicht halten.

Einige verhüllen sich in ihre Mäntel. Krito ist aufgestanden, irret in dem Gefängnisse hin und her, und schreiet. Andere stehen unbeweglich, betrachten finster und schweigend den Sokrates, und Tränen rollen ihre Wangen herab. Apollodorus hat sich an dem Fuße des Bettes niedergesetzt, den Rücken gegen den Sokrates gekehret, und den Mund in der Hand, sich des Schluchzens zu erwehren.

Mittlerweile gehet Sokrates auf und nieder, so wie es ihm der Sklave geraten hat, und in dem Herumgehen wendet er sich an jeden von ihnen und tröstet sie alle.

Zu dem einen sagt er: „Wo bleibt die Standhaftigkeit? Die Weisheit? Die Tugend?" – Zu dem andern: „Deswegen schickte ich die Weiber weg." Zu allen: „Was haben mir nun Anytus und Melitus Böses tun können? – Wir werden uns wiedersehen, meine Freunde. – Wenn ihr euch so betrübt, so müßt ihr daran zweifeln."

Unterdes werden ihm die Beine schwer, und er legt sich auf das Bette nieder. Darauf empfiehlt er seinen Freunden sein Andenken, und sagt mit schwach werdender Stimme:

„SOKRATES. Bald werde ich nicht mehr sein. – Nach euch werden sie mich richten. – Werfet meinen Tod den Atheniensern nicht anders vor als durch die Heiligkeit eures Lebens."

Seine Freunde wollen ihm antworten; aber sie können nicht; sie weinen und schweigen.

Der Sklave, der unten an dem Bette stehet, fasset seine Füße und drücket sie. Sokrates sieht ihn an und sagt:

„Ich fühle sie nicht mehr."

Einen Augenblick darauf faßt er ihn an die Schenkel und drückt sie. Sokrates sieht ihn an, und sagt:

„Ich fühle sie nicht mehr."

Nunmehr fangen seine Augen an zu verlöschen, seine Lippen und Nasenlöcher sich einzuziehen, seine Glieder zu erstarren; der Schatten des Todes liegt auf ihn verbreitet. Sein Atem wird schwach; kaum vernimmt man ihn mehr. Er spricht zum Krito, der hinter ihm stehet:

„Krito, richte mich ein wenig auf."

Krito richtet ihn auf. Seine Augen erholen sich, sein Gesicht wird heiter, er macht eine Bewegung gegen den Himmel, und sagt:

„Itzt bin ich zwischen der Welt und Elysium."

Einen Augenblick darauf fallen ihm die Augen zu, und er spricht zu seinen Freunden:

„Ich sehe euch nicht mehr. – Sprecht doch. – Ist das nicht die Hand des Apollodorus?"

Man antwortet ihm mit Ja, und er drückt sie.

Nunmehr folgen Zuckungen, von denen er mit einem tiefen Seufzer wieder zu sich kömmt. Er ruft den Krito. Krito beugt sich gegen ihn nieder, und Sokrates sagt zu ihm – (welches seine letzten Worte sind) –:

„Krito – bringe dem Gott der Gesundheit ein Opfer – ich genese."

Auf dem Kebes, der dem Sokrates gegenüber saß, blieben seine letzten Blicke hangen, und Krito drückte ihm den Mund und die Augen zu.

Das wären die Umstände, die man brauchen müßte. Man brauche sie, wie man will, aber man brauche sie. Denn alle andere, die man an ihre Stelle setzen wollte, werden falsch und ohne Wirkung sein. Wenig Reden, aber viel Bewegung.

Wenn der Zuschauer im Theater gleichsam vor einem Vorhange steht, auf welchem ein Zauberer verschiedene Gemälde, eines nach dem andern, darstellet: warum sollte der Philosoph, der an dem Bette des Sokrates sitzet und ihn sterben zu sehen fürchtet, nicht ebenso pathetisch auf der Bühne sein, als es die Frau und die Tochter des Eudamidas in dem Gemälde des Poussin sind?

Man wende die Regeln der malerischen Komposition auf die Pantomime an, und man wird finden, daß beide einerlei Regeln haben.

Bei einer wirklichen Handlung, wo sich verschiedne Personen zusammenfinden, stellen sich alle von selbst auf die wahreste Weise; aber diese Weise ist nicht immer weder die vorteilhafteste für den Maler, noch die ausnehmendste für den Zuschauer. Daher ist der Maler genötiget, den natürlichen Stand zu verändern und in einen künstlichen Stand zu verwandeln. Wird es auf der Bühne nicht ebenso sein?

Wenn das ist, was für eine Kunst ist die Deklamation! Wenn jeder Herr von seiner Rolle ist; was kann da Festgesetztes sein? Man muß die Personen zusammensetzen, sie trennen oder zerstreuen, sie vereinzeln oder gruppieren und eine Reihe von Gemälden daraus machen, die alle von einer großen und wahren Komposition sind.

Wie nützlich könnte der Maler nicht dem Schauspieler, und der Schauspieler dem Maler sein! Das wäre ein Mittel, zwei wichtige Talente zugleich vollkommener zu machen. Aber ich verliere mich in Aussichten, die vielleicht nur Sie und mich vergnügen. Ich bedenke nicht, daß wir das Schauspiel viel zu wenig lieben, als daß wir uns so ernstlich damit abgeben sollten.

Worin sich der häusliche Roman von dem Drama vornehmlich mit unterscheidet, ist dieses, daß der Roman die Gebärden und Pantomime bis tief ins Kleine verfolgt; daß sich sein Verfasser vornehmlich angelegen sein läßt, die Bewegungen und Eindrücke zu malen; anstatt daß sie der dramatische Dichter nur im Vorbeigehen mit einem Worte berühret.

»Aber dies eine Wort unterbricht, hemmet und verwirrt das Gespräch.«

Ja, wenn es übel angebracht oder falsch gewählt ist.

Unterdessen gestehe ich, wenn die Pantomime auf der Bühne zu einer recht hohen Stufe der Vollkommenheit gebracht wäre, so könnte man es oft überhoben sein, sie niederzuschreiben; und das ist vielleicht die Ursache, warum die Alten sie nicht beigeschrieben haben. Aber wie kann einer von unsern Lesern, wenn er schon mit dem Theater nicht unbekannt ist, sie sich während dem Lesen selbst denken, wenn er sie niemals in dem Spiele unserer Komödianten gesehen hat? Müßte er nicht selbst ein größrer Schauspieler sein als der Komödiant von Profession?

Da die Pantomime also auf unsern Theatern noch nicht eingeführt ist, so muß wohl der Dichter, der seine Stücke nicht vorstellen läßt, das Spiel beischreiben, wenn er nicht oft kalt und unverständlich sein will. Ja, ist es nicht für den Leser ein Vergnügen mehr, wenn er sieht, wie sich der Dichter selbst das Spiel dabei vorgestellt hat? Und da wir an eine so abgemessene, so gezwungene und von der Wahrheit so entfernte Deklamation gewöhnt sind, werden wohl viel Personen unter uns sein, für die es unnötig sein dürfte?

Die Pantomime ist das Gemälde, das in der Einbildungskraft des Dichters, als er schrieb, existierte, und das, nach seiner Meinung, die Bühne bei der Vorstellung alle Augenblicke zeigen soll. Es ist der einfältigste Weg, dem Publico zu sagen, was es von seinen Komödianten zu fordern berechtiget ist. Der Dichter sagt zu ihm: vergleiche dieses Spiel mit dem Spiele deiner Schauspieler, und richte.

Wenn ich übrigens die Pantomime dabeischreibe, so ist es, als ob ich mich mit diesen Worten an den Komödianten wendete: So deklamiere *ich*, so stellte sich *meine* Einbildungskraft unter der Arbeit die Sache vor. Ich bin aber so eitel nicht, daß ich glauben sollte, es könne niemand besser deklamieren als ich; auch bin ich so unverständig nicht, daß ich einen Mann von Genie zu einer Maschine machen wollte.

Man gebe einerlei Stoff mehrern Künstlern zu malen; jeder wird ihn nach seiner Art ausführen; und unter den verschiednen Gemälden, die daraus entstehen, wird jedes seine besondere Schönheiten haben.

Ich sage noch mehr. Man laufe unsre Bildersäle durch und lasse sich die Stücken zeigen, die der Künstler nach den Gedanken und der Anlage eines Liebhabers gemacht hat. Unter ihrer großen Menge wird man kaum zwei oder drei finden, wo die Gedanken des einen der Fähigkeit des andern so angemessen gewesen wären, daß das Werk nicht dabei gelitten hätte.

Genießet also eurer Rechte, ihr Schauspieler; tut, was euch der Augenblick und euer Talent eingibt. Seid ihr von Fleisch, habt ihr Gefühl, so wird alles gut gehen, ohne daß ich mich darein menge; seid ihr aber von Holz oder von Stein, so wird alles übel gehen, wenn ich auch noch so viel dabei täte.

Der Dichter mag die Pantomime dabeigeschrieben oder nicht dabeigeschrieben haben: ich will es doch den Augenblick sehen, ob er nach ihr gearbeitet hat oder nicht. Der Verfolg seines Stücks kann in beiden Fällen nicht einerlei sein; die Szenen können nicht einerlei Wendung haben; man wird es an dem Gespräche merken. Wenn es eine Kunst ist, Gemälde zu erdenken, wie darf man sie allen Menschen zutrauen? Und haben alle unsere dramatische Dichter diese Kunst besessen?

Um eine Erfahrung zu haben, dürfte man nur ein dramatisches Werk ausarbeiten und die Pantomime dazu von denen schreiben lassen, die diese Sorgfalt für überflüssig halten. Wie viel abgeschmackte Fehler würden sie begehen!

Es ist leicht, richtig urteilen; es ist schwer, auch nur mittelmäßig ausführen. Wäre es denn also so gar unvernünftig, wenn man verlangte, unsere Richter sollten durch irgend ein wichtiges Werk vorher zeigen, daß sie wenigstens ebenso viel davon verständen als wir?

Die Reisebeschreiber gedenken einer Art wilder Menschen, die auf die Vorbeigehenden giftige Nadeln blasen. Sie sind das Ebenbild unsrer Kunstrichter.

Oder scheinet Ihnen diese Vergleichung übertrieben? Gestehen Sie wenigstens, daß sie jenem Einsiedler gleichen, der in einem Tale wohnte, das auf allen Seiten von Hügeln eingeschlossen war. Wenn er sich auf einem Beine umdrehte und mit *einem* Blicke seinen engen Horizont überschaute, so rief er: „Ich weiß alles, ich habe alles gesehen." Einsmals aber bekam er Lust, sich auf den Weg zu machen, um gewisse

Gegenstände in der Nähe zu sehen, die sich seinem Blicke entzogen. Er stieg also auf die Spitze von einem seiner Hügel; und wie groß war sein Erstaunen, als er sahe, welch ein unermeßlicher Raum sich um ihn und über ihn verbreitete. Er änderte nunmehr seine Rede und sagte: „Ich weiß gar nichts; ich habe gar nichts gesehen."

Ich habe gesagt, unsere Kunstrichter gleichen diesem Manne. Ich habe mich geirrt. Sie bleiben tief unten in ihrer Hütte und verlieren die hohe Meinung, die sie von sich gefaßt haben, nie.

Die Rolle eines Autors ist eine sehr eitele Rolle; es ist die Rolle eines Menschen, der sich für fähig hält, das Publikum zu unterrichten. Und die Rolle eines Kunstrichters? Die ist noch weit eitler. Es ist die Rolle eines Menschen, der sich für fähig hält, denjenigen zu unterrichten, der das Publikum unterrichten zu können glaubt.

Der Autor sagt: „Hört mich, ihr Herren; denn ich bin euer Meister." Und der Kunstrichter: „Nein, hört mich, ihr Herren; denn ich bin der Meister eurer Meister."

Das Publikum unterdessen läßt sich nicht irren. Ist das Werk des Autors schlecht, so spottet es ebenso gut darüber, als über die Anmerkungen des Kunstrichters, wenn sie falsch sind.

Der Kunstrichter ruft alsdenn: „O Zeiten! O Sitten! Der Geschmack ist verdorben." – Und damit hat er sich getröstet.

Der Autor seinesteils beklagt sich über die Zuschauer, über die Schauspieler, über den Neid. Er beruft sich auf seine Freunde; er hat ihnen sein Stücke vorgelesen, ehe er es auf die Bühne bringen lassen; sie hatten geglaubt, es würde bis an den Himmel erhoben werden. – In der Tat aber hätten sie dir sagen müssen, daß es gar nichts tauge, daß weder die Anlage noch die Charaktere noch die Schreibart darin gut sei, wenn sie entweder mehr Einsicht oder mehr Freimütigkeit besessen hätten. Glaube mir, das Publikum betrügt sich selten; dein Stück ist gefallen, weil es schlecht ist.

»Aber fand denn der »Misanthrop« sogleich Beifall?«

Es ist wahr. Und o wie süß ist es, wenn man sich bei seinem Unglücke mit einem solchen Beispiele trösten kann! Wenn ich jemals auf die Bühne trete und heruntergepfiffen werde, so will ich mir es gewiß auch zu Gemüte führen.

Die Kritik verfährt mit den Lebendigen ganz anders als mit den Toten. Ist ein Autor tot: so sucht sie seine guten Eigenschaften ins Licht zu setzen und seine Fehler zu bemänteln. Lebt er noch; so geschieht das Gegenteil; sie setzt seine Fehler ins Licht und vergißt seine guten Eigenschaften. Dieses Verfahren hat gewissermaßen seinen Grund: die Lebenden können sich bessern, aber mit den Toten ist es getan.

Der strengste Richter eines Werks unterdessen ist der Verfasser. Wie viel Mühe gibt er sich, bloß für sich selber! Er kennet seine heimliche Gebrechen; und diese berühret der Kunstrichter fast nie. Ich habe mich hierbei oft der Rede jenes Weltweisen erinnert: „Sie reden Böses von mir? Ah, wenn sie mich so genau kennten, als ich mich selbst kenne!" –

Die alten Schriftsteller und Kunstrichter unterrichteten sich vor allen Dingen selbst; sie begaben sich nicht eher auf die Bahn der schönen Wissenschaften, als bis sie aus den Schulen der Weltweisheit kamen. Und wie lange behielt der Autor nicht sein Werk bei sich, ehe er es ans Licht treten ließ! So wurde es denn auch reif; und Rat und Zeit und Feile machten es vollkommen.

Wir wollen uns gar zu bald zeigen, und haben, wenn wir die Feder ergreifen, doch weder Einsicht noch Redlichkeit genug.

Ist das moralische System verdorben, so kann der Geschmack nicht anders als falsch sein.

Wahrheit und Tugend sind die Freundinnen der schönen Künste. Wer ein Schriftsteller, wer ein Kunstrichter werden will, der fange erst an, ein ehrlicher Mann zu werden. Was kann man sich viel von dem versprechen, der sich selbst nicht stark genug zu rühren weiß? Und was kann mich stärker rühren als Wahrheit und Tugend, diese zwei mächtigsten Dinge in der Natur?

Wenn man mich versichert, daß ein Mensch geizig ist, so werde ich mir kaum einbilden können, daß er imstande sei, etwas Großes hervorzubringen. Dieses Laster macht den Geist klein, und das Herz enge. Die öffentlichen Unglücksfälle sind dem Geizigen nichts. Oft erfreuet er sich darüber. Er ist hart. Wie soll er sich zu etwas Erhabenem schwingen können? Er liegt beständig gekrümmt auf seinem Geldkasten. Er kennt weder die Geschwindigkeit der Zeit noch die Kürze des Lebens. Unbekannt mit dem allgemeinen Wohlwollen, schränkt er sich nur auf sich selbst ein. Die Wohlfahrt seines Nächsten ist in seinen Augen, in Vergleichung mit einem kleinen Stückchen gelben Metalls, nichts. Er hat nie das Vergnügen empfunden, dem Dürftigen mitzuteilen, dem Notleidenden beizuspringen, und mit dem Weinenden zu weinen. Er ist ein schlechter Vater, ein schlechter Sohn, ein schlechter Freund, ein schlechter Bürger. Um sein Laster gegen sich selbst zu entschuldigen, hat er sich ein Lehrgebäude machen müssen, nach welchem er seiner Leidenschaft alle Pflichten aufopfern darf. Wenn er das Mitleiden, die Freigebigkeit, die Gastfreiheit, die Liebe des Vaterlandes oder die Liebe des menschlichen Geschlechts schildern müßte, wo sollte er die Farben dazu hernehmen? Er hält in seinem Herzen alle diese Eigenschaften für nichts als verkehrte Torheiten.

Nach dem Geizigen, der sich überall kleiner und nichtswürdiger Mittel bedienet, der sich nicht einmal eines großen Verbrechens, um Geld zu bekommen, erkühnen würde, ist das kleinste Genie, der Aufgelegteste zu großen Verbrechen, dem das Wahre, das Gute und das Schöne am wenigsten rühret, ein Abergläubischer.

Nach dem Abergläubischen kömmt der Heuchler. Bei dem Abergläubischen ist der Verstand verfinstert; bei dem Heuchler ist das Herz böse.

Hat man sich über die Natur nicht zu beklagen, hat man von ihr einen aufrichtigen Geist und ein empfindliches Herz bekommen, so fliehe man eine Zeitlang die menschliche Gesellschaft und studiere sich selbst. Wie kann das Instrument die gehörige Harmonie ertönen lassen, wenn es verstimmt ist? Man suche sich von allen Dingen richtige Begriffe zu machen; man vergleiche seine Aufführung mit seinen Pflichten; man bestrebe sich, ein ehrlicher Mann zu werden, und glaube ja nicht, daß diese für den Menschen so wohl angewandte Zeit für den Schriftsteller verloren sei. Es wird von der moralischen Vollkommenheit, zu der man seinen Charakter und seine Sitten erhoben hat, ein Schimmer von Größe und Gerechtigkeit ausfließen, der sich auf alles, was man schreibet, verbreitet. Hat man das Laster zu schildern, so präge man sich nur ein, wie sehr es mit der allgemeinen Ordnung, der öffentlichen und der besondern Wohlfahrt streitet, und man wird es mit Nachdruck schildern. Ist es hingegen die Tugend: wie kann man sie andern liebenswürdig zeigen, wenn man selbst nicht von ihr bezaubert ist? Kehrt man dann wieder unter die Menschen zurück, so höre man denen fleißig zu, die gut zu reden wissen, und spreche fleißig mit sich selber.

Mein Freund, Sie kennen Aristen. Von ihm habe ich das, was ich Ihnen itzt erzählen will. Er war damals vierzig Jahr alt. Er hatte sich vornehmlich auf die Weltweisheit gelegt. Man nennte ihn auch nur den Philosophen; weil er ohne Ehrgeiz geboren war und ein rechtschaffnes Herz besaß, das nie kein Neid beunruhiget hatte. Übrigens war er gesetzt in seinem Betragen, streng in seinen Sitten, ernst und einfältig in seinen Reden. Der Mantel eines alten Philosophen war fast das einzige, was ihm fehlte; denn er war arm und mit seiner Armut zufrieden.

Einsmals, als er sich vorgenommen hatte, einige Stunden bei seinen Freunden zuzubringen und sich mit ihnen von den Wissenschaften oder von der Moral zu unterhalten; denn von Staatsneuigkeiten zu reden, war seine Sache nicht: so fand er sie nicht zu Hause und entschloß sich also, ganz allein spazieren zu gehen.

Die Örter, wo sich Menschen versammeln, besuchte er sehr wenig. Abgelegene Gegenden gefielen ihm mehr. Er ging, und dachte, und sprach folgendes mit sich selbst:

„Ich bin vierzig Jahr. Ich habe viel studiert. Man nennt mich den Philosophen. Wenn gleichwohl jetzt jemand käme und zu mir sagte: ‚Arist, was nennest du wahr, was gut, was schön?' Würde ich sogleich wissen, was ich antworten sollte? Nein. Wie, Arist? Du weißt nicht, was Wahrheit, was Güte, was Schönheit ist; und lässest dich den Philosophen nennen?"

Nach einigen Betrachtungen über die Eitelkeit der Lobsprüche, die man ohne Einsicht verschwendet und ohne Scham annimmt, fing er an, dem Ursprunge dieser Grundideen unserer Aufführung und unserer Urteile nachzuspüren; und fuhr folgendergestalt bei sich zu schließen fort.

„Es gibt vielleicht unter dem ganzen menschlichen Geschlechte nicht zwei Individua, die miteinander übereinkämen. Die allgemeine Organisation, die Sinne, die äußerliche Gestalt, die Eingeweide haben ihre Verschiedenheit. Die Fasern, die Muskeln, die festen und flüssigen Teile haben ihre Verschiedenheit. Der Witz, die Einbildungskraft, das Gedächtnis, die Gedanken, die Wahrheiten, die Vorurteile, die Nachahmung, die Übung, die Kenntnisse, die Stände, die Erziehung, der Geschmack, das Glück, die Talente haben ihre Verschiedenheit. Die Gegenstände, die Himmelsstriche, die Sitten, die Gesetze, die Gewohnheiten, die Gebräuche, die Regierungsformen, die Religionen haben ihre Verschiedenheit. Wie wäre es also möglich, daß zwei Menschen vollkommen eben denselben Geschmack oder eben dieselben Begriffe von Wahrheiten, Güte und Schönheiten haben könnten? Die Verschiedenheit der Lebensart und der zustoßenden Begebenheiten wäre schon allein hinlänglich, auch unsere Urteile verschieden zu machen.

Das ist noch nicht genug. In jedem Menschen insbesondere ist alles in einer beständigen Abwechselung; man mag das Physische oder das Moralische an ihm betrachten; der

Schmerz folgt dem Vergnügen, das Vergnügen dem Schmerze; die Gesundheit der Krankheit, der Krankheit die Gesundheit. Bloß dem Gedächtnisse ist es zuzuschreiben, daß wir, sowohl in Ansehung anderer als unserer selbst, das nämliche Individuum bleiben. In dem Alter, da ich itzt bin, habe ich vielleicht nicht das geringste Stäubchen mehr von dem Körper, den ich mit auf die Welt brachte. Ich weiß nicht, wie weit das Ziel meiner Dauer noch entfernt ist; wenn aber der Augenblick kommen wird, daß ich nun diesen Körper der Erde wiedergeben soll, so ist ihm vielleicht von allen den kleinsten Teilchen, aus welchen er itzt bestehet, kein einziges mehr übrig. Ebenso wenig gleichet sich die Seele in verschiednen Perioden ihres Lebens. Ich stammelte in meiner Kindheit. Itzt glaube ich vernünftig zu denken. Aber mitten unter diesem vernünftigen Denken verfliegt die Zeit; und ich komme wieder zu dem Stammeln zurück. So ist es mit mir, so ist es mit allen beschaffen. Wie wäre es also möglich, daß ein einziger von uns, seine ganze Lebenszeit hindurch, immer einerlei Geschmack behalten, immer einerlei Urteil von dem, was wahr, was gut, was schön ist, fällen könnte? Die Veränderungen, welche der Gram und die Bosheit der Menschen in uns verursachen, wären schon allein hinlänglich, auch unsere Urteile zu verändern.

Ist denn also der Mensch dazu verdammt, daß er über die wichtigsten Gegenstände seiner Erkenntnis, über Wahrheit, Güte und Schönheit, weder mit seinesgleichen, noch mit sich selbst einig sein soll? Sind es weiter nichts als Dinge, die von der Zeit, von dem Orte, von unserer Willkür abhangen? Sind es Worte ohne Sinn? Gibt es nichts, was wirklich so sei? Ist etwas wahr, gut und schön, weil es mich so dünkt? Und sollten alle unsere Streitigkeiten über den Geschmack endlich auf diesen Satz hinauslaufen: Ich und Du, wir beide sind zwei verschiedene Wesen, und ich selbst bin in dem Augenblick nicht mehr der, der ich in dem vorigen war?“

Hier hielt Arist inne. Darauf fuhr er fort:

„Das ist gewiß, unsere Streitigkeiten können kein Ende haben, so lange sich jeder selbst zum Muster und Richter nehmen will. So viel Menschen, so viel Maße wird es geben; und jeder Mensch insbesondere wird so viel verschiedene Muster haben, als es merklich verschiedene Perioden in seiner Lebenszeit gibt.

Hieraus, dünkt mich, kann ich hinlänglich abnehmen, wie nötig es sei, einen Maßstab, ein Muster außer mir zu suchen. So lange ich hiermit noch nicht zustande bin, so lange werden meine Urteile größtenteils falsch und durchgängig ungewiß sein.

Aber wovon soll ich dieses unwandelbare Maß, das mir fehlet, und das ich suche, nehmen? – Von einem idealischen Menschen, den ich mir bilde, dem ich die Gegenstände vorlege, den ich darüber urteilen lasse, und dessen getreues Echo ich bloß bin? – Aber dieser Mensch wird mein eignes Werk sein. – Das schadet nicht; wenn ich ihn nur aus unveränderlichen Elementen schaffe. – Aber wo sind diese unveränderlichen Elemente? – In der Natur? – Gut; aber wie soll ich sie zusammenbringen? – Die Sache ist schwer; aber ist sie darum unmöglich? – Wenn ich auch schon nicht hoffen dürfte, mir ein vollkommnes Muster machen zu können, wäre ich deswegen weniger verbunden, es zu versuchen? – Nein. – Ich versuche es also. – Aber wenn das Muster der Schönheit, auf welches die alten Bildhauer hernach alle ihre Werke bezogen, ihnen so viel Aufmerksamkeit, so viel Nachdenken, so viel Mühe kostete, wozu mache ich mich anheischig? – Doch muß ich: oder ich werde ewig erröten müssen, so oft man mich den Philosophen nennet."

Hier hielt Arist zum zweiten Male inne, und etwas länger als zum ersten Male, und fuhr darauf fort:

„Da der idealische Mensch, den ich suche, ebenso wohl ein zusammengesetztes Ding sein muß als ich: so sehe ich sogleich, daß die alten Bildhauer, indem sie die Verhältnisse, die ihnen die schönsten geschienen, festgesetzt, einen Teil meines Musters bereits gemacht haben. – Ja. Diese Bildsäule also will ich nehmen und beleben. Ich will ihr die vollkommensten sinnlichen Werkzeuge geben, die der Mensch nur haben kann. Ich will ihr alle Eigenschaften geben, die ein Sterblicher nur immer besitzen kann: und mein idealisches Muster wird fertig sein. – Ohne Zweifel. – Aber welches Studium! Welche Arbeit! Wie viel physische und moralische Kenntnisse werden dazu erfordert! Ich wüßte keine Wissenschaft, keine Kunst, die ich nicht aus dem Grunde verstehen müßte. – Dafür werde ich aber auch das idealische Muster von aller Wahrheit, von aller Güte, von aller Schönheit haben. – Aber wie werde ich mit diesem allgemeinen idealischen Muster zustande kommen, wenn mir die Götter wenigstens nicht ihren Verstand leihen, wenigstens nicht ihre Ewigkeit versprechen? Ah, ich falle in die Ungewißheit, aus der ich mich reißen wollte, wieder zurück."

Hier hielt der traurige und nachdenkende Arist abermals inne.

„Aber", fuhr er, nachdem er einen Augenblick geschwiegen hatte, wieder fort, „warum mache ich es nicht auch, wie es die Bildhauer machen? – Sie haben sich ein Muster gemacht, wie es ihr Stand erfordert; und ich habe ja auch meinen Stand. – Der Gelehrte mache sich ein idealisches Muster von einem vollkommenen Gelehrten; und durch den Mund dieses Menschen urteile er von seinen und andrer Werken. Ebenso mache es der Philosoph. – Alles, was diesem Muster gut und schön scheinen wird, das wird es sein. Alles, was ihm schlecht, falsch und ungestalten scheinen wird, das wird es sein. – Dieses Muster wird aus seinen Entscheidungen sprechen. – Und dieses idealische Muster wird um so viel größer, um so viel strenger sein, je mehr man seine Kenntnisse erweitert. – Es gibt keinen Menschen in der Welt, und es kann keinen geben, der von dem, was wahr, was gut, was schön ist, überall gleich richtig urteile. Nein; und wenn man unter einem Menschen von Geschmack einen solchen Menschen versteht, der das allgemeine idealische Muster der Vollkommenheit in sich selbst hat: so ist es eine Grille.

Aber wozu soll ich dieses idealische Muster, das nach meinem Stande eines Philosophen (weil man mich doch einmal so nennt) eingerichtet ist, wozu soll ich es brauchen, wenn ich es haben werde? Eben dazu, wozu die Maler und Bildhauer das ihrige brauchen. Ich muß es, nach Erforderung der Umstände, modifizieren. Das ist das zweite Studium, auf das ich mich zu legen habe.

Das Studieren krümmet den Gelehrten. Durchs Exerzieren lernt der Soldat einen festen Schritt tun und den Kopf in die Höhe halten. Das viele Tragen macht die Lenden des Lastträgers stark. Die schwangere Frau schlägt den Kopf zurück. Der Bucklichte setzet seine Glieder anders als der Gerade. Diese, und dergleichen Anmerkungen unzählige mehr, machen den Bildhauer und lehren ihn, wie er sein idealisches Muster aus dem natürlichen Stande in jeden andern ihm beliebigen Stand verändern soll, indem er es bald stärker, bald schwächer macht; bald mehr oder weniger; bald so oder so verstellet.

Den Maler lehret das Studium der Leidenschaften, der Sitten, der Charaktere, der Gebräuche sein idealisches Muster abändern und den Menschen überhaupt in einen guten oder bösen, in einen ruhigen oder zornigen Menschen verwandeln.

Und so wird aus einem einzigen Musterbilde eine unendliche Menge verschiedner Vorstellungen auf der Bühne und auf den Gemälden entspringen. Ist es ein Dichter? Ist es ein Dichter, der itzt arbeitet? Macht er eine Satire oder eine Hymne? Ist es eine Satire: so ist sein Auge wild; der Kopf steckt zwischen den Schultern; die Zähne zusammengeknirscht; der Mund verschlossen; der Atem kurz und schwer; ganz wie ein Rasender. Ist es eine Hymne: so trägt er den Kopf hoch; den Mund halb offen; die Augen gen Himmel gekehret; außer sich, entzückt, der Atem, als ob er wegbliebe; ganz wie ein

Enthusiast. Und die Freude dieser beiden Männer, wenn ihnen ihre Arbeit gelungen ist, wird auch sie nicht von ganz verschiedner Art sein?“

So sprach Arist mit sich selbst und sahe, daß er noch sehr vieles zu lernen habe. Er ging nach Hause; verschloß sich funfzehn Jahre; legte sich auf die Geschichte, auf die Weltweisheit, auf die Moral, auf die Wissenschaften und Künste; und ward in seinem fünfundfunfzigsten Jahre ein ehrlicher Mann, ein gelehrter Mann, ein Mann von Geschmack, ein großer Schriftsteller, ein vortrefflicher Kunstrichter.

Ende des zweiten Teils

Anhang

Zur vorliegenden Ausgabe

Denis Diderot veröffentlichte sein Theaterstück *Le Fils naturel ou les Épreuves de la vertu* (»comédie en cinq Actes et en Prose, avec l'Histoire véritable de la pièce« – mit letzterem sind die unter dem Titel *Dorval et moi* stehenden Unterredungen über das Stück gemeint) anonym 1757; das Titelblatt nennt als Druckort Amsterdam. *Le Père de famille* (»comédie en cinq Actes, et en Prose, avec un discours sur la poésie dramatique«) erschien 1758, wiederum anonym und mit Amsterdam als angegebenem Druckort. In beiden Fällen war der tatsächliche Druckort Paris.

1760 erschien, ebenfalls anonym, Lessings Übersetzung beider Stücke sowie der zugehörigen Abhandlungen:

> Das Theater des Herrn Diderot. Aus dem Französischen. Erster Theil. Berlin, bey Christian Friedrich Voß 1760. – Zweyter Theil. Ebd. 1760.

Erst die zweite, vom Übersetzer leicht überarbeitete Auflage trug auch seinen Namen. Sie erschien 1781:

> Das Theater des Herrn Diderot. Aus dem Französischen übersezt von Gotthold Ephraim Lessing. Erster Theil. Zweyte, verbesserte Ausgabe. Berlin 1781. bey Christian Friedrich Voß und Sohn. – Zweyter Theil. Ebd. 1781.

Diese Ausgabe wird, zusammen mit den Vorreden des Übersetzers zu beiden Auflagen, in der vorliegenden Edition vollständig wiedergegeben. Textgrundlage ist die Ausgabe:

> Lessings Werke. Vollständige Ausgabe in fünfundzwanzig Teilen. Herausgegeben [...] von Julius Petersen und Waldemar von Olshausen. Elfter Teil. Herausgegeben von Julius Petersen. Berlin/Leipzig/Wien/Stuttgart: Bong, [1926].

Orthographie und Interpunktion der Druckvorlage sind behutsam modernisiert. Zu einzelnen Korrekturen vor allem der Zusammen- und Getrenntschreibung wurde die Ausgabe von 1781 herangezogen. Die Umlaute *aͤ*, *oͤ*, *uͤ* sind durch *ä*, *ö*, *ü* wiedergegeben. Hervorhebungen, in den Drucken von 1760 und 1781 stets gesperrt, erscheinen kursiv.

Das Inhaltsverzeichnis zu den *Unterredungen über den »Natürlichen Sohn«* ist als Manuskript Lessings überliefert (vgl. Anm. zu S. 82) und wurde hier, zusammen mit einem Zwischentitel, vor den Unterredungen eingefügt. Diderot hatte seinem *Fils naturel* kein Inhaltsverzeichnis beigegeben. Hingegen ist der Abhandlung *De la poésie dramatique* in der Erstausgabe ein Inhaltsverzeichnis vorangestellt (spätere Herausgeber fügen häufig die einzelnen Unterpunkte als Zwischenüberschriften in den Text ein), das Lessing nicht ins Deutsche übertragen hat. Es wurde für die vorliegende Ausgabe neu übersetzt, wobei nach Möglichkeit Formulierungen übernommen wurden, die Lessing in seiner Übersetzung des Textes verwendet.

Die beiden Abhandlungen – *Unterredungen* und *Von der dramatischen Dichtkunst* – sind als Dialoge konzipiert, die letztere als Brief an den Baron von Grimm mit fiktiven Einwendungen des Barons. Den Erstausgaben wie auch Lessings Übersetzung folgend, stehen nur die Redepassagen *eines* Dialogpartners in Anführungszeichen. Diese erscheinen hier als französische Anführungszeichen (» «). Wörtlich wiedergegebene Rede und Zitate innerhalb der einzelnen Dialogpassagen dagegen, in den Drucken von 1760 und 1781 unterschiedlich behandelt (durch Schwabacher – gelegentlich auch Antiqua – aus der Fraktur herausgehoben, durch Anführungen in der Fraktur als Rede gekennzeichnet oder überhaupt nicht ausgezeichnet), stehen hier, um die Lesbarkeit zu erleichtern, in deutschen Anführungszeichen („ “).

Anmerkungen

Der französische Originalwortlaut wird zitiert nach der Ausgabe: Diderot, *Œuvres complètes*, Bd. 10: *Le drame bourgeois (Fiction II)*, édition critique et annotée présentée par Jacques Chouillet et Anne-Marie Chouillet, Paris: Hermann, 1980.

8,1 f. *eine dergleichen Stelle:* Lessing bezieht sich auf *Der natürliche Sohn* I,4 (20,3 ff.).

9 [Motto] *Interdum speciosa locis ... canorae:* Horaz, *Dichtkunst*, V. 319–323: »Bisweilen gefällt ein Stück, das durch allgemeine Wahrheiten schön und edlen Charakters ist, / aber bar jeder Anmut, ohne Pathos, ohne Kunst, / dem Volke mehr und fesselt es besser / als Verse, denen Substanz fehlt, und klangvolles Tändeln« (Übers. von Eckart Schäfer).

10,1 *Der sechste Band der »Enzyklopädie«:* Der 6. Band der von Diderot herausgegebenen *Enzyklopädie* (*Encyclopédie ou Dictionnaire raisonné des sciences, des arts et des métiers*, 1751–72) erschien 1756, allerdings ist das genaue Erscheinungsdatum unsicher.

10,3 *eine Begebenheit:* Nach einer Aussage seines Freundes Grimm (s. Anm. zu S. 283) in dessen *Correspondance littéraire* (15. Dezember 1758) war der Anlaß für die Entstehung des *Natürlichen Sohns* die Lektüre von Goldonis Komödie *Der aufrichtige Freund* (*Il vero amico*) während eines Landaufenthalts Diderots. Er wollte das in seinen Augen mißglückte Stück verbessern. Vgl. hierzu *Von der dramatischen Dichtkunst*, S. 329 ff.

10,6–10 *Man unterhielt sich ... gehabt habe:* Der Vorgang entspricht genau der Handlung von Goldonis Komödie.

14,2 f. *(auf der französischen Bühne zu Paris):* Hinzufügung von Lessing.

14,3 *bekleiden könnten:* Diderots Besetzungsvorschlag blieb unbeachtet. Das Stück wurde erst 1771 öffentlich aufgeführt und nach einer einzigen Vorstellung abgesetzt.

14,18 *Die Szene ist zu Saint-Germain en Laye:* Nach einem Bericht des Abbé de la Porte von 1758 wurde der *Natürliche Sohn* mehrfach auf dem Privattheater des Herzogs von Ayen in Saint-Germain en Laye gespielt. Im gleichen Theater wurde 1764 Lessings *Miss Sara Sampson* aufgeführt.

15,3 *Ein Schauspiel:* Diderot verwendete zuerst die Gattungsbezeichnung »comédie«, später »drame«.

20,3–7 *ließ mir es angelegen sein ... aufzuhelfen:* vgl. Lessings Anmerkung zur Übersetzung in der *Vorrede des Übersetzers* 7,33 ff.

39,3 *Ich gehe, ich fliehe –:* genauer: Ich eile zu ihr.

44,20 *Fort royal:* alter Name der Hafenstadt Fort de France (Martinique).

45,3 f. *Freunde, Freunde:* bei Diderot »la paix, la paix«: Friede, Friede.

45,5 *uns gefangen nahmen:* 1756 (Beginn des Siebenjährigen Krieges) wurden französische Schiffe vor einer Kriegserklärung von den Engländern auf dem Atlantik angegriffen. Die französische Presse reagierte mit Empörung auf diesen Akt der ›Piraterie‹.

55,33 f. *Man fürchtet, zu wenig für sie zu tun:* im Original »On craint de se manquer à soi-même«: Man fürchtet, sich selbst etwas zu vergeben.

56,36 *(DORVAL tritt herein.):* Bei Diderot folgt noch eine Replik von Theresia (Constance): »Rosalie ... Dorval, retenez cette enfant ... Mais elle nous échappe.« – »Rosalia ... Dorval, halten Sie das Kind zurück ... Ach, sie entflieht uns.«

59,26–28 *der rechtschaffne Mann ... entziehen sucht:* Rousseau bezog diesen Satz auf sich und brach daraufhin mit seinem einstigen Freund Diderot (vgl. das 9. Buch von Rousseaus *Bekenntnissen*).

62,5 *verglichen hat:* Diderot zitiert das Folgende wörtlich aus Voltaires *Poème sur la loi naturelle* (1752): »Pouvant se secourir, l'un sur l'autre acharnés, / Combattre avec les fers dont ils sont enchaînés.« Lessing fügt das Zitat in seine Paraphrase ein.

62,29 *Der Weltweise selbst:* Voltaire.

62,30 *Vergleichung:* bei Diderot »vers«: Verse – vgl. Anm. zu 62,5.

62 [*] *Voltaire:* Anmerkung von Lessing.

66,6 *handeln:* Handel treiben.

66,32 *Ich fliehe:* bei Diderot »J'y cours«: Ich eile zu ihr.

81 [Zwischentitel] *Unterredungen über den »Natürlichen Sohn«:* Dieser Zwischentitel findet sich weder in der Erstausgabe des *Fils naturel* noch in Lessings Übersetzung. Er wurde hier eingefügt; Diderots Abhandlung ist unter diesem Titel bekannt geworden. – Spätere Ausgaben präsentieren den Text als Dialog, indem sie die Sprecherrollen (»Dorval« und »Ich«) kennzeichnen. Lessing folgt der Erstausgabe von 1757, in der die Dialogpartien des »Ich« in Anführungszeichen stehen, diejenigen Dorvals ohne Anführungszeichen wiedergegeben sind.

82 *Inhaltsverzeichnis:* Dieses Inhaltsverzeichnis ist mit der Überschrift »Inhaltsverzeichnis zum Theater des Herrn Diderot« und den Seitenzahlen des ersten Bandes der ersten Auflage als Manuskript überliefert, in den Drucken von 1760 und 1781 ist es nicht enthalten. Die Gliederung der einzelnen Unterredungen stammt von Lessing, die Erstausgabe des *Fils naturel* enthält kein Inhaltsverzeichnis.

90,10 *eine einzige Sache:* Einheit der Handlung.

90,34 *Verzierung:* Bühnenbild.

91,13–18 *Hofleute ... an eben demselben Orte ... beratschlaget hat?:* Anspielung auf Corneilles *Cinna* II,2.

91,33–36 *Es war in Rosaliens Zimmer ... wieder erweckte:* vgl. *Der natürliche Sohn* V,3.

91,36–92,3 *Ich ging mit Theresien ... für mich sei:* vgl. *Der natürliche Sohn* IV,3.

92,10 f. *in einem einzigen Ort eingeschlossen:* vgl. *Der natürliche Sohn* V,5.

93,8 *Davi:* Davus ist in der antiken Komödie (Terenz) der Typus des intriganten Dieners.

93,35 *Theresiens Erklärung:* vgl. *Der natürliche Sohn* I,4. – Die zeitgenössische Kritik nahm Anstoß an dieser Szene.

95,10 *mutzte ... auf:* aufmutzen: hervorheben, herausheben; tadeln.

95,12 *der Tee in eben diesem Auftritte:* vgl. *Der natürliche Sohn* I,4 (18,16 f.).

95,19 *Saale:* bei Diderot »salon«.

96,22 *Theaterstreiche:* bei Diderot »coup de théâtre«, was sich als Terminus technicus durchgesetzt hat. Vgl. 97,10 ff.

96,33 *Gemälde:* bei Diderot »tableau«, ebenfalls als Terminus technicus gebräuchlich. Vgl. 97,12 ff.

98,24 *Wohlanständigkeit:* im Original »décence« – ein als Regel festgeschriebener Grundsatz der Tragédie classique.

98,25–28 *Barnwells Geliebte ... zur Erde:* Anspielung auf George Lillos *The London Merchant or The History of George Barnwell* (1730). Das Stück wurde 1748 von Pierre Clément de Genève ins Französische übersetzt und galt in ganz Europa als Prototyp des bürgerlichen Trauerspiels. Diderot spielt auf die Szenen V,5 und V,4 des *Kaufmanns von London* an.

98,28–31 *Philoktet ... nicht wohlklingenden Vers:* vgl. Sophokles, *Philoktet*, V. 745 f.

98,33 f. *die Aktion einer Mutter, deren Tochter man opfern will:* Anspielung auf Euripides' *Iphigenie in Aulis*: Klytämnestra ist verzweifelt, weil Agamemnon auf Geheiß des Sehers Kalchas ihre Tochter Iphigenie der Göttin Artemis opfert, um die Ausfahrt nach Troja zu ermöglichen.

106,11 f. *Szene des verzweifelnden Clairvilles:* vgl. *Der natürliche Sohn* III,5.

106,13 *über die Pantomime:* vgl. *Von der dramatischen Dichtkunst*, S. 381 ff.

107,27 f. *Der Philosoph Timokrates:* Diderot übernimmt die Anekdote aus Lukians Abhandlung *Über den Tanz*, § 99.

107,30 f. *„Quali spectaculo ... privavit“:* Welch eines Schauspiels hat mich die Ehrerbietung gegenüber der Philosophie beraubt.

107,33 *Der Zyniker Demetrius:* Die Anekdote ist wiederum bei Lukian (*Über den Tanz*, § 63) überliefert.

111,13 f. *„Hat man sie oft ... verlieren sehen?“:* Racine, *Phädra* IV,6 (französischer Wortlaut: »Les a-t-on vus souvent se parler, se chercher? / Dans le fond des forêts allaient-ils se cacher?«).

112,15 f. *Quinault Dufresne:* Abraham Alexis Qu.-D. (1690–1767), französischer Schauspieler.

112,20 *Baron:* Michel Boyron (1653–1729), Schauspieler, Schüler Molières.
Desmares: Christine Antoinette Charlotte D. (1682–1753), Schauspielerin.
de Seine: Jeanne Marie Dupré, gen. Deseine (1706–59), Schauspielerin, seit 1727 mit Quinault-Dufresne verheiratet.

112,21 *Regnard:* Jean François R. (1655–1709), französischer Lustspielautor.
der ältere Quinault: Jean-Baptiste Maurice Qu. (1689–1745), Schauspieler, älterer Bruder von Quinault-Dufresne (s. Anm. zu 112,15 f.).

112,22 *seine Schwester:* Jeanne Françoise Qu. (1699–1783), Schauspielerin.

112 [*] *Lampedouse ... Mahomet an:* Anmerkung von Diderot.

114,7 *Auftritte mit Arnolden:* vgl. *Der natürliche Sohn* III,7.

114,18 *eines eifersüchtigen Volks:* Englands.

117,19 *Crébillon:* Prosper Jolyot de C. der Ältere (1674–1762), französischer Tragödienautor.

118,35 f. *Alles wegschaffen ... enger macht:* Es war im französischen Theater üblich, daß vornehme Zuschauer ihren Platz auf der Bühne selbst erhielten. Diese Unsitte, die auch Voltaire kritisierte (Vorrede zu *Semiramis*) wurde erst 1759 auf Betreiben des Comte de

Lauraguais abgeschafft, der den Schauspielern eine ansehnliche Entschädigung zahlte.

119,7 *die lyrische Bühne:* die Oper.

119,16 *Saal zu Lyon:* Das neue Theater in Lyon (nach den Plänen von Soufflot) war am 30. August 1756 mit einer Aufführung von Racines *Britannicus* eröffnet worden. D'Alembert hatte Diderot von seinen Eindrücken berichtet.

120,24 f. *„Hier, hier ist die Spur ... Ich spür es":* Aischylos, *Die Eumeniden*, V. 244–247. Diderots Übersetzung ist ungenau.

123,5 *Seitab:* Beiseitesprechen.

123,16 f. *Tum verae voces:* Dann sind das die richtigen Worte. – Freie Anspielung auf Horaz, *Dichtkunst*, V. 317 f.

123,20 *Monosyllaba:* kurze Ausrufe.

123,30 *Wohlanständigkeit:* bei Diderot »les bienséances« – eine der Grundforderungen der klassizistischen Poetik.

124,26 *»Sylvia«:* Paul Landois, *Sylvie*, einaktige Tragödie in Prosa, 1741 in Paris uraufgeführt und schon nach zwei Vorstellungen abgesetzt. Das Stück gilt als das erste französische bürgerliche Trauerspiel. Landois war Mitarbeiter an Diderots *Enzyklopädie*.

125,2 *Mademoiselle Gaussin:* Jeanne Catherine Gaussein, gen. G., Schauspielerin an der Comédie française, spielte 1741 bei der Uraufführung von *Sylvie* die Titelrolle.

125,14 *Szene des verschwendrischen Sohnes:* Anspielung auf Voltaire, *Der verlorene Sohn* (*L'Enfant prodigue*, 1736).

125,21 *»Kaufmann von London«:* George Lillo, *Der Kaufmann von London* (*The London Merchant or The History of George Barnwell*, 1730) – vgl. Anm. zu 98,25–28.

»Spieler«: Edward Moore, *Der Spieler* (*The Gamester*, 1753). Diderot hat dieses zweite exemplarische Muster des englischen bürgerlichen Trauerspiels 1760 sehr frei ins Französische übertragen. Seine Version wurde jedoch nicht gespielt.

126,12 f. *„ampullas et sesquipedalia verba":* Schwulst und ellenlange Wörter (Horaz, *Dichtkunst*, V. 97).

126,24 *Die großen Socken, die hohen Halbstiefel: soccus* war der leichte, niedere Schuh der Schauspieler in der antiken Komödie, *cothurnus* der hohe Stelzschuh der Schauspieler in der antiken Tragödie. Vgl. Horaz, *Dichtkunst*, V. 80: »Hunc socci cepere pedem grandesque cothurni« (»Den komischen Soccus und den erhabenen Kothurn zog dann dieser Versfuß [Jambus] an«).

127,3 *vierundzwanzigtausend:* bei Diderot »quatre-vingt mille«:

achtzigtausend – wohl kein Versehen Lessings, sondern eine vermeintliche Verbesserung.
Bühne des Scaurus: Marcus Aemilius S. ließ 58 v. Chr. als römischer Ädil ein hölzernes Theater mit 80000 Plätzen bauen.

127,9–12 *„Uti enim organa ... constitutae“:* Wie nämlich die Alten ihre Blasinstrumente durch Bronze- und Hornblättchen zur Klarheit des Saitenklanges erhoben, so sind von ihnen auch für die Theater im Interesse der Verständlichkeit der Stimmen auf Grund der Harmonik gewisse Proportionen festgesetzt worden (Vitruv, *Über die Architektur* V,3).

128,25 f. *„Vincentem strepitus ... agendis“:* Er übertönt den Lärm des Publikums und ist wie geschaffen für die Handlung (Horaz, *Dichtkunst*, V. 82).

129,12 *Zahnarzt:* im Original »charlatan«: Gaukler, Marktschreier, Quacksalber.

129,33 *welchen von den dreien:* Oper, Comédie française oder Comédie italienne.

130,15 f. *Szene mit Theresien:* vgl. *Der natürliche Sohn* IV,3.

131,17 *Mademoiselle Clairon:* Claire Legris de Latude, gen. la C. (1723–1803), gefeierte Schauspielerin der Comédie française.

132,27–29 *„Unter allen Beispielen ... Beispiel des Lasters“: Der natürliche Sohn* IV,3 (61,26–28).

133,36–134,1 *„Rem tibi Socraticae ... chartae“:* Den Gehalt können dir die sokratischen Schriften zeigen (Horaz, *Dichtkunst*, V. 310). Gemeint sind die Schriften über Sokrates, insbesondere die platonischen Dialoge.

134,17–25 *Clairville hat ... Lob der Handelsschaft:* vgl. *Der natürliche Sohn* IV,5.

134,28 *Ambitiosa recidet ornamenta:* Er beschneidet üppigen Zierat (Horaz, *Dichtkunst*, V. 447).

137,3 *des lyrischen Theaters:* der Oper.

140,21 *ein Stück:* Terenz, *Hecyra* (*Die Schwiegermutter*).

140,28 f. *ein Davus:* vgl. Anm. zu 93,8, hier: der Sklave Parmenon.

141,12 *ernsthafte Gattung:* Diderot: »genre sérieux«.

142,8 f. *verschiedene Arten in ein und eben dasselbe Individuum zu schmelzen:* vgl. Horaz, *Dichtkunst*, V. 9–14.

142,10 *Kastor:* sterblicher Zwillingsbruder des unsterblichen Pollux. Auf Bitten von Pollux verlieh Zeus den Dioskuren das Recht, gemeinsam abwechselnd einen Tag auf dem Olymp und einen Tag im Hades zu verbringen.

142,11 *Mamamouchi:* Fantasie-Titel für einen orientalischen Würdenträger in Molières *Der Bürger als Edelmann* (IV,3).

142,33 f. *den Kothurn oder die Sokken:* vgl. Anm. zu 126,24.

143 [*] *Man sehe Otways »Befreites Venedig«:* Anmerkung von Diderot. – Thomas Otways *Venice preserved or a Plot discovered* erschien 1682, eine französische Übersetzung von de La Place (1747) wurde in Paris gespielt. Diderot bezieht sich auf die Szenen III,1 und III,2.

145,25 *»Heautontimorumenos«:* Titelgestalt einer Komödie von Terenz (*Der Selbstquäler*).

146,2 *ersten oder zweiten Satire des ersten Buchs:* Horaz' zweite Satire im 1. Buch gilt dem berühmten Wucherer Fufidius.

146,15 f. *non se pejus cruciaverit:* er hätte sich nicht schlimmer gequält (wörtliches Zitat von Horaz).

147,8 *wird verzweifeln:* Diderot skizziert die Handlung von Moores *Der Spieler*, den er 1760 bearbeitete.

153,33 f. *Die bürgerliche Tragödie:* Diderot: »la tragédie domestique«.

155,7–11 *Der Anblick des Mahomets ... ist ein rührendes Gemälde:* Anspielung auf *Mahomet II* von La Noue (d. i. Jean-Baptiste Sauvé, 1701–61), V,4. Diese Tragödie wurde am 23. Februar 1739 in der Comédie française uraufgeführt.

155,25–27 *„Indem naht... im Busen stürmt“:* Racine, *Iphigenie* V,6.

155,29 f. *„an allen Dornen ... blutig Haupthaar“:* Racine, *Phädra* V,6.

155,32 *Grandval:* Charles Racot de G. (1711–84), bedeutendster Tragödienschauspieler der Comédie française nach Quinault-Dufresne.

159,25 *»Misanthropen«:* Titelgestalt von Molières Komödie *Der Menschenfeind.*

159,36 *Quinault:* Philippe Qu. (1635–88), Tragödienautor, berühmt vor allem als Librettist des Komponisten Jean-Baptiste Lully. *Scarron:* Paul Scarron (1610–60), der bekannteste burleske Autor im Zeitalter des französischen Klassizismus, berühmt vor allem durch seinen *Komödianten-Roman* (*Le Roman comique*, 1651–57).

160,1 *Dassouci:* Charles Coipeau, gen. d'Assoucy (1605–77), Vertreter der niedersten Burleske, vor allem mit seinem *Heiteren Ovid* (*Ovid en belle humeur*, 1650).

160,20 f. *Lichter rings um den Kopf des bürgerlichen Edelmanns:* vgl. Molière, *Der Bürger als Edelmann* IV,4.

160,23 f. *Menschen, die immer kleiner werden ... Torheiten begehen:* Anspielung auf Marivaux' Komödie *Die Insel der Vernunft oder Die kleinen Menschen* (*L'Île de la Raison ou les petits hommes*, 1727) – das Stück wurde in Paris ausgepfiffen und nach nur vier Vorstellungen abgesetzt.

160,25–27 *Angelika macht sich ... verbirgt:* Anspielung auf Quinaults Opernlibretto nach Ariost: *Roland* II,2.

160,28 *Maschine:* Kunstgriff.

161,2 *»Blaubarts«:* Märchen von Charles Perrault (1628–1703).

161,22 *in der »Iliade«:* vgl. Homer, *Ilias* V,335 ff. und 370 ff.

162,21–27 *„Wie glücklich ... zu vermeiden?":* Racine, *Iphigenie* I,5.

162,35–163,1 *in der berühmten Tragödie »Philoktet«:* vgl. Sophokles, *Philoktet* V. 1409 ff.

163,31 *gotische:* im 18. Jh. noch in der Bedeutung ›mittelalterlich‹.

164,32–34 *Als Thetis ... wieder heraus:* Thetis tauchte ihren Sohn Achilles in den Styx, um ihn unsterblich zu machen – er wurde unverwundbar bis auf die Ferse, an der Thetis ihn hielt, und blieb damit genauso sterblich wie Thersites, den er mit einem Faustschlag tötete.

165,13 *die lyrische Gattung:* die Oper.

165,29 f. *Männer von Genie:* Anspielung auf John Locke und seine Schule.

166,20 *„Adducite mihi psaltem":* Worte des Propheten Elisa im Alten Testament, 2. Kön. III,15.

166,22 *Die lyrische Gattung unserer Nachbaren:* die italienische Oper.

166,30 *unsern Tänzen:* Diderot: »nos ballets«.

167,2 f. *die Menuet, das Passepied, der Rigaudon, die Allemande, die Sarabande:* Die erwähnten Tänze sind zugleich Sätze der Suite.

167,19 *eine gewisse komische Oper:* Diderot meint hier den *Dorfwahrsager* (*Le Devin du village*), ein Zwischenspiel von Rousseau, das 1752 und 1753 in Paris aufgeführt wurde. Das erwähnte »Ballett« ist ein Bauerntanz am Ende der 8. Szene.

171,13 *die Bande des Nicolini:* Kinderpantomimentruppe des Giovanni Battista Nicolini, die in Deutschland und Italien auftrat. Lessing sah sie 1747 in Berlin, Rousseau erwähnt sie im 2. Buch seines *Émile*.

172,25 *Lulli:* Jean-Baptiste Lully (1632–87), Begründer der französischen Nationaloper.

173,1–7 *„Ich Unglückselige! ... diesen Ungewittern!":* Racine, *Iphigenie* V,4.

173,10 *Quinault:* s. Anm. zu 159,36.

174,10 *Mademoiselle Dumenil:* Marie Françoise Marchand, gen. la Dumesnil (1711–1803), Schauspielerin der Comédie française. Ihre erste Rolle war die Klytämnestra in Racines *Iphigenie.*

175,31–176,13 *„Ein Priester ... nimm meine Tochter mir!“:* Racine, *Iphigenie* IV,4.

176,23 f. *einer von den größten Männern unsrer Nation:* Voltaire. Diderot bezieht sich auf Kap. 32 des *Zeitalters Ludwigs XIV.* (*Le Siècle de Louis XIV*, 1751).

177,10 f. *„So ein rechtschaffner Mann ... rechtschaffner als er“:* Der Wunsch bezieht sich auf den Ausspruch des Dieners Arnold 116,11–13: »Mein Herr, Sie sind gut; bilden Sie sich aber ja nicht ein, daß Sie so gut sind als Ihr Herr Vater war. Es wird vielleicht mit der Zeit werden.«

177,33 *so frei gewagt:* Der Herzog von Orléans ging 1756 das Wagnis ein, seine Kinder impfen zu lassen. Eine gefahrlose Methode der Pockenschutzimpfung wurde erst 1796 entwickelt.

177 [*] *Der Herzog von Orleans:* Anmerkung von Diderot. – Louis-Philippe, Herzog von Orléans (1725–85) unterhielt auf seinem Landsitz ein Privattheater. Grandval (s. Anm. zu 155,32) riet ihm von einer Aufführung des *Natürlichen Sohns* ab – das Stück sei unspielbar.

178,19 *siebenten Band der »Enzyklopädie«:* Der Band erschien am 15. November 1757.

179,9 *Ende des ersten Teils:* Hinweis von Lessing, der sich auf seine Ausgabe des *Theaters des Herrn Diderot* bezieht. Bei Diderot heißt es hier einfach: »Ende«.

181 [Zwischentitel] *Ein Schauspiel in fünf Aufzügen:* Diderot: »Comédie en cinq actes, et en prose, avec un discours sur la poésie dramatique« (»Komödie in fünf Akten und in Prosa mit einer Abhandlung über die dramatische Dichtkunst«).

181 [Motto] *Aetatis cujusque ... dandus et annis:* Horaz, *Dichtkunst*, V. 156 f.: »Die Eigentümlichkeiten jeder Altersstufe mußt du kennzeichnen, / mußt den sich wandelnden Naturen und Jahren das, was sie auszeichnet, geben« (Übers. von Eckart Schäfer).

182 *Personen:* Dem Personenverzeichnis geht bei Diderot ein wichtiges Widmungsschreiben an die Prinzessin Sophie-Christine Charlotte von Nassau-Saarbrücken voraus, auf dessen Wiedergabe Lessing verzichtet hat. Vgl. hierzu das Nachwort, S. 454 f.

182,3 *Herr D'AULNOY, Komtur:* Diderot: »Le Commandeur d'Auvilé«. Der Komtur ist in der Tradition der Ritterorden der Dienstgrad des Leiters einer Lehnsherrschaft (Komturei). Der Titel entspricht dem französischen »Commandeur«.

182,6 *SOPHIA:* Diderot verwendet erstmalig den Vornamen seiner Freundin Sophie Volland – vgl. Anm. zu 296,17.

184,9 *lieber Vetter:* bei Diderot »mon cher oncle«. Auch im Folgenden übersetzt Lessing »oncle« in der Regel durch »Vetter«.

186,24 *Podagra:* Fußgicht.

192,5 *Rockelor:* eine Art Mantel mit lang überhängendem Kragen – die Bezeichnung wurde im 18. Jh. nach dem französischen »roquelaure« gebildet. Bei Diderot ist von »redingote« (Gehrock) die Rede.

195,12 *Meine Liebe:* im Original »sa bonne«: ihre Amme.

196,1 *unter ihren zarten Händen:* Lessing übersetzt nicht »et les blesse«: und macht sie wund.

196,21 *nötigen Gänge für sie:* Es folgt eine von Lessing nicht übersetzte Replik des Hausvaters: »Que de mouvements et de soins! Et à quelle fin! Ah, si les gens de bien! . . . Continuez.« – »Was für Umstände und Mühen! Und zu welchem Zweck! Ach, wenn die anständigen Leute! . . . Fahr fort.«

197,31 *und weinte:* im Original »et je mouillais son tablier de mes larmes«: und benetzte mit meinen Tränen ihre Schürze.

201,1 *das wollte ich. –:* Lessing übersetzt nicht die folgende Szenenanweisung: »Le père de famille entraîne le commandeur de la scène, tandis qu'il parle.« – »Der Hausvater entfernt sich mit dem Komtur vom Schauplatz, während er spricht.«

201,30 *Fernglase:* Diderot: »lorgnette«.

205,10 *kann sie dir nicht umsonst gegeben haben:* im Original »ne vous destina point à l'inutilité«: bestimmte dich nicht zu einem unnützen Leben.

208,7 *(Vertraulicher und zärtlicher.):* Hinzufügung von Lessing.

226,2 *vor St. Philipp:* Anspielung auf die Besetzung Menorcas im Siebenjährigen Krieg durch die Franzosen 1756. Neben der Eroberung von Port-Mahon war die von Saint Philippe durch La Jonquière entscheidend.

279,20 *So nimm sie:* Der Komtur ist der gesetzliche Vormund seiner vaterlosen Nichte. Die Heirat bedarf seiner Zustimmung.

280,7 *mein Bündel zurecht machen:* vgl. II,1 (204,1–3) Jungfer Clairet weiß, daß der Hausvater sie wie zuvor La Brie behandeln wird. Gegenüber den Bediensteten gelten nur Prinzipien, keine Gründe.

281,19 *bei keinem einzigen stehen:* für keines die Patenschaft übernehmen (»Gevatter stehen«).

283 [Zwischentitel] *An meinen Freund Herrn Grimm:* Diderot schreibt nur: »À Monsieur Grimm«. – Der deutsche Schriftsteller Friedrich Melchior Baron von Grimm (1723–1807) lebte 1748–90 in Paris und verkehrte in allen einflußreichen literarischen Salons. Durch seine engen Beziehungen zu den französischen Enzyklopädisten wurde er zum einflußreichen Vermittler der Ideen der französischen Aufklärung nach Deutschland. Seine *Correspondance littéraire, philosophique et critique* (1753–90) wurde stark beachtet und verschaffte ihm Einfluß. Mit Diderot war Grimm eng befreundet. – Im Unterschied zu den *Unterhaltungen über den Natürlichen Sohn* (*Dorval und Ich*) ist *Von der dramatischen Dichtkunst* im Stil einer Abhandlung verfaßt. Durch Einwürfe eines Gesprächspartners gibt es jedoch stellenweise Annäherungen an die von Diderot bevorzugte Form des philosophischen Dialogs. Der Dialogpartner ist Friedrich Melchior von Grimm. Die ihm zugeschriebenen Passagen sind in Anführungszeichen gesetzt.

283 [Motto] *Vice cotis … ipsa secandi:* Das Motto stammt aus der *Dichtkunst* des Horaz, V. 304 f.: »Also dien ich als Schleifstein, / der das Eisen wieder zu schärfen vermag, doch dem es verwehrt ist, selber zu schneiden« (Übers. von Eckart Schäfer).

284 *Inhaltsverzeichnis:* Lessing hat in seiner Übersetzung auf das Inhaltsverzeichnis verzichtet, es wurde für die vorliegende Ausgabe neu übersetzt (s. S. 406).

292,22 *Säulen des Herkules:* nach antiker Vorstellung die von Herakles bezeichneten Grenzen des Erdkreises.

292,26 *bekleibt:* gedeiht.

293,17 f. *Zeno leugnete … auf und nieder:* Diderot bezieht sich auf eine Anekdote über Diogenes den Zyniker, die Diogenes Laertius im 2. Kapitel des 6. Buches seines Werkes *Leben und Ansichten der Philosophen* wiedergibt und die auch Bayle im Artikel »Zénon« seines *Dictionnaire historique et critique* (1695–97) erzählt.

294,24 f. *die zwei Punkte, die Horaz so sehr empfiehlt:* Anspielung auf V. 333 f. der Horazischen *Dichtkunst*: »aut prodesse volunt aut delectare poetae / aut simul et iucunda et idonea dicere vitae« (»Entweder nützen oder erfreuen wollen die Dichter / oder zugleich, was erfreut und was nützlich fürs Leben ist, sagen«; Übers. von Eckart Schäfer).

294,29 *»Die Überlästigen«:* Molière, *Les Fâcheux*, comédie-ballet.

294 [*] *Die Franzosen nennen dergleichen Stücke »des pièces à tiroir«:* Anmerkung von Lessing, der den von Diderot verwendeten Terminus im Text selbst nicht wiedergibt.

295,17 *Geburt des Geistes:* bei Diderot »production«.
296,8 f. *Es sagte einst jemand:* Anspielung auf Rousseaus *Lettre à d'Alembert sur les spectacles* (1758).
296,17 *Sophien:* Im Sommer 1757 begann Diderots Freundschaft mit Louise-Henriette (Sophie) Volland (1716–84). Ihr schrieb er seine wichtigsten Briefe; Grimm war einer der ersten Vertrauten dieser neuen Beziehung.
296,20 f. *Szenen des Bauers in dem »Fälschlich Großmütigen«:* Anspielung auf die Szenen I,8 und I,9 in Antoine Brets (1717–92) Verskomödie *Le Faux Généreux* (1758), die Diderot – im Unterschied zu Grimm – trotz ihrer Mittelmäßigkeit schätzte.
297,24 f. *so ist es ganz sicher ... Schuld der Gattung:* Diderot formuliert diese Feststellung als rhetorische Frage.
299,16 f. *Jede Zeile ... im »Cleveland«.* Diderot nennt drei Romane des Abbé Prévost: *Mémoires d'un homme de qualité* (1728–31), *Le Philosophe anglais ou L'Histoire de Monsieur Cléveland* (1732–39), *Le Doyen de Killerine* (1735).
299,36 *O ihr von höhern Fähigkeiten:* bei Diderot »Hommes de génie«.
300,20 *»Cinna«:* Tragödie von Corneille (1643).
301,17 *unsere Richter:* Gemeint sind die Kunstrichter.
303,36 *wenn du auf der Bühne zu bleiben wünschest:* bei Diderot »si vous voulez être lu et rester«: wenn Ihr gelesen werden wollt und dauerhafte Wirkung anstrebt.
304,4 *Szene des Rolands:* Anspielung auf Quinaults (s. Anm. zu 159,36) *Roland* IV,1 und IV,2.
304,6 *Lusignans Rede:* Anspielung auf Voltaires *Zaïre* II,3.
304,6 f. *Rede der Klytämnestra:* Anspielung auf Racines *Iphigenie* IV,4.
305,1 *Goldoni:* Diderot bezieht sich auf Goldonis Komödie *Der aufrichtige Freund.*
305,33 *des Wohlstandes:* bei Diderot »des bienséances«: der Wohlanständigkeit.
306,3 *Callot:* Jacques C. (1592–1635), berühmt durch die Darstellung des Volkslebens in seinen Zeichnungen und Radierungen.
306,7 *Pourceaugnac:* Anspielung auf Molières Komödie *Herr von Pourceaugnac.*
Menschenfeind: Anspielung auf Molières Komödie *Der Menschenfeind.*
307,10–12 *»Andria« / »Eunuchus«:* Komödien von Terenz.

310,35 *Aristoteles ... in seiner »Dichtkunst«:* Diderot bezieht sich auf das 17. Kapitel.

311,4–14 *Eine junge Prinzessin ... erkannt und gerettet:* Es handelt sich um den Stoff der *Iphigenie bei den Taurern* des Euripides – Aristoteles verwendet das Beispiel im 17. Kapitel seiner *Poetik*.

311,33–312,10 *Ein Vater ... wartet auf seinen Sohn:* Diderot skizziert die Fabel seines *Hausvaters*.

313,32 *mein Triebrad:* bei Diderot »mon machiniste«.

315,4 *des Vetters:* hier: des Onkels.

315,23 f. *Daß ein Vater ... Pedanten verjagt:* Anspielung auf Molières *Der Liebesverdruß* (*Le Dépit amoureux*) II,9.

315,24–26 *daß sich ein Mann ... sagen wird:* Anspielung auf Molières *Tartuffe* IV,4.

315,28–32 *Wenn eine junge Prinzessin ... gegründet sehen:* Anspielung auf Racines *Iphigenie* II,4.

316,23–25 *Ein eingebildeter alter Narr ... verwandelt:* Anspielung auf Molières *Die Schule der Frauen*, im Folgenden bes. V,7.

317,9 f. *Rede der Euphrosyne:* Anspielung auf Molières *Der Geizige* IV,1.

318,16 f. *Man hat die Dichtkunst mit der Malerei verglichen:* Hinweis auf die berühmte Horazische Formel »ut pictura poesis«.

318,30 *des Meleagers, des Telephus:* Diderot führt zwischen Meleager und Telephus noch Thyest an.

318,32–34 *Horaz will nicht leiden ... Eingeweide reiße:* Anspielung auf Horaz, *Dichtkunst*, V. 339 f.: »ne quodcumque volet poscat sibi fabula credi / neu pransae Lamiae vivum puerum extrahat alvo« (»daß nicht das Stück verlange, ihm alles, was ihm gefällt, auch zu glauben, / noch aus dem Bauch der gefräßigen Lamia einen lebenden Knaben befreie«; Übers. von Eckart Schäfer). Lamia ist eine Gestalt der griechischen Vampyrsage, die Kinder raubt und verschlingt.

320,33 f. *Analysten:* bei Diderot »géomètre«: Mathematiker.

321,26–36 *„Auf die schweren Augenlider ... Ungewißheit zurück“:* Anfang des 7. Buches von Fénélons Roman *Die Abenteuer des Telemach* (*Les aventures de Télémaque*, 1699). Die Wiedergabe bei Diderot ist bereits leicht gekürzt. Lessing gibt seinerseits eine gekürzte Übersetzung von Diderots Zitat.

323,1 f. *»Geschichte Karls des Zwölften«:* Voltaires für den Stil der erzählenden Geschichtsschreibung grundlegendes Historienwerk über den Schwedenkönig Karl XII. (*Histoire de Charles XII*, 1731).

323,3 *»Henriade«:* Versepos von Voltaire (1728) über die Religionskämpfe vor der Krönung Heinrichs IV.

323,32–34 *daß aber die Absicht … Absicht der Geschichte:* Diderot nimmt die Argumentation des Aristoteles aus dem 9. Kapitel der *Poetik* auf.

324,31 *abgezogenen:* abstrakten.

326,33–327,8 *„Dieser junge Mensch … geschehen sein“:* Diderot skizziert die Handlung von Terenz' Komödie *Hecyra*.

327,3 *Schnur:* Schwiegertochter.

327,16 *Märchen:* bei Diderot »conte«: Erzählung.

328,31 *eine Reihe ganz besonderer Umstände:* Diderot spielt auf eine Reihe persönlicher Schwierigkeiten an: Angriffe auf den *Natürlichen Sohn*, Bruch mit Rousseau, Auseinandersetzungen wegen der *Enzyklopädie*.

329,7 *Verfolgung, die der »Natürliche Sohn« erfahren müssen:* Fréron und, schärfer noch, Palissot beschuldigten Diderot 1757 des Plagiats.

330,4 f. *wahren Geschichte des Stücks:* Gemeint sind die Unterredungen über den »Natürlichen Sohn«, *Dorval und Ich*.

330,21 f. *uneheliche Geburt … Grundlage des »Natürlichen Sohnes«:* Palissot hatte behauptet, die uneheliche Geburt Dorvals sei für das Stück ohne Belang.

332,18–33 *„Entfernt euch … ihm das Leben gab“:* Homer, *Ilias* XX,416–428.

333,1–19 *„Achill, erinnere dich … noch befleckt sind“:* Homer, *Ilias* XXIV,486–506.

335,7 f. *Lusignan weiß nicht … weiß es auch nicht:* Diderot skizziert die Handlungsführung von Voltaires Tragödie *Zaïre*.

335,10 *diese Erkennung:* vgl. Voltaire, *Zaïre* II,3.

335,23–25 *wo ich den Orosman … entgegenkommen sehe?:* vgl. Voltaire, *Zaïre* V,9.

335,32 *»Iphigenia zu Tauris«:* Diderot spielt auf die Tragödie des Euripides an.

336,1 f. *Wenn ich nicht weiß … mit anhört:* vgl. Racine, *Britannicus* II,6.

336,23 f. *Erkennung des Orest und der Iphigenia:* vgl. Euripides, *Iphigenie bei den Taurern*, V. 795 ff. und 827 ff. Die Szene befindet sich bereits in der Mitte des Dramas. Der zitierte Satz wird von Aristoteles im 17. Kapitel seiner *Poetik* einer Bearbeitung des Stoffes durch Polydos zugeschrieben.

337,19 *»Hekyra«:* Komödie von Terenz.

340,29 f. *„Ist mein Dieb ... meine Herren?“:* Molière, *Der Geizige* IV,7.

341,14 f. *Wenn meine Tochter ... muß sie sterben:* vgl. Euripides, *Iphigenie in Aulis.*

344,5 *Alcest:* Protagonist von Molières Komödie *Der Menschenfeind.*

344,6 *Harpagon:* Protagonist von Molières Komödie *Der Geizige.*

347,33–35 *Beinahe sollte man ... beide fehlten:* Diesen Überlegungen widerspricht Lessing im 86. Stück der *Hamburgischen Dramaturgie.*

348,18 *»Andromacha«: Andromaque,* Tragödie von Racine.

349,21 *jene Stelle:* vgl. Homer, *Ilias* XIII,1–16.

349,32–34 *Setzet ebenderselbe Dichter ... schöne Weiber und Stahl:* vgl. Homer, *Ilias* XXIII,259–261.

349,35 *Auch Lukrez:* vgl. Lukrez, *Über die Natur der Dinge* VI,1048–57.

350,12–18 *„Vivamus ... basia mille“:* Diderot zitiert V. 1–5 aus Catulls fünftem Lied an Lesbia: »Laß uns leben, o Lesbis, laß uns lieben, / Das Geschrei der empörten Tugendgreise: / Keinen Heller soll es uns künftig wert sein! / Wenn die Sonne versinkt, so kehrt sie wieder: / Wir, wenn unsere kurzen Tage sinken, / Schlafen ewig die Eine Nacht ohne Ende. / Gib mir tausend Küsse –« (Übers. von Carl Fischer).

350,19 *der Verfasser der »Natürlichen Geschichte«:* Georges Louis Leclerc, Graf von Buffon (1707–88). Diderot zitiert im Folgenden aus dem *Discours sur la nature des animaux,* der am Anfang des 4. Bandes (1753) von Buffons *Histoire naturelle* steht.

350,28 *der Verfasser des Werks »Über den Geist«:* Claude Adrien Helvétius (1715–71). Diderot zitiert im Folgenden aus der 3. Untersuchung, Kap. 25 der Abhandlung, die am 25. Juli 1758 erschien und am 10. August verboten wurde. Helvétius bezieht sich seinerseits in der zitierten Passage auf Paul Henri Mallets *Monuments de la mythologie et de la poésie des Celtes* (Kopenhagen 1756).

351,3 *Poussin:* Das berühmte Gemälde Nicolas Poussins (1593–1665) *Arkadische Schäfer* mit der Grabinschrift »Et in Arcadia ego« (1638/39) gehört seit 1710 zu den Sammlungen des Louvre. Diderots Beschreibung ist allerdings unzutreffend.

353,19 *»Eunuchus«:* Komödie von Terenz.

353,32 f. *»Andria« / »Eunuchus« / »Hekyra«:* Komödien von Terenz.

355,3–6 *Zum Exempel ... unglücklich zu machen:* Die folgenden Ausführungen beziehen sich auf Szene II,12 des *Hausvaters.*

356,20 *Vetter:* hier: Neffen.

362,3 *Antiphon im »Eunuchus«:* Es folgen Ausführungen zu Szene III,5 in Terenz' Komödie *Eunuchus.*

364,25–27 *„Eile ihm nach ... wähle":* Corneille, *Cinna* III,5.

364,30 f. *Alle Szenen ... sind unbegreiflich:* Bei Diderot heißt es »toute la scène ...«: die gesamte Szene ist unbegreiflich. Gemeint ist Szene II,1.

365,11 f. *„Sie werden ... ewig lieben":* Racine, *Phädra* IV,6.

365,12 *„Du wirst dabeisein, meine Tochter":* Racine, *Iphigenie* II,2.

365,13 *Rede der wahnwitzigen Klementine:* Hinweis auf eine Episode in Richardsons Roman *Sir Charles Grandison* (1754), 3. Buch, Brief 25–28. Die französische Übersetzung des Abbé Prévost erschien 1755–57.

365,16 *Abschied des Barnwell:* vgl. Lillo, *Der Kaufmann von London* V,4. Lessing übersetzt den Text nach Diderot, obwohl seit 1752 eine deutsche Lillo-Übersetzung von Bassewitz vorliegt.

365,31 f. *Barnwelln, wenn er seinen alten Vetter umbringt:* vgl. Lillo, *Der Kaufmann von London* III,5–7.

366,6–9 *„O würf ich mich ... edeln Staub gehüllt?":* Racine, *Phädra* I,3.

367,6 *eine Szene:* vgl. Molière, *Tartüff* III,2.

367,11–17 *„Sie mögen allzugern ... auf andre wälzen":* Molière, *Tartüff* I,1.

367,25 *Nicole:* Pierre N. (1625–95), führende Gestalt der jansenistischen Bewegung. Sein Hauptwerk *Essais de morale* erschien 1671–1714.

367,26 *Rochefoucauld:* François VI, Duc de La Rochefoucauld (1613–80), mit seinen *Réflexions ou sentences et maximes morales* (1665) einer der wichtigsten französischen Moralisten des 17. Jh.s.

370,1 f. *Pamphilus in der »Andria«:* vgl. Terenz, *Andria.*

370,6 f. *Clinia in dem »Heautontimorumenos«:* vgl. Terenz, *Heautontimorumenos.*

370,13 *madrigalisierten:* galanten, gedrechselten.

370,14 *Chärea:* vgl. Terenz, *Eunuchus.*

370,18 *Davi:* Dienergestalten bei Terenz.

372,27 *Pythia:* Priesterin des Orakels von Delphi.

372,31 f. *mit dem Thyrsus gerüstete Bacchantinnen:* Gefolge des Dionysos bei orgiastischen Kulthandlungen (Mänaden). Thyrsus: mit Efeu und Weinlaub umwundener Stab.

375,8–10 *Wer dürfte es unter uns wagen ... wegzusetzen?:* Geburt Christi – als Gegenstand der Malerei ein geläufiges Motiv; wegsetzen: zur Schau stellen.

375,23 f. *Terenz hat das neugeborne Kind ... wegsetzen lassen:* vgl. Terenz, *Andria* IV,4.
375,24–26 *Er hat die Zuschauer ... vernehmen lassen:* vgl. Terenz, *Hecyra* III,1.
375,33 f. *Tuileries:* Schloß und vorübergehend Residenz der französischen Könige an der Stelle ehemaliger Ziegeleien (frz. *tuileries*).
376,5 f. *Verzierungen des Theaters:* Bühnenbilder.
377,20 *Vernet:* Claude-Joseph V. (1714–89), berühmt durch die im Auftrag Ludwigs XV. gemalten Ansichten der französischen Hafenstädte, die in den Salons von 1755 bis 1765 ausgestellt wurden. Vorher hatte er romantische Seestücke gemalt.
378,3 *Der Stolz:* bei Diderot »le faste«: der Prunk.
378,23 *»Chinesischen Waise«: L'Orphelin de la Chine*, Tragödie von Voltaire, 1755 in der Comédie française uraufgeführt, wurde viel diskutiert wegen des Aufwands für die Kostüme.
378,32 *gotisch:* im 18. Jh. noch: mittelalterlich, geschmacklos.
379,15 *Siamoise:* Gewand aus einem Mischgewebe aus Seide und Baumwolle, das unter Ludwig XIV. aus Siam eingeführt wurde.
379,20 *Surtout:* Samtrock.
schlechten: schlichten.
379,27 *Eine mutige Schauspielerin hat den Reifrock abgelegt:* Mademoiselle Clairon (s. Anm. zu 131,17) trat als Idamé in Voltaires *Orphelin de la Chine* (s. Anm. zu 378,23) erstmals ohne Reifrock auf.
380,19 *unsere italienische Komödianten:* Die Comédiens italiens konnten nach der Schließung ihres Theaters 1697 seit 1716 wieder in Paris spielen. 1762 wurde ihr Theater mit der Opéra comique zusammengelegt.
381,26 *Dichtkunst:* Poetik.
382,19–25 *Pamphilus ist mit dem Chremes ... Simo und Chremes bleiben da:* vgl. Terenz, *Andria* IV,3. Diderot verwechselt die Namen: Simo ist der Vater des Pamphilus, Chremes der Freund.
383,2–5 *was macht einer ... seiner Tochter geben will:* vgl. Terenz, *Heautontimorumenos* V,1–2.
383,11–13 *Harpagon ist wechselsweise ... mit ihm spricht:* vgl. Molière, *Der Geizige* II,5.
384,19 f. *der Verfasser der »Pamela«:* Samuel Richardson.
384,25 *Orest und Pylades auf der Bühne:* Diderot bezieht sich auf Euripides' *Iphigenie bei den Taurern*, V. 674–724.
385,19 *Aber ich bekomme Lust:* Fortsetzung der Überlegungen von

S. 301 ff. Die folgenden Dialogpassagen sind teilweise wörtlich aus Platons Dialog *Phaidon* übernommen.

387,8 *der Trabante der Eilfmänner:* Trabant: Diener der Gerichtsbarkeit. Eilfmänner: aus elf Männern bestehende Gerichtsbehörde im alten Athen, der die Überwachung des Strafvollzugs oblag.

388,17 *Anytus und Melitus:* Ankläger des Sokrates.

389,33 *Gemälde des Poussin:* Nicolas Poussins Gemälde *Das Testament des Eudamidas* war Diderot durch eine Radierung von Jean Pesne bekannt. Das Original befand sich in Kopenhagen. Es handelt sich um die Darstellung einer Szene aus Lukians Dialog *Toxaris oder die Freunde.*

393,36 *»Misanthrop«:* Molière, *Der Menschenfeind.*

394,16 f. *„Sie reden Böses ... mich selbst kenne!":* Epiktet, *Encheiridion*, Kap. 33.

396,20 *Aristen:* Arist ist ein Selbstporträt Diderots in seinem Dialog *La Promenade du sceptique* (1747).

397,22 *die Nachahmung:* bei Diderot »les aliments«: die Nahrungsmittel.

398,2 f. *der Krankheit die Gesundheit:* im Original »la maladie à la santé«: die Krankheit der Gesundheit.

402,11 *Ende des zweiten Teils:* Hinzufügung von Lessing, die sich auf seine Ausgabe des *Theaters des Herrn Diderot* bezieht.

Nachwort

I

Als Dramatiker und Theoretiker des Dramas hat Denis Diderot in Deutschland eine sehr viel breitere und intensivere Wirkung gehabt als in Frankreich. Eine solche Konstellation ist ungewöhnlich. Sie erklärt sich aus einer Reihe von Ursachen, die im Zusammenhang mit der Gattungsgeschichte des bürgerlichen Trauerspiels stehen. Diese sozialgeschichtlich begründete Dramaturgie mit starken ideologischen Implikationen wirkte eigenartigerweise in den rückständigen deutschen Verhältnissen viel nachhaltiger als in England und Frankreich und hat hier auch – in Lessings *Emilia Galotti* (1772), Lenz' *Hofmeister* (1774) und *Soldaten* (1776) und Schillers *Kabale und Liebe* (1784) – ihre überzeugendste ästhetische Verwirklichung gefunden.

Die Durchsetzung der neuen Gattung erfolgte auf verschiedenen Wegen. Wichtige Vorarbeiten leistete Gellert, der das in Frankreich und England entstandene ›rührende Lustspiel‹ in Deutschland einbürgerte. Es ging ihm darum, in »Abschilderungen des gemeinen Privatlebens« nicht nur satirische Lasterkritik zu üben, sondern auch »die Tugend anzupreisen«. Der Versuch stand noch im Banne der sogenannten Ständeklausel, wonach der Gegenstand der Tragödie auf die öffentlichen Begebenheiten der Fürsten und großen Herren beschränkt, das ›gemeine Leben‹ aber der Komödie vorbehalten ist. Sollten nun tugendhafte Handlungen in der Lebenswelt der Bürger auf der Bühne zur Darstellung kommen, so schien das zunächst nur in einem neuen Verständnis des Lustspiels als einer ernsthaften Gattung möglich zu sein. Die Gattungsbezeichnung ›rührendes Lustspiel‹ fand freilich den entschiedenen Widerspruch Gottscheds. Lessing hingegen, der die dramaturgischen Schwächen dieses ›Komödien‹-Typus sehr wohl durchschaute, billigte die Intentionen einer dramatischen Darstellung des Alltagslebens und veröffentlichte

1754 eine Übersetzung der Gellertschen Abhandlung über das rührende Lustspiel (1751 in lateinischer Sprache veröffentlicht) zusammen mit einer Übersetzung der Polemik gegen diese Gattung von Chassiron (*Réflexions sur le Comique-larmoyant*, 1749).

Lessing engagierte sich hier nicht von ungefähr. Er war in seiner Produktion den Weg von der satirischen zur ernsthaften Komödie gegangen, hatte das von Gottsched propagierte Moralprinzip zugunsten des Realitätsprinzips aufgegeben (Hinck)[1] und hatte 1755 mit seiner *Miss Sara Sampson* das bürgerliche Trauerspiel in Deutschland eingeführt. Zwar lag in Christian Leberecht Martinis *Rhynsolt und Sapphira* schon 1753 das erste deutsche Originalwerk dieses Dramentypus vor, aber wirkungsgeschichtlich kommt das Verdienst seiner Einbürgerung Lessing zu. Vorangegangen war 1752 die Übersetzung von Lillos *Der Kaufmann von Londen oder Begebenheiten Georg Barnwells* durch Henning Adam von Bassewitz – genauer: die Übertragung einer französischen Übersetzung ins Deutsche –, die zu einem sensationellen Bühnenerfolg wurde und zusammen mit Edward Moores *Der Spieler* (*The Gamester*, 1753) den Ruf der Gattung als einer Leistung der englischen Schaubühne begründete, den auch Lessing verbreitete. Er wurde zum engagiertesten und erfolgreichsten Anwalt einer nationalen bürgerlichen Dramatik.

So ist es nur folgerichtig, daß er Diderots gleichgerichtete Bestrebungen mit größter Aufmerksamkeit verfolgte. Schon in dessen erotischem Roman *Les Bijoux indiscrets* (1748) hatte er die Kritik an der Tragédie classique mit nachdrücklicher Zustimmung zur Kenntnis genommen. Daß der »klare, lautere Diderot« die Vollkommenheit der französischen Tragödie anzweifelte, machte ihn für Lessing zu einem willkommenen Bundesgenossen gegen den Gottschedschen

1 Vgl. Walter Hinck, *Das deutsche Lustspiel des 17. und 18. Jahrhunderts und die italienische Komödie. Commedia dell'arte und Théâtre Italien*, Stuttgart 1965.

Klassizismus. Noch fast zwanzig Jahre nach seiner frühen Übersetzung des Romanauszugs hat er diesen im 84. und 85. Stück der *Hamburgischen Dramaturgie* vollständig abgedruckt.

Ein sehr viel höheres Maß an Übereinstimmung wurde dann deutlich, als Diderot 1757 seinen *Fils naturel* zusammen mit den Gesprächen über dieses Stück (*Dorval et Moi*) und 1758 seinen *Père de famille* gemeinsam mit der Abhandlung *De la Poésie dramatique* veröffentlichte. Lessing entschloß sich sogleich zu einer sehr sorgfältigen und genauen Übersetzung, die er 1760 unter dem Titel *Das Theater des Herrn Diderot* anonym veröffentlichte.

Zuvor hatte er in dem berühmten 81. Literaturbrief vom 7. Februar 1760 die eingebildete Vollkommenheit der französischen klassischen Tragödie und ihrer deutschen Nachahmungen angezweifelt. Er zitierte (in einer abweichenden Übersetzung) aus den *Unterredungen über den »Natürlichen Sohn«* Diderots These, daß es in der neueren Zeit keine »öffentlichen Schauspiele« im Sinne der Antike mehr gebe (vgl. S. 126 f.), und fügte hinzu:

> »So redet ein Franzose! Und welcher Sprung von den Franzosen auf den Deutschen! Der Franzose hat doch wenigstens noch eine Bühne; da der Deutsche kaum Buden hat. Die Bühne des Franzosen ist doch wenigstens das Vergnügen einer ganzen großen Hauptstadt; da in den Hauptstädten des Deutschen die Bühne der Spott des Pöbels ist. Der Franzose kann sich doch wenigstens rühmen, oft seinen Monarchen, einen ganzen prächtigen Hof, die größten und würdigsten Männer des ganzen Reichs, die feinste Welt zu unterhalten; da der Deutsche sehr zufrieden sein muß, wenn ihm ein paar Dutzend ehrliche Privatleute, die sich schüchtern nach der Bude geschlichen, zuhören wollen.«[2]

2 Gotthold Ephraim Lessing, *Briefe, die neueste Literatur betreffend*, hrsg. und komm. von Wolfgang Bender, Stuttgart 1972, S. 256.

Eine grundlegende Veränderung erhofft Lessing sich von einer Überwindung der höfischen Dramatik durch ein wirklichkeitsnahes, dem Erfahrungshorizont eines bürgerlichen Publikums entsprechendes Theater. Auch hier beruft er sich auf Diderot, der seine schon in den *Bijoux indiscrets* formulierten Überlegungen wiederaufgenommen und gefordert hatte: »daß man seinen Personen keinen Witz geben, sondern sie in solche Umstände zu setzen wissen muß, die ihnen welche geben«, und der diese Forderung mit dem menschlichen Pathos illustrierte, zu dem eine einfache Bäuerin fähig war, als sie ihren Mann von ihren Brüdern erschlagen fand (vgl. S. 106 f.). Für Lessing folgt daraus, daß »die Leidenschaften alle Menschen wieder gleich« machen und daß deshalb die Ständeklausel das Wesen der Tragödie verfehle.

Er übersieht freilich, daß Diderot sich ausdrücklich zu Racine bekennt (vgl. S. 365). Trotzdem wird Diderot auch in der Vorrede zu Lessings Übersetzung wieder als Kronzeuge gegen die eingebildete Vollkommenheit der französischen Bühne und gegen den Dogmatismus der »schalen Köpfe, an deren Spitze der Prof. Gottsched ist«, beansprucht. Den vernichtenden Schlag gegen Gottsched hatte Lessing schon im 17. Literaturbrief vom 16. Februar 1759 geführt, indem er ihm vorwarf, die Reform des deutschen Theaters am französischen statt am englischen Vorbild ausgerichtet zu haben, Corneille und Racine statt Shakespeare gefolgt zu sein. Von Diderot, den er im 103. Literaturbrief vom 8. Mai 1760 »unter den neuen unstreitig den besten französischen Kunstrichter« nennt, fühlt er sich bestätigt. Wahlverwandtschaft begründet also das Engagement des Übersetzers, der ein wenig übertreibt, wenn er behauptet, er verdanke Diderots Muster und Lehren die Richtung seiner ästhetischen Geschmacksbildung: immerhin hatte er schon 1755 mit *Miss Sara Sampson* den Weg zur bürgerlichen Dramatik gefunden und 1756 und 1757 im Briefwechsel mit Friedrich Nicolai und Moses Mendelssohn die entscheidenden Grundsätze seiner Tragödienauffassung entwickelt. Die Parteinahme hatte wohl vor allem taktische Gründe: Lessing konnte die frankophile Richtung der deutschen Dramentheorie mit ihren eigenen Waffen schlagen, indem er sich auf die Kritik eines Franzosen berief, dessen Rang als Kritiker unbestritten war. Er griff damit in einen akuten Literaturstreit ein. Denn nicht von ungefähr versteht er Diderot als Philosophen, als den Herausgeber der *Enzyklopädie*. Dieses zentrale Werk der französischen Aufklärung, das von Anfang an von Jesuiten und Jansenisten erbittert bekämpft wurde, war 1758 – nach dem Erscheinen des *Natürlichen Sohns* und während der Entstehung des *Hausvaters* – in eine schwere Krise geraten. Nach dem Attentatsversuch Damiens auf den König (1757) gelang es den Gegnern der Enzyklopädie (Fréron, Palissot, Moreau), das Werk als eines jener subversiven Produkte des Geistes zu verdächtigen, die die Sicherheit des Staates gefährdeten, und so ein Verbot zu erwirken – ebenso wie gegen Helvetius' Schrift *Über den Geist*, die unmittelbar nach dem Erscheinen verbrannt wurde (Diderot bezieht sich auf sie in *Über die dramatische Dichtkunst*). Der wichtigste Mitarbeiter, d'Alembert, zog sich daraufhin aus dem Unternehmen zurück, nachdem sein Artikel »Genf« auch den Bruch mit Rousseau endgültig gemacht hatte; Voltaire hielt es für klüger, seine Artikel wieder einzufordern; Duclos und Marmontel schieden als Mitarbeiter aus. Diese Schwierigkeiten, auf die Diderot in den dramentheoretischen Abhandlungen mehrfach anspielt, waren Lessing bekannt: ausdrücklich bezieht er sich auf den Verfasser der »berufenen ›Enzyklopädie‹«. Das dürfte einschließen, daß er die Plagiatsvorwürfe, die Palissot gegen den *Natürlichen Sohn* erhoben hat und auf die Diderot in der *Dramatischen Dichtkunst* eingeht (vgl. S. 329 ff.), als ein Manöver der Gegner der *Enzyklopädie* durchschaut. Zugleich erhöht er aber die Autorität des Gleichgesinnten, indem er ihn als ›philosophischen Kopf‹ in die Nähe des Aristoteles stellt und seine Überlegungen damit über die weniger gegründeten Argumente der Poetiken stellt.

Diese Einschätzung erwies sich als nicht haltbar. Lessing kommt im 84. bis 95. Stück der *Hamburgischen Dramaturgie* wieder auf Diderot zurück und macht nun eine Reihe von Einwänden geltend. Sie gelten zunächst dem *Natürlichen Sohn*, dessen Schwächen der Hamburgische Dramaturg ebensowenig leugnen kann, wie ihm Einseitigkeiten, Banalitäten und fälschlich beanspruchte Originalität der *Unterredungen* entgehen (85. Stück). Aber auch die zentrale These Diderots, daß das Repertoire der komischen Charaktere erschöpft sei und die Dramatik sich deshalb der Darstellung der Stände zuwenden müsse, hält einer Überprüfung nicht stand, und Lessing sieht sich veranlaßt, die Einwände Palissots zu bestätigen und die Dramen im Detail zu kritisieren, zugleich auch Nachlässigkeiten und Ungenauigkeiten der Beweisführung aufzudecken. Die neuerliche Aristotelesauslegung führt dazu, daß im Gegensatz zu Diderot die Charaktere der Tragödie ebenso allgemein sind wie die der Komödie (91. Stück). So sind die Ausführungen der *Hamburgischen Dramaturgie* viel mehr eine Widerlegung als eine Bestätigung Diderots.

Gleichwohl bringt Lessings Übersetzung den Durchbruch des französischen Dramatikers in Deutschland. Der *Hausvater* war zwar schon 1759 für die Ackermannsche und die Kochsche Truppe übersetzt und von beiden gespielt worden, während die erste Aufführung in Frankreich erst 1761, die des *Natürlichen Sohns* dort erst 1771 mit äußerst bescheidenem Erfolg zustande kamen. In Deutschland wird vor allem der *Hausvater* zum Erfolgs- und Repertoirestück. Während Lessings Hamburger Dramaturgentätigkeit wurde er allein hier sechsmal gespielt. Seine Übersetzung wurde schon von Mendelssohn hoch gerühmt, und trotz der anonymen Veröffentlichung war die Verfasserschaft sehr bald bekannt, ja Lessing wurde vielfach sogar als Autor des Dramas verstanden, so in Wien 1771 (Brief von Eva König an Lessing vom 26. Januar 1771). Diderots Theater gilt als Inbegriff bürgerlicher Dramatik, so bei Herder, Hamann, Johann

Jakob Engel, Eschenburg u. a., ehe sich die Sturm-und-Drang-Dramatik von der Gattung des Familiengemäldes abwendet und Diderot als Schöpfer einer Trivialform ironisiert (besonders deutlich Lenz). Aber es war kein Geringerer als Herder, der in seinem Nachruf auf Lessing im *Teutschen Merkur* noch 1781 die Diderot-Übersetzung als eines seiner wichtigsten Verdienste würdigt. Lessing hat noch kurz vor seinem Tode eine zweite Ausgabe unter seinem Namen erscheinen lassen und hier gerühmt, daß das von Diderot geweckte Interesse nicht auf den Horizont einer Nation beschränkt, sondern »bloß menschlich« sei. Unter diesem Aspekt sei es verständlich, daß er auf das deutsche Theater eine weitaus größere Wirkung ausgeübt habe als auf das seiner eigenen Nation – ein Fazit, das die Forschung bestätigt hat.[3]

II

Diderot hat seine beiden Versuche in der ernsten Gattung (»genre sérieux«) jeweils in Verbindung mit dramentheoretischen Überlegungen veröffentlicht, so daß sie als Muster eines programmatischen Konzepts erscheinen. Die theoretischen Ausführungen sind mehr als ein Autorkommentar, man kann sogar umgekehrt die Dramen als Exempel im Kontext von Reflexionen über das dramatische System und über eine zeitgemäße Dramaturgie verstehen.

Das gilt insbesondere für den *Natürlichen Sohn*. Denn die *Unterredungen* sind nicht als eine nachträgliche und selbständige Erörterung angefügt, sondern stehen zusammen mit dem Stück in einem fiktionalen und narrativen Kontext. Das Drama wird durch den Vorspruch als Teil der erlebten Erfahrung des Autors Diderot eingeführt, der vorgibt, dem Verfasser und Protagonisten Dorval bei einem Landaufenthalt begegnet zu sein und einer Aufführung beigewohnt zu haben. Der reale und der fiktive Autor führen dann anschließend die

3 Vgl. hierzu die grundlegende Untersuchung von Roland Mortier, *Diderot in Deutschland 1750–1850*, Stuttgart 1967.

Dialoge über das Stück, das in dem fingierten Kontext nicht Dramentext, sondern gewissermaßen dialogisiertes Protokoll einer erzählten Aufführung ist und insofern auf einer Stufe mit den ebenfalls erzählerisch vermittelten Dialogen steht, eine Art Dialogroman bildet, wie ihn Diderot später im *Neveu de Rameau* und *Jacques le Fataliste et son Maître* praktizierte. Durch die Selbsteinführung des Autors werden die erzählten Vorgänge mit der Realität vermittelt, als authentisch ausgewiesen, wobei das nicht nur für die Aufführung gilt, sondern auch für die im Stück dargestellten Ereignisse selbst, denn sie erscheinen als die Wiedergabe von Erlebtem, das die beteiligten Personen zur Erinnerung an eine kritische Phase ihres Lebens für sich selbst nachspielen. Daß sie damit nicht nur einem sentimentalen Bedürfnis nachkommen, bestätigt der fiktive Diderot, der von der Existenz des Stückes erst erfährt, als er seinerseits geäußert hat, die Geschehnisse seien von so exemplarischer Bedeutung, daß sie Gegenstand eines Schauspiels werden könnten. Der Dialogroman ist gewissermaßen die Veröffentlichung einer privaten und für den privaten Gebrauch der beteiligten Personen bestimmten Aufzeichnung. Dabei wird die Fiktion im Übergang zur ersten Unterredung verändert, denn es zeigt sich, daß das Drama selbst als Text eingefügt wird und nicht als erzählte Wiedergabe der Aufführung: Die Schlußszene konnte nicht gespielt werden, da der alte Vater inzwischen gestorben ist und die spielenden Figuren sich angesichts seiner Stellvertretung durch einen Schauspieler in Zuschauer verwandeln, die von ihrer Rührung so sehr übermannt werden, daß sie ihrem eigenen Spiel nicht mehr gewachsen sind.

Diese erzählerische Konstruktion macht deutlich, daß Diderot der Gegenständlichkeit seines Dramas den Charakter des Verbürgten und zugleich den einer zeitgenössischen Erfahrung verleihen wollte: Nicht von ungefähr spielt er auch in IV,7 auf den Beginn des Siebenjährigen Krieges an, so wie auch später im *Hausvater* (II,8). Die Fiktion war für die Zeitgenossen durchsichtig: Tatsächlicher Anlaß für das Stück war, wie Diderots Freund Melchior Grimm in seiner *Correspondance littéraire* berichtete, die Lektüre von Goldonis Komödie *Il vero amico* (*Der aufrichtige Freund*), die Diderot während eines Landaufenthaltes nach dem Erscheinen des sechsten Bandes der *Enzyklopädie* las und die ihm mißglückt schien. Er wollte sie verbessern, übernahm aber im wesentlichen ihre Exposition, was ihm den Plagiatsvorwurf Palissots eintrug, mit dem er sich in der *Dramatischen Dichtkunst* auseinandersetzte. Die Entstehungslegende hat diesem wirklichen Sachverhalt gegenüber den Vorzug, die in den *Unterredungen* erörterten Probleme nicht allein im Umkreis der Dramaturgie und der Dramenpoetik zu belassen, wo sie ja in der Tat auch abgehandelt werden, sondern sie zugleich in den wirkungspoetischen Kontext der wahren und erst unlängst vorgefallenen Geschichte zu stellen.

Die *Unterredungen* sind ein theoretisierender Monolog mit zwei Rollen, in die der Autor sich aufspaltet: Dorval ist wie Diderot Verfasser des Stücks, zugleich aber Protagonist des Spiels; der fiktive Diderot (»Ich«) ist Zuschauer, Anwalt des Publikums, der Kritik und der poetologischen Reflexion, also umfassendes Medium eines Wirkungskontextes, in den das Drama gestellt ist. Die Unterredungen sind notwendig, weil Dorval zwar ein gelehrter Mann und Kenner der dramatischen Tradition, aber nur ein Gelegenheitsdramatiker ist, dessen Schreibmotivation die erlebte Geschichte ist und der damit eine Dramatik der wirklichen, zeitgemäßen und moralisch aktuellen Gegenstände gegen die Konventionen der überlieferten Dramenpoetik, gegen die Forderungen des Klassizismus vertritt, und zwar mit der Autorität des wirklich Vorgefallenen und Erlebten.

In den *Unterredungen* geht es nicht um die Vorfälle selbst, sondern um ihre dramatische Wiedergabe. Schon im ersten Gespräch wird deutlich, daß Dorval nicht einfach einen dialogisierten Bericht verfaßt hat, sondern ein Drama: Er hat sich an die drei Einheiten gehalten, weil er sie bei vernünftiger, nicht pedantischer Auslegung für gerechtfertigt hält. Die

Einheit der Handlungen ist in den Geschehnissen vorgegeben, die Einheit des Raums und der Zeit ist durch eine bewußte Konzentration hergestellt worden, weil ihre Beachtung die Wahrheit nicht verletzt, zugleich aber die Wirkung auf den Zuschauer erhöht und den Erfordernissen einer theatralischen Wiedergabe entspricht. Das ist das Prinzip, nach dem Dorval durchgängig verfahren ist, so daß sich die Erörterungen grundsätzlich auf Probleme der Dramaturgie einlassen können.

Die entscheidende Frage ist die der dramatischen Gattung. Diderot hat den *Natürlichen Sohn* ebenso wie den *Hausvater* zunächst als Komödie deklariert, erst spätere Ausgaben verwenden die Gattungsbezeichnung Drama, die die Konsequenz aus der systematischen Begründung des »genre sérieux« zieht. Der Komödienbegriff ist konventionell, steht noch im Banne der Ständeklausel, denn auch für Diderot ist der Gegenstand der Tragödie noch die historisch-öffentliche Handlung, der der Komödie hingegen das familiär-private, bürgerliche, moralische Geschehen. In der dritten Unterredung wird die Gattungsfrage ausdrücklich gestellt und ausgeführt, daß es im Drama, wie überall in der moralischen Welt, eine Mitte zwischen zwei Extremen geben müsse. Die Extreme sind durch die Tragödie und die Komödie bezeichnet. Aber der Mensch ist in seiner Erfahrung nicht auf das Schreckliche und das Lächerliche beschränkt, so daß zwischen beiden Gattungen eine dritte liegen müsse, die er als »ernste Gattung« (»genre sérieux«) bezeichnet und der er auch sein Stück zurechnet (vgl. S. 141). Ausdrücklich ist das nicht im Sinne einer Gattungsmischung gemeint, denn die Tragikomödie als wirkliche Mischgattung wird als schlecht qualifiziert, weil in ihr zwei entfernte, voneinander durch eine natürliche Grenze getrennte Verfahrensweisen verbunden werden (vgl. S. 143).

Der Wert der (neuen) ernsten Gattung wird darin gesehen, daß sie alltägliche Vorgänge darstellbar macht, die gewöhnlich weder komisch noch tragisch sind, die aber, weil sie »am allerhäufigsten in dem gemeinen Leben vorkommen«, als der für die Dichtung legitimste und nützlichste Gegenstand gelten können. Wenn diese Gattung einmal eingeführt ist, »so wird sich weiter kein Stand in der menschlichen Gesellschaft, keine wichtige Handlung in dem menschlichen Leben finden, die man nicht zu irgend einem Teile des dramatischen Systems rechnen könnte« (S. 141). Alle Bereiche der Wirklichkeit sind also dramatisch darstellbar geworden. Die Notwendigkeit einer Reform des Gattungssystems wird mithin von den neuen zur Darstellung drängenden Gegenständen und von dem in ihnen implizierten realistischen Anspruch her begründet. Um das System zu vervollständigen, läßt Diderot an den Rändern noch zwei Gattungen zu, die für ihn jedoch außerhalb der Natur, also jenseits des realistischen Prinzips stehen: die Burleske als Extremform des Komischen und das Wunderbare als Grenzfall und Aufhebung des Tragischen. Spezifisch für die ernste Gattung ist also ihr Wirklichkeitsgehalt. Der ist aber noch nicht historisch verstanden: Eine solche Spezifizierung ist vor der Ausbildung des historischen Bewußtseins auch gar nicht denkbar. Die intendierte Gegenständlichkeit ist vielmehr als allgemein-menschlich und deshalb zeitenthoben gedacht, nicht auf eine bestimmte Realität beschränkt. Wer sich im ernsten Genre bewähre, so heißt es, der gefalle zu allen Zeiten und bei allen Völkern (vgl. S. 143).

Es ist auffällig, daß Diderot die neue Gattung des »häuslichen und bürgerlichen Trauerspiels«, die er in der zweiten Unterredung unter Hinweis auf Lillo, Moore und Shakespeare einführt (vgl. S. 125), nicht vom Stand der Dramenfiguren her begründet, sondern vom Realitätsgehalt und vom Gefühlswert der dargestellten Situationen.[4] Bevorzugtes Beispiel ist die Verzweiflung Klytämnestras über die Opferung

4 Vgl. hierzu Peter Szondi, *Die Theorie des bürgerlichen Trauerspiels im 18. Jahrhundert*, Frankfurt a. M. 1973, S. 91–147; ders., *Tableau und coup de théâtre. Zur Sozialpsychologie des bürgerlichen Trauerspiels bei Diderot. Mit einem Exkurs über Lessing*, in: P. S., *Schriften II*, Frankfurt a. M. 1978, S. 205–232.

ihrer Tochter Iphigenie, die nicht als Schmerz der Königin, sondern als der einer Mutter wirksam wird. Die Mütterlichkeit ist eine ständeübergreifende Gegebenheit der Natur, in der die revolutionäre Forderung der Gleichheit als ideologische Implikation des Allgemein-Menschlichen angesprochen ist (Lessing nimmt diese Argumentation im 14. Stück der *Hamburgischen Dramaturgie* wieder auf). Das tragische Pathos wird aus der Situation, nicht aus dem Stand begründet: Eine Bäuerin ist dazu – wie beispielhaft verdeutlicht wird – in gleicher Weise fähig wie eine Person von Stande (vgl. S. 106 f.). Und das Tragische ist in alltäglichen Vorgängen ebenso auffindbar wie in literarisch gestalteten, mythologisch begründeten Handlungen. Es wird nicht als ein ästhetisches Phänomen verstanden, sondern als ein Element des wirklichen Lebens. Es ist ein Moment der ›Natur‹ in dem weiteren Sinne, wie die Beweisführung der *Unterredungen* sie verstehen, und die dramatische Gestaltung ist Nachahmung der Natur, die über alle Konventionen, auch die ständische Zuweisung der Konfliktmöglichkeiten an die Gattungen, erhaben ist. Wenn Diderot also die Beispiele für tragische Handlungen sowohl aus der heroischen Tragödie als auch aus dem bäuerlichen Alltagsleben wählen kann, so ist damit faktisch die ständische Definition der Tragödie außer Kraft gesetzt. Ausdrücklich erklärt er, daß Komödie und Tragödie in allen Ständen vorkommen können, »nur mit diesem Unterschiede, daß Schmerz und Tränen weit öfter unter den Dächern der Untertanen als Munterkeit und Freude in den Palästen der Könige wohnen« (S. 146), d. h., im wirklichen Leben ist der untere Stand vorzugsweise der Schauplatz der Tragödie. Die Realität begründet es also, daß die zukunftweisenden Gattungen, das bürgerliche Trauerspiel und die ernste Komödie, bürgerliche Gattungen sind (vgl. S. 153).

Als ihren eigentlichen Gegenstandsbereich führt Diderot die Stände ein. Gemeint sind damit zunächst die Berufe, wobei die Beispiele fast ausschließlich den Bereich des gehobenen bürgerlichen Mittelstandes bezeichnen (Gelehrte,

Kaufleute, Juristen usw.), und außerdem der familiäre Status (Hausvater, Gatte, Schwester, Bruder), was auf die verbindliche Sozialisationsform der bürgerlichen Kleinfamilie verweist. Die sozialpolitischen Möglichkeiten einer solchen Gegenstandswahl waren Diderot allerdings noch nicht bewußt, sie werden erst von seinem Schüler Louis Sébastien Mercier genutzt, der den Bürger nicht mehr als Bourgeois, sondern als Citoyen versteht (Szondi) und dem es nicht mehr nur um ein realistisches bürgerliches Sittengemälde, sondern, am Vorabend der Französischen Revolution, um eine Kritik der politischen Ordnung geht. Diderot hingegen wählt – wie Lessing – sein Personal noch aus dem Bereich des niederen Adels, verlagert aber die Konflikte bereits in den Bereich der Kleinfamilie. Für ihn ist die Vorstellung, daß ein Adeliger es nicht anstößig findet, seinen Lebensunterhalt nicht mehr von der Grundrente zu bestreiten, sondern der ›Armut‹ durch eine Tätigkeit im Handel abzuhelfen, schon ein mutiges, emanzipatorisches Beginnen (vgl. S. 66).

Bei einer so schwachen programmatischen Begründung wird die Argumentation allerdings poetologisch fragwürdig. So findet denn auch die These, daß die Einführung der Stände als dramatischer Gegenstand notwendig sei, weil die Zahl der komischen Charaktere erschöpft sei, allenthalben Widerspruch. Auch Lessing hält fest, daß die ernste Gattung nicht ohne Charaktere auskomme: Die Stände bezeichnen die Umstände, unter denen die Handlung möglich wird. Die Kritik gilt zugleich der These, daß die Tragödie Individuen, die Komödie hingegen Typen zur Darstellung bringe, weswegen der Komödie ein höherer Grad von Allgemeinheit zukomme. Der Widerspruch ist insofern von Belang, als er sich gegen ein implizites Tragödienverständnis wendet, das noch weitgehend von den Normen der Tragédie classique bestimmt ist. Diderot gibt, indem er die dramatischen Neuerungen nur im Bereich der ernsten Gattung festmacht, die Tragödie gewissermaßen kampflos den Traditionalisten preis, während die poetologisch versierteren Kritiker, allen voran Lessing, den

Weg von der historisch notwendigen Zwischen- und Mischgattung zu einer bürgerlichen Tragödie suchen. Daß auch Diderot diese Notwendigkeit zumindest ahnt, wird in einer Anmerkung seines fiktiven Ichs zu den Ausführungen Dorvals deutlich:

»Indem Dorval dieses sagte, machte ich eine sehr sonderbare Anmerkung; darüber nämlich, daß er bei Gelegenheit eines häuslichen Zufalls, den er in eine Komödie verwandelt [den *Natürlichen Sohn*], zwar Regeln festgesetzet, die allen dramatischen Gattungen gemein sind, von seiner Melancholie aber dahingerissen, sie bloß auf das Trauerspiel angewendet habe« (S. 124).

Die subjektive Begründung (Melancholie) dürfte den Sachverhalt kaum treffen.

Das Hauptinteresse Diderots gilt weniger den gattungsspezifischen Überlegungen als solchen als der Begründung einer zeitgemäßen, wirklichkeitsnahen, ›natürlichen‹ Dramatik. Sie ist nicht einfach, wie ihm das später vielfach vorgeworfen wurde, als naturalistischer Illusionismus zu verstehen. Vielmehr zeigen die Unterredungen über das vorliegende Stück und die ihm zugrundeliegenden ›realen‹ Vorgänge, daß die bühnenmäßige Gestaltung sowohl dramaturgischen Regeln als auch gewissen Stilisierungen folgt, auf denen die beteiligten Personen bestanden haben, um den moralischen Gehalt wirksamer in Erscheinung treten zu lassen. Das übergeordnete Prinzip ist aber die perfekte Bühnenillusion, bei der der Zuschauerraum als die offene vierte Wand der realen Szene gedacht ist und die Bühnenfiguren so agieren, als sei ihnen die Anwesenheit eines zuschauenden Publikums unbekannt und unbewußt.

Der natürlichen Darstellung entspricht die Ersetzung der üblichen »coups de théâtre« durch das »tableau«:

»Ein unvermuteter Zufall, der sich durch Handlung äußert und die Umstände der Personen plötzlich verändert, ist ein Theaterstreich. Eine Stellung dieser Personen auf der Büh-

> ne, die so natürlich und so wahr ist, daß sie mir in einer getreuen Nachahmung des Malers auf der Leinwand gefallen würde, ist ein Gemälde« (S. 97).

Peter Szondi hat auf die sozialpsychologischen Implikationen dieser Unterscheidung hingewiesen: Die Ausschaltung des Zufalls ist ein Postulat der rationalen bürgerlichen Lebensführung, der Coup de théâtre hingegen ein Moment der von Intrigen bestimmten höfischen Lebenswelt, so daß Diderots dramaturgische Vorschriften ein Indiz für die Verbürgerlichung der Wirklichkeitserfahrung sind. Freilich kommt Diderot in der Praxis nicht ohne zentrale Zufälle aus: Er überspielt sie, indem er behauptet, daß sie in der Wirklichkeit vorgegeben waren – aus diesem Grunde ist der fiktionale Kontext des *Natürlichen Sohnes* für die theoretischen Reflexionen unverzichtbar.

In diesem Rahmen stehen die weiteren Ausführungen der *Unterredungen*, die in der Erörterung der Pantomime, der Stände, der Bühnenmalerei, der Schauspielkunst, der Historisierung der antiken Tragödie, der Rechtfertigung des Balletts als einer eigenständigen Kunstform usw. auf die systematische Begründung einer wirklichkeitsgerechten, natürlichen, illusionistischen Dramatik abzielen.

III

Die Struktur des *Natürlichen Sohns* ist noch vorwiegend von der Komödie bestimmt, was sich nicht zuletzt aus der Abhängigkeit von Goldoni erklärt. Die Handlung beruht auf zwei spezifisch komödienhaften Elementen: der unaufgeklärten Vorgeschichte (Dorval und Rosalia sind Geschwister) und der folgenreichen Verwechslung (Theresia bezieht Dorvals an Rosalia gerichteten Brief auf sich). Der jähe Gefühlsausbruch Dorvals und Rosalias droht die zwischenmenschlichen Beziehungen in einem empfindsamen Kreis zu zerstören, aber die Gefahr wird durch die Selbstlosigkeit Dorvals, die auch ein Vermögensopfer einschließt (ein typisches Motiv der bürgerlichen Dramatik) zunächst abgewendet. Damit endet die komödienhafte Konstellation, denn der 4. und 5. Akt bringen in zwei langen Dialogen Probleme zur Sprache und Einsichten zustande, die die Leichtigkeit der Verwechslungshandlung endgültig verlassen. In einem ersten Dialog widersetzt sich Theresia der menschenfeindlichen Selbstisolierung Dorvals, die sich durch das vermeintliche Scheitern einer für ihn unerwarteten Freundschaftserfahrung zu vertiefen droht und die sich bezeichnenderweise als Furcht vor einer Familiengründung artikuliert (IV,3). Sie vertritt den Anspruch der Gesellschaft, die ein Recht auf das moralische Individuum hat: »[. . .] fragen Sie [Ihr eigenes Herz], und es wird Ihnen sagen, daß der rechtschaffne Mann in der Gesellschaft lebt, und daß nur der Bösewicht sich ihr zu entziehen sucht« (S. 59).

Daß hier ein brisantes Thema angesprochen ist, mußte Diderot auf schmerzliche Weise erfahren, denn Rousseau bezog diese Bemerkung auf sich, durfte sich auch in dem melancholisch-misanthropischen Wesen Dorvals und in dessen Ansichten nicht ganz zu Unrecht porträtiert sehen und reagierte darauf mit dem feindseligen Bruch der Freundschaft. Die Schärfe und Präzision des Dialogs zwischen Theresia und Dorval und sein den Komödienrahmen sprengendes gedankliches Niveau müssen sicher auf seinen objektiven Realitätsgehalt zurückgeführt werden. Und es entspricht Diderots Gesellschaftsverständnis, wenn Theresia schließlich recht behält und durch das soziale Verhalten Dorvals im fiktiven Kontext der *Unterredungen* noch zusätzlich bestätigt wird. Als aufgeklärte Frau vertritt sie den philosophischen Optimismus gegen den nur subjektiv gerechtfertigten Kulturpessimismus. Freilich war die emanzipierte Philosophin für Publikum und Kritik besonders anstößig, so daß sich an dieser Figur der Mißerfolg des Stücks besonders festmachte.

Schwerer als der Philosoph, dessen Einsicht sich in Neigung verwandelt, ist Rosalia zu überzeugen, und ihre Bekehrung ist zugleich die Probe aufs Exempel von Dorvals veränderter Weltsicht. In V,3 wird ihr Bekenntnis, die Tugend sei ihr mehr wert als das Leben, durch eine rationale Argumentation in die Bewährung geführt. Tugend wird hier als Prinzip der Gesellschaft, als Bedingung für ihren Bestand gedeutet und zugleich als Grundlage der Selbstachtung eingefordert. Die Schlußszene bringt mit der längst geahnten Enthüllung, daß Dorval und Rosalia Geschwister sind, denen ihr Vater ein großes und – wie ausdrücklich betont wird – ehrlich erworbenes Vermögen vermacht, nur die Bestätigung der inneren Handlung.

Aber es ist nicht unwichtig, daß die mühsam errungene Lösung offenbar dadurch beglaubigt werden muß, daß der zugrundeliegende Konflikt sich als Scheinkonflikt erweist. Das wird man als realistische Skepsis gegenüber einer Utopie vernünftigen Handelns, wie sie sich im Drama verwirklicht, verstehen dürfen. Überhaupt scheint Diderot wohl an die Vernünftigkeit der Argumente, nicht unbedingt aber auch an die Realisierbarkeit der Vernunft zu glauben, was sich im *Hausvater* bestätigen wird. Der gute Schluß bedarf deshalb der prästabilierten Harmonie seiner Prämissen. Hier wird ein grundsätzliches Problem der bürgerlichen Dramatik, insbesondere des bürgerlichen Trauerspiels deutlich, das im Horizont einer auf Harmonie und Ausgleich, rationale Lebensführung und politischen Frieden gegründeten Ideologie keinen Raum für tragische Konflikte eröffnet, solange nicht der Standesgegensatz thematisch wird.[5]

Diderot hat sich bewußt für die harmonische Lösung entschieden. In den *Unterredungen* wird ausdrücklich betont, daß das Drama in allen drei dramatischen Gattungen konzipiert war: im Genre sérieux, so wie es vorliegt, aber auch in zwei verworfenen Fassungen als Komödie und Tragödie (vgl. S. 147 ff.). Die Komödie entsteht, wenn Clairville Rosalias

5 Vgl. hierzu Klaus-Detlef Müller, Einführung zu: George Lillo, *Der Kaufmann von Londen oder Begebenheiten Georg Barnwells*, Tübingen 1981, S. 118–149, bes. S. 142 f.

Sinneswandel nicht ernst nimmt und so die Zeit bis zur Aufklärung des wahren Sachverhalts überbrückt. Unter dieser Voraussetzung wären Dorvals Skrupel als übertriebene Rechtschaffenheit in ein ironisches Licht zu rücken. Zur Tragödie wird die Handlung, wenn Rosalia die Verbindung Dorvals mit Theresia hintertreibt: Sie macht offenbar, daß dessen Abschiedsbrief an sie gerichtet war. Dorval fürchtet, die Freundschaft Clairvilles und die Achtung Theresias zu verlieren, sieht sich aus der Gesellschaft verstoßen, wie es die beiden großen Disput-Dialoge ja als Möglichkeit andeuten, verfällt in finstere Melancholie und tötet sich selbst. Obwohl der fiktive Diderot dazu bemerkt: »das ist Tragödie, oder ich verstehe gar nichts davon« (S. 152), wäre ein solcher Schluß doch nur melodramatisch, Tragödienersatz wie die Kolportagehandlung in Lillos *Kaufmann von London* oder der Märtyrertod in Lessings *Miss Sara Sampson*.

Dabei ist die Konstellation der *Unterredungen* zu beachten: Die wirklichen Personen haben ihr Drama selbst verfaßt, und Dorval gibt darüber nachträglich Rechenschaft. Das Drama erscheint als ein authentischer Bericht, der durch die wirklichen Vorgänge beglaubigt ist. Die tragische und die komische Lösung sind fiktive Alternativen, die möglich und denkbar, durch den Charakter Clairvilles bzw. Dorvals begründet, aber von der Realität überholt sind. Demgegenüber hat sich die Vernunft in einer aufgeklärten und tugendhaften Gesellschaft durchgesetzt. Die ernste Gattung ist also nicht nur eine ästhetische Entscheidung, sondern das verwirklichte Selbstverständnis aufgeklärter Menschen, die sich weder leichtfertig verhalten noch sich in unauflösbare Konflikte verstricken. Dadurch treten die beiden weltanschaulichen Konflikte in gesteigerter Form ins Zentrum der Handlung. Diderot zieht also die Konsequenzen aus der untragischen Weltsicht des frühen Bürgertums, indem er die ernste Gattung zur höchsten, weil realitätsgerechten Dramenform erhebt, ordnet damit aber die poetologischen Fragen ideologischen Entscheidungen unter.

IV

Am Ende der dritten Unterredung wird schon der *Hausvater* als nächstes Stück angekündigt, wobei Dorval/Diderot sich von diesem Gegenstand als dem Inbegriff einer bürgerlichen Stoffwahl so fasziniert zeigt, daß der *Natürliche Sohn* geradezu auf den Status einer Vorarbeit verkürzt wird. Die Wirkung zeigt, daß die Thematik zumindest in Deutschland auf das von Diderot unterstellte Interesse rechnen konnte. Ausdrücklich nähert sich die ernste Gattung in diesem Drama der Komödie, also der Weltsicht des versöhnenden Ausgleichs.

Der *Hausvater* ist das Drama gefährdeter und in Frage gestellter, schließlich aber geretteter Familienbeziehungen. Ausgangspunkt vor der Handlung ist der Tod der Mutter, der den Schwager des Familienvaters, den Komtur, ins Haus gebracht und durch ihn das Vertrauensverhältnis zwischen Vater und Kindern zerstört hat. Der Komtur ist als Intrigant eingeführt, der nach Diderots Theorie die Rolle der antiken Götter in der Tragödie – wie zuvor schon in der Komödie – übernimmt (vgl. S. 320). Er versucht, das Leben der übrigen Personen zu bestimmen, indem er natürliche und spontane Entwicklungen hintertreibt und an die Stelle gefühlsmäßiger Bindungen wieder das alte Prinzip der Herrschaft setzt, das dem aufgeklärt-empfindsamen Verständnis der Kleinfamilie widerspricht. Dabei benutzt er erpresserisch seine Stellung als Erbonkel.

Das Drama beginnt mit einer doppelten Exposition. Bevor die Handlung selbst einsetzt, wird der Gefühlszustand des Hausvaters in einer Reihe von Genreszenen verdeutlicht, in denen Diderot sein Konzept des Tableau verwirklicht. Peter Szondi hat die Neuartigkeit dieses Dramenbeginns eindringlich analysiert. Es zeigt sich, daß das Verlangen des Komturs nach Ausübung der väterlichen Autorität die Personen gegeneinander isoliert, jede Kommunikation verhindert und den Hausvater in seiner Familie vereinsamen läßt und in die Verzweiflung treibt.

Mit dem Auftreten Saint-Albins wird dann der dramatische Konflikt exponiert. Er beruht auf der Liebe des Adligen zu einem nicht standesgemäßen Mädchen, dem er sich nur in einer Gleichheit vortäuschenden Verkleidung nähern konnte. Die Liebe hat ihn sittlich geläutert, von den oberflächlichen Zerstreuungen seiner aristokratischen Lebensweise entfernt und damit Defizite beseitigt, die auch bei einer aufgeklärten, auf die individuellen Anlagen eingehenden väterlichen Erziehung aus der ständischen Lebensform resultieren. Trotzdem verweigert der Hausvater kategorisch die Zustimmung zur Heirat, obwohl er sich vorhalten lassen muß, daß auch seine Ehe in den Augen der Gesellschaft eine Mesalliance war. Seine Frau war arm, aber sie war doch immerhin von adliger Herkunft. Es wird jedoch deutlich, daß die Weigerung wesentlich in der Furcht vor dem kompromißlosen Adelsdünkel des Komturs begründet ist.

Man könnte meinen, daß hier schon das spezifisch bürgerliche Thema der sich über die Standesgrenzen hinwegsetzenden Liebe und der vernichtenden Gewalt gesellschaftlicher Konventionen zur Darstellung gelangt, aber das trifft letztlich nicht zu: Erst der Sturm-und-Drang greift diese Thematik als Gegenstand einer neuen Form des Tragischen auf. Bei Diderot wird sie zwar angeschnitten, aber nicht ausgetragen. Immerhin muß der Hausvater nach einer Begegnung mit Sophia zugestehen, daß sie dem Bilde entspricht, das sein Sohn von ihr vermittelt hat und daß er sich in seinem Herzen mit ihm einig weiß (II,5), aber er kann dann nur über die grausamen Vorurteile der Welt klagen, zu deren Anwalt ihn seine väterliche Autorität bestimmt. Damit befindet er sich dem Sohn gegenüber argumentativ in der schlechteren Position, denn Saint-Albin wendet sich seinerseits gegen die Vorurteile, die ihn zu einer Konvenienzehe, einem »Band des Eigennutzes und des Ehrgeizes« zwingen und ihm die freie Wahl einer schönen und tugendhaften Gattin verwehren. Der Hausvater gibt vor, auf die ihm zustehende Autorität verzichten und den Sohn seinen Erziehungsgrundsätzen entsprechend durch Gründe überzeugen zu wollen, aber er dringt damit nicht durch, weil die Gründe in der Tat unvernünftig sind. Daß die Verbindung Saint-Albins mit Sophia »die Verwirrung der Gesellschaft, die Vermischung des Bluts und der Stände, die Erniedrigung der Familie gut heißen« würde (II,6, S. 217), ist ein Vorurteil der Welt, deren veräußerlichte Normen Saint-Albin in »gleichgültigen Dingen« zu respektieren bereit ist, bei der lebensentscheidenden Frage der Gattenwahl aber nicht akzeptiert. Indem der Hausvater sich, zwar gegen seine Überzeugung, aber aus einem pragmatischen Wirklichkeitsverständnis, zum Anwalt der naturwidrigen »elenden Verabredungen« der Gesellschaft macht und in ihrem Namen nun doch autoritär Gehorsam fordert, provoziert er die Revolte des Sohnes und die Zerstörung der familiären Bindungen: »Es gibt keine Väter. – Es gibt nichts als Tyrannen« (S. 221). Aus dem Rollenverständnis folgt daraufhin konsequent der väterliche Fluch. Die Konventionen lassen es zu, daß der Adlige das arme Mädchen zur Geliebten nimmt, was der Hausvater verhindern will, der Komtur hingegen als Ausweg zynisch vorschlägt, sie kennen also nur einen heuchlerisch-ständischen, keinen menschlich-verbindlichen Ehrenstandpunkt. Insofern die Kontroverse gesellschaftsbezogen ausgetragen wird und in ein politisches Urteil (Tyrannei) mündet, könnte man in Saint-Albin einen Revolutionär sehen, der gegen das Ancien régime die Natur- und Menschenrechte vertritt.

Aber eine solche Deutung, die auf der Argumentationsebene gute Gründe hätte, entspricht kaum der Intention Diderots, der den Stand des Hausvaters ja positiv sieht. Und so gewinnt das ›tyrannische‹ Verhalten, das mit einem schlechten Gewissen verbunden ist, auf der realistisch-pragmatischen Ebene eine Rechtfertigung.

Zur Begründung ist zunächst auf eine symmetrische Nebenhandlung zu verweisen. Im Haus gibt es noch ein zweites Liebespaar, die Tochter Cäcilia und Germeuil, Sohn eines durch einen Unglücksfall verarmten Freundes des

Hausvaters, den dieser mit seinen Kindern aufgezogen hat und den er sich als Schwiegersohn erhofft, ohne diese Erwartung ahnen zu lassen. Es ist ein Indiz für die Kommunikationslosigkeit der Familie, daß Cäcilia und Germeuil von diesem Plan so wenig ahnen, wie der Hausvater ihre heimliche und uneingestandene Liebe bemerkt. Denn das Paar kann sich nicht vorstellen, daß das Hindernis des fehlenden Vermögens überwindbar ist, und so verdrängen sie ihre Neigung aus Liebe und Pflicht gegenüber dem Vater und Wohltäter. Der Komtur ist hellsichtiger. Er versucht ausdrücklich, diese in seinen Augen unwürdige Verbindung zu hintertreiben, ist aber zugleich prinzipienlos genug, sie in das Kalkül seiner Intrige einzubeziehen. Er artikuliert das Vorurteil der Welt, das die Liebenden so weit internalisiert haben, daß sie von vornherein resignieren. Hier ist die Struktur der väterlichen Autorität in Verbindung mit den sie begründenden und in ihr widergespiegelten gesellschaftlichen Konventionen noch völlig intakt, aber eben hier verhält sich der Hausvater als Empfindsamer. Während Germeuil sich seinem Wohltäter blind unterwirft und seinen Glücksanspruch als Vermessenheit negiert, verfällt Cäcilia in Melancholie und äußert den Wunsch, in ein Kloster zu gehen – die standesgemäße Form, seiner Melancholie zu leben. Hier erhebt aber der Hausvater Einspruch, und in diesem Falle, wo er mit sich selbst übereinstimmt, ist seine Argumentation vernünftig und aufgeklärt. Er beansprucht von Cäcilia die Pflicht gegen die Natur und für die Gesellschaft: die Ehe (II,2).

Von hier aus ergeben sich auch Gesichtspunkte für das Verhalten des Hausvaters gegenüber Saint-Albin. Die Überzeugung, daß das tugendhafte Individuum der Gesellschaft verpflichtet ist und diese Pflichten in der Gesellschaft wahrzunehmen hat, lassen einen Bruch mit ihr durch die provozierende Verletzung herrschender Vorurteile nicht zu: Saint-Albin würde sich durch die Ehe mit Sophia in eine Isolierung begeben, die so unannehmbar ist wie Cäcilias Flucht ins Kloster. Die Befürchtung ist nicht unbegründet, denn Saint-

Albin zeigt sich entschlossen zu einem rein privaten Glück, das er notfalls von den Almosen mitleidiger Menschen zu bestreiten gedenkt (II,8). Anders als für Clairville im *Natürlichen Sohn*, der den Mut (!) hat, als Adliger seinen Lebensunterhalt durch den Handel zu verdienen, denkt er nicht an eine bürgerliche Tätigkeit, sondern nur an eine Flucht aus der Gesellschaft, zu der er auch Germeuil und Cäcilia überreden will (II,11). Der Hausvater hat Grund zu der Befürchtung, daß die Liebe solchen Belastungen auf die Dauer nicht standhalten kann (II,6). Und wenn er sich auch zur Verfluchung hat hinreißen lassen, so beginnt doch nach der krisenhaften Zuspitzung die Wiederannäherung an den Sohn, die auch die Weigerung einschließt, im Sinne des Komturs ›Herr im Hause‹ sein zu wollen: das hieße, »wider alle« zu sein (S. 247). Er beginnt zu ahnen, daß die Familie nicht eine gewissermaßen lebenslängliche Gemeinschaft ist, sondern eine Übereinkunft, an der die Eltern im Alter aus eigenem Interesse festhalten müssen, die Kinder aber austreten können, so daß es eines emotionalen Einverständnisses bedarf. Das bedeutet nicht weniger, als daß die väterliche Autorität nicht mehr unbedingt gilt, sondern nur noch insoweit, als sie sich rational rechtfertigen und gefühlsmäßig durchsetzen kann. Das ist eine ästhetische Fiktion, nicht die Wiedergabe eines sozialen Wandels, wie er angesichts der veränderten Funktionen der Familie im 18. Jahrhundert denkbar wäre. Der Konflikt, der sich hier anbahnt, wird aber nicht zu Ende geführt, sondern durch die nun voll einsetzende Intrigenhandlung, die Machenschaften des Komturs, überlagert. Die Lösung ergibt sich äußerlich durch wechselnde Konstellationen und Situationen, nicht innerlich durch ein Austragen des sozialpsychologischen Konflikts wie etwa in Lessings *Miss Sara Sampson*, wo die Normen des Handelns und die sittlichen Maßstäbe verinnerlicht und dadurch substantiell verändert werden.

Die Intrigen des Komturs, in denen sich gesellschaftliche Vorurteile, persönliche Bosheit und der willkürliche Zugriff auf die Institutionen tatsächlich »wider alle« wenden und denen gegenüber sich die bedrohte Familie zwangsläufig zusammenschließt, enden in einem Coup de théâtre, der Entdeckung, daß Sophia die Nichte des Komturs ist. Diderot bedient sich damit eines Effekts, den er in seiner Theorie für die ernste Gattung verworfen und der heroischen Tragödie zugeschrieben hatte. Auf diese Weise gelingt es, die ungelösten Widersprüche in nichts aufzulösen. Wieder – wie schon im *Natürlichen Sohn* – ist diese Lösung in der ungeklärten Vorgeschichte vorgegeben, erweisen sich alle Konflikte als Scheinkonflikte. Wenn die Handlungsführung darauf abzuzielen schien, daß das Standesvorurteil durch die Anerkennung des sittlichen Werts als einer höheren Ordnung aufgehoben würde, so erweist sich nun, daß umgekehrt Sophias außergewöhnliche Tugend, die Saint-Albins sittliche Läuterung begründete, in ein genaues Verhältnis zu ihrem Stand gesetzt ist: Sie war von Anfang an als das Kind ›besserer‹ Eltern erschienen. Was den Hausvater an ihrem Verhalten so irritiert hatte, daß er schon an seinen Grundsätzen zu zweifeln begann, war also nicht der Reflex einer überständischen Tugendhaltung, sondern der ungeklärte Widerspruch zwischen dem Auftreten und dem vermeintlichen sozialen Status. Sophie ist in erster Linie nicht tugendhaft, sondern aus gutem Hause. Der Eindruck, daß ein Mädchen aus dem Volke für Saint-Albin eine viel geeignetere Ehefrau wäre als die guten Partien aus dem eigenen Stand, kann das Weltbild nur momentan und folgenlos verunsichern. Und Saint-Albin wiederholt nur das Beispiel seines eigenen Vaters, wenn er das Ebenbild seiner Mutter, die arme, aber tugendhafte und schöne Verwandte heiratet. So endet das Drama komödienhaft mit einer doppelten Eheschließung. Der Komtur muß sich zurückziehen, nicht weil er moralisch überwunden ist, sondern weil es nichts mehr zu intrigieren gibt.

Die vom Hausvater beanspruchte Schutzfunktion (»Seht ihr, daß ihr euch von mir nicht entfernen könnt, ohne euch zu verirren?«, S. 278) ist nicht recht glaubhaft, wichtig hingegen ist der abschließende Preis von Ehe und Vaterschaft. Dabei hat aber die als Modell eingeführte Kleinfamilie zuvor den Zwang der Standesgegensätze sichtbar gemacht. Die egalitär gemeinte Sozialisationsform realisiert sich hier faktisch im Widerspruch zum Egalitätsprinzip, das im unausgetragenen Konflikt nicht durchgesetzt, sondern weitgehend negiert wird. Letztlich bleibt die ständische Konvention dem sittlichen Wert doch übergeordnet, und nur diese Konstellation ermöglicht den versöhnlichen Schluß, in dem die Familie *und* der Adelsdünkel triumphieren.

V

Diese nicht unvermittelte Widersprüchlichkeit macht verständlich, daß die von Diderot begründete neue Gattung des Dramas (»drame«) nicht sonderlich lebensfähig war. Der Anfangserfolg des *Hausvaters* erklärt sich aus dem Bedürfnis nach ernsthafter Gestaltung des bürgerlich-familiären Wirklichkeitsbereichs. Dabei war Diderot insofern konsequent verfahren, als er sich auf die nach allgemeiner Einschätzung ranghöchste Gattung der Tragödie nicht eingelassen hatte. In der Tat hatte das bürgerliche Trauerspiel ja Schwierigkeiten, in seinem Gegenstandsbereich der Familie tragische Konflikte zu gestalten. Das gilt, solange das Versöhnungspotential der Familienauffassung konfliktlösend war und der unglückliche Ausgang deshalb – wie bei Lillo und Lessing – durch eine von außen wirkende selbständige Kausalität, nicht durch innere Notwendigkeit begründet werden mußte. Der versöhnliche Ausgang bei Diderot ist insofern zeitgemäßer – seine Schwäche liegt jedoch in der Begründung durch Scheinkonflikte. Das ist insofern problematisch, als damit durchaus ernsthafte Probleme überspielt werden. Denn der Konflikt zwischen Liebesanspruch und gesellschaftlicher Pflicht im *Natürlichen Sohn*, der Standesgegensatz und die Dialektik der Autorität im *Hausvater* sind objektiv kein bloßer Schein. Mit der begründeten Entscheidung gegen das Trauerspiel bringt sich Diderot um den ernsthaften Gehalt seiner Dramen, reduziert er diesen zur bloßen Theaterfiktion.

Die Bedeutung des *Hausvaters* ist deshalb wesentlich darauf begründet, daß er das Exempel für Diderots dramatische Theorie ist, die in der Abhandlung *Von der dramatischen Dichtkunst* noch einmal entwickelt wird. Auch in diesem Falle bilden Drama und theoretische Erörterungen eine Einheit. Diderot verzichtet jetzt sogar auf die für sein Verständnis des philosophischen Diskurses bestimmende Dialogform und wählt eine systematische Darlegung, wenn auch in der Form von Ausführungen an den Freund Friedrich Melchior Baron von Grimm, der im Zuge der Beweisführung gelegentlich mit Einwänden und Fragen zu Wort kommt.

Ausgangspunkt der Dramentheorie sind die beiden eigenen Stücke, die in ihr gerechtfertigt werden. Diderot bestimmt ein weiteres Mal das dramatische System, indem er – unter Verzicht auf das Burleske und das Wunderbare – nunmehr vier mögliche Gattungen unterscheidet: »die lustige Komödie, welche das Laster und das Lächerliche zum Gegenstande hat; die ernsthafte Komödie, welche die Tugend und die Pflichten des Menschen zum Gegenstande hat; das Trauerspiel, das unser häusliches Unglück zum Gegenstande hätte; und die Tragödie, welche zu ihrem Gegenstande das Unglück der Großen und die Unfälle ganzer Staaten hat« (S. 293 f.). Es stehen sich also zwei Komödien- und zwei Tragödienformen gegenüber. Die Extreme sind durch die traditionellen Typen des satirischen Lustspiels und der heroischen Tragödie bezeichnet, dazwischen stehen die ernste Komödie und das häusliche und bürgerliche Trauerspiel als die beiden Spielarten der ernsten Gattung, wobei auffällt, daß die Gegenstandsbestimmung für das bürgerliche Trauerspiel konjunktivisch erfolgt: Es handelt sich für Diderot also offenbar um eine noch zu verwirklichende hypothetische Form. Seine eigenen Dramen rechnet er der ernsten Komödie zu, wobei der *Hausvater* zwischen der ernsten Gattung und dem Lustspiel steht. Ihr Gegenstand sind die Tugend und die Pflichten des Menschen, sein Stand (Wesen), das der Dichter als Philosoph zur Darstellung bringt, wobei Diderot die theoretischen Grundsätze des rührenden Lustspiels wiederaufnimmt: »Das Ehrbare rühret uns auf eine weit innigere, auf eine weit süßere Art als dasjenige, was unsere Verachtung und unser Lachen erweckt« (S. 298), also das Satirisch-Komische. Der Schauplatz wird damit zu einer moralischen Anstalt, zu einem utopischen Ort, an den sich der »rechtschaffne Mann« flüchtet, um der »Gesellschaft der Bösen« zu entkommen und »das menschliche Geschlecht zu sehen, wie es ist, und sich mit ihm wieder auszusöhnen« (S. 296). Die neue Gattung wird also durch ihre Gegenständlichkeit aufgewertet, wobei die Vorahnung eines möglichen besseren Zustandes der Gesellschaft als einer reineren Verwirklichung der menschlichen Natur pragmatischen Charakter hat. Dieser Pragmatismus äußert sich als implizite Kritik an der schlechten Wirklichkeit, die durch ihre Faktizität nicht schon legitimiert ist. Ganz im Sinne Rousseaus wird unterstellt, daß die menschliche Natur gut ist, daß nur »die elenden willkürlichen Satzungen [...] den Menschen verderben« (S. 298). Die Würde des Theaters liegt darin, daß es durch seine rührenden Wirkungen eine Schule der Tugend ist.

Der hohe moralische Anspruch entwertet die theatralischen Effekte der traditionellen, d. h. der klassizistischen Dramatik, deren satirische Überzeichnungen und heroische Übersteigerungen. Wahrheit, Natur, Einfachheit, Anständigkeit, Menschlichkeit sind die entscheidenden Wertkriterien: »[...] Derjenige, der sein Werk auf die einfachste und notwendigste Weise zustande bringt, kann sagen, daß es ihm am besten gelungen ist« (S. 311). Die Argumentation ist weniger Rechtfertigung als Exposition einer neuen Form: Die Rechtfertigung liegt im philosophischen Gehalt voraus und ergibt sich mit dem Nachweis ihrer Realisierbarkeit. Der neue Gegenstand des Alltäglichen wird nicht gegen die heroische und die satirische Tradition polemisch durchgesetzt, sondern seine Legitimität wird vorab konstatiert. Die Übereinstimmung mit der Natur wird dabei zum obersten Kriterium einer wirkungsorientierten Dichtung, die um ihres Wirklichkeitsanspruchs willen den theatralischen Effekt preisgibt und eine Reduzierung des vordergründig Dramatischen bewußt in Kauf nimmt.

In diesem Zusammenhang stellt sich für Diderot die alte Frage nach dem Verhältnis von Wahrheit und Erfindung. Er unterscheidet zwischen Historie, die durch die vorgegebenen Fakten gebunden ist, Tragödie, die im Rahmen der geschichtlichen Wahrheit erfinden kann, und Komödie, die reine Erfindung ist (vgl. S. 317). Im Zusammenhang der sich ausbildenden Genie-Ästhetik steht ihm die Erfindung am höchsten. Deshalb verdient »der komische Dichter vorzüglicherweise den Namen Dichter [...]. Denn *er* ist es, der erdichtet. Er ist in seiner Sphäre, was der Allmächtige in der Natur ist« (S. 317). Aber er ist eben deshalb nicht frei, sondern durch die Verpflichtung zur Übereinstimmung mit der Natur an die Wirklichkeit gebunden. Daher sind die Schöpfungen des komischen Autors mit der Geschichte vergleichbar, wenn der Anspruch der Form eingelöst ist. Daraus ergeben sich insbesondere Schwierigkeiten für die »häusliche Tragödie«, von der Diderot wiederum in der Form der Hypothese spricht: Sie muß die Probleme zweier dramatischer Genres lösen, die Wirkungen der heroischen Tragödie erzielen und zugleich – wie die Komödie – ihre Handlung erfinden (vgl. S. 322). Daraus leitet sich aber auch eine doppelte Würde ab.

Entscheidendes Wertkriterium ist die perfekte Illusion des Zuschauers. Das ist ein Grundsatz, der die Natürlichkeit des Bühnengeschehens und damit die Wahrscheinlichkeit der dargestellten Vorgänge gewährleistet und sie so auf den Erfahrungshorizont des gesunden Menschenverstandes als eine überständische, Gleichheit implizierende Norm verpflichtet: »Man denke also, sowohl während dem Schreiben als während dem Spielen, an den Zuschauer ebenso wenig, als ob gar keiner da wäre. Man stelle sich an dem äußersten Rande der Bühne eine große Mauer vor, durch die das Parterr abgesondert wird. Man spiele, als ob der Vorhang nicht aufgezogen würde« (S. 340). Aus diesem Grunde hatte Diderot schon gegen die Unsitte des höfischen Theaters Einspruch erhoben, für vornehme Zuschauer Plätze auf der Bühne selbst einzuräumen (vgl. S. 118 f.), eine Praxis, die in der Comédie française erst 1759 abgeschafft wurde. Die Forderung perfekter Bühnenillusion, das Prinzip der Guckkastenbühne, hat seine Rechtfertigung auch in der geforderten Gegenständlichkeit, denn das bürgerliche Drama hat seine Wirklichkeit nicht mehr in der Öffentlichkeit, sondern im privaten Innenraum, dem die Abgeschlossenheit wesentlich ist. Damit fallen in der Thematisierung des Privaten die Darstellungsgrundsätze der Illusion und der bürgerliche Gehalt zusammen. Mit dem Privaten als Gegenstand hängt auch der Grundsatz der Erfindung als eigentliches poetisches Prinzip zusammen, denn innerfamiliäre Vorgänge sind nicht publik, so daß die Berufung auf die verbürgte Wahrheit, wie sie als Topos für die (vorgeblich) historischen Stoffe der heroischen Tragödie geläufig ist, strukturwidrig wäre. Der Wahrheitsgehalt wird so mit dem Maß an Überzeugungskraft identisch, das durch die Vermittlung erreicht wird.

Darauf beziehen sich die Ausführungen der Abhandlung im einzelnen, die ein relativ geschlossenes dramaturgisches System entwickeln (vgl. die Hauptüberschriften des Inhaltsverzeichnisses, S. 284 ff.). Es erhält seinen Akzent durch den ständigen Bezug auf den *Hausvater* als Musterdrama einer modernen, ›natürlichen‹ Gegenstandswahl, darf deshalb nicht isoliert von ihm verstanden werden.

VI

Wenn Diderot die Familie als natürliche Ordnung unterstellt, so ist das ein Programm, das von Widersprüchen keineswegs frei ist. Er hat die herrschende Unvernunft selbst erfahren, denn sein Vater widersetzte sich seiner Heirat mit einer armen Näherin mit allen Mitteln, ging sogar so weit, ihn in ein Kloster einsperren zu lassen. Die Tyrannei der väterlichen Autorität, gegen die Saint-Albin sich auflehnt, war also eine autobiographische Erfahrung, die in der Wirklichkeit keineswegs in die prästabilierte Harmonie des Dramenschlusses auflösbar war. Im Drama ist der Konflikt aus dem bürgerlichen Milieu der eigenen Erfahrung in eine Adelsgesellschaft verlegt, die aber ausschließlich in ihren familiären Beziehungen dargestellt wird. Noch aufschlußreicher ist die (von Lessing nicht übersetzte) Widmung an die Prinzessin Sophie-Christine-Charlotte von Nassau-Saarbrücken, in der Voltaire ein Meisterstück der Beredsamkeit und einen Triumph der Humanität sah.[6] Diderot wendet sich an die Prinzessin als »aufgeklärte Frau und zärtliche Mutter«, indem er vorgibt, ihre Erziehungsgrundsätze zu verdeutlichen und indem er sie in ihrem Namen formuliert. Pflichten und Maximen ergeben sich aus der Mutterschaft: »Die Erziehung wird ihre [der Kinder] Dankbarkeit und meine Autorität begründen. Ich werde sie also selbst aufziehen.« Nicht Fremden und Untertanen darf die Erziehung übertragen werden, sondern aus der natürlichen Autorität der Eltern muß sie hervorgehen. Von hier aus entwickelt Diderot ein aufklärerisches Programm, das keineswegs nur als Fürstenspiegel gemeint ist, sondern davon ausgeht, daß die allgemeinen Grundsätze der Weltweisheit, d. h. der Philosophie, auch für die Kinder der Herrschenden die besten Maximen sind. Dabei gewinnt er paradoxerweise der territorialen Zersplitterung Deutschlands eine positive Seite ab: »Je kleiner die Staaten sind, desto mehr nähert sich die politische Autorität der väterlichen Gewalt an.« Paradox ist das deshalb, weil hier die bürgerliche Ideologie der Hausvater-Ordnung gegen das ökonomisch begründete Interesse des Bürgertums am Nationalstaat ausgespielt wird: »Wenn der Herrscher nur die Eigenschaften eines

6 Der Widmungsbrief »À son Altesse sérénissime Madame la Princesse de Nassau Saarbruck« ist abgedruckt in der Ausgabe: Denis Diderot, *Œuvres complètes*, Bd. 10: *Le drame bourgeois*, hrsg. von Jacques Chouillet und Anne-Marie Chouillet, Paris 1980, S. 180–189 (Übers. der Zitate vom Hrsg.).

Herrschers hat«, so heißt es, »dann sind seine Staaten immer groß genug, und sie werden immer zu groß sein, wenn er sie nicht besitzt.« Das ist wieder ein höchst signifikanter Widerspruch in Diderots Denken. Er beruht auf dem Versuch, die Ideologie der bürgerlichen Kleinfamilie auf die Ebene von Herrschaft und Politik unmittelbar zu übertragen. Der Lobpreis der würdigen Mutter steht natürlich in einem genauen Verhältnis zur Glorifizierung des Hausvaters im Drama. Der Bescheidenheitstopos am Ende des Widmungsschreibens ist eine rein rhetorische Floskel. Denn wenn Diderot sich dafür entschuldigt, daß er der Darlegung der Erziehungsgrundsätze einer aufgeklärten Mutter ein »kleines häusliches Ereignis« ohne weitere Bedeutung folgen läßt, so ist es lediglich der Vorredenbrauch, der die Zurückhaltung des Autors auch auf seinen Gegenstand überträgt. Denn tatsächlich wird hier jene Verallgemeinerung praktiziert, die die Ständeklausel nicht mehr explizit zu bekämpfen braucht, weil sie ihre Irrelevanz zeigt: Die autobiographischen Erfahrungen des Bürgers Diderot werden in einem Adelsmilieu dargestellt und indirekt auf den Stand des Herrschers übertragen. Die Schwäche des Entwurfs liegt aber in der Unterstellung, daß die Norm des Natürlichen so verbindlich ist, daß sie alle Konflikte von vornherein aufhebt, doch eben das ist ein durchaus zeitgemäßer Denkansatz.

VII

Die Diderotsche Dramatik und der von ihm propagierte Typus des ernsten Familiendramas hat sich nur für kurze Zeit behaupten können, wobei der Erfolg in Deutschland einen Sonderfall der Rezeption darstellt, der jedoch schon am Ende des 18. Jahrhunderts in die Trivialform der Hausväterdramatik mündet.[7] Gleichwohl sind die beiden Dramen zusammen

7 Vgl. hierzu Horst Albert Glaser, *Das bürgerliche Rührstück. Annalekten zum Zusammenhang von Sentimentalität mit Autorität in der trivialen Dramatik Schröders, Ifflands, Kotzebues und anderer Autoren am Ende des achtzehnten Jahrhunderts*, Stuttgart 1969.

mit der ihnen zugeordneten Theorie ein wichtiges Zeugnis für die Dramatik der Aufklärung. Es erscheint sinnvoll, sie in jener Gestalt wieder zugänglich zu machen, in der sie im 18. Jahrhundert gewirkt haben, zumal die Übersetzung Lessings darüber hinaus auch hohe Qualitäten besitzt.